KB197818

불꽃의 여자 시몬 베유

불꽃의 여자
시몬 베유

시몬 페트르망

강경화 옮김

Simone Weil

까치

Simone Weil : A Life
by Simone Pétrement

역자 강경화
연세대학교 영어영문학과 및 동 대학원을 졸업. 1973년 조선일보 신춘
문예 시 부문에 당선. 전 동덕여자대학교 영문학과 교수.
저서로 시집 『늦가을 배추벌레의 노래』, 『가라, 사랑의 세월이여』, 『이제
나는 머물지 않을 수 있는데』, 『사랑은 어디 있나요』와 수필집 『사랑을
바꾸세요』 등이 있다.

© 1978, 2024 까치글방
불꽃의 여자 시몬 베유
저자/시몬 페트르망
역자/강경화
발행처/까치글방
발행인/박후영
주소/서울시 용산구 서빙고로 67, 파크타워 103동 1003호
전화/02 · 735 · 8998, 736 · 7768
팩시밀리/02 · 723 · 4591
홈페이지/www.kachibooks.co.kr
전자우편/kachibooks@gmail.com
등록번호/1-528
등록일/1977. 8. 5
초판 1쇄 발행일/1978. 8. 25
제2판 1쇄 발행일/2024. 11. 15

값/뒤표지에 쓰여 있음
ISBN 978-89-7291-858-5 03860

차례

어린 시절

1909 - 1925

시몬 베유의 아버지인 베르나르 베유는 1872년에 스트라스부르에서 태어났다. 베유 집안은 알자스 지방의 오래된 가문이었다. 그러나 의사가 된 베르나르를 제외하고는 모두 사업가나 상인과 같은 지적인 일과는 거리가 먼 직업에 종사했다.

그래서 나중에 시몬이 혁명적인 기질을 나타냈을 때, 베유 집안에서는 아무도 이것을 달가워하지 않았다. 베유 집안에서는 오히려 시몬의 오빠인 앙드레를 자랑으로 여겼다. 앙드레는 아주 어렸을 때부터 학업에 뛰어난 재능을 보였던 것이다. 그러나 시몬은 다른 것으로 식구들에게 충격을 주었다. 어린 나이에 이미 성인인 오스카와 그 당시의 사회문제에 대해 열렬한 토론을 벌이곤 했기 때문이었다.

시몬의 할아버지는 앙드레가 태어나기 전에 죽었으며, 93세까지 살았던 할머니 외제니 베유는 신앙심이 깊은 유대인이었다. 그녀는 매주 일요일마다 아들을 찾아왔는데, 전통적인 유대식의 요리법에 어긋나지 않는지 확인하기 위해 며느리의 부엌에까지 따라 들어갈 정도였다. 나중에는 자기 손녀딸이 유대인이 아닌 사람과 결혼한다면 차라리 죽어버리겠다고 으름장을 놓기도 했다.

시몬의 어머니인 살로메아 베유 부인은 본래 폴란드 태생이었으나 후에는 오스트리아로 옮겨 왔기 때문에, 시몬한테서 곧잘 "엄마는 국적불명이야"라는 말을 듣기도 했다. 베유 집안과는 달리 어머니의 집안인 라인헤르츠 집안은 대대로 음악과 예술에 재질을 보인 교양 있는 집안이었다. 시몬의 외할아버지는 시인이었고, 외할머니는 피아니스트였으며, 시몬의 어머니, 즉 베유 부인은 성악에 소질이 있었다. 베유 부인의 어린 시절의 음악 선생은 유명한 성악가였는데, 그녀를 가르치다가 마침내 더 이상 가르칠 것이 없다고 두 손을 들어버렸다. 그중에서도 시몬의 외삼촌은 가장 음악적인 재능이 풍부하여, 그에게 바이올린을 가르쳤던 선생이 세상을 떠날 무렵에 자신이 가장 아끼던 값비싼 과다니니 바이올린을 물려줄 정도였다.

외할아버지가 세상을 떠나고 난 뒤 외할머니는 파리에서 시몬네와 함께 살았다. 그녀는 몸집이 자그마하고 성격이 조용한 부인이었는데 상당히 영리했으며, 내가 시몬네 집에 놀러갈 때면 함께 피아노를 치기도 했다. 그때 그분이 들려준 조언은 일생 동안 내가 받은 어떤 레슨보다도 훌륭한 것이었다.

아내와 자식들이 빌리라고 불렀던 시몬의 아버지는 다소 마르고 작은 체구였으나 꽤 미남이었다. 시몬은 아버지를 많이 닮았다. 그는 젊었을 때에는 무정부주의자였다고 하는데, 내가 만났을 당시에는 급진파를 지지하고 있었다. 그는 과묵한 사람이었지만 농담을 잘하고 곧잘 웃기도 했다. 그러나 금세 신경이 날카로워져서 다른 식구들이 대수롭게 생각하지 않는 일도 걱정하고 귀찮은 일도 찾아서 했다. 그는 참으로 뛰어나고 친절하고 겸허했으며, 타인의 일을 잘 도와주었고 맡겨진 일에 전심전력했다. 그래서 그가 일하던 병원을 떠날 때마다 동료들은 무척 서운해했다. 그는 무척 솔직한 사람이었는데 어떤 때는 지나칠 정도였다. 또 대부분의 유대인들이 그렇듯이 무슨 문제에 부딪치면 너무도 곰곰이 생각하느라고 쉽사리 결정을 내리지 못했다.

시몬의 어머니는 체구는 작았지만 정력적이고 활발한 여자였다. 그녀는 영리하고 관대했으며 늘 밝은 표정을 하고 있었다. 또 이야기를 무척 잘해서 친구나 식구들에게 어려운 일이 생길 때마다 적절한 충고로 용기를 북돋아주었다. 그녀는 한마디로 말해서 다른 사람의 마음을 사로잡는 힘을 가지고 있었는데, 그녀 자신은 전혀 그런 기색을 나타내려 들지 않았다. 그녀를 잘 알고 있던 귀스타브 티봉은 이러한 재능을 가리켜 "현실적인 재능"이라고 말했다.

시몬의 집안은 진정으로 행복한 결혼에 의해 결합된 가정이었다. 나는 그녀의 집안 식구들이 다투는 것을 한 번도 본 적이 없다. 시몬은 가끔 이런 농담을 했다. "난 여러 집안에 말썽을 일으켰는데, 도무지 우리 집안에서만은 그럴 수가 없었어." 그러나 그녀가 말썽을 일으켰다는 것은 사실이 아니다.

시몬의 어머니는 젊었을 때 의사가 되기를 꿈꾸었다. 부모님의 반대로 중도에 공부를 그만두고 말았으나, 그 덕택에 나중에는 의사인 남편보다도 오히려 의학 지식이 많을 정도였다. 그래서 남편이 왕진을 가고 없을 때에는 몸이 약한 시몬과 앙드레의 처방을 도맡았다. 시몬은 "내가 이렇게 잘못된 건 엄마의 처방이 엉터리였기 때문이야" 하며 웃기도 했다.

시몬의 집안 식구들은 모두 지적인 재능과 솔직하고 따스한 심성을 함께 지니고 있었다. 그래서 때로는 상당히 거친 행동이나 농담을 하기도 했지만, 서로 깊이 이해하며 신뢰하고 있었고 그들의 유대감은 놀라울 정도로 강했다. 아이들의 교육 면에서도 시몬의 부모는 아이들의 재능을 개발시키기 위해서는 어떤 일도 마다하지 않았다. 그러나 나중에 시몬의 어머니는 딸의 명성에 대해 듣게 되었을 때, "난 그 애가 유명해지기보다는 행복해지기를 얼마나 더 바랐는지 몰라요"라고 말하며 한숨을 쉬었다.

시몬은 1909년 2월 3일 파리에서 태어났다. 그녀는 9개월 만에 조산으로 태어났으나, 생후 6개월까지는 건강하게 자랐다. 그러나 갑자기 시몬의 어머니가 맹장염에 걸리는 바람에 시몬을 제대로 돌볼 수가 없었다. 그때부터 줄곧 시몬은 병약한 아이가 되었는데, 시몬은 엄마의 젖이 맹장염으로 오염되었던 것이 분명하다며, "어렸을 때부터 난 독이 든 젖을 먹고 자랐거든요. 그 때문에 이렇게 실패작이 되고 말았어요"라고 곧잘 농담을 하곤 했다.

그다음 해 1월에 시몬도 맹장염에 걸렸다. 간신히 목숨을 건지기는 했지만, 후유증 때문에 제대로 살 수 있을 것 같지 않았다. 시몬의 어머니는 매일 시몬에게 신선한 공기를 쐬어주기 위해 뤽상부르 공원으로 데리고 나갔다. 전차를 탈 때면, 사람이 적고 공기가 탁하지 않은 2층으로 올라가야 했다.

시몬은 두 살 때 편도선염에 걸려 매일 밤 심한 기침을 했다. 그래서 노래를 불러줘야 겨우 잠이 들었다. 밤새도록 품에 안고 노래를 불러주다가 시몬이 잠든 것 같아 살그머니 내려놓으면 어느새 눈을 뜨고는, "또!" 하고 말했다고 한다.

시몬은 어려서부터 이미 사치스러운 것을 싫어했다. 한번은 생일날에 사촌으로부터 커다란 보석이 박힌 반지를 선물로 받았는데, 반지를 본 시몬이 그 자리에서 "난 이런 건 싫어"라고 말하면서 거들떠보지도 않아 사촌을 무색하게 만들었다. 그때가 겨우 세 살 때였다.

세 살 반이 되었을 때, 시몬은 다시 심각한 맹장염 증세를 일으켰다. 그러나 당시 발작 직후에는 수술을 하지 않았다. 그러나 1912년 12월 말 마침내 그녀는 오퇴유에 있는 병원으로 가서 수술을 받게 되었다. 회복기의 시몬을 한 번 진찰했던 골드만 박사는 후일 베유 부인에게 그때 시몬은 회복이 불가능하다고 생각했다고 고백했다. 그의 말로는 네 살밖에 안 된 아이가 마취 상태에서 했던 말을 깨어나서 죄다 기억하는 것은 불길한 징조였다는 것이었다. 골드만 박사의 말은 시몬은 너무 비범해서 이 세상에서는 제대로 살아갈 수 없을 것이라는 뜻이기도 했다.

시몬의 몸이 차차 회복되자, 그녀의 어머니는 병상에 있는 딸에게 자주 동화를 들려주었다. 그중에는 계모에게 쫓겨나 숲속으로 들어가게 된 마리의 이야기도 있었다. 마리는 마침 어느 집 앞에 이르렀는데 그 집에는 금으로 된 문과 타르로 된 문이 있었다. 마음씨 착한 마리는 타르로 된 문을 열었다. 그러자 머리 위로 금이 쏟아져 내렸다. 마리는 부자가 되었다. 이 이야기를 들은 계모의 딸도 숲속의 그 집을 찾아가 대뜸 금으로 된 문을 열었다. 그러자 머리 위로 타르가 쏟아져 그만 발끝까지 흠뻑 뒤집어쓰고 말았다. 나중에 시몬은 이 이야기의 교훈이 두고두고 자신에게 영향을 끼쳤다고 말했다.

시몬이 다섯 살이 되던 해 여름, 시몬의 가족은 시몬을 위해 스위스로 휴양을 갔다. 거기에서 시몬의 어머니가 앙드레의 선생님에게 보낸 편지를 보면, "시몬은 정말 믿을 수 없을 정도로 급속하게 좋아지고 있어요. 하루 종일 앙드레의 뒤를 쫓아다니며 무엇이든지 따라서 해요. 앙드레도 시몬을 어찌나 아끼는지 무슨 일이든 양보를 하는군요. 그 애들 둘은 함께만 있으면 하루 종일 조잘대며 무척이나 즐겁게 논답니다. 가끔 날씨가 맑을 때면 들판에 데리고 나가는데 둘은 꽃을 꺾기도 하고 나비도 잡는데 나비를 잡으면 날려주고 말아요. 곤충이나 동물에 대한 동정심이 대단하답니다"라고 쓰여 있다.

그해 10월, 다시 파리로 돌아와서 앙드레는 7년제인 몽테뉴 고등중학교에 입학했다. 이때 시몬은 감기에 걸렸으나 곧 회복되었다. 그러나 어느 날 아침 갑자기 다리를 절어 집안 식구들은 모두 깜짝 놀랐다. 그러나 이것은 몸이 허약해서 생긴 일시적인 현상이었으므로 곧 정상으로 돌아왔다.

시몬은 몸이 회복되자, 집에서 알파벳을 배우기 시작했다. 그러고는 매일같이 어머니를 따라 앙드레의 학교까지 따라다녔다. 하루는 집으로 오는 전차 안에서 앙드레가 시몬에게 학교에서 배운 것을 열심히 설명해주고 있었는데 이것을 들은 한 늙은 부인이 벌컥

화를 내면서 전차에서 내려버렸다. 그 부인은 앙드레와 시몬이 공부한 내용을 앵무새처럼 암송하는 것을 보고는 그들의 어린애답지 못한 모습을 참을 수 없었던 모양이다. 그렇게 어린아이들이 정말로 그런 것을 죄다 이해하고 있으리라고는 도무지 믿을 수 없었던 것이다.

1914년 여름 시몬네 식구들은 카롤로 여행을 갔다. 여기서 시몬의 어머니는 전에 없이 침울해졌다. 이미 전쟁이 일어날 조짐이 보이기 시작했기 때문이었다. 그래서 시몬의 가족은 곧 시몬의 이모가 살고 있는 줄루빌로 옮겨 갔다. 여기서 머무는 동안 앙드레는 외사촌의 기하학책을 보고 혼자서 풀어나가기 시작했다. 아홉 살에 벌써 앙드레는 어려운 문제도 척척 풀어 수학에 기막힌 재능을 보이기 시작했던 것이다. 시몬은 석양을 보고는 열광했다. 언제라도 해가 진다고만 하면 하던 일을 팽개치고 마당으로 달려 나갔다.

어느 날 시몬의 집에 한 늙은 의사가 놀러 왔다. 그가 장난 삼아 숙녀에게 하듯이 시몬의 손에 키스하는 흉내를 내자, 시몬은 갑자기 울음을 터뜨리며 물을 가져오라고 소리치기 시작했다. 시몬 아버지의 친구이자 유명한 세균학자인 메치니코프의 말을 듣고 나서부터 시몬의 집안 식구들은 모두 세균 공포증에 걸려 있었던 것이다. 그래서 시몬의 어머니는 다른 사람들이 자기 아이들에게 키스하는 것을 무척 싫어했으며, 식사 전에는 모든 식구가 철저하게 손을 닦게 했다. 몇 번씩 비누로 손을 닦고 난 후에 앙드레는 팔꿈치로 문을 밀어서 열었다. 이런 습관 때문에 시몬은 성장한 뒤에도 키스 받기를 싫어했다. 그뿐 아니라 남이 만진 물건에 손을 대는 것도 싫어했다. 그녀 자신도 이것을 쓸데없는 결벽증이라고 말했다.

　시몬은 오빠 앙드레를 몹시 따랐다. 그래서 시몬과 앙드레는 친구처럼 어디에나 붙어다녔으며 항상 사내아이들이 하는 장난을 즐겨 했다. 언젠가는 이 두 장난꾸러기가 손을 잡고 이웃집의 문을 두드린 다음 "우린 배가 고파 죽겠어요. 엄마와 아빠가 먹을 것을 하나도 주지 않아요"라고 천연덕스럽게 말했다. 이 말을 듣고 너무나 불쌍하게 여긴 이웃 사람은 눈물을 글썽이며 과자와 빵을 주었다. 시몬과 앙드레는 신이 나서 이것을 받아 배를 채웠다. 나중에 이 일을 안 시몬의 양친은 이웃 사람들 앞에서 얼굴을 들 수가 없었다.

　제1차 세계대전이 터졌다. 어느 날 시몬의 아버지는 군복을 입고 줄루빌에 나타났다. 그는 8월 초순 이동식 야전병원에 배치되었으며 곧 뇌샤토로 가게 되었다. 그러나 뇌샤토에서는 군인의 가족이 따라오는 것이 금지되어 있었다. 그것을 알면서도 시몬의 어머니는 전 가족을 이끌고 남편을 찾아갔다. 시몬네 가족이 도착하는 것을 본 한 장교는 자기 친구들에게 이렇게 말했다. "베유 씨는 자기 아내뿐만 아니라, 아들과 딸과 장모와 거기다가 기르던 개까지 데리고 왔다." 나중에 이 사실이 모두 알려졌지만 병원 당국은 베유 씨를 보아 특별히 이 사실을 눈감아주었다.

　뇌샤토에서 시몬은 비로소 읽기를 배웠다. 이것은 앙드레의 발상이었는데, 아버지에게 드리는 새해 선물로 스스로 시몬에게 틈틈이 읽기를 가르쳤다. 마침내 새해 아침이 되자 앙드레는 아버지에게 달려와 자랑스럽게 말했다. "아빠, 시몬이 신문을 읽어드리겠대요." 그러나 시몬은 밤새도록 너무 열심히 연습한 나머지 정작 설날 아침에는 녹초가 되어 아무것도 읽을 수가 없었다.

시몬의 아버지는 후두염에 걸렸고 결국 그것은 기관지염이 되어 2월에는 후방인 프랑스 남부의 망통으로 이송되었다. 곧이어 가족들도 모두 그 뒤를 따라갔다. 군인 환자들은 그곳의 육군병원에 입원하도록 되어 있었다. 그러나 시몬의 아버지만은 육군병원 부근에 있는 가족들과 함께 남아 있을 수 있게 되었다. 그러나 이것은 엄연히 불법이었기 때문에, 병원에서 환자 점검이 시작될 쯤이면 간호병이 미리 뛰어와서 시몬의 아버지를 데려가야 했다.

망통은 전쟁 때문에 폐허가 되었으나 그래도 무척 아름다운 도시였다. 주민들은 떠나갔고 버려진 빈 호텔들의 마당에는 이름 모를 꽃과 풀들이 우거져 있었으며, 거리 어디에서나 푸른 하늘 밑에 눈 덮인 산봉우리가 우뚝 솟아 있는 것이 보였다. 시몬은 꽃을 무척이나 좋아했다. 그래서 어머니가 시몬을 교외로 데리고 나가면 저녁 늦도록까지 집에 가지 않겠다고 떼를 썼으며 조금만 있으면 별을 볼 수 있을 거라고 말하곤 했다.

1915년 4월 건강을 회복한 시몬의 아버지는 다시 마옌으로 이송되었다. 마옌에서 시몬의 가족들이 세를 든 집에는 수십 가지의 장미꽃이 만발해 있었다. 장미꽃을 매우 좋아하는 집주인은 앙드레를 "천재"라고 불렀고 시몬을 "미인"이라고 불렀다.

이 무렵부터 시몬은 차츰 말을 듣지 않기 시작했다. 때로는 막무가내로 고집을 부려서 온 집안 식구들을 쩔쩔매게 하기도 했다. 시몬의 어머니는 친구에게 보내는 편지에 "시몬은 이제 무척 다루기가 힘들답니다. 그런 시기가 왔나 봐요. 아마 제가 그 애를 너무 귀

여워했나 봐요. 지금도 말썽을 부리지 않을 때는 키스해주지 않곤 못 배기겠어요. 남편도 그래요. 아무튼 그 애는 자기 기분만 나면 정말 어른처럼 굴거든요"라고 적었다.

겨우 아홉 살밖에 되지 않은 앙드레는 줄루빌에서 외사촌의 기하학책을 보고 난 뒤, 이번에는 대수방정식을 풀기 시작했다. 혼자서 일차방정식과 이차방정식을 터득했고 어려운 문제도 곧잘 풀었다. 앙드레는 너무 공부를 열심히 해서 놀이 같은 것은 거들떠보지도 않았기 때문에, 가끔 쉬게 하려면 어머니가 억지로 책을 빼앗아야 할 지경이었다. 한편 시몬은 애국시에 열중하고 있었다. 애국시인 데룰레드의 시집에 나오는 시들을 전부 외워 사람들을 만날 때마다 몇 번 씩이나 들려주었다. 이때쯤 겨우 시몬의 건강이 좋아졌으므로 시몬의 어머니는 되도록 시몬이 마당에 나가 마음껏 뛰어놀도록 신경을 썼다.

이 무렵 시몬과 앙드레는 혈연이 없는 고아 출신의 군인들의 대자代子가 되어 서로 서신을 교환했다. 그런데 둘 다 그 군인들에게 선물을 보내는 데에 어찌나 열심이었는지, 사탕이건 과자건 무엇이나 생기는 대로 자기들은 먹지 않고 군인들에게 보내려고 신경을 썼다. 그해 부활절에 시몬과 앙드레는 이웃으로부터 초콜릿으로 만든 커다란 달걀 같은 선물을 받았는데 이것 역시 포장도 뜯지 않은 채 즉시 군인들에게 보내버렸다. 둘 모두 자신들이 그것을 아주 좋아했으면서도, 앙드레보다 더 극성스러운 시몬은 집 근처의 숲에 가서 작은 나뭇가지들을 주워 가지고 와서는 일일이 다발을 묶어 어머니에게 팔았다. 이렇게 해서 번 돈도 남김없이 군인들에게 선물을

시몬 베유의 가족(1916년)

사서 보냈다.

이듬해 5월에 어머니를 잃은 사촌 동생 레몽이 집에 놀러왔을 때에도 시몬은 앙드레에게 심각한 얼굴로 말했다. "오빠, 우린 레몽이 원하는 건 뭐든 다 해주어야 해. 그 아이는 불쌍한 고아니까 말이야." 시몬은 남의 불행에 매우 민감했고 언제나 어떻게 해서든지 그들을 도우려고 애썼다.

시몬과 앙드레는 공부뿐만 아니라 문학에도 대단한 정열을 보였다. 라신과 코르네유의 희곡을 모두 외우고 함께 암송하면서 상대방이 틀릴 때마다 번갈아 따귀를 때렸다. 놀 때에도 그냥 노는 것이 아니라 운을 맞추어 시를 짓는 놀이를 했다. 시몬과 앙드레에게 놀이는 곧 공부였으며, 놀이를 위해서는 자기들이 배운 모든 지식을 총동원했다.

그해 여름 시몬의 아버지는 아프리카 북부의 알제리의 병원으로 배치되었다. 하는 수 없이 아버지를 보내고 시몬네는 남은 식구끼리만 다시 파리로 돌아왔다. 일곱 살이 된 시몬은 여기서 약 3개월 간 몽테뉴 학교에 다니며 쓰기를 배웠다. 앙드레 역시 같은 학교에서 라틴어와 그리스어와 국문학을 배웠다.

겨울이 다가왔으나 갑자기 앙드레는 무릎까지 오는 긴 양말을 신지 않기로 결심했다. 그는 좀더 사내다워지고 싶었던 것이다. 시몬도 곧 앙드레의 흉내를 내서 양말을 신지 않고 다녔다. 추운 날씨에 맨다리를 드러낸 시몬과 앙드레가 거리에 나가면 행인들이 이상한 표정으로 쳐다보는 통에 시몬의 어머니는 어쩔 줄 몰라했다. 하다 못해 시몬만이라도 양말을 신겨보려 했으나, 울고 야단법석을 치는 바람에 어쩔 도리가 없었다. 한번은 시몬의 다리가 파랗게 얼어붙은 것을 본 어떤 부인이 격분한 표정으로 시몬의 어머니 앞에 다가와 노려보며 "이 몹쓸 여편네 같으니라고" 하고 소리내어 야단을 쳤다. 그런 일이 있은 뒤에도 시몬과 앙드레는 또 장난을 꾸며내어 어머니를 난처하게 만들었다. 어머니와 함께 전차를 타고 집으로 갈때, 두 아이는 모두 이를 덜덜 떨면서 "아이, 추워! 아이, 추워! 왜 엄마는 우리에게 양말을 못 신게 하지?" 하는 말을 반복했다. 그러면 전차 안에 있던 사람들이 모두 시몬의 어머니를 뚫어져라 쳐다보았다. 시몬의 어머니는 차마 고개를 들 수가 없었지만 전차에서 내린 뒤에도 시몬과 앙드레를 꾸짖지는 않았다.

그해 12월에 알제리에 있던 시몬의 아버지는 병이 재발하여 프랑스로 돌아오게 되었고 다시 샤르트르로 전속되었다. 이 소식을 들은 시몬의 가족들도 곧 샤르트르로 달려가서 그들 가족들은 다시 모이게 되었다. 아이들은 파리의 학교를 떠나지 않을 수 없는 것을 슬퍼했다. 시몬의 어머니는 라발에서 수술을 받게 되어 아이들과 상당 기간 떨어져 살게 되었다. 어머니가 돌아온 직후 어느 날 아침(5월 29일)에 갑자기 시몬과 편지를 나누던 군인이 휴가를 이용하여 시몬을 찾아왔다. 편지를 통해서가 아니라 실제로 그를 만나보게 된 시몬의 기쁨은 이루 말할 수 없었다. 하루 종일 그와 손을 잡고 온 거리를 쏘다니며 온갖 정성을 다해 그를 기쁘게 해주었다. 그러나 이 짧은 하루가 이 두 사람 사이의 최초의 만남이자 최후의 만남이 되었다. 이튿날 군대로 돌아간 그는 얼마 안 되어 어느 전투에서 전사하고 말았던 것이다. 그 당시 시몬네 집에는 랑글로아 사원에서 일한 적이 있는 하녀가 있었다. 독실한 가톨릭 교도인 그녀는 어느 날 시몬을 보고 "성인"이라고 불렀다. 이것은 이후에 세상 사람들이 시몬을 "성인"이라고 부른 것의 시작이었다.

시몬은 샤르트르 학교에서 2학년이 되었다. 그녀는 다른 아이들보다 글씨를 쓰는 것이 느려서 무척 애를 먹었다. 그것은 시몬의 능력이 부족했기 때문이 아니라 시몬의 손이 몸에 비해 유달리 작은, 일종의 기형이었기 때문이었다. 나중에 성인이 된 뒤에도 시몬의 손은 어린아이의 손 그대로였다. 이 불구의 손 때문에 시몬은 평생 동안 고통을 겪어야만 했다.

이듬해 봄이 되어 정원은 푸른색으로 물들고 사과나무에는 꽃이 만발했지만, 시몬과 앙드레는 공부에 열중해서 쉴 틈이 없었다. 그렇게 좋아하는 산책을 나가는 것도 잊어버릴 정도였다. 이렇게 열심히 공부한 덕분에 시몬은 놀라울 정도의 진전을 보여 반에서 1등을 했다. 학기 말에는 시몬과 앙드레 모두 1등상을 탔고 그밖에도 여러 가지 상을 탔지만, 시몬은 갑자기 편도선염이 재발하여 방학식에 참석하지 못했다.

여름방학 동안 시몬을 위해 온 가족이 팡티에브르에서 휴양을 하고 가을에 다시 라발로 돌아왔고, 전쟁이 끝났다는 소식이 들려왔다. 그러나 시몬의 아버지는 제대가 늦어졌으므로 시몬의 가족은 그 이듬해에야 겨우 파리로 돌아갈 수 있었다. 파리에서 시몬은 느롱 학교에 들어갔다. 시몬의 담임 선생님인 사피 선생은 주로 작문을 가르쳤는데, 그녀는 시몬이 수학과 작문뿐만 아니라 다른 과목에도 놀라운 재능이 있다는 것을 알았다. 한번은 수업 시간 중에 "루브르 박물관에 다녀와서"라는 제목으로 작문을 짓게 되었는데, 많은 글들 가운데에서도 이집트의 조각품에 대한 시몬의 글이 뽑혀 반 학생들 앞에서 낭독되었다. 이것을 듣고 감동한 한 학생은 시몬의 글을 빌려다가 온 집안 식구들에게 읽어주기도 했다.

언젠가 사피 선생은 시몬에게 앞으로 커서 무슨 일을 하고 싶으냐고 물었다. 시몬이 제 자신도 기억 못 할 정도로 여러 가지를 주워대자 사피 선생은 시몬에게 일러주었다. "시몬, 나무는 키만 크게 자라서는 안 된단다. 이렇게 옆으로도 자라야 해요." 그러면서 사피 선생은 두 손을 힘껏 옆으로 벌려 보였다. 시몬은 말년에 "나무는 뿌리가 아니라 꼭대기부터 시든다", "높이 올라만 가려고 하는 자에게는 잎과 열매가 에너지의 낭비로 보일 뿐이다"라고 말했다. 이것을 보면 그때의 사피 선생의 말이 시몬에게 깊은 인상을 준 것 같다.

시몬은 아무리 애를 써도 그림과 지도 그리기만은 잘할 수가 없었다. 지리 시간이 든 전날이면 밤을 꼬박 새우며 지도 그리는 연습을 했지만 결과는 비참할 정도였다. 이것을 알고, 학교에서는 마침내 시몬에게만은 지도 그리는 일을 면제해주었다. 미술도 마찬가지여서 시몬이 그림을 그리려고 애쓰는 모습은 애처로울 지경이었다. 이를 보다 못한 시몬의 어머니는 미술 선생을 찾아가 사정을 이야기했다. 그러자 미술 선생은 시몬의 손과 이마를 탁탁 치면서 "잘못된 건 요 손이 아니라, 바로 요 머리야"라고 말했다. 이 말이 무척이나 재미있었던지 시몬은 그후에 곧잘 제 이마를 탁탁 치면서 "엄마, 바로 여기가 잘못된 거예요"라고 말하곤 했다.

공작 시간에도 시몬만 수업을 면제받았다. 한 학급 동무는 이렇게 말했다. "육체적으로는 아이, 손재주는 제로, 그러나 지력은 발자크."

시몬의 개성은 남달리 강렬했기 때문에 학우들에게 그녀의 영향력은 매우 컸다. 그녀는 그녀 자신의 교양 수준, 사고 수준에까지 학우들을 끌어올리려고 했다. 사피 선생은 이에 불안을 느꼈다. 그리고 시몬이 교실을 "과열시키고 있다"며 걱정했다. 시몬을 중심으로 하여 "원탁의 기사의 모임"이라는 소그룹이 결성되었다. 그것을 그녀는 소년시절의 이상과 꿈의 결정체로 생각했다. 이 "기사"들은 진실과 정직과 청결한 생활, 성실함과 충실함을 그 신조로 했다. 이 모임은 1학년일 때 만들어져 3학년이 끝날 때까지 지속되었다.

독일 바덴-바덴에서의 시몬 베유(1921년)

어머니가 참으로 현명했던 덕분에 시몬은 자신의 흥미를 끄는 일에 몰두할 수 있었다. 시몬이 제일 좋아하는 과목은 정치학이었다. 어떤 학생은 이런 시몬을 공산주의자라고 놀렸다. 그러면 시몬은 "아니, 난 볼셰비키야"라고 응수하곤 했다. 그 나이에 시몬이 볼셰비키라는 말의 뜻을 정확히 알고 있었다고 볼 수는 없지만 이때부터 벌써 "버림받은 노동자들"의 편에 서서 모든 것을 생각했다는 것만은 확실히 알 수 있다. 얼마 후에 베르사유 조약이 체결되었을 때에도 시몬은 이 조약을 "이미 패배한 적의 숨통을 누르는 행위"로 여겨, 프랑스에 대한 수치심과 약자에 대한 동정심 때문에 어렸을 때부터 열렬히 간직해온 자신의 애국심에 대해서 다시 생각하기도 했다. 어린 시몬의 가슴 속에서는 점차 모든 인간은 평등해야 된다는 혁명적인 사고가 움트고 있었다.

시몬은 다른 여자 아이들처럼 인형을 가지고 놀지 않았다. 시몬네 집에는 장난감이라고는 공 한 개밖에 없었다. 또 시몬은 바느질도 싫어했다. 평생 동안 바느질이라고는 어머니에게 레이스를 붙인 조그만 손수건 하나를 만들어드린 것뿐이었다. 그 대신에 시몬은 문학 작품과 책을 좋아해서 웬만한 시는 다 읽었을 뿐만 아니라 줄줄 외우고 다니다시피 했다. 늘 생각이 많았기 때문에, 무슨 일을 하려면 시몬은 앙드레보다 훨씬 시간이 걸렸다. 그러나 일단 시작한 일은 반드시 해내고 말았다.

시몬은 앙드레를 무척이나 좋아하고 자랑스러워했으며, 앙드레의 재능에 감탄했으나 질투하는 법은 거의 없었다. 그러나 동생인 시몬이 너무 고집이 세고 무슨 일이 있어도 양보하려 하지 않았기 때문에 앙드레와 시몬은 자주 싸웠다. 혹시 어머니가 싸우는 것을 알고 와서 둘을 떼어놓을까 봐, 옆방에서 얼굴이 새하얘진 채 서로 물고 뜯으면서도 절대로 소리를 내지 않았다.

시몬은 성격이 부드럽고 명랑하면서도 의지가 굳고 분명했다. 어렸을 때부터 늘 가난하고 불쌍한 사람들의 운명을 자신의 일같이 생각했으며 눈에 띄게 좋은 옷을 입는 것을 싫어했다. 한번은 어머니가 손수 지어준 새 옷을 입고 결혼식에 간 적이 있었는데 이 옷이 잘 어울렸음에도 시몬은 무척 어색해했다. 더구나 결혼식이 끝난 뒤 사람들이 춤을 추는 것을 처음 보고는 매우 우스꽝스럽게 여겨 집으로 돌아오는 길에 다시는 결혼식에 가지 않겠다고 맹세했다. 앙드레 역시 이 다음에 자기 자신의 결혼식에도 가지 않겠다고 결심했다.

시몬은 그동안 너무 공부를 열심히 했으므로 몸이 약해졌다. 그래서 1920년에서 1921년까지는 학교에 다니지 않고, 사피 선생으로부터 집에서 개인 교습을 받게 되었다. 이 동안 시몬은 사피 선생을 위해 「불의 요정」이라는 시극을 지었다.

앙드레는 열여섯 살에 고등학교를 졸업하자 고등사범학교의 과학 부문 입학시험에 합격했다. 그는 이태 전에 대학 입학 자격시험에 합격한 바 있었다. 앙드레가 어디를 가나 우등을 했으므로 시몬은 차츰 오빠에 비해 자신은 머리가 나쁘다는 열등감을 가지게 되었다. 이 열등감이 날이 갈수록 깊어져서 마침내 시몬은 "끝없는 절망"에 빠져버렸으며 열세 살의 나이에 자살을 심각하게 생각하게 되었다. "나는 눈에 띄는 성공은 대수롭게 생각하지 않는다. 그러나 진정으로 위대한 사람들만이 들어갈 수 있는 저 초월적인 왕국에 들어갈 수 없다는 생각에는 견딜 수가 없다. 거기에야말로 진실이 존재한다. 진실이 없이 살기보다는 차라리 죽는 편이 낫지 않을까?"라고 시몬은 진지하게 자문했다. 그러나 이런 절망 속에서도 시몬은 곧 그것을 극복할 진실을 발견하게 되었다. 영혼의 세계에서 구원을 위해 진실로 열망하고 노력을 하는 자는 그 구하는 바를 얻을 수 있으리라는 확신이 불현듯 머리를 스치고 지나갔기 때문이었다. "몇 달 동안의 내적인 암흑 끝에 문득 내 마음은 끝없는 확신으로 차올랐다. 타고난 재능이 없는 자라고 할지라도 온 마음을 다하여 진리를 갈구하고 정신을 집중하게 되면 마침내는 진리의 왕국에 도달할 수 있다. 다시 말해 굶주린 자에게 하느님은 돌을 주시지는 않는다는 것이다. 그러나 그 당시에 나는 아직 『성서』를 읽지 않았었다." 이러한 확신 덕분이었는지 앙드레의 뒤를 이어 시몬 역시 대학 입학 자격시험에 우등으로 합격했다. 그리고 나서 얼마 후에 시몬은 이제까지 겪지 못했던 내적인 경험을 하게 되었다. 시몬의 마음속에 처음으로 "미지의 친구"라는 이미지가 떠오르게 된 것이다. 자신의 주변에 있는 친구들로서는 결코 만족할 수 없었던 시몬은 자신만이 은밀히 알고 있는 이상적인 존재의 모습을 만들어냈다. 그러고는 언젠가 이 비밀스러운 친구가 실제로 그녀 앞에 모습을 나타내리라고 믿었다.

시몬은 빅토르-뒤뤼 고등중학교의 르 센 철학 교수의 평판을 들었다. 시몬이 다니고 있던 페늘롱 고등중학교의 철학 교수는 평범한 사람이었으므로, 시몬은 곧 뒤뤼 고등중학교에 등록했다. 이 학교에 들어간 지 얼마 되지 않아서 시몬은 르 센 교수의 가장 뛰어난 학생이 되었다. 르 센 교수는 시몬을 자기가 평생 동안 만난 제자 중에서 가장 뛰어난 학생 중 하나라고 극찬했다. 그러나 유감스럽게도 르 센 교수의 이상주의적인 철학은 심리학 쪽으로 기울어져 있었다. 반면에 시몬의 가장 큰 관심사는 사회학이었다.

뒤뤼 고등중학교에서 시몬은 수잔 고숑과 사귀게 되었는데, 수잔은 후에 유명한 사회학자인 레몽 아롱과 결혼했다. 수잔은 시몬이 진심으로 깊은 감정을 토로했던 얼마 되지 않는 친구 가운데 하나였다. 이 시절의 시몬은 자신을 깊이 사로잡고 있었던 "미지의 친구" 때문에 쉽사리 친구를 사귈 수 없었다. 수잔에 의하면 그 당시의 시몬은 "진심으로 마음을 터놓고 깊은 유대를 맺을 수 있는 관계를 갈구했으나 단지 그 방법을 좀처럼 발견할 수 없었다." 날이 갈

수록 시몬은 더 고독해졌다. 어떤 의미에서 시몬은 마음속으로는 평생토록 고독했다.

1925년 6월에 시몬이 대학 입학 자격시험의 철학 부문에 통과되고 나자, 시몬의 가족은 알프스로 여행을 갔다. 앙드레는 열아홉 살에 이미 수학 교수 자격시험에 1등으로 합격했다. 난생처음 본 알프스의 경치는 시몬에게 순수의 개념에 대해 깊이 생각하게 했다.

그해 여름에 시몬의 가족이 샤토 호텔에 묵게 되었을 때, 시몬은 그 호텔에서 일하는 고용인이나 노동자들과 밀접한 관계를 맺었다. 시몬은 그들이 너무 혹사당하고 있다고 말했으며, 그들에게 노동조합을 만들라고 권했다. 시몬은 부모들이 호텔의 살롱에서 담소하는 동안 이들과 호텔 마당에서 토론을 벌였다. 이것을 보고 못마땅해한 손님은 "대체 그 따위 생각을 가지고 있다면, 저 여자는 이 호텔에서 무슨 일을 하고 있는 거냐?"며 호통을 쳤다.

10월이 되자 시몬은 고등사범학교 입학시험을 준비하기 위해 앙리 4세 고등중학교의 상급반에 들어갔다. 앙드레와 마찬가지로 시몬은 고등사범학교에 들어가고 싶어했으며 무엇보다도 알랭(프랑스의 철학자. 결정론을 경멸한 주지적, 현실주의적 모럴리스트/옮긴이)의 강의를 듣고 싶어했다.

알랭과의 만남

알랭과의 만남은 시몬에게는 정신적인 제2의 탄생을 뜻했다. 모든 예술 작품이 직접적인 자연의 묘사에서 출발하는 것이 아니라 과거의 위대한 작품에서부터 출발하듯이, 새로운 철학도 그 앞에 있는 기존의 철학에서부터 출발한다. 이런 의미에서 시몬의 주요 사상은 알랭의 수업 과정에서 형성되었다고 말할 수 있다. 그러나 그 이전에 이미 시몬의 길은 선택되어 있었다. 즉 사회질서에 대한 반항, 기존 세력에 대한 분노, 굶주리고 불행한 자들과의 유대감은 알랭에게서 물려받은 것이 아니라, 시몬이 태어날 때부터 지닌 특성이었다. 더욱이 알랭은 혁명을 종국적으로는 기존 세력을 더 강화시키고 시민을 한층 더 노예화시키는 것으로 여겼으며, 이렇게 항상 전제화되려는 기존 세력에 대한 유일한 해결책은 기존 세력을 유지시키는 범위 내에서 자유로운 비판과 물음을 통해 그 힘을 견제하는 것뿐이라고 했다. 알랭의 가르침이 없었더라면 시몬은 어느 정당에 가입했을 것이고, 그렇게 되었더라면 약자를 위한 그녀의 헌신적인 노력을 낭비했을지도 모른다.

약자의 편에 서는 것은 시몬에게는 어떤 철학적인 신념에 앞선 일종의 본능이었다. 어린 시절부터 분명히 나타나 있듯이, 시몬은 불의를 미워하고 진실한 유대감으로 맺어진 참다운 인간관계를 열망했다. 여기에 끈질긴 인내심과 용기를 겸비한 명석하고 확고한 의지가 합쳐져 시몬은 자기 시대의 근본 문제를 꿰뚫어볼 수 있었고, 그 구체적인 해결책을 체계적으로 세워나갈 수가 있었다. 무엇보다도 시몬에게는 근본 문제에 자신의 힘을 집중할 수 있는 탁월한 능력이 있었다. 그리하여 어린 시절에 결심했듯이 그녀는 자신의 인생과 죽음을 헛되이 하지 않을 수 있었다.

앙리 4세 고등중학교 시절 시몬의 외모에는 이미 그녀의 평생의 특징이 나타나 있다. 안경에 반쯤 삼켜진 듯한 작고 갸름한 얼굴, 매끈한 콧날, 대담하게 쏘아보는 듯한 검은 눈, 끝없는 호기심에 의해 항상 앞으로 내밀어진 목, 부드러우면서도 선량해 보이는 큰 입. 시몬의 얼굴에는 대담함과 부드러움이 함께 나타나 있어서, 자세히 들여다보면 아름다웠다. 또 몸은 말랐지만 행동은 늘 활기에 차 있었다. 그러나 옷은 항상 멋없는 남자 양복 같은 것을 입고 다녔고, 굽이 낮은 구두를 신었으며, 당시에는 보기 드물게 모자를 쓰지 않았다. 전체적으로 시몬에게서는 소위 혁명적인 지식인의 인상이 짙게 풍겼으며 이 때문에 당시의 점잖은 사람들의 미움을 받았다.

알랭은 처음에 시몬의 이러한 기이하고도 이 세상 사람 같지 않은 인상을 탐탁지 않아했다. 그는 시몬을 "마르티앙Martian"이라고 불렀는데, 이것은 알랭 자신의 말에 의하면 시몬이 평범한 사람들과는 너무나도 다르고 늘 남을 심판하는 듯한 인상을 준다는 뜻이었

앙리 4세 고등중학교에서. 그녀의 왼쪽이 르네 샤토(1926년)

지만, 필시 허버트 웰스의 소설에 나오는 온통 눈과 두뇌밖에 없는
"화성인Martians"을 두고 한 말이었을 것이다.

사실 시몬의 반 친구들까지도 평소 그녀의 인상에 비해 그녀가 쓴
글은 너무도 인간적이라는 사실에 깜짝 놀랄 정도였다. 나 역시 그
녀의 풍부한 감수성을 발견할 때마다 놀라지 않을 수 없었다. 알고
보면 시몬의 다른 사람들에 대한 동정심과 관심, 관대한 마음씨는
어느 누구보다도 진하고 깊었다. 단지 그녀는 의지가 강했기 때문
에 쉽사리 자기 감정을 표출하지 않았고, 이 때문에 다른 사람들의
눈에는 그녀가 감정적인 약점이 전혀 없는 냉혹한 인간으로 비쳤던
것이다.

시몬은 자신이 여자라는 사실을 달가워하지 않았다. 그래서 될

수 있는 대로 이 사실을 무시하려 들었으며, 다른 사람들도 자기를 여자로 대접해주지 않기를 바랐다. 어렸을 때부터 시몬의 부모는 시몬을 곧잘 "우리 둘째 아들 시몽"이라고 불렀으며, 고등중학교 시절에 시몬은 어머니에게 보내는 편지에 "사랑하는 아들 시몽"이라고 적었다. 또 시몬의 어머니는 어떤 친지에게 보낸 편지에서 "나는 흔히 여자답다고 하는 아이들보다는 씩씩하고 진지한 남자다운 아이들을 훨씬 더 좋아합니다. 시몬도 바보처럼 얌전하게만 자라기보다는 다소 거칠더라도 남자아이들처럼 솔직한 성격으로 자랐으면 좋겠습니다"라고 썼다.

시몬의 옷차림이 남자 같았다는 것도 이런 것으로 설명할 수 있을 것이다. 그러나 그보다 더 큰 이유는 시몬에게는 옷에 신경을 쓸 여유가 없었던 데에 있다. 언젠가 런던에서 시몬과 친한 모리스 슈만이 시몬에게 옷차림이나 생활 방식이 남들과 지나치게 다르면 필요 없는 오해를 살 수도 있지 않겠느냐고 충고를 해주자, 시몬은 눈물을 글썽이며 말했다. "제 건강은 엉망입니다. 게다가 매일 지독한 두통에 시달리고 있으니, 자연히 그런 일에 신경을 쓸 기력이라곤 조금도 없습니다."

실상 서른네 살이라는 짧은 생애 동안 시몬이 이룩한 일들을 생각해보면, 옷에 신경을 쓸 여유가 없었다는 말도 수긍이 간다. 아무튼 나이가 들수록 시몬의 옷차림은 점점 더 수도승이나 빈민들의 옷차림에 가까워졌다. 그리고 사람들도 차츰 시몬의 이러한 옷차림에 대해서 신경을 쓰지 않게 되었다.

시몬은 될 수 있는 대로 자신의 여성적인 면을 인정하지 않으려

했던 만큼 자신이 남자들의 사랑을 받는다는 것도 생각하지 않았다. 또다른 이유로는 실제로 시몬은 부끄럼을 많이 탔다. 그녀는 스스로가 못생겼다고 생각했기 때문에 일찍부터 평범한 여자로서의 길은 포기해버렸다. 더욱이 뛰어난 지적인 능력과 무자비할 정도의 용서 없는 논리, 번복할 줄 모르는 의지로 인해 그녀에게는 이 세상 사람 같지 않은 차가운 이지적인 인상이 풍겼던 것이다. 시몬과 같은 반이었던 마리 마그들렌 다비는 시몬을 가리켜 "이 세상과는 완전히 동떨어진 비사교적인 인물"이라고 평했는데, 이것은 사실과는 전혀 다르다. 시몬의 반 친구들도 처음에는 그런 인상을 받았지만 얼마 가지 않아 이런 생각을 말끔히 버렸다. 오히려 그들은 시몬이 흔히 말하는 "이지적인 괴물"이 아니라, 열렬하고도 순수한 감수성의 소유자라는 것을 깨닫고는 시몬을 깊이 이해하게 되었다. 한마디로 시몬에게는 냉철한 이지와 정열이 기묘할 정도로 똑같이 혼합되어 있었다. 한편으로는 까다롭고 느리고 침착하면서도 또 한편으로는 순진하다고 할 만큼 충동적이며 발랄했다. 또 무슨 일에든지 열광적이면서도 어떤 불합리한 것을 보면 오랫동안 격렬한 분노에 휩싸이곤 했는데, 이것은 시몬의 감수성이 보통 사람들과는 달랐기 때문이었다. 시몬에게서는 개인적인 욕망이나 이기심은 전혀 찾아볼 수 없었으며 인류 전체의 복지나 진실에 대해서만 깊이 열광하고 관심을 가졌다. 한편으로는 자존심이 몹시 강했지만, 자신의 개인적인 일에 관한 비난에는 절대로 앙심을 품거나 노하지 않았으며, 자기를 미워하는 사람들도 배울 점이 있으면 서슴없이 만났다. 또 억지로 남의 비위를 맞추려고 들지 않았으며, 모든 관계에서 비겁

하지 않고 당당했다. 실상 시몬이 우리 눈에 그렇게 기이하게 보였던 것도 시몬에게는 우리들과 같은 추잡한 구석이 전혀 없었기 때문이었다. 시몬의 지능은 탁월했으며 그보다도 감정의 순수성과 성격의 힘이 평범한 수준을 훨씬 넘어섰던 것이다.

그러나 그녀가 항상 친절하거나 관대했다고 말할 수는 없다. 오히려 일부러 다소 거칠게 행동하기도 했고, 때로는 온당치 못한 행동도 했다. 특히 고등중학교 시절에 시몬은 곧잘 예의를 무시하고 남을 비웃어서 본의 아니게 남의 마음에 상처를 입혔다. 그러나 이것은 시몬이 아직 충분히 성숙하지 못했기 때문이었다. 나중에는 자기 자신에 대해서도 많은 이야기를 했고, 여러 사람들에게 자신의 속마음을 털어놓았다. 그래서 사람들은 차츰 그녀가 정말로 무엇 때문에 괴로워하는지를 알게 되었으며, 그녀 역시 여성이라는 것을 깨닫게 되었다. 그러나 이러한 점으로 인해 시몬은 오히려 더 완벽하게 보였다. 어떤 의미에서 학생 시절의 시몬은 아직 완전한 인간성에 도달하지 못했으며, 나중에 그녀가 도달한 경지야말로 한 인간으로서 이룩하기에는 어려운 것이었다고 할 수 있다. 그렇게 되기 위해서는 우선 스스로 용기를 길러야 했으며 자신의 약점을 그대로 용납하지 않아야 했다. 그다음에야 비로소 하찮은 약점들까지 더 감동적이고 더 아름다워 보이게 되었던 것이다.

알랭의 철학은 한마디로 요약하기 어렵다. 무엇보다도 알랭 자신이 요약을 경멸했으며 사상가의 진정한 능력은 구체적인 문제를 다루는 솜씨에서 비로소 나타난다고 믿었기 때문이다. 담화propos라는 수천 개의 짤막한 글 속에 흩어져 있는 알랭의 사상은 항상 구체적이고 특정한 상황이나 대상과 관련되어 있으며, 문체와 서로 떼어 놓고 생각할 수 없다. 또 알랭은 자신이 이야기하고 있는 것은 전혀 새로운 것이 아니라 이미 오래 전부터 있어왔던 것이라고 말했다. 이러한 경향은 시몬에게도 나타난다. 시몬은 "내가 할 일은 어떤 새로운 것을 이해하는 것이 아니라 이미 있는 진리를 끝없는 인내와 노력을 통해 분명히 파악하는 것이다"라고 거듭 강조했다.

알랭 자신은 요약을 싫어했지만, 그러나 우리가 간추려서 알랭의 신조라고 부를 만한 알맹이들이 있다. 이러한 알맹이들은 당대에 널리 퍼져 있던 철학 사상을 반박하는 대담하고도 독설에 찬 주장으로 이루어져 있다. 이러한 반박의 목적은 거짓을 벗김으로써 그 뒤에 숨겨져 있던 진실을 드러내기 위한 것일 뿐이었고, 알랭의 참으로 위대한 점은 모든 개념에 대한 철저한 분석, 선배 철학자들에 대한 탁월한 이해, 치밀한 사고방식과 같은 적극적인 면에 있었다. 그러나 알랭의 비판적인 안목은 그의 학생들에게는 중요한 영향을 끼쳤다. 알랭이 가르치는 방식도 주로 상식과 진부한 논리에 대한 반박을 통한 것이었다.

— 사고는 감각의 산물이 아니다. 오히려 감각이야말로 사고를 통해 다듬어진 것이다.

— 심리적 현상에 무의식은 존재하지 않는다. 무의식적인 것은 육체에만 있다.

— 정신을 지배하는 것은 선에의 의지, 혹은 단순히 의지이다.

— 사악한 의지란 없다. 악과 의지는 서로를 부정하기 때문에, 선택의 여지는 선한 의지와 악한 의지 사이에 있는 것이 아니라 의지하느냐와 의지하지 않느냐 사이에 있다.

— 도덕의 시초는 의무에 있는 것이 아니라 소망에 있다. 반드시 하지 않으면 안 될 일은 다름이 아니라 자유로워진다는 것, 즉 의지이기 때문이다.

— 자유롭지 않은 의지란 없다. 자유롭지 않으면 의지는 존재하지 않는다. 자유롭지 못한 것에서는 의지가 아니라 욕망과 열정이 생긴다.

— 행동이 없는 의지란 없다. 의향은 의지가 아니며 결단도 의지가 아니다. 의지는 행동 없이는 존재할 수 없다.

— 선택이란 없다. 의지는 선택을 하기 위한 것이 아니다. 의지의 기능은 이미 선택된 것을 지키며 그것을 중요한 것으로 만드는 것이다.

— 신앙이란 의지이며 의혹과 모순되지 않는다. 의혹은 모든 참다운 사고에서 발견되는 이성의 표시이다.

알랭의 가르침은 흔히 철학 교과서를 채우고 있는 그릇되고 나약한 생각들을 반박했다. 그러나 경멸이 정신을 살찌게 할 수 없듯이, 알랭의 사상을 풍요하게 만든 것도 경멸이 아니라 진정으로 위대한 철학자들에 대한 찬탄이었다. 알랭은 특히 플라톤과 데카르트와 칸트와 자기 스승인 쥘 라뇨를 숭배했다. 알랭이 가장 격렬하게 부정했던 것은 철학의 진보였다. 알랭에 의하면 플라톤은 현대의 철학자들을 훨씬 앞지르고 있으며, 위대한 정신에는 오류 속에도 어떤 진실이 담겨 있다고 한다. 알랭은 자신의 종교나 신념을 바꾸는 자들을 경멸했다. 일단 선택을 하고 난 뒤에는 그 선택을 번복할 것이 아니라 그것을 고수하고 개선하려 해야 한다는 것이다. 그렇게 함으로써만이 의지가 존재할 수 있다. 심지어 알랭은 "어리석은 자들만이 견해를 바꾼다"라고 말하기까지 했다.

알랭의 철학 강의는 한 번에 두 시간씩 일주일에 세 번 있었다. 수업이 시작되면 우선 학생이 일어나 예습해온 내용을 간단히 설명했다. 그러고 나서는 알랭이 강의를 시작했다. 수업 도중에 질문을 하거나 토론을 하는 일은 별로 없었다. 알랭은 주로 주요한 철학자, 소설가, 시인, 수필가의 작품에 대해 강의를 했는데, 이야기를 할 때면 우리 학생들은 안중에도 없다는 듯이 그 푸른 눈으로 먼 곳을 응시한 채 그침 없이 이야기를 했다. 첫해에는 플라톤과 발자크의 작품 대부분을 강의했고 그다음 해와 셋째 해에는 칸트의 전 작품과 호메로스의 『일리아스*Ilias*』와 아우렐리우스의 『명상록*Ta eis Heauton*』을 강의했다. 강의를 듣는 이외에 우리들은 자신이 임의로 선택한 주제를 가지고 글을 써냈다. 이것을 논술*topos*이라고 불렀다. 또 수업 도중에 알랭이 지적해주는 주제를 가지고 자유롭게 작문을 하기도 했다.

첫해에 시몬은 「여섯 마리 백조 이야기」라는 동화의 주제를 가지고 작문을 했는데 이것은 시몬이 알랭한테서 칭찬을 받은 첫 번째 글이었다. 이 동화에 나오는 여섯 왕자는 계모인 마녀의 요술에 걸려 백조로 변해버렸다. 이들을 구하기 위해 막냇동생인 공주는 밤마다 무덤 근처에서 흰 아네모네 꽃을 뜯어 여섯 벌의 셔츠를 짰다. 이 셔츠를 짜는 6년 동안 공주는 한마디도 말을 해서는 안 되었다. 이 침묵으로 인해 마침내 공주는 마녀로 몰려 사형선고를 받았다. 그러나 교수대로 끌려가는 순간에 셔츠는 완성되고, 그때 마침 교수대 위를 날고 있던 여섯 마리의 백조를 향해 공주가 여섯 벌의 셔츠를 던지자 이것을 입은 백조들은 다시 사람으로 돌아와서 공주를 구했다는 이야기이다. 시몬은 이 이야기에 대해 "행동하는 것은 어렵지 않다. 오히려 우리는 너무나 많이 행동하고 있으며 그로 인해 우리의 힘은 무질서한 행위 속에 분산되어 있다. 아네모네 꽃으로 셔츠를 짜는 행위가 지닌 중요한 뜻은 침묵을 지킨다는 것이다. 침묵을 지킴으로써만이 우리는 우리가 가진 힘에 집중할 수 있다. 누구든지 6년 동안 흰 아네모네 꽃으로 셔츠를 짜야 하는 사람이라면 다른 일에 마음을 쓸 수 없다. 흰 아네모네 꽃은 순결한 꽃이기 때문이다. 그보다도 아네모네 꽃으로 셔츠를 짜는 것은 사실 거의 불가능한 일이기 때문이다. 그러나 이 어려움이 6년간의 순결한 침묵을 지킬 수 있도록 도와준다. 이 세상의 유일한 힘은 순결이다. 혼합물이 섞여 들지 않은 모든 순수한 것은 진리의 단편이다. 일곱 개의 무지갯빛이 나는 비단은 한 가지 빛뿐인 다이아몬드만큼의 가치가 없다. 이렇게 볼 때 이 세상의 유일한 힘과 유일한 미덕은 행동을 그침으로써 얻어진다"라는 설명을 붙였다. 시몬에게 공주의 행동은 실질적으로 유용한 행동에 대한 비행동, 즉 침묵이며 자제심이었다. 여섯 왕자를 구한 것은 셔츠라는 희생의 결과가 아니라 바로 회생 자체인 공주의 이 침묵이었다. 시몬에 의하면 "이 이야기에서는 순수한 자제심 그 자체가 바로 행동"이었던 것이다. 이러한 생각은 그 이후에도 시몬에게 거듭해서 나타났다. 나중에 시몬이 굶어서 죽은 것 역시 자신의 성실과 순수를 지키기 위해 스스로 선택한, 일종의 현실과 타협하기를 거부하는 행위였을 것이다. 살아서 더 많은 것을 이룩함으로써 다른 이상을 추구할 수도 있을지 모르나, 시몬은 자신의 영혼의 순수성을 지키기 위해 어떤 것에도 양보하지 않았다.

다음 해에 쓴 "미와 선"이라는 글에도 이런 생각이 잘 나타나 있다. 알랭은 이 글을 "무한히 아름답다……"고 극찬했으며 어떤 부분에는 자신도 동의한다는 표시를 수없이 남겨놓았다. 이 글에서 시몬은 도덕적인 행동을 미리 예측할 수 없고 자유로운, 일종의 창조적인 행위로 보았으며, 남에게 보이기 위한 것이 아닌 스스로에 대한 성실과 순수성으로 보았다. 이 글의 중심은 알렉산드로스 대왕이다. 알렉산드로스 대왕이 군대를 이끌고 사막을 횡단했을 때, 극심한 갈증에 시달렸으나 그는 다른 병사들보다 특별한 대우를 받지 않으려고 멀리서 그를 위해 특별히 길어온 물을 마시기를 거부했다. "그 누구도, 더욱이 알렉산드로스 자신도 이러한 놀라운 행동을 미리 예측하지 못했다. 그러나 일단 이 일이 일어나자 마땅히 그랬어야 한다고 생각하지 않는 사람이 없었다." 이처럼 선과 의무는 인간의 자유로운 의지로부터 우러나오는 것이지 외부로부터 인간에게 억지로 부과되는 것은 아니다. 알렉산드로스의 행동 역시 남에게 보이기 위한 실용적인 행동이 아니라 알렉산드로스 자신의 순수성과 인간성을 지켜주는 자유로운 행동이었던 것이다. "만일 알렉산드로스가 그 물을 마셨더라면 알렉산드로스와 그의 병사들 사이에는 장벽이 생겼을 것이다. 이 세상을 구원하는 데에는 정의와 순수만 있으면 족하다. 이것이 바로 정치적인 행동에 의해서가 아니라 오로지 정의만으로 인간의 죄를 대속하려던 인간신 예수의 죽음이 뜻하는 바이다. 남을 구하기 위해서 사람은 먼저 스스로를 구원해야 하고 자기 자신 속에 있는 영혼을 해방시켜야 한다. 그러기 위해서는 자기 희생이 필요하다. 희생이란 고통을 받아들이는 것이며, 자신 속에 있는 동물성을 거부하고 자발적인 고통을 통해 인간 모두의 고통을 구원하려는 자유로운 의지인 것이다. 모든 성자는 알렉산드로스와 같이 온당치 않은 물을 마시기를 거부했으며, 자신을 인간의 고통으로부터 분리시키는 모든 온당치 않은 부富를 거부했다." 이 말은 시몬의 전 생애를 지배했다.

　시몬의 이 두 글에는 알랭의 생각이 많이 반영되어 있다. 알랭 역시 의무는 무엇보다도 자기 자신에 대한 것이며, 자기 자신에 대한 의무를 행하는 가운데 모든 사람들에게 그 영향이 미친다고 했으며 의무를 규정짓는 것은 "거짓말을 하지 말라"와 같은 외적인 규율이 아니라 인간의 내적인 양심이라고 했다. "만일 네 영혼의 고귀함이 저열함에 물들지만 않는다면 도둑질도 올바르다고 할 수 있다." 그뿐 아니라 알랭은 자의로 고통을 받는 것을 찬미하기까지 했다. 가령 원시인들의 관습에서 아내가 진통을 할 때 남편이 그 고통을 함께 나누기 위해 일부러 고통을 당하는 것은 지극히 아름답고 인간적인 행위라고 생각했다. 우리는 여기에서도 시몬과 알랭 사이의 놀라운 유사성을 발견할 수 있다. 그러나 선과 도덕에 대한 정열은 시몬 자신의 본래의 것이며 이것이 스승인 알랭의 특성과 일치했다고 할 수 있을 것이다.

알랭은 도덕에 대해 상당한 정열을 가지고 있었다. 그는 도덕에 대해서만은 회의적이지 않았으며 아름다운 행동을 보면 거의 순진할 정도로 열렬히 찬탄해 마지않았다. 알랭은 진리와 의무는 떨어져서 생각될 수 없으며, 위대함과 아름다움도 모두 의무와 깊이 관련되어 있다고 믿었다. 시몬은 이것을 누구보다도 잘 이해했다. 시몬이 친구에게 보낸 편지에서 알랭의 위대함은 오로지 도덕에 있다고 했을 때, 이 말은 알랭의 사상을 훌륭히 꿰뚫어본 것이었다.

시몬은 실제로도 자기가 말한 것 이상으로 자제심과 의지를 기르려고 애썼다. 고등중학교 시절 그녀는 자신의 휘갈겨 쓰는 필체를 단정한 필체로 바꾸는 데 성공했다. 자신의 손의 불구를 극복하려는 끈질긴 노력이었다. 또 오랜 기간 동안 시몬의 왼쪽 손바닥에는 둥글고 깊은 상처가 있었다. 시몬은 그 이유를 말하려고 들지 않았지만, 아마도 밤중에 새로운 필체를 연습하는 도중 자신의 의지를 시험하고 자신의 결점을 벌하기 위해 담뱃불로 지진 것이 아니었나 짐작된다. 시몬은 자신의 작은 결점 하나도 소홀히 할 수 없었던 것이다.

여러 철학가 중에서도 시몬은 특히 데카르트를 좋아했다. 르 퓌에서 교사가 되었을 때, 그녀의 방바닥에는 항상 커다란 아당-타네리 판 데카르트 전집이 펼쳐져 있었다. 이 책을 움직이지 않기 위해 시몬은 늘 무릎을 꿇고 책을 읽었으며, 강의를 준비할 때면 이 책 저 책 사이로 기어다니며 보았다.

시몬은 스피노자도 좋아했다. 특히 스피노자의 용감하고 순수하고 가난에 시달리면서도 굴하지 않고 떳떳하며 독립적인 면을 좋아했다. 시몬은 스피노자의 제3의 지식, 즉 직관적이면서 동시에 합리적인 지식을 가장 완벽한 지식이라고 생각했다. 데카르트와 스피노자 이외에는 기독교, 특히 가톨릭에 공감했으며 구약과 신약을 즐겨 인용했다. 또 파스칼이나 성 아우구스티누스도 자주 인용했고 기독교 교리의 진정한 의미를 이해하려고 노력했다. 시몬의 기독교 이해는 다소 상징적이기는 했지만 원래의 교리에서 그리 어긋나는 것은 아니었다. 알랭처럼 시몬도 교회의 의식은 우선 마음을 가라앉혀 신앙을 받아들일 준비를 해준다는 점에서 좋은 것이라고 여겼다. 시몬은 기독교에 대해 많은 토론을 했으며 글도 많이 썼다. 시몬이 처음 고등사범학교에 들어갔을 때 부글레 교수는 시몬을 보고 "무정부주의자와 항공기 조종사가 합쳐진 모습" 같다고 평했다. 그러나 시몬이 기독교에 대해 쓴 글을 낭독하는 것을 듣고는 "아가씨, 이젠 수녀원에 가는 것만 남았군요"라고 말했다. 또 언젠가는 시몬이 사촌 동생 레몽과 토론을 했을 때, 레몽이 "난 어떻게 해서 신을 믿는지 이해할 수 없어"라고 하자, 시몬은 "난 어떻게 해서 신을 믿지 않는지 이해할 수 없어"라고 대답했다. 그러나 시몬의 이 대답은 단순히 데카르트의 "신의 존재를 확인하지 못하는 한, 아무것도 확인할 수 없다"는 말을 가리킨 것이었다. 시몬은 신을 믿기는 했지만 그 신은 종교적인 신이라기보다는 완전한 사고, 즉 철학자들의 신이었다.

학생 시몬에 대해 알랭이 학기마다 내린 평가는 시몬을 이해하기 위해 알아둘 만하다.

- 1925년부터 1926년 사이의 제1학기[3개월] : 분석력이 뛰어나며 명쾌하고 위트가 있다. 그러나 전체적인 관점은 명료하지 못한 데가 있으므로 일관된 논쟁을 하는 것을 배워야겠다. 이미 독창성을 보이고 있으며 기대할 만하다.

제2학기 : 우수한 학생. 놀라울 정도로 급속하게 발전하고 있다. 문장력은 사고력에 비해 약간 떨어지지만 앞으로는 상당한 성과가 있을 것이다.

제3학기 : 우수한 학생. 생각의 범위가 넓고 훌륭한 저자에 대한 감상은 지극히 독창적이다. 학생들 중에서 가장 우수한 편이며, 다소 명료하지 못한 데는 있지만 곧 나아질 것이다.

- 1926년부터 1927년 사이의 제1학기 : 매우 훌륭한 학생. 재능이 풍부하지만 표현력은 다소 난해하다. 완전하게 알고는 있으므로 앞으로의 성공은 자기 자신에게 달려 있다.

제2학기 : 세밀한 관찰에 진보를 보임. 심오하고 추상적인 세부적 사고에 노력하고 있으며, 이것을 직접 글에 이용하고 있다. 문체는 건강하고 힘차다. 성공은 의심할 여지가 없음.

제3학기 : 때로는 약간 관념적이고 성급하지만 상당히 힘이 있고 견실하다.

- 1927년에서 1928년 사이의 제1학기 : 이미 광범위한 문학 전반을 다루고 있으며 보기 드물게 힘찬 정신력을 소유하고 있다. 때로는 반에서 공부하는 내용을 앞지르고 있다.

제2학기 : 사고력이 투철한 우수한 학생. 노력도 칭찬할 만하다.

제3학기 : 매우 우수한 학생. 찬란한 성공을 거둘 것이다.

고등사범학교 입학시험 준비

1925-1928

나는 곧 시몬의 친구가 되었다. 어떻게 해서 그렇게 되었는지는 지금도 잘 알 수 없다. 하지만 진지하게 진리를 추구하는 학생들은 누구나 시몬에게 끌렸다. 나 역시 곧 시몬이 관대하고 용감하며 순수한 관심사의 소유자라는 것을 알게 되었다. 그러나 사람들이 시몬을 공산주의자라고 했기 때문에 내 양친은 시몬을 사귀는 것을 그리 좋아하지 않았다. 어느 날 문득 내게는 시몬이 성자라는 생각이 떠올랐는데, 나중에 생각해보아도 이것은 진실이었다.

우리는 자주 함께 산책을 했다. 때로는 뤽상부르 공원까지 갔다. 어느 날 시몬은 공원 모퉁이에 있는, 사람들이 거의 다니지 않는 길로 나를 데리고 갔다. 시몬은 이 길을 무척 좋아하여 장-자크 루소의 이름을 따서 불렀다. 우리는 둘 다 루소를 대단히 좋아했다.

때로는 지하철을 타고 드라이브를 하기도 했다. 시몬은 지하철을 타는 노동자들을 보고 이렇게 말했다. "내가 노동자들을 좋아하는 건 정의감 때문만이 아니야. 난 본능적으로 그들이 좋아. 노동자들은 부르주아보다 훨씬 아름답거든." 시몬은 아름다움에 매우 민감했으며 부르주아들이 지나친 미의식 때문에 오히려 우스꽝스럽게 되는 것을 역겨워했다.

나는 시몬네 집에도 놀러 갔는데 그 식구들의 친절함에 무척 감동을 받았고 그 집안의 자유로우면서도 교양 있는 분위기에 감탄했다. 시몬네 집에는 수잔이라는 예쁘고 명랑한 하녀가 있었는데 그녀가 이 집안 식구들은 모두 미쳤다고 말해서 우리들은 폭소를 터뜨렸다.

어느 날 나는 어머니와 함께 시몬의 어머니를 방문했다. 시몬의 어머니는 시몬이 어렸을 때부터 거짓말하는 것을 들으면 몹시 화를 냈다고 말했다. 만나고 싶지 않은 손님이 찾아왔을 때 집에 없다고 하는 정도의 거짓말만 해도 펄쩍 뛰면서 아무리 사소한 일일지라도 거짓말을 해서는 안 된다고 말했다고 한다.

시몬은 누구나 신념과 생활 태도 사이에 차이가 있어서는 안 된다고 생각했다. 언젠가 우리들이 이 문제에 관해 이야기했을 때 그녀는 "내가 참을 수 없는 건 그 차이 자체가 아니라 현실과 타협한다는 것이야"라고 말했다.

시몬은 작가에 대해 무척 엄격했다. 한 작가의 올바르지 못한 말 한마디나 행동 하나만으로도 그 작가의 전 작품을 불신할 정도였다. 파스칼의 "기적이 없다면 신앙도 없을지 모른다"는 말을 가지고 사정없이 그를 비판하기도 했다.

반에서 나는 바로 시몬의 뒤에 앉았다. 그래서 나는 시몬이 천천히 아주 고통스럽게 잉크를 묻혀가며 글씨를 쓰는 것을 볼 수 있었다. 시몬은 글씨를 쓰다가 갑자기 머리를 번쩍 들고 안경 너머로 사방을 주의 깊게 관찰하곤 했다. 그러나 때로는 딴 데 정신이 팔려 있기도 했다. 하루는 그녀의 옷자락이 커다란 잉크 자국으로 얼룩진 것을 보고 둘 다 깜짝 놀랐다. 뚜껑을 덮지 않은 채로 잉크병을 호주머니에 넣고 다녔던 것이다.

시몬은 나하고만 친했던 것이 아니다. 나 이외에도 친구가 여러 명 있었다. 그중에도 특히 르네 샤토, 자크 가뉘쇼, 피에르 르텔리에와 친했다. 그 당시 가뉘쇼는 이미 고등사범학교에 다니고 있었다. 그는 우리들과 함께 고등사범학교 입학시험 준비반에 들어갔지만, 1학년 때 벌써 시험에 통과했다. 시몬은 블랙 커피를 마셨으며 때로는 포도주를 마시기도 했다. 나중에는 노동자들과도 함께 포도주를 마셨는데 그들과 다르게 행동하고 싶지 않았기 때문이었다. 또 사람이 먹을 수 있는 것이라면 아무것이나 먹고 싶어했기 때문이기도 했다. 시몬은 포도주는 그리 좋아하지 않았지만, 담배는 정말로 좋아했다. 때로는 시몬과 샤토, 가뉘쇼 세 사람은 빵과 치즈를 싸 들고 카페에 가서는 밤 1시나 2시에 카페 문이 닫힐 때까지 토론을 벌이기도 했다. 어떤 때에는 카페에서 나온 뒤에도 밤새도록 길거리를 돌아다니며 새벽까지 이야기하기도 했다. 중앙 시장 주변에 있는 카페에서 새벽을 맞이한 적도 있었다. 이브닝 가운을 걸친 여자들과 정장을 입은 신사들이 새벽에 와서 감자 요리를 먹는 동안 이들은 구석에 앉아서 계속 토론을 했다.

시몬이 가장 깊은 애정을 느꼈던 사람은 피에르 르텔리에였는데, 그의 아버지 레옹 르텔리에는 라뇨의 제자였다. 레옹은 라뇨의 강의집을 모아 『신의 존재에 관해서 De l'Existence de Dieu』라는 책을 발간하여 역시 라뇨의 제자인 알랭으로부터 "신의 아들"이라는 찬사를 받았다. 레옹은 노르망디의 한 농부의 아들로 태어나 열여섯 살에 집을 떠난 뒤 선원이 되어 세계를 돌아다녔다. 그러고는 뒤늦게 학교에 들어가 서른 살에 라뇨의 제자가 되었다. 그는 고향인 노르망디로 돌아가 농부로서 일생을 마쳤다. 이런 까닭에 가장 완전한 인간은 노동자이면서 사상가라고 생각했다. 시몬은 무척 레옹을 만나고 싶어했다. 그러나 1926년 봄에 레옹은 죽었고, 그뒤에야 시몬은 레옹이 살던 농장에 찾아가볼 수 있었다.

샤토와 피에르는 매우 친했으며 시몬은 이들의 우정을 높이 평가했다. 시몬은 피에르에 대해 보통 이상의 감정을 가졌던 것 같다. 아마 시몬이 누군가를 사랑한 적이 있다면 그것은 분명히 피에르였을 것이다. 1941년 제2차 세계대전이 일어나기 직전의 어느 날, 시몬과 나는 사랑에 관해 이야기했는데 그때 시몬은 말했다. "고등사범학교 입학시험을 준비할 때 내가 누군가를 좋아했던 것 같지 않았어?" 나는 모르겠다고 대답했고 시몬도 역시 더 이상 아무 말도 하지 않았다. 학창 시절에 분명히 시몬은 피에르를 친구 이상으로 생각했던 것 같았지만 이런 생각을 입 밖에 내지는 않았다. 피에르 자신도 전혀 눈치채지 못했다.

시몬과 그 친구들은 철학뿐만 아니라 정치학에도 비상한 관심을 가졌다. 시몬은 결코 공산당원이 된 적은 없었지만 공산주의에 대단히 열광했다. 고등사범학교 시절에는 편지 끝에 망치와 낫을 그려넣기도 했다. 열광적인 공산주의자가 곧 공산당원을 의미하는 것은 아니라면 넓은 의미에서 시몬은 공산주의자였다고 할 수 있다.

1926년에 어머니에게 보낸 편지에서 시몬은 "국회의원이나 소위 높으신 분들이 그 밑에 있는 종들보다 이 세상을 더 살기 좋게 만들지는 못할 것입니다"라고 말했다.

그렇다면 과연 시몬은 공산당에 가입할 생각이 없었을까? 시몬의 오빠인 앙드레의 말에 의하면 시몬의 책상 위에는 항상 공산당원 가입 지원서가 놓여 있었다고 한다. 그러나 시몬이 이것을 부친 것 같지는 않다. 또 후에 르 퓌에서 교사로 일할 때에도 시몬은 노동조합을 통해서만 활동해야 할지 공산당에 가입하는 것이 좋을지 항상 망설였다. 그 당시 만일 공산당이 다른 태도를 취했더라면 시몬은 정당을 싫어하기는 했지만 공산당에 가입했을지도 모른다. 그러나 그녀는 자신의 생각과 말과 행동의 자유에 가해지는 어떤 제약도 용납할 수가 없었다. 사실 시몬은 공산당에 가입했더라도 제약 때문에 공산당의 노선에 부분적으로 반대했을 것이고, 그랬을 경우 그녀가 공산당에서 내쫓기지 않은 채 그대로 용납될 수는 없었을 것이다.

흔히 알려져 있듯이 공산주의는 사회주의의 한 형태이다. 알랭은 우리에게 사회주의가 실상은 개인을 옹호하고 평등을 수립하는 데에 효과적이지 못하다고 가르쳤다. 사회주의에 대한 그의 반대는 강력했다. 이것을 설득시키기 위해 지적인 방법을 사용한 것은 알랭뿐이었다. 자신이 사회주의자들만큼이나 평등을 지지했고 그들 못지않게 사회개혁에 용기가 있었기 때문에 그는 그렇게 강력하게 이야기할 수 있었다. 알랭은 인간을 권력의 남용으로부터 보호하고 평등하게 만들기 위해서는 사회주의보다는 근본주의가 더 효과적이라고 생각했다. 여기서 알랭이 말하는 근본주의는 급진파와는 다르다. 알랭의 근본주의는 어떤 면에서 오히려 사회주의보다도 더 격렬하고 충격적인 것이다. 제1차 세계대전 당시 그 참상에 쓰라린 슬픔을 느낀 알랭은 자원해서 출전했다. 한편으로는 모든 사람의 불행을 함께 나누고 싶었고 또 한편으로는 자신의 자유로운 사고를 위한 대가를 지불하고 싶었기 때문이었다. 그러나 전쟁이 끝난 뒤의 알랭은 전보다 더 열렬히 전쟁에 반대하는 평화주의자가 되었다. 전쟁이 자본주의보다 훨씬 더 인간을 비참한 노예로 만든다는 것을 깨닫고 알랭은 그 이후 폭력이 불가피한 사회주의의 혁명 이론에 더욱더 반대하기 시작했다.

1927년 말에 소수의 평화주의자 단체가 결성되었다. 여기에서는 한 달에 한 번씩 신문을 발간했는데 가뉘쇼와 시몬도 이 신문에 기고했다. 시몬은 이 신문을 우송하는 일도 도왔다. 나중에는 자기 식구들까지 동원했다. 이 단체에서는 "평화에의 의지"라는 우편물을 만들어 모든 파리 시민에게 우송했다.

알랭의 전우이며 전국 철도 노동조합에서 활약하던 루시앙 캉쿠에는 동료 노동자들에게 좀더 많은 교육을 시키고 진급 시험에 합격하도록 돕기 위해서 노동자 대학을 만들 계획을 세웠다. 시몬을 비롯한 알랭의 제자들도 여기에 참여했다. 그들은 교육의 힘이라는 것과 이 힘이 없이는 아무것도 지배할 수 없다는 것을 깨달았다. 어떤 종류의 사람들은 물질적인 여유가 있더라도 정신적인 양식이 없이는 살 수 없다는 것도 알았다. 그러나 이 노동자 대학 계획은 결국 실패하고 말았다. 그 대신 캉쿠에와 알랭의 제자들은 학교와 기업을 연결시킬 목적으로 정규 대학은 아니었지만 노동자들에게 직접 강의를 했다. 이 강의에서는 진급시험 준비를 시키고 일반 교양 강좌도 열었다.

이렇게 해서 생긴 것이 바로 사회 교육 그룹Groupe d'éducation sociale이다. 1927년 9월 15일에 팔기에르 시립학교에서 그 첫 번째 강연이 열린 뒤로 계속해서 프랑스어, 수학, 물리학, 사회학이 강의되었다. 처음에는 가뉘쇼, 샤토, 갱디가 강의를 했으며, 나중에는 앙드레가 수학을 맡고 시몬과 마르쿠가 대부분의 강의를 하게 되었다. 이것은 7년 동안 계속되었다. 일요일 아침 강좌에서는 주로 사회학과 경제학을 강의했다.

이 강좌에 참석했던 철도 노무자들 중 상당수가 진급시험에 합격했다. 그뿐 아니라 어떤 면에서, 특히 정치적인 문제에서 이들의 사고력과 판단력이 향상되었다. 가뉘쇼, 샤토, 갱디와 같은 젊은 선생들은 이 노동자 학생들에게 상당한 영향을 끼쳤다. 시몬의 경우 이들에게 훌륭한 친구이기는 했지만 그녀의 생각은 너무나도 급진적인 것이어서 노동자들이 쉽사리 받아들일 수가 없었다.

1927년 6월 첫 번째 고등사범학교 입학시험에서 시몬은 역사 과목에서 낙제했다. 그래서 다음 해에는 그녀 부모의 친구가 경영하는 여학생 기숙사에 들어가서 다시 입학시험 준비를 하게 되었다. 여기에 있는 몇 주 동안 시몬은 무섭게 공부했다. 주변에 있는 사람들이 조금이라도 잠을 자지 않으면 안 된다고 억지로 공부하는 것을 말리지 않으면 안 될 정도였다. 또 그녀가 너무 계속해서 담배를 피워댔기 때문에 미리 문을 열어놓지 않으면 방에 들어갈 수가 없었다. 시몬은 담배를 피우지 않고서는 아무 일도 할 수가 없었다. 기숙사에 함께 있던 다른 여학생들은 시몬을 괴물로 여겼다. 시몬이 낡아빠진 옷을 입고 주머니에는 담뱃갑을 넣은 채 산책하러 나갈 때면 방에서 쫓아 나와 놀란 표정으로 구경을 하곤 했다.

시몬은 공부를 하지 않을 때는 그 학교의 정원사나 사환들과 어울려 다녔다. 그 때문에 상당한 물의를 일으켰으나 시몬은 아랑곳하지 않고 정원사에게 담배를 주기도 하고 함께 할 일이 있을 때에는 서슴없이 자기 방으로 불러들이기도 했다. 이것을 보고 정원사의 아내는 지독한 강짜를 부렸다. 도시의 선거날이 되자 시몬은 부르주아 친구들은 제쳐두고 정원사를 비롯한 다른 노동자들과 함께 팔짱을 끼고 투표하는 것을 구경하러 갔다.

고등사범학교 입학시험을 다시 치른다고 해도 그리 안심할 수는 없었다. 시몬은 별로 기대도 하지 않았다. 그러나 마침내 우수한 성적으로 합격했다. 고등사범학교 입학시험을 준비하는 동안 시몬은 소르본 대학교에서 열리는 철학 교수 자격시험에도 응시하여 통과했다. 그녀는 소르본 대학교의 강좌를 들은 적은 없었지만, 알랭의 강의와 독서를 통해 이 시험을 준비하면서 가끔 소르본 대학교에 가기도 했다. 소르본 대학교에서 시몬 드 보부아르와 시몬은 처음 만났다. "고등사범학교 입학시험을 준비하면서 시몬은 나와 같이 소르본 대학교의 자격시험도 치렀다. 그녀의 뛰어난 지성과 악명 높은 옷차림에 대한 소문 때문에 나는 그녀에게 무척 호기심을 갖고 있었다. 시몬은 소르본에 다니는 알랭의 제자들과 함께 교정을 산책했는데 한 손에는 늘 책을 들고 있었다. 대규모의 기아가 중국을 휩쓸고 있다는 소식을 들었을 때 그녀는 진심으로 눈물을 흘렸다고 한다. 나는 그녀의 철학적인 재능보다도 이 눈물 때문에 더 그녀를 존경했다. 전 세계의 정의를 위해 고동칠 수 있는 심장을 지녔다는 것에 감탄했다. 어느 날 나는 그녀와 가까이에서 만날 수 있었는데 그녀는 단호한 어조로 오늘날 전 세계에서 문제가 되고 있는 것은 단 하나이며, 혁명이 일어나게 되면 이 세상의 굶주린 사람들이 모두 배불리 먹을 수 있을 것이라고 말했다. 내가 그런 식으로는 사람이 그저 생존하게 될 뿐이지 행복하게 될 수는 없다고 말하자, 시몬은 나를 아래위로 훑어보면서 '당신은 아직 배를 곯아본 적이 없군' 하곤 입을 다물었다. 그런 뒤로 우리의 관계는 더 이상 진전되지 않았다. 나는 시몬이 나를 '잘난 체하는 소시민'이라고 생각하고 있다는 것을 알았으며 이 때문에 좀 괴로웠다. 나는 내가 계급으로부터 자유롭다고 생각했던 것이다." 1926년 6월에 시몬은 윤리학과 사회학 부문에 합격했으며, 1927년에는 철학사 부문에, 그해 6월에는 일반 철학과 논리학 부문에 합격했다. 모두 우수한 성적으로 합격했으며, 특히 일반 철학과 논리학에서는 1등을 했다.

고등사범학교 시절

1928-1931

시몬은 1928년 여름 동안 리히텐슈타인에서 열리는 "민간 봉사대"에 들어가고 싶어했다. 이 단체는 피에르 세레솔이라는 스위스 시인이 만든 것인데, 군대에는 가고 싶지 않지만 민간인으로서 국가에 봉사하고픈 젊은이에게 기회를 주기 위한 것이었다. 나중에는 다른 나라의 지원자들도 받았으며, 주로 홍수나 산사태로 파손된 집과 길들을 고치는 일을 했다. 여자들은 대부분 취사실을 맡았다. 시몬은 남자들처럼 직접 땅을 파는 일을 원했다. 지원서에 이 요구를 적어넣자 거절당했기 때문에 시몬은 민간 봉사대에 들어가지 못했다.

1928년 8월 27일 파리에서 전쟁을 반대하는 켈로그-브리앙 평화 조약이 조인되었다. 곧이어 "평화에의 의지"에서는 조약의 중요성을 강조하는 책자와 함께 정부에 보내는 선언문을 냈다. 이 선언문에서 그들은 "즉각적인 완전한 무장해제", "공식적이거나 비공식적인 모든 무기 제조를 중단할 것", "전쟁에 사용되는 물자를 파괴할 것"을 정부에 요구했다. 그러나 이것은 실로 순진하기 짝이 없는 요구였다. 왜냐하면 평화 시의 산업이 전쟁 시에는 바로 전쟁 물자의 제조로 바뀌기 때문이었다. 시몬도 열심히 선언문을 뿌리고 다녔다.

이 선언문을 지지한 또다른 사람들은 인권 협회의 회원들이었다. 이때까지 별다른 뚜렷한 실적이 없었던 이 협회의 회원들이 중앙위원회에 항의를 제기하여 중앙위원회에서는 1929년에 정부에 군비축소를 요구하는 선언문을 발표했다. 여기에서 용기를 얻은, 알랭을 지지하는 몇몇 평화주의자들은 인권 협회에 가입하여 인권 협회에 보내는 평화를 위한 안건을 제기하기 위한 회합을 만들었다. 시몬은 이 회합과 인권 협회 사이를 중재하기 위한 글을 썼다. "정부에 대해 인권 옹호 협회는 어떤 태도를 취해야 되는가? 국민과 정부 사이의 중재자가 되어야 하는가? 아니면 국민을 위해 정부에 대항하는 기관이 되어야 하는가?" 이 질문에 대해 시몬은 다시 답변한다. "인권 협회는 인간의 권리를 옹호하기 위해 창설되었다. 혹자가 말하기를 인권 협회는 국민의 주장과 정부의 주장을 함께 고려함으로써 시민과 기존 권력 사이의 공정한 중재자가 되어야 한다고 한다. 그러나 이제 정부는 전 국가를 통제하는 유일한 세력이 되었고 정부의 주장을 견제한다는 것은 불가능한 일이 되었다. 그러므로 인권 협회가 그 이름과 창설 동기에 충실하게 불공평해지지 않으려면 지배자의 주장보다는 국민의 주장에 성실한 지지자가 되어야 한다."

많은 반대를 무릅쓰고 평화주의자들의 의안은 14분과 위원회에서 가결되었다. 이 의안에서는 "인권 협회는 기존 세력에 대해 개인을 옹호할 것", "즉각 전쟁에 반대하는 행동을 취할 것"을 요구했으며 "정부는 평화를 위해 국제적인 중재를 받아들이고, 적어도 독일과 같은 수준으로 즉각적으로 무장을 해제할 것"을 요구했다.

나중에 히틀러의 출현을 생각하면 이런 주장은 어리석은 짓으로 보일지도 모른다. 그러나 만일 프랑스에서 이 안건에 동의하는 조처를 취했더라면 히틀러는 독일에서 그렇게까지 성공을 거두지는 못했을 것이다. 히틀러가 집권한 것이 1933년 1월이니까 적어도 1929년 초에는 아직 시간이 있었다. 더구나 세계에 전쟁의 조짐이 없는 이상, 평화를 위해 무엇이 어리석은 일이고 무엇이 현명한 일인지 누가 단언할 수 있겠는가?

1929년 4월 시몬의 외할머니가 암으로 돌아가셨다. 죽을 임시까지 계속 모르핀 주사를 맞았기 때문에 고통은 거의 느끼지 않았다. 그때 시몬의 외할머니는 일흔아홉 살이었는데 임종 시에 "사랑하는 사람들에게 둘러싸여 있으니 죽는 것도 어렵지 않구나"라고 말했다.

시몬의 외할머니는 말년에 이르기까지 시몬의 성격을 잘못 판단하고 있었다. 그러나 마지막에는 생각이 바뀌었다. 시몬이 자신의 몸을 돌보지 않고 그녀를 간호했기 때문이다. 시몬은 할머니에게 『레 미제라블Les Misérables』을 읽어주었고 진심으로 위안이 되는 이야기를 많이 들려주었다. 그래서 마침내 시몬의 할머니는 죽음에 대한 생각을 견딜 수 있었다.

시몬은 내게도 일주일에 한 번씩 자기 집에 들러 외할머니와 함께 피아노를 쳐달라고 부탁했다. 사실 나는 시몬에게 수학을 배우고 싶었지만, 나중에는 수학보다도 시몬의 외할머니와 피아노를 치는 일에 더 열중했다.

5월 초에 시몬과 내가 고등사범학교로 돌아왔을 때, 우리는 경찰이 사전에 데모를 막기 위해 사람들을 체포하고 있다는 것을 알았다. 이번에는 나 역시 시몬 못지않게 분격했다. 아직 아무런 행동도 취하지 않은 사람들을 체포한다는 것은 있을 수 없는 일이었다. 경찰은 데모가 일어나기로 되어 있는 장소에 모인 사람들 중에서 캡 모자를 쓴 사람은 모두 체포했다. 캡 모자를 쓴 사람은 노동자라고 생각했기 때문이었다. 시몬은 고등사범학교에서 받은 커다란 노란색 시험지에 이렇게 휘갈겨 썼다. "여기에 서명한 학생들과 교수들은 경찰의 체포 행위에 적극 항의한다." 그리고는 나와 함께 서명을 받으러 돌아다녔다. 우선 소르본 대학교로 달려갔는데 거기서 처음 만난 사람은 마침 강의를 하고 있던 빅토르 바슈 교수였다. 그는 시몬이 아무 생각 없이 쓴 "학생들과 교수들"이라는 구절을 보고 펄쩍 뛰었다. 학생들의 이름을 교수들보다 먼저 쓴다는 것은 이만저만 뻔뻔스러운 일이 아니라는 것이었다. 그리고는 이 부분을 완전히 찢어낸 뒤에 그 밑에 조심스럽게 서명을 했다. 그 역시 이 항의 자체에는 아무런 반대도 하지 않았던 것이다. 그러나 단시일 내에 많은 사람들의 서명을 받는 것은 불가능했으므로 우리는 일단 이 일을 보류하고 경찰의 태도를 주시하기로 했다.

고등사범학교에서 시몬은 동급생인 마르쿠와 사귀게 되었다. 그는 푸아티에 출신이었으며 역시 철학을 공부했다. 마르쿠는 알랭의 손자였다. 그는 곧 시몬의 가장 친한 친구 가운데 한 사람이 되었다.

마르쿠와 시몬은 가끔 생자크 거리에 있는 카페에서 커피를 마시며 수학에 대해 이야기했다. 또 둘이 다 팔기에르 거리에 있는 노동자를 위한 학교에서 강의를 맡고 있었으므로 마예 거리에 있는 캉쿠에의 집에서 식사를 하기도 했다.

캉쿠에의 집에는 몇 사람이 끼어 앉을 정도의 조그마한 식당이 있었다. 시몬과 가뉘쇼와 마르쿠는 가끔 거기에서 저녁 식사를 했다. 그런 다음에는 으레 토론을 벌였다. 한번은 시몬이 캉쿠에의 집은 이제 프롤레타리아가 아니라 부르주아의 집이 되었다고 말해서 캉쿠에 부인의 분노를 사기도 했다.

이 당시 시몬은 팔기에르 대학교에서 강의하기 위해서 부와 임금의 균등, 교육의 균등과 같은 사회적이며 경제적인 문제에 관해 글을 쓰고 있었다. 때때로 시몬은 식물원 근처에 있는 지역으로 마르쿠를 데리고 갔다. 오스테를리츠 다리 밑의 오른편 강둑에는 짐배들이 커다란 석재들을 내려놓고 있었다. 시몬은 이 석재들 틈바구니에서 기하학 공부를 했다. 이 지역에는 파리의 부랑자들 이외에는 거의 드나드는 사람들이 없었다. 그러나 이 부랑자들은 점잖았고 바깥세상 일에는 무관심했으므로 시몬을 보고도 완전히 무시해 버렸다. 마르쿠가 이 다리에 이르면 시몬이 돌 위에 앉아 있거나 무릎을 꿇고 있는 것이 보였다. 머리카락이 흘러내려 완전히 얼굴을 뒤덮고 있었으며 가끔 머리를 들고 무슨 생각에 잠긴 듯 담배를 피워 물었다. 1929년 봄부터 초여름 사이였으므로 돌 위에는 항상 햇빛이 넘쳐 흐르고 있었다.

하루는 둘이서 포도주를 파는 시장을 지나가게 되었다. 그때 시몬은 마르쿠에게 시장에서 포도주 병에 마개를 씌우는 일을 하고 싶다고 말했다. 마르쿠는 시몬의 손이 불구인 것을 알고 있었으므로 잘못하다가는 손가락이 잘릴지도 모른다는 생각이 들었다. 그래서 시몬을 카페에 데리고 가서 그 일을 단념하도록 가까스로 설득했다.

고등사범학교에서도 시몬은 친구가 많지 않았다. 대부분의 학생들은 복도에서 시몬을 만나면 슬쩍 피해버렸다. 시몬이 으레 무슨 선언문에 서명을 하라든지, 무슨 노동 파업에 기부금을 내라고 했기 때문이었다.

사람들은 시몬에 대해 여러 가지 농담을 하곤 했는데, 거의 선의에서 우러나온 것은 아니었다. 그러나 누구보다도 그녀를 견딜 수 없게 한 것은 학교의 행정 책임자들이었다. 시몬은 권력을 휘두르는 사람들에게는 일부러 거칠게 굴었다. 한번은 문과대학의 주임교수인 부글레 교수의 강의 시간에 애국심에 대한 논의를 하게 되었다. 시몬은 잠시 부글레 교수가 이야기하도록 둔 다음, 갑자기 자리에서 벌떡 일어나 무슨 글을 낭독하기 시작했다. 글은 "필요하다면 프랑스는 벨기에로 쳐들어가야 된다"는 내용이었다. 시몬의 낭독이 끝나자 교실은 물을 끼얹은 듯이 조용해졌다. 부글레 교수는 주머니에서 시계를 꺼내더니 "정오로구먼. 점심 시간이 다 되었어"라고 말했다. 이 대답은 곧 학생들 사이에서 난처한 경우에 사용하는 유행어가 되었다.

또 한번은 시몬이 부글레 교수에게 실직자들을 위한 기부금을 내달라고 부탁하자, 그는 20프랑을 내면서 익명으로 해달라고 했다. 시몬은 즉시 학교 게시판으로 달려가 그 위에 대문짝만 한 글씨로

"주임 교수를 본떠 실직자를 위한 자선 기금에 익명으로 기부합시다"라고 써붙였다.

고등사범학교 1학년 동안 시몬은 자주 앙리 4세 고등중학교로 가서 알랭의 강의를 들었다. 나는 시몬이 어떻게 감독관의 눈을 피했는지 잘 알 수 없다. 지난해에 고등중학교를 졸업한 뒤 나 역시 알랭의 강의를 들으러 갔었다. 그때 나는 생판 모르는 학생들도 함께 데리고 갔다. 그랬더니 마침 감독관이 수업에 들어와서 학생 수가 터무니없이 많은 것을 보고는 깜짝 놀라는 것이었다. 수업이 끝난 뒤 그는 우리에게 쫓아와서 다시는 그런 짓을 하지 말라고 타일렀다. 우리는 학교 당국에 알랭의 강의를 듣게 해달라고 진정서를 냈지만 거절당하고 말았다. 시몬의 경우에는 감독관이 보지 못했던 것일까, 아니면 시몬의 고집을 도저히 꺾을 수 없어서 감독관이 두 손을 들어버린 것일까?

시몬이 알랭의 강의를 듣는 동안 모리스 슈만은 시몬의 옆자리에 앉게 되었다. 슈만은 작문에서 1등을 했으므로 알랭이 특별히 시몬의 옆자리에 앉게 해준 것이었다.

시몬은 계속해서 알랭에게 작문을 써서 냈다. 알랭도 전처럼 그것을 고쳐주었다. 이 작문은 대부분 정치철학이나 사회학에 관한 것이었다. 그 가운데는 수학에서의 "질서"와 정치학에서의 "질서"를 비교한 "질서라는 말의 몇 가지 다른 의미"라는 글이 있다. 그 당시 시몬은 이 문제에 비상한 관심을 갖고 있었다. 즉 "어떻게 해서 이 한 가지 말이 정신의 승리와 정신의 예속을 동시에 표현하고 있는가?" 하는 의문이었다. 시몬은 데카르트식의 수학적 질서를 인간 정신의 승리로 보았으며, 정치적인 질서를 인간의 권력에 대한 예속으로 보았던 것이다.

시몬은 정치적인 사고와 철학적인 사고를 가능한 한 서로 접근시키려고 노력했다. "법의 안티노미에 관해서"라는 글에서 시몬은 법, 즉 사회 정의를 수직선에 비유했다. 자연에 수직선이 있듯이 정의는 인간 정신의 산물이다. 그러나 법은 감각적인 직관에서, 독립된 정신에서 생겨나지 않는다. 법은 원칙적으로 권력이나 실질적인 행동과는 다른 것이지만, 세속적인 권력이나 실질적인 행동으로부터 완전히 독립되어 있지는 않다. 이 때문에 시몬은 이 글의 앞에 "법은 권력에 의해 규정된다"는 스피노자의 말을 인용했다. 시몬은 법은 권력에 의해 규정되는 것이 아니라 노동에 의해 규정된다고 생각했다. 노동의 뒷받침을 받지 않는 법이란 무의미한 것이다. 또한 순수한 관념이나 권력에만 의존함으로써 효과적으로 시행되지 못하는 법도 역시 무의미한 것이다. 시몬의 이러한 법 개념은 마르크스의 법 개념과 흡사하다.

이 시기에 시몬은 국민의 대표자의 의무에 대한 글의 초안을 작성했다. 여기에 나타난 시몬의 생각은 알랭의 근본적인 민주주의 개념과 거의 흡사하다. 무엇보다도 시몬은 정당을 경멸했다. 시몬은 국민의 대리자의 기능에는 엄격한 제약을 두어야 한다고 주장했다. 시몬에게 법이란 개인의 인격을 보장하기 위한 것이며, 정부를 비롯한 그 어떤 권력도 자신의 일정한 한계를 벗어나서는 안 되었다. 국민은 직접 정치할 필요가 없이 법을 만듦으로써 정부를 규제하고 대리권자를 선출하여 정부에 대한 규제가 올바르게 지켜지는지 확인해야 한다는 것이다. "이 대리자들이 자기들의 파벌을 형성하지 않고 한 개인으로 남아 있도록 사전에 조처를 취해야 한다. 정부의 감독자라는 이들의 기능은 행정관리처럼 직업화되어서는 안 된다. 이들은 미리 만들어진 어떤 신조에 따라 판단해서는 안 되고 그때 그때 경우에 따라 새로운 판단을 내려야 한다. 국민은 투표를 통해서 이들의 유일한 기능이 정부가 불의를 묵인할 경우 이것을 탄핵하는 것이라는 것을 확인시켜야 한다. 국민의 대리자는 어느 정당에도 가입해서는 안 되며 국민의 판결에 반대해서도 안 된다. 이들은 어떤 실질적인 권력도 가질 수 없다. 장군이나 공장주나 은행가나 심지어는 교회에서 권력을 가진 성직자도 대리자가 될 수 없다. 권력을 갖지 않은 사람 중에서 그 인격과 권력에 대한 욕심의 여부에 따라 선출된다. 선거는 정당과 분리될 수 없으나 대리자 선출에는 선거에서처럼 입후보자도 있을 수 없다. 아무도 감히 '나를 뽑아주시오'라고 말할 수 없다. 훌륭한 대리자란 자신이 훌륭한 대리자임을 설득시키려는 자가 아니라, 국민이 스스로 좇는 자이다."

1929년 여름 동안 시몬은 농부들과 함께 일을 하고 싶어했다. 그래서 쥐라 지방의 고장 마르노에 사는 이모에게 갔다. 시몬의 이모부는 의사였지만 따로 농장을 가지고 있었으므로 시몬은 그곳에서 일할 수 있었다. 시몬은 어머니에게 보내는 편지에서 자기가 얼마나 일을 열심히 하고 있는지에 대해서는 한마디도 쓰지 않았다. 실제로 그녀는 하루에 열 시간씩이나 감자 캐는 일을 했지만 편지에는 사촌 마기트와 소풍을 간 일, 파티에 나가서 처음으로 춤추기를 배운 일, 사람들이 자기의 우스꽝스러운 모습을 보고 매우 재미있어 한다는 일만 썼다.

시몬의 글 속에는 데카르트의 신에 관한 초안이 많이 나타나 있다. 이 당시 시몬은 데카르트를 완전히 신뢰하고 있었으므로 데카르트의 신은 곧 시몬의 신이었다. 그러나 시몬 자신도 신을 간단히 정의할 수는 없었다. 다만 한 가지 사실만은 명백했다. 시몬은 신학자나 수도승을 싫어했으며 그러면서도 신앙을 배격하지는 않았고 신앙이 정말로 무엇인지를 이해하려고 했다는 것이다. 사실 데카르트의 신의 개념에 의거하여 신을 정의해본 시몬의 글은 대부분 단편적인 것이었으며, 그녀의 생각의 방향만을 제시하고 있다. 이것을 종합해보면, 시몬은 종교와 도덕을 일치시켰다는 것이다. 이 당시 시몬에게 신을 믿는다는 것은 단순히 올바르게 행동한다는 것을 의미했다. "신은 올바른 행동을 통해서 생각할 수 있을 뿐이다." 신앙은 용기와 미덕의 조건이 아니라 결과였고, 도덕은 모든 것 가운데에서도 가장 근본적이며 무조건적인 것이었다.

도덕에 관한 연구를 위해 시몬은 다음과 같이 세밀한 계획을 세웠다.

- 철저히 연구할 것 : 아리스토텔레스, 벤담, 쇼펜하우어, 니체
- 재검토할 것 : 금욕주의, 쾌락주의, 회의주의(몽테뉴), 데카르트, 파스칼, 루소, 프루동, 콩트, 라뇨, 마르크스, 톨스토이
- 세밀히 복습할 것 : 마키아벨리, 홉스, 라이프니츠, 볼프, 베르그송, 셸링, 피히테, 헤겔, 레닌

- 급속히 복습할 것 : 플로티노스, 중세기, 베이컨(?), 말브랑슈, 볼테르, 백과전서파
- 체계적으로 공부할 것 : 소피스트, 소크라테스, 플라톤, 로크, 흄, 버클리, 스피노자, 칸트, 멘 드 비랑

이것을 시몬이 다 해냈는지는 알 수 없으나 이 당시 시몬이 그 어느 때보다도 열심히 공부했던 것만은 사실이다. 그러나 이 때문에 팔기에르 직업학교에서 하던 강의를 중단하지는 않았다.

그러나 이때의 과로 때문에 그 이후로 시몬의 고질병이 된 두통이 시작된 것은 아닐까? 의사조차도 이 병의 정확한 원인을 알아내지는 못했다. 제2차 세계대전이 일어나기 바로 전인 1939년에 시몬은 이것이 정맥동염의 초기 증세라고 생각했다. 시몬의 아버지가 의학잡지에 실린 정맥동염에 관한 기사를 보여주었는데 마침 그 증세가 시몬과 똑같았기 때문이었다. 그러나 시몬은 이러한 가정만으로는 치료를 받으려고 하지 않았다.

시몬의 아버지 역시 두통으로 고생하고 있었다. 심할 때에는 아무것도 먹지 못했는데 시몬 역시 마찬가지였다. 그러나 시몬의 상태가 훨씬 더 심각했고 고통도 훨씬 컸다.

그 이후부터 시몬은 줄곧 두통에 시달렸다. 좀 나을 때도 있었으나, 이로 인해 시몬의 생활에는 남모르는 불행의 그늘이 지게 되었다. 이것은 그녀가 자의적으로 선택하지 않은 불행이었을 것이다. 이 병 때문에 오히려 시몬이 남들이 해낼 수 없는 일들을 해낸 것도 사실이다. 시몬 자신도 나중에 어머니에게 "내 두통 때문에 너무 슬

퍼하지 마세요. 이 두통이 없었더라면 오히려 해내지 못했을 뻔한 일들도 많은걸요"라고 말했다. 사실 시몬이 남들처럼 다른 여러 가지 일을 할 수 있었다면 그렇게 글을 많이 쓰지는 못했을 것이다. 또 더욱더 위험한 일을 했을지도 모른다. 그리고 그랬다면 더 젊었을 때 죽었을지도 모른다.

고등사범학교 시절에 잠시 동안 시몬과 나의 관계를 어색하게 만든 어떤 사건이 일어났다. 그때 만일 내가 그 일을 가볍게 생각하고 지나쳐버렸더라면 그것은 아무런 일도 아니었을 것이다. 그러나 그 당시 나는 지나치게 예민했다. 그 일 자체가 아니라 내가 괴로움을 숨기지 못하고 그릇된 태도를 취했다는 것이 나는 아직도 부끄럽다. 나는 처음에 좀더 강력하게 나갔어야 했고 그후 더 이상 그 문제를 생각하지 않았어야 했다. 어느 일요일 아침, 내가 머무르고 있던 시립대학교 학생 숙소의 감독관 부인이 고아가 된 선원들의 가족을 위한 모금을 도와달라고 부탁했다. 이 모금 운동은 전국적인 것이었으며, 모처럼 받은 부탁을 나는 거절할 수 없었다. 모금 상자를 받으러 시청에 간 뒤에야 나는 프랑스 국기와 같은 삼색으로 된 꽃 모양의 배지를 모금과 함께 나누어주어야 한다는 것을 알았다. 다소 꺼림칙하기는 했지만 공식적인 모금 운동에서 이런 일은 자연스러운 것일지도 모른다고 생각했다. 그러나 나중에 이 사실을 알게 된 반군국주의적이며 반국수주의적인 내 고등사범학교 친구들은 깜짝 놀랐다. 며칠 후 내가 학교로 돌아왔을 때 시몬을 비롯한 그들은 방에 삼색으로 된 장식을 잔뜩 걸어놓고 나를 맞이했다.

이것은 그저 장난일 뿐이었다. 그러나 이 장난 속에는 나에 대한 비난이 들어 있었다. 즉 친구들이 보기에 나는 합당하지 못한 행동을 했다는 뜻이었다. 내가 그들보다 정치에 관심이 덜한 것은 사실이었지만, 나는 늘 그들과 의견을 같이 해왔었다. 또 삼색을 무조건 꺼려해야 한다는 것은 이해할 수 없었다. 이보다 더 심한 것은 마치 내가 감독관에게 잘 보이기 위해 그런 짓을 했다고 생각하는 듯한 태도였다. 이 사건 이후로 나는 더 이상 그들에게 가지 않았다. 그들에게 변명도 하지 않았거니와 관심을 나타내지도 않았다. 나는 그들의 터무니없는 의심에 화가 났고 무엇보다도 시몬이 그들의 편을 들었다는 것은 참을 수가 없었다. 시몬은 내가 비난받을 만한 짓을 했다고, 또 그것을 일깨워주는 것이 나를 위해 좋으리라고 생각했던 모양이었다. 어떤 의미에서 그것은 사실인지도 모른다. 하지만 그러면서도 나는 시몬이 그들에게 합세했다는 사실에 놀라지 않을 수 없었다. 내가 시몬을 친한 친구로 생각했던 만큼 시몬이 나와 친하지 않다는 생각을 떨쳐버릴 수 없었다.

시몬은 내 마음이 상했다는 것을 눈치챘다. 내가 그녀에게 화를 내고 있다는 것도 알았다. 시몬은 나를 달래려고 애썼으며 차츰 나도 마음이 누그러졌다. 그녀는 참을성 있게 나를 설득했으며 내 침묵을 깨뜨리려고 애썼다. 나는 차츰 시몬하고는 이전의 관계를 회복해나갔다. 그러나 무엇보다도 내가 상처받은 것은 바로 시몬 때문이었다.

한참이 지난 뒤에야 나는 시몬이 내게 보인 관심은 다른 사람들에게 보인 관심의 그 이상도 이하도 아니라는 사실을 깨달을 수 있었다. 하지만 이미 내가 시몬에게서 받은 것만도 상당했다. 무엇 때문에 내가 그 이상의 것을 요구해야 하는가? 시몬은 내게 굉장히 깊은 정을 느낀다고 말한 적은 없었다. 더욱이 나는 그럴 만한 자격도 없었다.

그 이후로도 나는 시몬의 훌륭한 점에 깊이 감탄해 마지않았다. 그러면서도 왠지 그녀와 사이가 멀어진 듯한 느낌을 떨쳐버릴 수가 없었다. 그때 시몬은 이미 공장에 가서 일할 계획을 세우고 있었다. 그녀는 이 계획을 학기 말 시험이 끝난 뒤 방학 동안에 실천할 예정이었다. 그녀는 나에게도 함께 가자고 말했으나, 나는 거절도 승낙도 하지 않았다. 나도 늘 직접 손으로 하는 일을 해보고 싶었고 오히려 그런 일이야말로 내게 더 적합하리라고 생각하고 있었으므로 이 계획이 마음에 들지 않은 것은 아니었다. 그러나 나는 내 양친이 낙담할 것이 두려웠다. 얼마 후에 나는 시몬에게 함께 가지 못하겠다고 솔직하게 말했다. 또 이 일이 내게 꼭 필요하다고 생각하지 않으며, 앞으로는 고통스럽고 별로 쓸모도 없는 일을 그저 시몬이 한다고 해서 따라서 하지는 않겠다고 덧붙여 말했다.

나는 이즈음 기독교적인 관점에서 인간의 자유와 신의 은총과의 관계에 대해 생각해보고 있었다. 이따금 시몬에게 이런 내 생각을 이야기하려 했지만 시몬은 잘 들으려고 하지 않았다. 그녀는 늘 알랭의 사고방식을 따라 말했고 나는 그녀의 생각이 내 생각과는 너무 다르다고 느꼈다.

그러나 시몬이 결코 기독교에 대해 적대적인 것은 아니었다. 오히려 그 반대라고 할 수 있다. 어느 날 시몬과 몇몇 친구들이 수업을 끝내고 돌아오는 길이었다. 그들의 화제는 반종교적인 방향으로 흘렀다. 그러자 그중에서 기독교에 심취해 있던 클레망스 랑누는 꽤 충격을 받아 일부러 뒤로 처졌다. 이것을 보고 시몬 역시 뒤로 처지면서 클레망스에게 말했다. "언젠가는 나도 수녀가 될 사람이야."

5월 22일에 평화를 지지하는 외교관인 브리앙을 위한 평화주의자들의 데모가 있었다. 브리앙은 그날 저녁 파리로 돌아오기로 되어 있었고, 데모대는 그를 리옹 역에서 맞이하기로 했다. 데모대의 맞은편에는 극렬 국수주의자들인 프랑스 행동대원들이 모여 이 데모에 대한 반대 데모를 하기로 되어 있었다. 시몬과 나도 리옹 역으로 갔다. 그러나 우리가 갔을 때에는 아직 프랑스 행동대원들이 보이지 않았다. 역에 도착한 브리앙을 열렬한 박수로 맞이한 뒤에 평화주의자들은 몇 패로 나뉘어 센 강을 따라 거리로 나섰다. 시몬과 나도 그 한 패에 끼었는데, 시몬은 자꾸 맨 앞줄로 나가려 했다. 그러나 이미 선두에 서 있던 사람들이 틈을 내주지 않았기 때문에 할 수 없이 그냥 둘째 줄에 머물러 있었다. 바로 이때 경찰이 데모를 제지하러 나타났다. 처음에는 그저 데모대의 행진을 막으려고 줄을 서 있었으나, 나중에 온 경찰들은 곤봉으로 무장을 하고 있었다. 우리들은 둘째 줄에 있었기 때문에 경관들이 곤봉을 휘두르며 달려오는 것을 볼 수 있었다. 우리는 물러서지 않았지만 선두에 있던 사람들이 뒤쪽으로 달아나기 시작하자 시몬은 나가떨어져 넘어지고 말았다. 시몬이 다시 일어섰을 때 경관들은 데모대와 몇 명씩 맞붙어 싸우고 있었기 때문에 우리는 쉽사리 경찰의 제지를 뚫고 빠져나올 수 있었다. 다른 사람들도 이런 식으로 빠져나와 다시 외교부 앞에 모였다. 한 젊은이는 곤봉에 맞은 머리를 문지르고 있었다. 데모대를 본 브리앙이 다시 창문 앞에 나타나자 우리는 열렬히 박수를 친 다음 해산했다.

졸업시험 직전에 부글레 교수가 시험 결과에 대해 이런 말을 하고 다닌다는 소문이 퍼졌다. "누구, 누구, 누구는 시험에 통과하지 못할 것이다. 그 '붉은 처녀'로 말하자면 다가오는 대대적인 사회 봉기에서 폭탄을 터뜨릴 수 있도록 그때까지 학교에 남겨둘 생각이다." 그러나 시몬은 무사히 통과했다. 성적은 중간밖에 되지 않았다. 그녀는 살얼음 낀 강을 다 건넌 뒤에야 비로소 겁이 나는 사람과 같은 기분이라고 웃으면서 말했다.

시험 결과가 발표된 날 저녁에 우리는 시몬네 집에 모여 축하연을 열었다. 시몬은 나에게 학생가 중의 하나를 부르라고 했다. 이것은 꽤 점잖지 못한 노래였지만 나는 거절하지 않았다. 시몬의 부모는 이 노래를 듣고 상당히 충격을 받은 것 같았지만 그래도 즐거우신 모양이었다. 이날 저녁 처음으로 시몬과 나는 서로에게 "너"라는 말을 썼다.

며칠 후 교육 감사관으로부터 앞으로 우리들이 근무할 학교를 배정할 테니 사무실로 나오라는 통보를 받았다. 그는 현재 비어 있는 자리와 우리들의 희망 사항에 대해 이야기를 나누고 싶었던 것이다. 시몬과 내가 함께 그의 방으로 들어가자, 그는 다소 놀라워했다. 원칙적으로 면담은 한 명씩만 하게 되어 있었던 것이다. 시몬은 아랑곳없이 "우리 사이에는 아무런 비밀도 없어요"라고 태연하게 말했다.

시몬은 르 퓌로 배정되었다. 당시 프랑스의 경제 사정은 말할 수 없이 악화되어 있었으므로 시몬은 일단 공장 노무자가 되려는 생각은 단념해야 했다. 그녀는 마지못해 르 퓌로 떠나기를 수락했다.

졸업시험이 끝난 뒤 부글레 교수가 이런 말을 했다는 소문이 나돌았다. "우리는 그 '붉은 처녀'에 대해서 다시는 소식을 듣게 되지 않도록 될 수 있는 대로 멀리 쫓아버릴 예정이라네." 정말로 시몬은 멀리 떠나게 되었다. 그러나 그것으로 시몬에 관한 소식을 듣지 않게 될 거라고 생각했다면 그것은 부글레 교수의 큰 오산이었다.

르퓌 시절

1931–1932

고등사범학교 졸업장을 받은 후에 시몬은 부모와 함께 해안을 끼고 있는 레빌로 떠났다. 이 도시에 도착하자 곧 시몬은 어부들과 함께 일을 하고자 했다. 그래서 몇 사람에게 바다로 데리고 나가줄 것을 부탁했지만, 모두에게 거절당하고 말았다. 그러던 중 르카르팡티에 형제가 시몬의 청을 들어주겠다고 나섰다. 이들은 시몬이 공산주의자라는 말을 들었지만 "그 여자가 공산주의자건 아니건 우리와는 상관이 없다"라고 잘라 말했다. 그들은 자기네 배를 소유하고 있었던 것이다.

시몬은 르카르팡티에 형제에게 될 수 있는 대로 도움이 되고 싶었지만 실제로는 방해가 될 뿐이었다. 그래서 그들은 시몬에게 낚싯줄을 감아 올리는 일을 맡겼다. 낮에 바다에 나가는 것 이외에도 시몬은 르카르팡티에 형제를 따라 밤에 곧잘 고기를 잡으러 갔다. 이 때문에 보수적인 마을 사람들 사이에 꽤 물의를 일으켰다.

어느 날 밤 굉장한 태풍이 불었다. 이때 마침 시몬은 르카르팡티에 형제와 함께 바다로 나갔기 때문에 시몬의 부모는 꼬박 밤을 새우며 불안에 시달렸다. 이튿날 아침이 되자 일행은 흠뻑 물에 젖은 채 돌아왔다. 르카르팡티에 형제는 시몬이 태풍이 부는 동안에도 당황하거나 조금도 무서워하지 않더라고 감탄을 했다.

레빌에서 파리로 돌아오자, 시몬은 노동총연맹인 C.G.T.(Con-fédération Générale du Travail)의 제27지국에 가입했다. 그때 파리의 노동조합에서 가장 큰 난제는 노동조합 통합 문제였다. 그 당시 노동조합으로는 C.G.T. 이외에 통일 노동총연맹인 C.G.T.U.(Con-fédération Générale du Travail Unitaire)와 공무원 자치연맹인 F.A.(Fédération Autonome des Fonctionnaires)가 있었다. 노동조합이 이렇게 여러 개로 분리되어 있었으므로 노동조합의 활동이 약화되었을 뿐만 아니라 노동자들에게도 매우 불리했다. 그리하여 1930년 11월 9일 이 세 조합에서 모인 22명의 투사들이 22인 그룹을 만들고 노동조합 통합 결의안을 작성했다.

그다음 해에 전체 노동조합원이 모인 자리에서 22인 그룹의 결의안이 표결에 부쳐졌으나, C.G.T.의 반대로 부결되고 말았다. 비록 그 결의안 자체는 부결되었지만 22인 그룹이 일깨운 통합에 대한 염원은 뿌리를 내릴 터전을 얻게 된 셈이었다. 시몬은 그해 10월에 「자유Libres Propos」지에 이 경과를 상세히 보고하는 글을 썼다.

시몬은 정당보다는 노동연맹의 활동에 희망을 걸었다. 그 당시 시몬은 아직도 혁명의 가능성을 믿고 있었으며, 노동연맹 단체에서 주도하는 혁명만이 참다운 혁명이라고 믿고 있었다. 3개월 전에 쓴 논문에서 시몬은 일정한 의견을 중심으로 모인 단체와 직업을 중심으로 모인 단체를 비교했다. 정당처럼 일정한 의견을 위해 모인 단체는 사회에 피상적인 영향만을 미칠 수 있을 뿐이고, 노동조합처럼 생활 수단을 중심으로 모인 단체만이 사회를 올바르게 개혁할 수 있다는 것이었다. "그동안의 경험으로 우리는 혁명을 일으킨 단체가 그 나라의 행정 기구와 군대를 점령할 수 있다는 사실을 알고 있다. 그러나 점령한다는 것은 이 기구들을 파괴하기 위한 것이 아니다. 사회 권력의 중심이 노동자들에게 넘어가기 위해서는 노동자 자신들이 어떤 피상적인 결속으로 뭉쳐서는 안 되며 생산 기능을 함께 맡는다는 구체적이고 실질적인 결속으로 확고하게 뭉쳐야 한다." 시몬의 이 말은 노동연맹의 중요성을 강조하기 위한 것이었지만, 결과적으로 시몬은 이 말 때문에 공장뿐만 아니라 군대 내부에도 혁명을 파급시켜야 한다고 부르짖는 과격파 노동연맹 회원들과도 접촉하게 되었다.

시몬이 첫 부임지인 르 퓌로 떠날 날이 다가왔다. 시몬의 어머니는 시몬이 르 퓌에서 묵게 될 곳을 보살펴주기 위해 시몬과 함께 떠났다. 모녀가 9월 30일 아침 르 퓌에 도착했을 때, 르 퓌는 그들이 예상했던 것보다 훨씬 아름답고 활기에 넘친 도시였다. 도착하는 즉시 르 퓌의 거리를 거닐면서 시몬이 처음 발견한 것은 거대한 절벽 위에 청동으로 만들어진 조각상, "르 퓌의 붉은 처녀"의 사진이 들어 있는 그림 엽서였다. 시몬은 당장 그것을 사서 부글레 교수에게 부쳤다.

도착하던 날로 시몬과 시몬의 어머니는 판자크 거리에 있는 한 건축가의 집 4층에 방을 구했다. 시몬은 이제 자신이 돈을 내게 될 자기 자신의 방이 생겼다는 것에 몹시 기뻐했다.

학교 수업은 그 이틀 후인 금요일부터 시작되었다. 수업이 시작되기 전날 밤 시몬의 어머니는 시몬의 신경이 몹시 날카롭다는 것을 알았다. 흥분과 불안으로 시몬은 거의 잠을 자지 못했던 것이다. 금요일 아침 시몬은 전에 없이 모자를 쓰고 학교에 갔다. 이것을 본 철학반의 학생 가운데 네 명은 며칠 후에 시몬에 대한 인상을 그들의 노트에 이렇게 썼다.

"이 볼품없이 생긴 선생은 수업이 시작되던 첫날 테가 달린 모자를 쓰고 왔는데, 이 모자는 다음 날에는 베레모로 바뀌더니, 곧 아주 자취를 감추게 되었다. 첫날 우리는 이 모자를 쓴 우스꽝스러운 그녀의 모습을 보고 웃지 않을 수 없었다. 그러나 그녀의 강의를 몇 번 듣고 난 뒤에는 아무도 함부로 웃을 수가 없었다.

얼마 되지 않아 우리는 그녀가 옷을 형편없이 입는다는 것에 별로 놀라지 않게 되었다. 시몬 베유 선생님의 생각이 평범한 사람들의 생각과는 다른 질서에 속해 있음을 깨닫고 나자, 우리는 그녀의 옷에는 아무런 신경도 쓰지 않게 된 것이다. 그녀의 우스꽝스러운 몸짓, 무엇보다도 어린아이처럼 작은 두 손과, 생각을 집중할 때의 그 특이한 얼굴 표정, 두터운 안경 뒤에서 꿰뚫어보는 듯한 눈, 수줍어하는 듯한 미소, 이 모든 것들은 그녀의 솔직하면서도 자기 자신에게 집착하지 않는 성격을 나타냈으며, 그녀의 정신 속에 깃든 고귀한 정신을 나타내주었다. 그러나 처음에는 조금도 그것을 깨닫지 못했다."

철학 이외에 시몬은 그리스어와 예술사를 가르쳤다. 시몬이 맡은 수업 시간은 그리 많지 않았으나, 모든 강의마다 철저하게 미리 공부하고 준비했기 때문에 시몬은 과로하지 않을 수 없었다. 게다가 르 퓌에 온 첫날부터 고질병인 두통에 시달려야 했다.

학생들은 일단 시몬의 강의를 듣고 난 뒤에는 그녀의 강의가 깊이 있고 연관성 있는 사고에 의해 체계적으로 짜여져 있음을 깨달았다. 그들은 시몬에게 깊이 경탄했다. 그리고 시몬이 실제적인 생활력 문제에서는 무척 서툴다는 것을 알고는 자진해서 그녀를 보호하기 시작했다. 시몬에게서 그리스어를 배우는 나이 어린 학생들까지도 그녀의 어머니인 양 시몬을 보호했다. 한번은 시몬이 스웨터를 뒤집어서 입고 온 적이 있었다. 그러자 여학생들은 얼른 이 사실을 알려주고 시몬이 칠판 뒤에서 스웨터를 고쳐 입을 수 있도록 도와주었다. 그동안 한 여학생은 혹시 교감이 오지 않나 하고 줄곧 망을 보고 있었다.

어느 토요일 아침식사가 끝난 뒤 시몬은 르 퓌 근처에 있는 생-테티엔을 방문하러 떠났다. 어머니에게는 그날 저녁에 돌아오겠다고 약속했으나 실제로는 그다음 날 오후가 되어서야 돌아왔다. 시몬은 생-테티엔으로 테브농을 만나러 갔던 것이다.

위르뱅 테브농과 알베르틴 테브농 부부는 둘 다 생-테티엔의 학교 선생이었다. 남편인 위르뱅 테브농은 생-테티엔 노동연맹의 핵심적인 연맹원이었다. 위르뱅의 아내는 집안일을 하느라고 직접 운동에 가담하지는 못했지만 본래 노동자 계급 출신이었으므로 남편이 하는 노동연맹 일에 충분히 공감하고 있었다. 시몬이 생-테티엔으로 찾아온 날, 테브농 부부는 그녀를 C.G.T.U. 소위원회의 서기인 피에르 아르노에게 소개했다.

테브농 부부는 생-테티엔에서 가난한 사람이 들끓는 지역에 살고 있었다. 여기는 주로 노동자들이 사는 동네였으므로 길은 대부분 비좁고 꼬불꼬불한 골목길이었다. 시몬이 문을 두드렸을 때 마침 양말을 깁고 있던 알베르틴은 꿰매고 있던 양말을 손에 든 채로 뛰어나왔다. 시몬은 테브농이 집에 있다는 것을 확인하자마자 한쪽 어깨로 알베르틴을 밀어젖히고는 알베르틴이 채 문을 닫기도 전에 테브농의 방으로 바로 들어갔다. 자기 방에 있던 테브농은 갑자기 시몬이 들어오는 것을 보고 깜짝 놀랐다. 그 뒤에도 시몬은 이렇게 자기소개도 없이 불쑥 남의 집에 들어가는 일을 곧잘 했다. 그래서 생-테티엔에 있는 노동연맹원들의 아내들은 시몬이 집으로 찾아오는 것을 몹시 꺼려했다.

생-테티엔에서 테브농을 만나고 돌아온 시몬은 그전부터 접촉해온 르 퓌의 노동연맹원 한 사람과 만났고, 그를 통해 전국 교사연맹의 오트-루아르 지국의 서기인 클로디우스 비달을 소개받았다. 테브농과 더불어 비달은 그후로도 시몬의 가까운 동지가 되었다. 이때부터 시몬은 오트-루아르 지역과 루아르 지역 노동연맹의 운동에 깊이 관여했다. 사실상 시몬은 학교 선생이 되기보다는 사회의 선생이 되고 싶어했다.

그 당시 시몬은 노동연맹의 통합 운동을 적극 옹호했으므로 르 퓌에서 C.G.T.와 C.G.T.U.의 일부 대표자들을 서로 접촉시켜 노동연맹 통합 운동을 구체적으로 진행시키기 시작했다.

르 퓌에 오고 난 뒤부터 시몬의 어머니는 차츰 자기 딸이 혼자 살게 될지도 모른다는 생각을 하게 되었다. 아무튼 시몬이 제 몸을 돌본다든지 생활에 필요한 여러 가지 일에 신경을 쓸 것 같아 보이지는 않았다. 그래서 생각하다 못해 처음 세 든 집보다 훨씬 넓고 안락한 아파트를 얻어 시몬의 동료 선생인 시몬 앙테리우와 함께 지낼 수 있도록 주선했다. 그러나 시몬은 침실이 두 개나 달린 이 안락한 아파트가 부르주아식이라고 싫어했다. 어머니의 끈질긴 설득 끝에 마침내 이 아파트에 들게 된 시몬은 곧 거실을 벽장으로 뜯어고쳤으며 꽃무늬가 든 자기 방의 벽지를 컴컴한 단색으로 바꿔버렸다. 그리고 방에는 책상과 의자 하나, 책꽂이 몇 개와 예전부터 갖고 다니던 구식의 옷장 이외에는 일체 새 가구를 들여놓지 않았다. 또 방바닥에는 항상 책이 어지럽게 널려 있었기 때문에 누가 자기 방에 들어오거나 청소하는 것도 싫어했다.

시몬의 어머니는 떠나기 전에 하녀를 구해주었는데, 이 하녀는 음식은 물론 심지어는 이불보까지 훔쳐냈다. 그러나 시몬 앙테리우는 이 사실을 시몬에게 말하지 않았다. 말해보았자 프롤레타리아가 그런 짓을 하리라고 시몬이 믿지도 않을 것이며, 또 믿는다고 해도 누구든 자기에게 소용되는 물건을 집어가는 것은 매우 자연스러운 일이라고 생각할 것이기 때문이었다. 그러던 어느 날 시몬은 하녀가 자기 방에 들어와 몰래 편지를 훔쳐본다는 사실을 알았다. 시몬은 분명히 그녀가 경찰의 끄나풀이라고 생각하고 그 자리에서 해고해버렸다.

몇 달 뒤 시몬의 어머니가 다시 르 퓌에 돌아와서 이 사실을 알고는 다시 새 하녀를 구해주었다. 그런데 시몬은 하녀에게 노동연맹에서 책정한 봉급을 주어야 한다고 고집을 부렸다. 그 수준은 숙련 공의 봉급 수준에 해당되는 것으로서 당시 하녀들의 봉급의 서너 배가 되는 액수였다. 시몬이 우겨서 이렇게 많은 봉급을 받게 되자 어리벙벙해진 이 하녀는 아무래도 이것은 정직하지 못하다고 생각 하고 더 받은 봉급으로는 땔감으로 사용할 솔방울을 몇 자루 가져 왔다. 그러나 이것은 시몬이 공부할 때 앉는 의자로 사용되었다.

두통이 심할 때면 구토증까지 겹쳤기 때문에 시몬은 거의 먹지를 못했다. 때로는 일주일씩이나 으깬 감자 한 가지로 버티기도 했다. 그러나 강의를 쉬는 법은 없었다. 두통이 심하지 않을 때에도 시몬 은 굶주린다고 할 만큼 조금밖에 먹지 않았으며, 겨울에도 방에 불 을 때지 않았다. 어머니는 올 때마나 석탄을 잔뜩 사다놓았지만, 시 몬은 친구들이 찾아왔을 때 이외에는 한 번도 난로에 불을 지피지 않았다. 그 당시에는 불경기 때문에 실직자들이 많았고, 이 실직자 들은 모두 불을 땔 석탄을 사지 못할 것이라고 생각했기 때문이었 다. 그러나 그후 언젠가 실직자들도 어떻게 해서든지 불을 때고 산 다는 이야기를 듣고 시몬은 분명히 놀란 것 같았다. 그러나 그 이후 로도 방에 불을 때지 않았으며, 밤에는 창문까지 열어놓고 잤다.

10월 17일 생-테티엔에서 노동연맹 통합 위원회가 발족되었으 며 시몬도 거기에 가입했다. 시몬은 22인 그룹의 통합안을 지지하 고 있었으나 이에 반대하는 통합론자들의 의견 역시 이해할 수는 있었다. C.G.T.와 C.G.T.U.와의 사이에는 이론 대립이 있었다. 즉 C.G.T.는 노동연맹이 정당에서 독립되어야 한다는 주장을 옹호했 고, C.G.T.U.는 노동연맹과 정당이 서로 밀접하게 연결되어야 한다고 주장했다. 실제로 C.G.T.U.는 공산당과 관계를 맺고 있었으며, 어떤 면에서는 개혁파의 경향이 있는 C.G.T.보다 더 격렬한 계급투쟁을 벌였다. 노동연맹 통합론자들의 일부는 C.G.T.와 C.G.T.U. 중 어느 하나가 다른 하나에 항복하여 흡수되지 않는 한 통합은 어렵다고 보았다. 시몬은 C.G.T. 측의 노동연맹 독립론과 C.G.T.U. 측의 과격한 계급투쟁을 모두 지지했을 뿐 아니라 통합을 주장하는 사람들이나 통합을 반대하는 사람들의 입장을 모두 이해하고 있었다.

파리에서 열린 통합 운동 역시 난관에 봉착하고 말았다. 11월 8일부터 11일까지 파리에서 C.G.T.U. 국내 협의회가 열렸다. C.G.T.에서도 이미 22인 그룹의 통합안을 대부분 기각했지만, C.G.T.U.에서도 전보다 더 강경하게 반대하여 실제로 통합안이 실현될 가망성은 전혀 보이지 않았다. 더욱이 C.G.T.는 평회원들의 통합안은 수락했으나 C.G.T.U.는 평회원의 통합이건 간부회원의 통합이건 자기들이 주재하는 것 이외에는 귀도 기울이지 않았다.

한편 르 퓌에서 시몬은 이들의 통합을 중재하는 모임을 주선했다. 여기에는 공산주의자를 포함한 모든 노동자 계급이 모였다. 그뿐만 아니라 22인 그룹을 지지하는 두 개의 철도 노조원들도 이 자리에 참석했다. 11월 11일 그 첫 모임이 시작되기 이틀 전에 시몬은 어머니에게 편지를 썼다. "모레 열리게 될 모임의 준비도 이제 거의 끝나 저는 한숨 돌리게 되었습니다. 이 모임에서 어떤 성과를 거두게 될지는 저도 아직 모르겠어요. 지금으로서는 그저 호기심을 갖고 지켜볼 따름입니다. 설사 실패한다고 해도 비달과 같은 이를 동료로 삼게 된 것만도 대단한 일이지요." 그러나 시몬의 우려와는 달리 이 모임은 성공적으로 끝났다. 만장일치로 통합 중재위원회를 만들기로 결정했으며, 그 자리에서 세부 준칙도 세웠다. 다만 이미 노동연맹이 두 개나 있는 이상, 그 방향이 어떻든 간에 다른 노동연맹은 만들지 않기로 했다. 시몬은 테브농이 발간한 건축 노조 기관지인 「노동L'Effort」에 이 모임에 대해 상세히 보고했다. 시몬은 이 모임에서의 자신의 역할에 대해서는 한마디도 하지 않았으나, 사실상 시몬의 영향력은 결정적이었다. 이 글에서 시몬은 통합 중재 위원회가 극복해야 할 문제점들을 명백히 제시하는 동시에, 노동연맹 사무국 측에서 아무리 반대하더라도 통합을 위한 투쟁을 계속해야 한다고 역설했다. "간부회원들이 맡아서 하지 않을 수 없게 되었다. 그러나 노동연맹 자체는 노동운동의 가장 귀중한 성과이므로 어떤 일이 있더라도 우리는 현존 노동연맹이 지속될 수 있도록 노력해야 한다. 노동연맹의 협조가 없더라도, 아니, 노동연맹이 끝까지 반대하더라도, 우리는 어떻게 해서든지 통합을 실현시켜야 한다. 더욱이 이 어려운 문제는 다른 사람이 아닌 노동자들의 손으로 직접 해결해야만 된다. 그렇지 않으면 노동연맹의 존재 유무 자체가 무의미해질 것이다."

생-테티엔에서는 1928년부터 이미 노동자를 위한 특별 강좌가 실시되고 있었다. 르 퓌에서 생-테티엔까지는 세 시간이나 걸렸으나, 시몬도 여기에 나가기로 했다. 시몬은 앞으로 이 계획을 더욱 확장시키고 발전시켜야 한다고 주장했다. 어떤 의미에서 시몬은 자신이 헌신해야 할 단체를 이미 발견한 셈이었다.

시몬은 노동자들이 충분한 지식을 얻음으로써 문화 전반에 걸쳐 참여할 수 있도록 능력을 기르는 일이 가장 중요한 혁명 조건이라고 생각했다. 진정한 혁명을 위해서는 노동자들을 지식인들의 지배로부터 해방시키는 일이 급선무라고 생각했기 때문이었다.

시몬은 문화의 기원으로서의 종교의 역할을 말했다. "어느 시대를 막론하고 말을 다루는 능력은 사람들에게 늘 기적적인 것으로 보였다. 원시 사회에서는 직접 행동하는 사람들, 즉 사냥을 하고 고기를 잡으며 독창력을 발휘하여 여러 가지 기구와 무기를 다루던 사람들이, 지식을 통해 그 행동의 규범을 제정하는 소수의 사람들에게 복종했다. 원시 사회에서의 이 소수의 특권층은 사제들이었다. 그런데 규범이 행동에 대해 사실상 아무런 실효도 없다는 것이 판명난 뒤에도 행동하는 사람들에 대한 규범 제정자들의 우월성은 부인되지 않았다. 이처럼 말을 다루는 사람들이 물건을 다루는 사람들을 지배하는 것은 인간 역사의 모든 단계에 나타나 있다. 또 계급 면에서 볼 때, 사제거나 지식인이거나 말을 다루는 사람들은 항상 그 사회의 지배자의 편에, 즉 사람을 다룸으로써 사는 착취자의 편에 서서 생산자들을 핍박해왔다."

알랭의 정의에 따르면 부르주아란 설득으로 살아가는 사람, 즉 사물이 아니라 사람을 다루는 사람이었다. 그렇다면 사람을 설득하기 위해서 가장 효과적인 것은 말 이외에 무엇이 있겠는가? 시몬은 알랭이 말하는 부르주아를 사제와 지식인으로 규정했다.

시몬은 그렇다고 해서 생산을 담당한 프롤레타리아들이 말과 지식을 무시하고 경멸할 것이 아니라 올바로 사용할 줄 알아야 된다고 생각했다. 그녀는 폭력적인 계급 타파가 아닌 바로 이것이 참다운 혁명을 뜻한다고 생각했다.

"그러나 말을 다루는 것은 인간 역사의 진보에 없어서는 안 될 일이다. 말을 다룰 줄 모르면 무슨 일을 하든지 장님이나 다름없다. 이런 이유로 과학을 포함한 모든 인간의 사고가 급격히 발전한 것은 본디 종교를 통해서였다. 그러므로 이제 노동자들이 지식인의 지배를 벗어나기 위해서는 부르주아들이 대표하는 문화를 경멸할 것이 아니라, 그것을 대신할 힘을 길러야 한다. 분명히 생산자에 대한 지식인의 우월성은 노동자들의 손으로 부정되어야 한다. 그렇다고 해서 노동자들이 인간 문화의 모든 유산을 거부해야 된다는 말은 아니다. 노동자들은 이 값진 유산을 소유하고 스스로 주인이 되어 계승할 수 있도록 준비해야 한다. 이것이 바로 혁명이다."

"마르크스는 프롤레타리아의 혁명의 가장 큰 과업이 머리로 하는 일과 손으로 하는 일 사이의 괴리를 없애는 것이라고 보았다. 그의 말대로 이 일은 반드시 성취되어야 할 중요한 것이다. 그렇다면 이 일을 성취하기 위해서는 다른 무엇보다도 먼저 노동자들이 말을 다룰 줄 알아야 하며 나아가서는 글을 쓸 줄 알아야 한다."

11월 8일 생-테티엔에서 개최되는 노동자를 위한 강좌의 내용이 새로 결정되었다. 시몬이 프랑스어를 가르치기로 했으며, 정치경제학은 시몬과 테브농이 함께 가르치기로 했다. 그렇게 되자 시몬 어머니의 표현을 빌리면 시몬은 과로에 의해 하루하루 스스로를 죽이고 있는 셈이었다. 시몬은 르 퓌의 학교에서 가르치는 일 이외에도 르 퓌의 노동연맹 운동을 도맡아 했고 생-테티엔의 노동자 학교와 노동연맹에서도 같은 활동을 벌였을 뿐만 아니라, 「노동」지를 비롯한 여러 신문과 잡지에 기고했다. 그 가운데 "경제위기에 관하여"라는 글에서, 시몬은 불경기로 인해 경제위기가 발생할 경우에도 프롤레타리아는 계급투쟁을 계속해야 한다고 말했다. 더욱이 이런 위기 시에는 노동자와 기업주가 서로 싸울 것이 아니라 협조해야 한다는 주장에 공연히 흔들려서는 안 된다고 주장했다. "경제위기가 일어나면 오히려 기업주와 노동자의 이해는 한층 더 상반된다. 노동자가 기업주와 결합하게 되면 자연히 자본주의는 연장되기 마련이며, 경제위기는 자본주의 체제 밑에서 불가피하다. 따라서 노동자와 기업주의 결합은 오히려 새로운 경제위기를 악화시킬 뿐이다." 그리하여 시몬은 이런 대담한 결론을 내렸다. "현재 지배계급의 지배를 강화하면서 경제위기를 해결할 수는 없다. 지금 우리가 해야 할 일은 투쟁뿐이다. 그러나 현재로는 노동 단체들이 통합되지 않았기 때문에 노동자들이 계속 무력한 위치에 머물고 있으며, 사실상 그 덕분에 현재의 정치체제가 그대로 유지되고 있는 셈이다."

어느 날 시몬과 함께 살고 있던 시몬 앙테리우의 어머니가 르 퓌로 딸을 만나러 왔다. 그녀는 시몬의 과격한 생각과 활동을 보고 꽤 충격을 받았다. 그런데도 시몬은 그녀를 안심시키려 하기는커녕 그녀와 기독교에 대한 논쟁을 벌여 한층 더 그녀를 불안하게 만들었다. 시몬은 초기 기독교인들이 그 당시 사회에 대단한 물의를 일으켰고 그 때문에 박해를 받았다는 사실과 신교도들 역시 초기에 심한 박해를 받았다는 사실을 상기시켰다. 그리고는 만일 앙테리우의 어머니가 그리스도와 같은 시기에 살았더라면 분명히 바리새인들

편이 되었을 것임을 인정하지 않을 수 없도록 논리적으로 설명해 보였다. 그날 밤 이 가엾은 부인은 가슴이 떨려 제대로 잠을 이룰 수 없었다. 하지만 그녀 역시 시몬의 해박한 성서 지식에는 감탄하지 않을 수가 없었다("그 애라면 목사한테도 조언을 해줄 수 있을 것이다"라고 말했을 정도였다). 부인은 갑자기 이제까지 자신이 지녀온 윤리에 자신감이 없어졌다. 그래서 얼떨떨한 기분으로 집으로 돌아갈 준비를 하면서, 두 번 다시 시몬과 같은 여자는 만나고 싶지 않다고 말했다.

파리의 시청에서 열린 C.G.T.U.의 국내 협의회 이후 22인 그룹은 자체 내에서 분열되기 시작하여 급기야는 해체되기에 이르렀다. 그러나 시몬을 비롯한 대부분의 통합 지지자들은 이것이 노동연맹 통합을 위한 투쟁의 끝이라고는 생각하지 않았다. 오히려 노동연맹 평회원들의 통합 운동이 전보다 더 강화되어야 한다고 생각했다.

12월 10일 시몬의 어머니는 르 퓌로 돌아왔다. 시몬의 아파트는 문자 그대로 엉망이었다. 정돈이 되어 있지 않은 것은 말할 것도 없고 난로에는 불기운도 없었다. 일주일 뒤, 앙드레에게 보낸 편지에서 시몬의 어머니는 그때의 광경을 이렇게 묘사했다. "여기는 정말 바보 같은 짓들뿐이로구나. 내가 도착하는 날부터 그랬어. 아침 9시에 파리를 출발하여 밤 10시에 르 퓌에 도착했더니, 우리 도깨비(앙드레가 시몬에게 붙여준 별명)가 저희 학교 수위와 함께 정거장에 나와 있더구나. 둘이서 C.G.T.U.의 회합에 갔다 오는 길이었단다. 시몬은 나에게도 자기들과 함께 다시 회의장으로 가자고 했지만, 나는 제발 내 걱정은 하지 말라고 하고 먼저 택시를 타고 아파트로 왔단다. 아파트에 와보니 그야말로 온기라곤 한 군데도 없는 얼음장이었다. 기온이 영하 3-4도로 내려갔는데 벌써 며칠째나 그 모양이었어. 잠자리도 전혀 준비되지 않은 상태여서 온 방을 뒤져 가까스로 시트를 찾아냈단다. 먹을 것이라곤 단 한 가지도 없었어. 내게는 물 한 잔 사 먹을 정도의 돈밖에는 없었단다. 그런데도 이 불쌍한 도깨비가 어찌나 착하고 다정스럽게 구는지 화를 낼 수조차 없었다. 시몬 앙테리우가 떠난 뒤 내가 올 때까지 무려 2주일 동안 이나 그 모양으로 살았다는구나. 하녀도 없고 온기라곤 하나도 없 고 정오가 거의 되어서야 식당에 가서 아침밥을 먹고 저녁에는 제 손으로 찐 감자를 먹거나 코코아 한 잔을 타서 먹곤 하면서 말이다. 그 엉망인 방 꼴이라니! 내가 꼬박 여드레 동안이나 아침부터 밤까지 쉬지 않고 일을 하고 나니 좀 살 만한 꼴이 되었을 정도란다."

"내가 르 퓌에 도착하기 이틀 전에는, 이 도깨비가 저녁 6시에 혼자 돌아와보니 그만 아침에 열쇠를 방에 놔둔 채 문을 잠그고 나간 게 생각나더란다. 갑자기 열쇠 장수가 어디 있을 리 있겠니. 할 수 없이 옆집에서 사다리를 빌려왔지만 하필이면 그 사다리가 짧아서 겨우 2층 창문턱까지밖에 못 올라갔대. 거기서 창문을 통해 제 방까지 두 다리를 벌리고 기어들어가다가 그만 방바닥으로 나둥그라 졌다는구나. 나중에 보니 엉덩이가 시퍼렇게 멍들었더구나. 또 이번 주에는 생-테티엔에 갔다가 지갑을 놓고 왔대. 지갑 속에는 제 동료인 알렉상드르에게 부칠 긴급한 편지가 들어 있었다는데, 그걸 조금이라도 빨리 들어가게 하려고 생-테티엔에서 부칠 작정이었다는구나."

또 시몬이 아버지에게 보낸 편지를 보면 시몬은 어머니가 도착하기 이틀 전에 심한 두통을 앓았다고 한다. "그런 상태에서 그 아이가 줄곧 혼자 있었다는 걸 생각해보세요! 그 애는 그런 상태에서는 오히려 옆에 아무도 없는 것이 낫다고 우기지 뭐예요. 아무튼 제 말로도 이제는 좀 나았다고 하고, 또 보기에도 그런 것 같으니 불행 중 다행이에요."

시몬은 학교에서 라틴어도 가르치게 되었다. 라틴어를 가르치던 선생이 홍역에 걸려서 꼼짝도 못하는 데다가 시몬밖에는 라틴어를 가르칠 수 있는 사람이 없었던 것이다. 그 때문에 시몬은 전보다 더 늦게까지 일을 해야 했다. 매일 밤 1시 이전에는 잠자리에 들 수가 없었다. 이렇게 열심히 가르친 덕분에 하루는 라틴어반 학생 하나가 먼저 선생보다 시몬이 훨씬 좋다고 말했다. 그러나 시몬은 이 말을 듣고 기분이 좋기보다는 어떻게 대답해야 할지 무척 당황했다고 한다.

시몬의 어머니는 시몬이 특근까지 하는 데 비해 봉급이 너무 적다고 투덜댔다. 그러나 시몬은 돈 문제로 교감에게 항의를 하지는 않겠다고 말했다. "하지만 다음 교무회의에서는 꼭 따질 일이 있어요. 어제 교감이 반에 들어와서 크리스마스 실을 팔았거든요. 그렇다면 C.G.T.U. 소위원회 기금을 위한 복권을 팔지 말란 법도 없잖아요. 며칠 전에 벌써 학생들이 내가 그걸 가지고 있는 걸 보고 사고 싶다고 했거든요."

시몬의 어머니는 다시 장작을 사들이고 난로에 불을 지폈다. 그러고는 점차 부엌을 비롯해서 집 전체를 정돈해나가기 시작했다.

그러나 시몬은 자기 방에는 발도 들여놓지 못하게 했을 뿐만 아니라 그 방만은 불도 때지 못하게 했다. 그런 시몬도 집 안이 말끔히 정돈되는 것을 보고는 기뻐하지 않을 수가 없었다. "그 애도 집 안이 훨씬 나아진 걸 보고 기뻐하고 있어요. 그러면서도 한편으로는 자신이 나태해질까 봐 좀 불안한 모양이더군요." 어머니가 맛있는 요리를 만들어주자, 시몬은 탄성을 올렸다. "다시 이렇게 맛있는 걸 먹게 되다니 새로 태어난 것 같은 기분이에요!"

어느 날 시몬의 어머니는 시몬이 생-테티엔에 가는 것을 보러 역까지 나갔다. "나는 시몬을 따라 역까지 갔어요. 이 도깨비가 40파운드나 되는 책 꾸러미를 집에서부터 질질 끌고 갔거든요. 생-테티엔의 노동자 학교 학생들을 위한 거래요. 그 무거운 짐을 들고도 조금도 무겁지 않다고 하더군요. 당신도 느끼셨겠지만 시몬은 전하고 조금도 변하지 않았어요."

그다음 날, 시몬은 생-테티엔에서 밤 10시 반이 되어서야 돌아왔다. "내 말에 그저 건성으로 몇 마디 대답만 하고는, 곧바로 제 방으로 가서 학생들의 작문을 고치기 시작하는 거예요. 대체 몇 시까지 그 일을 했는지! 나중에 알고 보니 그 애는 생-테티엔에서 프랑스어 강좌를 두 개나 맡고 테브농과 함께 정치경제학 강좌를 여덟 개나 맡았다지 뭡니까. 그러니 이젠 그만하면 충분하지 않겠어요!"

그러나 이때 시몬은 르 퓌에서 열릴 통합 중재 위원회의 두 번째 모임을 준비하고 있었다. "이 모임을 준비하는 일을 죄다 그 애 혼자서 하고 있다는 걸 생각해보세요. 노동연맹에 연락을 취하고, 각종 신문의 편집자에게도 연락을 취하고, 그 외에도 얼마나 할 일이 많은지 이루 다 말할 수 없을 지경이에요. 통합 중재 위원회에서는 그 애를 서기로 임명하고 싶어하는데, 그 애는 감투는 싫고 그저 일을 하는 것만으로 만족한다고 하는군요."

이때 앙드레는 수학 공식을 발견해냈다고 어머니에게 알려왔다. 그녀는 남편에게 보내는 편지에서 이 소식을 듣고 너무 기뻐서 그만 울어버렸다고 하면서, 이렇게 덧붙였다. "이 도깨비와 신경전을 벌이다 보니 이젠 나도 어지간히 지쳤어요. 그 애는 내게 항상 다정한 것만은 아니에요. 게다가 일상생활 문제에 이르면 정말 황당하기 짝이 없어요. 매일 밤 하루도 거르지 않고 늦게까지 일하는 데다가 하녀의 봉급 문제에 대해서는 예전과 똑같이 고집을 부리는군요. 하루는 철도청에 다니는 그 애의 동료가 집에 왔길래 제가 하녀에게 시간당 5프랑씩 주는 문제에 대해 한번 물어봤지요. 그랬더니 요즘 같이 실업자가 많은 때에는 그저 와서 일하고 밥만 먹여주는 정도로도 감지덕지할 사람들이 숱하다는 거예요." 다음 편지에서는 또 이렇게 하소연하고 있다. "내가 먼젓번 그 애에게 주었던 손수건 스물네 장 중에 지금은 여덟 장밖에 남아 있지 않아요. 그런데도 이 도깨비는 내 말을 듣고는, 그저 사람 좋은 미소를 지을 뿐이에요. 그만하면 괜찮다고 생각하는 모양이지요. 이러니, 여보. 당신은 그 애가 결혼할 수 있으리라고 생각하세요? 시몬이 한 가정의 주부가 될 수 있을까요?"

12월 17일 르 퓌의 실업자 위원회에서는 르 퓌의 시장에게 탄원서를 보내기로 결정했다. 그 대표자들 속에는 시몬도 끼어 있었다. 시장이 이 탄원서를 받고 묵살해버리자, 이번에는 실직자들이 직접 시장을 만나기 위해 시 참사회 회의장으로 몰려갔다. 시 참사회의 기관신문인 「기록 Le Mémorial」지에 실린 한 기사에 의하면 "르 퓌의 시 참사회는 12월 17일 8시 반에 열렸다. 이때는 특별 회기였으므로 회의장 건물 안에는 사람이 많지 않았다. 저녁 8시 반쯤 갑자기 작업복을 입은 노동자들이 떼로 몰려들어왔다. 그 선두에는 꽤 젊은 여성 노동운동가 한 명이 끼어 있었다. 갑자기 회의장 안은 술렁거리기 시작했다. 그러고는 두꺼운 안경을 쓰고 그 추운 날씨에도 얇은 실크 스타킹 하나밖에 신지 않은 그 지성적인 여성이 말문을 열었다. 그 전에 그녀는 100여 명의 실직자들을 시 참사회 의원들 앞에 끌고 나왔다. 사실 그녀가 주장한 노동자들의 요구에는 귀 기울일 만한 점들이 많이 있었다. 그러나 한 개인이 시장을 향해 시장으로서의 개인의 능력을 신랄하게 공격한다는 것은 변명의 여지가 없는 무례한 행동이었다. 그녀의 비난에 대해 시장은 매우 단호했다. 그는 데모대를 향해 그들의 터무니없는 요구는 논의의 대상도 되지 않으며, 시 당국에서도 원칙상 그것을 들어줄 수 없다고 말했다. 그리고 나서 곧 회의는 회의록에 있는 순서대로 진행되었다. 그러자 데모대는 일단 물러나 회의장 복도에서 큰 소리로 선언문을 낭독한 다음, 다시 자기들의 회합을 갖기 위해 회의장 건물을 나갔다.

실직자들의 문제는 항상 비참하다. 누군가 빵을 달라고 외칠 때 그것을 듣는 사람들은 괴롭지 않을 수가 없다.

그러나 소위 훌륭한 교육을 받았고 르 퓌 시의 고등여학교에서 철학을 강의하고 있으며, 법률상 시장은 공식 석상에서 실직자들의 항의를 받아들여서는 안 된다는 것을 분명히 알고 있음직한 지성인이 그것도 사전에 미리 교묘하게 계획된 방법으로, 공식 회의장에서 난동을 벌였다는 것은 납득하기 어려운 일이다. 소위 선생이 노동자들에게 데모를 일으키게 하고 그들을 흥분시키다니!

그러나 이 여성 자신은 두둑히 봉급을 받고 있음을 생각할 때, 우리는 그녀가 실직자들의 고통에 대해 얼마나 박애주의적인 감정을 지니고 있으며, 얼마나 부드러운 마음씨를 가졌는지를 알 수 있다. 하지만 그녀는 이미 충분한 쓰라림을 맛본 실직자들에게 다시 한번 더 괴로움을 주는 결과밖에 없을 저 시 참사회 회의장의 단상에 그들을 무모하게 내세웠으며, 이로 말미암아 노동자들을 쓸데없는 희망으로 흥분하도록 만들었다. 이미 학교 선생이라는 공적인 위치에 있는 이상 그녀가 적어도 시민은 폭동을 일으켜선 안 된다는 사회적인 의무를 모를 리는 없다."

이 기사를 쓴 사람은 상당히 온건한 태도로 시몬을 공격하는 것처럼 보이려고 했으나 시몬이 학교에서 위험한 존재라는 것을 강조하고 있었다. 그는 속으로 시몬이 선거에 앞서 고의적으로 난동을 부린 것이라고 의심하고 있었으며, 그의 편협한 머릿속에서는 줄곧 시몬의 봉급 문제가 떠나지 않았던 것이다. 그러나 그 봉급 중에서 시몬이 자기 자신을 위해 쓰는 것은 극히 일부분뿐이라는 것에는 생각이 미치지 못했던 것 같다.

이튿날 시몬은 르 퓌 시의 장학관으로부터 호출을 받았다. 장학관은 매우 친절한 태도로 시몬의 이상은 매우 고귀하며 시몬과 같은 사람을 르 퓌 시의 선생으로 모시게 되어 매우 기쁘다고 말하면서, 그 사건에 대한 해명을 요구했다. 그러나 시몬과 이야기하는 도중, 그는 진심으로 시몬을 존경하지 않을 수 없었다. 그다음에는 또 경찰의 신문이 있었다. 경찰은 그녀가 시 참사회 회의장에서 나온 뒤, 노동자들과 카페에 간 것이 사실이냐고 거듭 물었다. 무엇보다도 르 퓌의 시민들에게 충격적이었던 것은 데모 자체가 아니라 바로 이 점이었다. 사람들은 르 퓌에 사는 여자가 남자들과 함께 카페에 가는 것을 매우 불명예스러운 일이라고 여겼다. 이 말을 듣고 웃지 않을 수 없었던 시몬은 사생활 문제에 대한 질문에는 답변하지 않겠노라고 말했다.

더욱이 시몬이 학교에서 나오는 길에 채석장의 인부와 악수를 했다는 사실을 알고 사람들은 경악했다. 시몬은 이 사실에 분개하기보다 대단히 흥미를 느꼈다. 그래서 이것을 주제로 "카스트 제도의 잔재"라는 글을 써서 기고했다. "우리 나라의 문화 수준은 인류 문명에서 수천 년 뒤떨어져 있다. 우리는 아직도 카스트 제도 밑에서 살고 있다. 인도의 카스트 제도 밑에서 그랬던 것처럼 우리는 어떤 부류의 사람들을 불가촉천민으로 여기고 있다. 곤란한 입장에 처했을 때 학교 선생이 방문을 걸어 잠근 채 비밀리에 만나야 할 사람들이 있는가 하면, 악수하는 것조차 학부형들에게 들켜서는 안 될 부류의 사람들이 있다. 그런데 이런 사람들은 부정직한 은행가나 타락한 정치가나 공연히 남을 못살게 구는 관리가 아니라, 경제위기에 산업이 중단되는 것을 막기 위해 밤낮으로 혹사당하며 일하는 노동자들이요, 굶주릴 정도로 형편없는 임금을 받고 있는 채석장 인부들이다.……

해군 장교들은 일반 사병들과 술을 마셔서는 안 된다고 한다. 이 사회에서는 교직에 있는 사람들에게도 해군과 비슷한 신분상의 제약을 두는 모양이다. 그렇다면 문교부에서 각 분야에 따라 교직에 있는 사람들이 어떤 상황하에서 어떤 사람들하고 교제해야 하는지 그 세부 규정을 알려주는 편이 나을 것이다."

12월 23일 시몬은 다시 감사관의 호출을 받았다. 이번에 만난 감사관은 신문 기사에까지 보도된 문제의 "얇은 실크 스타킹"을 확인하려고 유심히 시몬을 훑어보았다. 그러나 시몬은 생전에 무명 양말밖에 신지 않았으므로 실크 스타킹을 신었을 리가 없었다. 감사관은 르 퓌의 장학관과 마찬가지로 시몬의 선생으로서의 양심과 고귀한 마음씨에 감동했다. 그래서 현재 문교부 당국에서 그녀를 면직시키려 하고 있다고 귀띔해주었다. 그러나 자기가 보기에 시몬은 선생으로서 조금도 나무랄 데가 없을뿐더러 거의 완벽하다는 말까지 했다.

시몬이 면직될 위기에 처해 있다는 사실이 알려지자 시몬의 철학반 학생들은 아우성을 쳤다. 그들은 부모에게 시몬을 돕기 위해 조치를 취해달라고 졸라댔다. 그 부모들은 이미 학생들이 작성해놓은 탄원서에 마지못해서 서명을 했다.

이처럼 시몬은 모든 학생들로부터 신뢰와 사랑을 받고 있었다. 시몬 역시 학생들에게 헌신적으로 봉사했으며, 결코 평범한 선생으로 그치지 않았다. 학생들이 라틴어 때문에 고등사범학교 입학시험에 떨어졌다는 것을 알자, 즉시 무료로 학생들에게 라틴어를 가르치겠다고 자진해서 나섰다. 또 몇몇 학생들이 수학에 흥미를 느낀 것을 알고는, 비어 있는 시간에 수학 특별 강좌를 마련했다. 가르치는 데에 그치지 않고 시몬은 학생들의 금전적인 부담도 덜어주려고 애썼다. 하루는 스물네 권의 책을 학교까지 땀을 흘리며 직접 날라왔다. 교수들에게만 할인해주는 서점에서 학생들도 혜택을 받을 수 있도록 미리 주문해두었던 것이다. 그뿐 아니라 기숙사에 있는 학생들에게 약속한 책을 갖다주기 위해 수업이 끝난 뒤 직접 기숙사로 찾아가기도 했다. 대부분의 선생님들은 거의 한 번도 들여다보지 않은 기숙사에, 그것도 방과 후에 시몬이 모습을 나타내면 학생들은 말할 수 없이 기뻐했다.

감사관의 호출을 받고 난 며칠 뒤, 시몬은 교정에서 학생들을 만나자 아직도 자기가 가르치기를 원하느냐고 물어보았다. 학생들은 약간 어리둥절해했으나, 물론이라고 대답했다. 그러자 시몬은 문교부에서 자기를 르 퓌에서 쫓아버리기 위해 그녀의 부모가 살고 있는 파리 근처의 학교로 옮길 것을 제안했다고 말했다. 이 말을 듣고 학생들이 실망하자 시몬은 르 퓌에 남아 있기로 결심했다.

크리스마스 휴가가 되었으나 시몬은 부모를 만나러 파리에 가지 않기로 결심했다. 모처럼 시간이 나는 동안 다음 학기의 철학 강의 내용을 준비하기로 한 것이다.

12월 30일 실업자들은 다시 르 퓌의 시 참사회 회의장에 나타났다. 시몬도 그들과 함께 갔지만 이번에는 앞에 나가 연설을 하지는 않았다. 여기에 대해 「기록」은 "실업자들은 이제 시민들의 동정을 얻었다. 따라서 그들을 이끄는 지도자들은 이 동정을 잃지 않도록 각별히 조심해야 할 것이다"라고 논평했다.

1월 1일 르 퓌 시의 실업자들은 다시 데모를 일으켰다. 시몬은 데모가 결의된 회합에 참석은 했지만 될 수 있는 대로 직접적인 조언은 하지 않으려고 했다. 그 당시 실업자들은 르 퓌 시의 건축 공사장에서 일당 16프랑씩 받기로 되어 있었는데, 그것이 너무 적다고 생각한 것이다. 데모가 일어나던 날 시몬은 줄곧 데모대와 함께 있다가 잠시 장학관의 호출을 받고 자리를 비웠다. 마침 시몬이 자리를 떠날 때, 데모대를 해산시키기 위해 경찰이 도착했다. 「기록」지는 이날 기사에서 "경찰이 투입되는 것을 보자 시몬 베유 양은 여전히 그 실크 스타킹을 신은 채 기다랗고 말라빠진 다리로 있는 힘을 다해 뺑소니쳐버렸다"라고 보도했다. 데모대는 일단 해산한 뒤, 저녁 5시에 다시 모여서 행진을 시작했다. 그러나 시몬은 이 데모에는 가담하지 않았으며 길을 가다가 우연히 데모대가 지나가는 것을 보았을 뿐이었다. 「기록」지에서는 실업자들과 시몬을 향해 맹렬한 공격을 퍼부었다. 실업자들이 이제 빵을 요구하는 것이 아니라 일하지 않고 놀고먹으려 든다면서, 실업자들을 이런 식으로 선동한 시몬은 왜 그 자리에 모습을 나타내지 않았느냐고 미친 듯이 떠들어댔다.

이 기사 때문에 시몬은 이번에는 교장에게 불려갔다. 교장은 시몬에게 파리 근처의 산업 도시인 생-캉탱으로 전근시켜달라는 자원서에 서명할 것을 요구했다. 생-캉탱은 평소에 시몬이 가고 싶어했던 곳이었다. 그뿐만 아니라 만일 시몬이 자원서에 서명을 하지 않으면 문교부에서 그녀를 다른 곳으로 보내버릴지도 모른다는 것이었다. 그러나 시몬은 자기를 따르는 학생들을 생각하여 이를 거부했다. "나는 르 퓌에서 교직을 시작했으니, 그 끝도 르 퓌에서 마치

겠습니다." 시몬의 말에 교장은 한숨을 쉬었다. "난 당신을 설득하지 못할 줄 뻔히 알고 있었소." 그러고 나서 그는 만일 시몬이 다른 사람에게 그런 말을 한다면 면직될 수도 있다고 충고했다. 그러자 시몬은 "저는 항상 면직당하는 것을 제 교직 생애의 더할 나위 없는 명예로 생각해왔습니다"라고 말했다. 이것은 공연한 말이 아니라 시몬의 진심이었다.

시몬 앙테리우를 통해 시몬의 사건이 파리에 알려지자, 캉쿠에는 시몬의 행동을 못마땅하게 생각했다. "프롤레타리아는 또 하나의 잔 다르크가 필요하지 않다. 시몬은 자기가 해야 할 일이 무엇인지 알아야 한다." 그러나 알랭은 시몬의 행동을 전적으로 인정하지는 않았지만, 될 수 있는 대로 그녀를 옹호했다. 그는 르 퓌의 고등남자중학교에 있는 한 선생에게 보낸 편지에서 이렇게 말했다. "나는 내 제자인 시몬 베유가 몹시 자랑스럽습니다. 시몬이 저지른 행동은 정말로 젊은이다운 행동이며, 유용하기보다는 아름다운 행동입니다. 이런 경우 우리는 기껏해야 '노동자를 해방시키는 일은 노동자 자신들이 할 일이다'라고 말하겠지요. 하지만 우리는 진심으로 행정부를 비웃을 줄 알아야 합니다. 이런 점에서 나는 힘이 닿는 대로 시몬을 변호해주고 싶습니다. 사람들은 나의 이런 관대한 행동에 대해 책임을 묻겠지요. 나 역시 어느 정도 그것을 바라고 있습니다. 또 비록 내가 제1차 세계대전 이후에 안락하게 있고 싶다는 욕망에 한두 번쯤 양보를 한 적은 있지만, 어떤 의미에서 나는 그런 관대한 행동을 할 만한 자격이 있습니다. 노인에게는 안락하게 있고 싶다는 생각도 허용이 됩니다. 그러나 우리는 그런 생각에 지나치게 양보를 해서는 안 됩니다. 내 훌륭한 제자에게 이 말을 전해주십시오. 그리고 행정부를 비웃기를 멈추지 말라고 부탁해주십시오. 그런 짓은 늙은이에게나 어울리는 일입니다."

알랭은 이 사건을 보고 몇 가지 점에서 웃지 않을 수가 없었다. 그러고는 시몬에 대해 "시몬 말고 누가 실업자들의 파업을 일으키는 일에 성공할 수 있겠는가?"라고 반문했다.

프랑스 여성 인권 단체의 회장인 마리아 베론도 「근로L'Œuvre」에 시몬을 옹호하는 글을 실었다. 구체적인 지명이나 이름은 밝히지 않은 이 글에서 마리아 베론은 실업자들의 데모 경위를 상세히 보고하고 나서 이렇게 썼다. "그때까지 나태 속에 묻혀 있던 시장은 자신을 그런 무기력한 상태에서 구해준 그 젊은 여성을 비난하지 않았어야 했다. 그랬더라면 그런 대로 만사는 순조로웠을 것이다. 이 사건이 있은 다음, 시 당국은 즉시 활동을 개시했다. 시 자체 내에서 심의와 반대 심의가 꼬리에 꼬리를 물고 일어났다. 그러나 이런 일이 언제까지 지속될 것인가?"

생-테티엔에 있는 시몬의 동지들도 가만히 있지 않았다. 「노동」에 이 사건의 경위를 밝힌 다음 시몬을 옹호하는 선언서에 서명했다.

시몬은 계속해서 과감하게 활동을 벌였을 뿐만 아니라 오히려 전보다도 더 태도를 확고히 굳혔다. 1월 14일 「논단La Tribune」에는 시몬이 작성한 실업자 위원회의 공식 보고서가 실렸다. "실업자들의 움직임이 퇴조하리라고 관망하는 사람들은 스스로를 기만하고 있다. 실업자들의 움직임은 날이 갈수록 강화되고 있으며, 직접 행동에 돌입하여 시 당국으로부터 몇 가지 원칙상의 양보를 얻게 되었다. 데모가 일어나기 이전에 실업자들은 시에서 무슨 혜택을 입고 있었는가? 시립 공사장에서 하루 종일 기진맥진하도록 돌 깨는 일을 하고서 고작 6프랑의 일당을 받는 것이 전부였다. 그래서 그들이 모여 의견을 모으고 시장에게 대표를 파견하자 시장은 이를 철저히 무시해버렸다. 이에 굴하지 않고 실업자들이 거듭거듭 시 참사회 회의장에 직접 나타나 항의하자 곧 결과가 나타났다. 공사장에 취사장이 설치된 것이다. 시장은 새로운 일에 30명의 실업자들을 새로 고용하겠다고 말했다. 그러나 실업자들의 강경한 항의에 부딪치자, 조금 더 양보하여 자원하는 실업자는 모두 고용하겠다고 약속했다. 그 뒤에 그들은 모두 고용된 것은 사실이지만 겨우 시간당 2프랑밖에는 받지 못했다. 그 이유는 실업자들이 일반 노동자만큼 일에 숙련되지 못했다는 것이었다. 그러나 애초에 실업자들이 자진해서 직장을 떠났던가?

그들은 즉각 작업을 중단하고 혁명가를 부르며 르 퓌 시를 행진했다. 사람들은 이것을 정치적인 난동이라고 몰아붙였다. 그러나 노동자들은 착취자들의 노예가 되기를 거부한 것뿐이었다. 이러한 행위가 정치적인 성격을 띤 것이 아님이 명백함에도 불구하고 지배층은 고의로 이것을 정치적인 난동으로 몰았다. 그러나 실제로 이것은 정치적인 분규와는 전혀 관계가 없는 다른 의미의 계급투쟁이었다.

시장은 한걸음 더 양보하여 실업자들이 요구하는 대로 임금을 일당 25프랑으로 올리겠다고 약속했다. 이것은 공식적인 문서상의 약속이므로 실업자들은 이것이 완전하게 실현될 때까지 싸울 것이다. 데모의 또다른 성과는 외국인 실업자들도 똑같이 고용하겠다는 약속을 얻어낸 것이다. 노동자에게는 국적의 차이가 없다. 지배층은 억압받는 자들끼리 지니는 순수한 동포애를 어떤 이유에서도 파괴해서는 안 된다.

이제 우리는 실업자들이 앞으로도 계속 단호하게 나갈 수 있기를 바란다. 그들은 그들이 시에서 가까스로 얻어낸 약속이 기필코 이루어지도록 매사에 방심하지 말아야 한다. 또 여자들과 아이들과 노인들을 위해서도 조속한 시일 내에 적절한 조처가 취해지도록 시당국에 계속 힘을 행사해야 한다.”

“시장이 실업자들에게 일당 25프랑의 임금을 약속한 뒤 10일이 지나도록 실제적인 아무런 조처도 취해지지 않았다. 참다 못해 실업자들은 또다시 시장에게 대표단을 파견했다. 그러나 파업이나 데모가 일어날 낌새가 없다는 것을 알아채자 시장은 실업자들에게 했던 약속을 부인했을 뿐만 아니라 그들의 모든 요구를 일축해버렸다.

이 이야기는 무엇을 말해주는가? 만약 그가 한 도시의 시장이 아니었다면, 우리는 데모가 일어나던 날 그가 겁에 질려 아무 약속이나 되는 대로 해놓고 나중에는 그것을 이행하지 못한 것이라고 생각할 수도 있다. 그러나 노동자들은 이런 생각을 하는 것조차 수치스럽다고 생각했다. 그저 엘리트의 윤리는 노동자의 윤리와는 전혀 다른 것인가 보다 하고 여길 뿐이었다. 노동자들은 용기와 성실을 미덕으로 간주하며 이것을 잃는 것은 불명예라고 생각하고 있다.

어떻든지 만일 시장이 현재 실업자들의 침묵 때문에 의기양양해하고 있다면, 어리석기 짝이 없는 일이다. 행동 다음에 오는 침묵은 나약함이 아니라 힘의 증거이다. 실업자들이 만일 사람들을 공포에 몰아넣지 않고서는 아무것도 얻을 수 없다는 것을 받아들이지 않을 수 없게 된다면, 그들은 이 교훈을 잊지 않고 잘 기억해둘 것이다.

실업자와 지배층 사이에는 폭력과 힘의 관계 이외에는 어떤 관계도 성립되지 않는 것 같다. 지배층들은 이 사실을 교묘히 속이고 있다. 그러나 언젠가 실업자들은 자기들에게 이런 교훈을 얻게 해준 것에 대해 지배층에게 깊이 감사하게 될 것이다."

이 글은 실업자 위원회의 이름으로 발표하게 되어 있었다. 그래서 시몬은 밤을 꼬박 새우며 철학 논문을 쓸 때보다도 더욱 세밀히 신경을 썼다. 글자 하나하나를 모두 재검토해본 뒤, 밤 2시에 시몬 앙테리우를 깨워 그때까지 쓴 것을 보여주며 조언을 구했다. 시몬은 진심으로 노동자들을 돕고 싶었으며, 그것도 가장 효과적으로 돕고 싶었다.

이 글이 발표되자 「기록」지의 분노는 극에 달했다. 그러고는 곧 이 글의 전문을 "폭력 선동"이라는 제목으로 1월 23일 자에 다시 게재했다.

같은 날, 파리의 주간지 「목소리 Le Charivari」는 이 사건에 대해 논평을 붙였다. "우리는 르 퓌 고등여학교의 유대인 철학 선생 시몬 베유 양이 어떻게 실업자들의 데모를 이끌어갈 수 있었는지 궁금했다. 그러나 그것은 매우 간단했다. 베유 양은 모스크바의 간첩이었던 것이다."

시몬 앙테리우의 어머니는 누군가 기찻간에서 이렇게 말하는 소리를 들었다. "르 퓌에 반그리스도 교인이 나타났대요. 본래는 여자인데 꼭 남자같이 옷을 입고 다닌다는군요."

2월 4일경 르 퓌에는 또다른 실업자 데모가 일어났다. 시몬은 부모에게 쓴 편지에서 이렇게 말했다. "어저께 실업자 회의가 거의 끝날 무렵 갑자기 데모가 결의되었습니다. 이번에는 제가 앞에 나서고 싶지 않았지만, 어쩔 수가 없었어요. 결과가 어떻게 될지는 저도 모르겠습니다. 다만 비알이 메라에게 한 말(알렉상드르를 통해 들으셨겠지만)이 사실이라면 별 성과가 없을 것 같습니다.

신문을 보고 C.G.T.U.의 한 교수가 편지를 보냈습니다. 자기 동료들도 제게 축하를 보낸다면서 앞으로도 있는 힘을 다해 지원하겠다고 합니다.

모든 상황이 점점 더 악화되고 있습니다. 중국에서의 무장 해제 회담도 그렇고, 광부들도 더욱더 가난에 시달리고 있습니다. 또다시 임금이 10퍼센트나 인하되었는데, 이것으로는 하루 세 끼 먹고 살 수조차 없습니다. 기민한 행동이 필요한 시기에 정책자들의 대립은 더 격렬해지고만 있습니다. 이런 식으로는 아무것도 이룰 수 없다는 것이 너무나도 뻔합니다.

저에 대한 경관들의 행동이 너무나 충격적이었다고 하셨지만, 제게는 그런 것쯤은 아무렇지도 않습니다. 저는 늘 최악의 경우에 대비하고 있으며, 지금보다 더 심한 취급을 당하더라도 폭력적인 언사나 태도는 삼가기로 결심했습니다. 박해를 받는 것은 비단 저뿐만이 아니니 마음의 평정을 잃을 필요는 없습니다.

여기서 제 생활은 좋은 편입니다. 하녀도 정기적으로 오고 잠도 잘 자며 밥도 잘 먹습니다. 오늘은 폴리냐크 성 부근에서 정말 멋진 산책을 했어요. 요즘은 생-테티엔에는 보름에 한 번씩만 가기 때문에 시간적인 여유가 많습니다. 거기 광부들도 저를 기꺼이 동료로 받아주었습니다. 강의도 잘 되어가는 것 같습니다.

「목소리」에서 저를 모스크바의 첩자라고 했더군요. 불행한 일은 순수하고 진실한 사람들이 아직도 저를 불신의 눈초리로 본다는 것입니다. 그러나 저는 점점 더 공산주의자들과는 멀어지고 있습니다. 그들은 현재와 같은 위기에 요청되는 일에는 전혀 힘을 미치지 못하고 있습니다. 특히 독일에서 더 그렇습니다.

혹시 S를 만날 수 있으면 내년에 생-테티엔로 전근될 수 있을지 물어봐주세요. 거기 광부들의 일이 잘되어나가고 있다면 그곳에 계속 머물러 있고 싶습니다. 더욱이 좋은 친구들이 있기는 하지만 지금은 르 퓌를 떠나고 싶습니다."

2월 4일에 계획되었던 데모에 관해 「기록」지는 이렇게 보도했다. "모스크바로부터 지령받은 공산주의 데모가 르 퓌에서 계획되었다. 모스크바의 연락망이 르 퓌에까지 뻗쳐 있는 것이다.

감정을 가진 사람이라면 실업자들의 요구에 동정심을 느끼지 않을 사람이 없을 것이다. 그러나 실업자들의 참상이 정치적으로 악용된다면 이에 반대하지 않을 사람도 없을 것이다. 그러나 선동자들의 희생물이 되고 있는 실업자들의 경우에는 문제가 다르다.

실업자들은 자신들의 문제를 재검토해야 한다. 우선 공정히 말해서 시 당국과 기업주들은 가능한 한 많은 실업자들에게 일거리를 주기 위해 희생을 무릅쓰고 있다. 참다운 노동자라면 공산주의자들의 계획으로부터 스스로를 보호할 줄 알아야 한다. 우리는 이들을 위해 명백한 증거를 가지고 지난 2월 4일 르 퓌에서 계획된 데모는 모스크바의 지령을 받은 것임을 알리는 바이다. 르 퓌에는 모스크바와 접촉하고 있는 여자 첩자가 있다."

2월 4일 자 「오트-루아르La Haute-Loire」지에서 "오늘 오후 4시에 공산주의 암호에 따라 실업자들은 시에서 그들을 위해 마련해준 공사장을 떠나 하나씩 직업 소개소로 모여들었다. 그 속에는 무엇이 중요한 요구 사항인지 판단조차도 하지 못할 나이 어린 소년들도 끼어 있었다. 25명의 경관들이 질서를 유지하기 위해 직업 소개소 밖에서 일정한 거리를 유지한 채, 필요한 경우에는 개입할 준비를 갖추고 있었다. 그동안 구경꾼들이 모여들기 시작했으며, 5시 반이 되자 실업자들은 다시 하나씩 직업 소개소에서 나오기 시작했다. 그들은 곧 경관들에게 둘러싸였으며, 몇 가지 심문을 받은 뒤 석방되었다. 이때까지는 아무 일도 발생하지 않았다."

2월 6일 자 「오트-루아르」지에서 "경찰과 헌병의 적극적인 개입으로 화요일 오후의 실업자들의 데모는 실패로 끝났다. 그들은 경찰서에서 비참한 모습으로 나온 뒤 푸자로 거리에서 다시 모이려 했다. 푸자로로 가는 도중 한 여자가 선두에서 붉은 깃발을 휘날렸고 실업자들은 다시 가두행진을 시작했다. 그러나 얼마 있지 않아 헌병대가 도착하는 것을 보자 허겁지겁 달아나버렸다. 잠시 후에 이들은 다시 콜레주 거리에 나타났으나 경찰관의 모자만 보고도 자취를 감춰버렸다.

이들이 원하는 것은 무엇인가? 실업자들은 르 퓌에서 벌인 그 우스꽝스러운 행동을 통해 아무런 구체적인 것도 말해주지 못했다.

아무튼 앞으로는 시장과 시 당국자들의 적극적인 태도, 경찰과 헌병의 기민한 행동력, 공공 보도기관들의 빗발치는 반박이 있다면 실업자들은 자기들을 희생의 제물로 바치려는 자들의 마수에서 벗어날 수 있을 것이다. 그들의 선동자들은 이미 몸을 사리기 시작했다."

이에 지지 않고 시몬의 옹호자들도 계속해서 신문에 글을 발표했다. 캉쿠에는 2월 8일 「인민*Le Populaire*」지에 "위기에 직면하여"라는 제목의 글을 썼다. 캉쿠에는 실업자들을 지지하는 시몬의 연설에 대해 언급하면서 르 퓌 시 당국에서 시몬을 쫓아버리기 위해 생-캉탱으로 전근을 제안했다고 말했다.

"그러나 우리의 동지는 이 제안에 귀도 기울이지 않았다. 그래서 프롤레타리아의 참상을 초래한 장본인들과 권력층을 옹호하는 자들이 이 사건에 개입했으나, 그녀는 결코 양보하려고 하지 않았다.

사회구조의 모순을 익히 알고 있는 우리들로서는 아무리 관대히 볼지라도 한낱 제스처로는 문제를 해결할 수 없음을 알고 있다. 노동자들은 상호 간의 협동과 노동연맹의 결성을 통해 스스로를 보호할 줄 알아야 한다. 노동자들은 또한 시민으로서의 자기들의 권리가 정치적인 중요성을 띠고 있음을 알아야 한다. 우리는 그들을 지도하고 있는 젊은 여성이 노동자들에게 이 점을 충분히 납득이 되도록 설명해주기를 바란다. 그렇지 않다면 그녀는 자신의 임무의 일부분밖에는 성취하지 못하는 셈이다.

사태가 어떠하든 우리는 그녀에게 존경을 표하는 바이며, 그녀가 자신에게 향해진 모든 어처구니없는 비난을 일축해버리기를 진심으로 바라고 있다.

우리들 철도 노무자들은 그녀가 3년간이나 보수 없이 우리들을 헌신적으로 가르친 것을 잊을 수 없다. 이 기회를 빌려 그녀에게 깊은 감사와 우정을 표한다."

마지막으로 2월 9일 자 「인민」지는 오트-루아르의 사회주의 연맹에서 시몬을 옹호하기 위해 시 당국에 강력히 항의하는 기사를 실었다.

"오트-루아르의 사회주의 연맹에서는 의회에 대표단을 파견하여 시민의 봉사자들에게 언론의 자유를 보장해줄 것을 강력히 요구했다. 특히 르 퓌 시의 고등여자중학교 선생인 시몬 베유 양이 실업자들의 사회적 투쟁을 도왔다는 이유로, 그녀의 교사로서의 임무 수행에 아무런 결함도 없고 또 학생들과 학부형들이 그녀를 위한 탄원서까지 냈음에도 불구하고 문교부 당국으로부터 좌천의 위협을 받은 사건을 비난해 마지않았다.

시몬 베유 양이 취한 입장에 상관없이 우리가 어떠한 방해도 받지 않고 시민에게 봉사할 수 있도록 언론의 자유가 보장되어야 함을 믿어 의심치 않는다. 이 사실은 일반 공중에게 공포되어야 하며 필요한 경우에는 의회에서 장관에게 공식적인 질의를 해야 한다."

여기에 요구된 공식적인 질의가 과연 행해진 적이 있는가? 하원에서 한 번 질의가 열리기는 했지만, 그것도 시몬에게 적대적인 내용이었다.

그것은 이 사건 때문에 행정부가 오히려 점점 불리한 입장에 몰리게 될 것을 우려해서였을까? 또는 시몬이 취한 입장이 너무도 확고하고 대담했기 때문이었을까? 아무튼 행정부는 실제로 시몬에게 어떤 제재를 가하든지, 스스로 양보를 하든지 둘 중에 하나를 택하지 않을 수 없었다. 그러나 행정부란 본디 말썽이 일어나는 것을 싫어하는 까닭에 될 수 있는 대로 공공연히 힘을 행사하거나, 그 결과를 예측할 수도 없는 싸움에 말려들기를 회피했다.

아무튼 3월 셋째 주에 접어들자 갑자기 이 사건은 잠잠해지고 말았다. 우익 언론 기관에서는 더 이상 시몬을 공격하지 않았다. 지방 정책자들도 언론기관을 통해 별다른 것을 얻을 수 없음을 깨닫자 단념하고 말았다. 이상한 일은 르 퓌의 경찰국장이 프랑스의 북부 지방 앙쟁으로 발령이 난 것이었다. 승진된 것은 사실이었지만, 정말로 그에게 상을 주려는 것인지 그를 제거해버리려는 것인지는 알 수 없었다. 아무튼 그는 이 승진을 거절하고 르 퓌에 그대로 남아 있었다.

1월 12일 경찰국장은 자기가 5—6명의 실업자들을 약식 재판에 회부했다고 말했다. 그러나 2월 15일에 열린 약식 재판에서는 2명의 노동자만이 작업을 방해했다는 죄목으로 기소되어 각각 한 달씩 선고를 받았다. 시몬이 소속되어 있는 C.G.T.U. 교사연맹에서는 2월 28일 자 일간신문에 이 사건에 맹렬히 항의하는 글을 실었다.

그 이후로 실업자들은 상당한 혜택을 받게 되었다. 실업자 전원이 취업되었으며, 작업 환경이 개선되고, 임금이 인상되었으며 취사장도 개설되었다. 그 이후에 열린 시 참사회 회의에서 시장은 자신이 데모대의 압력 때문에 이런 개선을 하게 된 것은 아니며 첫 번째 데모가 일어나기 전에 이미 실업자들을 위한 계획을 세웠다고 주장했다. 그러나 데모로 인해 시장이 일을 서두르게 된 것은 사실이었다. 시몬의 활동은 헛수고로 돌아간 것이 아니었다.

나중에 제2차 세계대전이 발발했을 무렵, 시몬은 국가 방위에 참가하게 되었고 그녀 자신이 봉사했던 단체들로부터 비난을 받게 되었다. 그러자 시몬은 이들에게 자신이 결코 공산당과 관련을 맺고 있었던 것이 아니었음을 납득시키려고 했다.

"나는 항상 불행한 자들의 이익을 위해 사회를 개조하려고 했다. 그러나 한번도 공산당을 지지하려 한 적은 없다. 열여덟 살 때부터 내 관심을 끈 것은 노동연맹 운동뿐이었으며, 그 이후로 계속 공산주의자들과는 점점 더 멀어졌다. 심지어 어떤 상황에서는 공산주의자들을 첫째의 적으로 생각하기도 했다.

고등사범학교에 다니는 동안 나는 반정부적인 감정을 표명했으며, 흔히 젊은 시절에 그렇듯이 이것은 다소 과장되었다. 이 때문에 부글레 교수가 나에게 '붉은 처녀'라는 별명을 붙였다. 불행히도 이 별명은 줄곧 나를 따라다녔으며, 특히 교육 단체 내에서는 더욱 심했다.

내가 르 퓌에서 처음 교사 노릇을 했을 때 약 5개월간 나에 관한 소문이 떠돌았다. 그때 공산주의자들은 실업자들을 위해 시의 복지 기금을 방출하기를 요구하고 있었는데, 나는 실업자들에게 먹을 것을 주는 일은 당연하다고 믿었으며 스스로의 불행을 해결하지 못하는 그들을 돕는 것이 내 의무라고 생각했다. 그래서 나는 그들과 함께 여러 번 시 참사회 회의장에 나갔고 시장을 만났다. 그때 사람들은 나를 공산주의자라고 생각했다. 그러나 지방 공산주의자들은 이 일에서는 내가 그들과 같은 입장을 취하고 있다고 생각했지만, 자기들의 동지라는 사실은 의심하고 있었으므로, 자기들 대신 내가 실업자들을 위해 핍박받는 것을 보고 은근히 기뻐했다.”

이 글로 보아 그 당시 르 퓌의 복지 기금 방출을 요구한 것은 공산주의자들이었다. 시몬은 그 점에서 공산주의자들과 일치했다. 더욱이 프롤레타리아의 처우 개선은 계급투쟁을 통해서만 이루어질 수 있다고 믿고 있었기 때문에 시몬은 계급투쟁을 열렬히 벌이는 그들과 가까이 지냈다. 실제로 르 퓌에 머무는 동안 시몬은 공산주의자들과 자주 접촉했다. 실업자 가운데 몇몇이 공산당원이었기 때문에 이 일은 수월했다. 시몬은 그들의 집회에도 여러 번 참석했는데, 그때마다 십여 명의 사람들이 상점의 골방에 모여 있다가 남의 눈에 띄지 않도록 바싹 붙어서 다니곤 했다. 이 때문에 오히려 남의 눈에 더 잘 띄었다.

어떤 교수는 가명으로 공산당에서 활약하고 있었는데, 회합 장소에서 우연히 시몬과 마주치자 자신의 이중적인 정체가 드러날까 봐 무척 당황해했다.

시몬은 공산당 세포 조직의 서기인 늙은 재단사도 만났는데, 그는 다소 앞뒤가 맞지 않는 생각을 가졌지만, 상당히 친절하고 유쾌한 사람이었다. 그는 시몬에게 자기는 딸을 무척 사랑하고 있지만 그 애의 이모가 유산을 남겨줄 것 같아 딸아이를 이모와 함께 살게 하고 있다고 말했다. 시몬은 재산 상속에 대한 공산주의자들의 관심이 무척 재미있다고 생각했다.

시몬은 자신이 공산주의자처럼 보이는 것을 굳이 막지 않았다. 그녀는 남들 앞에서 공공연히 공산당 기관지인 「인류L'Humanité」지를 읽었으며 학생들의 작문에 망치와 낫을 그려 나눠주기도 했다. 이 때문에 한동안은 경관 두 명이 집 밖에서 기다리고 있다가 시몬과 시몬 앙테리우가 나오면 학교까지 따라왔다. 그럴 때면 시몬은 일부러 있는 대로 목청을 높여 모스크바에서 얻어온 금 이야기를 꾸며서 하곤 했다. 그녀는 항상 기회만 있으면 적을 놀려댔으며, 이 때문에 그녀에 대한 헛소문이 그치지 않았다.

따라서 르 퓌 시의 사람들이 시몬을 공산주의자라고 여길 만도 했다. 한번은 한 학부형이 학교로 찾아와서 교장에게 이런 이야기를 털어놓았다. 즉, 시몬의 여동생은 악명 높은 공산당원과 결혼했으며, 남동생은 인도에서 간디와 함께 폭동을 일으키고 있고, 오빠는 폭력단원이며, 어머니는 유명한 혁명가로서 어렸을 때부터 시몬을 공산당 회합에 데리고 다녔다는 것이다.

2월 23일 시몬의 어머니는 다시 르 퓌로 돌아왔다. 시몬은 노동연맹에서의 활동을 중단하지는 않았지만, 지난번 데모 사건으로 지쳐 있었으므로 더 이상 그것에 대해 이야기하려 하지 않았다. 더욱이 학생들의 시험 날짜가 가까워왔으므로 학생들을 가르치는 일에 전념했다.

르 퓌에 있는 노동자들로부터 시몬은 마르크스에 대한 강의를 해 달라는 요청을 받았다. 여러 가지 사정에도 불구하고 시몬은 이를 거절하지 않았다. 이 당시 시몬은 생-테티엔에 갈 때 토요일 오후에 출발하는 대신 일요일 새벽 5시에 출발하기로 했다. 그러자면 새벽 4시까지는 일어나야 했다. 시몬은 이 편이 오히려 덜 피곤하다고 생각했지만 실제로 그녀는 그전부터 너무나 지쳐 있는 데다가 그 즈음에는 지독한 두통에 시달리고 있었다. 시몬 역시 좀 쉬고 싶었지만 자신이 맡은 일을 중단하려 하지는 않았다. 시몬은 실업자의 아이들을 위한 복지 기금에 헌금하기 위해 어머니한테서 200프랑이나 빌렸다. 그래서 부활절 휴가에 파리에 갈 수 있는 여유조차 없었다.

시몬은 광산을 방문할 허가를 얻었다. 그 당시 여자들은 일반적으로 광산의 갱 안에는 들어가지 못하도록 금지되어 있었다. 사르두에는 광산이 하나 있었는데, 이 광산은 테브농과 면식이 있는 기요 신부가 관리하는 곳으로서 승강기를 타고 내려가는 대신 경사진 비탈길을 통해 내려가게 되어 있었다. 3월 10일 시몬은 이 광산을 찾아가 기요 신부로부터 갱 속에 내려가도 좋다는 허가를 받았다. 광부의 작업복을 입고 헬멧을 쓴 채 시몬은 갱 속으로 들어갔다. 그리고는 곡괭이가 달린 압축공기 드릴을 사용해보았다. 이 기계는 가슴에 대게 되어 있었으므로 이 기계를 사용하면 압축공기의 힘 때문에 온몸이 마구 흔들렸다. 테브농의 말에 의하면 만일 옆에서 자기가 말리지 않았더라면 시몬은 지쳐 쓰러져버릴 때까지 계속 이 기계를 사용했을 것이라고 한다. 시몬은 이 광산에 자기를 고용해줄 수 없겠느냐고 물어보았다. 그러나 그것은 두말할 것도 없이 불가능한 일이었다.

시몬은 3월 19일 자 「노동」에 광산을 방문했던 일을 이렇게 썼다.

"현재로서는 사람은 석탄을 캐는 것이 아니라 압축공기 드릴과 싸우고 있는 셈이다. 그 싸움은 보지 않은 사람은 상상하기 어려울 정도로 비참하다. 그러므로 광부들이 광산의 주인이 되기 위해 싸우는 것만으로는 충분치 않다. 광부들의 작업 환경이 개선될 수 있도록 기술 면의 혁명이 함께 이루어져야 한다. 그래야만 정치적인 혁명이나 경제적인 혁명도 비로소 참된 것이 될 수 있을 것이다."

여기에서 우리는 다시 시몬의 참된 관심사가 무엇인지를 알 수 있다. 즉 어떻게 해야 혁명이 참으로 노동자들에게 효과적인 것이 될 수 있는가 하는 문제이다. 시몬은 정치적인 혁명이란 한 압제자가 다른 압제자로 대치되는 것 이상의 일은 할 수 없다고 보았다. 그 뿐만 아니라 오늘날에는 기계가 오히려 정치를 지배하고 있으며 어떤 기계는 그 자체로서 인간을 핍박하고 있다고 생각했다. 이 어떤 기계 속에는 근대 산업에서 사용되는 대부분의 기계가 포함되어 있다. 「노동」지에 발표된 "자본과 노동자"라는 글에서 시몬은 이런 일부의 기계뿐만 아니라 공업기술 그 자체를 비판하고 있다. 그녀는 공업기술이야말로 자본주의의 가장 압제적인 특성의 하나라고 말한다. "자본주의에서는 노동자가 자본가에게 종속되어 있다. 그러나 이보다는 노동자가 기계와 원료로 구성되어 있는 물질적인 자본에 종속되어 있다고 하는 편이 옳다. 오늘날 자본주의 제도는 노동자와 노동수단의 관계가 서로 바뀌어 있다는 사실에 그 기반을 두고 있다. 다시 말해서 노동자가 노동수단을 지배하고 있는 것이 아니라 노동수단이 노동자를 지배하고 있다. 마르크스에 의하면 기계는 결국 인간이 단순히 기계적인 역할밖에는 하지 못하도록 하고 있다고 한다. 기계를 사용함으로써 인간은 결코 기계를 감독할 수가 없다. 수공업 시대에 인간은 기계를 이용해왔으나, 오늘날 산업 시대에서는 인간이 기계에 봉사하고 있다."

따라서 시몬은 참된 혁명의 조건 속에 공업기술의 완전한 변혁을 포함시켜야 한다고 말한다. 그러나 공업기술은 그 자체로 노동의 막대한 생산성과 관련되어 있으므로 "자본주의의 산물인 생산성을 파괴시키지 않고 노동자가 노동조건을 지배할 수 있도록 변혁되어야 한다"고 말한다. 이 문제의 해결책은 완전한 혁명에 있다.

이렇게 볼 때 혁명은 프롤레타리아의 지식 수준과 문화 수준을 높임으로써뿐만이 아니라 혁명 후에 제기될 문제에 대한 체계적이고 이론적인 탐구를 통해서 준비되어야 한다. 이런 준비가 없다면 혁명은 허사가 되고 말 것이다. 아니, 혁명은 바로 이 준비 자체를 말한다. 즉 노동자가 노동에 예속되지 않을 수 있는 노동수단을 발견하는 것이 올바른 혁명이다. 혁명을 바라는 사람들이 당면한 문제는 어떻게 정부를 뒤엎을 것이냐가 아니라, 어떻게 혁명이 도로_{徒勞}에 그치지 않도록 가장 효과적인 조직을 만들어낼 수 있느냐 하는 것이다.

르 퓌에 머무는 동안 시몬의 생각은 항상 한 가지 문제로 되돌아왔다. 즉 압제의 참된 원인을 분석함으로써 압제를 근절시킬 수 있는 방법을 찾아내야 한다는 것이다. 이러한 분석이 없는 한, 수많은 해악들이 불가피하게 생기게 될 무력 봉기를 기도한다는 것은 일종의 범죄라고 생각했다. "이 세상에 착취당하는 사람들이 있었으므로 혁명을 하는 사람들이 생겨났다. 그러나 이제까지 혁명으로 인해 수없이 많은 사람들이 살해하고 살해되었음에도 불구하고 아직 착취는 근절되지 않았으며 점진적으로 완화되지도 않았다. 사회의 제도 자체를 바꾸어야 한다. 그러나 그것을 모르고서는 바꿀 수가 없다."

시몬은 프랑스의 외교 정책에 대해서도 찬성하지 않았다. 프랑스는 국제연맹을 통해 범세계적인 군대를 만들 것을 제안했는데, 시몬이 보기에는 이것은 채택될 여지가 없을 뿐만 아니라 그다지 중요한 문제도 아니었다. 그보다는 전쟁이 일어날 경우 민간인을 보호할 수 있는 규칙을 만들자는 프랑스의 또다른 제안이 더 중요한 것처럼 보였다. 그러나 이 제안은 실제로는 정부와 참모본부의 안전을 보장함으로써 오히려 전쟁의 가능성을 높일 따름이었다. 시몬은 누구든 한 사람이라도 위험에 처해 있다면, 모든 사람들도 마찬가지로 위험에 처해야 한다고 생각했다. 위험의 균등성으로 어느 정도 전쟁의 위협을 막을 수 있다는 것이었다. 그러나 시몬은 근본적으로는 위험의 균등성보다는 평화를 원했다. 그녀는 결코 전쟁으로 인해 부수적으로 일어나는 혁명을 원하지 않았다. 그러나 한편으로는 참된 사회주의 국가는 자본주의와 양립할 수 없다고 생각했다.

부활절 휴가 보름 동안 시몬은 파리에 갔다. 파리에서는 그곳 노동연맹 동지들과 자주 만났지만, 시몬에게 그것은 휴식이었다. 3월 14일 시몬은 한 실업자의 장례식에 참석했다. 그는 전에 금고 제조 노무자로서 다른 실업자들과 함께 정규 근무 이외의 작업까지 하는 노무자들을 꾸짖으러 작업장에 들어갔다가 경관에게 피살당했다. 경찰에 의하면 데모대들을 작업장에서 쫓아내려 하자, 그들이 투석전을 벌였다는 것이다. 그러나 노무자들에 의하면 데모대들이 돌을 던진 것은 경찰이 발포를 시작한 다음이었다고 한다. 시몬은 노무자들의 말이 사실이라고 생각하고 두 개의 신문에 맹렬히 항의하는 글을 썼다. 이 글에서 시몬은 경찰뿐만 아니라 충분한 행동을 개시하지 못한 노동연맹 단체들도 역시 비난했다. 그러나 살해된 동료의 장지에 혁명가를 부르며 따라갔던 2만여 명의 노무자들이, 돌아올 때는 양편에 두 줄로 경관들에게 에워싸인 채 풀이 죽어 돌아오는 것을 보고 시몬은 낙담하지 않을 수 없었다. "우리는 우리들의 힘을 거의 믿을 뻔했다"고 말하면서 시몬은 프랑스의 노무자들이 정말로 무기력하다는 사실에 뼈아픈 충격을 느꼈다.

파리에 있는 동안, 시몬은 한 젊은 노동자에게 기하학을 가르쳐주었다. 나중에 그가 시몬에게 보낸 편지를 보면 그가 얼마나 시몬을 존경했는지 알 수 있다. "선생님은 단 세 번 가르치시는 동안 제게 기하학의 기초를 전부 깨우쳐주셨습니다. 선생님을 자주 뵐 수 없는 것이 얼마나 안타까운지요. 저는 정말 많은 것을 배울 수 있을 텐데요. 하지만 놀랍게도 선생님이 가르쳐주신 것을 지금도 다 기억하고 있답니다. 그때는 절반밖에는 이해할 수 없었는데 말입니다. 선생님께 배우는 동안 저는 단 일 초도 지루하다고 느낀 적이 없습니다. 순식간에 제 마음속은 선생님이 불어넣어주신 고귀한 생각들로 가득 찼습니다. 지금도 선생님을 자주 뵐 수 있다면 저는 지적으로나 도덕적으로나 지금보다 두 배는 향상될 수 있을 것입니다……."

시몬과 함께 있노라면 자기 자신도 고양되는 것 같은 느낌을 여러 사람들이 경험했던 것이다.

르 퓌로 돌아오자, 시몬은 비달이 노동연맹 선거에서 낙선한 것을 알았다. 노동연맹이 지지하는 분과 위원들이 노동연맹보다는 자기 자신을 내세우는 일파에게 패배한 것이다. 시몬은 이 일이 부분적으로는 자기의 공산당과의 관련 소문 때문이라고 생각하고 마음이 무거웠다.

오순절 휴가 동안 시몬은 툴롱으로 가서 친구 수잔 고숑과 함께 지냈다. 수잔은 그 당시 교수 자격증을 얻기 위해 소르본 대학교에서 준비 중이었으며 부모와 함께 살고 있었다. 그녀의 아버지는 해군의 기관 장교였다. 시몬이 해군 생활을 알고 싶어했으므로 수잔은 아버지에게 부탁해서 시몬이 군함을 구경할 수 있도록 해주었다. 군함에 오르기 전에 수잔은 시몬에게 "해군들의 기분을 상하게 할 말은 하지 말라"고 부탁했다. 그러자 시몬은 "넌 나를 잘 모르는구나. 적과 함께 있을 때는 입을 다무는 법이야"라고 웃으며 대답했다.

시몬은 수잔에게 다녀온 일을 모두에게 비밀에 부쳤다. 하루는 수잔에게서 온 편지의 겉봉을 시몬 앙테리우에게 보여주면서, "앞으로 이런 필체로 겉봉이 쓰여 있는 편지는 누구한테서 온 것인지 알려고 하지 않겠다고 약속해주겠어?"라고 말했다.

시몬의 학생들이 고등사범학교 입학시험을 치를 날짜가 다가왔다. 학교 수업 시간도 최소한으로 줄어들고 시험을 치를 학생들은 주로 집에서 복습했으므로, 시몬은 요양을 겸해서 문교부에 휴가를 요망했다. 이것이 받아들여져 6월 16일부터 7월 7일까지 휴가를 얻게 되었다.

시몬은 이 동안 파리에서 「노동」지에 "미국과 소련"이라는 글을 발표했다. 한 인터뷰에서 스탈린은 미국의 높은 효율성에 대해, 특히 산업과 공업기술의 효율성에 대해 감탄을 표했는데, 시몬은 "그 어느 곳도 미국만큼 노동자들이 노동환경에 예속된 곳은 없다"고 말하고 스탈린은 마르크스의 이론을 저버리고 자본주의에 끌리고 있다고 말했다.

　파리에서 시몬은 고등사범학교 입학시험 결과를 들었다. 시몬이 가르친 학생은 두세 명밖에 합격하지 못했다. 나에게 보낸 편지에서 "내 학생 가운데 겨우 두 명밖에는 시험에 통과하지 못했어. 철학 시험 채점자가 행정관이었나 본데 아무래도 채점을 엉터리로 한 것 같아. 내가 라뇨가 아닌 것이 얼마나 부끄러운지?"라고 말했다. 전에 알랭이 이야기해준 바에 의하면, 라뇨는 고등사범학교 입학시험에서 자기 학생의 점수가 엉터리로 매겨진 것을 보고 즉시 달려가서 이를 시정하도록 했다는 것이다.

　7월 6일 시몬은 파리를 떠나 실제로 전근될 경우를 대비해 친구들과 학생들에게 작별 인사를 해두려고 르 퓌로 돌아갔다.

독일 여행

1932-1933

1932년 8월 3일 전국 교사연맹 협의회가 클레르몽-페랑에서 열렸다. 같은 시기에 시몬이 속해 있던 교사연맹의 협의회가 보르도에서 열렸으나, 시몬은 두 군데 다 참석하지 않았다. 나치즘의 실체를 확인하기 위해 독일로 여행할 것을 결심했던 것이다.

7월 중순 테브농 부부에게 보낸 편지에 의하면,

"1. 나는 거의 생-캉탱으로 발령날 것이 분명합니다. 당신들이나 광부들이나 비달이나 델레르메를 자주 만날 수 없게 되어 유감스럽군요. 하지만 생-캉탱은 파리 도서관에서 한 시간밖에 걸리지 않는 곳이니 얼마나 좋은지 몰라요. 또 부모님이 사시는 곳과도 가깝고요.

2. 나는 독일에 갈 것이 확실합니다. 모나트가 취리히에 있는 동료에게 추천장을 써주었습니다. 모나트와 이야기해보면 해볼수록 더욱 그가 좋아지는군요."

"루종과 페라를 만났지만, 루종과는 바라던 만큼 얘기를 나누지 못했습니다. 페라와는 특별히 친하게 사귀었지만요.

「프롤레타리아의 혁명*La Révolution Prolétarienne*」을 발간하는 회합에 참석했습니다. 거기서 격렬한 토론을 벌였지요. '스탈린의 방법'에 대해서는 모두가 본래의 입장을 지키기로 했습니다. 하지만 동지들 간의 관계는 좀 새로워진 모양입니다. 적어도 모나트와 관련된 한에서는요.

나는 벌써 당신들의 9월 방문을 기대하고 있습니다. 광부들에게 인사 전해주세요. 그들이 보고 싶다고도 전해주세요."

시몬은 트로츠키의 일파인 레몽 몰리니에와 알게 되었다. 그는 시몬이 독일에 갈 것이라는 것을 알고, 독일에서 트로츠키의 아들인 레온을 만나봐달라고 부탁했다. 레온이 베를린에서 상당히 위험에 처해 있다는 것이었다.

그 당시 히틀러는 아직 권력을 잡고 있지 않았지만, 머지 않아 무서운 세력을 떨치게 되리라고 예상되었다. 벌써 독일에서는 암살과 시가전이 자주 일어났다. 시몬의 부모는 과격한 반유대인파들이 세력을 잡기 시작한 이런 혼란한 나라에 시몬이 가게 된 것을 좋아하지 않았다. 그래서 페라라는 필명으로 「프롤레타리아의 혁명」지에 투고하는 베르셰르 박사가 시몬과 동행해주기를 바랐다. 그러나 베르셰르는 확답을 하지 않았으며, 시몬은 베르셰르의 대답을 듣기도 전에 떠나버렸다.

독일로 떠나기 전에 시몬은 「자유」지에 "다음에는 무엇이 올 것인가?"라는 제목으로 트로츠키의 "미신적인" 집착을 비판했으며, 공산당의 지휘 아래에서만 혁명은 성공할 수 있다는 그의 신념을 공박했다.

시몬은 우선 취리히에서 며칠 묵은 뒤에 베를린에 도착했다. 거기서 부모에게 편지를 보냈다.

"제 전보를 받아보셨겠지요. 모든 일이 다 잘 되어가고 있습니다. 여기서 찾아보기로 했던 프랑스 여자를 곧 만난 뒤, 니콜라의 집에 와서 지금은 여기서 묵고 있습니다. 이 집 주인은 큰 수술을 받고 지금은 요양소에 있지만, 수요일에는 돌아올 거예요. 그렇게 되면 여기를 떠날 예정입니다. 이 집은 부엌 하나에 방이 두 개뿐인데 딸이 세 명이나 되거든요. 지금 제가 안방을 쓰고 있는데 주인이 돌아오면 도무지 방이 여유가 없을 것 같군요. 그동안에 여기 있는 동지들이 있을 곳을 마련해주겠지요. 이 집 딸들은, 두 명은 열세 살이고 한 명은 열아홉 살인데 모두 살갗이 햇빛에 타서 거무스름하고 금발머리예요. 또 좌익 계통의 운동 단체에 가입하고 있답니다. 모두들 어찌나 친절하고 다정한지 정말 독일 사람들에게 매혹되고 말았어요. 베를린으로 말하자면 지금으로서는 이 세상에서 가장 조용한 도시 같군요. 모두들 무엇인가를 예상하고는 있지만 가을까지는 별일이 없으리라고 생각됩니다. 아직은 외국인에게 전혀 적대감을 표시하지 않습니다. 제게도 모두가 정중했어요. 저는 특히 전차에서 일하는 노무자들에게 많은 공감을 느끼고 있습니다. 제복을 입은 나치들도 거의 보이지 않습니다.

베를린에 있는 값싸고 맛있는 식당을 거기서 좀 알아봐주세요. 또 좋은 박물관도요.

모두에게 키스를 보냅니다."

시몬의 부모는 페라가 독일로 갈 것 같지 않자, 자기들이 시몬을 만나러 직접 독일로 가기로 결심했다. 그래서 시몬에게 편지를 보내자 시몬은 다시 독일의 정황을 자세히 설명하면서 그들을 안심시키는 편지를 보냈다.

"편지는 잘 받았습니다. 지금까지는 그런 대로 모든 일이 잘 되어가고 있어요. 그러니 제게도 독일 여행이 그렇게까지 모험은 아닌 셈이지요.

정치적으로는 아직까지 매사가 조용합니다. 캉쿠에나 뷔세유에게 안심하라고 전해주세요. 오히려 파리보다 여기 있는 사람들이 '독일 사건'에 덜 흥분하고 있는 것 같아요. 길거리에도 제복을 입은 나치당원은 별로 없고, 또 있다고 해도 다른 사람들과 마찬가지로 행동하고 있습니다. 아침이면 신문에는 여기저기에서 공격이 개시되었다고 보도되지만 그걸 읽는 사람들은 그저 교통사고 기사난 것 정도로 여기더군요. 신문들끼리 서로 공격하는 일도 없고, 정치에 대해서 이야기하는 사람도 별로 없습니다. 어떻게 보면 차라리 비극적이라고 할 수 있는 이런 고요함을 빼놓고는 특별한 상황이 없습니다. 현재 노동자들에게 문제가 되고 있는 것은 실업자 수용소에 관한 것이지만, 이것도 히틀러 정부 밑에서는 곧 강제력을 띨 것입니다. 독일의 감탄할 만한 노동자 계급의 젊은이들이 군사적인 도구로 화한다는 건 상상하기 어려운 일입니다. 이들은 스포츠에 적극적이며, 캠핑을 가고, 노래하고, 책을 읽고, 아이들과도 잘 놀거든요. 독일에서 또 문제가 되고 있는 것은 공산당에 대한 압력 이외에도 가장 훌륭한 요인들을 조직적으로 학살하려고 한다는 것입니다. 나치의 서류는 살해자 명단으로 가득 차 있으며, 그들은 공공연하게 '국민들은 동요하지 않아야 한다(즉 나치에 대한 공격을 하지 말라는 뜻이지요). 우리들은 곧 권력을 장악하게 될 것이다'라고 말합니다. 물론 이런 일은 히틀러가 승리한 뒤에 곧바로 일어나지는 않겠지요. 감정도 지나치게 고조되어 있지 않습니다. 아직은 기율이 엄격하니까요. 노동자들은 하루 속히 일이 터져버렸으면 하고 있습니다. 오히려 사태의 진전이 느린 것이 그들을 더욱더 도덕적으로 타락하게 만들고 있습니다. 힘은 넘쳐흐르는데 싸움이 아직 닥쳐오지 않은 셈이지요.

나치의 신념은 놀라울 정도로 널리 퍼지고 있습니다. 특히 공산당에서 말입니다. 국수주의 역시 공산당에 배태되어 있는 것이 확실합니다.

그러나 반유대인 감정과 국수주의적인 감정이 아직 개인적인 관계에까지는 나타나지 않습니다.

이제까지 제 인상으로는 독일 노동자들은 독일의 현실에 조건부로 항복하려는 것이 아니라 싸울 능력이 없는 것 같습니다. 공산주의자들과 사회민주주의자들은 서로 믿을 수가 없다고 비난을 합니다. 사회민주주의자들은 일하고 있는 반면, 공산주의자들은 실직 상태에 있기 때문에 대립은 더 심해갑니다. 더욱이 이제까지 몇 년씩 실직 상태에 있던 사람들에게 혁명을 일으킬 힘이 남아 있겠어요? 젊은 사람들은 부모의 꾸지람에 싫증이 나서 자살하거나, 깡패가 되거나, 완전히 도덕적으로 타락해버리고 맙니다. 눈뜨고 볼 수 없을 정도로 말라빠진 아이들이 도처에 있고, 공원 같은 곳에서는 처량한 노래를 부르며 구걸하는 사람들도 있습니다. 그러나 군대에 예속된 실업자 수용소는 실업자 가운데서도 가장 타락한 자들이나 견딜 수 있을 정도입니다.……스포츠를 하러 가고 정치적인 선전을 하러 다니는 노동자들은 도저히 견디지 못할 것입니다. 아마도 이들은 혼자서 싸우다가 갑자기 없어져버리겠지요.

제발 신문을 읽고 그렇게 겁을 먹지 마세요. 정말 저는 아주 안전합니다. 그 사이에 설사 히틀러가 권력을 장악한다고 해도 마찬가지일 것입니다. 그러나 이달 안으로 긴급한 정치적인 사태가 발생할 기미는 전혀 없습니다. 오히려 제가 이렇게 조용할 때 온 것이 시기를 잘못 택한 거예요. 나치를 관찰할 기회가 전혀 없잖아요.

이 편지를 동지들에게도 꼭 보여주세요.

앞으로는 절대 이렇게 길게 쓰지 않겠어요. 사태가 지금처럼 조용하면 제발 전보 좀 치지 말아주세요.

방금 두 분의 두 번째 편지를 받았어요. 조금은 이성을 되찾으셨더군요. 페라한테서는 아무 소식도 받지 못했어요. 지금 그가 어디에 있는지조차도 몰라요.

어머니와 아버지가 베를린까지 오신다는 것에 관해서는 무어라고 말할 수가 없군요. 전 벌써 이달 말까지 방세를 다 지불했어요. 또 무척 바쁘기도 하고요. 하지만 베를린 근처에 와 계시겠다면 그건 물론 저도 좋아요.

9월에 해변가에 가려고 했던 계획은 너무 기대하지 마세요. 독일에 좀더 머물러 있든지, 아니면 브리앙송으로 가든지, 직접 파리로 가든지 하겠어요.

두 분께 키스를."

시몬의 부모는 우선 함부르크로 갔다. 만약의 경우 시몬을 보호하기 위해서 좀더 가까이 가 있으려는 목적이었지만, 그녀에게 그런 인상을 주지 않으려고 직접 베를린으로 가지 않은 것이다. 시몬은 남의 보호를 받기 싫어했다. 그녀의 부모 역시 어렸을 때부터 그녀를 될 수 있는 대로 자유롭게 해주려고 했다. 시몬의 고집을 꺾기가 어려웠기 때문이기도 했지만, 그들은 진심으로 시몬이 자기 자신을 충분히 발전시키기를 바랐으며, 자신이 하고 싶어하는 일을 마음 놓고 할 수 있게 해주고 싶었기 때문이었다. 그래서 그들은 시몬이 눈치채지 못하게 그녀를 보호해주려고 했다. 그러기 위해서 때로는 그런 내색을 전혀 하지 않기도 했고, 여러 가지 간접적인 구실을 찾아내기도 했다.

시몬은 다시 함부르크로 부모에게 편지를 썼다.

"여기는 아직도 조용합니다. 어제 나치와 공산주의자들 사이에 전투가 벌어졌는데, 저는 거기에 없었어요. 도무지 전투에 참가할 기회가 없군요.

저는 베를린에서 동분서주하고 있습니다. 요 며칠 사이에 오페라를 보러 갈 예정이에요. 주소가 틀리는 바람에 아직까지 사람들은 많이 만나보지 못했지만, 그래도 여기에 있는 것이 제게는 많은 도움이 됩니다.

며칠 전에 보트를 타고 기막힌 여행을 했어요. 머리 끝까지 정치물이 푹 든 열두어 살짜리 사내아이들하고 말이에요.

겨우 1마르크짜리 식사를 했다고 꽤나 자랑을 하셨더군요. 전 원칙적으로 그보다 비싼 것을 먹지 않도록 하고 있어요. 한 번도 어긴 적이 없지요. 오늘은 모두 합해서 65페닝짜리 식사를 했어요. 지금 있는 집에서 한 2분만 걸어 나가면 단 10페닝에 기막히게 맛있는 소시지 2개와 빵과 오이를 먹을 수 있거든요. 노동자들에게는 아주 알맞는 음식이에요. 게다가 길거리에서 신선한 공기를 마시면서 먹을 수 있으니 얼마나 좋아요."

처음에 베를린에서 시몬은 아이들이 딸린 한 노동자의 집에서 묵고 있었다. 그 당시 이 집 주인은 실직했으므로 먹을 것이 충분치 못했다. 시몬은 어린 두 아이에게 먹을 것을 좀 남겨주기 위해서 자신은 늘 적게 먹었다. 시몬의 부모가 베를린에 가서 이 집을 방문하자, 주인 여자는 "어쩌면 댁의 따님은 꼭 참새만큼 먹더군요"라고 말했다.

시몬은 트로츠키의 아들인 레온 세도프와 접촉하려고 여러 방면으로 애쓴 결과, 마침내 한 카페에 조용히 앉아 있는 그를 발견했다. 그는 사람들이 자신의 신변을 걱정하고 있다는 것을 알고 깜짝 놀랐다. 이야기를 나누어보니 레온은 상당히 훌륭한 사람이었다. 그는 시몬에게 프랑스로 돌아갈 때 자기의 서류와 논문이 든 가방을 함께 가져가달라고 부탁했다. 그 가방 속에는 독일에 살고 있는 모든 트로츠키 당원의 명단과 주소가 들어 있었던 것이다.

마침내 어머니와 함께 기차로 파리에 돌아가는 날 국경을 넘기 전에 시몬은 이 서류가 든 가방 때문에 다소 불안했다. 서류가 발각될 경우 명단에 있는 사람들의 생명이 위험하게 될 것이기 때문이었다. 그래서 시몬은 어머니에게, "사람들은 날 보기만 해도 벌써 수상하게 여겨요. 세관원이 나를 보면 분명히 이 가방을 열어보자고 할 거예요. 어머니는 별일 없을 테니 통관할 때는 이 가방을 어머니가 갖고 계세요. 난 저쪽으로 가서 다른 줄에 서 있을게요"라고 말했다. 이 계획은 멋지게 들어맞았다. 세관원들은 시몬의 어머니가 들고 있는 가방은 거들떠보지도 않았다.

시몬은 오세르로 발령을 받았다. 독일에서 돌아온 뒤 오세르에 도착해서 얼마 후에, 시몬은 테브농 부부에게 편지를 썼다. 이 편지를 통해 테브농 부부는 시몬이 독일에서 얻은 교훈을 대충 알 수 있었으며, 그 당시 정치 운동과 사회 운동에서 시몬이 취한 입장을 알 수 있었다.

"생-캉탱 대신에 오세르로 오게 되었습니다. 생-캉탱은 주로 노동자들이 사는 곳이기 때문에 나를 보내지 않은 것이 분명합니다. 오세르는 자그마하지만 아름다운 도시입니다. 교회가 몇 개 있고, 공장은 하나뿐인데, 불경기가 오기 전에는 직공이 1,000명이었지만 지금은 500명뿐입니다. 이 부근에는 광산이 없어서 유감이군요. 사태가 좀더 나아지기를 기다리면서 이곳에 있는 포도원에서 포도 따는 일을 해볼 예정입니다. 대단히 견식이 있고 거의 혁명적이라고 할 수 있는 노동자 한 사람과 벌써 알게 되었습니다.

R.P.를 위한 글을 쓰느라고 편지가 늦어졌군요. 물론 독일에 관한 것입니다.

C는 독일의 노동연맹이 혁명을 일으킬 수 있는 유일한 단체라고 했는데, 이 말의 효력은 오래가지 않을 것입니다. 원래 독일 노동연맹보다 더 개혁적인 사람들은 없습니다. 지금은 노동자들이 그나마 반강제적으로 행동에 돌입한 모양인데, 그것도 무척 산만한 정도입니다. 노동연맹 측에서는 어느 정도 그걸 바라고 있는 셈이지요. 독

일에 갔다 와서 느낀 것인데, 우리의 혁명적인 노동조합주의는 국제적인 중요성은 별로 없더군요. 게랭 역시 이런 결론을 내리고 돌아왔습니다. 독일 노동연맹들은 무엇보다도 연맹 상호 간의 복지를 위해 모인 것 같았습니다. 이들은 앞으로 짐짝처럼 이리저리 집단으로 끌려다니다가 없어질 것입니다.

독일에 갔다 와서 저는 이제까지 품고 있던 공산당에 대한 존경심마저 잃게 되었습니다. 그들은 혁명적인 구호를 내세우고는 있지만 전체적으로는 소극적이기 짝이 없습니다. 그들도 사회민주주의와 마찬가지로 비난받아야 마땅합니다. 아니, 현재로서는 공산당과 타협을 하거나, 공산당을 비판하지 않는 것조차 죄악입니다. 트로츠키는 아직도 공산당에 대해 소심한 태도를 취하고 있는데, 이 때문에 제3인터내셔널이 독일에서 저지른 죄악에 그도 어느 정도 책임이 있는 겁니다. 다른 입장을 취하기가 어렵다는 것도 사실이지만요.

베를린에서 트로츠키의 아들을 만났습니다. 상당히 훌륭한 사람이더군요. 그가 샤를루아의 한 광부를 소개해주었습니다. 그 광부가 바로 벨기에인 노동자들이 일으킨 파업을 주도한 장본인이지요. 독일에서 돌아오는 길에 만나서 파업의 자초지종을 들었습니다. 그는 노동자들이 대대적으로 개혁파의 노동연맹을 떠나 공산당의 노동연맹에 합세하는 것을 매우 우려했습니다. 가령, 개혁파들에게 축출된 사람들 중에서 가장 훌륭한 극렬 분자들만을 한자리에 모아놓고 여기에 새로운 사람들은 집어넣지 않은 채, 외부에서부터 영향력을 행사하는 것입니다. 당신은 어떻게 생각하세요?

오세르에 오는 것을 수락한 것은 이곳이 파리에서 가깝기 때문이거나 어차피 생-테티엔으로는 갈 수 없었기 때문은 아닙니다. 나는 아직도 생-테티엔에 있는 당신들의 아파트와 기요 신부의 광산이 무척이나 그립습니다. 언제든 기회가 생기면 꼭 찾아가겠습니다.

현재로서 내게 부족한 것은 동지입니다. 아직까지 여기서는 노동 연맹과 접촉하지 못했습니다. 될 수 있는 대로 빨리 편지를 보내주세요. 거기에 있는 동지들의 분위기라도 좀 맛보고 싶습니다.

베를린의 젊은 노동자들은 그런 위기 속에서도 무척이나 다정하고 용기 있고 두뇌가 명석하더군요. 독일 노동자들의 문화 수준은 믿어지지 않을 정도였습니다. 내가 아무 곳이나 마음대로 갈 자유가 있다면, 즉시 그곳으로 가겠어요. 독일 노동자들에 비하면 프랑스 노동자들은 죄다 잠들어 있다고 말할 수 있지요. 프랑스 안에서는 최상의 동지일지 몰라도 세계적인 수준에서는 형편없습니다."

시몬은 오세르 교외의 공장 지구에 아파트를 얻었다. 그 근처에는 철교가 있었고 조금 더 가면 카페가 하나 있었다. 아파트 바로 옆에는 조그만 식당이 있었는데, 시몬은 이따금씩 거기에서 식사를 했다.

그러나 대체로 자신이 직접 요리를 해먹었다. 때로는 큰 빵 덩어리를 사서 옆구리에 낀 채 집으로 가곤 했다. 그러고는 며칠 동안이나 그 빵 한 가지로 버티는 것이었다. 식당에서 사 먹을 때에도 이보다 더 나을 것이 없었다. 시몬은 자기 자신을 위해서는 될 수 있는 대로 돈을 쓰지 않으려고 했다. 시몬의 어머니가 오세르에 왔을 때, 시몬이 거의 굶주리고 있는 것을 보고는 몰래 식당 주인에게 돈을 맡기면서 시몬이 찾아오면 좀 나은 음식을 해주라고 부탁을 했다.

식당 주인은 선선히 약속을 했지만 실제로는 전과 다름없는 형편없는 음식을 시몬에게 주었다. 시몬의 어머니는 시몬의 아파트에도 들러서 여러 가지 물건들을 들여놓았지만, 시몬은 어머니가 떠나자마자 불필요하다고 생각되는 물건이나 가구는 죄다 치워버렸다.

시몬의 어머니는 떠나기 전에 시몬과 함께 오세르 고등여학교의 교감에게 찾아가서 인사를 했다. 그러나 그 이후로도 시몬과 교감의 사이는 계속 악화되었을 뿐이다. 이 교감은 20년이 지난 뒤에도 시몬의 모욕적인 태도와 그로 인해 자기가 받은 충격을 잊을 수가 없다고 말했다. 교감이 시몬에게 무슨 말만 하면 시몬은 등을 돌리기가 일쑤였으며, 교실에 들르면 학생들은 다 자리에서 일어서는데도 시몬은 그대로 앉아 얼굴을 돌려버렸다고 한다.

시몬과 동료 교사들 사이의 관계도 이보다 나을 게 없었다. 오히려 서로에 대한 반감 때문에 관계라고 할 만한 것이 전혀 없었던 셈이었다. 동료 교사들 측에서는 시몬을 받아들이기가 아주 곤란했고, 시몬은 숫제 그들을 피해버렸다. 시몬은 교사 휴게실에도 들어가지 않았고 수업이 끝나면 부리나케 달아나버렸다. 교무회의 때에는 담배를 피우면서 신문만 들여다보고 주위 사람들에 관해서는 완전히 무관심했다. 르 퓌에 있는 제자에게 쓴 편지에서 시몬은 "여기에 있는 선생들과의 관계는 르 퓌에서보다도 더 형편없단다. 그들의 수준은 이루 형언할 수 없을 정도로 저질이야. 학생들로 말하자면 괜찮은 애들도 몇 있지만, 그 애들의 부모들은 철저히 부르주아적이란다. 그 결과가 수업 시간에 곧 나타나지. 겉으로는 정중하고 얌전하게 듣고 때로는 꽤 이해하는 것 같아 보이지만 실제로는 영망이야. 그중 한 학생만이 실제로 괜찮은 편이야. 그래서 그 애에게 따로 수학도 가르쳐주고 있는데, 수학은 별로 신통치 않는 것 같아"라고 말했다.

학교 수업 이외에 시몬은 주로 독일에 관한 글을 쓰며 시간을 보냈다. 10월 25일 자 「프롤레타리아의 혁명」지에는 "독일은 기다리고 있다"라는 제목의 시몬의 글이 실렸다. 여기에서 시몬은 독일 노동자들의 우수성을 열렬히 칭찬하면서도 우려를 표했다. "일단 모두가 함께 모이는 순간이 오면 공장의 노동자들과 실업자들은 봉기할 것이다. 그들은 자신들의 힘을 있는 대로 과시하고 1871년 프랑스 대혁명 때보다 더 놀랍게 행동할 것이다. 그러나 이 투쟁이 다른 모든 자발적인 봉기와 마찬가지로 결국 실패로 끝나지 않으리라고 누가 보장하겠는가?"

신문사는 이 마지막 구절이 너무 부정적이라고 여겨 삭제해버렸다. 그래서 결과적으로는 마치 시몬이 독일 노동자들의 승리를 믿고 있는 것처럼 보였다. 이 사실에 시몬은 말할 수 없이 분개했다.

그 이후에도 시몬은 11월 초에 공산주의자들과 나치 당원들이 함께 베를린에서 일으킨 운송 노조의 파업과 이즈음에 열린 독일 총선거에 관한 글을 썼다. 시몬은 이 운송 노조의 파업에 별로 희망을 걸지 않았다. 공산당의 힘은 급격히 약화되어 실제 행동에서 완전히 무력해졌으므로, 만일 나치당에서 노동자들에게 다시 일할 것을 명령할 경우 이것을 저지할 능력이 전혀 없었던 것이다. 총선거 역시 민주사회당이 실패하고 공산당이 약간의 지지를 얻었으나, 나치당이 여전히 막강했으며 앞으로도 약화될 기미는 전혀 보이지 않았다. 시몬은 결론적으로 "현재로는 파시즘의 위험이 목전에 다다르지는 않았지만 그 어느 때보다도 더 위협적이다"라고 말했다. 불행한 일이었지만, 독일의 앞날이 어두워질 것이라는 시몬의 예언은 그대로 맞아들었다.

그해 겨울 시몬은 보리스 수바린과 사귀게 되었다. 그는 잡지를 하나 새로 만들 계획을 세우고 있었는데 여기에 글을 써줄 수 있는 사람들을 물색하고 있었다. 그러던 중 시몬이 독일에 갔을 때 알게 된 니콜라로부터 그 일에는 시몬이 적격이라는 말을 들었다. 그후 보리스는 신문에서 시몬이 쓴 독일에 관한 기사를 보고 상당히 감명을 받았으므로 곧 시몬에게 연락을 취했다.

보리스는 곧 시몬의 가장 친한 친구의 한 사람이 되었다. 시몬은 그를 진심으로 흠모했으며, 그의 정직성과 용기, 그리고 조직을 만드는 탁월한 능력을 칭찬해 마지않았다.

1931년 10월 나는 칸으로 교사 발령을 받았다. 그러나 그 이듬해 봄에 병에 걸렸으므로 의사의 지시에 따라 브리앙송에 있는 산으로 요양을 떠났다. 그해 겨울 크리스마스가 다가올 무렵, 나는 시몬으로부터 크리스마스 휴가 중 브리앙송으로 오겠다는 편지를 받았다.

그때쯤에는 내 건강도 많이 회복되었으므로 나는 요양소 부근에 방을 하나 잡아놓았다. 시몬은 요양소에 와서 나와 함께 식사를 했으며, 우리는 철학과 정치학에 대해 많은 이야기를 했다. 철학에 관해서는 나는 고등사범학교를 졸업할 당시의 생각을 그대로 간직하고 있었다. 시몬은 역시 아직도 그 생각에 반대했다.

정치학에 대해서는 나는 시몬과 토론할 여지도 없이 모든 것을 그녀에게서 배워야 했다. 시몬은 내게 독일 노동자들에 대한 불안, 진정한 혁명의 가능성에 대한 의혹, 위기를 파악하는 일의 어려움 등에 대해 이야기했다. 시몬은 로베르 루종의 위기 이론이 논리적이기는 하지만 진실은 아니라고 했으며, 그 이외의 다른 여러 가지 이론들 역시 믿지 않았다. 좌익파들이 예견하는 바와는 달리 시몬은 주당 40시간의 노동 제도의 채택으로 위기가 해결되는 것이 아니라 오히려 악화되리라고 생각했다.

시몬은 스탈린주의에 몹시 엄격했다. 그러나 노동연맹이나 좌익파와 같이 자기와 같은 편에 있는 사람들을 비판할 때에는 지나치게 공공연하게 비난해서는 안 된다고 생각했다. 그것은 부르주아에게 공격의 무기를 주는 셈이었기 때문이다. 내가 어떤 러시아 작가의 "모든 조직은 그 조직의 구성원에게밖에 도움이 되지 않는다"는 말을 들려주자, 시몬 역시 그 말에 공감은 하면서도 이런 비판은 노동자들에게만 들려주었어야 옳았다고 말했다. 이런 말을 공공연하게 하는 경우에도 자본주의의 놀음에 휘말려들지 않도록 주의해야 한다고 했다. 브리앙송에서 며칠 지낸 뒤, 시몬은 아비뇽으로 떠났다. 시몬이 떠나기 전에 우리는 함께 알랭에게 신년 카드를 보냈는데, 그녀가 떠난 직후 그 답장이 왔다.

"주소가 맞는지 확실하지는 않지만, 내게는 몹시 감동적이었던 당신들의 신년 인사에 답장을 보내기로 했습니다. 당신들이 내 학생이었던 시기는 교사로서의 내 생애에 두 번 다시 없는 행복한 시절이었습니다. 그후로 모든 것이 변했습니다. 요즘에는 좀 나아진 셈이지만, 여학생들은 대체로 퇴보했고, 예전과는 종속이 다릅니다. 더 가볍고, 더 계산적인 타입들이지요. 당신들은 신비로운 시기에 속해 있습니다. 나 역시 그런 시기를 지냈던가요? 그런 것 같습니다. 플라톤은 데카르트보다 덜 진지했지만, 더 엄격했습니다. 당신들은 루이 13세 스타일입니다. 당신들의 본성을 잘 살리세요. 반드시 당신들이 큰 영향을 미치게 될 일들이 있을 것입니다."

알랭이 루이 13세 스타일이라고 한 것은 분명히 시몬을 두고 한 말이었다. 알랭은 루이 13세 스타일을 몹시 좋아했다. 언젠가 루이 13세 스타일의 건물 중 가장 하찮은 것이라도 베르사유 궁전보다 더 아름다운 점이 있다고 말한 적도 있었다.

나는 이 편지를 오세르에 있는 시몬에게 부쳤다. 그러고는 그녀가 이 편지를 가지고 있으면 틀림없이 잃어버릴 테니 보고 난 다음에는 내게 돌려달라고 말했다. 그러나 시몬은 딴 이야기만 써 보내고는 알랭의 편지를 부치는 것을 잊어버렸다. 잃어버린 것이 아니라 편지를 어디에 두었는지 잊어버린 것이었다. 나중에 시몬이 죽은 뒤 시몬의 어머니가 그것을 어떤 책의 갈피 사이에서 찾아냈다.

시몬은 오세르에 있는 동안에 전국 교사연맹 내부에 분쟁이 일어나자 많은 활동을 했다. 시몬은 오세르에 있는 두 개의 노동조합, 즉 M.O.R.과 다수 연합파 중 어디에 가입할지 망설였다. 두 노조에는 모두 시몬이 꺼리는 점이 있었다. 전자는 공산당 노선이었으며, 후자는 개혁파의 경향이 있는 C.G.T.의 일부분이었다. 마침내 시몬은 M.O.R.을 택했다. 그녀는 전국 교사연맹에 가입하고 있었으므로 어떻게 보면 이미 자동적으로 M.O.R.에 가입된 셈이었다.

시몬은 M.O.R.에 가입했을 뿐만 아니라, 시몬은 전국 교사연맹의 지도자들과도 접촉을 했다. 그 가운데서도 특히 생몽탕의 선생인 질베르 세레와 접촉했다. 시몬은 그를 1932년 12월 30일 아비뇽에서 열린 회합에서 처음 만났다. 여기서 그녀는 중등학교 교사와 대학교의 교수들로 조직된 교사 위원회의 대표인 뮈지크만도 만났다. 1933년 1월 뮈지크만이 병이 났으므로 시몬은 그를 대신하여 전국 교사연맹의 교사들을 상대로 한 전단의 편집을 맡았다. 국민학교 교사들과는 달리 그 당시 대부분의 대학 교수들은 M.O.R.에 가입하고 있었으므로 그들의 노동조합 운동은 자연히 공산주의 노선을 따르고 있었다. 시몬은 자신이 만든 전단에서 교수들이 이처럼 유명무실한 존재가 되고 있음을 비난하고 M.O.R.에 반대하는 의견을 말할 것을 요구했다. 또한 대학 조합주의자들의 문제점들도 지적했다.

1. 대학 교수들이 제시한 봉급 인상 문제에는 계급투쟁은 전혀 포함되어 있지 않았다. 이것은 매우 수치스러운 일이다.

2. 대학 조합주의자들은 문화 혁명의 문제를 현재보다 한층 더 정직하고 진지하게 연구하지 않는 한, 그 임무를 제대로 수행하고 있다고 볼 수 없다. 임무를 수행하기 위해서는 역사적 유물론과 철학적 유물론의 상호 관계를 토의해야 하며, 그 논의 자체가 부르주아의 혁명 이론에 물들어 있지 않은지 확인해야 한다.

3. 우리들의 임무는 육체노동과 정신노동 사이에 괴리가 없도록 사회를 변화시키는 일임을 잊어서는 안 된다.

이 전단이 발간되자 M.O.R.의 지도자의 한 사람이며 교수 분과 위원회의 서기인 브뤼아는 대단히 노했다. 그는 전국 교사연맹에서 발간되는 월간 잡지에서 시몬이 보르도 협의회에서 표명된 단합 정신과는 달리 교수들을 분열시키고 있다고 비난했다. 또 이 잡지에는 베를리오즈 교수가 쓴 독일 노동자론도 실렸다. 그는 이 글에서 독일 노동자들은 파시즘에 대결하기 위해 영웅적인 노력을 하고 있음에도 불구하고 시몬은 이 사실을 의도적으로 왜곡시키고 있다고 말했다. 이것은 시몬이 독일에 관해 쓴 글에 대한 첫 번째의 공박이었으며 그 이후에도 이런 글이 여러 번 발표되었다.

시몬도 독일의 국내 상황을 맹렬히 추적했다.

"독일 내부에 혁명의 조짐이 보일 때마다 나는 여기 앉아서 문제를 회피하고 있다는 느낌이 들었다. 그러나 나는 혁명의 결과에 대해 환상을 가질 수 없었으며, 독일 노동자들이 맹목적으로 싸우고 있음을 알았다. 독일에서 그들이 프랑스 혁명을 본떠 일으킨 여러 차례의 봉기는 확실히 놀랄 만한 것이다. 그러나 그것은 모두 실패하고 말았다. 프롤레타리아가 전보다 더 강해진 것도 사실이지만 부르주아 역시 더 강해졌다. 1927년 10월의 봉기는 성공했지만, 결과적으로는 그 지역 행정부와 군대와 경찰의 힘이 강화되었을 뿐이다. 더욱이 지금으로서는 간디식의 무저항주의는 현실과는 거리가 먼 다소 기만적인 개혁론일 뿐이다. 그렇다고 해서 제3의 방법이 나타난 것도 아니다. 문제는 아직까지 아무도 1789년의 프랑스 대혁명과 1917년 10월의 독일 혁명을 체계적으로 비교해보는 노력을 하지 않았다는 것이다. 아무튼 당분간 싸움이 아닌 방법으로 문제를 해결한다는 것은 현실적으로 불가능하다. 그러므로 설사 앞으로 노동자들이 패배하게 된다 하더라도 나는 압제자들의 승리를 돕기보다는 노동자들과 패배를 함께할 것이다. 그리고 어떤 경우에도 승리에의 믿음을 약화시킬 우려가 있는 현실에 눈을 감는 짓은 하지 않을 것이다."

그해 1월 30일 히틀러는 정부의 수상이 되었다. 그러나 이것으로 그가 전권을 장악한 것은 아니었다. 독일의 군사력과 경제력은 아직도 부르주아의 수중에 있었기 때문이었다. 그러나 나치는 계속해서 점차적으로 세력을 펼쳐나가고 있었다. 시몬은 이 사실을 충분히 통찰하고 있었으므로 앞으로 부르주아는 점차적으로 히틀러에게 실권을 넘겨주게 될 것이라고 생각했다. 실제로 히틀러는 수상이 된 뒤 곧 실권을 장악했다.

2월 27일 국회의사당에서 공산주의자에 의한 대화재가 발생하자, 부르주아들은 공산당에 대한 두려움 때문에 오히려 히틀러를 경계하지 않게 되었다. 곧 수많은 공산주의자들이 체포되고 얼마 안 있어 개인의 자유는 완전히 박탈당했다. 3월 5일 다시 총선거가 실시되어 나치 의원은 195명에서 288명으로 전격적으로 늘어났다. 3월 23일 마침내 히틀러는 국회로부터 전권을 물려받았으며 국회 소집은 무기한 연기되었다.

곧이어 노동운동을 벌이던 투사들에게 공포의 그림자가 다가왔다. 그들 대부분은 국외로 망명했다. 망명하지 않으면 체포되어 수용소에 감금되거나 고문으로 죽게 될 것이 뻔하기 때문이었다. 공화주의자들을 비롯해 좌익파, 상업 노조원, 그리고 유대인들의 대대적인 독일 탈출이 계속되었다. 이때부터 시몬은 주로 독일의 망명자와 피난민들을 돕는 일에 몰두했다.

시몬은 우선 국제 노동자 연맹에 가입하지 않은 사람들을 도왔다. 이들은 아무 데서도 도움을 받을 희망이 없었기 때문이었다. 시몬이 맨 처음 파리에 있는 그녀의 부모 집에 숨겨준 사람은 사회민주당 분국인 S.A.P.(Sozialistische Arbeiter Partei)의 지도자인 야코프였다. 그는 늙은 금속 노동자로서 농담을 잘하는 유쾌한 사람이었으나, 너무 편한 것을 좋아하여 도무지 염치를 몰랐다. 그는 독일에서 나올 때 자기 여자 친구까지 데리고 나왔는데, 시몬네 집에서 머무르는 동안 둘은 무섭게 먹어댔다. 또 시몬의 어머니에게 자기 양말과 이불깃을 내주면서 기워달라고 하기 일쑤였다. 시몬의 어머니가 정성껏 빨아서 기워주면, 이번에는 그의 여자 친구가 나서서 어디어디가 잘못되었다고 투덜댔다. 마침내 야코프가 떠나게 되자 시몬의 어머니는 안도의 숨을 내쉬었다.

그러나 어머니보다도 시몬이 그를 더 미워하게 된 이유가 있었다. 독일에서 공산주의자들을 압박하기 시작할 무렵 S.A.P.에 속해 있던 에밀이라는 청년이 게슈타포에 잡혀 사형선고를 받았다. 그때 그는 겨우 스무 살이었다. 며칠 후에 에밀은 몇 사람의 도움으로 간신히 프랑스로 탈출했다. 시몬은 그 역시 그녀의 부모가 사는 아파트에 숨겨주었다. 그러나 에밀은 시몬의 부모의 아파트에서 야코프를 만나자마자 풀이 죽어버렸다. 알고 보니 S.A.P.의 동지들이 에밀을 독일로 되돌려 보내려고 한다는 것이었다. 에밀의 얼굴은 독일에 잘 알려져 있었으므로 돌아가면 곧 잡힐 것이 뻔했다. 시몬은 이 일로 인해 야코프와 격렬하게 싸웠다. 그러나 얼마 안 있어 독일에서 에밀의 인도를 요구하자, 프랑스에서도 그를 추방할 기미였으므로 시몬은 에밀에게 얼마간의 돈을 주고 노르웨이로 도망치게 했다. 그 뒤로 시몬은 야코프에게 정나미가 떨어졌다. 몇 년 뒤 그녀가 제2차 세계대전 중에 미국으로 갔을 때, 거기서 야코프의 소식을 들었으나 일부러 만나보지도 않았다.

시몬은 야코프를 소개해준 친구로부터 다시 프랑크푸르트에서 온 한스라는 청년을 소개받았다. 그도 시몬네 집에서 묵게 되었다. 어느 날 갑자기 한스는 매우 중요한 정치 자금을 위탁받았다고 하면서 영국으로 떠나겠다고 말했다. 시몬의 가족들은 그가 어딘가 좀 수상쩍다고 생각했다. 마침내 그는 지중해 연안의 한 섬으로 떠났는데 그곳에서 한 S.A.P. 여자 단원에게 살해되었다. 그가 게슈타포에 S.A.P.의 서류를 팔아 넘겼기 때문이었다. 나중에 시몬의 아버지가 이 소식을 한스의 부모에게 알리게 되었는데, 그는 외아들이었다.

독일에 관해 발표된 시몬의 글은 강한 반발을 불러일으켰다. 정통적인 공산주의자들 사이에서는 특히 더 심했다. 3월 19일에는 고등사범학교 졸업생 두 명이 동문으로서 시몬에게 항의하는 편지를 보냈다. 독일에 관한 시몬의 글은 그녀의 개인적인 인상에 치우쳐 있으며, 특히 1932년 가을 이후에 계속적으로 일어난 몇 차례의 파업에서 공산당의 역할이 과소 평가되어 있다는 것이었다. 또 베르사유 협정에 대한 노동자들의 혁명적인 태도가 왜곡되어 있다고 덧붙였다.

4월 30일 M.O.R.에서도 시몬을 공박하는 글을 실었다.

"마침내 독일에 관한 시몬 베유의 대단한 분석 작업이 끝났다. 다시 말하면 분량이 대단하고, 실수와 거짓말이 대단하며, 국제 공산당 독일 지부에 대한 비난이 대단하고, 혁명 단체들을 영원히 매장시키려는 병적인 잔혹성이 대단한 글이 끝을 맺었다."

그러고는 시몬이 세부적인 토론을 하는 대신에 일반적인 사태만을 열거했다고 하면서, 이렇게 결론을 맺었다. "이제는 패배주의적인 신문 기사만 쓰고 있을 때가 아니라 행동을 해야만 할 때가 닥쳐왔다."

시몬은 5월 7일 "M.O.R.에 대한 답변에 붙여서"라는 제목으로 이 글에 답변했다. "M.O.R.에서는 내 글이 대단한 실수와 거짓말투성이라고 했으면서도 실제로 그것이 무엇인지는 하나도 구체적으로 밝히지 못했다. 이것만 보아도 진정으로 진실을 알고 싶어하는 사람들은 그 진상을 파악할 수 있을 것이다. 현재, 혁명운동을 벌이고 있는 일부 사람들은 현실성 있는 대책보다도 신화적인 사고와 행동으로 일관하고 있으며, 그 나머지는 사태가 사태이니만큼 진실을 말하는 것이 좋지 않다고 믿고 있다. 그 결과 혁명 운동은 심각한 위험에 처해 있으며 노동운동은 완전히 환상과 거짓말에 지배되어 있다. 그런데도 M.O.R.이 '행동을 할 때가 닥쳐왔다'고 외치는 것을 보면, 우리들이 취할 수 있는 가장 효과적인 행동을 찾고 있는 동안, M.O.R.에서는 벌써 이 문제를 해결한 모양이다. 그렇다면 우리에게도 그 해결책을 좀 알려주면 어떨까.

진실 앞에서 스스로 눈을 감는 것은 불명예스러운 일이다. 이 세상에서 가장 조직적이고 힘이 있으며 진보적인 독일의 프롤레타리아가 스무 해가 채 되지 않아 완전히 항복하고 말았다. 이런 비참한 예는 비단 독일에 국한된 것이 아니다……."

사실 독일만이 위기에 처해 있는 것은 아니었다. 나중에 알 수 있듯이 독일의 드라마는 전 세계에 파급되었다. 이것은 혁명 이론에 어딘가 치명적인 결함이 있다는 결정적인 증거였다. 이 사실을 깨달은 시몬은 스탈린주의를 비롯한 모든 혁명 이론을 재검토해야 한다고 생각했다.

나중에 『압제와 자유Oppression et Liberté』라는 제목으로 발간되었으며 처음에는 "기술자 정치(정치와 경제를 과학자에게 위임하는 방식으로, 1932년경 미국에서 제창됨/옮긴이), 독일의 국가사회주의, 소비에트 공화국에 관한 소론"이라는 제목으로 발표되었던 시몬의 글이 쓰인 것도 독일에서 파시즘이 승리한 이 기간 동안이었다. "사회적인 압제와 자유의 원인에 관한 고찰" 역시 이 무렵에 쓰였다. 이 두 편의 글은 몇 달 후에 쓰인 "전망"이라는 시몬의 매우 중요한 논문의 서곡이 된 셈이었다. "전망"에서 시몬은 더 이상 마르크스주의에 무조건 동의할 수 없다고 하면서, "우리는 지금 한 위대한 사람이 내세웠던 신념 밑에서 살고 있다. 그러나 그 위대한 사람은 이미 50년 전에 죽었다"고 말했다. 곧이어 마르크스주의의 방법을 현재에 적용시키는 것을 문제로 삼았다. "마르크스의 방법을 마르크스가 적용할 수 있었던 것은 마르크스 자신의 시대였을 뿐이며, 그 방법을 오늘날 이 시대에 적용시키는 것은 바로 우리 자신이다. 그런데도 우리는 과거의 예언이 이 새로운 시대에는 들어맞지 않는다는 사실을 깨닫지 못하고 있다. 마치 몸은 현재에 살고, 정신은 이미 지나가버린 제1차 세계대전 직후의 시대에 살고 있는 셈이다."

1932년 말께부터 "파리 서부지구 자치 그룹"에서 떨어져나온 소수의 공산주의자들이 자신들의 입장을 재검토하고 가능하면 공동 정책을 수립하기 위한 모임을 추진하고 있었는데, 이듬해 봄에 드디어 통합 위원회라는 이름으로 그 모임이 이루어졌다. 이 모임에는 각종 단체들을 비롯해 정당에 가입하지 않은 개인들도 초대되었다. 그 가운데에는 시몬도 있었다. 트로츠키파에서도 대표자 한 사람을 보냈다. 그는 이 모임에 참석한 사람들 가운데에서, 러시아는 이미 참된 노동자들의 국가가 아니며 모스크바에서 주최한 제3국제 노동자 동맹(1919-1943)을 결렬시키고 새로운 기구를 만들어야 한다고 주장하는 사람들(시몬도 그 가운데 하나였다)은 즉각 논의에서 제외시켜야 한다고 요구했다. 이 요구가 받아들여지지 않자, 그는 곧 퇴장해버리고 말았다.

이미 알려져 있듯이, 트로츠키 자신도 1933년 여름에는 제3국제 노동자 동맹과 결별하고, 제4국제 노동자 동맹을 만들 계획을 세웠다. 그러나 통합 위원회가 열린 1933년 봄에는 그저 제3국제 노동자 동맹을 개편했으면 하는 정도였다. 또 그는 러시아가 몇 가지 정치제도의 결함을 가지고 있지만 근본적으로는 노동자들의 국가라고 생각했다. 이 생각은 그가 새로운 노동자 동맹을 창설한 다음에도 계속되었다.

트로츠키파가 퇴장한 뒤에도 모임은 그대로 계속되었다. 이 모임에 참가한 사람들은 대체로 두 파로 나뉘었다. 첫째는 궁극적인 통합을 토의하려고 하지 않은 사람들이었다. 그리고 둘째는 트로츠키파에 완전히 동의하지는 않으나 거의 비슷한 의견을 가진 사람들이었다. 두 번째 모임에서는 이 두 파 사이의 의견 차이가 점점 더 심해졌다.

두 번째 모임에서 시몬은 독일을 본보기로 삼아 모든 혁명 이론은 재검토되어야 한다고 주장했다. 그녀는 독일 내에서 파시즘이 승리한 사실을 이야기하면서, "이로 인해 프롤레타리아의 역사적 사명에 대한 희망이 좌절되었다"고 말했다. 이 말을 들은 사람들은 상당한 충격을 받았다.

4월 9일 두 번째 모임은 결렬되고 말았다. 그래서 시몬을 비롯하여 트로츠키파의 입장에 반대하는 사람들은 4월 22일에 따로 모여 시몬이 작성한 선언문을 발표했다.

"우리는 러시아를 사회 해방을 향해 나아가는 노동자들의 국가로 볼 수 없다. 볼셰비키파의 임시 규칙은 러시아의 프롤레타리아에게 계승되지 않고 러시아의 정치제도에 계승되었다. 러시아의 정치제도는 국가의 권력을 신장하는 데에 이바지하고 있으며, 노동자들을 물질적인 노동수단에 종속시키고 있다. 다시 말해 노동자들은 국가가 사유재산화한 자본에 종속되어 있다. 그러므로 러시아는 결코 사회주의를 지향하고 있다고 볼 수 없으며, 아직은 자본주의에서처럼 생산수단을 소유하고 있는 사람들의 이익을 위해 정치적인 힘을 행사하고 있지는 않지만, 바로 국가가 생산수단을 소유함으로써 노동자들을 자본에 예속시키고 있다.

우리는 또한 제3국제 노동자 동맹의 설립 정신이 분명히 혁명에 있고, 아직 프롤레타리아적 특성이 다소 남아 있기는 하지만, 마르크스가 정의한 프롤레타리아의 역사적인 이익을 대변하지는 못한다고 생각한다. 그러므로 이미 부르주아화했던 제2국제 노동자 동맹을 결렬시켰던 바와 같이, 제3국제 노동자 동맹도 결렬시키는 것이 우리의 임무라고 생각한다. 그리고 앞으로는 러시아의 국내 정치제도와 관련되지 않은 혁명기구를 만들기 위해 일해야 한다. 이 새로운 혁명기구는 노동자들의 계몽, 교육과 선전이라는 역사적인 임무를 맡게 될 것이다."

이 선언문에는 제4국제 노동자 동맹이라는 말은 구체적으로 나오지 않았지만, 이들이 지향한 것은 분명히 그것이었다. 제4국제 노동자 동맹을 설립하자는 생각은 1932년 말 이후부터 국민학교 교사와 일부 고등중학교 교사들로 조직된 동부 공산주의 연맹에 의해 제기되었다. 이들은 이미 공산당과는 결별한 상태였으며 자기들의 진짜 이름은 "제4국제 노동자 동맹 지부, 프랑스 공산당"이라고 주장했다. 그 뒤부터 이 구호는 젊은 혁명자들로 이루어진 몇 개의 조직과 전국 교사연맹을 이끄는 투사들에게 받아들여졌다. 시몬도 이구호에 찬동했다.

시몬의 생각은 정통파에 비해 다소 이단적이었다. 그녀는 다른 동지들에게도 독단적인 교의에서 벗어나 감추어진 면들을 보도록 권유했으나 소용이 없었다. 그녀는 모든 문제를 재검토하고 싶었던 것이다.

4월 말께에 시몬은 자기에게 편지를 보냈던 고등사범학교의 동창생 가운데 한 사람에게 자기 입장을 밝히는 답장을 썼다. 이 답장에서 그녀는 트로츠키파와 순수 노조주의자들에 대한 자신의 견해를 밝혔다.

"**1.** C.G.T.U.는 공산당이 움직이고 있습니다. 그러나 아직까지는 C.G.T.U.에서 정치적인 경향성이 다르다는 이유로 축출된 회원은 없습니다.

제 생각으로는 노동조합은 정당과는 다릅니다. 원칙적으로 노동조합에는 두 개의 중심 단체가 있을 수 없지만, 실제에서는 그렇지 않습니다. 그러므로 만일 양다리를 걸치고 있다는 의심을 받지 않을 수 있다면, 교사연맹의 동지들처럼 두 개의 노동조합에 다 가입하는 것이 이상적이겠지요. 그럴 수 없다면 두 개 가운데서 더 노동자를 위해 효과적으로 일할 수 있는 곳을 택해야 합니다. 어느 것이 더 좋을지는 자기가 살고 있는 지역의 사정에 따라 다를 것입니다.

저는 연합 교사연맹에 큰 애착을 지니고 있습니다. C.G.T.U.는 이미 붕괴되고 있으나, 연합 교사연맹은 C.G.T.U. 가운데서도 정당이 주도권을 잡지 않은 유일한 단체이며, 여기에 있는 동지들의 인격이나 지성은 매우 존경할 만합니다. 이 때문에 연합 교사연맹이 존속되는 한, 저는 C.G.T.U.를 떠날 수 없습니다. 그러니 당신께서도 C.G.T.U.와 연합 교사연맹에 동시에 가입하시기 바랍니다.

2. 러시아 혁명으로 말하자면, 현재의 지도자들은 책략을 쓰고 있을 뿐만 아니라 사실상 노동자들에게 관심이 없습니다. 그들은 노동자들을 기만하고 있습니다. 그 증거로는 첫째, 레닌은 후퇴할 때 '우리는 후퇴하고 있다'라고 사실대로 말했으나, 스탈린은 항상 '우리는 전진하고 있다'라고 말합니다. 노동자들에게 거짓말

을 하는 것에는 변명의 여지가 있을 수 없습니다. 둘째, 러시아의 공장이 예정된 속도를 내지 못할 때 그들은 계획상의 속도가 너무 빠른 것이 아닌가, 혹은 공장 구조가 잘못된 것이 아닌가 하고 묻는 대신에 노동자들에게 채찍질을 하고 있습니다. 이런 태도는 공산주의 언론기관에서조차도 역력히 볼 수 있습니다.

3. C.G.T.U.는 과연 정당보다 더 순수할까요? 저도 잘은 모르지만 몇 가지 이유에서 그렇다고 할 수 있습니다. 적어도 여기서는 다른 의견을 가지고 있다고 해서 축출되지는 않으며, 잘못된 점을 수정하도록 요구할 수도 있습니다. 그리고 무엇보다도 연합 교사연맹의 분위기는 그 어느 단체보다도 화목합니다.

4. 개혁함으로써 프롤레타리아의 혁명 의지가 약화될까요? 또는 더 강화될까요? 이것은 주어진 상황에 따라 다를 것입니다. 아무튼 제게는 상관없습니다. 혁명을 감행하는 것도, 거기에 책임을 지는 것도 프롤레타리아 자신들입니다. 저는 그들에게 강요하고 싶은 것이 아니라 그들을 돕고 싶은 것입니다. 공산주의자들처럼 노동자들을 비참하게 만듦으로써 혁명으로 몰고 가는 것은 생각만 해도 끔찍합니다.

게다가 노동자들은 싸우기 위해서 조직을 만들 뿐이며, '목전의 필요성'을 만족시키기 위한 것이 아니라면 싸우려고 들지를 않습니다.

결국 그들은 자기들의 '목전의 필요성'이 충족되지 않는 것이 정치제도의 결함 때문이라고 생각하지 않는 한 혁명을 일으키지 않을 것입니다.

이 문제를 모두 검토하신 다음, 정당과 관계를 맺지 않겠다고 결심하신다면, 교사 위원회의 집행부에 있는 뮈지크만에게 제 이름을 말하면서 편지를 쓰십시오.

끝으로 연합 교사연맹의 주요 입장을 말씀드리면 다음과 같습니다. 프롤레타리아를 승리로 이끌기 위해서는 정당이 필요하다. 그러나 훌륭한 정당이어야 한다. 공산당은 매우 나쁜 정당이므로 연맹 내에서의 공산당 세력을 막아야 한다. 어떤 경우에도 연맹 자체를 개혁시켜서는 안 된다.

우리들은 제4국제 노동자 동맹을 기대하고 있습니다. 반면에 순수조합주의자들은 노동조합만으로 프롤레타리아가 혁명적인 임무를 수행할 수 있다고 믿고 있습니다. 저도 처음에는 그렇게 생각했습니다. 그러나 곧 그것만으로는 문제가 해결되지 않는다는 것을 알았습니다. 그보다는 프롤레타리아의 조직 구성 문제를 편견 없이 재고하는 것이 훨씬 필요할 것입니다.”

세레는 1932년 8월 27일에서 29일 사이에 암스테르담에서 열린 반전쟁협의회의 결과로 창설된 반제국주의 전쟁 투쟁 위원회의 대표가 되었다. 그는 거기에서 중일 전쟁에 관한 문제를 제기했다. 시몬은 그에게 편지를 통해 답변했다.

“당신은 제가 공식적인 토의를 거쳐 명확히 해두고 싶어했던 문제를 다시 일깨워주셨습니다. 암스테르담 회의는 제국주의 전쟁에 반대를 하기는 했지만 그 대안을 제시하지는 못했습니다. 우리는 일단 전쟁을 다섯 가지로 분류해볼 수 있습니다.

1. 한 국가 내에서 자본가에 대한 프롤레타리아의 전쟁(국내 전쟁).

2. 식민지 세력에 대한 식민지 국가의 전쟁.

3. 식민지화하려는 국가에 대한 반식민지화된 나라(중국)의 전쟁.

4. 침략국에 대한 소비에트의 전쟁.

5. 제국주의 국가의 전쟁.

이 다섯 가지 경우는 모두 진지하게 연구되어야겠으나, 우선 당신이 제기하신 세 번째의 경우를 생각해보겠습니다. 이 경우에 대해 우리는 무어라고 말할 수 있을까요? 여러 가지 예측이 가능하겠지만, 그 어느 경우에도 중국의 프롤레타리아는 마침내 정부의 힘에 예속될 것입니다. 일본이 승리한다면 일본 정부에 예속될 것이고, 중국이 승리한다면 중국 정부에 예속될 것입니다. 그렇다면 노동자들에게는 중국의 국민당 정부에 예속되느니보다는 외세의 제국주의에 예속되는 편이 어떤 의미에서는 오히려 나을 것입니다. 왜냐하면 현재의 중국 정부는 그들의 제국주의적인 증오심을 외세에 돌림으로써 노동자들을 육체적으로 지배할 뿐만 아니라 정신적으로도 지배하고 있기 때문입니다."

이 편지에서 알 수 있듯이, 시몬의 대담성은 계급투쟁을 국가의 독립 문제보다 우선적으로 여길 정도였다.

세레는 다시 랭스에서 개최되는 연합 교사연맹 위원회의 전쟁 문제 보도자로 선출되었다. 더욱이 모스크바의 국제 노동연맹의 지부들인 몇 개의 단체에서는 대대적인 반파시스트 위원회를 준비하고 있었다. 시몬은 이 위원회에 파시즘에 반대하는 결의안을 보낼 준비를 했으며, 랭스에서 열리게 될 위원회에도 전쟁 가능성에 대비한 결의안을 보낼 준비를 했다. 그후 7월에는 이 두 개의 결의안과 같은 내용의 글을 "노동자들의 국제 국가", "세계 정치에서의 소비에트 공화국의 역할"이라는 제목으로 발표했다. 이 글에서 시몬은 소비에트 공화국은 아직까지 다른 국가들과 마찬가지로 세계의 프롤레타리아를 대변하지 못하고 있다고 말하면서 이렇게 결론을 맺었다.

"우리는 사실을 외면하지 말자. 우리 자신 이외에는 아무에게도 기댈 수 없음을 알고 여기에 대비하도록 하자. 우리의 힘은 작은 것이지만 이 작은 힘이라도 우리의 이상과는 다른 목적을 가진 자들의 손아귀에 넘겨주지 않도록 하자. 최소한 우리의 명예를 지키자."

이 무렵 시몬은 고등사범학교 졸업생들을 모아 노동조합을 만들 생각을 하고 있었다. 이 노동조합의 목적은 고등사범학교 졸업생들에게 어떤 특권도 주어지지 않도록 하며 그들의 봉급이 다른 교사들보다 더 많지 않도록 하자는 것이었다. 그러나 이 계획이 성공할 리가 없었다. 이 말을 들은 한 고등사범학교 졸업생은 "맙소사, 그 여자는 천치로군!"라고 소리를 질렀다.

교사연맹의 C.G.T.U. 지국에서 시몬이 반파시스트 위원회에 보내기 위해 작성한 결의안에 찬성한 것을 보면, 시몬은 오세르에 머무는 동안 끝까지 M.O.R.과 사이가 나쁜 편은 아니었던 것 같다. 그런데도 시몬이 파리 주재 소련 대사관에 러시아의 정당에 관한 정보를 제공해줄 것을 요청하자고 제안하자, M.O.R.의 회원 3분의 2가 반대했다. 그것을 보면 시몬은 르 퓌에서만큼 오세르에서는 진심으로 신뢰할 만한 대인 관계를 맺지 못했던 것 같다. 시몬은 공산주의 지방 세포 조직과도 사이좋게 지냈다. 그녀는 이 세포 조직에서 개설한 마르크스주의 강좌에서도 오랫동안 가르쳤다. 그들은 처음에는 시몬을 불신했다가 나중에는 강의를 맡아달라고 부탁했지만, 마침내는 그녀를 다시 공격했다.

시몬이 살고 있는 곳에서 멀리 떨어지지 않은 곳에 한 공산주의자가 살고 있었다. 시몬은 그에게 쇠스랑이라는 별명을 붙여주었다. 그가 혼자서 쇠스랑을 만드는 방법을 연구하고 있었기 때문이었다. 그는 전에는 노동자였으나 후에는 자기 동생과 함께 기술공이 되었다. 그는 각종 기계를 다루는 데에 매우 재주가 있었으므로 시몬은 그를 천재라고 생각했다. 그래서 매일 저녁 그를 붙들고 정치 이야기를 하자, 견디다 못한 그는 시몬의 우스꽝스러운 태도를 놀려댐으로써 앙갚음을 했다. 시몬과 정치에 관한 토론을 하고 난 밤이면, 그는 약이 올라서 잠을 이룰 수가 없었던 것이다.

시몬은 오세르의 노동자나 농부들과도 사이가 좋았다. 그녀는 포도 수확을 돕기도 하고, 집 근처에 있는 농장에서 감자 캐는 일을 하기도 했다. 또 이따금 페인트 공장에 가서 노동자들과 함께 일을 했다. 한번은 고등남자중학교 운동장에서 인부들 틈에 끼어 작업을 한 적도 있었다. 그때 마침 그 학교의 교감이 운동장을 지나가다가 시몬이 그런 모습으로 일하는 것을 보기도 했다.

어느 날 한 무리의 노동자들이 시몬이 근무하는 학교 운동장에 들어와 있었다. 그들은 누군가를 기다리는 듯한 눈치였다. 수위가 나와서 무슨 일이냐고 묻자, 그들은 "우리는 시몬을 기다리고 있다"라고 대답했다. 수위는 얼른 이들을 쫓아내고 운동장 문을 조심스럽게 잠가버렸다.

또 하루는 한 거지가 손에 깡통을 들고 시몬이 근무하는 학교 앞에 나타났다. 그는 "시몬 선생님이 오늘은 여기 와서 밥을 먹으라고 했어요. 350명이 먹으나 351명이 먹으나 매한가지라나요"라고 했다.

시몬이 오세르에 근무하는 동안 그녀에 대한 장학관의 보고는 그리 호의적이지는 않았다. 1932년 11월 22일에 문교부 장학관이 그녀의 수업을 참관했다. 그는 시몬의 수업 방식이 학생들에게 적절하지 못하다고 보고했다. 어떤 학생들에게는 너무 어려웠으며, 학생들의 작문이 세심하게 고쳐지기는 했지만 일반적으로 수준이 낮다는 것이었다.

마침내 그해 5월 13일에 철학 교수이며 장학관인 파로디가 시몬의 수업을 참관했다. 그는 문교부에 시몬의 동의를 얻어 보고서를 제출했다. 그가 참관한 수업은 사회학 강의였다. 그는 시몬의 설명이 "세부적으로는 매우 풍부하지만, 전체적으로는 다소 산만하고 혼란하다. 더욱이 이 선생에게는 학생들의 얼굴을 쳐다보지 않고 자기 노트를 내려다보며 설명하는 나쁜 버릇이 있다. 그러나 이 선생의 수업은 실질적인 지식에 기초하고 있으며, 지식 전달이라는 객관적인 기능과 비판 능력을 기르는 주관적인 기능을 모두 수행하고 있다. 그러나 그녀의 수업 방식에 여러 가지 장점이 있음에도 불구하고, 사회문제에 대해 지나치게 단순화되고 격렬한 발언을 함으로써 불행하게도 정치적인 팸플릿을 연상시킨다"고 보고서에서 말했다.

고등사범학교 입학시험의 결과가 발표되었다. 시몬이 가르친 12명의 학생 가운데 겨우 서너 명만이 통과되었다는 사실이 밝혀졌다.

이 기회를 틈타서 교장은 시몬을 내쫓아버릴 계획을 세웠다. 그래서 철학반을 폐지하고 철학 강의를 듣고 싶어하는 학생들은 고등 남자중학교에 가서 듣도록 했다.

시몬은 이듬해에 전근을 요청하지 않을 수 없게 되었다. 그러나 그녀는 이 일 때문에 별로 상심하지는 않았다. 잠깐 동안이라도 생-테티엔에 있는 동지들에게 가까이 가고 싶었기 때문이었다.

로안 시절

1933–1934

잠시 가르치는 일을 쉬게 되자, 시몬은 곧 생-테티엔으로 떠났다. 거기서 1933년 7월 말부터 8월 초까지 머물면서 노동자들에게 독일에 관한 강연을 했다.

시몬은 생-테티엔에서 "전망"을 마지막으로 손질하여 위르뱅 테브농에게 보인 다음 8월 25일 자 「프롤레타리아의 혁명」에 기고했다.

그러고는 8월 5일부터 사흘간 랭스에서 열린 연합 교사연맹 위원회에 참석하기 위해 생-테티엔을 떠났다. 이 회합에서 서로 팽팽히 맞선 것은 다수 연합파와 M.O.R.이었다. 이 두 파는 서로 대립되는 정치적인 의견으로 토론에 불꽃을 튀겼다.

M.O.R.에서 소련 대표 한 사람을 데려왔다. 그러자 다수 연합파에서는 이 기회를 틈타 그에게 답변하기 곤란한 질문을 계속해서 퍼부었다. 다수 연합파의 부토니에는 소련 대표의 면전에 대고 소련 노동자들이 당하고 있는 억압에 대해 분통을 터뜨리며 그에게 설명을 요구했다. 이에 당황한 소련 대표는 5개년 경제 계획의 장점만을 장황하게 늘어놓았다.

협의회가 끝나던 날 밤에, M.O.R.에서 독일 문제를 끄집어냈다. 시각이 늦었음에도 부토니에는 공산주의 대표자인 마리아 리스의 의견을 듣자고 제안했다. 발언권이 주어지자 마리아 리스는 제3국제 노동자 동맹에 퍼부어진 비난을 모두 부인했다. 그녀는 커다란 목소리로 재빠르게 이야기했다. 오른손을 휘두르면서 마치 발언대 밑에 몰려 있는 반스탈린주의 대표들을 한 대 때릴 듯한 기세였다.

시몬 역시 발언권을 얻어 단상에 올라갔다. 그녀는 히틀러에 대한 소련의 태도에 질문을 던졌으며, 소련이 독일에서 소련으로 탈출해 오는 독일 공산주의자들에게 국경을 봉쇄했다는 내용의 기사를 낭독했다. 또 이 기사에 대해 "전략 문제는 결코 감상적인 박애주의로 해결될 수 없다"고 답변한 내용의 기사도 역시 낭독했다.

스탈린주의자들은 시몬의 낭독을 막고 단상에서 그녀를 끌어내리려 했다. 그래서 시몬은 있는 힘을 다해 목청을 돋우어 간신히 낭독을 마칠 수 있었다. 이 때문에 랭스에서 돌아올 때는 목이 쉬어서 말을 할 수조차 없었다.

시몬의 발언이 끝나자, 의장은 폐회를 선언했다. 새벽 4시였다.

공산주의 정통파의 입장을 변호하기 위해 있는 힘을 다했던 마리아 리스는 불쌍하게도 이 회합이 끝난 얼마 뒤에 당에서 축출당했다. 그녀는 협의회가 끝나자마자 제3국제 노동자 동맹에 맹렬한 비난의 편지를 보냈던 것이다.

협의회가 끝난 뒤에 시몬을 비롯해서 회의에 참석했던 몇 명의 사람들은 갑자기 성당을 찾아가기로 했다. 그들은 트로츠키가 프랑스를 방문할 경우를 대비해서 만들어놓은 극좌파의 팸플릿을 함께 가져가기로 했다. 그들은 나중에 열성 신도들이 보고 놀라도록 이 팸플릿을 성탁 위에 놓아두었다. 시몬도 그 자리에 있었으나, 거기에 대해 아무 말도 하지 않았다. 성당에서 나온 뒤 그들은 카페에 가서 술을 마시며 종교에 관해서 토론을 했다. 그 자리에 모인 대부분의 교사들은 반종교적이었는데 시몬은 그들 앞에서 태연하게 수녀들을 칭찬했다. 어떤 수녀들은 이제까지 자기가 만나본 사람들 중에서 가장 훌륭한 사람이라고까지 말했다. 그 자리에 앉아 있던 교사들이 얼마나 당황했는지는 말할 필요도 없다.

라보에 의하면 시몬의 논문들은 연합 노조원들의 관심을 사로잡았다고 한다. 그들 중의 몇몇은 시몬을 무척 만나고 싶어했다. 특히 「프롤레타리아의 혁명」에 발표된 시몬의 논문은 랭스 지역의 교사 노조원들에게 일대 선풍을 일으켰다. 라보는 "여러 사람들이 나에게 '시몬 베유를 만나고 싶어 죽겠다'고 말했다. 그러나 막상 그녀를 만나보자 그들은 실망하고 말았다. 시몬이 너무 나서기를 좋아하고 곤란할 정도로 꼬치꼬치 캐묻는다는 것이었다. 그녀는 노조 운동의 크고 작은 문제들을 빠짐없이 죄다 알고 싶어하는 것 같았다"라고 말했다.

시몬은 정말 호기심이 많았다. 그녀에게는 그녀 앞에서 비밀을 털어놓지 않을 수 없게 만드는 신기한 힘이 있었다. 그러나 그녀의 호기심은 항상 남들이 무엇 때문에 괴로워하고 있는지를 알아내서 그들을 도우려는 마음에서 우러나온 것이었다. 그렇지 않은 경우는 거의 없었다고 말해도 좋았다.

「여성해방Les Feuilles Libres」에 글을 쓴 적이 있는 클로드 자메는 랭스에서 시몬을 직접 만나보고는 그녀를 성자라고 불렀다. 참으로 시몬에게는 육체와 도덕과 지적인 면에서 성자와 같은 비범한 용기가 있었다.

협의회가 모두 끝나자, 시몬은 몇 명의 교사들과 함께 파리로 돌아왔다. 그들은 시몬 부모집에 머물렀는데 랭스에서 있었던 일을 죄다 이야기해주었다.

그후에 곧 시몬은 휴가를 보내러 스페인으로 갔다. 시몬의 부모는 물론이고 시몬과 함께 랭스 회의에 참석했던 애메 파트리도 그들과 함께 갔다. 바르셀로나에서 여드레 동안 묵은 뒤에 시몬과 파트리는 둘이서만 비야누에바를 들러 발렌시아로 갔다.

바르셀로나에 있는 동안 시몬은 스페인 공산당의 일파인 이베리아 공산주의 연맹원들과 접촉했다. 이들은 볼셰비즘에 반대하는 무정부주의자들로서 이베리아 무정부주의 연맹(F.A.I.)보다 한층 더 현실적인 방법으로 사회주의를 지향하고 있었다.

여가를 틈타서 시몬은 부모와 함께 투우도 보러 갔다. 투우를 처음 본 그녀는 투우가 몹시 아름답다고 감탄했다. 시몬의 어머니는 오히려 잔인한 장면이 너무 적다고 투덜거렸다. 그러나 시몬 일행은 뒷자리에 앉아 있었기 때문에 투우를 자세히 보지 못했던 것이다. 파트리의 말로는, "시몬이 투우를 아름답다고 한 것은 인간이 마침내 야수를 제어하게 되는 늠름한 모습과, 종교 의식과 흡사한 투우의 분위기를 두고 한 말이지, 실상 그녀는 구역질이 나는 것을 가까스로 참고 있는 것 같았다"고 했다.

파트리를 비롯한 몇 명의 친구들과 함께 시몬은 미소년들이 여자

옷을 입고 나와서 노래도 하고 춤도 추는 스페인식의 카바레에 갔다. 그중에서도 제일 인기가 있었던 것은 여자처럼 차려 입은 괴상하게 생긴 남자 가수였다. 시몬은 이 쇼를 보고 무척 재미있어하며 자기가 발자크와 같은 극작가였더라면 좋았을 것이라고 우스갯소리를 했다. 시몬을 알고 있던 스페인 친구들은 시몬이 카바레에 와 있는 것을 보고 깜짝 놀랐다.

시몬과 파트리는 아침 6시에 그곳을 나와 다시 배를 타러 강으로 갔다. 보트 젓는 사람은 그들에게 모로코 전쟁에 반대해서 일어났던 1909년의 스페인 폭동 사건을 이야기해주었다. 폭동자들이 교회로 달려가서 불을 지르자 수도자들은 마치 생쥐처럼 혼이 나서 달아나버렸다는 것이다. 이 이야기를 하는 순간 마침 배 안에는 진짜 생쥐들이 쫓아다니고 있었다. "그런데 왜 당신들은 수도자를 그렇게 싫어하지요?"라고 시몬이 묻자, 그는 "그들은 우리에게 글을 가르쳐주지 않았거든요"라고 대답했다.

비야누에바에 도착하자 시몬은 해변으로 나가서 해수욕과 일광욕을 했다. 시몬은 그때까지 한번도 그렇게 단순한 생활의 기쁨에 흠뻑 취해본 적이 없었다. 햇볕에 거무스름하게 그을린 그녀의 모습은 어느 때보다도 훨씬 건강해 보였다. 시몬은 밤늦게 잠을 자고 이튿날 정오가 되어서야 자리에서 일어났다. 식사 시간에도 수영복 차림으로 돌아다녔다. 이에 기겁을 한 호텔 주인은 시몬을 쫓아다니며 제발 수영 가운만이라도 걸쳐달라고 애원했다. 그러나 칙칙한 옷을 벗어버린 시몬의 모습은 정말 보기 좋았다. 한번은 누군가가 그녀의 머리에 생화를 꺾어 꽂아주었는데, 이 단순한 장식 하나만으로도 그녀는 놀랄 만큼 아름다워 보였다.

비야누에바의 밤은 너무 더워서 잠을 잘 수 없을 지경이었으므로 시몬과 파트리는 호텔의 테라스로 나가 밤을 새웠다. 시몬은 파트리에게 여러 가지 요정 이야기를 들려주었다.

그런 가운데에도 시몬은 한시도 도처에 깔려 있는 인간의 불행을 잊지 않았으며 항상 다른 사람들의 불행을 함께 나누고자 했다. 진지한 어조로 시몬은 파트리에게 이렇게 말했다. "언젠가 우리는 큰 고난을 겪게 될지도 몰라요. 그러니 항상 그것에 대비해서 인내력을 길러두어야지요. 지금 제 손톱 밑에 한번 핀을 찔러 넣어보시겠어요?" 이 말에 당황한 파트리는 그녀를 때리는 시늉을 하며 얼버무렸다.

비야누에바에는 어부 조합이 있었다. 여기에는 부설 도서관이 하나 있었는데 특이하게도 작품이란 작품은 모두가 고전 작품뿐이었다. 시몬은 한 어부가 괴테의 『파우스트_Faust_』를 읽고 있는 것을 보고 감격하여 그에게 루소의 『참회록_Les Confessions_』을 선물했다. 비야누에바의 어부들은 가난한 가운데에도 고상하고 현실에 초연하며 명랑한 분위기 속에서 살고 있었다.

발렌시아에는 부두 노동자들로 이루어진 연합 단체가 있었다. 이 단체에서는 병원, 학교, 양로원을 직접 경영하며 여러 가지 사회복지 기금을 마련하는 등 갖가지 복지 사업을 하고 있었다. 또 한 가지 특징은 이 단체의 회장이나 서기는 다른 노동자들과 똑같이 부두에서 일하는 노동자라는 점이었다. 회계원만이 유일한 영구 회원이었다. 시몬은 이처럼 행정 기구가 없는 노조야말로 오래 전부터 자기가 이상적으로 여겼던 것이라고 생각하며 깊은 감동을 받았다.

발렌시아를 떠난 시몬과 파트리는 다시 바르셀로나로 돌아갔다. 거기에서는 잠시 파라렐로 거리에 있는 카페에 들러 무희들이 춤추는 것을 구경하기도 했다.

시몬이 오랜만에 스페인에서 휴식을 취하고 있는 동안에 프랑스의 「프롤레타리아의 혁명」에서는 시몬의 논문인 "전망"을 "우리는 프롤레타리아의 혁명을 향해 나아가고 있는가?"라는 부제를 달아서 실었다. 이 글은 시몬의 글 중에서도 정수가 되는 것으로서 주로 러시아 혁명과 독일 노동운동 실패의 진상과 프랑스 노동운동을 하는 도중에 시몬이 겪은 경험을 실은 글이었다.

어떤 사람들은 이 글을 시몬의 정치적인 논문 가운데에서 가장 박력 있는 것이라고 평가한다. 아무튼 이 글이 최초로 마르크스의 견해에 입각하지 않고 제1차 세계대전 이후의 사회문제를 분석해본 새로운 시도임에는 틀림없다. 사실 1930년대의 사회에는 마르크스가 생각했던 것처럼 자본주의의 압력만 있는 것은 아니었다. 행정기구와 경영기구라는 명목으로 여러 가지 새로운 형태의 압력이 생기게 된 것이다. 시몬은 으레 혁명주의자들이 전제하는 식으로 이 세상에는 자본주의 국가와 노동자의 국가라는 두 가지 형태의 국가만 있다는 생각은 잘못된 생각이라고 말한다. 현재의 모든 국가 형태는 사실상 자본주의 국가도 아니요, 그렇다고 해서 노동자의 국가도 아닌 제3의 형태이기 때문이다. 파시즘 역시 좌익들이 주장하는 것처럼 "자본주의의 마지막 카드"가 아니라 이제까지 없었던 전혀 새로운 사회 형태이며, 러시아의 정치제도 역시 트로츠키가 믿는 것처럼 프롤레타리아의 절대권이 행정적인 면에서 약간 기형화된 것이 아니라 파시즘과 유사한 또 하나의 새로운 사회 형태라는 것이다.

이 논문은 격렬한 칭찬과 맹렬한 비난을 동시에 받았다. 마르셀 마리네는 위르뱅 테브농에게 이 논문은 천재의 결산이라고 극찬했으며 모나트 역시 입이 마르도록 칭찬했다. 보리스 수바린은 "시몬은 수십 년간의 노동운동 가운데 배출된 유일한 천재이다"라고 말했다. 그러나 그밖의 다른 사람들은 시몬의 비관적인 견해에 반발했다. 그들은 시몬이 아무런 희망도 가지지 못하면서 어떻게 그렇게 억압받는 사람들을 위해 열심히 싸울 수 있는지를 의아해했다. 장 라보는 이렇게 썼다. "시몬은 스스로도 결코 실현될 수 없으리라고 생각하는 것을 위해 싸워온 셈이다. 그러면서도 결코 물러설 줄 모르기 때문에 우리 동지들은 당황하지 않을 수 없다."

9월 25일 「프롤레타리아의 혁명」지에는 로저 해그나워라는 사람이 쓴 시몬에 대한 반박의 편지가 "그렇게 비관할 필요는 없다"라는 제목으로 게재되었다.

"시몬 베유는 너무나 높은 관점에서 세상을 보고 있으므로 많은 사람들에게 두려움을 준다. 그녀는 '우리 자신이 우리들을 압박하는 힘의 정체를 파악할 수 있다는 희망을 주는 이성'의 여지까지도 거의 용납하지 않는다. 이런 태도는 파스칼의 '인간은 생각하는 갈대이다'라는 명제를 연상시킨다. 과연 시몬 베유의 이러한 '명백한' 비관주의가 가장 굳건한 사람들의 용기까지도 약화시킬 것인가?……이 점 말고도 시몬 베유에게는 우려할 만한 점이 있다. 그것은 실제 구조를 모르면서 노동운동을 벌이는 일부 모험적인 지성인들의 노조 안에서의 역할이다. 이런 모험적인 지성인들은 프롤레타리아의 약점을 물고 늘어지는 대신에 무엇보다도 자기들의 지도력이 부족함을 깊이 깨달아야 할 것이다."

시몬은 이런 식의 공격에 매우 민감하게 반응했다. 그러나 이것은 말할 것도 없이 공정하지 못한 공격이었다. 시몬은 한번도 노동운동의 지도자로 자처해본 적이 없으며 오히려 항상 노동자들에게 지식인의 지휘를 받지 않도록 경고해왔었다. 시몬은 노동자들에게 여러 가지 지식과 정보를 제공함으로써 그들 스스로가 노동 단체를 이끌어나갈 수 있게 되기를 바랄 뿐이었다. 더욱이 로저가 시몬을 모험적인 지식인이라고 비꼰 것은 잘못이었다. 그녀는 자기가 직접 노동을 하지 않았기 때문에 이미 스스로 열등한 존재라고 느끼고 있었다. 이때부터 자신의 생활 방식을 바꾸려는 시몬의 결심은 굳어졌으며, 나중에는 실제로 그렇게 했다.

트로츠키도 시몬의 논문을 읽고 1933년 10월 13일에 발행된 한 팸플릿에서 극구 칭찬했다. 그는 분명히 정치적인 견해에서도 시몬의 영향을 받은 것 같다. 1933년 여름에 트로츠키의 정책에 커다란 변화가 일어났기 때문이다. 제4국제 노동자 동맹의 결성이 바로 그 눈에 띄는 증거였다. 그전까지만 해도 트로츠키는 제3국제 노동자 동맹을 다소 수정하려는 정도에서 그칠 생각이었던 것이다.

9월에 파리로 돌아오자, 시몬은 다시 일을 시작했다. 수바린이 창설하고 편집까지 맡은 「사회 비평*La Critique Sociale*」에 두 편의 논문을 실었다. 또 9월 23일부터 일주일 동안 파리에서 열린 C.G.T.U.의 전국 협의회에 참석했다. 이 협의회에 관한 한 보고서에 의하면 "C.G.T.U. 제7차 협의회에서는 소수파에 대한 반감이 극도로 노출되었다. 이제까지는 소수파에게 발언을 허용할 정도는 되었는데, 이번에는 문자 그대로 그들을 조소하고, 우롱하고, 협박했으며, 육체적으로 폭행을 가하기까지 했다. 독일 사건에 대해 발언을 하려던 시몬 베유 동지는 발언권조차 얻지 못했다. 그뿐만 아니라 그다음 날 발언자 명단에도 끼지 못했다. 호소문을 배부하는 것조차도 금지당했다"고 한다.

시몬은 지원했던 대로 로안으로 발령을 받았다. 마침내 생-테티엔의 동지들과 가까이 있을 수 있게 된 것이다. 테브농에게는 이미 8월에 스페인에서 이 소식을 엽서로 알렸다. 시몬은 어머니와 함께 방을 구하기 위해 로안으로 내려갔다.

로안에서 시몬과 고등중학교의 행정관들과의 사이는 비로소 처음으로 매우 좋은 편이 되었다. 교감이 수업시간에 들어와서 자기가 학생들의 성적을 평가하겠다고 말했다가 시몬으로부터 거절을 당한 것은 사실이지만, 이로 인해서 별다른 일은 생기지 않았다. 시몬의 반 학생들은 다 합해서 네다섯 명밖에는 되지 않았다.

이 당시에 시몬의 제자였던 안 레노는 나중에 시몬의 강의 내용을 묶어 『시몬 베유 철학 강의록*Leçons de Philosophie*』이라는 제목으로 책자를 발간했다. 이 책의 서문에 보면, "우리 반은 인원수가 아주 적었으므로 무척 가족적인 분위기였다. 학교의 뒷마당에 있는 교실에서, 완전히 동떨어진 분위기 속에서 우리는 차례로 위대한 사상들을 소개받았다. 날씨가 좋은 날이면 우리는 밖으로 나가 나무 그늘 아래 앉아서 수업을 했다. 이런 때면 수업 내용은 기하학에 관한 질문으로 흐르거나 다정한 분위기의 이야기가 되기도 했다."

로안은 생-테티엔에 가까이 있었으므로 시몬은 생-테티엔의 직업 소개소에서도 활동을 벌였다. 이 무렵에 테브농 부부는 교외로 전근이 되어서 생-테티엔 시에는 없었다. 생-테티엔에서 묵을 때면 시몬은 온갖 부류의 동지들과 함께 직업 소개소 맞은편에 있는 바에서 밤늦게까지 불을 켜고 토론을 했다. 그러고는 소파에서 몇 시간쯤 눈을 붙인 뒤 새벽 기차를 타러 달려나가곤 했다.

1933년 10월 22일에 프랑스 공화국 대통령 알베르 르브룅이 전사자들의 기념비를 제막하기 위해 생-테티엔으로 오게 되었다. 그는 루아르 지방 출신이었는데, 그 지역의 군수물 납품업자들로부터 부당한 자금을 받았다는 소문이 있었다. 지방 연합 노조는 그가 도착하는 날 저녁에 이에 항의하는 데모를 일으키기로 했다. 그날 저녁 연합 노조 회의에 참석했던 사람들이 밖으로 나오자, 파리에서 파견된 특수 경찰대가 이미 진을 치고 있었다. 수많은 노조원들이 몽둥이로 얻어맞았으며 상당수가 체포되었다. 직업 소개소의 문도 닫혀 있었다. 다음 날 아침, 평화주의자들과 합세한 연합 노조원들이 직업 소개소로 몰려갔으나 보도 위에서 경관들에게 제지되었다. 그러나 어떻게 해서였는지 직업 소개소 이층으로 뛰어올라간 서기가 창문을 열고 연설을 했다. 그러자 몇 명의 노조원들이 시몬을 어깨에 태워 이층 창턱으로 밀어 올려보냈다. 시몬도 짤막한 연설을 했으나 워낙 주위가 시끄러웠으므로 거의 들리지 않았다. 일단 직업 소개소에서 나온 데모대는 다시 광장으로 몰려가서 고함을 지르며 노래를 부르다가 해산했다.

시몬은 르네 르푀브르가 편집하는 「대중Masses」에 "한 사회주의자의 전쟁에 관한 호소"라는 제목의 글을 보냈다. 르네는 이 글을 10월호에 내겠다고 말했으나, 이 글은 10월호에 나오지 않았다. 그는 이 글이 너무 충격적이라고 생각하고 약속을 지키지 않았던 것이다. 시몬은 이 글을 약간 보완하여 「사회 비평」 11월호에 "전쟁에 부쳐서"라는 제목으로 발표했다.

이 글에서는 전쟁에 대해 혁명 이론가와 혁명 지도자들이 취하고 있는 여러 입장들이 검토되었다. 시몬은 전쟁이 일어나면 혁명까지 완수된다는 이른바 "혁명적인 전쟁" 이론에 대해 언급하면서, 그러나 진정 혁명적 국가라면 혁명을 포기하지 않는 한 전쟁을 일으킬 수는 없다고 말했다. 아무리 그 목적이 인민의 해방에 있다고 해도, 전쟁을 통한 혁명은 그 목적과는 전혀 반대되는 결과를 가져온다는 것이다. 다시 말하면 "유물론적인 방법은 어떤 사건을 그 사건의 목적에 따라 고찰하는 것이지, 그 사건에 사용된 수단의 효과성 여부를 따지는 것은 아니다." 그러므로 "이른바 혁명적인 전쟁이란 실상은 혁명의 무덤이다. 또한 혁명적인 전쟁에 참가한 군인이나 시민들이 정치기구나 경찰로부터 어떤 압력도 받지 않고 그 전쟁을 수행하지 않는 한, 영원히 그럴 것이다. 결국 전쟁에 연루된 혁명은 그 자체가 혁명의 반대 세력으로 바뀌든지 아니면 혁명의 반대 세력에 흡수되든지 둘 중의 하나가 되기 마련이다."

「사회 비평」 11월호에는 이밖에도 시몬이 쓴 로자 룩셈부르크의

『옥중서신Lettres de la Prison』과 레닌의 『유물론과 경험비판론Matérialisme et Empiriocriticisme』에 대한 서평이 실렸다.

레닌에 대한 시몬의 비평은 준엄했다. "레닌의 사고방식에는 반박하기 위한 사고밖에는 없다. 그는 문제를 연구하기도 전에 이미 해답을 알고 있다. 이 해답을 주는 것은 누구인가? 바로 공산당이다. 이런 사고방식은 결코 자유인의 사고방식이라고 할 수 없다. 이미 오래 전에 러시아인들은 생각의 자유를 박탈당했으며, 볼셰비키파는 자기들의 지도자의 생각의 자유를 박탈해버렸다."

그러나 로자 룩셈부르크에 관해서는 칭찬을 아끼지 않았다. 로자의 정치적인 생각과 사회적인 생각은 별로 문제 삼을 것이 못 되나 그녀의 인생과 세계에 대한 애정은 감동적인 것이라고 했다. 이것을 통해 우리는 오히려 시몬 자신의 인생과 세계에 대한 애정을 엿볼 수 있다. 시몬은 로자의 비애감과 희생에 대한 열망은 그리 높게 평가하지 않았다. "로자의 인생과 작품 특히 그녀의 편지들은 그녀가 죽음을 바란 것이 아니라 삶을 열망했다는 증거이며, 희생이 아니라 행동을 열망했다는 증거이다. 이런 점에서 로자는 기독교적이 아니라 이교도적이라고 할 수 있다. 그녀의 전집에 나타난 글들은 그리스에서 볼 수 있었던 금욕주의를 연상시킨다. 그러나 오늘날 흔히 생각되는 좁은 의미의 금욕주의가 아니다. 다시 말해 금욕주의에서 찾아볼 수 있는 불행에 대한 강인한 태도가 로자의 편지 곳곳에 나타나 있다. 이처럼 무슨 일이 닥치든지 우주와 일체감을 느끼는 참된 금욕주의적인 감정은 오늘날에는 찾아보기 힘든 진귀한 것이다. 이 때문에 로자는 괴테를 사랑한다. '행복한 눈이여, 그대가 보는 것은 무엇이든지 다 아름답다!'고 외친 괴테의 말은 그대로 로자에게도 진실이다. 로자에게 슬픔은 될 수 있는 대로 빨리 떨쳐 버리고 침묵해야 할 순간적인 나약함에 불과하다."

12월 3일과 4일에 라 리카마리에서 생-테티엔까지 광부들의 축제를 곁들인 행진이 있었다. 광부들의 실직 사태와 임금 인하에 항의하기 위해 연합 광부 노조에서 행진을 하기로 결정했던 것이다. 이것은 평화적이었지만, 대규모의 강력한 시위였다.

광부들은 일요일에 라 리카마리에서 열을 지어서 생-테티엔으로 출발했다. 시몬은 다른 동지들과 함께 붉은 깃발을 들고 선두에 섰다. 잠깐 동안이었으나 그녀는 가죽 깃대 받침이 없이도 무사히 깃대를 들고 갔다.

그다음 날에는 광부들의 축제인 성 바르바라 축제가 열렸다. C.G.T.U.가 광부들에게 제공한 직업 소개소의 큰 홀에서 열린 오락 시간이 끝날 무렵, 피에르 아르노는 파시즘에 관한 강연을 하도록 뒤페레에게 시몬을 급히 택시로 불러오라고 했다.

후에 뒤페레는 로안에 다녀온 일을 이렇게 묘사했다.

"내가 로안에 도착한 것은 학교가 방금 파한 뒤였다. 시몬은 토크 모자를 귀까지 푹 쓰고 겨드랑이에는 가죽 가방을 든 채 찬바람에 스카프를 휘날리며 성큼성큼 걸어오고 있었다. 나는 길모퉁이에 숨어 있다가 시몬이 교문으로 나오자 그녀를 불렀다. 내가 찾아온 용건을 말하자 그녀는 몹시 기쁜 모양이었다. 그녀는 내 팔을 끌고 깡충깡충 뛰면서 그녀의 아파트로 가서 무거운 책을 내려놓고 나왔다.

생-테티엔의 직업 소개소에 들어서자마자 그녀는 곧 연단으로 걸어 올라가 귀가 찢어질 듯 큰 소리로 연속해서 파시스트에 대항해 무장을 하자는 구호를 외쳤다. 그러자 우뢰와 같은 박수 소리가 터져나왔다.

저녁 만찬이 끝난 뒤, 시립 건물의 큰 홀에서 무도회가 열렸다. 공중 목욕탕으로 사용되는 이 홀의 맨벽에는 온갖 휘황찬란한 장식들이 달려 있었다. 르 불 샤퀴라는 한 광부가 시몬에게 춤을 청했다.

그는 머리에 캡 모자를 쓰고서 그녀와 적당한 간격을 두고 춤을 추었다. 그는 매우 주의 깊고 섬세하며 자신만만한 사람이었다. 그러나 시몬이 제대로 춤을 따라오지 못해서 다소 당황했다. 시몬은 가장 단순한 춤의 기본 동작조차도 모르고 있었다."

로안에서 시몬은 이따금 리옹으로 여행을 했다. 또 12월에는 리옹에서 공부하고 있는 르 퓌의 옛 제자에게 편지를 쓰기도 했다.

"약속한 대로 바티망의 회의에 참석하지 못해 정말 미안하구나. 사실은 기차를 놓쳤어. 부주의해서 그랬던 것이 아니라 그날 아침에 몸이 너무 불편해서 제시간에 일어날 수가 없었던 거란다. 하지만 걱정할 것은 없어. 그저 두통이 났을 뿐이고 곧 괜찮아졌으니까.

바티망에서 만난 사람들과는 사이좋게 지냈다니 참 반갑구나. 그들과의 관계가 끊어지지 않도록 이따금씩 「노동」지를 읽도록 해봐. 도움이 될 거야.

자꾸 두통이 나서 매사에 의욕이 없어진다니 정말 걱정이 되는구나. 더 생산적인 일을 하려면 빨리 몸이 회복되어야 할 텐데 말이다. 너를 위해서 멋진 생각을 하고 있지만 아직은 말하지 않겠어. 지금으로서는 너무 확실치 않은 이야기라서 너를 실망시키게 될지도 모르니까 말이야. 한 달 후에 새해가 되면 좀더 자세히 말해줄게.

　로안의 교사들 중에는 네 친구가 될 만한 사람들이 없을까? 네가 너무 외로워하는 것 같아서 말이다. 한번 F.B.를 찾아가보도록 해라. 그 사람이라면 너에게 재미있는 젊은이들을 소개해줄 수 있을 거야……."

　시몬의 이 편지 속에는 제자에 대한 어머니 같은 애정이 잘 나타나 있다.

생-테티엔의 직업 소개소에서 열리는 노동자를 위한 강의 내용이 개편되었다. 프랑스어 강좌와 철자법 강좌가 개설되었으며 격주로 노조원들에게 마르크스주의 특강이 열리게 되었다.

　이 마르크스주의 특강은 시몬을 위해 마련된 것이었다. 시몬은 우선 노동자들이 강의 내용에 친숙해질 수 있도록 강의의 자세한 윤곽을 만들어 「노동」지에 실었다. 이것은 후에 "사회적인 압제와 자유의 원인에 관한 고찰"이라는 글의 기초가 되었다. 시몬은 우선 과학의 역사와 압제에 대한 인간의 투쟁의 역사를 간단히 소개한 다음에, 인간의 과학을 발전시키려는 노력과 압제에 항거하려는 노력은 오랫동안 서로 나란히 병행되어왔으며 마침내는 이 두 가지가 마르크스주의 속에서 종합되었다고 말했다. 그리고 무엇보다도 "다양한 사회구조 형태의 원인을 파악해야 한다"고 결론을 맺었다.

시몬은 크리스마스 휴가 동안 파리에 돌아왔다. 바로 이 동안에 트로츠키와 직접 만나게 되었다. 그는 달라디에 정부로부터 프랑스 체류 허가를 얻은 후 1933년 7월 24일에 프랑스에 도착했다. 프랑스에 있는 동안 그는 바르비종에 머무르고 있었으나 정치적인 집회에 참가할 권리는 없었다.

시몬은 트로츠키파는 아니었지만 오래 전부터 그를 만나서 이야기를 나누고 싶어했다. 트로츠키가 자기 논문인 "전망"을 이해한 방식에 흥미를 느꼈기 때문이었다. 시몬은 자기와 의견이 다른 사람일지라도 그가 박해를 받는 경우에는 돕고 싶어했다. 크리스마스 휴가 첫날에 시몬은 그녀의 부모에게 이렇게 말했다. "7층에 방이 비어 있지 않아요? 트로츠키가 자기에게 가까운 친구들과 정치적으로 조그만 모임을 갖고 싶어하나 봐요. 그 모임을 이 아파트에서 열게 하면 안 될까요?"

시몬의 부모는 그녀에게는 아무것도 거절할 수가 없었다. 그들은 승낙하고 말았다.

이 모임은 1933년 12월 31일에 열렸다. 트로츠키는 이미 아내 나탈리아 세도프와 함께 두 명의 경호원을 데리고 모임이 열리기 전날에 도착했다. 그는 콧수염을 말끔히 면도했으며, 숱이 많은 머리를 포마드를 발라 붙이고 있었다. 이렇게 변장한 트로츠키는 꼭 부르주아처럼 보였다. 그는 7층에 있는 방에 안락의자를 갖다달라고 부탁했다. 밤새도록 한 경호원이 손에 권총을 들고 망을 보면 다른 경호원은 안락의자에서 눈을 붙였다.

트로츠키는 이웃집에서 상연되고 있는 아인슈타인의 영화를 보러 가자고 했다. 그래서 한밤중에 트로츠키와 그의 아내와 경호원

두 명과 트로츠키의 친구들은 모자를 눈 밑까지 푹 눌러쓰고 코트 깃을 올려 입을 가리고는 아파트를 빠져나왔다. 그런 모습으로 나다니니 무슨 음모를 꾸미는 사람들 같아 보였으며 남의 눈에 한층 더 잘 띄었다.

시몬은 트로츠키를 만나게 된 김에 벼르던 대로 그와 토론을 벌였다. 이 토론은 곧 논쟁으로 변했다. 옆방에 앉아 있던 시몬의 부모에게 계속해서 큰 소리가 터져나오는 것이 들렸다. 그러나 소리를 지른 것은 주로 트로츠키였다. 시몬은 줄곧 침착하게 이야기했다. 이것을 본 트로츠키의 아내는 놀라지 않을 수 없었다. 그녀는 "이렇게 젊은 여자가 트로츠키에게 꺾이지 않다니!"라고 연방 감탄을 했다.

시몬은 특히 크론슈타트의 수병들에 대한 트로츠키의 태도를 비난했다. 그러자 화가 치밀어오른 트로츠키는 "당신의 생각이 그렇다면 왜 우리를 당신 집에 투숙시켰소? 당신이 구세군이오?" 하고 소리를 질렀다.

시몬은 트로츠키와의 대화를 기록해두었다. 이 기록 속에는 주로 트로츠키의 말만이 상세하게 적혀 있다.

"러시아의 노동자는 자기가 견딜 수 있는 한에서는 정부를 따른다. 자본주의자들이 다시 일어나는 것보다 현재의 정부가 더 낫다고 생각하기 때문이다. 이것이 바로 러시아 정부의 지배가 이루어지게 되는 상황이다."

"하지만 노동자들도 참고 있는데……."

"우리는 1917년 10월 혁명 이전의 레닌보다는 1871년의 마르크스를 더 잘 알고 있다. 러시아는 고립되어 있으며 역사는 천천히 흘러간다.……적과 싸우기 위해서는 군대가 필요하다.”

“당신이 러시아에 있었다고 해도, 러시아 정부는 역시 고립되었을 것이다…….”

“그 때문에 내가 러시아를 떠난 것이다.”

“당신은 비판적이고 논리적이며 이상주의적이다.”

“당신은 이상주의적이다. 당신은 지배계급을 정복된 계급이라고 부르고 있다.”

“지배란 당신이 생각하는 것처럼 올림포스 산 높은 곳에 앉아 있는 것이 아니다.”

“당신은 오늘날 세뇌당하고 있는 이 젊은 세대에게 무엇을 줄 수 있는가?”

“생산의 증진에 관해서…….”

“러시아의 프롤레타리아는 아직도 생산기구를 위해 일하고 있다. 이것은 러시아가 자본주의 국가를 따라갈 수 있을 때까지는 불가피한 일이다. 10월 혁명은 부르주아 혁명과 유사하다…….”

“나는 몇 가지 정책적인 실수를 제외해놓고는 스탈린을 나무랄 이유가 거의 없다. 그러나 나로드니키(인민주의자)에 대항해 싸울 당시에 우리는 러시아에서 자본주의가 성장할 것이지만 이를 방치하지 않고 미래를 위해 준비할 것이라고 이야기했다. 지금 이 순간에도…….”

시몬과 트로츠키의 대화는 주로 러시아가 과연 노동자의 국가이냐하는 문제에 관한 것이었다. 트로츠키는 그렇다고 주장했다. 시몬은 여기에 관한 자신의 의견을 "전망"에서 밝힌 바 있었다. 즉 "데카르트가 말하기를 '부서진 시계는 시계를 지배하는 법칙에서 열외가 되는 것은 아니다. 그러나 그것은 이미 그 자체의 법칙에 복종하는 또 하나의 다른 메커니즘이다'라고 했다. 이와 마찬가지로 우리는 스탈린 치하의 러시아가 원리에서 벗어난 노동자의 국가가 아니라 또다른 사회기구라고 말할 수 있다"라고 말했다.

트로츠키가 주선한 모임은 성 실베스테르 축제일 저녁에 열렸다. 트로츠키는 특히 S.A.P.를 자신이 이끄는 파와 합병시키고 싶어했다. 그는 S.A.P. 대표자들이 자신이 제의한 안건에 동의하도록 하지는 못했지만, 몇 가지 성과를 얻기는 했다. 트로츠키가 시몬의 가족에게 작별 인사를 할 때 이렇게 말한 것을 보아도 알 수 있다. "제4국제 노동자 동맹이 결성된 것은 당신네 집에서였다고 해도 좋습니다."

이 모임에 참석했던 자크 드 카트는 트로츠키가 떠나던 모습을 이렇게 묘사했다.

"우리가 코트를 가지러 현관으로 나오자 한 젊은 여자가 나와서 우리를 도와주었다. 트로츠키가 그녀에게 아직도 반혁명적인 생각을 가지고 있느냐고 묻자 그녀는 반혁명이나 혁명이나 결국은 같은 말이라고 하면서 진실을 추구할 때는 이 용어의 사용을 제한해야 한다고 대답했다. 나는 이런 식의 생각을 「프롤레타리아의 혁명」에서 읽은 적이 있었는데, 그것을 읽고 무척 감동을 받았었다.

이 젊은 여자가 바로 시몬 베유였다. 그녀의 높은 지성은 이미 논문을 통해 알고 있었으나, 바로 그 순간에 그녀의 관습에 얽매이지 않고 때로는 관습까지도 부정할 수 있는 도덕적인 용기를 똑똑히 볼 수 있었다.……

그러는 동안에 트로츠키는 자기 비서와 함께 떠났다. 우리는 그와 함께 가지 않기 위해 잠시 기다렸다. 그 틈에 나는 시몬에게 내 소개를 하고, 내가 그녀의 논문을 우리 나라 신문에 번역한 적이 있다고 말했다. 그것은 내가 그녀의 생각에 동의해서라기보다는 이제는 트로츠키나 다른 마르크스주의자들처럼 판에 박힌 진부한 말들만을 반복할 것이 아니라, 사회주의의 문제점에 관해 조용히 숙고해볼 필요가 있다고 생각했기 때문이었다고 덧붙였다. 그녀는 내게 고맙다고 말하면서 미안하지만 지금은 동지들의 토론에 참석해야겠다고 했다. 그래서 나는 그녀에게 작별 인사를 하고 유쾌한 기분으로 그 집을 나왔다."

시몬은 트로츠키와 이야기한 것을 꽤 자랑스럽게 여겼던 모양이다. 며칠 뒤에 르푀브르가 찾아오자, 방 한구석의 의자를 가리키며 "저 의자가 보이세요? 며칠 전에 거기에 누가 앉았는지 아시겠어요? 바로 트로츠키예요"라고 말했다.

2월 3일 자 「노동」지에는 2월 7일 생-테티엔에서 열리게 될 시몬의 강연이 공고되었으며 그 세부 윤곽이 소개되었다. 그것은 역사적 유물론에 관한 것이었는데 시몬이 직접 그 개요를 썼다.

2월 7일의 강연에서는 "사회적인 압제와 자유의 원인에 대한 고찰"에 한층 더 접근했다. 시몬은 우선 "압제의 원인을 파악한 뒤에야 비로소 압제를 타개할 방법을 알아낼 수 있다"고 전제하고 "인간 사회의 구조가 탄생한 것은 어떤 조건하에서인가?"라는 문제를 제기했다. 그러고 나서 시몬은 모든 종류의 사회에 부과된 기본 상황을 분석해 나갔다. 이 분석은 후에 "고찰들"이라는 글에서 한층 더 완벽하게 행해졌다.

뒤페레에 따르면 이 강연이 끝난 뒤에 시몬 일행은 한 동지의 집에 모였다고 한다. 시몬은 거기서 노래를 부르기도 하고 시를 암송하기도 했다. "강연이 끝난 다음에 우리가 모인 동지의 집에는 소파 대신 방 한구석에 신문이 잔뜩 쌓여 있었다. 재수 좋은 몇몇 사람만이 의자에 앉고 나머지는 이 신문지 더미 위에 앉았다. 우리는 담배를 피웠고 집주인이 마실 것을 내왔다. 시몬은 기분이 절정에 다다르면 이따금씩 학생가를 부르곤 했다. 그러나 일부러 그렇게 하려고 해도 그녀처럼 엉터리로 노래를 부르지는 못할 것이다. 시몬은 어떤 때는 수줍은 목소리로 '난 잘 모르겠는데요'라고 하면서 듣기만 했다. 그녀는 자기가 인권 선언 기념일인 7월 14일에 파리 시내에서 길거리에 나와 춤추는 사람들 사이로 걸어다녔던 이야기를 했다. 그러나 그녀 자신은 춤출 줄을 몰라서 가만히 있었다고 한다.

밤이 되자 그녀는 시를 암송하기 시작했다. 그리스 비극에 나오는 시들이었는데 그녀는 놀랄 만한 기억력으로 그것을 완벽하게 외고 있었다.……

이날 저녁 우리는 신문지로 된 소파에 앉아서 혁명가를 부르기도 하고 시를 암송하기도 하고 책에 나오는 구절들을 낭독하기도 하면서 아주 즐겁게 지냈다. 나는 천장을 바라보며 담배를 피우고 있었는데 도무지 떠날 마음이 나지 않았다. 시몬 베유는 명랑했다. 그녀는 의자에서 일어나 웃음을 띠며 내게로 다가왔다. 그녀는 바로 내 옆 신문지 더미 위에 앉더니 손으로 얼굴을 괴었다.……

시몬은 잠시 나를 쳐다보고 있더니 갑자기 '수학을 좀 하지 않겠어요?'라고 물었다. 거기에 있던 동지들이 웃기 시작하자 그녀는 항의를 했다. 그녀는 그들이 수학에 흥미를 가지는 것을 어처구니없는 일로 여긴다고 생각하고는 그렇게 즐거운 일을 어처구니없게 여긴다니, 이해할 수 없다고 말했다."

뒤페레는 이어서 놀라운 이야기를 전하고 있다.

"어느 날 아침에 우리들은 새벽까지 계속된 강연이 끝난 뒤에 동지의 집에서 날이 샐 때까지 잠시 눈을 붙이기로 했다. 시몬은 여성 동지들과 함께 옆방에 있었고, 우리 남자들은 주인과 함께 신문지 더미 위에 누워 있었다.

약 한 시간 뒤에 깨어보니 시몬 베유는 벌써 자리에서 일어나 가죽 가방을 겨드랑이에 낀 채 살금살금 발끝으로 걸어 문 쪽으로 가고 있었다. 나는 그녀가 리옹에서 열리는 노조 회의에 참석하기 위해 새벽 기차를 타려고 한다는 것을 알았다. 그러나 좀 나중에 떠날 수도 있는 일이었다. 그래서 나는 자리에서 벌떡 일어나 두 팔을 벌리고 그녀를 막아섰다. 그러나 내가 무어라고 입을 떼기도 전에 그녀가 나를 홱 밀어제치는 바람에 나는 그만 나동그라지고 말았다. 그녀는 손으로 내 턱을 있는 힘을 다해 후려친 것이다.

나중에 내가 시몬에게 이 이야기를 하자 그녀는 '난 잘 몰랐다'느니 '난 무척 서두르고 있었다'느니 하는 말로 얼버무렸다. 이 괴상한 행동에는 그녀 자신도 변명의 여지가 없었던 것이다.

그런데 훨씬 뒤에 『중력과 은총La Pesanteur et la Grace』에서 그녀는 몇 가지 신비적인 체험에 대해 얘기하면서 두통이 극심해질 때는 누군가의 이마를 있는 힘을 다해 내리치고 싶은 강렬한 욕망을 느낀다고 말했다. 아마도 시몬이 나를 때린 것도 바로 이런 이유에서가 아니었나 한다."

나는 뒤페레의 설명이 맞는지는 잘 모르겠다. 내 생각으로는 뒤페레가 시몬을 막기 위해 팔을 벌린 것을 시몬은 자기를 포옹하려는 줄로 안 것 같다. 시몬은 자기를 여자로서 보고 육체적으로 접근하는 것을 무엇보다도 싫어했다. 다시 말하면 시몬은 포옹받는 것을 무척이나 두려워했다. 시몬의 어머니는 어떤 경우에도 시몬은 살인을 하지 않을 것이라고 내게 말했지만, 나는 시몬이 강간을 당하게 될 경우에는 살인을 하게 될지도 모른다고 생각한다. 시몬에게는 강간이 살인보다 더 용서하지 못할 죄악이었던 것이다.

시몬은 행여나 그런 일이 일어나지 않도록 무척이나 조심했다. 그녀가 옷을 그렇게 볼품없이 입는 것도 그런 이유 중 하나였다. 그러나 만일 그녀가 그렇게 옷을 입고 다니고 남자처럼 행동을 하는 데도 동지 가운데 누군가가 그녀에게 여자로서의 흥미를 느끼게 된다면, 그녀는 가능한 한 빨리 이것을 저지하기 위해 무슨 짓이든지 했을 것이다. 뒤페레의 또 한 이야기는 이 사실을 뒷받침해준다.

"시몬은 르 불 샤퓌가 그녀에게 한 농담에 무척이나 당황했다. 그는 아프리카의 민요를 하나 배웠는데 그 내용은 이러했다.

'나는 프랑스 소녀인 테레사를 언제까지나 잊지 못하리.'

언젠가 르 불은 이 노래의 가사를 약간 바꾸어 불렀다.

'나는 프랑스 소녀인 시몬을 언제까지나 잊지 못하리.'

그러자 시몬은 갑자기 자리에서 벌떡 일어나서 우리를 차례로 둘러보더니 르 불을 차갑게 쏘아보았다. 그녀는 항상 누군가가, 아무리 흉허물 없는 친구라도, 자기에게 달라붙는 것을 두려워하는 것 같았다.……"

그러나 뒤페레의 말로는 시몬은 남자와 여자를 추상적인 존재로 보지는 않았다고 한다. 시몬은 우정에서는 매우 다정다감했다. 말로만 그런 것이 아니라, 매우 드물기는 하지만 때로는 몸짓으로도 나타냈다. 알베르틴 테브농에 의하면, 어느 날 그녀는 시몬과 함께 영화구경을 갔는데 시몬은 그녀의 어깨에 팔을 둘렀다고 한다. 그러나 그런 식의 행위는 매우 드문 일이라고 시몬 자신도 말했다.

시몬은 언젠가 내 어깨에도 팔을 두른 적이 있었다. 그러고는 잠시 동안 내 어깨에 몸을 기대고 있기까지 했다. 그러나 이것은 우리가 알고 나서 아주 오랜 뒤의 일이었으며 두 번 다시 그런 적은 없었다. 나는 그 당시 이 일을 영원히 잊지 못할 것이라고 생각했다.

시몬은 요조숙녀인 체하지 않았으며 절대로 남에게 가혹하지도 않았다. 연애하는 사람들의 약점에 대해 그녀는 무척 관대했다. 한번은 한 독일 여자가 시몬에게 "당신도 남자 친구가 있느냐?"고 물었다. 그러자 시몬은 자기 어머니가 함께 있는 자리에서 "나는 남자 친구를 사귀는 일에는 조금도 잘못이 없다고 생각한다. 만일 내가 원하기만 하면 나도 남자 친구를 사귈 것이다. 그러나 지금으로서는 그럴 생각이 전혀 없다"고 말했다. 또 한번은 어린애를 기르고 싶어하는 어떤 여자의 이야기를 내게 해주었다. 그 여자는 "기왕이면 그 애가 내 아이였으면 더 좋겠다"고 했으며, 실제로 아무도 모르게 아기를 하나 구해서 양자로 입적시켰다고 한다. 시몬은 이 행동에 완전히 동의하는 것 같았다. 시몬이 제일 좋아하는 작가는 비용과 카르디날 드 레츠였다. 이들은 둘 다 여자 문제에서 점잖지 못했다. 알랭은 카르디날의 『비망록*Mémoires*』을 무척 칭찬했지만 그의 여자 관계는 몹시 비난했다. 그러나 시몬은 카르디날의 작품을 이야기할 때, 그런 면에 대해서는 전혀 언급하지 않았다.

시몬은 창녀들을 무척 동정했으며 그들의 생활상을 알고 싶어했다. 사람들의 비참한 생활을 바꾸기 위해 무슨 일을 해야 좋을지 알기 위해서는 우선 온갖 종류의 비참한 생활을 알아야 한다고 생각했기 때문이었다. 뒤페레에 의하면 시몬은 "자기 동료들의 야간 출입(창녀집에 가는 것)을 흔히 학생들이 하는 거친 농담 정도로 생각한 모양이었다. 위르뱅 테브농은 마치 오빠처럼, 자기 동지들의 고난은 물론 수상한 기쁨까지도 함께 나누려 드는 이 여교수를 어디나 데리고 다녔다." 그러나 테브농은 시몬의 의도를 잘못 알아차렸다. 시몬은 일단 그들과 함께 가겠다고 한 이상, 무슨 일이 일어날지를 충분히 알고 있었다. 그래서 시몬은 동지들과 함께 창녀집에 가겠다고 우겼으나, 그들은 시몬을 데리고 가려 하지 않았다. 실제로 시몬이 갔다고 해도 창녀집에서 그녀를 받아들이지 않았을 것이다.

시몬은 생-테티엔에서뿐만이 아니라 피르미니에서도 강연을 했다. 뒤페레에 의하면, "전국 교사연맹의 장 지리가 피르미니에서 연구 단체를 하나 만들었다. 시몬은 여기에 와서 마르크스주의에 관한 강의를 했다. 어느 날 큰 싸움이 벌어졌다. 근처에 있는 야금술 공장에 있는 한 젊은 기술자가 여러 권의 노트를 지니고 있는 것을 보고 이 연구 단체에 가입한 한 금속 노동자가 분통을 터뜨린 것이다.

'그놈은 밀고자다! 분명히 사장에게 우리의 행동을 죄다 일러바치고 있을 거야'라고 소리쳤다.

그러자 피르미니의 직업 소개소에 있는 나방이라는 사람이 이 격분한 동지를 진정시키려고 나섰다.

이 이야기를 전해 듣고 당황한 시몬은 자꾸 설명을 요구했다.

사실은 이 젊은 기술자는 시몬 강의의 열렬한 청중이었으며 노조 안에서도 꽤 학식이 있는 사람이었다. 그는 실제로 나중에 루아르의 노동자 대학에서 선생이 되었다. 얼마 뒤에는 아무도 그를 의심하지 않게 되었다.……"

시몬은 약간 헐렁한 노동복을 입고 매주일 강의를 계속했다. 그런데 그녀는 연방 담뱃불을 붙여대고 나서는 성냥개비를 떨어뜨리는 바람에 매번 옷에 구멍을 내곤 했다. 그래서 장 지리는 "시몬은 저러다가 불에 타 죽고 말 것이다"라며 농담을 했다.

몇몇 동지들에게는 이 농담이 시몬의 마술적인 힘을 멸시하는 한 방편이 되었다. 사실 시몬은 줄기차게 토론을 하고 물질적인 것을 무시했으며 거의 잠자거나 먹지도 않은 채 일을 했다.

5월 초에 르 퓌에 있던 시몬의 제자로부터 편지가 왔다. 그 제자는 시몬이 자기들에게 얼마나 깊은 인상을 남겼으며 또 시몬 때문에 자기들이 얼마나 "급진주의적"이게 되었고 "반항적"이게 되었는지 이야기했다. 시몬은 이 편지를 받고 기쁘기도 했으나 한편으로는 다소 걱정스럽기도 한 모양이었다. 그녀는 자기 어머니에게 보낸 편지에서 이 편지 이야기를 하면서 반쯤은 농담조로 "이게 무슨 뜻인지 아시겠어요? 얼마나 무거운 책임인지요?"라고 덧붙였다. 시몬의 제자가 시몬에게 당시의 정세에 관해 의견을 들려달라고 했으므로 시몬은 그녀에게 우울한 예견과 경고로 가득 찬 답장을 보냈다. 특히 러시아 문제에 관해서는 환상을 갖지 않도록 경고했다.

"네 물음에 무어라고 답해야 좋을지 잘 모르겠구나. 요즘 같아서는 외교 정책에 무슨 일이 일어날지 아무도 알 수 없으니까 말이다. 단 한 가지만은 확실해. 즉 전쟁은 언제 어느 순간에도 일어날 수 있다는 것이지. 정부에 돈이 없다는 건 전혀 문제가 되지 않아. 은행 어음이 있는 이상 언제라도 무기를 제조할 수 있거든.

그렇지만 나도 전쟁이 목전에 다다랐다고 확실히 말할 수는 없구나. 프랑스의 지배자들은 독일이 더 강하다고 생각하기 때문에 전쟁을 두려워하고 있는 거야. 러시아 황제에 관련된 한, 프랑스는 이미 양보할 태세가 다 갖추어진 셈이지. 아니, 벌써 상당히 양보하고 있는 셈이야. 프랑스 정부는 히틀러가 사주하는 테러단이 러시아 황제를 지지하는 사람들에게 공포를 야기하는 것을 묵인하고 있으니까. 러시아 황제 문제는 정말 어려운 문제야. 그가 프랑스에 다시 붙는다면 프랑스 제국주의와 전쟁을 돕는 셈이 될 것이고, 독일에 붙는다면 노동계급을 공포와 압제 밑에 넘겨주는 셈이 될 테니까.

아마도 현재로서는 두 번째 해결책이 조금은 나은 편일 거야. 그렇게 되면 잠정적으로는 더 잔인한 전쟁의 공포는 피할 수 있을 테니까.……

될 수 있는 대로 신문을 믿지 말도록. 특히 「인류」지를 말이야. 「인류」는 코티의 「인민의 친구*L'Ami du Peuple*」만큼이나 거짓말투성이란다. 어째서 그렇게 되었을까? 그것은 러시아에서의 사건들과 관련이 있단다. 러시아 혁명은 프랑스 혁명과 닮은 데가 있지. 1918년부터 1923년 사이에 러시아에 전쟁이 일어났기 때문에 러시아는 대내적인 적과 대외적인 적에게 모두 항쟁해야 했고, 이로 인해 가장 훌륭한 인물들이 학살되었으며 국가는 행정적이고 군사적이고 정치적인 전제주의로 넘어가지 않을 수 없게 되었지. 그 어느 나라에서도, 심지어는 일본에서조차도, 노동자들이 러시아에서보다 더 비참하게 억압받지는 않을 거야. 내가 이런 말을 확실하게 할 수 있는 것은 내가 러시아에서 몇 년씩 살았던 사람들로부터 거듭거듭 들어왔고, 또 러시아 신문이나 러시아의 공식 문서를 통해 실상을 적나라하게 읽었기 때문이야.……러시아에서는 거짓말을 하려 들지 않는 작가들은 모두 시베리아로 보내지는데, 가족들도 함께 보내진다는 거야. 먹을 거라곤 전혀 없이 말이지. 일리야 예렌부르크의 책에 보면 러시아에서 유일한 진실은 재건하려는 열광적인 젊은이 상인데, 이 열정은 사실 무지와 환상과 국수주의에 깊이 물든 것으로 이탈리아의 파시스트나 독일의 나치와 다를 바가 없다는 거야.……

러시아 정치제도의 부패는 모스크바의 지시를 받는 공산당들의 부패를 가져왔어. 독일 공산당은 히틀러의 승리에 막대한 책임이 있는 거지. 프랑스 공산당도 마찬가지 실수를 저지르고 있는 셈이야.……

사회주의자들로 말하면, 그들의 4분의 3은 이미 부르주아화되었어. 이런 우울한 이야기를 하게 되어 정말 가슴이 아프구나. 하지만 진실을 말해야지. 전 세계에는 압제와 국수주의가 승리하고 있어. 그렇다고 해서 우리가 이상을 버릴 필요는 없어. 사실 요즘으로서는 세뇌당하지 않는 것만으로도 대단한 일이야. 그 때문에 나는 너희들이 '반항적'이라고 한 말을 보고 기뻤어.……그러면서도 한편으로는 책임감이 느껴져 마음이 무거웠지. 현재의 사회에는 압제와 실망만이 있으니까 말이다. 이제부터는 이런 사실을 충분히 알고 있어야 해. 우리는 저항이 대다수의 사람들로부터 지지를 받는 시기에 살고 있지를 못해. 저항하는 사람은 도덕적으로나 물질적으로 홀로 서 있어. 물론 내가 말하는 것은 참된 저항이지. 예를 들면 한 가지 형태의 압제에 대항해 싸우는 체하면서 실제로는 더 나쁜 형태의 압제(곧 스탈린 압제)를 받아들이는 공산주의 지도자들의 저항은 참된 저항이라고 할 수 없어. 또 힘을 행사하기도 전에 이미 굽힐 태세가 되어 있는 사회주의자들 역시 마찬가지야. 정말로 강하고, 순수하고, 용감하고 관대한 자들만이 도전에 응할 수 있을 거야. 열여섯 살쯤에는 환상을 가질 수도 있지만 이제는 너도 진실을 알아야 해. 너에게 한 말들의 증거를 전부 제시하지는 못했지만 넌 내가 거짓말을 하지 않는다는 건 잘 알고 있겠지. 특히 러시아에 관해서는 말이야. 난 이 슬픈 현실을 받아들이지 않을 수가 없단다."

시몬은 자신이 갖고 있는 러시아에 관한 정보가 믿을 만하다는 것을 알고 있었지만, 그것을 확인하기 위해 직접 러시아에 가고 싶어 했다. 그러나 아무리 해도 필요한 서류를 입수할 수가 없었다.

오순절 휴가 동안 시몬은 파리로 돌아왔다. 파리에서 수바린은 스탈린에 관한 책을 막 끝낸 참이었다. 「사회 비평」지는 자금난을 겪고 있었다. 그래도 그는 마지막으로 한 호를 더 내고 싶어했으나 계속할 수 있을지 의문이었다. 시몬도 여기에 글을 쓰기로 했다.

시몬은 로안에 돌아오자, 이미 이 글을 쓰기 시작했다고 어머니에게 편지를 보냈다. 이 글이 바로 "사회적인 압제와 자유의 원인에 관한 고찰"이었다. 이 편지에서 시몬은 이렇게 덧붙였다. "……어머니는 또 부탁을 하셨군요. 사흘에 하루씩만 글을 쓰라고요! 글을 쓰는 게 어려운 게 아니라 어머니의 말대로 하는 것이 더 어려워요. 하지만 노력해보겠어요. 오늘 새벽에 이상한 꿈을 꾸었어요. 어머니가 꿈속에서 제게 '난 너를 너무 사랑한단다. 그래서 다른 사람을 사랑할 수가 없어'라고 하시지 않겠어요. 얼마나 괴로웠는지 몰라요."

과연 정확히 언제 시몬은 다음 해에 공장에서 일하기 위해 휴가를 얻으려고 결정했을까? 알 수 없다. 그러나 6월 말에 어머니에게 보낸 편지에는 이미 그 이야기가 나와 있다.

오래 전부터 시몬은 공장에서 일하기를 원해왔다. 그러나 전에 한 번 이 시도를 연기한 적이 있었으니까 또 연기할 수도 있었을 것이다. 그런데도 왜 꼭 1934년에 그 일을 하기로 결심했을까? 여기에는 몇 가지 이유가 있다. 한 가지 이유는, 이 계획은 시몬에게 너무나 중요해서 연기할 수가 없었기 때문이었다. 두 번째 이유는 시몬의 이론적인 사고가 막다른 골목에 다다랐기 때문이었다. 오랫동안 시몬은 산업사회에서 요구되는 생산기구가 어떻게 자유로운 프롤레타리아에게 적합한 생활 조건이나 노동조건과 화해할 수 있는지를 생각해보려고 애썼다. 어떻게 노동자들을 억압하지 않은 채 공장 일에 협조할 수 있을까? 시몬은 여기에 답을 내릴 수가 없었다. 그래서 이론적인 사고로 해답을 얻을 수 없을 때에는 대상과 실제적인 접촉을 해야 한다고 생각했다. 그 대상이란 대안책을 발견해야 할, 인간의 비참한 상황이었다. 시몬은 자기 자신이 이런 비참한 상황에 직접 빠지게 되면 그에 적절한 대안책을 더 명확히 발견할 수 있으리라고 생각했다.

시몬은 마침내 이 계획을 실현하게 되었다는 생각에 말할 수 없이 기뻐했다. 그러나 한편으로는 우려하지 않을 수 없었다. 시몬은 자신이 무서운 역경과 피로를 극복해낼 수 있을지 확신할 수 없었다. 그러나 한편으로는 일단 시작한 이상 도중에서 이 일을 포기해서는 안 된다고 생각했다. 얼마 후 시몬이 공장에 들어간 뒤에 그녀를 만났을 때, 그녀는 나에게 "만일 이 일을 해낼 수가 없으면, 자살해버리려고 했다"고 말했다. 시몬이 비인간적일 정도로 자기 연민이 없는 사람임을 생각할 때 이것은 두려운 말이 아닐 수 없었다. 시몬은 공장 일을 시작한 뒤에도 그런 생각을 갖고 있었다. 그 때문에 자기 머릿속에 있는 생각 중에 남에게 쓸모가 있는 것은 미리 다 쏟아서 적어놓으려고 했다. 그래서 시몬의 논문은 점점 더 길어졌으며 시몬은 자기에게 있는 것을 죄다 이야기하고 싶어했다.

시몬은 1934년 6월 20일에 "개인적인 연구"를 위한 명목으로 휴직을 요망했다. 그러나 물론 공장에서 일을 할 계획을 밝히지는 않았다. 시몬은 요망서에 이렇게 적었다.

"본인은 대기업의 토대인 현대 기술과 문명의 본질적인 양상, 즉 사회구조와 문화 사이의 관계에 관한 철학적인 고찰을 하기 위해 잠시 휴직할 것을 요망하는 바입니다." 시몬은 문교부에 본심을 밝힐 필요는 없다고 생각했다. 또한 현대 기술과 사회구조의 관계는 그녀가 정말 연구하고 싶었던 과제이기도 했다. 이것은 분명히 연구였지, 흔히 말하는 단순한 "경험"이 아니었다. 시몬은 어떻게 해서 인간이 인간을 핍박하게 되고, 나아가서는 기계가 인간을 핍박하게 되는지를 알아내고 싶어했다.

7월 13일 휴직 허가가 나왔다.

그러는 가운데 시몬의 학생 가운데 하나가 고등사범학교 입학시험에 지원해서 합격했다. 1933년과 1934년은 교사로서의 시몬에게 행복한 해였다. 비난이나 불평이 있기는 했지만 대단한 것은 아니었다. 교사로서의 입장에서나 생-테티엔의 동지들과의 관계로 봐서 시몬은 구태여 로안을 떠날 이유가 없었다. 생-테티엔에서는 상업 노조에 들어갔을 뿐 아니라 많은 사람들로부터 우정과 신뢰와 존경을 얻고 있었다. 로안에서는 처음으로 학교 당국자들에게 호의적으로 받아들여졌으며, 모든 학생들에게서 사랑을 받았다. 게다가 가르치는 일에도 점점 더 열정을 느꼈다. 그러나 바로 이렇게 어려운 일이 없었기 때문에 시몬은 떠날 결심을 하게 된 것인지도 모른다. 어려운 일이 있었다면 시몬은 로안에 그대로 머물렀을 것이다.

시몬은 7월 20일께에 파리로 돌아왔다. 나는 7월부터 파리 근교에서 부모와 함께 살고 있었으므로 곧 시몬을 만나러 파리에 갔다.

우리는 온갖 일에 관해 이야기했으며 무엇보다도 정세에 관해 많은 이야기를 했다. 그녀는 이미 혁명이 우리를 해방시킨다는 생각을 믿지 않고 있었다. 현재 우리가 누리는 정도의 자유라도 계속 누릴 수 있게 된다면, 그것만으로도 상당한 일일 것이라는 것이었다. 내가 시몬을 놀려주려고 "너는 꽤 보수주의자가 되었구나" 하고 말하자, 그녀는 "그래, 적어도 몇 가지 점에서 확실히 그렇지"라고 대답했다.

시몬은 혁명이 우리를 해방시킨다는 점뿐만 아니라, 혁명 이후에 생산력이 무한대로 확장될 것이라는 점에 대해서도 마르크스를 믿지 않았다. 마르크스에 의하면, 자본은 쾌락의 수단이라기보다는 권력의 수단이며, 자본가들이 누리는 사치는 그들이 생산에 재투자하게 될 전체적인 이윤에 비하면 지극히 사소한 것이었다. 그렇다면 혁명 이후에는 생산력을 "무한대로" 확장시킬 수단이 어디에서 생기는 것일까? 이미 자본은 생산을 위해 거의 전부 투자된 것이 아닌가? 시몬은 산업사회가 자유를 향해서 진보하기는커녕 부富를 향해 진보한다는 것조차 믿으려 들지 않았다. 그녀는 디크만이 쓴 논문에 대해 내게 이야기해주었는데, 디크만에 의하면 운송수단이 무한히 발전한다고 가정하더라도 운송수단으로 얻을 수 있는 이익은 한정되어 있다고 한다.

8월이 되자, 시몬은 그녀의 부모와 함께 오트-루아르 지방으로 여행을 갔다. 거기서 다시 나를 초대했으므로 나도 거기로 가서 며칠간 그들과 함께 지냈다.

그러나 거기서 머무는 동안 나는 시몬을 식사 시간 이외에는 거의 보지 못했다. 시몬의 오빠는 리옹 강으로 수영을 하러 갔으나 시몬은 함께 가지 않았다. 나는 시몬의 어머니와 함께 숲으로 산책을 가서 딸기를 따왔으나, 시몬은 거기에도 가지 않았다. 시몬은 방 안에 틀어박혀 "대大걸작"을 쓰고 있었다.

모처럼 만에 르 퓌에서 찾아온 제자들과 산책을 하기 위해 시몬이 방에서 나왔다. 그 여학생들은 꽤 지쳐 있었기 때문에 내려가는 길이 나타나자 무척 다행스럽게 여겼다. 그러나 시몬은 "난 내리막길은 싫어. 차라리 올라가는 길이 훨씬 더 좋아"라고 그들에게 말했다.

시몬의 오빠는 시몬을 꽤 놀려댔다. 우리는 우리가 묵고 있는 숙소에서 걸스카우트 단원들이 놓고 간 「특무상사 천사」라는 소책자를 발견했다. 그날 저녁 식탁에서 우리는 누군가가 시몬을 천사라고 말했다는 이야기를 했다. 그러자 시몬의 오빠는 폭소를 터뜨리며, "시몬이 천사라면, 분명히 특무상사 천사일 거야" 하고 말해 시몬과 우리 모두 웃음을 터뜨렸다. 오트-루아르에서 돌아오는 길에 시몬은 생-테티엔에 잠시 들렀다. 거기에서 그녀는 동지들과 함께 카페에서 하루 저녁을 보냈다. 동지들 중에는 한 늙은 노동자 부부가 있었는데, 아내가 작업 도중에 당한 사고의 배상을 기다리고 있는 중이었다. 누군가가 시몬에게 그 늙은 노동자가 노동가를 알고 있다고 말했다. 그러자 시몬은 그의 옆에 가서 앉더니 노래를 불러 보라고 말했다. 마침 그의 아내는 옆에서 졸고 있었다. 이 늙은 노동자는 무엇인가 잘못 생각하고 시몬의 어깨에 팔을 두르더니 "저 늙은이가 잠이 들었으니 이 틈을 이용합시다"라고 말했다. 시몬은 온몸을 꼿꼿이 세우더니 꼼짝도 하지 않고 앉아서 말없이 그를 노려보았다. 그러자 자기가 실수를 했다는 것을 깨달은 이 노동자는 슬그머니 일어나서 다른 자리로 가버렸다.

이 일이 있은 뒤에 시몬은 부모와 헤어져 레빌로 갔다. 거기에서 그녀는 9월에 왔을 때 머물렀던 앙리 파시유의 집에서 다시 묵었다. 시몬은 바다에서 수영을 하기도 하고, 부모에게 다시 태어난 것 같다는 내용의 편지도 썼다.

9월 23일 시몬은 다시 파리로 돌아왔다. 그것은 그녀와 헤어진 그녀의 부모가 스페인에서 돌아오기 약 일주일 전이었다.

이 무렵에 시몬은 5월에 답장을 보냈던 르 퓌의 제자에게 다시 편지를 썼다.

"다시 네 소식을 듣게 되어서 참 반가웠다. 네 생각대로 우리에게는 전체주의의 위협이 닥쳐온 것 같구나. 하지만 오트-루아르에서 파시스트가 득세하고 있는 것은 한 지방적인 현상인 것 같다. 전국적으로는 파시스트적인 경향은 아직 별로 없는 것 같으며, 오히려 정부는 사회주의자나 공산주의자들의 선동에 이상하게도 관대한 것 같다. 아마도 이런 이유에서겠지. 지금으로서는 국제연맹에 러시아를 가입시키려는 사회주의자와 공산주의자의 연합 전선이 프랑스 내에서 러시아의 선전이나 프랑스-러시아의 군사 동맹 추진에 지나지 않기 때문이야.

사회주의자들은 자기들이 몇 달 전만 해도 맹렬히 비난하던 러시아에서의 모든 압력을 까맣게 잊어버리고 있어. 또 프랑스 군국주의자들에 대한 투쟁이나 프랑스의 식민지국에 대한 압력에 대한 투쟁 역시 점차 완화되고 있으므로 결국엔 흐지부지 끝나버리고 말 거야.……그러나 만일 전쟁이 일어나면 사회주의자나 공산주의자 들은 우리를 '노동자들의 조국'을 위해 싸우다 죽으라는 명목으로 내보낼 거야.……

반면에 파시스트들은 러시아에 대해 독일과 군사 동맹을 맺어야 한다고 할 거야. 군사 동맹은 모두 가증스러운 것이지만, 피할 수 없는 경우에는 차라리 독일과의 동맹이 더 나을 거야. 그렇게 되면 러시아와 독일의 전쟁은 한 지역적인 전쟁에 그칠 것이지만, 만일 러시아와 프랑스가 연합하여 독일과 싸운다면, 전쟁은 전 유럽으로 확산되어 그 결과는 비참할 테지. 그렇다고 해서 내가 파시스트가 되는 일은 없겠지만 파시스트에 대항하기 위해 러시아 장성들의 농 간에 넘어가지도 않을 거야.

앞으로 얼마나 무수한 젊은이들이 피를 흘리게 될 것인가! 자유 를 위해서니, 프롤레타리아를 위해서니 하는 명목으로 말이다. 실 제로는 프랑스-러시아의 군사 동맹을 위해서이며 결국은 전쟁을 초 래하게 될 텐데도…….

상황이 이런 만큼 나는 반식민지 운동과 수동적인 방어 태세에 반대하는 캠페인 이외에는 더 이상 정치적인 활동이나 사회적인 활 동도 하지 않을 작정이야.

앞으로 우리는 이제까지 유례없는 억압적인 전제주의 시대에 돌 입하게 될 거야.……하루아침에 모든 것은 무정부주의로 붕괴될 것 이며 모두가 그저 생존 경쟁을 위한 원시적인 상태로 전락하겠지.

그때가 되면, 무질서 속에서 자유를 사랑하는 사람들이 일어나 지금보다 훨씬 더 인간적이고 새로운 질서를 세우기 위해 일할 거야. 우리는 그것이 무엇인지를 예견할 수는 없어. 그러나 새로운 문명을 향한 준비를 위해 현재 할 수 있는 일을 해야겠지. 비록 지금 우리에게 가능한 행동이 없고, 또 우리의 이상은 부정적인 이상이 되고 말았지만, 우리는 긍정적인 일을 해내야 하고 또 할 수도 있어.

이 시점에서 가장 중요한 일은 지식을 널리 보급시키는 일이며, 특히 과학적인 지식을 많이 보급시켜야 해. 문화란 그 문화를 소유하는 자들에게 힘을 주는 특권을 말한단다.

우리는 복잡한 지식을 가장 보편화된 지식과 연관시킴으로써 이 특권을 소유할 수 있는 길을 준비하도록 하자. 이 때문에 네가 공부를 하고 있는 것이며 특히 수학을 공부해야 해. 사실 우리가 만일 기하나 대수로 정신을 훈련시키지 않는다면, 우리는 세밀한 사고를 할 능력이 없게 될 거야.

너는 편지에서 이런 비현실적인 생활을 피해서 생존을 위한 물질적인 필요성에 직면하고 싶다고 했지? 그러나 너희들 세대에는 불행히도 이런 '필요성'에 직면할 수 있는 기회가 많지 않다. 왜냐하면 자기의 빵에 이미 버터가 발라져 있는 사람들은 별도로 하더라도, 대다수의 사람들은 실직 상태에 빠지거나 이미 항거조차도 할 수 없는 상태로 전락하여 그 '필요성'을 절감할 수 없게 되었기 때문이야.

내 생각으로는 네가 고등중학교에서 시간을 낭비하는 것보다는 고등사범학교에 들어갈 준비를 하는 편이 나을 것 같다.……그렇게 되면 사람들과 실질적인 접촉을 하기에도 좋을 거야.

그 누구보다도 실제 생활을 갖고 싶다는 네 열망을 내가 이해할 수 있다는 걸 믿어다오. 지금의 나 역시 그러니까.……

나는 내 자신의 일을 해보기 위해 한 일 년 동안 교직을 떠날 예정이다. '실제 생활'과 조금이라도 접촉해보기 위해서 말이야. 아무튼 문교부 장관이 현재의 노선을 계속 지킨다면 나는 앞으로도 교직에 오래 머물러 있지 못할 거야. 그들은 나를 주시하고 있어. 아마도 2-3년 이내로 나는 분명히 면직당할 테고, 어쩌면 그보다 더 빠를 수도 있겠지."

공장 생활

1934-1935

이제 우리는 시몬의 생애 중 새로운 시기에 들어간다. 시몬의 일생은 크게 두 시기로 분류할 수 있는데, 공장 생활은 그 분기점이라고 할 수 있다. 그러나 이 두 시기는 그렇게 확연히 구분될 수 있는 것은 아니다. 왜냐하면 이 두 시기 사이에는 상당한 연관성이 있으며, 흔히 생각하는 것처럼 이 공장 생활이 이제까지의 시몬의 생활과 완전히 다른 것은 아니기 때문이다. 가령 시몬이 혁명적인 상업 노조의 동지들과 정치적인 생각으로 인해 헤어지게 된 것은 공장 생활의 경험 때문이 아니었다. 시몬은 적어도 1933년부터 그들과 겉돌았다. "사회적인 억압과 자유의 원인에 대한 고찰"이나 "전망"에는 이미 시몬이 그들과 함께하지 않음이 나타나 있다. 또 1934년에 쓴 편지에는 모든 정치적인 활동을 포기하려는 결심이 나타나 있다. 공장 생활은 이 모든 일의 원인이라기보다는 자연적인 귀결이라고 할 수 있다.

그 생활 방식에서도 커다란 차이점은 찾을 수 없다. 활동 면에서만 보더라도 그녀의 일생을 두 시기로 구분하는 것은 그리 타당하지 못하다. 공장 생활의 초기 이후에는 시몬은 주로 "학대받는 계층"을 위해 대부분의 노력을 바쳤다. 그녀는 항상 그들과 함께 있었고 그들을 위해 싸웠으며 무슨 일이 일어나든지 그들의 편에 서려고 했다. 그녀는 결코 핍박하는 자들에 대한 싸움을 포기하지 않았고, 그로 인해 위험한 임무를 맡기도 했다. 그녀는 여러 분야에서 항상 열정적으로, 고집스럽게 진리를 추구했다. 또 항상 자연의 아름다움과 위대한 예술 작품의 아름다움을 사랑하여 시간이 나는 대로 그것을 추구했다.

그녀는 항상 돈이나 시간이나 노력이나 지식에 관대했다. 그녀의 관심이 종교적인 데로 기울어진 1938년 이후에도 그녀의 생활 방식은 그때까지와 거의 다를 바가 없었다. 말년에 시몬이 한층 더 금욕적인 생활을 하게 된 것은 종교적인 이유에서가 아니라 비참한 전쟁 속에서 군인이나 죄수, 그밖의 비참한 사람들에 비해 더 안락한 생활을 누리고 싶지 않았기 때문이었다. 늘 그래왔듯이 시몬은 가장 밑바닥에 있는 사람들의 생활을 대신했다.

철학적인 면에서도 1938년경에 시몬의 생각은 분명히 변화한 것이 사실이지만, 이것도 넓게 보면 공장 생활 이전의 생각들과 본질적으로 연결되어 있다. 그녀는 항상 알랭의 철학에 많이 힘입고 있었다.

그럼에도 시몬의 일생을 둘로 가른다면 공장 생활이 그 분기점이 될 것이다. 왜냐하면 이 시기에 그녀의 성격이나 그녀 자신과 인생에 대한 감정에 변화가 생겼기 때문이다. 이 변화는 몇 년 뒤에 그녀가 가지게 된 생각의 바탕이 되었다.

페랭 신부에게 보낸 자전적인 편지에서 시몬은 이 변화에 대해 이렇게 말하고 있다.

"공장에서의 생활이 끝난 뒤에……부모님은 저를 포르투갈로 데리고 갔습니다.……그 당시 제 영혼과 육체는 갈가리 찢겨 있었습니다. 무서운 고통을 맛본 뒤에 제 젊음은 죽어버렸습니다. 그전까지만 해도 저는 정말로 고통을 경험했다고 말할 수 없습니다. 제 자신의 고통은 저 자신만의 것이니까 그리 중요한 것도 아니고 또 기껏해야 생물학적이거나 사회적인, 부분적인 고통이었을 뿐이지요. 전에도 저는 이 세상에는 많은 고통이 있다는 것을 알고 있었으며, 그 생각이 머릿속에 가득 차 있었습니다. 그러나 그것을 실제로 경험했던 것은 아닙니다. 그러나 공장에서 일을 하고 있는 동안……다른 사람들의 고통이 제 영혼과 살 속에 파고 들어왔습니다. 그 어떤 것도 제게서 그 고통을 떼어내지는 못했습니다. 저는 과거를 완전히 잊었고, 미칠 듯한 피로 때문에 살아서 나갈 가능성조차도 생각할 수 없었으며, 전혀 미래를 기대할 수도 없었습니다. 제가 공장에서 겪은 일들이 얼마나 치명적이었는지, 저는 요즘에도 어떤 상황을 불문하고 어떤 사람이든지 제게 무자비하고 잔인하게 말을 하지 않으면 무엇인가 잘못되었다는 느낌을 지울 수가 없습니다. 거기에서 저는 영원한 노예의 낙인을 받았습니다.……그 이후부터 저는 항상 제 자신을 노예로 여기게 되었습니다."

이런 경험을 하고 난 직후 포르투갈로 여행을 갔을 때, 시몬은 자신이 말한 대로 "진실로 중요한 기독교와의 세 차례에 걸친 만남" 가운데의 첫 번째 만남을 경험했다. 노예의 상태를 경험하고 나자,

비로소 그녀는 노예들의 종교를 깨닫게 된 것이다.

시몬에게 공장 생활은 아주 음울하고 행복하지 못한 시기였으나 한편으로는 지적인 발전과 영적인 발전의 시기이기도 했다. 그러나 시몬은 기대했던 대로 노동자들의 노동조건을 개선시킬 만한 방법을 발견하지는 못했다. 반면에 공장에서의 경험은 그녀가 예상하지 못했던 결과를 남겼다. 그녀의 느낌과 생각은 그녀도 미처 예상하지 못했던 방향으로 변화되었다.

이 변화는 적어도 몇 년 동안에는 거의 밖으로 나타나지 않았다. 가톨릭에 대한 시몬의 관심은 마르세유에 머무는 동안을 빼놓고는 그리 두드러지게 나타나지 않았다. 시몬이 호소한 극심한 괴로움과 노예가 된 듯한 느낌도 거의 밖으로 나타나지 않았다. 시몬은 여전히 쾌활했으며 농담을 잘하고 익살도 떨었다. 그녀의 대담하고 도전적이며 반항적인 젊은이다운 태도도 별로 눈에 띄게 누그러지지 않았다. 시몬은 언제 보아도 어떤 식으로든지 항상 젊었다. 사실 그녀는 그녀의 용맹무쌍함, 관대함, 짓궂음, 다소 의식적인 천진난만함으로 인해 바로 젊음 그 자체였다고 말할 수 있다. 그럼에도 확실히 공장 생활을 겪은 뒤의 시몬은 이제까지와 같은 성난 어린아이의 모습은 아니었다. 그녀 안에 있던 무엇인가가 무너져버렸으며 성격도 누그러졌다. 그녀는 더 이상 캉쿠에의 표현처럼 "가공할 인물"은 아니었다. 그녀는 부정에 대항해 싸우기를 그만두지 않았으나 분노하지는 않았다. 날이 갈수록 점점 더 시몬은 원숙해지고 침착해지고 부드러워졌다. 시몬의 이런 모습은 「히브리인들에게 보낸 편지」의 한 구절을 연상시켰다. "고난을 겪음으로써 복종하는 것을 배우셨습니다."

"사회적인 압제와 자유의 원인에 관한 고찰"은 예상 외로 시간이 많이 걸렸다. 한 논문을 책으로 만들기 위해 내용을 확장시켰기 때문만이 아니라 끊임없는 두통으로 인해 도중에서 일이 중단되었기 때문이었다. 수바린은 「사회 비평」지의 마지막 호를 내기 위해 줄곧 시몬의 뒤를 쫓아다녔다. 그러나 시몬은 시간이 더 필요하다고 하면서 자꾸만 지연시켰다. 그리고 파리에 있는 부모의 아파트에서 1934년 6월 말부터 11월까지 틀어박혀서 줄기차게 글을 썼다.

시몬은 이미 9월에 레빌에서 파리로 돌아와 있었다. 그때 그녀의 부모는 아직 포르투갈에 있었다. 그들은 9월 말에 돌아올 예정이었으나 시몬이 보고 싶어서 예정보다 약간 빨리 돌아왔다. 그들이 한밤중에 도착해보니 아파트에는 아무도 없었다. 욕실에 들어갔다 나온 시몬의 아버지는 어리벙벙한 표정으로 "웬 못 보던 물건들이 있는데!"라고 말했다. 방에도 역시 침대 위에 못 보던 옷가지와 짐 꾸러미가 놓여 있었다. 아침이 다 되어서야 시몬이 돌아왔다. 그녀는 무슨 회합에서 돌아오는 길이었다. 시몬은 뜻밖에도 부모가 와 있는 것을 보고 깜짝 놀라서 "사람을 그렇게 놀라게 하는 법이 어디 있어요?"라고 웃으면서 말했다. 시몬의 설명에 의하면 그녀는 길거리에서 잠잘 곳이 없는 한 독일인 피난민을 만났다고 한다. 그는 본래 구세군 숙소에서 묵고 있었는데 거기에서 3프랑을 내라고 하는 바람에 더 이상 묵을 수가 없었다는 것이다. 시몬은 그를 전혀 몰랐으나, 그는 시몬과 면식이 있는 한 피난민을 알고 있었다. 그래서 잠시 동안만이라도 그에게 머물 곳을 마련해주려고 오귀스트 콩트 거리로 데리고 갔다. 거기에는 시몬네 집에서 일한 적이 있는 아델이 살고 있었다. 시몬은 그녀에게 "가서 고기 2인분을 사오세요. 1인분은 당신이 먹고, 1인분은 이 사람에게 주세요. 난 고기를 먹지 않아요"라고 말했다. 독일인은 그 사이에 잠이 들어버렸다. 시몬은 아델이 돌아와서 벨을 누르면 그가 잠에서 깰까 봐 그녀가 돌아올 때까지 기다리고 있었다. 마침내 그는 잠에서 깨어나 저녁 식사를 했다. 그런 뒤에 독일인과 시몬은 각기 다른 이유로 아델의 집을 나왔다.

7층의 방이 비어 있었으므로 시몬의 어머니는 서둘러 독일인을 위해 잠자리를 마련했다. 시몬의 아버지는 그가 오면 7층으로 보내기 위해 그가 돌아올 때까지 잠도 자지 않고 기다렸다.

스페인에서 일어난 사건은 시몬에게 상당한 충격을 주었다. 시몬은 다시 한번 모든 정치적인 단체와 손을 끊으려는 결심을 했다. 그러고는 공장에 들어가기 며칠 전에 테브농에게 편지를 썼다.

"현재 스페인에서 일어난 사건과 우리들이 헤어진 뒤에 일어난 사건들을 보고 나는 현실에서 한걸음 물러나려는 결심을 새로이 했습니다. 단, 반식민지 투쟁과 반전 투쟁을 제외하고 말입니다. 반파시스트 투쟁을 하자면 자연히 러시아와 손을 잡아야 하고, 또 전쟁을 하려는 자들과 합세해야 하니, 이런 투쟁은 그만두겠습니다."

프랑스에서는 10월에 노동조합들 간의 통합을 위해서 C.G.T.와 C.G.T.U. 사이에 협상이 시작되었다. 그동안 C.G.T.U.의 지도자들은 다소 정책을 바꾸었다. 시몬은 드디어 통합의 조짐이 보이는 것에 반가워했으나 그 결과에 대해서는 그다지 낙관하지 않았다.

교사 몇 명이 노동조합 위원회에서 한 발언 때문에 문교부 장관으로부터 징계를 당하게 되었다. 시몬은 이 이야기를 듣고 "만일 문교부에서 이런 식으로 일을 계속한다면, 우스꽝스러운 사태가 벌어질 것이다. 다행히 지금 나는 떠나게 되었지만, 다시 교직에 돌아오게 된다 해도 그들은 나를 오랫동안 가만두지는 않을 것이다. 나는 이미 노동을 진정한 내 생애의 일로 선택했다. 다소 불행한 일이기는 하지만 지금 나는 어떤 눈부신 성공도 기대하지 않는다"고 한 편지에서 말했다.

시몬이 전자 회사인 알스통 회사의 이사장인 오귀스트 드퇴프를 만나게 된 것은 수바린을 통해서였다. 이 대기업의 소유자는 사고력과 행동력이 모두 뛰어난 사람이었다. 그는 공예 학교를 졸업한 매우 교양 있고 관대한 사람으로서 산업과 사회를 개혁시킬 새 방법을 추구하고 있었다. 루이 아르망에 의하면, "그는 종합을 부르짖었다. 즉 과학과 기술의 종합, 지적인 노동과 육체적인 노동의 종합, 산업과 고전 문화의 종합을 부르짖었다." 그래서 그는 시몬의 계획을 잘 이해할 수 있었다. 게다가 수바린이 나서서 무슨 일이 있어도 시몬은 공장에서 일할 결심이라고 그를 설득했다. 수바린은 그에게 "누구도 그녀를 막지는 못할 것입니다. 그렇다면 당신의 공장에서 일을 하는 편이 훨씬 나을 것입니다. 그렇게 되면 적어도 그녀는 일정한 감독 밑에서 공장 생활을 경험할 수 있을 테니까요"라고 말했다. 이렇게 해서 드퇴프는 시몬이 파리의 르쿠르브에 있는 공장 중의 한 공장에 와서 일을 하도록 허락했다.

그렇지 않았더라면 시몬은 공장에 들어가는 데 상당히 애를 먹었을 것이다. 대부분의 공장에서는 노동 경력이 없는 사람을 받기를 꺼려했기 때문이다. 나중에 시몬이 다른 공장에서 일을 할 수 있었던 것도 이 르쿠르브 공장에서의 노동 경력 덕분이었다.

시몬은 드퇴프에게 일종의 우애를 느꼈다. 나중에 포스테르나크에게 보낸 편지에서 그녀는 드퇴프를 가리켜 "보기 드물게 자유로운 정신과 훌륭한 마음씨의 소유자"라고 칭찬했다. 또 "나는 그를 매우 좋아한다"고까지 말했다. 그러면서도 그녀는 그의 공장의 노동자들이 무척 불행하다고 하면서, "그렇게 훌륭한 마음씨가 공장의 노동자들에게는 미치지 못했다"고 말했다. 로안에서 강의를 할 때에도 시몬은 "사장에게는 이기적으로 굴 힘은 있지만, 선하게 대할 힘은 없다"고 말한 적이 있었다.

시몬은 르쿠르브 가의 아파트 맨 위층에 작은 방을 하나 구했다. 될 수 있는 대로 공장에서 가까운 곳에서 살고 싶었을 뿐만 아니라 가족과 독립하여 스스로 번 돈으로 살고 싶었기 때문이었다. 시몬은 동력 인쇄기를 돌리는 일을 맡았으며, 12월 4일부터 일을 하기 시작했다. 공장에 있는 사람들은 아무도 그녀의 신분을 모르게 되어 있었다. 그러나 시몬은 십장인 무케가 드퇴프로부터 은밀히 시몬에 대한 보고를 제출하도록 지시받은 사실을 모르고 있었다. 아무도 시몬이 교수라는 것을 알지 못했다. 단지 그들은 시몬의 손이 노동자의 손은 아니라는 것을 알아차렸다. 그러나 그저 시험에 낙방한 뒤 집안이 가난하여 공장에 들어오게 된 것이겠거니 하고 생각했다.

공장에 다니는 동안 시몬이 쓴 『노동일지_Journal d'Usine_』를 보면 자크라는 사람이 자주 나오는데, 후에 그는 시몬이 자신이 생각한 것만큼 행동이 서투르지는 않았다고 술회했다. 서툴렀더라면 시몬은 불구가 되었을지도 모르고, 더욱이 공장 측에서 그녀를 그대로 두지 않았을 것이다. 평균 기준량에 지나치게 미달했더라면, 십장인 무케가 그녀를 해고시킬 수도 있었다. 그러나 자크는 무케가 그렇게 할 수 없는 이유를 눈치채지 못했다. 다른 직공들이 시몬보다 훨씬 더 못한 경우도 많았다. 사실 일단 공장에 들어갔다가도 일을 따라가지 못해 해고되는 경우가 종종 있었다.

시몬과 같이 공장에 다니던 포레스티에 부인도 시몬을 기억하고 있었다. 시몬이 일하러 나오던 첫날에 흰 블라우스를 입고 나왔기 때문이다. 그러나 그다음 날부터는 푸른색 블라우스를 입었으며 늘 기름이 얼룩진 앞치마를 두르고 있었다.

작업이 끝난 뒤에 포레스티에 부인은 때때로 시몬과 함께 나와 시장을 보러 가기도 했다. 노동자들은 대개 공장에 먹을 것을 가져왔으나 시몬은 한번도 그런 적이 없었다. 시몬의 동료들은 그녀가 몹시 마른 것을 보고 충분히 얻어먹지 못했기 때문이라고 생각하고는 자기들이 가져온 빵이나 초콜릿을 나누어주었다. 시몬은 대부분 사양했으나 때로는 받아먹기도 했다.

무케는 겉으로 보기에는 매우 엄숙하고 십장 티를 냈으나 속마음은 선량하고 친절했다. 또 직공들의 안전에 무척 신경을 썼다. 집에서는 식구들과 썩 잘 어울렸고 장난도 잘 쳤지만 일단 일을 시작하면 태도가 싹 달라졌다.

『노동일지』를 보면 우리는 시몬이 매일같이 노동자들에게 요구되는 기준량에 도달하려고 애쓰면서 얼마나 괴로움과 실망감을 느꼈는지 알 수 있다. 그것은 정말로 고통스러운 일이었다. 시몬은 항상 기준량에 미달되었다. 게다가 공장의 봉급은 작업량에 기준해서 지불되었으므로 시몬은 하루 세끼를 찾아 먹을 만큼도 벌지 못했다.

작업 속도는 너무 빠른 반면에 시몬은 손으로 하는 일에 너무 서툴렀다. 제자에게 쓴 편지에서 시몬은 이렇게 하소연했다. "한번 생각해보렴. 나의 일은 느려지기만 하는데 무자비하게 책정된 책임량은 자꾸만 쌓여가기만 하고, 이걸 해낼 수가 없으면 해고당한단 말이다! 나는 아직도 제대로 속력을 낼 수가 없단다. 아직 일이 서툰데다가 원래 타고나기를 동작이 느리고, 두통에 시달리고, 또 자꾸만 생각에 빠지는 버릇이 있으니까 말이야. 아무리 해도 이 버릇만은 떨쳐버릴 수가 없구나." 생각하기를 그만두어야 하는 작업이 있다는 것은 확실히 잔인한 일이다.

첫날부터 시몬은 그녀가 예상했던 것보다 더 피곤했다. 그녀는 르쿠르브에 있는 자기의 비좁은 방으로 나를 초대했다. 우리는 그녀가 일을 시작한 지 2주일째 되는 날에 만나기로 했다. 그러나 12월 6일에 그녀는 내게 약속을 연기하자는 메모를 보냈다.

"목요일

시몬 페트르망에게,

나는 수요일 아침부터 일을 시작했단다. 일은 잘 되어가고 있지만 저녁 때가 되면 너무 지쳐버려.……그래서 우리의 약속을 한 보름쯤 연기했으면 하는데 괜찮겠지?

네 소식을 좀 들려주렴. 항상 네 일이 걱정돼서 죽겠어.

내 논문이 출판되기 전에 보고 싶다면 우리 부모님에게 들러서 타이프로 친 사본을 읽어야 할 거야. 우리가 만나기 전에 읽을 수 있다면, 네 감상을 말해주렴.……"

12월 11일경에 그녀는 테브농 부부에게 편지를 보냈다.

"공장에서 일하게 된 지 겨우 일주일밖에 되지 않았으므로 편지가 늦어졌습니다. 제 논문 '계약'은 터무니없이 늦어졌습니다. 다소 수정하느라고 그랬기도 하지만 지독한 두통 때문에 자꾸 일이 지연된 것이지요. 이 몹쓸 두통이 몇 달씩이나 제 일을 방해했습니다.

공장에서의 경험이 지속된다면 좀더 길게 쓸 수 있을 것입니다. 분명히 그렇게 될 거예요. 현재로서 책임량에 미치지 못할까 봐 여간 걱정을 하고 있는 게 아니니까요.

일이 서투르다고 낙인이 찍힌 여자들은 여간 비참한 게 아닙니다. 그들은 기계나 일에 완전히 흥미를 느끼지 못하고 있습니다. 결국은 해고당하게 되고 여기에 반항해보아도 아무 소용이 없습니다. 좀더 나은 상태를 꿈꿔볼 수 있다면, 고작해야 복권에 당첨되는 식의 순전히 운수에 달린 일이지요.

저는 실망하고 있지 않습니다. 오랫동안 꿈꾸어왔던 일을 해내고 나니 오히려 행복합니다. 그러나 더욱더 작업장 내에서 노동자들이 해방되어야 한다고 생각하게 되었습니다. 사실 공장이 좀더 나은 곳이 되기 위해서 그리 대단한 변화가 필요한 것은 아닙니다.

하지만 공장에 오게 된 것은 바다에 고기가 놓여난 것처럼 제게는 꼭 알맞는 일입니다.

……길게 쓸 수가 없군요. 일을 하고 돌아오면 너무 피곤하고 또 일요일은 금새 지나가버리고 마니까요."

『노동일지』에 시몬은 12월 17일에 양친의 아파트로 가서 식사를 했다고 적었다. 공장에 다니는 동안 줄곧 그녀는 식사가 끝나고 나면 자기가 평소에 식당에서 지불하는 돈을 식탁 위에 내놓고 어머니에게 받으라고 우겼다. 그럴 때마다 그녀의 부모는 등골이 오싹해졌다.

그래서 이번에는 그들이 시몬의 집으로 갔다. 그럴 때마다 시몬의 어머니는 몰래 돈을 조금씩 (동전 몇 푼밖에 되지 않았다) 방 한구석에 숨겨두었다. 시몬은 평소에 돈을 아무 데에나 두었기 때문에 방 안의 여기저기에서 몇 푼씩 돈이 나와도 조금도 놀라지 않았다. 한번은 정말 돈이 한 푼도 없는 판인데 갑자기 잃어버렸던 돈이 한 구석에서 튀어나와서 놀랐다는 이야기를 어머니에게 아주 자랑스럽게 들려주었다.

12월 16일 시몬은 소리를 내지는 않았으나 일하는 동안 줄곧 울고 있었다. 일을 마치고 집으로 돌아가서는 큰 소리로 울음을 터뜨리곤 끝없이 흐느껴 울었다. 내가 시몬을 만난 것은 그다음 날이었다. 작업이 끝날 무렵에 공장으로 찾아가자, 그녀는 나를 보고 대뜸 달려와서 키스를 했다. 시몬은 보통 내게 키스를 하지 않았다. 아마도 너무나 비인간적인 세계의 문을 나서자, 다시 옛날과 같은 인간관계의 세계가 있음을 발견하고 충동적인 기쁨을 느꼈던 모양이었다.

우리는 한참 걸은 뒤에 그녀의 방에서 식사를 했다. 그녀는 나에게 급하게 만든, 아주 간소하지만 훌륭한 음식을 대접했다. 나는 시몬이 내게 저녁 대접을 했기 때문에 며칠 동안은 평소보다 훨씬 더 형편없이 먹어야 한다는 사실을 미처 몰랐다. 나는 시몬이 그렇게까지 가혹한 규칙을 세우고 있는 줄은 몰랐다.

그 당시에 시몬은 쇠막대기를 쌓는 일도 했다. 이 쇠막대기는 다른 노동자들이 어디론가 운반해갔다. 하루는 시몬이 함께 일을 하고 있는 노동자에게 이 무더기를 아주 작게 만들어놓으면 운반하는 사람들이 그렇게 힘들이지 않고도 운반할 수 있지 않겠느냐고 말했다. 그러자 그는 "그런 일까지 걱정한다면 당신은 오래 살지 못할 것이오"라고 말하고는 웃었다. 그녀는 이 말이 흔히 걱정을 너무 많이 하는 사람들을 빗대어 하는 말인지 모르고 자기 앞날에 대한 일종의 예언이라고 생각했다. 나중에 이 예언은 사실이 되었지만……

우리들이 헤어질 때 시몬은 자기가 이 일을 견디어내지 못한다면 자살하고 말겠다고 말했다. 나는 그런 어리석은 말에 무어라고 답해야 좋을지 몰랐다. 그 누구도, 심지어는 그녀의 부모조차도 일단 시몬이 결심을 한 이상 그 일을 돌이키게 할 수 없음을 알고 있었기 때문이었다. 사실 나는 시몬이 얼마나 어려움을 겪고 있는지 잘 몰랐으므로 어떻게 해서든지 그 일을 해낼 것이라고 생각했다.

시몬을 만나본 뒤에 나는 그녀가 미친 짓을 하고 있다는 생각을 하면서도 그녀가 성자라는 생각을 한층 더 굳혔다. 더욱이 시몬을 만나기 전에는 늘 동요하고 있던 내 마음이 평온해진 것을 느끼고는 분명히 그녀가 기적을 일으킨 것이라고 생각했다. 우스꽝스러운 생각이기는 했지만, 나는 이 생각을 떨쳐버릴 수가 없었다.

며칠 지나지 않아서 나는 시몬에게 위대한 점이 있다는 것을 또 한번 확신하게 되었다. 그녀의 논문을 읽고 난 뒤, 나는 그때까지만 해도 막연히 짐작만 하고 있었던 그녀의 천재적인 재능을 새삼 확인하게 되었다. 내가 이 원고를 대학에 있는 내 동료들에게 보이자, 그들은 그것이 너무 비관적이며 이미 아무것도 믿지 않는 사람의 글이라고 말했다. 그러나 그들은 참된 혁명의 가능성을 믿지 않는 것을 아무것도 믿지 않는 것이라고 생각했던 것이다.

크리스마스 때부터 연말까지 시몬은 잠시 동안 일을 쉬게 되었다. 불경기 때문에 공장에서 노동자들을 한꺼번에 다 수용할 수 없었기 때문이었다. 그러나 시몬은 독감에 걸린 데다가 두통 때문에 제대로 쉬지도 못했다. 1월 2일부터 다시 작업이 시작되자, 시몬은 감기도 낫지 않고 과로로 기진맥진한 상태로 중노동을 하게 되었다. 그러나 공장의 분위기는 그 어느 때보다도 자유롭고 우호적이었다. 시몬은 구멍이 여러 개 뚫린 용광로에 구리로 된 전깃줄을 집어넣는 일을 맡았다. 불길이 사정없이 양팔과 손으로 넘실거렸기 때문에 몇 달 동안이나 시몬의 몸은 화상투성이였다. 여기서 일하는 사람들은 대부분 숙련된 기술자들로서 "팀을 짜서 마치 형제처럼 주의 깊게 서두르지 않고 일을 해나갔다." 첫날 시몬이 용광로에서 구리줄을 꺼내다가 화상을 입자, 시몬의 맞은편에 있던 기술자가 그녀에게 "오빠와 같은 서글픈 미소"를 보냈다. 시몬은 그 미소가 "말없는 선善"이라고 느꼈다. 몇 번 되지는 않았지만 이 일을 하는 동안 시몬은 마음이 따스해지는 것을 느꼈다. 아무리 힘들어도 공장에 있는 것이 적어도 도덕적으로는 훨씬 더 마음 편하다고 생각했다.

1월 10일 아침에 자리에서 일어나자 시몬은 한쪽 귀에 날카로운 통증을 느꼈다. 닷새 후에는 병원에 가지 않을 수가 없었다. 중이염이라는 진단을 받았으므로 부모와 함께 오귀스트 콩트 거리로 가서 한 달간 치료받게 되었다.

알렉상드르를 통해 시몬은 "사회적인 압제와 자유의 원인에 관한 고찰"을 알랭에게 보냈다. 1월 24일에 알랭이 시몬에게 편지를 보내 왔다.

"당신의 논문은 가장 중요한 문제에 관한 것입니다. 곧이어 속편을 볼 수 있게 되기를 바랍니다. 이제까지의 모든 개념은 재검토되어야 하며 사회 분석도 모두 다시 해야 합니다. 당신의 논의는 존재론이니 이데올로기니 하는 데에 실망을 한 세대들에게 용기를 줄 것입니다. 비평가는 항상 훌륭한 작가를 기다리고 있습니다. 당신의 일의 전체적인 개요를 만들면 어떨까요? 아니면 단순한 스케치라도?……

이렇게 새로운 일에서는 단지 논박하고 있다는 인상을 주지 않도록 주의해야 합니다. 하지만 이것은 내 생각일 뿐입니다. 만일에 「자유」지에서 당신의 논문을 출판해준다면 당신의 논문은 당신이 원하는 그대로 되겠지요. 당신의 논문처럼 진지하고 엄격하고 연속성 있는 글이야말로 현재의 무질서를 뚫고 나가 미래와 참된 혁명의 본모습을 열어 보여줄 수 있다고 나는 확신합니다.……하지만 분개하는 것은 좀 삼가야겠습니다. 염세적인 것은 잘못입니다."

시몬은 이 치료 기간을 이용하여 테브농에게 편지를 썼다. 이 편지에서 그녀는 공장 노동자들 사이에 참된 동지애가 거의 없음을 보고 놀랐다고 말했다.

"……그들은 정말로 좋습니다. 그러나 나는 그들 사이에서 참된 동지애를 거의 느낄 수가 없습니다. 단 한 사람을 빼놓고는 말입니다. 그는 각종 기구를 파는 가게 주인인데 참으로 숙련되고 능력 있는 노동자였습니다. 나는 작업에 어려운 일이 있을 때마다 그에게 가서 많은 도움을 받았습니다."

그를 알고 나서 시몬은 선량한 마음씨는 사고력이나 지성과 불가분의 관계에 있다는 것을 깨닫게 되었다.

"이렇게 거칠고 단순한 사람들 가운데 있으면서 나는 관대한 마음씨와 숙련된 사고력은 서로 상호연관성이 있다는 것을 깨닫게 되었습니다."

시몬은 인간 지성의 타락은 그 인간 전체를 타락시킨다는 결론을 내렸다.

귀의 염증과 전신의 피로 때문에 2월 말까지도 시몬은 공장으로 돌아갈 수가 없었다. 그녀의 부모는 가까스로 그녀를 설득해서 함께 스위스의 몽타나로 휴양을 갔다. 그들은 2월 3일에 스위스에 도착했다.

시몬 일행은 예전부터 잘 알고 있던 독일인 피난민 로생 가족과 함께 머물렀다. 그들은 1933년에 프랑스를 탈출했다가 몽타나로 와서 한 농가에 세를 들어 지내고 있었다.

독일 사회학자인 알리다 데 야거 역시 두 딸과 함께 몽타나에 살고 있었다. 그들은 낡은 세탁소를 개조하여 훌륭한 집을 만들었다. 데 야거 부인은 얼마 전에 「프롤레타리아의 혁명」지에 실렸던 시몬의 논문들이 네덜란드어로 번역된 것을 읽고, 시몬의 뛰어난 판단력과 풍부한 노동운동 경험에 감탄을 금할 수 없었다. 그녀는 "이렇게 노동운동에 경험이 많은 나이든 노동운동가가 대체 누굴까?" 하고 궁금히 여겨 「프롤레타리아의 혁명」지로 자기 주소를 적어 시몬에게 편지를 보냈다. 마침 이 편지는 프랑스에서 다시 몽타나에 있는 시몬에게로 전해져왔다. 시몬은 이 우연의 일치에 몹시 기뻐하여 직접 데 야거 부인을 찾아가서 만났다. 데 야거 부인은 시몬이 그렇게 젊은 것을 보고는 깜짝 놀랐다.

몽타나에 있는 동안에 시몬의 가족과 드 자제르 부인의 가족 사이에는 깊은 우정이 싹텄다. 얼마 후에 시몬의 부모는 그들이 슈브뢰즈에 있는 자기네 집에 와서 살 수 있도록 해주었다. 그들은 전쟁이 일어나기 전까지 2-3년 동안 슈브뢰즈에서 살았다.

시몬은 어머니와 함께 2월 22일에 프랑스로 돌아왔다. 그다음 날 시몬은 르쿠르브에 있는 자기 방으로 돌아가서 25일부터 다시 공장에 나갔다.

또다시 시몬은 정신 없이 빠른 속도에 시달렸다. 그녀는 『노동일지』에 자신이 만든 물품의 수효와 소모된 시간 책임 작업량과 봉급을 자세히 기록했다. 거의 언제나 시몬은 책임량에 미달했으며 그녀가 번 돈은 형편없었다.

그러나 전처럼 피곤하지는 않았다. 시몬은 이제는 과로하지 않고도 일을 할 수 있었다. 단지 생활비 문제는 아직도 두통거리였다.

그로부터 2주일 동안은 무척 신경질적이었던 십장 대신에 자크가 감독관의 일을 맡게 되었으므로 시몬은 숨을 돌리게 되었다. 자크는 남모르게 시몬에게 충고를 해주기도 하고 기계가 잘못되어 있으면 얼른 고쳐주기도 했다.

그러나 첫 번째 주가 지나자 다시 두통이 시작되었다. 며칠 뒤에는 일을 쉬기 이전과 똑같이 지쳐버렸다. 일을 하는 데 자꾸 실수가 생겼다. 자크까지도 불안해할 정도였다. 두 번째 주가 끝나자 시몬은 비번이 되어 다시 쉬게 되었다.

이 동안에 시몬은 친구인 니콜라 라자레비치에게 편지를 썼다. 이 편지에서 시몬은, "……내가 이 공장에서 일하게 된 이후로 한 번도 노동자들이 사회문제에 대해 이야기하는 것을 들은 적이 없습니다. 구내 매점에서 신문을 몇 번 본 적이 있었으나 모두 부르주아 신문뿐이었습니다. 노동자들에 대한 관리는 꽤 자유로운 편인데도 말입니다. 꼭 한 번 공장 입구에서 어떤 사람이 '노동조합 공장 분과 위원회'의 서명이 든 팸플릿을 나누어주는 것을 본 적이 있습니다. 이 팸플릿을 받아본 노동자들은 눈에 띄게 만족해했습니다. 그러나 그것은 아무런 모험심도 없는 노예들의 만족감이었습니다. 그 이상 아무 일도 없었습니다.……한 노동자에게 정말 이 공장에도 노조가 있느냐고 묻자, 그는 어깨를 으쓱하고 웃을 뿐이었습니다. 그들은 그저 불평을 할 뿐이며 저항에 대한 생각은 전혀 없습니다. 책임 작업량에 대해서는 노조가 없이도 노동자 개인이 어떻게 슬쩍 할 수 있는 방법이 있나봅니다. 하지만 노동자 간의 연대의식은 거의 없습니다……"라고 말했다.

이밖에도 시몬은 르 퓌의 제자에게 다시 편지를 썼다. 시몬은 이 제자가 자신이 공장에서 일하는 것을 안다는 사실에 깜짝 놀랐다.

시몬은 그녀에게 자기를 따르지 말아달라고 부탁하면서 공장에서 노동자들은 거의 야만적으로 과도하게 시달리고 있으며, "십장의 명령에 끊임없이 굴욕적으로 복종해야 한다"고 말했다. "하지만 그래서 공장에서 일을 하고 있다고 말할 때 나는 무척 기쁘단다. 공장에서의 작업은 내가 오래 전부터 원해왔던 일이고, 또 무엇보다도 이제야 비로소 나는 추상적인 세계를 벗어나서 실제의 인간들 틈에 끼게 되었으니 말이다. 여기에는 좋은 사람들도 있고 나쁜 사람들도 있지만, 그들의 선이나 악은 실제의 선이고 실제의 악이다. 특히 공장에서의 선이란 그저 겉으로만 친절한 체하는 것이 아니라 피로와 봉급에 시달리면서도 끝까지 극복해낸 진짜 선이지.……생각 역시 자신의 생활 조건을 극복하기 위해 거의 기적적인 노력을 거친 다음의 것이야.……그밖에도 나는 기계가 참으로 매력적이고 재미있다는 것을 알았단다. 그러나 내가 공장에 남아 있는 것은 내게 꼭 필요한 일들을 알기 위해서라는 사실을 네가 잊지 않도록 덧붙이고 싶구나.……"

이 편지의 대부분은 애정이 어리고 분별 있는 충고로 가득 차 있다. 시몬은 이 어린 제자의 사고방식이 걱정되었던 것이다. "네 편지를 읽고 나는 당황했단다. 앞으로도 네 목적이 주로 많은 감각을 경험하는 데에 있다면 너는 오래가지 못할 것이다.……감각 중심적으로 사는 사람들이 있기는 하다. 앙드레 지드가 그 본보기이지. 이런 사람들은 사실은 생활에 잘 속아 넘어가는 이들이야. 왜냐하면 생활의 진실은 감각에 있는 것이 아니라 활동력에 있기 때문이다. 나는 육체적인 활동력과 정신적인 활동력을 모두 말하는 거야. 활동력을 추구하는 사람은 감각을 추구하는 사람보다 더 생기 있고, 더 심오하고 더 비인공적이며 진실하단다. 감각에 의존해 사는 사람들은 물질적으로나 도덕적으로 기생충에 지나지 않는다. 내 경우에는 감각을 늘리는 것은 일종의 이기심이며 내 성품과는 맞지 않구나.……

사랑에 대해서는 내가 별로 충고할 말은 없고 몇 가지 경고만을 하겠다. 사랑이란 진지한 것이야. 자기 자신과 남에 대한 일종의 영원한 서약이지. 일단 상대방을 장난감으로 여기게 되면 사랑은 가증스러운 것이 되고 말 것이다. 네 나이와 비슷한 무렵에 나는 사랑이 무엇인지 알고 싶다는 유혹을 느꼈지. 그러나 내가 인생에서 무엇을 기대해야 할지를 알게 될 때까지는 그런 방향으로 나가지 않는 편이 나으리라고 생각했어. 혼자 있는 것보다 다른 사람과 깊은 관계를 맺는 것이 훨씬 더 크고 두려운 모험이라고 나는 지금도 생각한단다. 그렇다고 해서 사랑을 피하라는 것이 아니라, 아직 어렸을 때는 굳이 사랑을 찾아다니려 해서는 안 된다는 말이다. 중요한 것은 인생에서 실패하지 않는 일이야.……"

3월 28일에 시몬은 다시 작업을 시작했다. 자크 대신에 십장이 된 레옹은 마구 소리를 치거나 화를 내지는 않았지만, 여전히 시몬은 실수를 할까 봐 몹시 두려워했다. 일을 하는 도중에 자꾸 몽상에 잠겼기 때문에 일도 느려졌다. 그래서 시몬은 마침내 이 버릇을 고치기로 했다. 덕분에 일은 빨라졌지만 마음이 쓰라렸다. 며칠간 시몬은 굉장한 속도로 일을 했다. 그러나 곧 머리가 빠개지는 듯한 두통이 몰려와서 몸을 움직이는 것조차 견딜 수 없이 아팠다. 3월 29일에 시몬은 『노동일지』에 이렇게 적었다. "그들은 나를 완전히 그대로 내버려둔다. 마치 나를 사형선고를 받은 사람처럼 대하고 있다." 이런 시몬을 본 동료 노동자는 그녀에게 "하지만 결국은 또 일하게 되겠지? 가엾게도……"라고 말했다. 그러나 시몬은 또다시 일을 쉬게 되었다.

누가 그것을 결정했을까? 시몬 자신이었을까? 그럴 리가 없다. 시몬이 공장을 떠나려 했다면 두 가지 이유에서였을 것이다. 첫째는 다른 공장으로 가서 경험을 늘리고자 하는 것이고, 둘째로는 아무도 자기를 남모르게 보호해주지 않고 자기의 신분을 전혀 모르는 곳으로 가서 일을 하고 싶었기 때문이었을 것이다. 또는 시몬이 너무 느리게 일을 하는 것을 보고 노동자들이 뭔가 눈치를 챌지도 모른다고 공장 측에서 우려했을지도 모른다.

시몬이 공장을 떠날 무렵에 사고가 발생했다. 4월 2일에 시몬의 양손이 심하게 베였던 것이다. 사흘 후에 공장의 보험 회사에서 시몬의 진찰권을 발급했다. 그 이후로 시몬은 다시는 알스통 공장으로 돌아가지 않게 되었다.

시몬은 다시 일자리를 구하기 위해 이 공장 저 공장으로 돌아다녔다. 그러는 동안에 역시 일자리를 구하고 있는 두 명의 노동자들을 만났다. 그녀는 그들과 이야기하는 가운데 "이상할 정도로 자유롭고 편안한 기분"이 되었으며, "생전 처음으로 사회적 신분이나 성별의 차이에 무관한 깊은 동지애를 느꼈다. 참으로 기적적인 일이었다." 이것은 시몬이 노동자로서 가질 수 있었던 드문 행복한 느낌의 순간이었다.

하루는 시몬이 비를 맞으며 서 있는데 한 여자 노동자가 다가와 열세 살 먹은 자기 아들을 학교에 남겨두고 나왔노라고 하면서, "아이가 학교에 가지 않는다면 대체 앞으로 뭐가 될까요? 고작해야 우리 같은 희생자가 될 테지요" 하며 한숨을 쉬었다.

시몬은 곧 다시 일자리를 얻게 되었다. 누군가가 (아마도 수바린이) 불로뉴에 있는 "조그마하고 괜찮은 공장"을 소개해주었다.

그러나 4월 11일에 시몬이 그 공장에 나가보니 그곳은 상당히 크고 "너무나도 더러운" 공장이었다. 더욱이 시몬은 인사과에서 몇 명의 노동자들의 비참한 모습을 보고 충격을 받았다. 그들은 대부분 다른 곳에서 일자리를 구하지 못해서 다시 이곳으로 온 사람들이었다. 시몬의 물음에 그들은 아무 말도 하지 않았다. 시몬은 마침내, 작업이 미칠 듯이 돌아가며 까딱 잘못하면 손가락이 잘려나가는 이 공장이 일종의 감옥이라는 것을 알았다. 그녀는 이곳에서 처음으로 컨베이어 벨트를 보고는 무척 당황했다. 시몬이 맡은 일은 압단기를 다루는 일이었다. 시몬은 이전 공장에서보다 훨씬 더 열심히 일하여 한 시간에 400장을 찍어냈다. 그런데도 오후 4시가 되면 잘생기고 사근사근한 십장이 와서 "시간당 800장을 찍지 못하면 일을 계속시킬 수 없다"고 정중하게 말했다. 어떤 직공은 시간당 1,200장이나 찍는다는 것이었다. 시몬은 이를 악물고 일을 해서 600장까지 찍었다. 그러자 5시 반에 다시 감독관이 와서 "그것도 부족하다"고 말했다. 그러고는 다른 직공의 일까지 떠맡겼다. 6시에 시몬은 화가 머리끝까지 치밀어 공장 관리인에게로 가서 자신이 내일도 공장에 나올지 물었다. 그는 "아무튼 와보시오. 내일 봅시다. 하지만 일을 좀더 빨리 해야 하오"라고 대답했다. 시몬은 다른 여공들은 조금도 화를 내지 않으며 예사로 잡담을 하는 것을 보고 놀랐다. 일이 끝난 뒤, 시몬은 센 강까지 걸어가서 기진맥진한 채 우울하고 비참한 기분으로 돌 위에 걸터앉았다. 거기에 앉아서 만일 이런 생활을 계속하지 않을 수 없다면 센 강에 몸을 던지는 일없이 앞을 지나갈 수 있을까 하고 생각했다.

다음 날에도 시몬은 있는 힘을 다해 일했지만 650장밖에 찍지 못했으므로 여기저기 다른 작업장으로 밀려다녔다.

그날 저녁 한 여공과 함께 전차를 타고 오는데 그녀는 시몬에게 한 1년쯤 지나면 컨베이어 벨트쯤은 아무렇지도 않게 된다고 말했다. 또 자기들이 왜 이 정도로 노예처럼 일하는가 이야기했다.

"5년 전에 일당 70프랑을 받게 되었는데, 이 70프랑 때문에 죽는 시늉까지도 하게 되었다"는 것이다.

시몬은 5월 7일에 해고당했다. 공장에서는 이유조차도 말해주지 않았다. 시몬이 십장에게 가서 따지자, 그는 "당신한테 그 이유까지 설명할 필요는 없다"고 내뱉었다.

시몬은 다시 일자리를 찾기 시작했으나 이번에는 쉽게 구할 수 없었다. 그동안 지난달의 봉급으로 살았는데 부모에게는 한마디도 하지 않았기 때문에 곧 먹는 것이 문제가 되었다.

시몬은 수없이 많은 공장들을 찾아다녔으나 일자리를 얻지 못했다. 게다가 "굶주리고 있었으므로 걸어다니는 것이 무척 괴로웠다." 그녀는 약 3주일 동안 차비까지 포함해서 3.5프랑으로 견디어냈다. "배고픔이 그치지 않고 지속되는 느낌이다.……굶주림이 혹사당하며 먹는 것보다 더 괴로울까? 잘 모르겠지만……더 괴로울 것이다.”

시몬은 공장 문 앞에 서 있는 실직자들과 이야기를 나누었다. 때로는 그들과 한참 걷기도 했다. 한번은 한 노동자와 으슥한 부둣가로 산책을 갔다가, 그로부터 구애를 받았다. 그러나 그는 곧 자기가 실수했다는 것을 알고 더 이상 추근거리지 않았다. 시몬은 전에 그에게 주소를 적어준 적이 있었다. 이틀 뒤 새벽에 시몬은 누군가가 방문을 노크하는 소리를 들었다. 분명히 그 노동자라고 생각한 시몬은 문을 열어주지 않았다.

이 실직 기간 동안에 시몬은 알랭의 편지에 답장을 썼다. 이 편지에 그녀는 “저는 노동기구를 철저하게 연구하려 하고 있으나 이제는 기술적인 면에서가 아니라 노동기구와 인간의 관계, 노동기구와 인간 사고의 관계라는 측면에서 그것을 연구하려 합니다”라고 썼다. 시몬은 노동자의 해방은 노동 안에서 이루어질 수 있다고 생각했다. 즉 노동자가 자유로워지기 위해서는 노동이 인간의 사고와 발명과 비판에 밀접하게 연결되어야 한다는 것이다. 그러므로 이제 기계의 효율성만을 생각할 것이 아니라, 기계가 노동자에게 얼마나 사고를 요구하고 허용하는가를 고려하여 새로운 기계를 만들어야 한다고 생각했다.

내가 5월에 레쟁으로 돌아오자 시몬은 나에게 만나자고 했다. 그 무렵 르노 공장 앞에서 구직 신청을 할 때 시몬은 공장에서 예쁜 여자들을 우선적으로 채용한다는 말을 들었다. 시몬이 평생 예쁘게 보이고 싶어했던 때가 있었다면 단 한 번 이때였다. 나는 그녀에게 루주를 발라주고 뺨에 연지를 발라주었다. 약간 화장을 했을 뿐인데도 그녀는 딴사람 같아 보였다. 이번에는 거뜬히 채용되었다.

이튿날 아침 일찍 시몬은 공장으로 나갔다. 작업은 오후 2시 반부터 시작해서 밤 10시까지였으나, 일을 하기 전에 공장을 한 번 돌아보고 싶었던 것이다. 공장을 돌아본 그녀는 하얗게 질리고 말았다.

"내가 겁에 질린 적이 있다면 그것은 바로 그날이었다. 나는 줄곧 기계로 꽉 차 있는 작업장과 하루 10시간의 노동과 거친 감독관과 열기, 그리고 머리를 쑤셔대는 두통을 생각하고 있었다.……" 21번 작업장에 들어간 시몬은 결심이 흔들리는 것을 느꼈다. "하지만 여기에는 그래도 압단기는 없다. 얼마나 다행인가!"

시몬이 맡은 일은 제분기였다. 이 일은 전에 것보다는 훨씬 나은 것 같았다. 실제로 한 2주일 동안 시몬은 예전처럼 피곤하지 않았다. 그러나 곧 다시 피곤이 밀려오기 시작했다. 게다가 사고가 일어나 엄지손가락의 끝이 잘려 나가고 말았다. 부속 치료소에서 간단한 치료를 받은 다음 시몬은 곧 작업을 계속했다. 계약서에는 한 달 뒤에 성과를 보아서 다시 채용한다고 쓰여 있었기 때문에 시몬은 자기가 해고될지도 모른다고 생각했다. 그러나 시몬이 계속해서 일을 하게 된 것을 보면 그동안 작업 속도가 꽤 늘어났고 이 일이 시몬에게 잘 맞았다는 것을 알 수가 있다. 십장도 꽤 이해성 있고 인간적이었던 것 같다.

작업장에는 항상 제품을 넣어둘 상자가 모자랐기 때문에 시몬은 골탕을 먹었다. 직공들이 그녀의 상자를 슬쩍 훔쳐가버렸던 것이다. 시몬은 매번 상자를 찾으러 작업장을 헤매다니느라고 시간을 낭비했다. 시간을 낭비하면 생산량이 떨어지고, 그렇게 되면 자연히 봉급이 적어졌다.

그 무렵 시몬은 극도로 피곤해지다가도 갑자기 또 기분이 유쾌해지기도 했다. 공장에 들어온 지 21일째 되는 날, 집으로 돌아가는 길에 그녀는 지하철에서 잠깐 졸았는데 지하철에서 내리자 한 걸음도 떼어놓을 수 없을 정도로 피곤했다. 그러나 집에 도착한 뒤에는 갑자기 정신이 맑아져서 새벽 2시까지 책을 읽었다. 그다음 날에는 지하철에서 졸지도 않았으며 발걸음도 가벼웠다. 시몬은 피곤하기는 했지만 무척 행복했다.

며칠 뒤에 시몬은 기계에 손이 끼어 퉁퉁 부어올랐다. 그러나 진료소에 가서도 치료받기를 거부했다. 진료소의 담당 의사는 직공이 감히 의사의 말을 따르지 않는 것을 보고 깜짝 놀랐다.

27일째 되는 날 버스에 탔을 때 시몬은 이상한 느낌이 들었다. "도대체 나 같은 노예가 어떻게 다른 사람들과 마찬가지로 돈을 내고 버스를 탈 수 있을까? 얼마나 호의를 받고 있는 것이냐! 만일 강제로 나를 끌어내기라도 한다면……. 그렇지만 그건 아주 당연한 일 같았다. 나는 노예라는 생각 때문에 권리 같은 것은 까맣게 잊어버리고 있었다. 그 당시 내게는 이미 견딜 수 없을 정도로 잔인한 일이란 없었으므로 그렇게 버스에 앉아 있는 것만 해도 너무 큰 호의를 받고 있는 것 같았다. 이 순간은 하늘의 미소요, 우연한 선물 같았다. 앞으로도 이런 마음을 잃지 않도록 해야겠다. 이것은 너무나도 당연한 일이다."

시몬은 다친 손 때문에 약 일주일 동안 일을 쉬고 7월 4일에 다시 공장에 나갔다.

7월 13일에는 일이 없었으므로 「프롤레타리아의 혁명」지와 관련된 회합에 나갔다. 그러나 "루종은 나를 알아보지 못했다. 그는 내 얼굴이 완전히 달라졌다고 했다. 전보다 훨씬 더 거칠어졌다는 것이다."

7월 17일 시몬은 피로에 지독한 두통까지 겹쳐서 눈뜨고 볼 수 없을 정도였다. 그다음 주에는 제분기가 자꾸 망가져서 시몬은 다른 직공으로부터 심한 질책을 받았다. 항상 그들을 동료라고 생각해 왔던 시몬은 가슴이 얼어붙는 것 같았다.

시몬은 르노 공장에서 1935년 6월 6일부터 8월 23일까지 일했다. 그러고는 이렇게 썼다.

"이 경험에서 나는 무엇을 얻었는가? 그것은 나는 그 어느 것에도 권리가 없다는 느낌이다.……도덕적인 자부심, 자신을 낮추지 않고 살아갈 수 있는 태도, 자유로움과 우정을 맛볼 수 있는 여유, 그 어느 것에도 나는 권리가 없다.……

나는 완전히 망가질 수도 있었다. 거의 그랬다.……매일 아침 불안한 마음으로 일어나 두려움에 가득 차서 공장으로 갔고 노예처럼 일했다. 그러고는 6시 15분에 집으로 돌아와서 잠을 잘 자지 못할까 봐 걱정했고 아침 일찍 일어날 것을 걱정했다. 시간은 견딜 수 없는 짐이었다. 일요일이면 그다음 날 다가올 일에 대한 두려움에 항상 짓눌렸다. 그것은 명령에 대한 두려움이었다."

테브농에게 보낸 편지에서 시몬은 산업에 의한 노예화에는 명령과 업무 속도라는 두 가지 요소가 있다고 말했다. 명령이 인간을 굴욕적으로 만드는 것은 사실이지만, 무엇보다도 노동자들을 두렵게 만드는 것은 순간마다 어렵고도 새로운 일이 부과된다는 사실이다. 즉 새로운 일이 부과될 때마다 그것을 일정한 속도로 해내도록 강요당하기 때문에 노동자들은 더욱더 일을 두려워하게 된다는 것이다. 이처럼 항상 명령을 받고 두려움 속에서 산다는 것은 확실히 굴욕적인 일이다.

알랭이 전쟁의 악은 육체적인 괴로움이나 위험에 있는 것이 아니라 인간이 노예화된다는 데 있다고 지적했던 것처럼 시몬 역시 공장 생활의 괴로움은 다름 아닌 굴욕에 있다고 생각했다. 공장 생활에서 인간의 존엄성은 산산히 부서지고 만다.

공장에서는 육체적인 힘과 기술만으로 인간을 평가하기 때문에 시몬은 자기가 멸시를 받고 있다는 굴욕감으로 괴로워했다. 더욱이 시몬은 항상 스스로 이해하고, 결단을 내리고, 창조하고, 생각하기를 열망했는데 공장에서는 이것이 완전히 불가능했기 때문에 그녀는 공장에 있는 동안 다른 누구보다도 큰 괴로움을 겪었다. 공장 생활은 시몬에게는 순교의 생활이었다.

공장에서 일하는 동안 시몬은 때때로 분노했고 굶주림을 무릅쓰고서라도 항거할 용기를 잃지 않았지만, 어느 경우에도 해고당하지 않기를 원했다. 그녀는 가족이 달려 있어서 감히 위험을 무릅쓸 수 없는 노동자들과 똑같은 입장에 있고 싶었던 것이다. 더욱이 그녀가 공장에 들어간 것은 자기 자신을 위해서가 아니라 모든 억압받는 자들의 운명에 관한 문제를 해결하기 위해서였다. 그렇기 때문에 시몬은 더 잘 참을 수가 있었고, 분노를 터뜨리거나 항거하기보다는 유순하게 복종하는 편을 택했다.

테브농에게 보낸 편지에서 시몬은 자신이 이렇게 노예와 같은 상태를 견디어내는 동안 차츰 잃어버렸던 인간의 존엄성을 되찾기 시작했다고 말했다. 이렇게 해서 되찾은 존엄성은 이미 외부적인 일로 인해 무너져버릴 것이 아니었다.

시몬은 이런 경험을 통해 자신이 추구하고 있던 것을 찾아낼 수 있었을까? 노동자들을 노동에서 해방시킬 수 있는 방법을 발견할 수 있었을까? 그렇지는 않은 것 같다. 시몬은 현재로서는 노동자들의 노예화는 기계와 직결되어 있다고 결론을 내렸다. 그러나 기계와 기술의 혁신을 위해 무엇을 해야 할지는 그녀도 알 수 없었다.

정치에 대한 시몬의 비판은 한층 더 심각해졌다. 시몬은 더 이상 혁명이나 개혁을 믿을 수가 없었다. 8월 23일, 공장에서 경력증명서를 받던 날, 그녀는 고등사범학교의 동기생인 클로드 자메에게 이렇게 썼다. "혁명은 일어날 수 없습니다. 혁명의 지도자들이 너무 명청하기 때문입니다. 또 혁명은 바람직하지도 않습니다. 그들이 사기꾼이기 때문이지요. 그들은 승리를 하기에는 너무 어리석고 또 승리한다 해도, 러시아에서처럼 그들 자신이 다시 압제자가 될 것입니다.……"

자메는 이 편지를 읽고 이렇게 논평했다. "이것이 시몬 베유의 생각이다. 이 생각은 슬프다. 그러나 왜 나무랄 수가 없을까? 이것은 시몬의 생각이고, 그녀에게는 그럴 권리가 있기 때문이다. 그녀는 성자이며 자신의 모든 것을 바쳤기 때문이다.……거짓말만을 빼놓고 그녀는 정말로 노동자들에게 모든 것을 주고 싶어했다.……"

시몬은 자신의 경험을 통해 사람은 견딜 수 없는 억압을 받으면 저항하게 되는 것이 아니라 복종하게 된다는 것을 알았다. 이 때문에 그녀는 한층 더 해방의 가능성을 의심하게 되었다. 그녀는 앞으로도 오랫동안 암담한 시기가 계속될 것이라고 생각했다.

시몬은 노동자들을 해방시킬 방법을 발견하지는 못했지만, 자기 자신과 인간에 대해 배운 바가 있었다. 그녀는 자신이 생각했던 것보다도 훨씬 더 사회적인 위신이 중요하다는 것을 깨달았다. 이 위신이 없으면 인간은 인간으로서의 존엄성을 잃게 되는 것이다. "인간에게는 항상 자신의 가치를 확인할 외적인 상징이 필요하다." 시몬은 인간으로서의 존엄성을 되찾으려고 결심했고 마침내는 성공했다. 그러나 공장에서는 항상 인간의 존엄성이 무너졌기 때문에 거듭거듭 해서 그것을 되찾아야만 했다. 시몬은 자기 자신과 인간 본성에 대한 통찰을 얻었을 뿐만 아니라 그녀 자체로도 확실히 변화했다. 그녀는 이미 전처럼 인생을 볼 수 없었으며, 다시는 쉽게 마음이 가벼워질 수 없었다.

시몬은 그녀의 노동자 생활에서 얻은 모든 경험을 기록했는데 거기에는 다소 근시안적인 노동자에 대한 동정심도 끼어 있다. 더욱이 시몬은 자신에게 다정하고 자비롭고 친근한 관계가 필요했음을 감추고 있다. 실제로는 그 당시 시몬은 다른 사람의 단 한 번의 미소로도 말할 수 없는 위안을 받던 때였다. 한번은 공장에서 큰 나사못을 죄면서 힘겹게 일하고 있을 때 한 십장이 모르는 체하고 지나가버리자 그녀는 「노동의 조건_La Condition Ouvrière_」에 "나는 결코 이 사람을 잊지 않겠다"고 썼다.

시몬이 노동자가 되려 했던 이유에는 공장에서 참된 동지애를 맛

보고 싶었던 것도 있다. 그러나 그녀는 실망하고 말았다. 공장에 관해서 한마디로 말하라면 그녀는 이렇게 말하리라. "거기에서 비로소 사람은 동지애가 무엇인지 알 수 있다. 그러나 실제로 거기에는 동지애라고는 거의 없다. 오히려 대부분의 경우, 동료들과의 관계에서까지도 공장 전체를 지배하는 가혹함이 나타나 있을 뿐이다."

부르주, 인민전선의 초기

1935-1936

공장을 떠난 지 며칠 후에 시몬은 알베르틴 테브농에게 편지를 썼다.

"곧 편지를 보내지 못해서 대단히 죄송합니다. 그동안 저는 산업형무소 일로 무척 바빴습니다. 이젠 생각만 해도 진절머리가 납니다. 마침 며칠간 쉴 수 있게 되어 스페인으로 여행을 떠나려고 합니다. 바다의 경치만이 쌓이고 쌓인 이 피로를 씻어줄 수 있을 것 같군요."

시몬은 부모와 함께 화물선을 탔는데 8월 25일에 스페인에 도착했다. 그들은 산세바스티안을 지나 산탄데르까지 갔다. 시몬은 산세바스티엔 부근의 파사헤스에서 배를 타기 위해 일단 부모와 헤어졌다. 그들은 다시 비고에서 만나기로 했다.

시몬이 탄 배는 작고 낡은 데다가 파도가 심해서 그녀는 두통으로 고생했다. 게다가 그 배에 함께 타고 있는 프랑스 학생들의 행동이 마음에 들지 않았으므로 시몬은 항해하는 동안 자주 그들과 다투었다. 다행히 선원이나 화부들과는 즐겁게 이야기를 나눌 수 있었다. 비고에 닿았을 때에는 완전히 지쳐 있어서 부모의 말대로 그들과 함께 잠시 거기에 머무르며 쉬기로 했다.

시몬의 부모는 그녀를 포르투갈의 비아나두카스텔루로 보냈다. 그곳은 1934년에 그들이 갔던 곳으로 그곳에는 바다가 내다보이는 전망이 좋은 호텔이 있었다.

시몬은 거기에 도착하자 호텔 근처의 마을에 작은 방을 얻었다. 비아나는 온통 눈이 덮여 하얗게 보이는 아름다운 마을이었다. 시몬의 부모도 곧 그리로 와서 함께 지냈다. 어느 날 그들이 광장에 가서 앉아 있을 때, 한 무리의 악사들이 다가와 노래를 부르며 음악을 연주하기 시작했다. 그 뒤편으로 철창 안에서 음악을 듣고 있는 사람들이 보였다. 그들은 지방 형무소의 죄수들이었으며 악사들은 이따금씩 그 죄수들을 위해 음악을 연주하러 왔다. 시몬이 옆에 있는 한 사람에게 "저 사람들에게 담배를 줄 수 있을까요?" 하고 묻자, 그는 물론 그럴 수 있다고 대답했다. 그래서 그들은 담배를 잔뜩 사가지고 와서 죄수들에게 나누어주었다.

시몬은 비아나 부근에 있는 어부들의 마을에서 종교 행진을 보았다. 바로 여기에서 그녀는 페랭 신부에게 편지로 쓴 것처럼 "기독교와의 세 번의 만남" 가운데서 그 첫 번째 만남을 경험했다.

"저는 부모님과 함께 포르투갈에 왔습니다. 여기서 우연히 혼자서 한 포르투갈의 마을로 들어가게 되었습니다.……그때 저는 무척 기진맥진한 상태였고, 그 마을 사람들은 마침 그날이 자기들의 수호신의 축제날이었는데 무척이나 비참해 보였습니다. 아낙네들은 손에 촛불을 들고 노래를 부르며 배들의 주변을 돌고 있었습니다. 그 노래는 옛날 찬송가와 비슷한, 가슴이 찢어지도록 구슬픈 것이었습니다.……그때 제게는 불현듯이 기독교는 노예들의 종교이며, 종교에 의지할 수밖에 없는 노예들의 종교라는 생각이 떠올랐습니다. 저 역시 그 가운데 하나인 것입니다.”

9월 22일에 시몬은 부모와 함께 포르투갈을 떠나 파리로 돌아왔다. 며칠 후에 부르주의 고등여자중학교 철학 교수로 임명되어 곧 부르주를 향해 떠났다.

시몬의 어머니는 시몬을 따라 부르주로 와서 숙소를 구하는 것을 도와준 다음 며칠 있다가 다시 파리로 돌아갔다. 시몬은 영어 선생님 알리스 앙그랑과 함께 기거했는데 식사는 시몬이 손수 준비했다. 시몬의 어머니가 파리에서 부친 짐 속에는 책뿐만이 아니라 취사 도구들도 들어 있었다. 또 편지로 간단한 요리법을 써 보냈다.

10월 13일, 시몬은 어머니에게 “모든 일이 다 잘 되어가고 있습니다. 다른 도시에서보다 훨씬 마음이 편하군요”라고 편지를 썼다. 실제로 앙그랑과 시몬의 사이는 무척 좋았으며 학교 동료들과의 사이도 무난한 편이었다.

시몬의 철학반은 학생이 열두 명가량이었으며 시몬은 고급 그리스어도 가르쳤다. 학생들은 르 퓌나 로안이나 오세르의 학생들보다는 그녀를 덜 따랐지만 그래도 강의에는 열렬한 관심을 보였다.

시몬은 그 어느 때보다도 시, 소설을 통해 문학 강의에서 구체적인 실제와 살아 있는 경험들을 가르치려고 노력했으며 철학적이고 추상적인 개념들은 가능한 한 제한하려고 애썼다. 그녀는 호메로스, 코르네유, 라신, 루소, 괴테, 발자크, 위고 등의 고전주의 작가로부터 발레리, 클로델, 생텍쥐페리, 피에르 앙프, 에밀 기요맹과 같은 현대 작가에 이르기까지 광범위하게 가르쳤다.

부르주에서 가르치는 동안 시몬은 공장 생활의 경험과 철학적인 사고들이 서로 뒤섞이는 것을 느꼈다. 인간의 고뇌와 굴욕에 대한 문제가 자주 머릿속에 떠올랐다. 그녀는 "불행하고 가난한 사람들만이 우애의 가치를 안다"고 생각했으며, "인간의 참된 가치를 알게 만드는 것은 굴욕과 타락과 노예화와 죄와 잘못이며 이것은 기독교의 기본이 되는 위대한 사상이다"라고 생각했다. 또한 그녀는 선행이 오히려 불행을 가져올 수도 있으며, 올바른 행동이 (적어도 겉으로 보기에는) 타락이 될 수도 있다는 것을 학생들에게 납득시키려고 했다.

시몬은 강의 도중에 울음을 참느라고 목소리가 떨리기도 했다. 그전에는 사회문제에 대해서 이야기할 때 대부분 격분하기만 했는데 말이다.

강의를 하지 않을 때에는 시몬은 주로 어려운 사람들을 돕거나 무력한 사람들의 교육을 위해 힘썼다. 카보에 의하면 시몬은 직접 노동자의 어린아이들을 유모차에 태워주기도 했고, 또 시립 병원에 불구가 된 거지가 있다는 말을 듣고 그를 돌보기 위한 노력을 아끼지 않았다고 한다.

부르주에 있는 동안 시몬은 억압받는 계급의 노동조건에 대한 지식을 넓히기 위해 많은 시간을 바쳤다. 그녀는 아직도 공장 생활에서의 괴롭던 경험을 잊을 수가 없었다. 이 당시 그녀가 쓴 수많은 편지 역시 이 문제에 관련된 것이었다. 공장 생활의 경험은 말할 수 없이 괴로운 것이었지만, 다른 한편으로는 공장이야말로 현실과 접촉할 수 있는 곳이라는 생각에서 오히려 전보다 더 매혹되었다. 알베르틴 메브농은 전에 시몬에게 공장을 보고 느꼈던 기쁨을 편지에서 이야기한 적이 있었다. 땅거미가 내릴 즈음 그녀가 생샤몽에 도착했을 때 갑자기 공장 안에 불이 환하게 켜지면서 기계 활차니 피대니 하는 것들의 그림자가 창유리에 커다랗게 비치는 것을 보았다. 그녀는 마치 집에 돌아온 것같이 마음이 평온해지는 것을 느꼈다. 그녀는 노동자의 딸이었기 때문이었다.

시몬 역시 여기에 공감하는 내용의 답장을 썼다.

"저는 당신의 이야기에 쉽게 공감할 수 있었습니다. 어렸을 때부터 저도 그와 비슷한 감정을 자주 느꼈으니까요. 제가 공장에 들어가게 된 이유는 바로 그것입니다. 공장에 들어서기 전까지는 얼마나 괴로워했는지 아마 잘 모르실 거예요. 그러나 정작 공장에 들어가보면 느낌이 얼마나 다른지 당신도 잘 아실 것입니다. 공장 생활을 한 다음부터 저는 모든 사회문제를 다르게 보게 되었습니다. 공장이란 당신이 생샤몽에서 본 것처럼 그렇게 평화로운 기분을 줄 수 있어야 합니다. 제가 보기에 공장 생활은 힘들고 괴롭기는 하지만 실제 생활과 접촉하는 기쁨을 줄 수 있습니다. 공장은 인간의 가치가 참을 수 없는 수준으로 떨어지는 굴욕의 현장만은 아니며 명령으로 가득 차 있는 우울하고도 암담한 장소만도 아닙니다."

시몬은 공장이 현실과 선의의 투쟁을 할 수 있는 곳이 되게 하기 위해 현대적인 공업기술과 공장 조직에 대한 연구를 게을리하지 않았다. 또 공장 답사도 여러 차례 했다. 부르주 고등여자중학교의 교장 부인 레넬 부인은 시몬을 적극적으로 도와서 그때마다 함께 갔으며, 로지에르 주물 공장의 사장 부인과 부르주의 시장 부인도 함께 갔다. 답사하는 동안 시몬은 지칠 줄 모르고 끈질기게 물었다. 한번은 답사가 끝난 후에 공장의 기술 고문인 베르나르를 만나자, 다짜고짜 "이곳의 임금 배당은 너무나 불공평합니다"라고 말했다. 그러자 베르나르는 "만일 당신이 이 일을 맡는다면 어떻게 처리하겠소?" 하고 물었다. 시몬은 "나 같으면 우선 경영자들의 월급을 공장 벽보에 커다랗게 써 붙이겠습니다"라고 큰 소리로 말했다.

그후에도 시몬은 베르나르를 몇 차례 더 만나서 노동조건의 개선에 대해 토의했다. 이 일에 대해 시몬은 어머니에게 보내는 편지에 이렇게 썼다.

"베르나르와 이야기하는 동안 그는 내게 공장 일에 관해 여러 가지 재미있는 이야기를 들려주었답니다. 그러나 저는 그가 좀더 중요한 일에 눈을 뜨게 하기 위해 많은 애를 썼습니다. 그 당시에는 어느 정도 효과가 있는 것 같아 보였지만, 저와 헤어지면 바로 전과 마찬가지가 되겠지요."

베르나르는 그후에 노동자들을 위해 「우리들Entre Nous」이라는 잡지를 발간했다. 시몬이 이 잡지에 자신의 글을 실어주겠느냐고 묻자, 그는 일단 자신이 심사한 뒤에 적당하다고 생각되면 실어주겠노라고 얼버무리고 말았다.

시몬은 그에게 그 공장에서 일을 하게 해줄 수 없느냐고 부탁하기도 했다. 이 말을 들은 베르나르가 고려해보겠노라고 하자, 시몬은 앞으로는 그 공장에 자주 가지 않는 것이 좋겠다고 생각했다. 혹시 그곳에서 일을 하게 될 경우에 그 공장의 직공들이 자기를 알아볼지도 모른다고 생각했기 때문이었다.

얼마 후에 시몬은 오를레앙 8번가에서 고르덴 7번가로 거처를 옮겼다. 새로 이사한 방에는 고작해야 쇠침대 하나와 널빤지를 잘라서 만든 책상이 있고 책이 가득 차 있을 뿐이었다. 그러나 여기에는 장작을 때는 난로가 있었다. 시몬이 이사하는 동안 부르주에 왔던 그녀의 어머니는 이 방의 층계가 몹시 가파르고 망가진 것을 걱정하여 파리로 돌아간 뒤에도 편지로 주의시키는 것을 잊지 않았다.

시몬의 방에는 여전히 책이 어지럽게 흩어져 있었다. 또 돈도 아무 데나 두고 다녔다. 한번은 분명히 침대에 놓아두었던 돈이 없어진 것을 알고서도 누군가 필요한 사람이 가져갔겠지 하는 정도로 대수롭지 않게 여겼다.

부르주에 있는 동안 시몬의 건강은 조금도 나아지지 않았으며 늘 두통으로 고생했다. 더욱이 항상 자기 때문에 부모가 근심하고 있었으므로 시몬은 크리스마스 휴가 동안에 데 야거 부인과 함께 스위스의 몽타나와 피레네 근방의 카탈루냐로 휴양갈 계획을 세웠다.

시몬의 어머니는 곧 스키복과 겨울 옷가지가 든 가방과 함께 전에 시몬을 진단했던 라몽 박사의 진단서를 보내왔다. 이 진단서 덕분에 시몬의 휴가는 약 3주일쯤으로 약간 더 늘어났다.

이 크리스마스 휴가 동안에 시몬은 알베르틴 테브농에게 긴 편지를 썼으며, 소설가 쥘 로맹에게 공장 생활의 아름다운 면과 비인간적인 면을 모두 폭로하는 편지의 초안을 썼다.

1월 8일에 다시 부르주로 돌아오자 시몬은 「우리들」에 기고했던 "로지에르 공원들에게 호소함"이라는 글이 실리지 못하고 되돌아온 것을 알았다. 이 글이 너무나 계급 의식을 자극하며 공원들에게 자신들이 받고 있는 부당한 대우를 깨닫게 해주기 때문이었다.

시몬은 자기가 그 공장에 들어가게 될 가망이 없다는 것을 깨달았다. 그래서 전보다 오히려 더 자유로운 입장에서 베르나르에게 다시 질문을 하기 위해 로지에르 공장에 가리라고 생각했다.

1월 13일에 시몬은 베르나르에게 자신의 입장을 변호하는 편지를 썼다. 여기에서 그녀는 자기가 한 말은 순수한 기독교 정신에서 우러나온 것이며 계급 의식을 자극하는 구절들은 공원들을 자극하기 위한 것이 아니라 오히려 그들의 강박 관념을 완화시키기 위한 것이었다고 말했다.

사실상 시몬은 로지에르 공장 노동자들에게 정신적으로 의지할 것을 주고 그들이 인간다운 가치를 지키는 데에 도움이 되고 싶어 했다. 또 자신의 실제 경험을 통해 그들에게 계급 의식을 환기시킴으로써 오히려 굴욕감을 덜어줄 수 있다고 생각했다. 물론 이것은 정반대의 결과를 낳을 수도 있었다. 그러나 시몬은 베르나르의 입장 역시 충분히 이해하고 있었으며 근본적인 면에서 그를 도와주고 싶었다. 시몬은 경영자의 입장에 서 있는 그를 고용인의 입장에서 도우려 한 것이었다. 시몬이 그의 공장에 들어가게 해달라고 끈질기게 부탁한 것도 그런 이유의 하나였다.

3월 3일에 시몬은 다시 베르나르에게 편지를 보내 자신이 공장 생활에서 얻은 경험과 교훈을 통해 그를 설득하려고 애썼다.

"지금은 곳곳에서 개선을 요구하는 노동자 측과 이를 가능한 한 제한하려는 경영자 측이 서로 의견을 나눔으로써 문제를 해결하려는 새로운 움직임을 보이고 있습니다. 다시 말해 이제는 노동자들도 어느 면에서 경영에 참가하고 있습니다.······저로서는 이런 사회적인 변화가 보다 넓은 평등의 세계를 향해 나아가기를 바라고 있습니다. 이제는 혁명으로 노동자들의 조건이 개선되기를 바랄 수는 없습니다. 설령 혁명이 일어난다고 해도 이제까지 지속되어온 수동적인 복종의 체계가 앞으로도 그대로 지속된다면 결국 노동자들은 다시 복종하는 상태를 면하지 못할 것입니다. 명령하는 사람이 자본주의자든 사회주의자든 노동자에게는 마찬가지입니다. 그런 식으로는 어떻게 하든지 불평등이 제거될 수 없습니다.······정치체제와는 완전히 별개로, 완전한 복종으로부터 복종과 협동이 함께 있는 상태로, 이상적으로는 완전한 협력의 상태로 점진적인 전환이 가능한지가 문제입니다.”

시몬은 또한 이 편지에서 1936년 6월에 일어나게 될 총파업에 대한 자신의 태도를 밝혔다.

“사회에서 압제를 받아 희생되고 있는 사람들이 반란을 일으킨다면 물론 저도 찬성을 합니다. 그러나 저는 그들의 반감을 미리 자극할 생각은 없습니다. 그것은 사회의 질서를 지키기 위해서라기보다는 저의 주요한 관심사가 피압박자들의 도덕에 관한 것이기 때문입니다.······그들이 한순간에 반란을 일으킨다 해도 다음 순간에는 곧 무릎을 꿇고 말 것입니다.······제가 그들에게 북돋아주고 싶은 것은 당신이 비난했던 협동 정신 바로 그것입니다.”

공장 생활에 대한 관심 이외에 시몬은 농부들의 생활에도 많은 관심을 갖고 있었다. 그리하여 시몬은 부르주 고등여자중학교의 동료 교사인 쿨롱 부인의 도움으로 농장을 방문할 수 있게 되었다. 그전에도 시몬은 농부들을 도와준답시고 쟁기를 대신해서 끌다가 곧 뒤집어엎은 적이 있었다. 그러고 나서 얼마 동안은 의기소침해했으나 곧 또다시 농장을 방문하기로 했다.

3월 6일 아침에 시몬은 농장에 도착했다. 날씨는 아직도 쌀쌀했다. 시몬은 그들의 평소 생활을 볼 수 없을까 봐 자기가 온다는 말을 미리 해두지 않았다. 설탕을 넣지 않은 커피를 마시고 난 시몬은 닥치는 대로 무슨 일이든지 다 하려고 했다.

또 농장 주인 벨빌 부인을 도와 점심을 만드는 것을 도왔다. 벨빌 부인의 가족들은 시몬이 너무 적게 먹는 것을 보고 놀랐다. "대체, 그런데 질문은 왜 그렇게 많지요? 그러면서 어떻게 견뎌내지요? 하루에 질문은 몇 번이나 하지요? 당신은 행복하다고 생각하나요?" 시몬은 그들에게 자기가 이상하다고 생각되는 점을 요약해서 질문해달라고 부탁했다.

시몬은 3월 중에 다시 이 농장으로 와서 그들과 함께 지낼 수 없겠느냐고 물어보았다. 단 자기가 원할 때면 언제든지 하층계급의 사람들과 어울릴 수 있다는 조건에서였다. 그러나 그들은 거절하고 말았다. 그 지방에서는 그런 식의 행동은 도저히 용납될 수 없다는 것이었다. 시몬이 떠난 뒤에는 자기들이 마을에서 살 수 없게 될 것이라고 덧붙였다.

벨빌 부인은 좋은 사람이었지만 시몬을 받아들일 수가 없었다. 약 한 달 뒤에 부르주로 쿨롱 부인을 만나러 온 그녀는 대단히 유감스러우나 더 이상 시몬을 자기 농장에 받아들일 수가 없다고 말했다. 우유를 짜기 전에 손을 닦지 않는 데다가 옷도 바꾸어 입지 않으며 들에서 일하는 도중에 유대인의 순교니, 가난이니, 장차 일어나게 될 전쟁이니 이런 것들에 관해 끊임없이 이야기를 한다는 것이었다. 게다가 질이 좋은 크림치즈를 주면 인도차이나의 국민들이 굶주리고 있다면서 거절한다는 것이었다.

스트라스부르 대학교의 수학 교수로 있던 앙드레는 시몬에게 1936년에서 1937년까지 2년 동안 록펠러 재단에 연구비를 신청해보라고 연락했다. 시몬 역시 워낙 건강이 나빴으므로 잠시 학교를 쉴 겸 해서 이 제안을 받아들이기로 했다. 그즈음 시몬의 어머니는 시몬의 건강을 몹시 염려하여 며칠만 편지가 오지 않아도 불안해할 정도였다. 실제로 시몬은 몹시 지쳐 있었다. 3월 말경에 베르나르에게 쓴 편지에서 거의 학교 수업을 할 수 없을 정도라고 했다. 그런 상태로는 미국에 간다는 것도 무리였다. 시몬의 어머니는 시몬에게 나중에 다른 연구 과정을 신청해보라고 권고했다.

3월 20일 알랭은 반파시스트파의 지성인들이 모여서 만든 「비질랑스Vigilance」지에 "최근의 국제 정세에 관한 문제점들"이라는 글을 발표했다. 이 글에서 그는 열 개의 문제점을 제시했는데, 그 마지막 문제는 "인간의 명예와 존엄성이 생명보다 더 귀중하다고 말해온 사람들은 과연 지금 그것을 수호하기 위해 자신의 생명을 희생할 각오가 되어 있는가? 그렇지 않다면 우리는 그들을 어떻게 생각해야 하는가?" 하는 것이었다.

시몬은 이 질문이 사람들의 마음을 움직이게 하는 힘이 있는 중요한 문제라고 생각했으며 자기도 거기에 답변할 의무가 있다고 생각했다. 시몬이 이때 「비질랑스」에 보낸 답변은 나중에 『역사와 정치 비판_Écrits Historiques et Politiques_』에서 "알랭의 질문에 대한 답변"이라는 제목으로 발표되었다. 시몬은 이 글에서 적어도 인간의 존엄성이 자기 존중을 뜻하는 한 전쟁을 수단으로 인간의 존엄성을 지킬 수는 없다고 주장했다. "전쟁은 또한 자기 멸시를 회피할 수 있는 수단도 아니다. 전쟁에 참가하지 않은 사람들은 위험을 함께 나누지 않았기 때문에 멸시를 피할 수 없으며, 전쟁에 참가한 사람들 역시 강제로 싸우게 된 것이므로 존엄성을 지킬 수 없다." 만일 인간의 존엄성이 남으로부터 존경받는 것을 뜻한다면, 사회 하층계급 사람들은 매일처럼 굴욕을 당하고 있을 뿐이므로 아무리 해도 존엄성을 지킬 수 없다고 시몬은 분개했다. "만일 굴욕을 거부하기 위해 생명을 무릅써야 한다면 모든 사회질서는 전복되고 말 것이다.……"

부활절 주간 마지막 날에 시몬은 어머니와 함께 보르도로 여행을 갔으며 랑드에 있는 작은 공장에도 가보았다.

부르주로 돌아오자 베르나르는 시몬을 자기 공장으로 초청했다. 시몬은 언젠가 그 공장에서 일을 하게 될지도 모른다는 생각으로 약간은 주저했으나 그의 초청을 받아들이기로 했다.

시몬은 베르나르에게 무엇보다도 먼저 노동자의 해고 문제가 개선되어야 한다고 지적했다. 일정한 기준이 없이 경영자의 임의대로 해고를 하게 되면 예측할 수 없는 도덕의 파탄을 가져오게 된다는 것이었다.

얼마 후에 베르나르는 시몬에게 직접 공장을 돌아보라는 제안을 했다. 이 말을 들은 시몬은 뛸 듯이 기뻐하며 곧 로지에르 공장으로 가서 작업장을 샅샅이 돌아보았다.

베르나르의 친절에 감동한 시몬은 「우리들」지에 "안티고네"에 관한 글을 하나 썼다. 이번에는 베르나르도 쉽게 게재할 것을 동의했다. 시몬은 공장 생활을 할 때부터 "안티고네"를 특히 좋아했는데 이 작품은 말단 노동자로부터 최고 경영주에 이르기까지 모든 사람들에게 감동을 줄 수 있을 것이라고 생각했기 때문이었다. 이 글은 나중에 『그리스의 원천La Source Grecque』에 재수록되었다.

시몬은 이런 종류의 글을 연속해서 쓰려고 계획했다. 그래서 "안티고네"에 이어 "엘렉트라"를 썼다. 이 글 역시 『그리스의 원천』에 재수록되었다. 그밖에도 특별한 기술이 없는 일반 노동자들도 이해할 만한 수준의 글로서 그리스의 과학에 관해 쓰려고 했다.

6월 12일에 시몬은 "엘렉트라"를 가지고 로지에르 공장에 가려했다. 그러나 마침 총파업의 소식이 들려오자 우선 파리로 가고 싶어했으며 시몬은 기쁨에 떨면서 베르나르에게 이렇게 말했다.

"지금 제가 그 현장에 있다면 노동자들과 뜨거운 악수를 나누지 않을 수 없을 것입니다. 당신은 이 소식이 제게 얼마나 말할 수 없는 기쁨을 주었는지 모르실 것입니다. 결과가 어떻든지 이 기쁨과 우애의 순간은 결코 파괴될 수 없을 것이며, 노동자들이 지배자들로부터 양보를 받았다는 안도감은 쉽사리 사라지지 않을 것입니다."

이 총파업은 1936년 4월 26일과 5월 3일에 열린 선거에서 인민전선이 승리한 뒤에 시작되었다. 처음에는 지방에 있는 작은 공장들에서 시작되었으나 점차 파리까지 번져서 6월 초에는 파리 지구의 금속 계통의 공장들이 동맹 파업에 들어갔다.

이번의 파업은 아주 새로운 방식으로 진행되었다. 노동자들은 공장을 모두 점령하고 작업장에서 야영을 하며 버텼다. 음식을 날라다가 그 자리에 앉은 채로 식사를 하며 떠들고 노래하고 트럼프를 치거나 논쟁을 하며 시간을 보냈다. 또한 가족들도 와서 함께 자유로이 어울리며 열광적이고도 흥분에 싸인 분위기를 유지했다.

시몬은 자주 이들을 방문했으며 곧 그들 사이에서 우상이 되었다. 특히 그녀는 소테-아를레 공장에 여러 번 갔었는데 이 공장은 여자 노동자들을 학대하기로 유명했다. 시몬은 자기가 그 전 해에 일했던 르노 공장에도 가서 예전의 동료 노동자들과 함께 이야기를 나누기도 하고 식사를 하기도 하면서 용기를 북돋아주었다.

그러는 한편 르노 공장의 사장 드퇴프와 만나서 파업의 전망에 대해 진지한 토의를 했다. 드퇴프는 이 파업이 위험성이 많은 것이라고 느끼고 있었다. 시몬은 그와 만나는 동안 자신의 의견을 명백히 밝힐 수가 없었으므로 그에게 편지를 쓰기로 했다. 시몬은 드퇴프가 자기를 아주 잘 이해하고 있다고 생각했다. 그래서 언젠가 다시 그의 공장에서 일을 하며 그를 도울 수 있기를 바랐다.

드퇴프에게 쓴 편지에서 시몬은 이 파업으로 인해 야기되는 위험한 상태를 인정했다. "현재의 파업의 물결은 절망에 기반을 두고 있습니다. 그 때문에 이것은 그렇게 비이성적인 것입니다. 그러나 일이 잘 되어서 노동자들이 자기들이 승리했다는 생각을 가지고 다시 일을 시작하게 되면, 조만간에 공장을 개선할 수 있으리라고 기대할 수도 있습니다."

6월 19일에 시몬은 부르주로 갔다가 다시 파리로 돌아와서 르노 공장을 찾아갔다. 거기서 시몬은 르노 공장에 대해 느낀 바를 드퇴프에게 그대로 말해주었다.

"오늘 아침에 나는 비상 경계망을 뚫고 몰래 작업장에 들어갔다 왔습니다. 당신도 아시는 것이 좋을 듯해서 말씀드립니다.……노동자들은 현재 진행 중에 있는 협상에 대해서는 전혀 모르고 있습니다. 오히려 그들은 공장 측이 자기들의 요구에 전혀 귀를 기울이지 않는다고 생각하고 있습니다. 공장은 의심과 불신으로 가득 차 있습니다."

시몬은 이 문제를 해결할 수 있는 유일한 방법은 노동자들을 제어할 조직을 만들어 경영자와 노동자 상호 간에 책임을 지고 타협을 하는 길뿐이라는 생각으로 되돌아갔다.

시몬은 이런 시기에 부르주에 처박혀 있고 싶지 않았다. 그래서 될 수 있는 대로 오래 파리에 머물렀다. 부르주 고등여자중학교의 교감은 시몬에게 학교로 돌아오지 않으면 월급을 줄 수 없다고 하면서 적어도 학생들의 시상식에는 참석하라고 충고했다. 시몬은 마지못해 양보했으나 시상식장에 입고 갈 만한 옷은 없다고 말했다.

마침내 시상식 날이 되어 참석한 사람들이 모두 자리에 앉았을 때 문이 열리더니 낡은 비옷에 다 떨어진 구두를 신은 시몬이 초라한 모습으로 나타났다. 시몬의 반 학생들은 얼른 시몬의 주변으로 몰려와 될 수 있는 대로 눈에 띄지 않도록 둘러쌌다.

시몬이 부르주에 있는 동안 교감인 레넬 부인은 그녀를 좋게 보았다. 문교부에 보내는 보고서에도 시몬의 교수 방법이 매우 성공적이라고 말했다. 그러나 감사관은 "시몬 베유 양의 옷차림은 물의를 일으킬 정도로 형편없다"고 하면서 그녀가 바라는 대로 노동자들이 사는 공장 지구에 보내는 편이 낫겠다고 말했다.

시몬의 학생 중에 아홉 명이 고등사범학교 입학시험에 응시하여 세 명만이 떨어졌다. 파리에서 마지막 구두 시험이 끝난 뒤에 시몬은 한 학생을 데리고 채플린의 「모던 타임스」라는 영화를 보러 갔다. 시몬은 이 영화를 보고 몹시 감명을 받아 채플린만이 이 시대의 노동자들을 진심으로 이해하고 있다고 말했다. 또한 그가 스피노자처럼 위대한 유대인이라고 농담처럼 말했다.

스페인 내전과 인민전선, 이탈리아 여행*

1936–1937

인민전선 정부는 스페인과 프랑스에서 모두 정권을 잡고 있었다. 프랑스 인민전선에 뒤이어 형성된 스페인의 인민전선은 1936년 2월에 실시된 선거에서 승리했다. 그러나 7월 7일과 8일에는 정부에 대한 군사반란이 일어났다. 파시스트 이탈리아에서 반란군을 위해 항공 지원을 할 것이 확실해지자 스페인 정부는 프랑스 정부에 원조

* 1930년대의 스페인은 지식인의 성지였다. 반파시즘이라는 공동 목표를 위해, 자유와 평등과 동지애를 위해, 또 스페인 공화국(인민전선 정부)을 지키기 위해 유럽의 모든 양심적인 지식인들은 일어섰으며 스스로 총을 들고 종군한 사람들도 있었다. 시인 오든은 "마드리드는 나의 심장", "우정은 인민전선군 속에서"라고 노래했다.

　인민전선은 파시즘 정권의 등장에 의하여 서구의 공산당이 탄압, 해산되고 그 존립을 위협받게 되자 1935년에 제3국제 노동자 동맹이 내세운 전술이다. 이때까지 대립하던 사회 민주주의 정당 그리고 부르주아 민주주의 정당과 연합전선을 형성하여 파시즘에 대항했는데, 스페인에서는 드디어 1936년 선거에서 아사냐를 수반으로 하는 인민전선이 승리하여 내각을 조직했다. 그러나 인민전선 내각이 취한 정책들, 곧 토지 개혁, 교회 탄압, 파시스트 당 해산 등의 정책은 보수 세력의 반감을 조장했고 끝내 군부의 프랑코를 중심으로 하는 대지주, 종교인, 대기업가 등이 반란을 일으켰다. 이 내란은 독일과 이탈리아와 공산주의 소련 등의 개입에 의하여 국제전의 양상을 띠고 3년 동안이나 계속되었다. 1939년 드디어 프랑코가 승리하여 30년이 넘는 스페인 독재 암흑 시대가 시작된다. /옮긴이

를 청했다. 이 때문에 레옹 블룸의 입장이 난처해졌다. 공산당을 비롯한 몇몇 세력은 스페인 지원을 적극적으로 지지했으나 급진파를 비롯한 나머지 세력은 이로 말미암아 프랑스에 전쟁이 일어날 수 있다는 이유를 들어 반대했기 때문이었다. 더욱이 영국 정부에서는 프랑스가 스페인에 군사 원조를 할 경우에는 프랑스를 지지하지 않겠다는 입장을 명백히 했다.

시몬은 전쟁을 최대의 악이라고 생각했기 때문에 국제 전쟁을 피하려는 레옹 블룸의 태도에 동의했다. 그러나 시몬은 1914년 당시의 알랭처럼 일단 전쟁을 피할 수 없다면 수난을 당하고 있는 사람들과 함께 어려움을 나누어야 한다고 생각했다.

어느 날 저녁 한 모임에서 돌아온 시몬은 부모에게 아무래도 스페인으로 가봐야겠다고 말했다. 그들이 이 말을 듣고 낙심하는 것을 보자 "저는 기자의 신분으로 갈 예정이니 걱정하실 필요는 없어요"라고 말했다. 그러나 내심으로는 전쟁에 관한 보고를 하는 데에 그칠 생각은 아니었다.

시몬의 부모는 자기들도 스페인으로 떠나기로 결정하고 우선 페르피냥으로 가서 국경을 넘을 방도를 찾기로 했다. 그들은 시몬을 역에서 전송한 다음에 철도 조합 본부를 찾아갔다. 거기서 시몬을 잘 알고 있는 조합원을 만나 그의 도움으로 이튿날 아침에는 페르피냥으로 가는 기차를 탈 수 있었다.

시몬은 8월 8일에 포르-부에서 국경을 넘었다. 거기에서 다시 바르셀로나로 갔으며 페르피냥에 있는 부모에게 모든 일이 순조로우니 걱정하지 말라는 내용의 전보를 쳤다.

시몬이 우선 착수한 일은 홀리안 고르킨을 만나는 일이었다. 고르킨은 1934년에 일어난 스페인 반란의 주모자로 스페인을 탈출하여 프랑스로 망명했다. 파리에서 고르킨은 보리스 수바린을 통해 시몬에 대한 이야기를 들은 적이 있었으나, 실제로 서로 만난 적은 없었다. 1935년에 고르킨은 다시 스페인으로 잠입하여 공산당의 이단 세력으로 구성된 마르크스주의 연맹의 지도자의 한 사람이 되었다.

마르크스주의 연맹의 창설자는 수바린의 처남인 호아킨 마우린이었다. 스페인 전쟁이 일어나자 마우린은 이상하게 자취를 감추었다. 그는 갈리시아로 강연을 하러 갔었는데 거기서 스페인의 군사 반란 소식을 들은 뒤 종적이 묘연해졌다. 그의 친구들은 이미 갈리시아에서도 군사반란이 성공할 추세를 보이자 마우린이 스스로 숨어버렸거나, 혹은 체포되었거나, 사살되었을지도 모른다고 추측했다. 그렇게 되자 고르킨이 마우린의 대리로 뽑혀 마르크스주의 연맹의 국제 비서가 되었으며, 그들의 기관지인 「바타야_Batalla_」의 편집인과 전쟁의 주요 세력인 국민군 중앙위원회의 회원이 되었다.

시몬이 고르킨의 사무실로 찾아갔을 때 그는 안에 있었다. 시몬은 자기소개를 하고 난 다음에 "저는 프랑코 지역으로 들어가서 마우린의 생사를 확인하고 싶습니다. 만일 그가 살아 있다면 구출할 방도를 찾고 싶으니 좀 도와주십시오"라고 말했다. 그러자 고르킨은 그런 위험한 일을 맡게 되면 틀림없이 그녀가 희생될 뿐이라고 하면서 그녀의 부탁을 거절했다. 시몬은 그와 한 시간 이상이나 다투는 동안 점차 화가 나기 시작하여, 마침내는 사람에게는 스스로를 희생시킬 권리도 있다고 주장했다. 그러나 말도 소용없음을 느끼고 시몬은 밖으로 나와버렸다.

이 계획이 받아들여지지 않자 시몬은 노동자 연맹의 국민군에 합류했다. 처음에는 다른 기자들과 같이 출발했으나 나중에는 혼자 레리다를 거쳐 에브로 강변에 있는 피냐에 도착했다. 시몬은 여기에서 두루티에 관한 칼럼을 썼으며 피냐의 농민과 국민군과의 대화도 썼다.

카탈란 노동자 연맹의 지도자인 두루티는 에브로 강 왼쪽에 주둔하고 있는 가장 주요한 부대를 맡고 있었다. 그의 총사령부는 부하랄로스에 있었으나 그는 피냐에도 자주 나타났다. 8월 16일에 시몬은 두루티가 피냐의 농민에게 하는 연설을 들을 수 있었다.

카탈란 부대와 아라공 부대에는 25명가량의 프랑스인, 이탈리아인, 불가리아인, 프랑스계 스페인인으로 구성된 밀사의 임무를 가진 국제적인 집단이 형성되었다. 시몬도 곧 이 집단에 들어갈 수 있었다. 그중에는 리델과 카르팡티에라는 프랑스인이 두 명 끼어 있었는데, 카르팡티에는 시몬에게 라이플 총 다루는 법을 가르쳐주었으며 밤에는 리델과 번갈아 그녀를 위해 보초를 서기도 했다.

8월 16일에 두루티의 연설이 끝난 다음 시몬은 두루티를 따라가는 행렬에 끼었다. 그들은 오세라에 들러서 두루티가 몇 가지 명령을 내리기를 기다린 다음에 부하랄로스 사령부로 가서 다음 날 아침에 다시 피냐로 돌아왔다.

피냐로 돌아오자마자 시몬은 아침부터 수바린에게 편지를 쓰고 있었다. "아직은 총소리 한 방도 듣지 못했습니다." 바로 그 순간에 굉음이 들려왔다. 공중 폭격이 시작된 것이었다. 시몬은 총을 움

커잡은 채 다른 대원들과 함께 뛰었다. 곧 옥수수 밭에 엎드리라는 명령이 떨어졌다. 시몬은 깊은 진흙 구덩이 속에서 공중으로 사격을 하려고 팔을 내뻗었다. 잠시 후에 되돌아가라는 명령이 내려왔다. 그때는 이미 비행기가 너무 높이 떠 있어서 사격을 해도 소용이 없었다. 그들은 포탄이 떨어진 곳을 보러 갔다. 거기에는 직경이 반 야드 정도 되는 작은 구멍이 하나 뚫려 있을 뿐이었다. 시몬은 다시 계속해서 수바린에게 "그러나 저는 조금도 당황하지 않았습니다"라고 썼다. 같은 날에 이 부대는 건너편 둑에 가서 적군의 시체를 화장하기 위해 강을 건너기로 했다. 지휘관은 시몬을 데리고 가지 않으려 했다. 에브로 강의 오른편 둑에는 프랑코 군대가 주둔하고 있었기 때문이었다. 게다가 시몬은 지독한 근시일 뿐만 아니라 총을 다루는 것도 서툴렀다. 그러나 시몬이 완강히 거부하는 바람에 결국에는 데리고 가지 않을 수가 없었다. 막상 에브로 강을 건널 때는 시몬도 카르팡티에게 자기 총의 장전이 잘 되어 있는지 좀 확인해 달라고 할 정도로 긴장하고 있었다. 시체를 태운 다음에 부대는 둘로 나누어져 한편은 다시 강을 건너가고 시몬이 있는 편은 하루 더 주둔한 다음에 이튿날이 되어서야 돌아왔다.

목요일에는 다시 강을 건너가서 적의 식량 공급 철로를 폭파하기로 했다. 지휘관인 루이 베르토미외는 부대원을 모아놓고 이 임무에 동의하느냐고 물어보았다. 처음에는 모두들 아무 말도 하지 않고 있다가 베르토미외가 생각하는 바를 이야기하라고 다그쳐 묻자 리넬이 나서서 모두 이의 없다고 말했다. 이때도 그들은 다시 시몬을 빼놓으려 했다. 그러자 시몬은 화를 내면서 "나는 엄연히 이 부대의 일원이며 스페인에 관광하러 온 것이 아니라 싸우러 온 것입니다"라고 말했다.

8월 19일 새벽 2시 반에 시몬을 포함한 대원 20명이 출발했다. 배가 작아서 전원이 함께 탈 수가 없었으므로 일부는 적군기에 발각되지 않도록 숲속에 숨어 있었다.

베르토미외는 가는 도중에 시몬더러 독일인 취사병과 함께 농가에 남아 있으라고 했으나 시몬은 말을 들으려 하지 않았다. 그러나 지휘관의 명령을 거역할 수는 없었으므로 시몬은 취사병과 함께 대원들이 돌아올 때까지 기다리기로 했다. 취사병은 겁에 질려 떨기 시작했다. 시몬에게도 나무 아래에 잘 숨어 있으라고 거듭 부탁했다. 시몬은 겁이 나지는 않았지만 발각이 되면 사살될 위험이 있는 상황이었으므로 주변에 있는 모든 사물들이 팽팽한 긴장 속에 있는 것처럼 느껴졌다.

얼마 뒤에 대원들은 농부 한 명과 열여섯 살 난 그의 아들을 끌고 무사히 돌아왔다. 한 이탈리아 무정부주의자는 이 소년을 노려보며 주먹을 휘둘렀다. 농부는 자기 가족들을 데리고 오기 위해 돌아갔다. 그가 올 때까지 기다리는 동안 시몬은 부대로 돌아가는 길이 막혀 전원이 죽게 될지도 모른다고 생각했다. 그러자 갑자기 시몬의 눈에는 이 세상이 지극히 아름답게 보였다.

잠시 후에 다시 폭격이 시작되었다. 시몬은 농가에 숨어 있다가 자동소총을 찾기 위해 밖으로 나왔다. 그러나 베르토미외가 얼른 그녀를 농가로 쫓아 보내버렸다. 마침내 농부가 가족들을 모두 데리고 돌아왔는데 그들은 겁에 질려 있었으며 인민전선 정부에 동조하지 않는 것이 그 태도에 명백히 나타나 있었다.

그다음 날에는 시몬의 근시 때문에 큰 사고가 일어났다. 취사병이 식사 준비를 하는 동안, 시몬이 발을 잘못 디뎌 끓는 기름에 다리를 덴 것이다. 구두를 신고 있어서 발은 데지 않았지만 왼쪽 다리에 심한 화상을 입었다. 카르팡티에가 양말을 벗겨내자 살이 벗겨졌다. 그들은 시몬을 부축하여 배에 태워 피냐로 보냈다.

그러나 그날 저녁, 시몬은 온 다리를 붕대로 감은 채 고통으로 이를 악물면서 부대로 돌아왔다. 카르팡티에가 간신히 그녀를 설득해서 다시 피냐로 돌려보냈다.

한편 8월 14일에 시몬의 부모는 페르피냥의 철도 노동자의 도움으로 바르셀로나에 도착했다. 거기에서 대피소로 쓰이는 호텔에서 하룻밤을 묵은 다음 시몬이 적어준 주소로 찾아갔으나 이미 시몬은 다른 기자들과 함께 떠난 뒤였다. 다시 고르킨을 찾아갔으나 마찬가지 이야기뿐이었다. 닷새 후에 그들은 무정부주의자인 루이즈로부터 시몬이 곧 바르셀로나에 도착하리라는 소식을 들었다. 그들은 밤새 기다렸으나 전방에서 오는 배는 보름에 한 번씩밖에 오지 않았다. 그다음 날 아침이 되어서야 겨우 시몬이 도착했다. 시몬은 그들을 보자 웃음을 띠며 "여기 왔어요!"라고 하면서 그동안 있었던 일을 모두 이야기했다. 아버지는 딸의 다리를 보고 기절초풍했다. 상처가 그토록 심한데 붕대는 부분적으로만 감겨져 있었으므로 잘못하면 균에 감염될 지경이었다.

시몬의 아버지는 곧 시몬을 시제스 병원에 입원시켰다. 그 병원은 스페인 의사의 관할하에 있었으므로 시몬의 아버지는 직접 치료에

간섭하지는 않았다. 그러나 열이 올라서 시몬이 이를 부딪치고 있는데도 아무도 와보지 않자 그는 즉시 시몬을 데리고 병원을 나왔다. 마침 시제스에 와 있던 미셸 콜리네가 시몬을 그녀의 부모 숙소까지 차로 데려다주었다. 거기에서 시몬의 아버지가 직접 시몬을 치료했다. 만일 병원에 그대로 방치해두었더라면 시몬은 절름발이가 되었을 것이다.

그동안 시몬은 9월 5일에 좌익군이 마요르카 침공에서 패배했다는 소식을 들었다. 곧이어 그 일로 인해 시제스에서 일어난 끔찍한 사건에 대해서도 들었다. 시제스 출신의 9명의 병사들이 원수를 갚기 위해 9명의 파시스트를 처형한 사건이었다. 이 가운데에는 한 노인의 외아들인 서른 살가량 된 빵 굽는 사람이 있었는데, 그의 죄목은 소마텐 의용군에 지원하지 않았다는 것이었다. 그가 처형되자 그 노인은 미치고 말았다. 두루티는 그에게 무정부주의의 이상을 한참 설교한 다음 24시간의 생각할 여유를 주고 그가 생각을 바꾸지 않자 즉각 사살했다고 한다. 이 이야기를 들은 시몬은 "그래도 두루티에게는 여러 가지 훌륭한 점이 있다. 나는 이 사건을 나중에 들었지만 몹시 양심의 가책을 느낀다"고 말했다.

화상에 차도가 있어 걸을 수 있게 되자 시몬은 콜리네의 차를 빌려 타고 바르셀로나까지 몇 번 가보았다. 거기에서 공장 몇 군데를 방문했는데, 이 이야기는 나중에 「스페인Journal d'Espagne」지에 실렸다.

콜리네에 의하면 시몬은 스페인 혁명의 전망에 대해 매우 비관적이었다고 한다. 그녀는 앞서 자신이 전쟁에 관한 논문에 썼던 것처럼 일시적인 반란이 전쟁으로 발전할 경우에 그것은 카이사르 식의 무단정치로 변질된다고 생각했으며, 프랑코가 패배할 경우에는 스페인은 제2의 러시아가 될 것이라고 생각했다. 그러면서도 시몬은 가능한 한 빨리 전방으로 돌아가고 싶어했다.

그러나 시몬의 부모는 그녀가 하루 속히 프랑스로 가기를 원했다. 좀더 나은 치료를 받게 되면 다리도 빨리 완쾌될 것이고 그러면 다시 스페인으로 돌아올 수 있을 것이라고 하면서 보는 사람마다 시몬을 설득시켜달라고 부탁했다. 마침내는 시몬도 프랑스로 돌아가기로 결정했다.

그들은 9월 25일에 포르-부에서 국경을 넘어 파리로 돌아왔다. 그뒤에 들려온 소식에 의하면 시몬이 화상으로 부대를 떠난 뒤에 대원들은 페르디게라에서 전멸했다고 한다. 결국 시몬의 화상이 그녀의 목숨을 구해준 셈이었다.

전선에 있는 동안 시몬은 실전을 하지는 못했다. 그래서 라이플 총을 들고는 다녔지만 한번도 쏘아볼 기회가 없었다. 정말로 사격을 했다 해도 시몬은 후회했을 것이다. 나중에 내가 시몬을 만났을 때, 이 문제에 관해 이야기하자 시몬은 명령을 받았더라면 쏘았을 것이라고 말했다. 그러나 마음속으로는 그것이 맞지 않기를 바랐을 것이다.

시몬은 훌륭한 군인이 되고 싶다는 생각과 자기가 쏘는 총탄이 무고한 사람에게 맞을지도 모른다는 생각 사이에서 갈등을 했다. 그녀가 정말로 쏘고 싶었던 것은 무력하고 죄 없는 상대편의 적이 아니라 이들을 핍박하고 있는 권력자였다. 시몬은 항상 전쟁으로 인해 많은 무고한 사람들이 피를 흘리는 것을 걱정했다. 스페인 내

전에서도 적과 마찬가지로 공화주의자들도 많은 피를 흘렸다. 여기에 대해 시몬은 자신도 도덕적으로 공범자라고 느꼈다.

파리로 돌아온 뒤에 시몬은 국제 반파시스트 구조 위원회에 가입했으며 여전히 인민전선 정부를 지지했다. 반파시스트 위원회에서는 공화정 스페인을 지지하는 집회를 가졌다. 시몬은 여기에서 연합 무정부주의 동맹의 붉은색과 검은색의 줄무늬가 든 스카프를 쓰고 연설을 했다. 시몬은 스탈린주의를 공격하고 스페인의 무정부주의자들이 카탈루냐에서 이룩한 사회적인 개선을 적극적으로 옹호했다.

시몬은 군복을 입고 스카프를 쓴 채 부르주에 가서 옛날의 동료들과 제자들을 만나 혹시 병기 창고에서 무기를 훔쳐서 스페인으로 보낼 수 없겠느냐고 묻기도 했다.

1936년 10월 27일에 시몬은 「비질랑스」지에 "우리는 과연 전쟁을 장려해야 할 것인가?"라는 제목으로 평화주의를 옹호하는 글을 썼다. 이 글에서 그녀는 스페인 내전을 국제 전쟁으로 이끌고 간 사람들을 비난했다.

"스페인 전쟁은 모든 면에서 우리를 22년 전으로 퇴보하게 했다. 이제부터 우리는 법률과 자유와 문화에 대한 막중한 짐을 져야 한다.……지금 여기에서 시급한 문제는 무엇인가? 지금 당신들은 자신이 비겁한 자가 아니라는 것을 증명하려고 하는가? 동지들이여, 당신들은 지금 스페인으로 가서 싸울 수도 있다.……거기에는 수많은 라이플 총이 있다. 당신들은 어떤 이상을 옹호하려 하는가? 그렇다면 동지들이여, 스스로에게 이렇게 질문해보라. 전쟁이 이 세상

전선에서 돌아온 시몬 베유(1936년, 스페인)

에 더 많은 정의와 자유와 복지를 가져다줄 수 있는가를."

　이밖에도 시몬은 스페인 전쟁에 관한 글을 두 편 썼다. "중립국의 정책과 상호 원조"와 "국제간의 비개입 문제"였다. 첫 번째 글에서 시몬은 이렇게 말했다.

　"스페인이 직면하고 있는 문제는 곧 우리 자신의 문제임에도 불구하고 우리는 그들에게만 생명을 걸고 싸우게 했다. 더욱이 이런 태도를 유럽 전체의 전쟁을 막기 위한 것이라고 정당화했다. 스페인에 대한 프랑스의 이런 태도는 체코슬로바키아나 소련에 대해서도 마찬가지이다. 스페인의 정치적인 갈등이 우리에게 위협이 되자 곧 중립이라는 안이한 태도를 취하는 것은 도저히 상호 협조라고 볼 수 없다."

또 두 번째 글에서는 이렇게 말했다.

"나는 레옹 블룸에 대한 격렬한 공격에 가담하고 싶지는 않다. 나는 그가 취할 수밖에 없었던 조처를 이해할 수 있다. 더욱이 모든 반대에도 불구하고 그가 자신의 입장을 지킨 도덕적인 용기에 대해 감탄하는 바이다.⋯⋯그러나 대체 무엇 때문에 프랑스가 스페인의 문제에 개입하는 것이 독일이 체코슬로바키아에 개입하는 것보다 덜 문제시되는지에 관해서는 그의 답변을 듣고 싶다."

프랑스에 돌아온 뒤에도 얼마 동안 시몬은 다시 스페인 전쟁에 참전할 생각을 지니고 있었다. 그러나 마침내 이 생각을 바꾸게 된 것은 전쟁에 대한 회의와 더불어 전쟁이 그 본래의 목적인 정의, 자유, 인간애를 수호하려는 목적을 상실하고 있다는 절망감에서였다. 시몬은 다리의 상처가 완전히 낫지 않아 다시 스페인으로 돌아가지는 못했지만 스페인의 평화 회복을 위해 백방으로 노력했다. 또한 1937년부터 1938년 사이에 타협안이 제외되자 전쟁의 종식을 위해 이 타협안을 적극적으로 지지했다.

다리의 상처가 다 아물지 않은 데다가 나날이 악화되어가는 두통으로 말미암아 시몬은 2년간 교단을 떠나야 했다. 교직에서 해방된 데다가 스페인으로 돌아갈 수 없게 되자 시몬은 다시 노동자들의 노동조건 개선을 위해 일하기 시작했다. 1936년 10월 23일에는 「자유」지에 "C.G.T.의 선언에 관하여"라는 글을 기고했다. 이 글에서 시몬은 파업이 계속될 경우에 생기는 위험성과 이에 관련된 공산당의 정치적인 영향을 지적하면서 "노동자는 자신의 권리를 절대로 포기하지 않는 한편 이성적이고 치밀한 전략으로 노조 운동을 밀고 나가야 한다"고 말했다. 그러기 위해서는 노동자의 문제를 구체적으로 검토할 연구단을 노동조합 내에 두어야 한다고 제안했다.

또 1936년 6월 혁신 이후의 "무정부주의 산업 노조에게 보내는 공개 서한"을 쓴 것도 이 무렵이었다. 이 글에서 시몬은 산업 노조에 가입한 철강 노조원들에게 했던 연설에서 주장한 것처럼 이들의 책임감 있는 업무 수행을 강조했으며, 산업 노조 연맹이 당초의 100만 명에서 500만 명으로 규모가 커진 것은 그들이 한 개인으로서가 아니라 단체로서 힘을 행사했기 때문이라는 것을 잊지 않도록 주의를 환기했다.

"이제는 1936년 6월 이전과는 상황이 달라졌습니다. 여러분은 이제 그전처럼 외롭지 않으며 막강한 힘을 갖게 되었습니다. 그것은 여러분이 모두 노조를 통해 뭉친 덕분입니다. 이와 함께 중요한 사실은 여러분이 예전보다 더 충실히 임무를 수행해야 한다는 사실입니다. 여러분이 좀더 인격적인 대우를 받게 되었다면 그것은 노조 덕분입니다. 그러므로 만일 여러분이 훌륭한 조합원이 되지 못한다면 앞으로 계속해서 인격적인 대우를 받지 못할 것입니다. 임무 수행을 게을리하는 한 여러분이 힘들게 얻은 이익과 권리도 물거품처럼 사라지고 말 것입니다. 권리란 의무와 병행하는 것임을 명심하시기 바랍니다."

시몬은 교사들에게 보내는 연설문을 통해 그 당시 산업 노조에 세력을 뻗치기 시작했던 대학의 영향력에 대해 경고했다. 지식계급들은 노동자들과는 달리 자신을 희생하거나 자신의 위험을 무릅쓰고 일하지는 않을 것이니 노동조합의 문제는 스스로 고난을 겪고 있는 노동자들 자신이 해결해야 한다는 것이었다.

C.G.T.는 유일한 범국가적인 노동조합 운동이 되었다. 주오와 벨랭이 지도자로 선출되었는데 그들의 사무실은 서로 마주보고 있었다. 시몬은 벨랭을 자주 만났으며 그에게 상당한 공감을 느꼈다. 그는 「생디카*Syndicat*」라는 주간지를 만들었다.

시몬은 C.G.T. 본부로 벨랭을 찾아갔다. 벨랭의 말에 의하면 시몬은 자그마한 베레모를 쓰고 한구석에 가만히 앉아서 힘없는 목소리로 얘기했다고 한다. 그녀는 무척 지치고 피곤한 것처럼 보였다. 사실 시몬은 캉쿠에가 그녀를 "무시무시한 여자"라고 불렀을 당시에 비하면 많이 변해 있었다. 그녀는 노동자들에게 항상 겸허한 태도로 대했으며 노동운동 기구의 대표자들에게도 그랬다.

시몬은 C.G.T.에 북부 공장의 실태 조사를 맡겨달라고 부탁하여 승낙을 받았다. 이것을 위해 시몬은 1936년 12월 27일에 릴로 갔다. 여기서 느낀 것을 토대로 작성한 "북부 공장 지역의 실태 보고서"는 노동자와 고용주의 두 입장에서 공평하게 문제를 파악하면서도 노동조합의 활력을 북돋아주는 훌륭한 글이었다. 일련의 파업이 일어난 뒤에 북부 공장의 고용주들은 자기들의 권리가 인정되도록 노력했다. 여기에 대해 시몬은, "고용주들의 불만이 무조건 틀렸다고 생각하는 태도는 옳지 않다. 그들의 말은 다소 과장되었지만 어느 점에서는 일리가 있다. 이와 함께 재고해야 할 것은 노동자 대표들의 태도이다. 그들은 사회질서를 감독하기 위해 선출되었음에도 공장 내에서 세력을 형성하여 자기들의 권리를 남용하고 있다"고 지적하면서 현시점에서는 어떤 파업도 위험한 것이며 대표자들은 자신들이 노조에 소속되어 있음을 잊지 말아야 한다고 했다. 또 계속해서 "노동자들의 노예화는 상당히 줄어들었다. 노동자들을 노예화시키는 제도 역시 없어졌다. 우리는 이에 기뻐할 따름이지만, 산업에는 질서와 제도가 없을 수 없다는 것도 사실이다. 따라서 현재의 문제는 우리들이 획득한 자유에 알맞는 새로운 질서가 조속한 시일 내에 생겨야 한다는 것이다"라고 말했다.

곧이어 이 문제의 해결을 위해 시몬은 "생산 체계의 새로운 내적 체제 설립을 위한 계획안"을 발표했다. 여기서는 이제까지 극단화되어온 노동자들의 주장을 다소 견제하여 고용주들과 타협을 이루어야 한다고 제시했다. 노동자들의 건강과 생활과 인권의 보장을 요구하는 노조측과 생산 관리를 맡고 있는 경영자 측이 서로 세력의 균형을 이루어야 한다는 것이다.

1937년 1월 8일경에 독일 군대가 스페인령 모로코로 진입하고 있다는 소문과 함께 프랑스령의 모로코 역시 위협을 받고 있다는 소식이 들려왔다. 프랑스 신문들은 흥분에 휩싸여 프랑스가 모로코를 방어할 경우에 일어날 사태에 대해서 보도했다. 이것을 보고 전쟁을 유발시키는 것이라면 무엇이나 혐오하는 시몬은 두 편의 글에서 프랑스는 모로코에 대해 아무런 권리도 없으며 실제로 있지도 않은 권리를 옹호하기 위해 전쟁을 유발시키는 행위는 용납될 수 없다고 주장했다. 첫 번째 글은 그해 4월에 「생디카」지에 실린 것으로서 프랑스에서 모로코에 보호망을 치게 된 경위를 추적한 것이었으며,

두 번째 글은 「비질랑스」지에 실린 것으로서 이로 인해 모로코에서 일어난 반란을 설명하는 것이었다.

이와 함께 시몬은 2월에 참석했던 파리 지구의 산업 노조 대표자 회의에 대한 보고서를 「프롤레타리아의 혁명」지에 발표했다. 이 기구는 1936년 이후에 회원이 대폭 증가되어 거의 100만 명에 이르렀으나 시몬은 그들의 단합 대회의 분위기에 동조할 수 없었다. 소련의 집회에서 영향을 받은 듯한, 회원들을 선동하는 노래나 박수나 함성이 없이도 얼마든지 회의를 진행할 수 있다고 생각했기 때문이었다. 더욱이 6월에 일대 혁신을 일으키지 못했던 것을 지도자들에게 질책하는 사람은 아무도 없었다. 그들은 자기들의 문제가 그저 고려되고 있다는 사실에 만족하는 것처럼 보였다. 또한 노동자의 처우 개선 문제와 같이 정작 토론해야 할 문제는 취급조차도 하지 않고 소련 문제를 주요 안건으로 다루었다. 노조의 지도자는 현재 소련에서는 파시스트의 세력이 없어지고 있으며 소련은 세계에서 가장 민주적으로 되어가고 있다고 발언했다. 여기에 대해 시몬과 한편인 「프롤레타리아의 혁명」지의 하그나우어, 프론티, 샤르비 등이 나서서 반박했다. 시몬은 이 기구가 결정적인 위기에 다다랐다고 판단했다. 그동안 점차로 공산당 세력에 포섭되어온 이 기구는 이제 소련의 어용 기구가 되어 폭력 단체가 될 가능성마저 보이기 시작했기 때문이었다. 이미 본래의 모습은 조금도 찾아볼 수가 없었다.

시몬은 이 기구를 구제하기 위한 방법의 하나로 프랑스 기독교 노동자 연맹과의 연합을 생각했다. 이 연맹은 산업 노조 연맹을 견제할 만한 힘을 갖고 있었기 때문이었다. 시몬은 곧 가톨릭계 잡지인 「에스프리*Esprit*」지의 편집장인 에마뉘엘 무니에에게 편지를 썼다. 이 편지에서 시몬은 노동자의 자유를 위해 산업 노조 기구의 복수제가 불가피한 것인가 하는 문제와 C.G.T.의 정신은 기독교의 윤리와 모순되는가 하는 문제를 제기했다.

첫 번째 문제에 대해 시몬은 노조의 분화는 노동자의 자유 획득에 도움이 되는 것이 아니라 상호 경쟁으로 인한 과잉 선전과 힘의 낭비로 말미암아 오히려 장애가 된다고 말했다. 그러나 시몬은 이 문제보다는 두 번째의 문제를 더 중요하게 다루었다. 그녀는 C.G.T.가 이상이나 전통을 갖고 있지는 못하지만 기독교의 윤리관과 대립하지 않는다고 말했다. "저는 기독교 신자는 아니지만 항상 기독교 정신의 근원은 그리스 정신에 근원을 두고 있으며 유럽 문화의 발전에 중심이 되어왔다고 생각하고 있습니다.……기독교 정신과 마찬가지로 산업 노조 연맹에서는 증오를 가르치지 않습니다. 이 연맹의 선구자들과 설립자들이 심어준 것은 증오는 아니었습니다.……" 계속해서 시몬은 두 연맹 사이의 공통점을 찾아냄으로써 결합의 가능성을 납득시키려고 애썼다.

"……기독교적인 입장에서 보더라도 지금 가장 시급한 문제는 노동자들이 자신들을 박해하는 자들까지도 사랑할 수 있는 위대한 정신에 이르게 하는 것이 아니라, 그들 스스로를 비인간적일 정도의 비참한 상태로 이끈 수동적인 태도를 버리게 만드는 일입니다. 아리스토텔레스와 토마스 아퀴나스에 뒤이어 기독교의 교리에서도 우선 어느 정도의 물질적인 안정이 있은 뒤에야 덕이 이루어질 수 있다고 말하고 있지 않습니까?

과연 노동자와 기업주는 서로 투쟁을 해야 할까요, 아니면 협동을 해야 할까요? 이것은 인위적으로 대립시킨 문제입니다. 이 두 계급 사이에 협동이 있다는 사실을 누가 부인할 수 있겠습니까? 노동자가 일을 할 때 이미 그는 분명히 기업주와 협동을 하고 있습니다. 협동을 하지 않는다면 그는 항상 파업 상태에 있어야 할 것입니다. 그러나 또 이들이 서로 투쟁하고 있다는 것을 어떻게 부인할 수 있겠습니까?······기업주는 항상 자신의 이익을 위해 노동자가 더 많이 일해줄 것을 바라고 있고, 노동자는 될 수 있는 한 지치지 않고 일하면서도 잘살 수 있기를 바라고 있으니 말입니다. 그러므로 협동과 대립은 항상 함께 있는 것입니다.

······문제는 협동을 이야기하고 있는 사람들이 정말 협동을 바라는 것이 아니라 속임수와 노동자의 노예화를 숨기기 위한 방편으로 협동을 내걸고 있다는 것입니다.······

제가 생각하기에 C.G.T.의 정신이 기독교인에게 충격적일 수 있다면 그것은 곧 민중 선동적인 경향입니다. 그러나 이런 경향은 C.G.T.에 국한된 것이 아니라 정당, 국가, 교회를 막론하고 누군가와 투쟁을 해야 할 입장에 있는 인간 집단에게는 모두 공통된 것입니다. 또한 민중 선동에 반대해야 하는 것은 기독교인들뿐만 아니라 모든 인간의 공통된 의무입니다."

이 동안에도 시몬은 6월 혁신에 따르면서도 질서나 규율과 조화를 이룰 수 있는 공장 내부의 제도를 만들기 위해 연구를 계속했다.

그리하여 2월 11일 「생디카」지에 "권위의 위기"와 "산업기구 내부의 새로운 제도를 위한 계획안"을 발표했다. 이 두 글에서 그녀는 기업주의 요구와 노동자의 요구를 함께 충족시키려고 노력했다.

그러나 이 양측의 요구가 모두 타당하다는 것을 인정하는 것만으로는 충분치 않았다. 실제로 구체적인 문제에서 어떻게 타협을 해야 할 것인가를 발견해내야 한다. 시몬은 이 문제를 더 깊이 연구하기 위해 테일러 시스템을 검토한 후 2월 23일에 노동자들을 상대로 강연을 했다. 여기에서 시몬은 기업주와 노동자가 모두 받아들일 수 있는 원칙을 제시했다.

"공장이라는 것은 원료가 제품으로 만들어질 때 생산 가격이 너무 비싸거나 수량이 너무 적거나 질이 너무 나쁘게 조직되어서는 안 되며, 아침에 작업장에 들어간 노동자가 저녁에 퇴근할 때 육체적으로나 정신적으로 너무 지치도록 조직되어서도 안 된다.……그러나 이 문제는 아직까지 아무도 제기하지 않았기 때문에 거기에 대한 해결책도 마련되지 않았다. 우리가 당장 내일 공장을 양도받는다고 해도 우리는 어떻게 해야 좋을지 모를 것이며 결국은 현재와 마찬가지로 경영할 수밖에는 없을 것이다.……

나 자신 역시 여러분에게 해결책을 제시할 수가 없다. 이것은 이론적으로 글을 통해 제시할 수 있는 문제가 아니라 관리인이나 기업주나 기술자가 현재의 체제를 점차 개선하여 훌륭한 제도를 고안해내야 할 문제이다."

이렇게 볼 때 테일러 시스템에 대한 연구와 비평도 문제를 제기하는 방식을 보여주는 데 그칠 뿐이다. 시몬은 테일러 시스템에 관한 연구의 역사를 소개하면서 이 제도의 결과에 대해 이렇게 말했다.

"일정한 한계 내에서 출발한 이 제도는 노동을 지속시키는 것보다는 노동의 속도를 증가시키는 데에 더 역점을 두고 있다."

소위 테일러리즘의 과학적인 성격이라는 것에 대해 시몬은 전문가로부터 노동자들을 옹호했다. "경영자가 전문가를 끌어들이는 것보다 쉬운 일은 없다. 더욱이 이 경영자가 국가인 경우에는 이런저런 과학적인 법칙을 적용하는 것보다 쉬운 일은 없다.……그러므로 노동자는 자기들에게 무엇이 가장 중요한 문제인가를 정할 때에 전문가나 지식인이나 또는 기술자를 믿어서는 안 된다."

이 무렵에 시몬은 사회주의와 공산주의자 사이에서 정치적인 병합이 이루어질 것이라는 소문을 들었다. 시몬은 그렇게 된다면 C.G.T.의 경우와 마찬가지로 사회당이 공산당에 넘어가리라고 생각했다. 그래서 벨랭에게 편지를 보내어 사회당에 영향력을 행사하여 이 일을 막아달라고 부탁했다. 또 이 편지에서 프랑스의 외교 정책에 관한 벨랭의 의견에 이의를 제기했다. 벨랭은 C.G.T.의 지도자의 한 사람이며 평화주의자였음에도 체코슬로바키아가 히틀러에게 공격을 받을 경우 체코슬로바키아를 지원하지 않을 수 없다고 생각하고 있었다. 시몬은 벨랭에게 "저는 체코슬로바키아가 함락되도록 버려둘 수는 없다고 한 당신의 말을 듣고 놀라지 않을 수 없었습니다. 이 말은 곧 체코슬로바키아를 위해 전쟁을 일으키는 것이 합법적이라는 말과 같습니다. 그렇다면 당신도 블룸이나 주오나 공산주의자들과 다를 바가 없습니다. 나는 프랑스의 청년들이 스무 살이라는 젊은 나이에 체코슬로바키아를 위해 죽어야 한다는 불합리한 생각을 인정할 수가 없습니다.……"

시몬은 그에게 전쟁에 관한 자신의 과감한 생각을 이야기하는 것을 두려워하지 않았다. "저는 패전이 승전보다 더 비참하다고 생각하지는 않습니다. 패전이나 승전이나 결국은 똑같이 비참한 것입니다.……전쟁을 하지 않고 지는 것이 전쟁을 하고 이기는 것보다 훨씬 낫습니다.……"

그리하여 시몬은 평화 수호를 위해 한 가지 새로운 방법을 제시했다. 전쟁을 하지 않고 적국에서 요구하는 이권을 그대로 넘겨주자는 것이었다. 이것은 이제까지 아무도 시도해보지 않았으며, 그 성공 여부를 입증할 수도 없었지만, 그렇게 되면 적어도 전쟁을 피할 수는 있을 것이었다. 물론 이 방법이 내포하고 있는 위험성은 매우 컸다. 적국의 사기를 북돋아주게 되며 적국에서 전쟁 이상의 것을 요구하게 될지도 모르는 일이었다. 그러나 이것이 적대 감정으로 상대편을 분격시키는 위험보다는 나을 것이라고 시몬은 생각했다.

시몬의 제안이 황당하다고 생각할 수도 있다. 그러나 여기에는 적어도 한 가지 실제적인 근거가 있었다. 시몬은 프랑스의 인민전선 정부가 시행하려는 사회 정책과 나치의 위협에 대한 국가 방어의 필요성 사이에는 모순이 있다고 생각했다. 독일에 대항하기 위해 전력을 쏟게 되면 6월 혁신에서 가까스로 얻은 성과는 다시 무너지고 말 것이기 때문이다.

결국 전쟁의 위험 밑에 놓인 사회에서 노동자들은 더욱 타격을 받게 될 것이다. 전쟁 준비를 위해 과다하게 부과되는 업무량과 전략무기 생산에 희생되는 노동자의 권익으로 말미암아 노동자들은 사회적으로 노예의 상태로 떨어질 것이며 무수한 압박을 받게 될 것이다. 그렇게 되면 개혁이나 혁명으로도 이 문제에 손을 댈 수 없게 된다. 혁명가나 개혁가들은 근본 요소를 바꾸지 않고서도 노동자들의 상태를 개선할 수 있다고 생각한다. 그러나 시몬은 그런 태도는 환상이라고 여겼으며 무엇보다도 군사적인 문제가 가장 결정적인 요인이라고 생각했다.

시몬은 두통이 너무 심해졌으므로 몽타나에 있는 병원에 가서 치료를 받으라는 아버지의 권고를 받아들이기로 했다. 몽타나는 이탈리아로 가는 중도에 있었으므로 시몬은 전쟁이 터지기 전에 한번 이탈리아에도 가보기로 했다.

시몬은 3월 11일에 떠났으며, 시몬의 부모도 3월 20일에 몽타나로 떠나서 그곳에 약 2주일가량 머물렀다.

이 동안 시몬은 아버지와 함께 취리히로 치료를 받으러 갔었는데, 거기에서 아인지델른 성당에 들러 그레고리안 성가를 들었다. 시몬은 이 성가를 듣고 기쁨을 누를 수 없었지만, 그녀의 아버지는 몇 시간씩 앉아서 단조로운 성가를 듣자니 지루해서 견딜 수 없었다.

몽타나에 있는 동안에 시몬은 몇 편의 글을 썼다. 그중의 하나가 3월 25일에 발표된 "튀니지의 유혈 사태"였다. 튀니지의 광산 노동자들 몇 명이 3월 4일에 메틀라위에서 파업을 일으켜 광산 건물을 점령했다. 그러자 헌병이 출동하여 이들에게 해산을 요구했으나 노동자들이 말을 듣지 않자 발포하고 말았다. 이로 인해 20명가량이 사살되었다. 시몬의 글은 이 사건에 대한 끓어오르는 분노로 가득 차 있었다. 무엇보다도 시몬은 식민지국에 대한 프랑스의 무관심을 지적했다. 좌익계에서조차도 여기에는 전혀 주의를 돌리지 않았다.

시몬은 식민지에서 일어나는 이런 비참한 사건들은 파리의 철강 노동자들이 15퍼센트의 봉급 인상을 받지 못한 사건만큼의 관심도 받지 못하고 있다고 비꼬았다. 더욱이 식민지국의 노동자들의 고통에는 구경거리가 될 만한 점도 없으며, 인민전선 정부는 이제까지 식민지국을 억압하는 정책을 펴왔다고 비난했다. 시몬은 예언적인 발언으로 이 글의 결론을 맺었다. "유럽 전쟁은 우리들의 무관심과 냉담과 잔혹함에 대한 식민지 국민들의 보복의 표시가 될 것이다."

시몬이 몽타나에서 쓴 "제2의 트로이 전쟁을 피하자"라는 글은 4월 1일과 4월 15일에 두 부분으로 나뉘어 드퇴프가 창설한 월간지에 발표되었다. 여기서 시몬은 전쟁의 불합리성을 폭로했다. 가장 치열한 투쟁이 흔히 뚜렷한 목적도 없이 일어나는 경우가 허다하다. 그것은 투쟁을 하는 사람들이 전쟁으로 인한 희생과 균형을 이룰 만한 전쟁의 목적을 지니고 있지 못하기 때문이다. 따라서 어떤 뚜렷한 계산도 화해의 가능성도 없는 투쟁인 전쟁은 그 목적이 전쟁 자체에 있으며 이미 스스로 값을 지불한 희생에 있다.

한 그리스 시인의 말에 의하면 트로이 전쟁은 헬레네의 환영에 사로잡힌 10년간의 악몽이었다고 한다. 오늘날에는 국가니 나라니 하는 말들이나 자본주의, 사회주의, 국수주의와 같이 무슨 주의가 붙은 말들이 바로 헬레네의 구실을 하고 있다. 시몬은 이 글로써 이러한 주의들이 범하고 있는 결정적인 오류를 명백하게 밝혔다. 시몬은 참된 상반 관계의 예로서 전체주의와 민주주의의 갈등, 질서와 자유의 갈등, 계급 사이의 갈등을 들었다. 계급투쟁에는 확실히 의미가 있지만 이것은 어디까지나 투쟁이지 전쟁은 아니며 그 정도의 효과밖에는 없다. 그러나 이 투쟁에서 상대방을 절대적인 악이라고 여겨 서로를 몰살시키려 한다면 그것은 환상이다. 계급투쟁은 끊임없이 파괴되고 있는 균형을 재건하려는 목적 안에 머물러 있을 때에만 유효할 수 있다.

시몬은 이 글을 쓰면서 위신이란 공허한 것만은 아니라고 생각하게 되었다. "위신은 권력에 관련되어 있으며, 권력은 질서에 관련되어 있다. 사람은 질서가 없이는 살 수 없기 때문에 권력에 대한 요구도 현실적이다. 그러나 권력의 배당은 임의적이다. 권력이 임의로 배정되었다는 인상을 주어서는 안 되지만, 이 임의성이 없이는 권력도 있을 수 없다. 그러므로 본질적으로 환상인 위신이 권력의 본질이다.······권력이 인정받는 것이 되기 위해서는 절대적인 것처럼 보여야 한다.······"

이 생각은 극단적인 비관론인 것처럼 보인다. 질서가 있기 위해서는 우선 권위가 있어야 하며, 이것을 추구하다가 잔인한 전쟁이라도 일어나게 된다면 대체 우리에게는 무슨 희망이 있는가? 그러나 시몬은 인생 자체가 기적으로 이루어져 있으며, 전쟁을 일으킬 만한 공허한 표어들은 끊임없이 쫓겨나고 있다고 생각한다. 더욱이 평화를 추구한다는 것이 투쟁을 모두 포기한다는 말은 아니다. "사회의 여러 세력들 사이의 관계는 다양하다. 특권을 지니지 못한 계급들은 항상 이 관계를 바꾸어보려 하며 사실상 인공적으로 안정을 강요하는 것은 잘못이다. 우리에게 필요한 것은 인생 자체의 조건인 세력들 간의 투쟁을 방해하지 않은 채 전쟁의 위험을 줄이도록, 무엇이 허구이고 무엇이 현실인지를 구분하는 일이다." 이 탁월한 논문에서 시몬이 강조한 것은 선이 악을 정복해야 한다는 것이 아니라 평화를 이룩하기 위해서는 일정한 한계 내에서 여러 사회적인 세력들 사이에 균형을 유지해야 한다는 것이다.

몽타나 병원에서 치료를 받는 동안에 시몬은 역시 그곳에서 치료를 받고 있는 의과 대학생 장 포스테르나크를 알게 되었다. 그는 축음기와 레코드판을 가지고 있었으므로 시몬은 그와 함께 바흐의 "브란덴부르크 협주곡"을 들을 수 있었다. 또 포스테르나크는 이탈리아를 잘 알고 있었으므로 시몬의 이탈리아 여행을 위해 자기의 친구인 젊은 파시스트 당원의 주소를 가르쳐주었다. 시몬 역시 파시스트의 생태를 알고 싶어했다.

몽타나에서 치료가 끝나기도 전에 시몬은 이탈리아로 출발했다. 이탈리아 여행은 시몬의 일생에서 가장 즐거운 여행이었다. 그녀는 4월 23일에 몽타나를 떠나 도중에서 팔란차에 멈추어 스위스에 접해 있는 호수를 따라 몇 시간 동안이나 산책을 했다. 그리고 그곳에서 보트를 타고 스트레사로 갔다. 거기에서 한 이탈리아 교사의 호의로 그의 집에서 하룻밤을 묵었다. 그는 파시스트 당원이었으므로 시몬에게 자기 당에 관해서 열렬히 소개했다. 시몬은 그 집에서 머무는 동안 파시스트의 가난한 생활과 사고방식을 잘 알 수 있었다.

26일에는 스트레사를 떠나 밀라노로 갔다. 거기에서 베르디의 오페라 「아이다」를 라 스칼라 극장에서 보았으며 레오나르도 다빈치의 「최후의 만찬」도 구경했다. 시몬은 포스테르나크에게, "밀라노는 혼잡한 도시지만 마음에 듭니다.……사람들도 매우 좋습니다. 저는 지금 피아차 베카리아에 있는 아늑한 카페에서 이 글을 쓰고 있습니다. 방금 웨이터가 와서 제 어깨 너머로 무엇을 쓰고 있는지 들여다보는군요. 제가 쳐다보자 그는 아주 매력적인 웃음을 띠었습니다.……"라고 편지에 썼다.

밀라노를 떠난 시몬은 볼로냐와 두오모를 거쳐 로마로 갔다. 로마에서는 베드로 성당에 가서 미사도 드리고 시스티나 성당에 가서 성가대가 부르는 노래에 도취하기도 했다. 성당의 미사 광경과 조각, 미사를 드리는 사람들이 일체가 되어 조화를 이룬 모습은 마치 낙원처럼 보였다.

피렌체는 시몬이 이제까지 본 도시 중에서도 가장 아름다운 도시였다. 시몬은 전에 어머니가 이야기했던 산미니아토에 가보고 감탄하지 않을 수 없었다. 오른편 벽에는 머리에 후광이 비치는 젊은 성자가 무릎을 꿇고 있는 모습이 새겨져 있었으며 그레고리안 성가가 흘러나왔다. 피렌체의 시가지를 내려다보고 있노라면 비스듬히 늘어선 올리브 나무의 향기와 아름다운 거리의 모습에 넋을 잃을 지경이었다. 더욱이 피렌체의 황혼은 이루 말로 표현할 수 없이 아름다웠다.

6월 11일에 시몬은 파리로 돌아왔다. 이탈리아를 여행하는 동안에 시몬은 카탈루냐에 반파시스트 중앙위원회의 소인이 찍힌 여권을 가지고 다녔다. 이탈리아에서는 파시즘이 한창 세력을 떨치고 있었던 만큼 만일 누군가가 이것을 검사했더라면 문제가 되었을 것이다. 또한 어떤 도시에서 시몬은 몹시 굶주리고 완전히 타락한 한 이탈리아인과 이야기를 나누었는데, 그는 시몬에게 파시스트 당에서는 반파시스트 논자를 고발하는 사람에게 많은 상금을 주고 있다고 말했다. 그런데도 시몬은 주의하기는커녕 자기는 스페인에서 반파시스트로 싸운 적이 있다고 자랑스럽게 말했다. 그를 신뢰하는 모습을 보여주면 그가 다시 자부심과 명예감을 되찾게 될지도 모른 다고 생각했기 때문이다. 실제로 그는 나중에도 시몬을 고발하지 않았다.

이탈리아에서 돌아온 뒤에 시몬은 여러 기회를 통해 이탈리아에 서 느낀 아름답고 훌륭한 인간성에 대한 감탄을 이야기하고 싶어했 다. 시몬과 같이 현명하고 성자다운 영혼을 지닌 사람에게는 인간 의 아름다움에 대한 이런 커다란 감동이 곧 영감의 근원이 될 수 있 었다.

생-캉탱과 솔렘 : 두 번째 이탈리아 여행

1937-1938

이탈리아에서 돌아오자마자 시몬은 스페인에서 6월 19일에 빌바오가 프랑코 군대에게 점령당했다는 소식을 들었다. 그런데다가 며칠 후에는 레옹 블룸이 사임하고 쇼탕 내각이 그 자리를 대신했다는 슬픈 소식을 들었다. 시몬은 이로써 인민전선 정부는 이미 끝이 났다고 생각했다. 그리하여 이것을 주제로 하여 "시체에 대한 고찰"이라는 글을 썼다.

이 글에서 시몬은 1936년 6월부터 1937년 7월까지 프랑스에서 일어났던 일들로부터 한 가지 교훈을 이끌어냈다. 시몬은 "많은 사람들에게는 행복한 꿈이었고, 어떤 사람들에게는 악몽이었던 이 짧은 역사"는 사회생활 속에서 상상력이 얼마나 중요한 역할을 하는가를 증명한다고 생각했다. 이 동안에 일어난 변화는 실생활 면에서의 변화가 아니라 정신적인 면과 정서적인 면에서의 변화이다. 실로 "상상력은 사회생활의 바탕이며 역사의 원동력이다. 실생활에서의 요구나 이익이 미치는 영향은 군중에게 전혀 의식되지 않고 있으므로 항상 간접적인 것이다. 각 개인의 생각을 소멸시키지 않고 개인과 개인을 결합시킬 수 있는 방법을 생각해낼 수 있는 사람은 인류 역사상 불의 발견이나 바퀴의 발견에 비견할 만한 혁명을 일으킬 수 있는 사람이다. 상상력은 인간 생활에서 아무리 과장해도 지나치지 않는 중요성을 차지하고 있다. 그러나 그 효과는 어떻게 그것을 다루느냐에 달려 있다."

시몬은 레옹 블룸의 잘못은 그가 6월 혁신의 열광과 국가의 상상력을 어떻게 이용해야 할지 몰랐으며 이 열광을 결실로 이끌기 위해, 특히 경제 문제에서 어떤 조처를 취해야 할지 몰랐던 데에 있다고 생각했다.

"블룸은 그의 성실성과 윤리로 많은 지지를 받았다. 프랑스의 정치사상 그의 탁월한 지성을 따를 자는 아무도 없다. 그런데도 왜 그는 실패했는가? 그가 정치라는 예술이 사회의 안정과 집단적인 상상력 사이를 오가는 이중의 전망이라는 것을 몰랐기 때문이며, 사회의 안정을 위해서 정치가는 집단적 상상력을 일종의 원동력으로 이용해야 한다는 것을 몰랐기 때문이다."

레옹 블룸의 파멸을 초래한 것은 경제 문제였다. 여기에 대해서 시몬은 "경제학에 대한 고찰"과 "파산에 대하여"라는 두 편의 글을 썼다.

시몬은 재정난이 한 정부의 몰락을 직접 가져오지는 않는다고 생각했다. 많은 실례로 미루어보건대, "정부는 재정적인 이유로 붕괴하지는 않는다. 그러나 불건전한 재정 상태로 인해 정치적인 위기가 야기될 수 있다. 이 두 가지는 엄연히 다른 것이다." 그 차이점은 경제위기는 직접적으로나 필연적으로 정치위기를 야기시키는 것이 아니라, 상상력의 중재를 통해서 그렇게 된다는 데에 있다. 다시 말해 경제위기로 인해 "권력의 위신"이 땅에 떨어지게 되기 때문에 그 권력이 위기에 처하게 되는데, "민중의 복종을 얻는 데는 권력보다 오히려 위신이 더 중요한 역할을 하고 있다." 위신을 지킬 수 있는 정부는 설사 경제위기가 일어난다 해도 정권이 몰락할 정도에까지 이르지는 않는다.

시몬이 "자유와 복종에 관한 고찰"을 쓴 것도 이 무렵이었다. 이 글에서 시몬은 피렌체에 대한 기억을 회상하면서 권력의 본질을 규명하고 권력의 붕괴 밑에는 상상력이 주요한 역할을 하고 있음을 밝혔다. 또 이 글에서는 시몬이 공장 생활을 할 때 말했던 것과 같은 사회질서에 대한 비관주의가 나타났다. "사회적인 힘은 거짓말 없이는 행사될 수 없다. 가장 고원한 인간 생활이나 사랑과 사상에 대한 인간의 노력이 사회의 기존 질서를 위협하게 되는 것은 바로 이런 이유에서이다.⋯⋯사회질서는 불가피한 것이지만 근본적으로는 악하다. 우리는 사회질서를 위협하는 사람들을 비난할 수도 없으며, 사회질서를 옹호하는 사람들을 비난할 수도 없다.⋯⋯동료 시민 사이의 갈등은 이해나 선의가 부족해서 오는 것은 아니다.⋯⋯그것은 본질적인 일이다.⋯⋯자유를 사랑하는 사람에게는 이 갈등이 사라지는 것보다는 어떤 한계 내에서 그대로 지속되는 편이 낫다."

이런 한계 내에서의 갈등의 정당성은 "어떤 사회에서도 시민의 경계심과 저항이 완전히 무용하게 되지는 않는다"는 알랭의 생각과 통하는 것이다. 질서는 그것이 선하지 않더라도 반드시 필요하다.

시민은 질서를 파괴하려 해서도 안 되며, 그것을 개선하려는 노력을 그쳐서도 안 된다.

시몬은 이 글을 출판하지 않았다. 이 당시에 시몬은 자기의 영향력을 행사하는 데에는 관심이 없었다. 프랑스인들은 이미 정치에 지쳐 있었다. 그해 여름에 포스테르나크에게 보낸 편지에서 시몬은, "당신의 예상과는 달리 프랑스는 그리 평온하지 못합니다. 모두들 정치에 대한 관심을 잃어가고 있습니다. 지난 몇 해 동안의 과잉 긴장 끝에 이제는 피곤을 느끼게 된 것 같습니다. 나는 이런 휴식이 해롭다고 생각하지는 않습니다. 오히려 국제적인 드라마의 막이 열림으로써 이 휴식이 깨지지 않도록 신에게 기원하고 있습니다"라고 말했다. 시몬은 그 어느 때보다도 정치나 사회문제에 냉담할 수가 있었다.

이탈리아 여행에서 돌아온 시몬은 그곳에 대한 동경을 버릴 수가 없었다. 미술과 시와 음악으로 가득 차 있는 이탈리아를 생각할 때마다 향수를 느꼈으며 특히 아름다운 이탈리아의 거리와 피렌체를 회상할 때마다 그곳에 다시 가고 싶은 마음으로 가슴이 아플 지경이었다.

이탈리아의 예술은 시몬에게 새로운 영감을 불어넣어주었다. 지로두의 연극 「엘렉트라」를 본 것도 이탈리아에서 돌아온 직후였다. 이 연극을 본 뒤에 시몬은 포스테르나크에게 지로두의 「엘렉트라」에서 느낀 소감과 함께 자신이 생각하고 있는 새로운 엘렉트라의 이미지를 자세히 설명했다.

"지로두의 「엘렉트라」는 제가 생각했던 이미지와는 아주 달랐습니다.……제가 여러 개로 나누어질 수 있다면 그 하나는 연극에 바치고 싶습니다.……저는 늘 정의의 여신상을 만들고 싶다는 생각에 시달리고 있습니다. 그녀는 벌거벗은 채 지쳐서 한쪽 무릎을 약간 꿇은 채로 서 있습니다. 두 손은 등 뒤로 묶여 있고 천칭을 향해 강인한 표정으로 몸을 내밀고 있는 모습입니다. 이 천칭은 양편의 길이가 다르므로 똑같은 무게 추를 올려놓아도 기울어져 있습니다."

시몬은 정말로 조각을 해볼 생각이었던 것 같다. 이 무렵에 시몬의 집에 자주 갔던 피에르 당튀의 말에 의하면, 어느 날 슈브뢰즈로 그녀를 찾아갔더니 그동안 모아두었던 사암沙岩으로 간단한 조각을 만든 것을 보여주었다고 한다.

그러나 시몬은 예술에 대한 꿈에서조차도 사회문제에 대한 관심을 가지고 있었다. 조각을 생각해도 정의의 상을 생각하고, 엘렉트라를 생각해도 사회의 불의에 대항하는 미덕과 양심과 사랑을 지닌 엘렉트라의 상을 생각했다.

시몬은 또 "프로메테우스"라는 시도 썼다. 시에 대한 열정은 어렸을 때부터 지녀왔던 것이었다. 시몬은 이 시를 포스테르나크과 전부터 존경해왔던 발레리에게 보냈다. 발레리는 9월에 시몬의 시를 매우 칭찬하는 답장을 보내왔다. "당신 시의 전체적인 통일성과 율동성, 그리고 풍부한 이미지에 찬사를 보낼 따름입니다. 더욱이 이 시에는 제가 무엇보다도 중요하게 여기는 구성력이 있습니다. 구성력이란 그저 한 주제를 중심으로 펼쳐지는 논리성과는 다른 무엇입니다. 그것은 더 섬세하고 드문 요소로서 가장 위대한 시인들도 대체로 이것을 무시해왔습니다."

시몬은 이 편지를 나에게도 보여주었다. 나는 발레리가 이렇게 칭찬을 늘어놓으면서도 직접 시몬을 만나보고 싶어하지 않는 것이 이상했다. 발레리를 만나보았더라면 시몬도 무척 좋아했을 것이다. 이듬해에 다시 시몬은 "어느 날"이라는 시를 보냈으나 답장이 오지 않았다.

8월 2일부터 파리에서 전국 교사연맹의 회합이 열렸다. 위르뱅 테브농도 여기에 참석했다. 그러나 시몬과 테브농은 이미 서로를 쉽사리 이해할 수가 없었다. 그래서 서로의 사상이나 입장에 대해서는 한마디도 이야기하지 않은 채 가벼운 마음으로 평온한 오후를 즐겼다. 그러나 일단 토론이 시작되면 다시 열띤 논쟁이 될 수도 있었다. 테브농은 다시 그런 기회가 오리라고 생각하고 있었지만 이 만남이 그들에게는 마지막이었다.

시몬은 다시 교직으로 돌아오기 위해 복직 신청서를 냈다. 그녀가 임명된 곳은 생-캉탱이었다. 그곳은 파리 가까이에 있는 노동자들이 사는 구역으로 전부터 원해왔던 곳인 만큼 시몬은 더욱더 기뻐했다.

학교 일을 시작하기 전에 시몬은 드퇴프의 부탁으로 「새로운 노트 _Nouveaux Caniers_」지에 노동자들의 환경에 대한 글을 썼다. 이것은 각국의 노동자들의 노동환경에 대한 비교와 종합적인 결론으로 11월에 익명으로 게재되었다. 여기에서 시몬은 노동자들의 작업 환경이 국가마다 어떻게 다른가를 비교하고 나서 노동자의 환경을 개선시킨 나라는 오히려 국제 경쟁에서 불리한 위치에 있다는 것을 지적했다. 따라서 한 국가의 사회개혁은 반드시 다른 국가로 전파되어야 하며 국제적인 협력 속에서 균형을 이루며 진행되어야 한다고 했다.

생-캉탱 고등여자중학교에서 시몬은 철학과 그리스어를 가르쳤다. 그녀는 부르주에서 가르쳤던 대로 철학 서적을 순수한 철학 작품으로 읽을 것이 아니라 문학 작품으로 읽을 것을 권장했다. 현실에 대한 구체적인 판단력을 길러주기 위해서였다.

기요맹의 『단순한 생활La Vie d'un Simple』을 읽고 시몬은 학생들에게 이렇게 말해 주었다. "현실에 있는 필요의 법칙을 바꾸지 않고 세상을 지배할 수 있는 기쁨을 누리기 위해서는 큰 것보다는 사소한 것을 바꾸어야 한다. 사소한 일이야말로 영혼에는 큰 일이다."

시몬은 1936년경에 드퇴프가 만든 「새로운 노트」의 모임에 자주 참석했다. 이것은 본래 몇몇 실업가들의 모임으로 시작되어 나중에는 사회개혁 문제를 중심으로 하는 집회로 성장했다. 여기에는 각종의 직업인과 정당인과 연맹 가입원이 참석했다. 이 중에는 사회당과 지식인, 반파시스트 위원회, 산업 노조 연맹, 기독교 노동자 연맹에 소속된 사람들도 있었다. 어떤 선입관이나 편견도 없이 토론하기로 합의한 이 단체는 1937년에는 「새로운 노트」를 발간하게 되었다. 이 잡지에는 대부분 집회에서 거론된 문제들이 실렸는데, 이 문제들은 모두가 사회적으로 중요한 문제였기 때문에 나중에는 될 수 있는 대로 많은 대중에게 그 내용을 알리기로 했다.

시몬은 이 잡지에 자주 글을 썼다. 1937년 말에는 "누가 반프랑스 운동에 책임을 져야 하는가?"를 발표했다. 이것은 2년 형을 선고받은 메살리 하지를 옹호하기 위한 글이었다. 메살리는 프랑스에서 살고 있는 알제리 노동자들을 모아 "북아프리카의 별"이라는 단체

를 조직했는데 인민전선 정부가 집권을 하자 곧 이 단체를 해산시
켜버렸다. 메살리는 얼마 후에 "알제리 국민연맹"이라는 이름으로
같은 단체를 조직했다. 그러자 프랑스 정부는 그를 반국가 음모죄
로 체포했다. 시몬은 여기에 대해 반국가 운동이 일어난 책임은 메
살리에게 있는 것이 아니라 프랑스 자신에게 있다고 주장했다. 알
제리인들이 프랑스를 혐오하게 만든 것은 바로 프랑스인들이었기
때문이다. 여기에 대해 시몬은 프랑스의 과오와 식민지 문제에 전적
으로 무관심했던 반파시스트들을 신랄하게 비판했다.

1937년 말과 1938년 봄에 계속해서 시몬은 "마르크스주의의 모
순"과 "혁명과 진보에 대한 비판"을 "억압과 자유"라는 제목으로 함
께 발표했다.

"마르크스주의의 수정이 불가피해진 것은 특정한 사건 때문이 아니
다. 그것은 마르크스주의 자체가 지닌 이론상의 모순 때문이며 마르
크스주의이 항상 국민이 요구하는 바에 미치지 못했기 때문이다. 이
점은 마르크스주의이 대두된 이후로 항상 마르크스주의에 내재하는
문제였다."

시몬은 마르크스나 엥겔스, 그 후계들이 내세운 것은 하나의 신
조로 발전하지 못했다고 생각했다. 또한 혁명에 대한 마르크스주의
의 개념에 대해 시몬은 마르크스의 혁명 이론과 민중을 완전히 해
방시키는 혁명에 대한 마르크스의 기대는 서로 모순된다고 하면서
"혁명은 혁명이 거의 다 성취된 순간에 일어난다. 다시 말해 사회제
도가 바뀌는 것은 사회구조가 그 사회의 기존 제도에 순응하기를
거부하는 때이다. 혁명으로 인해 새 권력을 잡은 세력은 이미 혁명

이전에 주도적인 역할을 해온 기존 세력과 그렇게 다른 것은 아니다. 넓게 말하면 '역사적 유물론'이라는 사회제도는 사실상 인간관계의 메커니즘에 의해 결정되며, 인간관계는 다시 인간과 자연의 관계에 의해 형성되는 것을 뜻한다. 이 인간과 자연의 관계에서 바로 생산이 이루어진다"고 말했다.

따라서 사회개혁이란 점진적으로 이루어지는 것이지 혁명의 결과로 갑자기 이루어지는 것이 아니다. 그렇다면 마르크스주의는 수정되어야 하는가? 시몬은 "존재하지도 않는 것을 수정할 수는 없다. 도대체 마르크스주의라는 것은 없다. 단지 서로 모순되는 일련의 주장들이 있을 뿐이며, 유감스럽게도 그중에서 가장 잘 짜여진 것이 가장 그럴듯하지 않은 것이다."

시몬의 두통은 날이 갈수록 더욱더 심해졌다. 그래서 1월 중순에는 병가를 얻지 않을 수 없었다. 본래 이것은 두 달로 제한되어 있었으나 시몬은 2년 후인 1940년까지 연장 신청을 냈다. 그녀는 사실상 다시는 교직으로 돌아오지 않을 작정이었다.

건강이 나빴음에도 시몬은 「새로운 노트」의 모임에서 적극적으로 활약했다. 이 모임의 조직은 그리 이상적이 아니었으므로 어떤 문제에 대해서는 특별위원회를 조직할 필요가 있었다. 시몬은 이 위원회에서 교육의 개선 문제를 담당하는 위원으로 선출되었다. 시몬이 다룬 첫 번째 문제는 재능 있는 학생들에게 장학금을 주어 사회개혁을 이끌 수 있는 지도자로 키우자는 것이었다. 그러기 위해서는 우선 가난하지만 재능 있는 학생들을 선발해야 했는데, 시몬은 알랭이 주장한 대로, 특정한 학생들에게 특혜를 주어 사회의 특권계급으로 기르는 것이 아니라 모든 학생들에게 동등한 기회를 주는 것이 중요한 일이라고 생각했다. 소수의 몇몇만을 육성하는 것은 노동자와 서민계급으로부터 우수한 사람만을 뽑아 특권계급이 되게 하는 것이므로 결국 노동자와 서민을 이용하는 처사밖에는 되지 않는다는 것이었다. 민중을 억압하고 무시하면서 그 가운데 소수에게만 특혜를 주어 그들의 지도자로 만드는 사회가 일반적인 교육 수준을 높이려는 사회보다 더 민주적이라고 볼 수 없다. 그것은 전적으로 왜곡된 평등의 개념이다.

알랭은 훌륭한 교육이란 재능이 없거나 가난한 사람들을 모두 높은 수준으로 이끌고 가도록 노력하는 것이며, 가능한 한 많은 사람에게 오랫동안 교육의 기회를 주는 것이라고 말했다. 다시 말하면 교육의 목적은 사회의 지배계급의 육성이 아니라 바로 인간 그 자체라는 것이었다. 시몬 역시 이런 관점에서 의무 교육을 열여덟 살까지 연장하자는 제안을 했다.

1938년 1월에 드퇴프는 "산업 노동조합의 구조"라는 제목으로 강연회를 열었다. 이 강연회에서 시몬은 노동자와 경영자가 하나로 통합된 노동조합을 구성하자는 드퇴프의 제안에 강력하게 반대했다. 일종의 생디칼리슴인 "이런 노조 운동은 가장 민주적으로 보이지만 사실은 가장 관료적이다"라고 주장했다. 그것은 노동자들을 더욱더 수동적으로 만들고 의존하게 만들 뿐이다. 노조의 목적이 자유, 의지, 힘, 존엄성의 그 어느 것에 있든지 그런 노조의 체제 밑에서는 노동자들은 더 이상 자신이 거기에 소속되어 있다고 느끼지 못하게 된다. 노동조합이 비정치적인 성격을 띤다 해도 곧 국가의 압력을 받을 것이며, 심지어는 외세의 압력까지도 받게 된다."

더욱이 불행하게도 이미 드퇴프와 같은 생각이 실현되고 있었다. 시몬은 프랑스 노동조합이 단일 연맹화되어가고 있음을 지적하면서 이것은 산업 노조의 멸망을 초래할 것이라고 말했다. 단일 연맹화로 갈등을 피하고 어느 정도 사회의 평화를 이룰 수 있지만, 사회 평화가 절대적으로 좋은 것만은 아니다. 때로는 투쟁이 합리적인 경우도 있다. 노동자의 저항을 일으킬 만한 요소가 그대로 지속된다면 노동조합이 존속하더라도 저항과 파업은 언젠가는 반드시 일어날 것이다. 그리고 그런 요소들은 항상 있는 것이다. 노동자의 불만이 물질적인 것만은 아니기 때문이다. 시몬의 이런 생각은 현시점에서 볼 때 매우 예언적이라고 하지 않을 수 없다.

C.G.T.의 타락의 예로서 시몬은 C.G.T.가 정부에서 제시한 "근대 노동의 규율"을 받아들이려 한다는 것을 들었다. 이 규율은 1936년 6월의 혁신을 종식시키는 것을 의미하기 때문이었다. 이 규율로 인해 파업의 권리는 법적으로 보장되었다. 즉 파업은 기업 내에서 전체 노동자 투표를 통해 할 수 있도록 되었다. 노동자들은 벌금 때문에 강제로 투표를 하지 않을 수 없었다. 더욱이 파업이 일어난 뒤에는 8일마다 새로 투표를 하여 파업을 계속할 것인가를 결정하도록 되어 있었다.

1934년에 이미 시몬은 자신의 노력을 식민지 국민의 투쟁을 위해 바치기로 결심한 바 있었다. 그후로 1936년에 다시 한번 시몬을 열광시켰던 노조 운동은 퇴조하기 시작하여 시몬은 다시 노조 문제에 흥미를 잃었다. 특히 노조에 대한 공산당의 끊임없는 영향력과 노동자에 대한 통제는 시몬에게 말할 수 없는 실망을 안겨주었다.

1938년 3월에 포스테르나크에게 쓴 편지에서 시몬은 이렇게 말했다. "1936년 6월의 정신은 죽었습니다. 노동자에 대한 공산당의 끊임없는 영향력은 노동계급에게 희망을 걸고 애정을 보내는 사람들에게는 매우 가슴 아픈 일입니다. 제가 몽타나에 있을 때까지만 해도 그렇지는 않았습니다. 금속 노동자들의 대부분은 평화주의자가 아니라 공산주의자들입니다. 그들은 이미 상당한 수준에 있는 노동자들의 임금을 인상하라는 주장하에 생산을 중단시키고 있습니다. 공산당은 정부를 전쟁으로 몰고 가려 하고 있습니다."

시몬은 적어도 식민지국의 시민들을 위한 투쟁과 평화 수호의 노력만은 계속하려고 했다. 3월 10일에 「비질랑스」지에 기고한 글에서 시몬은 다시 한번 메살리 하지를 옹호하고 나섰다.

"대부분의 프랑스 국민은 프랑스에 있는 알제리 노동자들이 어떤 환경에서 일하고 있는지, 지금까지 어떻게 살아왔는지에 대해 전혀 모르고 있다. 메살리는 이 사람들에게 목적과 이상을 심어준 사람이다. 메살리가 조직한 '북아프리카의 별'을 따라 1936년 7월 14일에 수만 명이 대열을 지어 거리를 행진했다. 흥분과 감격에 찬 이 광경은 과연 무엇을 의미하는가?"

시몬 역시 이 행진에 가담하고 있었다. 그리하여 시몬은 자신이 거기에서 관찰한 대로 식민지 문제와 유럽 평화는 서로 불가분의 관계에 있다는 말로 결론을 맺었다. 프랑스인들은 식민지국에 너무나 무관심했기 때문에 그 벌로서 바로 이 식민지 국민들 때문에 전쟁터로 나가게 될 것이라는 것이었다.

이 당시에 시몬은 이미 히틀러가 독일의 식민지 확장을 위해 전쟁을 일으키리라는 것을 예견했던 것 같다. 히틀러는 유럽의 미래는 식민지를 가장 많이 확보하고 있는 강대국의 손에 달려 있다고 확신하고 있었으며 그는 될 수 있는 대로 가까운 곳에서 식민지를 확보하려 했다. 그렇게 되면 유럽에서 독일의 세력은 한층 더 강해지기 때문이었다.

이 글이 발표된 지 불과 며칠 후인 3월 12일에 드디어 독일은 빈으로 진격해 들어갔다. 그다음 날에는 오스트리아 전체가 함락되었다. 시몬은 다른 반파시스트 지성인들과 함께 전쟁을 중지할 것을 호소하는 서명 운동에 나섰다. 이 호소문은 시몬이 썼던 것 같다. 시몬은 자신이 쓴 호소문이 아니면 결코 서명하려 하지 않았기 때문이다.

"우리 반파시스트들은 인민전선 정부가 파시스트와 협상하려는 임무를 수행하려 들지 않는 것에 대해 통탄하지 않을 수 없다. 이는 보수주의 국가인 영국에 이르기까지 인도주의에 세계의 미래가 달려 있다는 사실을 망각하는 것이다. 이제 우리는 평화 아니면 전쟁을 선택해야 할 위기에 처해 있음을 직시해야 한다. 이 점에서 우리는 샹베를랭의 노력에 공감하는 바이다.……

샹베를랭의 정책에는 다소 만족스럽지 못한 점이 있으나 그래도 그는 협상에 의해서만 유럽 평화가 유지될 수 있다고 주장하고 있다. 우리는 프랑스 정부 역시 이 정책에 따라 협상에 의해 유럽의 정세를 안정시키고 식민지국의 문제를 해결하며 군비 축소를 이룩하기를 강력히 요구하는 바이다."

히틀러의 전쟁 도발로 인해 체코슬로바키아의 상황은 더욱 혼란스럽게 되었다. 시몬은 이미 오래 전부터 이것을 예견하고 있었으나 전쟁만은 일어나지 않기를 간절히 바랐다. 3월 말 포스테르나크에게 보낸 편지에는 이로 인한 시몬의 괴로운 심정이 잘 나타나 있다.

　"지금 이 시점에서 볼 때 프랑스에는 두 가지의 가능성이 있습니다. 그중 한 가지는 체코를 위해 독일과 싸우는 것입니다. 그러나 대부분의 사람들은 우리와 인접해 있지 않은 체코에 대해 무관심합니다. 그들은 과격한 태도를 취하지 않으려는 프랑스의 군사적인 약점을 잘 알고 있습니다. 다른 한 가지의 가능성은 달라디에와 군대에 의해 반민주적인 쿠데타가 일어나고 그 뒤를 따라 강력한 반유대주의가 일어나 좌익 세력에 반대하게 될지도 모른다는 것입니다. 이 중에서 선택해야 한다면 차라리 저는 후자를 택하겠습니다. 그렇게 되는 편이 프랑스 청년들을 하나라도 덜 죽게 하는 방법이기 때문입니다."

　시몬은 전쟁보다는 차라리 쿠데타가 덜 파괴적이라고 생각했던 것이다.

　「화살La Flèche」지의 편집장인 베르제리와 안면이 있는 시몬은 그에게 그가 평화주의자이면서도 철저하게 평화주의적인 입장을 취하지 않는 것에 대한 비난의 편지를 썼다. 베르제리는 체코의 문제는 독일이 유럽의 중심 세력이 된다는 문제와 직결되어 있다고 생각하고 있었던 것이다. 만일 독일이 유럽의 중심이 되면 곧 프랑스도 공격하리라고 생각했으므로 그는 체코를 원조해야 한다고 주장했다. 여기에 대해 시몬은 그럴 경우에 과연 독일은 프랑스를 공격할 것인가 하는 문제를 제기했다. 시몬은 프랑스에서 독일에 대해 명백한 태도를 취하게 되면, 어떤 경우에도 전쟁이 일어날 것이며 그 결과는 프랑스의 패배로 끝날 것이라고 생각했다. 반면에 그 당시 독일에서 기세를 떨치고 있는 국가사회주의가 지속되지만 않는다면 독일이 유럽의 중심이 되더라도 그렇게까지 비참한 결과가 오리라고는 생각하지 않는다고 말했다.

이 편지의 끝에서 시몬은 다시 식민지 문제에 관해 이야기했다. "프랑스에서 식민지 정책을 철회하는 데에 가장 큰 장애가 되는 것은 프랑스가 제국이라는 사실입니다. 이것은 프랑스가 독립을 계속 유지하는 문제가 아니라, 프랑스가 수백만 명을 종속시키는 문제이므로 수치스럽기 그지없습니다. 프랑스가 식민지 정책을 그대로 밀고 나가서 앞으로도 식민지국을 착취한다면 식민지국에서는 자치제도를 만들어 프랑스와는 다른 지배 체계를 가지게 될 것입니다. 제가 보기에 이것은 오히려 타당한 것 같습니다. 프랑스가 아랍이나 인도차이나 반도의 국가들을 계속 착취하는 것보다는 프랑스 제국의 일부를 상실하는 것이 훨씬 덜 불명예스러울 테니까요."

그러면서도 한편으로 시몬은 국가 방위 문제에 대해서도 깊이 생각했다. 베르제리는 비행기 공습에 대한 수동적인 방어로서 무기의 분산을 제안했다. 시몬은 이것을 경제, 정치, 사회적인 면뿐만 아니라 무장 저항운동에도 적용하면 효과를 거둘 수 있으리라고 생각했다. 정규전보다는 게릴라전이 더 효과적이라고 생각했던 것이다. 즉 최전방을 만들거나 도시를 봉쇄하는 대신에 적을 혼란시키기 위해 예상치 않은 때와 장소에서 공격을 하자는 것이었다. 그러나 이러한 전투 방식에도 항상 "참된 시민 정신과 자유의 가치에 대한 예리한 인식"이 전제되어야 한다고 생각했다. 그러나 불행하게도 프랑스 국민은 아직 이런 수준에 이르지 못했으며 "지식인과 노동자를 비롯한 전 국민 사이에는 독재가 위세를 떨치고 있다"고 생각했다.

교직을 떠나 있는 동안에 시몬은 「새로운 노트」의 모임에서 활동하는 한편 어느 때보다도 많은 책을 읽었으며 전시회에도 갔다. 그해 4월초에 포스테르나크에게 보낸 편지를 보면 시몬은 그 당시 두 가지의 새로운 정열에 사로잡혀 있었다. 그것은 아라비아의 로런스와 고야에 대한 열광이었다.

"진정한 영웅상, 다시 말해 명석한 사상가이자 예술가이자 학자이자 성자인 인물을 찾아보려면 『지혜의 일곱 기둥』*Seven Pillars of Wisdom*을 읽어보십시오. 『일리아스』 이후로 그 누구도 로런스만큼 정확하게 수사학을 배제하면서 전쟁에 관해 말해준 사람은 없습니다. 군대의 영웅은 아주 드물지만, 명석한 정신의 소유자는 더 드문 것입니다. 이 두 가지를 겸비한 사람은 로런스 이외에는 역사상 그 유례가 없습니다."

시몬은 전시회에서 고야의 그림을 몇 점 보았다. 그는 이미 레오나르도, 조토, 마사초, 렘브란트와 같은 영혼에 호소하는 위대한 작가의 무리에 속해 있었다.

"이밖의 다른 화가들의 작품은 대체로 기쁨과 감탄을 주는 것들이지만, 이 소수의 화가들은 영혼과의 직접적인 접촉을 이룰 수 있게 해줍니다. 이런 느낌은 바흐나 몬테베르디나 소포클레스나 호메로스에게서 느꼈던 감정입니다."

그해의 부활절 기간은 4월 17일에 끝났다. 시몬은 "그레고리안 성가"를 듣고 싶었다. 전에 솔렘에서 이 성가를 들은 적이 있었는데 유난히도 아름다웠다. 그러나 수도원 성당에서 열리는 부활절 예배는 신도 수가 너무 많고 자리를 예약할 수도 없어서 참석하기가 극히 어려웠다. 다행히도 시몬의 아버지가 시몬과 시몬의 어머니를 위해 자리를 두 개 얻을 수 있었다. 그들은 성지 주일부터 부활절 주간의 화요일까지 열흘 동안 솔렘에 묵을 수 있었다. 이 동안 수도원의 예배는 매일처럼 열렸는데 시몬은 하루도 빠지지 않고 참석해서 주위의 사람들을 놀라게 했다. 더욱이 그녀는 1월부터 내내 두통으로 심한 고통을 받고 있었는데, 성가를 들을 때만은 전혀 아픈 것 같지 않았다. 나중에 페랭 신부에게 쓴 편지에서 시몬은 이렇게 말했다.

　　"저는 늘 머리가 터지는 듯이 아팠으며, 무슨 소리만 들으면 머리가 더 아팠습니다. 그러나 필사적으로 정신을 집중시키고 성가를 듣고 있노라면 어느덧 고통은 저만치 물러가고 저는 상상도 할 수 없으리만큼 아름다운 성가와 미사의 문답 소리를 완벽한 기쁨 속에서 들을 수 있었습니다. 이 경험을 통해 저는 고통 속에서 하느님의 사랑을 더 잘 이해할 수 있다는 것을 깨달았습니다. 더욱이 이번 예배를 통해 그리스도의 수난에 대한 생각이 저의 전 존재 속으로 스며들어왔습니다."

　　이 동안에 그리스도의 수난에 대한 생각이 시몬을 깊이 감동시켰다. 물론 그전에도 이점에 대해 생각한 적은 있었지만 이때만큼 절실한 적은 없었다. 또한 처음으로 성찬식의 초월적인 힘을 깨닫게 되었다. 특히 한 젊은 영국인이 성찬식이 끝난 다음에 천사 같은 후광에 둘러싸여 있는 것을 보고 시몬은 말할 수 없이 감동을 받았다. 그는 시몬에게 17세기 영국의 형이상학파 시인들에 관해서 이야기를 해주었는데 이 시인들의 작품은 평생 동안 시몬에게 깊은 영향을 주었다. 그 영국인은 시몬에게는 정말로 사도였다.

4월 19일에 파리로 돌아오자, 시몬은 곧 형이상학파 시인들의 작품을 구하려고 했다. 이들의 작품은 서서히 시몬의 생각에 영향을 미쳤다. 시몬은 나에게도 조지 허버트의 "사랑"이라는 시를 읽어주었는데 그녀는 이 시가 세상에서 가장 아름다운 시라고 말했다. 또 이 시를 필사해주면서 이 시를 읽고 있으면 그리스도의 존재를 몸으로 느낄 수 있다고 말했다.

시몬은 셰익스피어의 「리어 왕」도 무척 좋아했다. 시몬이 영국에서 쓴 편지에도 이 작품의 이야기가 나오는데 그녀는 이 작품이야말로 소포클레스의 희곡들과 유사하며 우리 시대의 전형이 될 수 있다고 말했다. 우리 시대는 형이상학적인 고뇌가 아니라 실제적인 고뇌의 시기이기 때문이다. 고뇌는 항상 형이상학적인 것이지만, 그것은 육체적인 고통과 굴욕을 통해 영혼 속으로 침투될 수 있다. 그리스도 역시 십자가에 못 박혀서 육체적으로 고통을 받고 비웃음을 받은 후에야, "나의 하느님이시여, 어찌하여 나를 버리시나이까!" 하는 저 불멸의 외침을 터뜨릴 수 있었던 것이다. 이것은 『일리아스』나 아이스킬로스의 작품이나 소포클레스의 작품이나 셰익스피어의 「리어 왕」의 경우에도 마찬가지이다.

솔렘에서 받은 감동은 주로 시몬의 내면에 깊이 작용했지만, 시몬은 다시 활동을 시작했다. 그녀는 전쟁의 위협 속에서 무슨 일을 해야 할지 생각했다. 그리하여 평화주의자들의 저항운동에 가담하기로 했다. 4월 25일에는 8월 16일부터 29일까지 몽셀 성에서 열리는 평화주의 회의에 참가 신청을 했고, 같은 날에 「새로운 노트」 모임의 국가안보 토론에 참석했다. 또 이 무렵에 "체코슬로바키아로 인한 유럽의 전쟁"을 썼다. 이 글에서 시몬은 체코슬로바키아의 문제를 권리, 힘의 균형, 프랑스 외교정책, 전쟁의 위험성이라는 네 가지 관점에서 검토했다. 그러나 이 네 가지 점에서 보더라도 "체코슬로바키아를 현 상태대로 유지시키는 것은 이제까지 사람들이 생각해왔던 것만큼 중요하지 않다"고 시몬은 생각했다.

시몬은 먼젓번 이탈리아 여행에서 시간이 부족한 데다가 피렌체에 너무나 심취한 나머지 베네치아를 보지 못했으므로, 다시 한번 이탈리아에 가고 싶어했다. 시몬의 부모 역시 그녀와 함께 가고자 했으므로 그들은 5월 22일에 출발했다. 그러나 시몬은 다시 한번 꼭 피렌체에 가보고 싶어서 그녀의 부모가 베네치아로 가는 동안 그녀 혼자 피렌체로 갔다.

시몬은 솔렘의 성당에서 만났던 찰스 신부의 대모代母인 미스 P.의 소개로 영국인 미혼자들의 숙소에서 묵게 되었다. 그러나 미스 P.가 너무 친절하게 대해주어 오히려 귀찮아진 시몬은 일주일 후에 피에솔레에 작은 방을 하나 구해서 숙소를 옮겼다. 거기에서 닷새를 묵은 뒤에 파도바로 갔다. 그곳에서 조토의 벽화를 보고 다시 호숫가에 있는 베네치아풍의 부친토로 여관에 묵었다. 그 집 주인은 파시즘에 물들지 않은 훌륭한 여인으로 그 집에는 화가들이 자주 와서 묵었다. 시몬이 오기 전에는 뒤피가 와서 묵고 갔다고 한다.

시몬의 아버지는 너무 오랫동안 파리를 떠나 있을 수 없었으므로 6월 13일에 먼저 파리로 돌아가고 시몬은 어머니와 함께 베네치아를 구경했다.

"지평선이 백 개나 된다"는 아솔로에 머무는 동안 시몬은 영화 구경을 갔다. 극장 앞에서 검은 셔츠를 입은 몸집이 큰 파시스트 당원이 표를 팔고 있었다. 시몬이 1리라짜리 대중석의 표를 사려 하자, 그는 "거기에서는 영화가 잘 보이지도 않고 또 마침 표도 없으니 3리라짜리로 사시오"라고 말했다. 그러나 극장 안에 들어간 시몬은 대중석이 많이 비어 있음을 발견했다. 시몬이 다시 밖으로 나와 표를 판 파시스트 당원에게 왜 거짓말을 했느냐고 따지자, 그는 시몬에게 수갑을 채우는 시늉을 했다. 시몬은 그에게, "내가 당신을 무서워하리라고 생각한다면 그건 큰 오산입니다"라고 내뱉고 그대로 극장을 떠났다. 사실 시몬은 뉴스를 보는 관객들의 반응만을 보고 싶었던 것이다. 호텔로 돌아온 시몬은 어머니에게 혹시 자기가 체포될지도 모르니 다른 방을 쓰자고 말했다. 그러나 그날이 다 지나도록 아무 일도 없었다. 다음 날 카페에서, 표를 팔던 그 파시스트 당원을 우연히 만났는데 그는 시몬을 보자 슬쩍 자리를 피해버렸다.

시몬은 어머니와 함께 아솔로에 있는 성 안젤로 교회의 벽화를 보러 갔다. 그곳에서 벽화의 파손된 부분을 발견하고 곧 시장을 찾아가 이 사실을 알렸다. 그때까지 아무도 그것을 찾아낸 적이 없었다. 시몬은 이 벽화에 그려진 사람의 얼굴이 아시아인인 것을 보고 그 벽화가 이 교회의 벽화 중에서 가장 오래된 것으로서 10세기경에 그려졌다고 추정했다.

시몬은 사람들이 이 벽화에 관심을 쏟고 잘 보전하게 하기 위해 짤막한 글을 하나 썼다. 이 글은 1951년에 발표되었다. 그때 마침 성 안젤로 벽화를 연구하고 있던 체사레 파솔라는 이 교회의 벽화 가운데 가장 오래된 것은 교회가 설립되었을 당시인 13세기의 것이라는 사실을 증명했다. 시몬의 가정은 맞지 않았지만 이 벽화에 사람들이 관심을 갖게 된 것은 확실히 시몬 덕분이었다.

아솔로 다음에 베로나를 방문한 시몬은 유명한 원형극장에서 상연되는 베르디의 오페라인 「나부코」를 보았다. 이때 극장 안으로 주요 정부 인사가 들어오자 관객은 일제히 기립했다. 시몬과 시몬의 어머니는 자리에서 일어나지 않았다. 그러나 사람들이 소리를 지르며 마침내는 강제로 그들을 일으켜 세웠다.

7월 7일에 시몬은 어머니와 함께 티롤로 가서 다시 아버지와 합류했다. 거기에서 몇 군데를 더 들른 뒤에 7월 31일에 스위스로 갔다. 스위스에서 시몬은 몽트뢰에 가서 포스테르나크를 만난 다음 8월 14일에 파리로 돌아왔다.

내면의 새로운 경험과 평화주의 포기

1938-1939

9월에 시몬은 앙드레와 함께 발랑스 근방의 디윌르피에서 열리는 부르바키 이론에 관한 수학회에 참석했다. 회의가 끝나고 그녀는 스위스의 제네바에서 며칠 동안 부모와 함께 머물러 있었다. 거기서 시몬은 뮌헨에서 열리는 외교 협정 때문에 그곳에 와 있는 베트남 사람인 응우옌 반 단을 만났다. 그와는 파리와 비시, 마르세유에서 전에도 자주 만난 적이 있었다. 시몬은 그때 여러 곳에서 열리고 있던 외교 협상 회의들을 불안하게 지켜보고 있었다. 9월 15일「새로운 노트」는 뮌헨 협의회에 관한 특별 기사를 실었다. 그들은 군사 총동원과 같은 극단적인 태도를 피할 것을 시사하는 한편, 이 협의회에서 체코의 문제뿐만 아니라 국제 정세를 광범위하게 토론할 것을 권고했다. 시몬도 이들과 같은 의견을 갖고 있었다.

뮌헨 협정이 조인되던 날 시몬은 파리로 돌아왔다. 그녀는 일단 안도의 숨을 쉬긴 했으나 그리 안심할 만한 정세는 못 되었다. 뮌헨 협정에 관한 소식을 들은 뒤 내가 시몬을 만났을 때, 시몬은 "전쟁

시몬 베유와 부르바키 수학자들(1938년)

은 단지 연기되었을 뿐이야"라면서 영국과 프랑스는 전쟁이 불가피하다고 보고 있으나 아직은 준비가 덜 되어 미루고 있을 뿐이라고 걱정했다.

『역사와 정치 비판』에 발표된 "현대의 혼란"이라는 시몬의 글은 이 당시에 시몬이 얼마나 절망과 불안에 빠져 있었는지 잘 보여준다.

"3세기 전, 아니 바로 앞 시대인 19세기부터 큰 기대 속에 계승되어 온 학문의 눈부신 발전과 사회복지 및 민주주의와 평화에 대한 희망은 급속도로 무너져가고 있다. 안정감 역시 깊이 잠식되고 있다. 그러나 이러한 상황이 절대적으로 나쁜 것만은 아니라고 생각한다. 인간에게 절대적인 안정이란 있을 수 없으며, 완벽하게 안전하다는 생각은 위험한 망상일 수 있기 때문이다. 그러나 안정감의 전적인 상실, 특히 지성이나 용기, 행동으로 불행을 막을 수 없다는 두려움은 실로 정신건강상 그 어느 것보다도 해로운 것이다.”

시몬은 포스테르나크에게도 같은 이야기를 했다.

“요즘 몇 년 동안 저는 기쁨이란 특히 정신건강을 위해 인생에서 반드시 필요한 것임을 절실히 느꼈습니다. 만일에 사람이 기쁨을 아주 잃어버린다면 곧 미치고 말 것입니다.”

이 무렵에 시몬은 식민지 문제의 해결만이 그 당시의 어려운 국제 정세 속에서 희망을 걸 수 있는 유일한 것이라고 생각하고 있었다. 시몬은 유럽의 위험한 상황들이 오히려 식민지 국민들의 운명을 바꿔줄 수 있기를 원했다. 그 당시 식민지들은 그들 통치 국가의 정치, 경제기구에 활발하게 참여하고 있었는데 그것은 통치 국가의 하나인 프랑스에게도 이로운 일이었다. 그렇게 함으로써 그들은 스스로 새로운 형태의 지배 체제를 만들어나갈 수 있을 것이며, 자기들의 영토를 지키는 데에 전념할 수 있을 것이다. 프랑스에서 보더라도 이런 정책은 필요한 것이며 프랑스에 어떤 결과가 미칠지는 확실히 알 수 없더라도 인간적인 견지에서 볼 때 좋은 영향을 미칠 것이다.

시몬은 프랑스가 식민지에 먼저 자치권을 주는 편이 그들 스스로가 폭동에 의해 독립을 쟁취하는 것보다 훨씬 낫다고 생각했다.

“우리가 먼저 식민지 국민에게 자치권을 준다면 견딜 수 없는 긴장 밑에 있는 그들은 광적인 국수주의에 떨어지지 않고도 부분적으로나마 자유를 믿게 될 것이다. 그렇게 하지 않으면 군국주의가 전 국민의 사회생활을 지배하여 수많은 사람들이 비참한 신세를 면하지 못할 것이다.”

시몬은 사실 식민지 국가들이 독립된 뒤에 국수주의에 흡수될 것을 매우 염려하고 있었으며, 특히 아랍에서 국수주의가 일어날 가능성이 크다는 점을 우려했다.

1938년만큼 시몬이 두통으로 시달린 적도 없다. 그래서 그해 말쯤에 시몬은 혹시 뇌종양이 아닌가 염려되어 클로비 뱅상이라는 외과의사의 진단을 받으러 갔었다. 병원 대기실에 앉아서 시몬은 어머니에게 만일에 수술을 받아야 한다면 가능한 한 빨리 받고 싶다고 했다. 어머니가 이 말에 반대하자 시몬은 어머니를 물끄러미 쳐다보면서 "설마 제가 파멸해버리기를 원하는 것은 아니시겠죠?"라고 물었다. 시몬은 무엇보다도 미치는 것을 두려워했던 것이다. 시몬은 날이 갈수록 그런 끔찍한 파멸이 곧 올지도 모른다는 악몽에 빠져들게 되었다. 그렇게 된다면 자살하는 방법밖에는 없다고까지 생각했다. 조에 부스케에게 보내려던 편지에는 시몬의 이런 심정이 잘 나타나 있다.

"제 고통은 그칠 줄 모를 뿐만 아니라 더욱 악화되어가고 있습니다. 지난 몇 주 동안에 저는 차라리 죽는 것이 마땅한 일이 아닐까 하는 생각을 여러 번 해봤습니다. 제 일생이 공포 속에서 끝나게 된다는 것은 몹시 두려운 생각이기는 하지만 말입니다. 치료 기간 동안만이라도 조건부로 삶을 계속하리라고 결심하고 나니 마음이 좀 진정되었습니다."

12월경에 시몬의 고통은 극도에 달했다. 매우 고통스러운 때에는 조지 허버트의 "사랑"을 암송하곤 했다. 정신을 집중하여 그 시가 지닌 평화로운 분위기에 깊이 빠진 채 암송했던 것이다. 이렇게 반복하여 암송하노라면 마치 기도를 하고 있는 것과 같은 효과가 생겼다. 시몬은 이 시를 읽는 동안 언젠가 한번은 그리스도가 임재하는 것을 분명히 보았다고 말했다. 페랭 신부에게 보낸 편지에서 시몬은 이렇게 쓰기도 했다. "이처럼 갑자기 감각이나 상상력을 통해서가 아니라 직접 그리스도의 존재에 의해 사로잡히고 나니 극도의 고통 가운데에서도 저는 자비로운 얼굴에 떠오르는 미소를 보는 것과 같은 사랑의 존재를 느낄 수 있었습니다." 그러나 시몬은 그리스도에 대해 아무런 마음의 준비도 없었으므로 한편으로 당황하지 않을 수 없었다.

"하느님이라는 도저히 풀 수 없는 문제에 관해 토론을 할 때마다 이제까지 저는 인간과 인간 사이나, 신과 인간 사이에서 이러한 직접적인 관계가 맺어질 수 있다는 가능성을 결코 확신하지 못했었습니다. 성서에 나오는 기적에 대해서 저는 잘 믿을 수가 없었으며 신비주의자들의 글도 읽은 적이 없었습니다. 아마도 하느님은 제가 이런 기적을 상상해낸 것이 아니라는 것을 명백하게 하시기 위해 일부러 그런 글들을 읽지 못하도록 하신 모양입니다."

시몬의 그리스도에 대한 경험은 시몬 자신뿐만 아니라 그녀의 친구들에게도 놀라운 일이었다. 더욱 놀라운 것은 그녀가 이러한 경험을 주관적인 느낌일 뿐이라고 생각하지 않았다는 데에 있다. 시몬은 전에도 기독교를 부정하지는 않았다. 그리스도의 신성은 믿지 않으나 기독교의 윤리관은 믿을 수도 있는 일이다. 시몬은 육체의 고통과 정치나 사회에 대한 정신적인 좌절감을 느끼기는 했지만,

도덕관을 바꾸기에는 그녀는 너무도 강인한 자아를 갖고 있었던 것이다. 시몬이 정치나 사회문제에서 좌절감을 느꼈기 때문에 종교에서 위로를 받으려고 했으리라는 것은 더더구나 믿을 수 없는 일이다. 당시의 외부적인 상황들이 그녀를 움직이게 했다고도 생각할 수 없다. 시몬이 이미 기독교 신도가 되어 있었더라면 이런 경험을 이해하는 것은 좀더 쉬웠을 것이다. 그러나 이것은 신도이든 비신도이든 언제나 쉽사리 확인할 수는 없는 문제이다. 놀라운 것은 예수의 현현 자체가 아니라 그로 인한 예수의 실재에 대한 시몬의 확신이었다. 이것은 모든 신비로운 경험에 공통되는 일이다. 이런 경험에서 사람들은 흔히 주관적이 아닌 어떤 실재의 것을 만졌다는 느낌을 가진다. 아마도 자아보다 훨씬 오래된, 훨씬 큰 자아와 접촉했다는 느낌일 것이다.

어쨌든 시몬은 아직 기독교 신자는 아니었지만 그녀의 철학에 어떤 변화가 일어난 것만은 사실이었다. 알랭은 의지의 철학자로서 자연에 대한 내면 생활에서 수동적인 면을 나타내는 신비주의자와는 정반대의 입장에 있었다. 그러나 이런 의지주의자 다음에는 신비주의자가 등장한 예가 많다는 사실은 매우 놀랍다. 예를 들면 데카르트 그다음에는 파스칼, 스피노자, 말브랑슈 등의 신비주의자가 뒤따랐다. 이것은 의지의 철학을 끝까지 파고들다가 완전히 반대의 위치에까지 도달한 것이라고 볼 수 있다. 시몬은 알랭의 이론에서 출발했으나 결국은 전혀 반대의 입장에 서게 된 자신의 철학적 변화를 단순한 느낌이나 주관적인 감정의 변화라고는 생각하지 않았다. 그리하여 자신에게 닥쳐온 갑작스러운 경험을 증명해내기 위해서 연구하리라고 마음먹었다. 절대적인 선의 근원과 인간의 이성을 초월한 진리가 있음을 증명해내려고 한 것이다. 시몬은 인공적이며 강요된 이성만을 발견하게 되었을 수도 있었다. 그러나 실제로 시몬은 철학이란 매우 조화롭고 아름다우며 진실로 가득 찬 것이어서 진실의 첫 번째 경험을 뒷받침한다는 것을 깨달았다.

시몬은 인간의 사상과 삶 속에는 인간으로부터 나오는 것도 아니고 외부로부터 오는 것도 아닌 어떤 영감이 있다고 했다.

"초월적인 것에 대한 경험은 모순적으로 느껴집니다. 그러면서도 초월적인 것도 접촉에 의해서가 아니면 알려질 수 없습니다. 우리의 능력으로는 그것을 만들어낼 수가 없으니까요."

시몬은 다시 「새로운 노트」의 모임에 나가기 시작했다. 11월 21일에 시몬은 "유대인의 팔레스타인 이민과 아랍인의 이민을 반대하는 테러리즘"에 관한 토론회에 참석했다. 시몬은 아랍의 민족주의도 두려워했지만 유대인의 민족주의에 대해서도 적지 않게 두려워했다.

「새로운 노트」의 회원이었던 타르드에 의하면 시몬은 유대인이 팔레스타인으로 되돌아갈 경우 아랍이 여기에 대해 테러 행위를 할 위험성을 심각하게 생각하고 있었다고 한다.

"왜 우리는 또 하나의 민족주의가 태어나게 해야 하는가? 우리는 19세기에 탄생해서 과격한 민족주의의 지배를 받는 신생 국가들 때문에 많은 고통을 받아왔다. 우리는 이탈리아의 통일 당시 라마르틴의 발언을 기억하고 있다. 즉 프랑스 남쪽에 새로운 프러시아를 만들지 말아야 한다는 말이었다. 이제 우리는 30년 안에 중앙아시아에 새로운 위협이 될 수 있는 국가를 탄생시키지 않도록 해야 한다. 팔레스타인에 고대 유대인들의 전통이 있기 때문에 유대인이 예루살렘 이외의 지역에서 또 하나의 고향을 이룩하고자 하고 있다."

1938년에 데이비드 가넷은 시몬이 극찬했던 T. E. 로런스의 서간집을 발간했다. 시몬은 가넷과 전혀 모르는 사이였지만 로런스에게 감동한 나머지 영문으로 가넷에게 편지를 몇 통 보냈다.

"로런스는 우리 시대뿐만 아니라 동서고금을 통틀어 유일한 영웅입니다. 나는 현대의 영웅들이 영웅으로서의 덕을 충분히 갖추지 못한 것에 크게 실망했습니다. 이들은 민중을 지도할 수 있는 행동의 미덕을 크게 결여했거나 심지어는 전혀 행동력이 없는 나약한 군상들입니다. 로런스는 영웅적인 행동의 독자적인 기준을 갖고 있었으며 그의 가치관에 나는 찬사를 보냅니다. 물론 그도 이를 완벽하게 수행하지는 못했지만 적어도 민중을 배반하지는 않았으며, 설령 그런 피치 못할 경우가 있었을 때에도 그는 투철하고도 명징한 사고로 자신의 그릇된 행동을 곧 인식했습니다. 이것은 영웅적인 행동보다도 오히려 더 위대한 일입니다."

시몬은 로런스를 톨스토이나 아시시의 성 프란체스코와 비견할 만하다고 생각했다. 그리하여 로런스에 관해서 「새로운 노트」지에 싣기 위해 가넷에게 자료 제공을 요청했으나 그후 편지 교류가 있었는지는 알 수 없다.

학교를 떠나 있는 동안 시몬은 어느 때보다도 독서에 열중했으며, 당시에 일어나고 있는 일들을 올바르게 판단하기 위해서 그 기준을 과거의 역사 속에서 찾아보고자 했다. 이때 시몬은 그녀의 일생을 통틀어서 가장 많은 역사책을 읽었으며, 중세와 현대 역사의 사건들에 관련된 기록과 자료들, 오비디우스와 플라우투스, 테렌티우스의 시도 읽었다. 또한 종교책도 상당히 많이 읽었으며 이집트의 종교에 관한 책을 구하기 위해 국립 도서관에도 갔다.

시몬은 『구약 성서』도 모두 읽었다. 나중에 시몬은 내게 『성서』 속에서 충격적인 사실을 발견했다고 하면서 신의 버림을 받은 사울과 예언자 엘리야에 관한 이야기를 대단히 분개하면서 들려주었다. 이 밖에도 「시편」과 「아가」, 「이사야」에 깊은 감명을 받았으며, 「욥기」를 주의 깊게 읽었다.

뮌헨 협정을 맺은 지 6개월쯤 후인 3월 15일에 히틀러는 이 협정을 저버리고 프라하를 침공했다. 그렇게 되자 평화에 대한 일말의 기대를 품고 있던 사람들은 말할 수 없이 실망했다. 그들은 히틀러와의 약속은 모두 믿을 것이 못 된다고 하면서, 독일과 맺을 수 있는 관계란 폭력의 관계뿐이라고 흥분하며 떠들어댔다.

이 사건은 시몬에게도 큰 전환점이 되었다. 그러나 시몬은 속단하려고 하지는 않았으며, 좀더 참을성 있게 인도적인 입장에서 사태를 지켜보려고 했다. 그녀는 현실에 완전히 눈을 감아버리는 평화주의자는 아니었지만, 협정이 완전히 무효가 되리라고까지 생각하지도 않았다. 시몬은 더 이상 히틀러가 계속해서 세력을 뻗치지 못하도록 가능한 한 협정을 통해서 막아야 한다고 판단했다.

1939년 4월에 발표된 "평가와 성찰"은 시몬의 그러한 견해를 잘 보여준다.

"이제 전쟁이 일어난다면 그 전쟁에는 어떤 뚜렷한 목적이 있는 것이 아니라 나라들마다 자기 나라를 지키는 것이 곧 목적이 된다. 지난 여러 세기 동안 세계를 정복하려는 시도가 실패로 끝난 것은 사실이다. 그러나 더 먼 과거로 거슬러 올라가보면 적어도 한 번쯤 은 그런 시도가 성공했다. 로마 제국이 그 예이다. 그러므로 이제 우리는 자유 국가들이 하나씩 사라지는 것이 과연 낙관주의자들이 생각하는 것처럼 단순히 가상의 위협일 뿐인가를 검토해봐야 한다. 한 나라가 자신의 영토 수호를 위해 싸운다면 그 전쟁의 목적은 안 전 보장에 있다. 그러나 실제로는 그들은 전쟁의 위협을 제거하려 는 것이며, 그 위협은 바로 다른 국가이다. 따라서 현재의 민주주의 국가들은 전쟁의 불씨 노릇을 하고 있는 독일 격파를 필연적인 목 적으로 삼을 것이다. 그러나 그것이 달성된다고 해도 독일이 아닌 또다른 국가가 곧 지배적인 세력으로 등장할 것이다. 그렇게 되면 결국 유럽 국가들은 모두 망할 것이며 유럽 전체는 최종 승리국의 식민지가 될 것이 분명하다."

그러므로 전쟁은 그 자체로 악일 뿐만 아니라, 전쟁 후에 어떤 평 화가 온다고 해도 재난을 면치 못할 것이다. 영국이 징병제도를 시 작하여 정책을 바꿈으로써 평화에 대한 기대는 더욱 무너져버렸다. 그러나 프랑스는 전쟁의 위협과 평화의 중간에 놓여 있었으며 아직 은 전쟁을 피할 수도 있는 가능성이 남아 있었다. 분명히 히틀러는 세계 정복을 향해 계속 침략해나갈 것이며 이탈리아와 스페인과 결 탁하여 유럽에 카를 5세의 제국을 다시 한번 세우고 있었다. 더욱이 그는 카를 5세도, 루이 14세도, 나폴레옹도 갖지 못했던 책략으로 막강한 지배권을 획득했으며 과거에 로마가 세력을 확장해나갔던 방법을 재발견했다. "로마의 정복 방식(특히 기원전 2세기 때의)과 히틀러의 정복 방식에는 놀라울 정도의 유사성이 있다."

그러나 아직은 희망이 남아 있다. 로마의 경우를 보더라도 정복 후에 제국주의를 시행해나가는 동안 국력이 점차 쇠퇴해갔음에 비추어 전쟁에 전쟁을 거듭한 독일도 자체 내에서 점진적인 퇴락을 초래할 가능성이 있다. 그러므로 시몬은 독일이 세력을 확대해나가는 것을 얼마간 두고 볼 필요가 있다고 생각했다.

"독일이 현재와 같이 세력을 확대해나가는 한에는 우리는 사태를 관망해야 한다. 앞으로 한 10년 안에 결정적인 태도를 취하게 되면 반드시 전쟁이 일어날 것이다. 관망을 한다는 것은 때로는 양보를 의미할 수도 있으며 때로는 단호한 태도를 의미할 수도 있다. 다만 상대편이 극단적인 폭력을 써서 정복하게끔 나약해져서는 안 된다. 우리는 극단적인 폭력을 도발시킬 위험에 처해 있지만, 이보다 더 큰 위험은 우리들이 노예가 되느냐 전쟁을 하느냐를 선택하지 않을 수 없게 될 정도까지 적이 밀고 나올 수도 있다는 것이다." 시몬은 협상이 잘 이행된다면 전쟁을 피할 수도 있다는 희망을 버리지 않으면서도 협상에서 확고한 태도를 취할 것을 촉구했다. 시몬은 자신이 과거에 평화주의자였음을 후회하지는 않았으나 이제는 평화주의는 의미가 없다고 생각했다. 프랑스는 이미 위험이 없는 경우에도 다른 국가에게 관용을 베풀 기회를 잃었기 때문이었다.

"10년 전만 해도 프랑스는 유럽에서 관용을 보일 만한 힘을 가진 국가였다. 3년 전까지만 해도 적어도 중용을 취할 수는 있었다. 그러나 지금은 너무나 약해졌기 때문에 양쪽의 어느 태도도 취할 수가 없다."

시몬은 이 무렵 한 이탈리아인 친구에게 편지를 썼다. 이 이탈리아 친구는 전에 시몬에게 히틀러의 뮌헨 협정의 위반에 대해 언급하면서, 협정을 지키지 않는 방식도 여러 가지이며, 카이사르나 아우구스투스가 무엇인가를 해냈다면 그것은 비열한 배신을 하지 않았기 때문일 것이라고 편지에 쓴 적이 있었다. 그러나 이 역사상의 인물들에 대한 시몬의 해석은 그와는 판이했다. 시몬은 치밀한 역사 연구를 통해 카이사르나 히틀러나 모두 신뢰를 지키지 않는다는 점에서는 마찬가지라고 말했다.

1939년 봄이 끝날 무렵 시몬은 흉막염에 걸렸다. 라몽 박사가 치료를 맡았는데 그는 시몬 곁에 오랫동안 앉아서 함께 이야기를 나누기도 했다. 일단 치료가 끝나자 그는 시몬에게 산간 지방에 가서 휴양하라고 당부했다. 마침 시몬은 스페인 프라도 미술관의 걸작품 전시회를 보고 싶었으므로 제네바로 가겠다는 조건하에 이를 받아들였다. 스페인 전쟁은 1939년 4월 초에 종결되었지만 프라도 미술관의 그림은 그때만 해도 스페인으로 반환될 예정이었으므로 시몬은 빨리 가보려고 했다.

시몬은 7월 말 부모와 함께 제네바로 가서 보름 동안 그곳에서 지냈다. 그곳에 있는 동안 매일 벨라스케스의 그림을 보러 가서는 몇 시간씩 서서 감상하곤 했다. 그후 니스 북부의 자그마한 산간 도시 페이라-카바로 가서 겨울을 보낼 예정이었으나, 9월 초에 선전포고 소식을 듣고는 곧장 파리로 돌아왔다.

제2차 세계대전 발발

1939-1940

9월에 내가 시몬을 만났을 때 시몬은 영국에 대한 이야기부터 끄집
어냈다. 시몬은 영국이 선전포고에 주요 역할을 했으며, 프랑스 정
부가 확고한 자세로 저항할 것을 제의한 것도 영국이라고 했다. 시
몬은 그러한 처사에 화를 내지는 않았으며 오히려 영국의 태도는
옳다고 하면서 이제 프랑스는 영국을 지지해야 한다고 말했다. 그
러나 히틀러에 대항하기 위해서 우리들은 프랑스 스스로가 그 자신
이 정당하다는 생각을 꿋꿋이 지켜나가야 한다고 확신하고 있었다.

그때까지도 시몬은 식민지 문제로 번민하고 있었다. 선전포고 직
후에 쓰인, 『역사와 정치 비판』에 발표된 단편적인 글들은 그 당시의
그녀의 생각을 잘 보여주고 있다.

"전체주의에 대항해서 아직도 민주주의를 고수하고 있는 유럽의
두 강대국을 함정에 빠뜨린 국제적인 갈등을 견뎌내기 위해서 우리
는 무엇보다도 양심을 지켜야 한다. 우리가 우리의 적국들보다 덜
폭력적이며 덜 비인간적이고 덜 야만적이기 때문에 우리가 번영하
리라고 생각해서는 안 된다. 잔인성과 폭력과 비인간성은 크나큰

위세를 떨치고 있다. 이것에 대항하기 위해서는 미덕과 양심을 지속적이고 효과적인 방법으로 지켜나가야 한다. 적과 마찬가지로 야만적이거나 비인간적이면서도 양심을 지켜나가지도 못한다면, 우리는 오히려 내적인 힘과 위신에서 보더라도 그들보다 열등하게 될 것이며 우리 자신을 수호할 힘도 잃게 될 것이다.”

시몬은 효과적으로 싸우기 위해서는 다만 전체주의보다는 덜 숨이 막히는 체제라고 해서 어떤 체제를 옹호하는 것으로 그쳐서는 안 된다고 결론을 내렸다.

“우리는 독재와는 정반대되는 방향의 흐름 속에서 행동 방침을 확고하게 세워야 한다. 대외적인 선전은 단순히 말로만 떠벌려서는 안 되며 현혹적일 만큼 자명한 현실에 근거를 두어야 효과를 거둘 수 있다.”

선전에 대한 이야기를 하면서 시몬은 장 지로두를 생각했던 것같다. 그는 정보 책임자로서 당시의 프랑스의 대의大義를 받들었는데, 시몬은 그의 연설이 매력적이기는 하지만 별로 효과가 없는, 말 그 이상의 것은 아니라고 생각했다.

시몬은 지로두의 연설을 주의해서 듣곤 했다. 그의 “프랑스 여성의 의무”라는 연설은 라디오를 통해 전해졌다. 여기에서 그는 “프랑스는 종속이나 착취를 수단으로 하지 않고서도 1억1,000만의 인구와 식민지국의 중심이 되고 있다”고 했는데 시몬은 이런 거짓말을 듣고 곧 그에게 공박 편지를 보내지 않을 수 없었다.

“당신의 연설 속에는 매우 가슴 아픈 구절이 들어 있었습니다. 프랑스를 사랑받을 수 있는 나라로 만들어주는 한 사람으로서 당신을 나는 늘 자랑스럽게 생각해왔습니다. 그렇기 때문에 더욱더 나는 당신이 진실을 말하기를 바라고 있습니다. 당신이 식민지들이 우리의 종속국이나 착취의 대상이 아니라고 말할 때 당신 자신이 그 점을 확신하고 있는지 저는 의심스럽습니다. 만일 당신의 말이 사실이라면 나는 목숨을 내놓아도 아깝지 않을 것입니다. 하지만 그것은 사실이 아닙니다. 올바른 판단력을 갖고 식민지를 보아온 사람은 당신의 말이 사실이 아님을 명백히 알고 있습니다." 그러한 상황 속에서 시몬은 아직도 심한 마음의 갈등을 느꼈다. 히틀러에 대항해서 싸울 것을 결심한다 해도 식민지에 대한 프랑스의 태도가 틀렸다는 것을 인정하지 않을 수 없기 때문이었다. 그녀는 프랑스와 그 식민지를 동시에 지지하는 입장을 취하면서도 전선에 나갈 수 있도록 허가를 받을 계획을 세웠다. 그 당시에 민간인들은 전방에 갈 수 없었다.

프라하 학생들의 시위가 독일군에 의해 강압적으로 진압되었다는 소식을 듣고 시몬은 대단히 충격을 받았다. 시몬은 체코슬로바키아에 낙하산 부대와 육군 지원 부대를 보낼 계획을 세웠다. 그렇게 하면 체코 국민들이 독일에 대항해서 봉기하도록 할 수 있고 투옥된 사람들도 도울 수 있다고 생각했기 때문이었다. 시몬은 정치적인 주요 인물들을 만나 그러한 계획을 이야기했으며 이 계획이 실천된다면 자신도 참가하게 해달라고 부탁했다. 만일 자신이 참여하지 못한 채 이 계획이 수행된다면 달리는 버스에 뛰어들어 죽을 생각이었다. 시몬은 몇 주일간 날마다 여러 가지 신문을 열심히 사 보면서 자기의 제안이 받아들여졌는지를 초조하게 기다렸다. 그녀는 자신의 죽음이 가까이 다가오고 있음을 느낄 정도였다. 그 계획이 완전히 수포로 돌아갔음을 알자 시몬은 어머니에게 그 모든 것을 고백했다.

시몬이 그 계획을 관철시키기 위해 자주 만났던 사람 중에는 앙리 부셰가 있다. 그는 항공 부문에서 일하고 있었으므로 시몬에게 기술적인 면에서 많은 조언을 해주었으며 도움이 될 만한 사람들을 여럿 만나게 해주었다. 그는 시몬에게 그 계획이 불가능하다는 것을 완곡하게 충고했다. 그 계획이 오히려 그녀가 돕고 싶어하는 사람들을 죽일 수도 있다고 말했다. 그러나 시몬은 비록 그렇다 하더라도 그들은 정의롭게 죽게 되는 것이라고 주장했다. 그는 시몬에게 프랑스에 파견된 영국인 외교관 노블 홀을 소개해주었다. 시몬의 계획이 좌절된 이유 중에는 시몬이 공산당원이라는 소문이 오랫동안 나돌고 있었던 데도 있었다. 사람들은 시몬을 신뢰하지 않았다. 시몬은 자신이 공산주의자가 아님을 증명하기 위해, 1933년 9월의 「인류」지에 실린 "트로츠키, 프라데, 반혁명분자들 그리고 시몬 베유를 프랑스에서 추방하라"고 요구한 구절을 보여주었다. 이것은 시몬이 오랫동안 공산주의의 적이었음을 잘 보여준다.

앙드레는 1939년 4월 과학자 회의에 참석하기 위해 스칸디나비아로 갔는데 프랑스가 전쟁을 시작했을 무렵에는 부인 에블린과 핀란드에 있었다. 그는 이미 결심했던 대로 전쟁에 참가하지 않기로 했다. 그는 자신의 의무는 수학자로서의 위치를 벗어나지 않는 것이라고 생각했다. 이 이야기를 들은 시몬은 그 누구보다도 더 수치스러워했다. 앙드레가 그런 결정을 내린 데에는 자신의 책임이 크다고 판단했으며 그녀 자신이 오랫동안 지지했던 극단적인 평화주의의 영향을 받아 앙드레가 그러한 태도를 취한 것이라고 보았던 것이다. 그녀는 깊은 양심의 가책과 후회 때문에 어쩔 줄 몰라했다.

어떤 문제를 해결하고자 할 때면 주저없이 곧장 그 문제의 핵심에 뛰어들곤 하던 시몬은 곧 전쟁이 몰고 올 결과에 대해서 생각하기 시작했다. 그리하여 세계를 위협하는 것은 히틀러 독재하의 독일이 아니라 히틀러가 독재를 행사하도록 만든 전반적인 현재의 문화이며, 여기에 대한 냉철한 의식이 없이는 최종적으로 민주주의 국가가 승리한다고 해도 이 위협을 근절하기는 어렵다고 보았다.

이러한 요지로 발표했던 글 "히틀러 독재의 원인에 대한 고찰"에서 시몬은 이런 문제를 제기했다.

"인도주의는 세계 통일을 원해야 할까? 우리는 로마 제국의 정복과 대제국 형성을 훌륭한 업적으로 보아왔으나 그것이 정말로 어떠한 것이었는지를 충분히 파악하지 못했다. 로마가 세계를 정복한 방식과 똑같은 방식이 우리 눈앞에서 재현되고, 우리를 위협하고 있어도 우리는 그것을 알아채지 못하고 있다.

우리는 그 어느 때보다도 세계 통일이라는 전망을 불신해야 하며, 세계 통일의 방법과 결과에 대해 생각해보아야 한다. 이것은 역사상 유일하게 세계 통일을 이룩하고 지속시켰던 로마 제국을 편견 없이 고찰하지 않는 한 제대로 이루어질 수 없다."

이 글은 히틀러에 관한 고찰이라기보다는 로마에 관한 고찰이다. 로마가 취했던 불신과 잔학스러운 정책이 히틀러의 독재성을 더욱

자극했다고 보았기 때문이었다. "히틀러와 로마의 외교 정책"도 같은 주장에서 쓰인 글이었다.

그녀는 로마가 중요하게 여겼던 것은 무엇보다도 권위였음을 지적했다.

"로마 정책의 근본 원리는 그 상황이 어떻든 어떤 희생을 치르더라도 권위를 최대한도로 지키려던 것이었다. 그것은 제한된 권력으로 세계를 정복하는 것과 같다. 바로 이것이 로마인들이 별다른 위협도 되지 않는 소도시들을 상대로 끊임없이 전쟁을 일으킨 이유이며, 압도적인 승리 이외는 승리로 치지조차 않았던 이유이기도 하다.

그리하여 로마인들은 루이 14세나 나폴레옹도 손에 넣지 못한 전략 기술을 소유하고 있었다. 이 전략은 처음에는 평화 분위기를 조성했다가 곧 급격한 불안과 혼란 속에서 떨도록 공포 분위기를 만드는 것이었다. 그것은 벼락같이 바뀌는 공격법이다. 혼란으로 어지러워진 국가들은 방어망을 세울 겨를도 없이 정복되었다."

이 글의 제2부는 이미 인쇄 중이었으나 검열에 걸려 발표되지 못했다. 그 결론부에서 시몬은, 도덕이란 항상 변화하는 것이므로 현재 용납될 수 없는 행위도 과거의 시점에서 보면 용인될 수 있다는 이유로 로마의 체제를 옹호하려는 태도를 강력히 반박했다.

"도덕은 변화하는 것이라는 주장에는 아무 근거도 없다."

이것은 바로 알랭과 같은 사상이었다. 시몬은 도덕이란 변하지 않는 가장 순수한 형태를 지녀야 한다는 것을 증명하기 위해 이집트와 그리스의 문헌들을 참고했다. 그런 다음 비록 도덕이 가변적이라는 것을 인정한다 해도 현시대에서 로마의 정책을 옳다고 하는 것은 순전히 자기 정당화일 뿐이라고 했다.

"2,000년 전에 로마인들에 의해 저질러진 야수와 같은 행동을 지금 내가 존경한다면, 그것은 나에게 인도주의적인 면이 아직도 많이 부족하다는 말밖에는 안 된다. 과거에 행해진 행동 방식을 지금 자신이 그 전철을 밟고 있는지조차도 깨닫지 못하면서 그대로 취한다는 것은 있을 수 없는 일이다."

시몬은 프랑스 문화가 로마의 많은 영향을 받았다고 지적했다.

"프랑스에는 애초부터 힘의 노예도, 숭배자도 아닌 탁월한 정신이 있어왔다. 15세기부터 17세기 사이의 비용, 라블레, 라 보에티, 몽테뉴, 레츠, 데카르트, 파스칼 등이 그렇다. 그러나 코르네유와 라신은 로마의 영웅상에서 주인공의 모델을 따왔다. 그들은 대중의 사회복지를 마련하고 정의를 세우는 대신에 지배와 정복과 승리를 위대한 것으로 여겼다. 아직도 프랑스인의 우상이 되고 있는 루이 14세와 나폴레옹은 로마의 방법론을 따른 영웅들이다."

시몬은 그 당시 대중의 지지를 받던 "영원한 프랑스"니 "영원한 독일"이니 하며 떠드는 움직임을 비난하기 시작했다. 또한 19세기 이후에 민족주의의 확장을 부채질한 장본인이 바로 프랑스임을 지적했다.

"관료주의 체제나 군국주의 체제로 전향한 모든 국가들은 그들의 이웃이나 세계에 대해 계속적으로 악영향을 주고 있다. 이러한 현상은 게르만적 전통과 관련된 것이 아니라 현대 국가의 구조 자체와 관련되어 있다.……이제는 이미 우리에게 친숙해진 이런 현상은 모든 사려 깊은 사람들로부터 비판을 받기 시작했다. 지난 3세기 동안의 발전상은 민중들에게 그들은 국가의 권위에 복종하는 것 이외에는 아무 권리도 없다는 것을 가르쳐왔다."

시몬은 국가의 야망이나 권력을 제한하는 길은 국민을 이런 맹종에서 구출해내기 위해 초국가적인 권위를 세우는 것뿐이라고 했다. 국제 질서는 한 국가 내에서, 그리고 국가와 국가 사이에 연방체제를 세울 것을 전제로 한다. 더욱이 식민지와 그 통치국 사이에는 종속 관계가 아니라 연방의 관계가 이루어져야 한다.

"히틀러 독재의 원인에 대한 고찰"과 함께 시몬은 「새로운 노트」지에 "미개인이라는 개념에 대한 성찰"을 발표했다. "미개인이라는 개념이 문화권에서 제외되어 있는 사람이나 원시 문화의 지배를 받던 사람을 뜻한다면 히틀러는 물론 미개인이 아니다. 그러나 히틀러는 로마와 같이 극도로 문명화된 국가를 세우고자 하여 도덕을 파괴했고 이미 정복한 국가들까지도 해치려고 한다. 이것은 독재에 대항하려는 사람들의 저항 정신을 파멸로 이끌고 그 정신마저도 야만적으로 만들어버린다.……지금 유럽 내에서의 대립은 미개인과 문화인의 싸움이 아니라, 식민지국과 이들의 위협을 받고 있는 통치국 사이의 갈등이며, 이것은 전자보다 더욱 위험하고도 어려운 문제이다.……이러한 관점에서 미개인이란 특정한 시대에 살았던 특정한 사람들을 말하는 것이 아니라, 상황에 따라 정도의 차이는 있었지만 언제나 있어온 인간성의 한 개념이다.……우리는 약자들에게 늘 야만적이었다.

그러나 앞으로 관대해지려는 노력을 하지 않으면 영원히 야만적일 수밖에 없을 것이다."

시몬은 "근본적으로 야만인인 민족은 없으며, 문화인인 민족도 없다. 역사의 핵심은 계급이 아니라 힘이며, 수학에서 관계라는 개념이 그 중심인 것처럼 인간관계의 중심은 힘이다"라고 보았다.

시몬에게 인간 심리의 본질을 깨닫도록 해준 것은 이 힘의 개념이다. 이 개념에 의해 시몬은 세계에서 공통적으로 사랑받는 작품 『일리아스』를 새로운 눈으로 보게 되었다.

시몬의 "일리아스, 혹은 힘의 시"라는 글은 정치문제나 사회문제를 떠나서 쓴 것으로서 당시의 상황과는 무관하게 보인다. 그러나 이 글은 일반적인 전쟁이나, 일반적인 불행의 견지에서 볼 때 우리의 관심을 끌고 있다.

시몬이 『일리아스』에서 특히 감동을 받은 것은 인간 영혼이 얼마나 나약한 것인가, 인간 영혼은 힘과 폭력 앞에서 얼마나 무력한가 하는 점이었다. 힘을 행사하는 자든지, 그 힘의 지배를 받은 자든지 간에 인간은 힘에 의해 변형된다. 때로는 용기와 사랑으로 이 폭력에 의한 근본적인 변형을 피할 수 있지만, 그런 경우에도 상처를 면하지는 못한다. 시몬은 『일리아스』에 대해 "일리아스의 고통은 인간 영혼이 힘에 종속됨으로써 생겨난 것이므로 정당화될 수 있는 유일한 고통이다. 개인의 본성에 따라 약간씩은 다르지만 힘에 대한 종속은 인간의 공통된 운명이다. 『일리아스』에 나오는 인물들은 아무도 이것을 피하지 못하며, 우리들 역시 아무도 이것을 피할 수 없다. 따라서 힘에 종속되는 그 누구도 멸시받을 수 없다. 자기 자신의 영혼 내에서, 혹은 인간관계 속에서 힘의 지배를 받지 않을 수 있는 사람은 복된 사람이다. 그러나 그는 비극적이다. 파멸의 위협이 항상 그의 머리 위를 떠돌고 있기 때문이다."

이것은 모두 그리스 비극과 『신약 성서』의 공통된 주제이다.

"복음서는 그리스인을 표현한 최후의 가장 장엄한 기록이다.……
그리스도의 수난은 인간의 몸을 받은 성스러운 정신의 고난으로 변화되며, 고통과 죽음 앞에서 전율하고, 그 깊디깊은 고뇌 속에서 그가 인간과 하느님으로부터 동시에 단절되어 있음을 보여준다. 이것은 복음서의 정신과 떼어 생각할 수 없다. 인간의 불행이란 정의와 사랑의 기본 전제이기 때문이다.……힘의 지배를 깨달은 사람, 어떻게 해야 힘을 숭배하지 않을 수 있는가를 깨달은 사람만이 사랑과 정의를 실현할 수 있다."

시몬은 이런 복음서의 정신을 히브리의 사상과 로마의 정신과 비교했다.

"로마인에게는 이방인이나, 적이나, 정복된 민족이나, 신하나, 노예는 다같이 멸시의 대상이었다. 히브리 사람에게도 인간의 재앙은 곧 죄악을 의미하는 것으로서, 공공연한 멸시의 대상이 되었다. 그들에게는 패배한 적은 이미 하느님의 사랑을 받지 못한 자들로서, 이들에게는 잔인한 태도로 대해도 된다고 생각했다.……그러나 기독교 역사를 통해 로마와 히브리 사상은 계속 읽히고 사랑을 받았으며, 누구든지 자신의 죄악을 정당화하고 싶을 때 인용되어왔다."

그리하여 시몬은 기독교 정신이 그 순수한 상태로 기독교 신자들에게 전달되지 못했음을 지적했다.

시몬은 종교사를 계속해서 연구했다. 그녀의 요구에 따른 것이었지만 나도 시몬에게 『바빌론과 아시리아의 종교*Choix de Textes Religieux*

Assyro-Babyloniens』라는 책을 가져다준 일이 있었다. 그녀는 『길가메시 서사시_Epic of Gilgamesh_』도 읽었다. 시몬이 『바가바드 기타_Bhagavad Gita_』를 읽은 것도 이때였다고 생각된다. 앙드레는 이미 고등사범학교 시절에 산스크리트어를 배워 이 책을 읽었는데 시몬이 그때까지 그것을 읽지 않았던 것은 좀 이상한 일이었다.

그 당시 시몬은 자신이 품고 있던 여러 가지 의문에 대해 『바가바드 기타』가 상세한 답변을 줄 수 있다고 생각했으므로 이 책을 자세히 읽어나갔다. 시몬은 이 책이 기독교 사상과 매우 유사하다는 점을 발견했으며 이 때문에 오히려 기독교 사상에 더욱 가까이 가게 되었다. 그때부터 시몬은 종교에 대해 이야기할 때면 신이나 그리스도라는 이름 대신 크리슈나_Krishna_라는 명칭을 쓰곤 했다.

시몬은 역사책과 역사적인 기록들도 계속 탐독하고 있었다. 그녀는 영적인 힘을 지닌 역사적 인물들과 만날 때마다 매우 기뻐했다. 그녀가 내게 고트족의 왕이나 가스통 퇴뷔스에 대해 이야기한 것도 이 무렵인 1939년 말경이었다.

시몬의 아버지가 의학 잡지에서 선천성 정맥동염에 대한 논문을 읽은 것은 바로 전쟁 직전이었다. 거기에 쓰여 있는 병의 증세는 시몬의 증세와 비슷했는데 나중에 이것을 읽은 시몬도 자신의 두통이 그 병의 증세임에 틀림없다고 생각했다.

시몬의 아버지는 곧 그 논문의 저자인 의사 베르네에게 시몬의 치료를 부탁했다. 그의 치료를 받고 난 뒤 시몬의 병세는 좀 나아졌으나, 베르네 씨가 종군하게 되는 바람에 다시 중단되고 말았다. 완치

되지는 못했지만 시몬이 죽기 전에 고통을 좀 덜 받을 수 있었던 것은 그때의 치료 덕분인 것 같았다.

그해 11월 30일에 러시아는 핀란드를 침공했다. 그때 앙드레(여전히 그는 핀란드에 머물고 있었다)는 산책을 하고 있었는데 그를 이상하게 여긴 핀란드인 몇 명이 그를 붙잡았다. 그들은 앙드레의 방에서 모스크바의 동료들과 주고 받은 서신들과 이상한 기호로 쓰인 서류들을 발견했다. 그들은 앙드레가 스파이임에 틀림없다고 생각하고는 앙드레를 사살하려고 했다. 그러나 곧 그 기호로 쓰인 서류들이 에블린이 속기를 배우기 시작할 때 연습 삼아 발자크의 소설을 베낀 것임이 밝혀져서 앙드레의 스파이 혐의는 풀렸으나 그는 스웨덴 국경 경찰에 넘겨져 얼마 동안 억류되었다.

이 소식을 스웨덴에 거주하고 있는 한 친구로부터 전해 들은 시몬은 울음을 터뜨렸다. 시몬은 마침 스웨덴으로 돌아가려고 하는 한 스웨덴인 교수를 만나 어머니와 자기를 그의 비서라는 명목으로 같이 가게 해달라고 부탁했으나 아무 소용이 없었다.

그들은 파리에서 초조하게 앙드레의 소식을 기다려야만 했다. 한편 앙드레는 프랑스 공사관에 편지를 보내어 프랑스로 돌아가게 해줄 것을 부탁했으며, 스웨덴 정부에서 이를 승낙했으므로 1월 말경 영국행 여객선을 탈 수 있게 되었다. 한 영국인 정보원이 그와 동행했으며, 그는 앙드레가 프랑스로 가는 배를 갈아탈 때까지 그를 감시하기로 되어 있었다. 프랑스행 배 안에서 그 영국인은 마침 프랑스 비밀 정보부원 한 사람을 만나서 자기 대신에 앙드레를 잘 감시해줄 것을 부탁했다.

그는 앙드레에게 "감시를 하게 되어서 대단히 미안하다"고 하면서 부모에게 편지를 보낼 일이 있으면 자기에게 달라고 했다. 앙드레의 편지는 경찰의 검열을 받아야만 했기 때문이었다. 앙드레는 편지로 변호사를 구해줄 것을 부탁했으며, 시몬의 아버지는 곧 제1차 세계대전의 퇴역 장교인 블로크에게 앙드레의 일을 부탁했다.

앙드레는 군복무에 대한 서류가 잘못되어 3주 동안 민사 형무소에 갇혀 있어야 했다. 그곳에서는 책도 종이도 모두 금지되어 있었으므로 앙드레는 큰 곤란을 겪어야 했다. 그는 부모에게 보낸 편지에서 "읽고 쓰는 일이 금지되어 있어서 어찌해야 좋을지 모르겠다"고 했다. 이것을 본 시몬의 가족들은 놀란 나머지 곧 면회를 요청했다. 그러나 그것도 금지되어 있었다. 형무소의 관리들은 앙드레가 자살할 것을 염려하여 다른 죄수 두 명과 같은 방에 있도록 했다.

시몬은 곧 타르드에게 앙드레를 도와줄 것을 부탁했다.

"사람으로서 아무 말도 하지 못하거나 아무 일도 하지 못한다는 것이 얼마나 무서운 일인지 당신도 잘 아실 것입니다. 오빠는 한번도 게으름을 피운 적이 없고 정신노동을 쉬어본 적도 없답니다. 앙드레가 종이라도 받을 수 있다면 훨씬 더 나아질 것입니다. 그것은 아주 사소한 일 같지만 그를 절망적인 상황에서 조금이나마 구해줄 수 있을 것입니다."

앙드레는 루앙에 있는 군사 형무소로 이송되었다. 그곳에선 일주일에 두 번씩 면회가 허락되었으며, 일을 하는 것도 허락되었다. 어머니와 에블린이 같이 면회를 갔다. 시몬은 철책을 통해서 앙드레와 이야기를 하곤 했다. 시몬은 앙드레가 당하고 있는 괴로움을 조금이라도 덜어주기 위해 만나기만 하면 수학이라든가 다른 학문에 관한 이야기를 해서 기운을 북돋아주었다. 그들이 어릴 때 같이 배우면서 느꼈던 지적인 유대감을 다시 느끼고 싶었을 뿐만 아니라 앙드레가 갖고 있는 사상과 지식을 나누어 받고 싶었기 때문이기도 했다. 이때 시몬은 수학에 대해 다시 관심을 기울이게 되었으며 오빠에게 보내기 위해 쓴 편지들은 후에 『과학에 대하여_Sur la Science_』라는 책으로 발행되었다. 시몬은 사회적인 압력과 고등수학이 일반인에게 받아들여지기 어렵다는 점 사이에는 어떤 관련이 있다고 생각했다. 차원 높은 수학은 지나치게 추상적이며 직관과 유리되어 있기 때문이었다. 시몬은 구체적인 개념에 수학을 접근시킬 수만 있다면 그 일을 위해 일생을 바쳐도 좋으리라고 생각했다. 물론 사람에게 여러 개의 생명이 있다면 말이다. 『과학에 대하여』에 발표된 편지의 초안 속에서 시몬은 다음과 같이 말했다.

"과학이지만 일종의 예술이라고까지 생각되는 현대 수학은 이 세상으로부터 너무나도 고고하게 유리되어 있습니다. 여기에 대한 비난이나 성찰을 통해 수학과 세상을 좀더 접근시킬 수는 없을까요? 이것은 나로서는 일생을 바쳐보고 싶은 목표입니다. 그러나 내게는 목표는 많고 생명은 하나밖에 없습니다. 더욱이 일시적으로밖에는 그 어디에도 전념할 여유가 없습니다. 윤회만이 이것을 해결해줄 것입니다. 내가 다시 태어난다면 여러 가지 하고 싶었던 일들을 한번 다 해보았으면 좋겠습니다."

시몬은 현대 수학의 추상성에 비해 구체성을 띤 그리스의 수학을 이상으로 삼았다. 구체성을 사랑하는 그리스인들은 대수보다 기하학을 발전시켰는데, 시몬도 구체적인 기하학을 더 좋아했다. 시몬은 피타고라스의 이론을 보고 하느님은 영원한 기하학자라고까지 말했다.

"만일 그리스인들이 수학적인 사고를 중요시했다면 그것은 구체적인 문제들을 연구하는 데 이용하기 위해서였을 거예요. 그들은 전문적인 지식을 위해서가 아니라 인간 정신과 우주 사이의 동일성을 찾아내기 위해 수학에 열중했던 거랍니다. 그들의 유일한 관심사는 영혼의 순화였어요. 그들은 수학이 신을 모방하는 데에 큰 도움이 되리라고 생각했으며 우주는 수학의 법칙에 따라 움직인다고 생각했으므로 기하학자를 최고의 입법가인 신의 모방자라고 보았습니다."

시몬은 그리스 수학은 정말로 예술이라고 생각했다.

"수학은 예술과 마찬가지로 구체적인 물질에 근거해 있습니다. 그 구체적인 물질이란 모든 인간 행위에 실제로 주어진 조건인 공간입니다. 그리스의 기하학은 일종의 자연과학입니다." 이런 생각은 데카르트의 기하 개념과 상통한다고 언젠가 시몬은 말했다.

앙드레는 시몬에게 니체에 대해서도 이야기했다. 앙드레는 니체를 천재로서 숭배한다고 말했으나 시몬은 "니체는 그리스를 충분히 이해하지 못했어요. 아폴론의 반대 개념으로 설정한 디오니소스에 대해 그는 오류를 범했거든요. 그리스인들은 그들의 신화 속에서 디오니소스와 아폴론을 융화시켜 하나로 만들었기 때문이에요. 니체는 헤로도토스가 '디오니소스는 오시리스인가?'라고 한 말을 고려해보았을까요? 디오니소스는 인간이 스스로의 영혼을 구제하기 위해 모방하려던 신이었으며, 인간의 죽음과 고통을 함께 나누며 인간의 완전함과 지복 속에서 인간과 결합되는 신이었어요. 이 점에서 디오니소스는 그리스도와 같습니다"라고 말했다.

니체에 대한 시몬의 견해는 동시에 그녀가 그리스에 대해서 어떤 생각을 갖고 있는지를 잘 말해주었다. 확실히 그리스인들은 인간을 고통에 찬 존재로 보았음에 틀림없다. "마치 언제나 깨어 있어야 하는 사람처럼", "그러나 그들의 슬픔에는 목적이 있었으니 현실의 압박으로 인해 빼앗긴 영혼과 자연과의 영원한 결합이 그것입니다. 고통과 슬픔은 지복에 대한 열망이 좌절되었을 때에만 나타납니다. 그리고 설령 지복을 얻는 것이 불가능하더라도, 지복을 추구하기 위해 태어난다는 것 그 자체가 행복이기 때문에 그들에게는 항상 고통과 기쁨이 한데 어우러졌습니다.……그러나 현대인의 슬픔에는 바로 이런 기쁨에 대한 감각이 결여되어 있습니다.……광기란 근본적으로 기쁨에 대한 생각 자체가 박탈되었을 때 일어나는 것입니다."

시몬이 보기에 그리스인의 또 하나의 특징은 분노가 없다는 것이었다. "그들은 우리들과는 다른 차원에서 살고 있었습니다. 그들에게는 자비심이 있었답니다. 또한 그리스인들은 영혼이 이 세상에서 추방되었다는 생각을 갖고 있었는데, 바로 이 생각이 기독교로 들어오게 되었습니다. 그리스인들에게 영혼이 추방되었다는 생각은 분노 대신에 비통을 주었던 것입니다.……"

그리스 사상에 관해 앙드레와 이야기하면서 시몬은 그리스인들은 그들의 사상을 실로 넓은 분야에서 순환시켜 모든 다양성을 포괄했음에 반해, 현대는 로마 제국과 마찬가지로 획일화에서 통일성을 찾고 있다고 말했다. 그리고 이런 경향은 앞으로 약 1,000년이 지난 뒤에야 다소 개선되리라고 말했다.

앙드레가 있던 형무소의 간수는 시몬의 이야기를 재미있게 듣곤 했는데, 그는 시몬의 박학다식함에 감탄했다. 그 간수에게 시몬은 앙드레는 천재이며 어떠한 일이 있어도 연구를 계속해야 한다고 힘주어 말했다. 그 결과 앙드레에게 수학 서적을 좀 쉽게 전해줄 수 있었으며 앙드레도 꽤 만족스럽게 공부를 해나가게 되었다. 시몬은 어느 면에서는 오빠가 감옥에 있다는 것을 오히려 질투했다. 자기보다도 먼저 형무소에 대해 잘 알게 된 것을 용서할 수 없다는 농담을 하면서, 만일 앙드레가 계속 갇혀 있게 된다면 자기도 판사나 검사의 따귀라도 때려서 함께 형무소에 들어가면 좋겠다고 말하기도 했다. 시몬은 앙드레에게 필요한 책들과 함께 조지 허버트의 시 "사랑"도 적어 보내주었다. 앙드레는 그때는 시몬의 철학과 종교에 일어난 변화를 알아차리지 못했다. 그가 그 사실을 알게 된 것은 2년 후에 시몬을 미국에서 만났을 때였다.

앙드레의 재판은 5월 3일에 열렸다. 시몬이 변호사에게 여러 가지 조언을 했는데도 불구하고 그는 완전히 그것들을 참작하지 않았으며, 변론도 충분치가 않았다. 그러나 변론을 잘했더라도 전쟁 중이었던 만큼 그리 쉽사리 석방될 수는 없었다. 앙드레는 5년 금고형을 받았다. 그러나 그는 상고를 하는 대신에 전투 부대에 보내줄 것을 요청했다. 그렇게 되면 전쟁이 끝날 때까지 집행유예가 될 수 있었기 때문이었다. 그는 곧 보병으로 배치되었으며, 떠나기 전에 루앙에서 주말을 가족과 함께 지낼 수 있었다.

앙드레가 옥중에 있을 때 시몬이 보냈던 편지의 초안들 속에는 그노시스파 이야기가 많이 나왔다. 시몬이 나에게 거기에 대해서는 이야기한 적이 없었으므로 그노시스파에 대해 시몬이 무슨 책을 읽었으며 어떻게 생각하고 있었는지는 잘 알 수가 없다. 내가 그노시스파에 대해 처음으로 이야기했던 사람은 국립 도서관장 아망 라스틀이었다. 내가 그에게 어째서 기독교가 기독교와 비슷한 플라톤의 사상 대신에 그와는 거리가 먼 아리스토텔레스의 사상에서 출발했는지 이상하다고 말하자 그는 "초기 교회인들은 플라톤이 그노시스파에 이용되고 있다고 생각했기 때문에 플라톤을 불신했다"고 대답한 적이 있었다. 그노시스파가 플라톤의 영향을 받았다는 것을 알자 나는 흥미를 느껴 그노시스파에 대한 책을 찾아보았다. 내가 제일 처음 읽은 것은 『솔로몬의 노래Odes de Solomon』였다. 이것은 물론 솔로몬이 쓴 시는 아니었다. 하느님의 은총을 찬양한 것이었는데 매우 훌륭한 시였으며, 복음주의자인 사도 바울과 성 요한의 정신이 침투해 있는 것 같았다. 전쟁이 시작되던 해에 내가 시몬과 만났을 때에도 그노시스파에 대한 이야기는 하지 않았다. 나는 시몬이 은총에 관심이 있는지조차도 몰랐으며, 그저 전쟁에 대해 이야기를 주고받았을 뿐이었다. 그녀가 루터를 좋아하지 않는다는 것은 이미 알고 있었으나, 그후에 언젠가 사도 바울 역시 불신한다는 이야기를 들은 적이 있었기 때문에, 나는 시몬이 그때에도 아직 의지의 철학자인 알랭의 사상을 따르고 있다고만 생각했다. 그러나 확실히 느낄 수 있었던 것은 종교에 대한 시몬의 관심이 점점 더 높아졌다는 것과 마음 깊이 그리스도를 사랑하고 있다는 것이었다. 그러나 하느님이나 하느님의 은총을 믿지 않고도 그리스도를 사랑할 수는 있는 일이었다. 나중에 마르세유에서 쓴 시몬의 "노트"들을 읽고 나서야 그때 나는 시몬을 전혀 이해하지 못했음을 뒤늦게 깨달았다.

전쟁이 끝난 후『중력과 은총』을 읽었을 때 나는 적지 않게 놀랐다. 그러나 시몬의 사상이 얼마만큼 확대되고 변화했는지를 깨닫지 못했던 사람은 다만 나만이 아니었다. 나는 1938년부터 1940년 사이에 파리에서 시몬을 만났던 사람들이나 그녀의 친구들을 대부분 알고 있었다. 이들 중 그 누구도 그녀의 사상에서 종교가 얼마나 큰 비중을 차지해가고 있는지를 알지 못했다. 시몬의 아버지가 이 사실을 알게 된 것도 겨우 마르세유에서였다.

사람들은 알랭의 제자들이 종교적인 표현을 많이 썼기 때문에 시몬이 "신"이라는 말을 할 때도 그저 그러한 뜻으로 신이라는 말을 썼을 뿐이라고 생각했다. 이때의 철학적인 신이란, 인간은 찾고자 노력하고 있으나 인간을 전혀 무시하고 있는 신이라고 이해되고 있었다. 더욱이 시몬의 종교 예술에 대한 사랑이나 기독교에 대한 공감도 꽤 진부하게 들렸다. 전쟁이 일어난 직후에 철학자 장 발이 시몬을 만났을 때에도 그는 혹시 시몬이 기독교 신자가 된 것이 아닌가 하고 의아심을 품었으나 그녀가 정말로 기독교를 믿고 있다고는 생각하지 않았다.

체코슬로바키아에 낙하산 부대를 보내려던 계획이 좌절되자, 시몬은 간호부대 파견을 새로 제의했다. 시몬은 전투 중에 부상당한 사람들을 생각할 때마다 마음이 아팠다. 그들에게 가장 중요한 것은 응급 치료이며, 비록 불완전한 치료라도 빨리 받을 수만 있으면 생명을 건질 수 있는 사람이 많다고 생각했다. 치료해봐야 전혀 소용이 없는 사람들일 경우라도 시몬은 그들이 느끼게 될 고독과 버림받았다는 고통을 생각하면 견딜 수가 없었다. 그래서 자신의 목숨을 희생할 각오를 가진 이들로서 전방에 가서 죽어가는 사람들과 부상자들을 위해 일할 간호부대를 만들 것을 제안했다. 물론 자신도 참가하려 했으며 간호원들의 대다수가 죽게 되리라는 것도 잘 알고 있었다. 그러나 이 제안 역시 실현 가능성이 없다고 생각되어 거부되고 말았다. 어떤 사람은 미친 짓이라고까지 생각했으며 시몬이 자신을 희생시키고 싶은 나머지 비정상적인 생각까지 하게 되었다고 보는 사람들도 있었다. 그러나 이것은 그렇게까지 무분별한 제안은 아니었으며 오히려 승전을 위해서는 꼭 필요한 계획이었다. 이 문제와 함께 시몬은 전체주의 국가에서 국민의 상상력을 자극시키는 것에 맞설 수 있는 민주 국가의 방책이 무엇인지를 자문해보았다.

"그리하여 현재의 전쟁에서 어느 정도까지 도덕적인 요인이 본질적인 자리를 차지해야 하는지 우리는 반드시 알아야 한다.……히틀러는 전쟁이 국민의 상상력에 호소해야 한다는 전쟁의 본질적인 필연성을 결코 무시하지 않았다. 이러한 수단의 하나가 히틀러의 친위대와 낙하산 부대이다.……이 부대들은 이미 생명을 걸고 죽을 각오가 되어 있는 사람들로 구성되어 있었다. 우리는 히틀러의 방법을 모방할 필요는 없지만 반드시 이와 대등한 방법을 찾아내야 한다"고 주장했다. 또 "독일 군대는 우상숭배와 같은 종교적인 신념으로 전투를 하고 있다. 우리 역시 이보다는 더 순수하지만 결국은 그와 같은 정신 태세로 싸워야만 이길 수 있다.……죽어가는 동료를 지켜보면서도 살인에 대한 욕망으로 불타지 않을 수 있는 용기는 광적인 독일 친위대의 젊은이들이 지니고 있는 용기보다 더 희귀한 것이다"라고 말했다. 그러나 이렇게 희귀한 용기를 여성 간호원들이 가질 수 있을까? 여기에 대해 시몬은 확실히 여자들이 남자들보다 어떤 상황을 냉철하게 대처해나가기는 어렵지만 그렇다고 해서 이것이 불가능하다고 말할 수는 없다고 했다.

시몬의 부모는 조금이라도 시몬을 진정시키기 위해 상원 군사위원회의 한 친구를 만나서 시몬의 참전 계획이 실현될 수 있도록 도와주겠다는 언질을 시몬에게 줄 것을 부탁했다. 그 부탁은 실현되었고 여기에 힘을 얻은 시몬은 모리스 슈만에게 곧 이 사실을 알리는 편지를 썼다.

독일은 점차 더 세력을 확대해나갔으며 프랑스 침입을 위한 교두보 확보를 위해 네덜란드와 벨기에를 며칠 내에 정복했다.

이 무렵에 나는 시몬을 만났는데 그녀는 전략 문제에 골몰하고 있었다. 독일군이 영국 해협으로 진격했다는 소식을 듣고 시몬은 독일의 지휘관이 훌륭한 전략을 쓰고 있다고 말했다. 상대편의 주의를 분산시키기 위해 영국을 공격하기 시작했다는 것이었다. 그 말을 듣고 나는 1914년에 우선 파리를 점령하려고 했던 독일군 지휘관은 실수를 저지른 것이었다고 한 시몬의 말이 생각났다. 사실 그 당시에 파리 점령은 그다지 중요한 것이 아니었다. 독일군이 파리로 들어오는 것을 막으려는 프랑스군과 이를 뚫고 진격해오려는 독일군은 마침내 양쪽이 다 지쳐버려서, 먼저 **빼앗기는** 것이 오히려 이기는 게임처럼 양편이 다 실수를 저지르고 있었다.

오귀스트-콩트 거리에 있는 아파트에 살고 있던 시몬의 가족은 남쪽으로 내려가는 피난민들의 인파와 차량을 볼 수 있었다. 대부분이 벨기에인과 프랑스인들이었다.

그때 나는 파리 교외로 가서 방을 하나 구해 우선 어머니를 피신시키려고 했으나 허사였다. 마침 전에 누군가가 적어준 일이 있는 도르도뉴 지역의 한 호텔이 생각나서 간신히 예약을 할 수 있었다. 내가 아파트에 혼자 있는 것을 알고 시몬은 자기네 아파트로 오라고 했다. 그때 독일군은 이미 파리 근교에까지 와 있었다. 학창 시절에 우리는 그 아파트에서 한두 번 같이 잔 적이 있었다. 시몬의 집에 간지 이틀째 되던 날 새벽녘에 폭격이 시작되었다. 나는 시몬과 같이 테라스로 나가 파리 서쪽에서 집 더미만 한 연기가 뭉실뭉실 올라오는 것을 보았다. 그런데도 시몬은 피신하려고 하지 않았다. 시몬의 아버지는 몹시 걱정을 하며 그녀를 설득시키려 했으나 그녀의 결심은 흔들리지 않았다. 6월 10일 오후에 시몬은 광장에 모여서 웅성대는 사람들의 이야기를 듣기 위해 오페라 건물이 있는 곳으로 나갔다. 그들은 "우리는 피난갈 필요가 없어요. 독일군은 야만인이 아니니까요. 그들과 이야기를 하면 통할 것 아녜요"라고 떠들어댔다. 시몬은 낙담과 놀라움을 금치 못했다. "선량한 사람만 모두 떠나는가?" 하고 생각했지만 자기 자신은 파리를 떠나지 않으려고 했다. 그녀는 파리가 끝까지 지켜지기를 바라고 있었다.

벌써부터 독일군에게 항복할 생각을 하고 있는 사람들의 말에 시몬은 분개했지만 그녀 자신은 독일군을 개인적으로 미워하지 않았다. 언젠가 그녀는 식탁에서 만일 지금 독일군이 낙하산으로 이 아파트에 들어오게 되면 어떻게 하겠냐고 했다. 그녀의 아버지가 독일군을 경찰에 넘기겠다고 말하자, 시몬은 그런 생각을 가진 사람과는 같이 밥을 먹지 않겠다고 말했다. 나는 농담인 줄 알았는데 정말로 도중에 식사를 그만두었다. 하는 수 없이 시몬의 아버지는 독일군이 와도 경찰에 넘기지 않겠다고 약속했다.

국립 도서관에서 나는 모두 파리를 떠나라는 명령이 내려진 것을 알았다. 그것은 명령이라기보다는 떠나도 좋다는 허락이었다. 원한다면 파리에 남아 있을 수도 있었기 때문이었다.

나는 피난길에 있는 것보다는 파리에 머무는 편이 안전하다고 생각했다. 더욱이 파리 남부나 루아르 전선은 무사하다는 말을 듣고 더욱 파리를 안전한 장소라고 안심했다. 그러나 한편으로는 제1차 세계대전 때처럼 가족들과 헤어져서 오랫동안 혼자서 독일군 점령하에서 생활해야 될지도 모른다는 생각이 들어 무섭기도 했다. 더구나 언니가 병석에 누워 있어 더욱 걱정이 되었다.

나는 시몬에게 파리를 떠나자고 했으나 소용이 없었다. 시몬의 어머니는 나만이라도 가서 가족들을 돌보라고 했다. 나는 드디어 기차를 탈 결심을 했다. 내가 떠날 때 시몬은 지하철까지 배웅해주면서 "어느 날"이라는 그녀의 시를 내게 주었다.

6월 13일에 시몬네 식구들은 "파리는 비어 있다"고 쓰인 공고문이

붙은 것을 보았다. 마침내 시몬도 굴복하지 않을 수 없었다. 시몬의 가족은 짐을 꾸릴 사이도 없이 리옹 정거장으로 갔다. 사람들은 셀 수도 없이 많았고 기차는 하나뿐이었다. 역원은 아무도 통과시키지 않았으나 시몬의 어머니가 베유 씨는 의사이기 때문에 무슨 일이 있으면 꼭 필요하게 될 것이라고 이야기해서 그들은 간신히 기차를 탈 수 있었다. 바로 다음 날 6월 14일에 독일군은 파리에 진입했다.

시몬은 기차를 타고 가면서도 떠나온 것을 내내 후회했다. 프랑스군은 파리를 방어하지 못했으나 적어도 파리 외곽은 지키고 있을 것이라고 하면서 몽트로 역에서 내리겠다고 고집을 부렸다. 시몬의 어머니는 새 방어선이 형성된다면 그것은 분명히 루아르 지방일 것이라는 말로 시몬을 간신히 설득시켜 느베르까지 갔다. 거기서 드퇴프의 가족과 수바린을 만나 드퇴프의 도움으로 피난민이 버리고 간 방앗간에서 잠을 잘 수 있게 되었다. 또 앙드레의 친구 디외도네도 만났는데 그는 필요하다면 돈을 꾸어줄 수도 있다면서 느베르도 위험하니 곧 떠나라고 했다. 시몬은 그곳은 안전할 것이라며 떠나지 않겠다고 또 고집을 부렸다.

그날 밤 독일군이 느베르에 들어왔다. 시몬은 독일 기갑부대가 진군하는 것을 보고는 무시무시하다고 생각했다. 독일군을 만나도 쳐다보지 않았다. 느베르는 신문도 라디오도 금지되었으므로 사태가 어떻게 되어가는지 잘 알 수 없었지만, 프랑스 전역이 점령되었다는 소문이 퍼졌다. 그들은 전단을 통해 독일군으로부터 모두 집으로 돌아가라는 명령을 받았으나 기차는 없었다. 그들은 국도를 따라 걸어가면 트럭을 탈 수 있으리라고 생각했다.

시몬네 가족이 비시에 도착한 것은 7월 초였다. 거기서 시몬은 옛 날의 동료들을 여럿 만났으며 아직도 열심히 평화주의를 지지하 는 사람들도 만났다. 그들은 휴전을 원했으며 자유와 개혁을 구현 할 수 있는 공화정을 세울 것을 바라고 있었다. 시몬은 그들의 생각 에 극력 반대했다. 그때 시몬을 만났던 한 친구의 말에 의하면 시몬 의 마음은 매우 혼란스러웠고 분노로 앓아누울 지경이었다고 한다. 사실 시몬은 모든 것에 다 분개했다. 그녀는 폴 레노가 사임해서도, 또 내각이 물러나서도 안 되며 무슨 일이 있더라도 휴전을 하지 말 고 싸워야 한다고 생각했다. 거기서 시몬은 오빠의 친구인 앙리 카 르탕을 만났는데 그는 앙드레가 영국에 있다는 말을 전해주었다. 앙드레가 있던 부대원들이 브레스트로 가는 배를 타려고 부두에 모 여 있다가 영국 해협에서 강제로 항로를 바꾸라는 명령을 받고는 영국항으로 갔다는 것이었다.

시몬은 앙드레가 체포되지 않고 프랑스로 돌아올 방안을 생각해 냈다. 그런데 앙드레의 경우에는 전쟁이 중단되어도 계속 집행유예 가 유효한지 확실히 알 수가 없었으므로 변호사 두 명에게 물어보 았다. 그들 모두가 괜찮다고 말했으나 아무래도 미심쩍어서 시몬은 직접 형법 전서를 찾아보았다. 거기에는 두 변호사의 말과는 반대 로 적혀 있었다. 이것을 그들에게 보여주자 그들도 잘못을 시인했 다. 시몬은 앙드레에게 곧 전보를 쳤다. 시몬의 어머니는 이 전보문 을 위장의 걸작품이라고 표현했다. 시몬은 오빠 앙드레만이 명확하 게 뜻을 알 수 있도록 교묘한 말로 전보를 쳤던 것이다.

시몬은 나에게도 엽서로 간단하게 소식을 전해왔다. 발신 주소는 비시였으나 날짜는 정확하지 않았다. 그 엽서에는 시몬의 가족이 파리를 떠나서 비시까지 간 경위가 쓰여 있었다. "너는 지금 무슨 글을 쓰고 무엇을 생각하고 있는지, 또 신에 대해서도 생각하고 있는지 알고 싶구나. 파리를 떠날 때 잊고 온 것 중에서 가장 중요한 것은 『바가바드 기타』야. 바빌로니아 문자는 거의 다 잊어버리기 직전이란다!"

이 편지는 시몬이 보낸 지 여러 날 후에 내 손에 들어온 것 같았다. 내가 답장을 띄웠을 때 시몬은 이미 비시를 떠나고 없었으며, 우리가 다시 편지를 할 수 있게 된 것은 그해 말경 시몬이 마르세유에 있을 때였다.

마르세유 I

1940−1941

전쟁 중에 마르세유는 프랑스를 빠져나가려는 사람들에게 중요한 관문이 되었다. 시몬의 가족은 툴루즈를 떠나 9월 4일에 마르세유에 도착했다.

마르세유에 도착한 지 며칠 후에 시몬은 무슬림 세계에 대해 주목할 만한 논문을 쓴 에밀 데르멩엠에게 편지를 썼다. 그때 시몬은 곧 모로코에 갈 수 있으리라고 생각했던 것 같다.

"당신이 「에스프리」지에 발표한 모로코에 대한 글과 다른 여러 잡지에 실린 무슬림에 관한 주석들, 그리고 아랍인과 같이 편집한 아랍인들의 민속 연구를 저는 주의 깊게 보았습니다.……근래에 저는 유럽 이외의 다른 문화에 대해서 알고 싶어했으며 특히 동양 문화권 내에 있는 문화들과 무슬림 문화에 깊은 관심을 갖게 되었습니다. 저는 곧 북아프리카에 갈 예정이며 가능하다면 모로코에도 꼭 가려고 합니다. 당신께서 모로코의 문화와 국민에 대해 제게 몇 가지 정보를 제공해주실 수는 없을까요? 제가 알고자 하는 것은 모로코 민족의 근본적인 성격과 그들의 찬란했던 과거 역사의 발자취,

아직도 생생하게 남아 있는 그들의 정신문화를 비롯하여, 지금은 식민지 통치를 받고 있는 그들이지만 미래에 어떤 기대할 만한 점들이 있는가 하는 것입니다."

비시에 있을 때와 툴루즈에 있을 때 시몬은 고등사범학교 동창생이며 그 당시 리스본에서 일하고 있던 친구 우르카드에게 포르투갈 비자를 받을 수 있도록 도와줄 것을 청한 적이 있었다. 시몬은 포르투갈에서 며칠 머물면서 쉬었다가 모로코로 가거나 그곳에서 곧장 영국에 가려고 했다. 그는 시몬을 도우려 했으나 혹시 그녀가 포르투갈로 도피하려는 것이 아닌가 했다. 시몬은 그의 노력에 감사하는 말과 함께 자신의 의사를 분명히 밝혔다.

"제가 만일 어떤 도피처를 원한다면 그것은 저를 보호하기 위하여 현실적인 사건들로부터 도망치려는 것이 아니라 내 상상력으로부터 도피하기를 바랄 뿐입니다. 상상력은 항상 제게 아주 고통스럽게 작용합니다. 제가 함께 나눌 수 없는 사람들의 불행과 위험과 고난을 생각하면 저는 공포와 수치와 연민에 휩싸이고 말며 양심의 가책으로 정신의 자유를 완전히 빼앗기고 맙니다. 현실과 부딪치는 것만이 이 소용돌이로부터 저를 구해줄 것입니다. 가령 파리가 폭격을 당했을 때 많은 사람들이 죽었지만 저는 아무런 가책이나 수치심도 느끼지 않았습니다. 그때는 저 역시 파리에 있었기 때문입니다. 그러나 플랑드르에서 전쟁이 일어나고 있는 동안에 저는 아주 괴로웠습니다. 당신이 모로코 인이기 때문에 당신은 아마 저와 같은 심정이었을 것입니다."

시몬은 포르투갈과 북아프리카에서 며칠 머물 예정이었고 항상 전쟁의 고통을 겪는 사람들과 함께 있기를 원했다.

시몬의 가족이 묵고 있던 숙소는 해상에 있었으며 마자르그 수용소에서 멀지 않았다. 그 수용소에는 인도차이나 출신의 노동자들이 많이 있었는데 시몬은 곧 그들과 가까이 지내게 되었다. 어느 날 아침, 시몬의 어머니는 베트남 사람 30명이 바닷가에 줄을 지어 앉아 있는 것을 보았다. 그날은 바로 그들이 수용소를 떠나는 날이었는데, 그들은 시몬을 만나러 왔다가 시몬의 잠을 방해할까 봐 깰 때까지 기다리는 중이었던 것이다.

이 인도차이나 사람들은 전쟁이 일어났을 때 화약 공장에서 일을 시키기 위해 데려온 노동자들이었다. 휴전 후 그들은 하나씩 마르세유로 되돌려 보내졌다. 그들이 묵게 된 수용소는 나중에 보에트 형무소가 된 곳으로 아직은 건축 도중이었으므로 전기도 없고 불도 때지 않았다.

그들 중 한 사람이 시몬에게 "프랑스에 가면 그곳 구경도 많이 시켜준다고 했는데 아무것도 보지 못했습니다. 프랑스에 오자마자 우리는 캄캄한 방 속에서 줄곧 지내왔는데 이제는 끔찍합니다"라고 울먹이며 말했다.

수용소에서 그들이 당한 학대는 심한 육체적인 학대는 아니었지만 마음에 극심한 상처를 주었다. 그들의 머리를 절반만 모두 밀어버린 것이었다. 그해 겨울에 이들은 마르세유 거리의 눈을 치우는데 동원되었다. 이것을 본 시몬의 가슴은 찢어지는 것 같았다. 7월에 내가 그녀를 만났을 때 그녀는 이렇게 말했다. "눈더미 속에 다

찢어진 옷을 입고 서 있는 그들의 모습을 나는 차마 바로 쳐다볼 수 없었어. 그들은 왜 자기들이 그 일을 해야 하는지조차 모르면서 눈을 치우고 있었어." 시몬은 비시 관리들(프랑스를 점령한 나치는 비시에 괴뢰정권을 세웠다/옮긴이)에게 이들을 위하여 대책을 세워줄 것을 여러 번 편지로 요구했다. 그 편지들에서 시몬은 그들의 생활 환경이 너무나 형편없다는 것을 들어 마르세유의 몇몇 고용주들이 범하고 있는 악랄한 노동 착취를 비난했다.

10월 초 앙드레는 가족들에게 배로 마르세유에 가게 될 것이라고 알려왔다. 가족들은 그 배에는 부상자와 환자가 많다는 소식을 들어서 알고 있었던 터라 혹시 앙드레가 부상을 당한 것이 아닌가 걱정했다. 앙드레가 오기로 한 날 그들은 부둣가로 나갔다. 시몬의 어머니는 사람이 너무 많아서 앙드레가 자기들을 찾지 못할까 봐 걱정이었다. 바로 그때 시몬은 경찰이 앙드레와 또 한 사람을 찾고 있는 소리를 들었다. 시몬은 그들이 앙드레를 체포하러 온 것임을 곧 알아챘다. 승객들이 배에서 내리기 직전에 그들은 앙드레가 배의 난간에 서 있는 것을 보고는 "오스카가 여기서 너를 기다린다"고 외쳤다. 오스카는 경찰을 의미할 때 써온 그들의 암호였다. 앙드레는 급히 자취를 감추었다가 잠시 후에 다시 모습을 보였는데, 그동안 그는 얼른 선실로 내려가 영국에서 한 친구가 그에게 위탁한 전갈을 넣었던 치약통을 바다에 던져버렸다. 시몬 가족은 그를 몰래 빠져나오도록 해서 숙소로 데리고 갔다. 앙드레는 마르세유에서 며칠 간 머문 뒤 곧 클레르몽-페랑으로 떠났다. 그곳에는 그가 전에 교수로 있었던 스트라스부르 대학교가 옮겨와 있었다. 그는 그곳에서 많은 동료들을 만난 다음 에블린과 함께 마르세유로 와서 미국으로 가기 위해 대서양 횡단 여객선인 위니페그를 탔다. 그들은 앤틸리스 제도를 거쳐 무사히 뉴욕에 도착했다.

10월 중순 시몬네는 아파트를 얻어 거처를 옮겼다. 카탈루냐 해변이 잘 내려다보이는 전망이 좋은 집이었는데 집세는 꽤 비쌌다. 시몬의 부모는 시몬에게 집세가 비싸다는 말을 하지 않았다. 그것을 알면 시몬이 이 집으로 들어가지 않으려 할 것이기 때문이었다. 그들은 아델에게 파리에 두고 온 것들 중 몇 가지를 보내달라는 편지를 띄웠다. 경계망을 뚫고 몰래 배로 운반해올 수 있다는 말을 들었기 때문이었다. 아델은 살림살이와 시몬의 책과 원고가 든 짐꾸러미 세 개를 보낼 수 있었다. 시몬은 편지에 그의 원고 전부와 그리스어책, 라틴어책, 영문책, 이탈리아어책, 프랑스어책들 전부를 보내 달라면서 그 목록까지 써보냈던 것이다. 아델 부부는 시몬의 필적으로 쓰인 원고들은 쉽게 찾았으나 책 제목은 시몬이 이야기한 것이 정확하지 않아서 나에게 편지를 보냈으므로 나는 그들을 도와주기로 했다.

그후에는 짐을 쉽게 보낼 수 없었지만 시몬의 책과 원고들은 모두 보내졌다. 마르세유에 있는 아파트의 시몬 방은 곧 책으로 꽉 차게 되었다. 시몬은 벽에 조르조네의 그림까지 걸어놓았다. 시몬은 영국이나 프랑스 식민지로 갈 수단으로 사용하기 위해 신청했던 교사 임명장을 그때까지 받지 못했다. 그러나 1940년 10월 1일에 이미 그녀는 콩스탕틴 고등여자중학교에 철학 교수로 임명되었는데 다만 그 연락을 받지 못했던 것이다. 다시 문교부에 대략 다음과 같은 편지를 보냈다.

"건강상의 이유로 떠난 저의 휴직 기간은 1940년 7월로 끝났으며 저는 지난 8월에 재임명 신청을 했습니다. 특히 알제리로 가고 싶다는 뜻을 밝혔습니다. 그런데도 아직 임명장을 받지 못했는데 이것은 얼마 전 신문에 발표되었던 '유대인에 대한 법령'과 무슨 관련이라도 있습니까? 그런 경우를 위해 저는 그 법령에 대해 좀더 확실히 알고 싶으며, 저의 경우를 분명히 해두고 싶습니다. 그 법령에서는 세 사람의 조부모가 유대인이면 그 자신도 유대인이라고 규정했습니다만, 그것은 대단히 모호한 말입니다.

이 규정은 종교에 관련된 것입니까? 그렇다면 저는 어떤 유대교의 종교의식에도 가본 일이 없습니다. 그러나 제 친조부모는 유대교회에 다녔습니다. 외조부모는 자유 사상가였습니다. 따라서 그 법령이 저의 조부모의 종교에 관한 것이라면, 저는 두 사람의 유대인 조부모를 가진 경우이므로 거기에서 제외됩니다.

그 규정이 종족에 관한 것이라면 더욱 무관합니다. 우리 아버지의 가족들은 알자스 지방에 살았으며 어머니의 가족은 슬라브 민족이 살던 곳에서 오래 전부터 살아왔으므로 팔레스타인에서 사는 사람들과는 아무 연관도 없습니다. 더욱이 아버지의 가족 중 누구도 먼 이방에서 옮겨왔다는 말을 들은 적이 없습니다. 제 어머니는 철저하게 슬라브족입니다.

그다음으로 생각해볼 수 있는 것은 유대 민족의 유산이나 전통을 받았는가 하는 것입니다만, 그 점에서도 저는 유대인과는 아무 관련성이 없습니다. 제게 관련된 것은 기독교와 프랑스와 헬레니즘

전통이지 히브리 전통은 전혀 이질적인 것입니다."

그러나 시몬이 유대인의 규정을 거론한 것은 자신이 유대인이 아님을 증명하기 위해서가 아니라, 그 법령의 모호함을 조롱하기 위해서였다. 이 편지에는 답장도 오지 않았다. 마르세유에서 발간되고 있던 「남부의 노트Cahiers du Sud」는 비점령 지대에서는 가장 중요한 잡지였다. 편집장 발라르는 유대인 작가들이나 비시 정부에 반감을 가졌던 사람들의 글도 주저없이 실었다. 시몬은 이 잡지에 시를 한 편 신고자 했는데 그것은 바로 내게도 써주었던 "어느 날"이라는 작품인 것 같다. 이 시를 보고 발라르는 퐁피냥의 시와 닮은 것 같다고 했다. 그러고는 그 말에 시몬이 당황했다고 생각하고는(시몬의 어머니 말로는 시몬은 이 말을 그저 웃어 넘겼다고 한다) "그러고 보니 장 콕토의 시와 더 비슷한 것 같군요. 나는 퐁피냥의 시를 더 좋아하지만 말입니다. 좌우간 우리 잡지에서는 새로운 형식의 시를 원합니다" 하고 말했다. 그는 잡지란 분명하고도 뚜렷한 독자적인 경향을 갖추어야 한다고 생각했으며 고전풍은 자기 잡지의 노선과는 맞지 않는다고 생각했다.

시몬은 또다시 시를 투고하지는 않았다. 그 대신 시몬은 발라르에게 『일리아스』에 대한 논문을 보여준 일이 있었다. 그것은 독일군 침입으로 파리에서는 발표할 수 없는 것이었다. 발라르는 그 논문을 격찬했으며 「남부의 노트」지 1940년 12월호에 게재했다. 시몬은 에밀 노비스라는 필명을 썼다. 이때부터 시몬은 그 잡지사에 자주 드나들게 되어 많은 사람들과도 알게 되었다. 장 토르텔을 알게 된 것도 이때이며, 앙드레 지드의 사위인 장 랑베르와도 이때 알게 되었다. 장 랑베르는 새벽에 카탈루냐 해변에서 수영을 한 후 시몬의 방까지 올라가 오래 이야기를 나누곤 했다. 그들은 그리스와 미학에 대해서 자주 이야기했는데 랑베르의 말에 의하면 시몬은 "이 세상에 존재하는 모든 아름다운 것들 속에서 하느님의 모습을 볼수 있다"고 말했다 한다. 그는 시몬의 사상에 온전히 공감할 수 있었다. 시몬은 때때로 그에게 자작시를 낭송해주었는데, 그녀의 단조로운 목소리는 해변에서 밀려오는 물결 소리와 어우러져 신비스러운 화음을 이루었다. 그는 시몬의 미래 계획도 잘 알고 있었다. 영국으로 갈 방법을 모색하는 동안, 시몬은 남자들과 공통의 운명을 겪기 위해 막노동을 하기를 원했다. 랑베르는 시몬의 이야기를 들을 때마다 자신이 얼마나 이기적인 삶을 살고 있는가를 절감하고 수치심을 느꼈다. 랑베르뿐만이 아니라 시몬의 삶을 보고 스스로에게 수치심을 느끼지 않을 수 있는 사람이 어디 있겠는가!

랑베르는 시몬과 앙리 4세 고등중학교 동기생이며 그 당시 몽펠리에 살고 있던 질베르 칸을 만났다. 그는 시몬이 마르세유에 있다는 말을 듣고 가끔 시몬을 만나러 마르세유까지 오곤 했다. 이듬해 그가 엑스에서 살고 있을 때에는 시몬을 더 자주 만났다.

피에르 오노라를 만나게 된 것은 1940년 크리스마스 때였다. 그는 앙드레와 고등사범학교 동창으로서 같은 수학자였다. 그와 그의 누이 엘렌은 자주 시몬을 만나러 왔다. 시몬보다 네 살이나 아래인 엘렌은 시몬과 같이 뒤뤼 고등여자중학교를 다녔으며 당시에는 마르세유 고등여자중학교의 교사였다. 엘렌은 열렬한 가톨릭 신자였는데 어느 날 그들이 종교에 대해 토론을 하던 중 시몬은 "나는 가톨릭 신자가 되지는 않겠으나 가능한 한 가톨릭에 가까이 가고 싶다"고 말했다. 그러나 나중에 마르세유를 떠나기 직전에 시몬은 "내가 가톨릭교에 이토록 가까워질 줄은 몰랐다. 지금도 날이 갈수록 점점 더 끌리게 된다"고 고백했다. 엘렌은 시몬을 가톨릭 계통의 집회에 나오도록 권유했으며 시몬도 이 제안을 기꺼이 받아들였다. 그런 뒤 얼마 후에 시몬은 엘렌의 소개로 페랭 신부와 귀스타브 티봉을 만나게 되었다.

어느 날 시몬은 거리를 걷다가 우연히 고등사범학교 동창생인 카미유 마르쿠를 만났다. 마르쿠는 시몬의 집에 놀러 왔다. 그가 보기에 시몬은 수학에 열중하고 있는 것 같았으며 그녀가 종교에 대해 깊이 생각하고 있다고는 전혀 생각되지 않았다. 둘이서 도미니코 수도회에 갔을 때에도 그는 전혀 그런 눈치를 채지 못했다. 그는 나중에 시몬의 『중력과 은총』을 읽고 그는 매우 놀랐다고 한다. 시몬은 그녀의 종교관에 대해 부모에게 이야기한 적이 없었으며 몇몇 친구들을 빼놓고는 누구에게도 이야기한 것 같지 않다.

역시 고등사범학교에서 알았던 르네 도말을 만난 것도 1941년 초엽이었다. 그는 벌써 오랫동안 산스크리트어를 배우고 있었으므로 시몬에게 산스크리트어 문법과 『바가바드 기타』의 주석을 직접 베껴주었다. 시몬은 곧 산스크리트어를 배우기 시작했다.

「남부의 노트」지 편집장인 발라르는 "서방의 천재"라는 특별 기사를 준비하고 있었다. 이 이야기를 시몬에게 하자 시몬은 거의 열광하다시피 했다. 그는 데오다 로셰가 쓴 카자리즘(카자르의 교리나 풍습. 카자르는 기독교 정신을 이원론적인 마니교의 관점에서 해석하던 한 종파이다/옮긴이)에 대한 책자를 빌려주었는데, 시몬은 로셰에게 곧 편지를 보냈다. 시몬은 카자르에게 오랫동안 매력을 느껴왔었다. 그 이유는 그들의 『구약 성서』에 대한 비판 때문이었다. 시몬은, 권력의 숭상으로 인해 히브리 민족은 선악의 개념을 잃게 되었다는 로셰의 말에 공감했다. "나는 『구약 성서』의 잔인한 이야기를 성스러운 역사라고 보는 기독교의 입장을 충분히 이해할 수 없었습니다. 어떻게 제정신을 가진 사람으로서 『구약 성서』의 여호와와 복음서의 하느님을 동일한 존재로 볼 수 있겠습니까? 교황권을 통해 기독교에 미친 로마 제국과 『구약 성서』의 영향으로 말미암아 기독교는 부패하게 된 것입니다."

시몬은 카자리즘이 로마 정복 이전의 고대 유럽 전통에 대한 최후의 생생한 기록이라고 생각했다. 시몬은 로마 정복 이전에는 이집트, 트라키아, 그리스, 페르시아 등지에서 신비주의자들이 여러 형태로 표현한 생각들이 한 가지로 존재했으며, 이것이 플라톤에 의해 가장 완벽하게 종합되었다고 보았다. "바로 이런 생각을 바탕으로 하여 기독교가 나왔다. 그러나 그노시스교와 마니교와 카자르만이 이 전통을 지켜왔다."

시몬은 로셰가 그의 책에서 카자리즘을 크리스천 피타고라스주의나 플라톤주의로 본 것에 매우 흥미를 느꼈다. 그녀는 플라톤에 필적할 만한 사람은 아무도 없으며, 피타고라스와 플라톤은 단순한 호기심으로서는 결코 이해할 수 없다고 생각했다. 카자리즘 역시 마찬가지라고 생각했다.

시몬은 이미 사장된 종교인 카자리즘의 추앙자였기 때문에 이런 역사적인 고찰을 한 것이 아니라, 그리스 정신과 플라톤 정신이 더 강조되고 『구약 성서』의 유산은 줄어든 기독교를 바라는 마음에서 이 연구를 했다. 그녀는 이런 기독교를 카자르 크리스처니티라고 불렀다.

3월 초순경에 시몬의 가족은 앙드레로부터 "미국에 무사히 도착"이라는 전보를 받았다. 그들은 매우 초조하게 이 전보를 기다리고 있었던 터라 시몬은 곧 "그동안 오빠 일을 너무나 많이 생각하고 있었는데 이젠 보통 때처럼 적당히 잊으면서 살아도 되어서 참 다행이네요. 나는 미국에 갈 생각은 전혀 없습니다. 앞서 내가 제안했던 간호부대 파견 계획이 실현될 수 있는 경우를 제외해놓고는 말이에요.……부모님은 미국까지 배로 가기 위해 필요한 정보를 오빠에게서 듣고자 합니다만, 내 태도는 변함이 없습니다. 오빠가 프랑스를 떠나는 데는 충분한 이유가 있었지만 나는 그렇지 않으니까요.……만일 미국에 간다면 유럽에서 멀리 떨어져 있다는 자책감 때문에 저는 혼란에 빠질 것 같군요. 만일 프랑스에 큰 기근이 닥친다고 해도 내가 프랑스에 있으면서 직접 보고 겪는다면 고통은 덜할 거예요. 나 하나의 목숨을 구하기 위해 미국으로 건너갈 뜻은 없답니다. 다만 한 가지 예외로 내 계획이 달성되는 데에 도움이 된다면 그때에는 갈 수도 있습니다……"라는 내용의 편지를 썼다.

시몬은 강제 노동소에 수용된 베트남 노동자들과 전쟁으로 인해 강제로 집단생활에 들어간 프랑스에 거주하는 외국인 노동자들을 돕기 위해 전력을 다하고 있었다. 그들 중 대다수는 파시스트의 승리에 밀려 쫓겨온 반파시스트들이었다. 시몬은 비시 지역에서 유력한 힘을 갖고 있는 벨랭과 그 동료들에게 인도차이나 지역 사람들에 대한 잔인한 처사를 폭로하는 편지를 여러 차례 띄웠다.

"이것은 당신의 관할권 안에 있지 않는 문제이기는 하지만 이야기하지 않을 수 없습니다. 이미 벨랭에게 말한 바 있는 외국인 집단 수용소 문제 말입니다. 나는 여기에 대해 미국 지성인 구호 센터로부터 믿을 만한 자료를 입수했습니다. 거기에는 가히 두려워할 만한 사실들이 꽉 차 있었습니다. 앞으로 프랑스에 불운이 닥칠 경우 프랑스가 도움을 받지 않을 수 없는 미국에서 이 자료들이 미칠 무서운 영향력을 생각해보십시오. 여기에 그 자료들의 복사본을 보냅니다. 지금까지 제가 보낸 편지들이 무사히 도착했는지 모르겠군요. 이번에도 안전할지 염려됩니다."

그러나 수용소의 대우 개선이 전혀 이루어지지 않자, 시몬은 비시 주재 미국 대사 레이히 제독에게 대략 다음과 같이 편지를 띄웠다.

"각하께,

저는 지금 모든 프랑스인들이 생각은 하고 있으나, 감히 말을 하지 못하고 있는 점들에 관해 각하에게 말씀드리고자 합니다. 프랑스인들은 미국의 관대함에 대해 대단히 감사하고 있습니다. 그러나 이러한 관대함은 몇 가지 조건 밑에 베풀어져야 한다고 생각하고 있습니다.

첫째로 미국이 프랑스에게 주는 도움이 영국의 대의에 유해하거나 위험하지 않아야 된다는 조건입니다. 많은 프랑스 국민들은 영국을 위한 일이라면 굶주리는 것까지도 기꺼이 감행할 것입니다.……아직 우리는 굶주리고 있지는 않습니다. 물론 기근이 내일이라도 닥쳐올지 모르지만 많은 사람들이 정작 굶주리기도 전에 불평을 해왔습니다. 저는 그 점을 확신합니다. 저는 부모와 함께 마르세유에 살고 있는데 여기는 식량이 몹시 부족합니다. 그래서 우리 가족도 생활의 안정을 이미 잃었으며 돈을 매우 절약하고 있습니다.……그러나 우리는 아직 식량을 사기 위해서 줄을 서서 기다린 일은 없습니다. 우리는 잘 먹고 있지는 못하지만 그래도 목숨을 부지할 만큼은 충분히 먹고 있습니다. 프랑스에 아직 식량 기근이 오지 않았다고 말할 수 있는 이유는 바로 여기에 있습니다.

둘째로, 미국의 관용은 프랑스에 와 있는 외국인의 대우 문제와 관련되어 있습니다. 물론 집단 수용소의 대우가 그들에게 형편없다는 사실은 잘 알고 있을 것입니다. 프랑스인으로서 나는 이 사실에 말할 수 없는 수치심을 느낍니다. 그러나 공공연히 약속을 해놓고도 나날이 대우가 악화되고 있는 현실을 더 이상 묵과할 수는 없습니다.

이 불행한 사람들을 위해서, 또한 먹는 것보다도 명예를 숭상하는 프랑스인들을 위해서 이 잔혹한 대우가 개선될 때까지 미국은 프랑스에 원조를 중지해야 할 것입니다."

이 편지에서 그리고 그 당시 시몬의 주위 사람들의 말에서 알 수 있듯이 시몬은 식량을 구하기 위해 대열에 끼어 서서 기다려본 적이 없으며 자신의 부모들도 그러지 못하도록 말렸다고 한다. 시몬은 또 암거래 시장을 매우 싫어했다. "소크라테스는 암시장에 대해서 무엇이라고 했던가?"라고 시몬은 자문하면서 양심적으로 법규를 지키고자 했다. 시몬은 식량 배급표를 타면 다른 사람들에게 모두 나누어주고 자신은 목숨을 부지할 정도만 먹으면서 지냈다.

레이히 제독에게 보낸 편지에서 시몬은 베르네 수용소에 관해 상세히 이야기했다. 그것은 시몬과 알고 있는 몇몇 외국인들이 그곳 수용소에 대해 자세히 알려주었으며, 특히 1940년 7월에 그곳에 수감되었다가 석방된 벨기에인 니콜라가 그곳의 실태를 잘 설명해주었기 때문이었다. 니콜라는 시몬에게 수용소에서 알게 된 스페인 사람 안토니오에 대해 이야기해주었다. 니콜라는 그를 훌륭한 사람이라고 몹시 칭찬했다. 그는 수용소 바깥에는 아무도 아는 사람이 없기 때문에 편지도 소포도 받은 일이 없다고 했다. 시몬은 레이히 제독에게 편지를 쓰던 날 안토니오에게도 격려의 편지를 썼다.

그에게 보낸 두 번째 편지에서 시몬은 "당신의 편지를 받고 나는 다시 스페인으로 간 느낌을 받았습니다. 나는 스페인과 스페인의 언어와 사고방식을 사랑하며, 유럽의 다른 어느 나라 사람들보다도 당신의 동포인 스페인 사람들의 성격을 좋아합니다. 얼마 전 나는 친구의 도움으로 스페인 민요에 대한 책을 구했습니다. 정말 아름다운 노래였습니다. 그런 시를 가진 나라는 세상 어디에서도 찾아보기 힘들 것이라 생각됩니다. 그 노래 몇 편을 편지에 적어 보내드릴 테니 당신도 기억하고 있는 것이 있으면 내게 보내주십시오. 당신에게 도움이 될 만한 것을 몇 가지 소포로 보내니 부담 없이 받아주십시오. 무사히 받게 되기를 기원합니다. 당신이 혹시 내게 폐를

끼치고 있는 것이 아닌가 하고 걱정할 필요는 없습니다. 그건 내게는 즐거운 일이니까요. 내가 당신의 처지에 있다면 당신도 내게 이와 똑같이 했을 것입니다. 언젠가 될수록 가까운 장래에 서로 만날 수 있기를 바랍니다" 하고 그를 격려했다.

안토니오는 시몬에게 감사의 편지를 보냈는데 그 편지로 미루어 보아 그는 스페인 무정부주의자였던 것 같다. 시몬은 불행한 상황에 놓인 그에게 많은 도움을 주려고 했으나 그가 지나치게 접근하는 것은 다소 경계했다. 안토니오는 역경에 처해 있으면서도 자연의 아름다움과 그 아름다움을 느끼는 기쁨에 대해서 훌륭한 편지를 써 보내왔다. 시몬이 그를 칭찬한 것은 바로 그런 점 때문이었다. 얼마 뒤에 시몬은 그가 농부 출신임을 알게 되었다. 나중에 페랭 신부를 만났을 때 시몬은 안토니오에 대해서 이야기하면서 그의 생각은 성스럽다고까지 말했다.

안토니오 이외에 시몬은 티롤 출신의 농부이며 시인인 오스트리아인 프란츨 K.와도 편지 왕래를 했다. 그도 역시 베르네 수용소에 있었는데 나중에 정원사로 채용되어 간신히 그 수용소를 나올 수 있었다. 그는 수용소에서 오스트리아인 변호사 리하르트 R.과 알게 되었다. 리하르트는 프란츨보다 먼저 석방되었으며 시몬도 마르세유에서 그를 알게 되었다. 리하르트의 도움으로 프란츨은 비자를 얻게 되어 카사블랑카를 거쳐 뉴욕으로 갔다. 시몬은 그가 뉴욕에 도착한 뒤에 독일어로 편지를 보냈다. 또 그에게 옷과 돈을 보내주면서 그가 곧 아름다운 고국 오스트리아로 돌아가 살게 되기를 바란다고 덧붙였다. 프란츨은 시몬에게 자작시를 몇 편 보내주기도 했다.

시몬이 "외국인의 유배형에 관한 노트"를 발표한 것은 이 무렵이었다. 시몬은 그것을 이탈리아 성직자 연맹에 보낼 계획으로 썼는데, 확실치는 않으나 전달된 것 같았다. 시몬은 추방형에 의해 범해지고 있는 갖가지 무자비한 행위들을 강력히 고발하면서 이 처벌이 1939년에 외국인들에게 가해졌던 예와 1941년 마르세유에서 가해졌던 예를 열거했다. 시몬은 프랑스 거주 외국인들에게 형사범 죄목을 씌워 추방형을 내리는 것을 중지할 것과 이미 유배형을 언도받은 외국인들을 사면해줄 것을 요구했다.

시몬은 4월 초에 앙드레에게 편지를 띄웠다. 설사 마르세유 사람들이 굶어 죽게 되었다는 기사를 읽더라도 믿지 말라고 하면서 가족들을 생각하여 눈물을 흘리지는 말라고 부탁했다. 또 시몬은 자신이 포물선의 구적법에 대한 아르키메데스의 공식에서 새로운 방정식을 발견했다는 이야기와 함께 미국으로 가려는 사촌 편으로 「남부의 노트」지 한 권을 전한다고 알렸다. 그 잡지에는 시몬의 "일리아스에 대한 고찰" 제2부가 끼어 있었다.

시몬은 또한 사촌에게 간호부대 파견 계획서를 앙드레에게 전해달라고 부탁했는데, 그는 검열에 걸릴 것을 염려하여 그것을 없애버렸다.

마르세유 철학 연구회에서 발표된 논문 중에서 시몬은 두 가지 새로운 내용에 특별한 흥미를 갖게 되었다. 하나는 마르셀 브리옹의 중국의 철학과 회화에 대한 강연 내용이었고, 또 하나는 의학 협회장인 뤼시앵 코르닐의 히포크라테스 연구였다. 또 이 철학 연구

회의 회장인 가스통 베르제는 코르닐이 엑스에서 쓴 박사학위 논문을 적극적으로 옹호했다. 시몬은 이 세 개의 논문들에 관한 글을 "철학"이라는 제목으로 1941년 5월호 「남부의 노트」에 발표했다.

브리옹의 강연 내용에 대해서 시몬은 브리옹은 동양과 서양을 비교하면서 동양 철학이 서양에 낯선 것이라는 것을 말하려 했으나 결과적으로는 동양 철학이 서양 철학에 얼마나 가까운지를 밝힌 셈이 되었다고 말했다.

"도교의 모든 법칙은 우리에게 공감을 일으킨다. 그것은 헤라클레이토스와 프로타고라스, 플라톤, 견유학파와 스토아 학파, 기독교와 루소에게서 차례로 나타났던 사상들과 같은 계보에 있는 것이다. 이것은 도교 사상이 독창적이거나 심원하지 않고, 서양인에게 새로운 것이 아니라는 말이 아니라, 역사에 나타난 위대한 사상은 늘 새로우면서도 친숙하다는 말이다. 플라톤의 말대로 우리는 그것이 같은 하늘의 맞은편에 있다는 것을 알고 있다." 곧이어 시몬은 동양 예술을 철학과의 연관성으로 고찰해볼 때 동양 예술이 서양 예술과 큰 차이가 있는 것은 아니라고 말했다. 동양 예술이 철학과 연관되어 있다면, 서양 예술도 위대한 예술가의 경우에는 철학과 연관되어 있다는 것이다.

"진정한 예술은 예술과 세계와의 관계, 또 예술과 다른 예술과의 관계를 수립하는 방식이 되지 않을까? 즉 철학과 대등한 것이 되지 않을까? 많은 서양 예술가들은 이처럼 예술을 예술 이외의 방식으로 고찰했다. 그러나 물론 그들이 가장 위대하다고는 할 수 없다." 중국의 예술가들은 무한에 대한 탐구욕이 꽤 절실했기 때문에 형태를 무시하게 되었다. 반면에 그리스에서는 명확하고 뚜렷한 한계를 지닌 형태를 추구했다. "그러나 이 두 가지 방법은 실상 같은 인간의 욕구에서 출발한 것이다. 인간은 인간에게 무한히 주어지지 않았다는 것으로 스스로를 위로할 수 있다. 인간에게는 유한성을 통해 무한과 대등한 것을 꾸며낼 수 있는 방법이 여러 가지 있기 때문이다. 이처럼 꾸며낸다는 것이 바로 예술의 정의이다."

코르닐의 논문에 대해서, 또 시몬은 그가 히포크라테스부터 멀어지는 대신에 오히려 그를 우리에게 더욱 접근시켰다고 말했다. "우리에게 그리스보다 더 가까운 것이 또 무엇이 있겠는가? 그리스 사상은 프랑스의 사상들보다도 오히려 더 우리에게 가깝다. 명백히 말해서 그리스의 영향을 받지 않은 사상이란 단 한 가지도 없다." 히포크라테스가 경험주의적 방법에 의존했던 것은 사실이다. 그러나 "그의 위대함은 경험에 의존했다는 점이 아니라……철학, 특히 피타고라스의 사상을 경험에 대한 끊임없는 연구를 위해 방법론으로 삼은 것이었다." "어떤 의미에서 그리스의 과학은 우리가 생각하는 것보다 우리에게 훨씬 더 가깝다. 우리의 과학은 조잡한 스케치에 불과하다.……그러나 또다른 의미에서 그리스의 과학은 우리에게서 아주 멀다.……그리스의 서사시와 연극, 건축, 조각, 우주와 자연의 섭리에 대한 깨달음, 천문학, 물리학, 정치학, 의학, 윤리학은 모두 그 중심에 조화를 이루는 균형에 대한 생각을 지니고 있다.

그리스인들은 이 균형에 대한 감각에 의하여 모든 과학적인 탐구가 선을 향해 나아가게 할 수 있었다. 특히 의학에서 그렇게 할 수 있었다. 코르닐의 논문은 여러 인용을 통해, 히포크라테스가 숭고

한 도덕관이야말로 진실된 의학을 정립하는 중추가 된다고 주장했음을 잘 보여주었다." 시몬은 베르제의 주제 역시 그리스와의 관련을 떠난 것은 아니었다고 말했다.

"그의 논술은 소크라테스의 방법을 연상케 한다.……철학가들은 두 가지로 분류할 수 있다. 하나는 새로운 사상에 직면할 때 의미를 캐내려는 부류이며, 또 하나는 우주의 현현을 즐거운 방식으로 파악해나가는 부류이다. 전자만이 조직적인 체계를 가질 수 있다. 이들은 시적인 아름다움에 가치를 두고 놀라울 정도의 독창력으로 자신의 철학을 공식화한다. 아리스토텔레스와 헤겔이 여기에 속한다. 그러나 사상의 대가란 후자의 경우이며 그들의 탐구 방법론은 인간의 구원을 궁극적인 목적으로 한다."

이 논문에서 시몬은 자신의 철학관과 철학사에 대한 입장을 간단명료하게 밝혔다. 그것을 보면 시몬은 아직까지도 알랭의 사상을 따르고 있으나 그것을 이전과 다른 방식으로, 좀더 확신을 갖고 이야기하고 있음을 알 수 있다. 마르세유에서 썼으나 발표되지 않았던 논문 "가치관에 대한 고찰"은 시몬의 이러한 입장을 좀더 발전시킨 것이었다.

"가치의 개념은 철학의 중심 문제이다. 그러므로 가치 개념 설정과는 다른 목적과 관련된 사상의 노력은 엄밀히 말해서 철학과는 소원한 분야이다. 사람은 누구나 가치에 대한 물음과 개념 형성을 포기할 수 없는데, 그 이유는 인간의 정신이란 가치에 대한 끝없는 긴장이기 때문이며 가치의 개념을 불확실한 것으로 보게 되면 존재 자체가 불확실해지기 때문이다. 인간은 여러 가지 가치 개념들을 상호 비교하면서 질서를 세워, 이른바 체계라는 것을 정립하고자 애쓴다. 그러나 이러한 가치에 대한 성찰은 지극히 어렵다. 인간의 정신이 가치에 대한 긴장인 이상, 인간 정신은 어떻게 스스로 가치로부터 분리되어 나와 그 가치를 성찰하고 판단할 수 있을까? 가치와 인간 정신의 분리는 엄청난 노력을 요구한다. 그리고 인간 정신의 모든 노력 그 자체가 이미 가치에 대한 추구이다. 따라서 이러한 분리를 성취하기 위해서 인간 정신은 이 분리 자체를 최고의 가치로 삼아야 한다. 그러나 이러한 분리 속에서 최상의 가치를 볼 수 있기 위해서 인간은 이미 모든 가치로부터 떨어져 있어야만 된다. 이런 어려움 때문에 철학적 성찰은 하나의 기적처럼 보인다. 은총이라는 말은 바로 이 기적적인 본성을 표현하는 말이다. 이렇게 볼 때 철학은 각종의 지식을 얻기 위한 것이 아니라 바로 인간의 영혼 전체가 변화하는 것을 의미한다.

철학적 성찰은 영혼의 완전한 변화를 전제로 하며, 우리는 이런 변화를 정신과 가치의 유리, 즉 초탈이라고 부른다. 초탈이란 모든 목적들을 단 하나의 예외도 없이 완전히 포기함을 말하며 미래를 공空으로 대치하는 것, 죽음에 직접 접근함을 의미한다. 고대 신비주의나 플라톤, 불교 철학과 기독교 등 모든 동서고금의 주요한 사상을 통해서 초탈이 죽음에 비유되고, 지혜의 터득은 죽음으로 통하는 길이라고 믿어져 온 이유가 바로 여기에 있다. 그러나 여기서 말하는 초탈에 목적이 없는 것은 아니다. 초탈은 여러 가치들 사이에 하나의 참된 계보를 세우는 것을 목적으로 삼는다. 그것은 다른 곳에서가 아니라 바로 이 세상 속에 그리고 즉각적으로 더 나은 삶의 방식을 세우는 것을 목적으로 한다.……이러한 점에서 철학은 죽음을 통해서 삶을 지향하고 있다.

따라서 철학적 성찰은 과학과는 판이하다. 그렇다고 해서 과학보다 덜 확실한 것은 아니다. 오히려 무엇보다도 확실하고 뚜렷한 것이다."

이 논평과 거의 같은 시기에 쓰인 것으로는 문학의 책임에 대하여 「남부의 노트」지에 보내는 서한이 있다. 1941년 4월이나 5월에 쓴 것인데 역시 가치의 문제를 다룬 것이었다.

레옹-가브리엘 그로스는 1940년 10월과 1941년 3월 두 차례에 걸쳐서 그 당시 널리 문제 삼아오던 주제인 "1940년의 국난에 대한 작가의 책임"을 묻는 글들을 공박한 일이 있었다. 시몬은 자신이 그로스와 같은 의견을 갖고 있지 않음을 밝혀야겠다고 생각하여 「남부의 노트」지에 편지를 보냈다.

"나는 그로스 씨와는 반대의 입장에서 그 문제를 생각해야겠습니다.……우리 시대의 불행에 대해 작가는 책임감을 느껴야 합니다. 20세기 초, 1920년대의 특징은 가치관의 쇠퇴였으며, 다다이즘과 초현실주의는 그것의 극단적인 예입니다. 그들은 파격적 방식에만 몰두해 있었으며, 특히 초현실주의는 무목적의 사상을 기본 사상으로 삼았습니다. 그들은 가치에 대한 전면적인 부정을 최고의 가치로 보았던 것입니다. 반드시 초현실주의파의 작가들이 아니더라도 작가들은 공통적으로 가치의 약화라는 경향을 보였습니다. 자발성, 성실성, 무상성無償性, 풍요의 창조 따위는 그들이 가치에 대해 얼마나 무관심했는지를 잘 나타내주는 어휘들로서 선악에 관련된 단어들, 즉 도덕, 고귀함, 명예, 정직, 관용 등의 어휘들보다 훨씬 더 자주 이용되었습니다. 설사 후자의 어휘들을 쓴다고 해도 정반대의 개념으로 쓴 예가 많았습니다. 넓은 의미에서 20세기의 문학은 심리적이며, 심리학의 목적은 가치의 차별 없이 평면적인 입장에서 영혼의 상태를 표현하는 데에 있습니다. 이들에게 선악은 부차적인 것이며 선을 향한 노력은 마치 인간 정신에서 제외된 듯이 생각되었습니다. 작가는 독자에게 도덕 선생은 아닙니다. 그러나 작가는 인간의 모든 상황들을 표현하지 않으면 안 됩니다. 그리고 문학에서 선과 악처럼 누구에게나 인생과 직결되어 있는 것은 없습니다. 사실 어떤 도덕관은 무도덕보다 오히려 선에서 멀리 있습니다.……그러나 우리의 현재의 모든 고통이 우리를 재생으로 이끄는 것이라면, 그것은 어떤 표어를 통해서가 아니라 침묵과 도덕적인 고립, 고통, 불행 및 인간 영혼의 심연에 깊숙이 자리 잡고 있는 공포를 통해서일 것입니다."

그러나 이 서한은 시몬이 죽은 뒤인 1951년에야 「남부의 노트」지에 게재되었다.

장 토르텔은 시몬이 레지스탕스 조직에 가담하는 것을 도와주었다. 이 조직의 정체가 무엇이었는지는 잘 알 수 없다. 토르텔 자신도 그 조직을 외부에서만 알고 있었기 때문이다. 어쨌든 그 조직은 경찰의 추적을 받고 있었으며, 시몬은 수차례에 걸쳐 경찰의 신문을 받았다. 아마 1941년 4월이나 5월이었던 것 같다. 시몬은 이 조직을 통해 영국에 갈 수 있다고 생각하고 있었으며 그 때문에 가담했던 것 같다. 시몬은 가입서에 자신의 신원을 소상히 밝혔으며, 자신의 사상과 계획도 대충 밝혔다. 또한 시몬은 그 조직의 비밀 회합에도 여러 번 참석했다. 그러나 그 조직은 한 명의 배신자 때문에 마침내 경찰에 발각되고 말았다. 어느 날 아침 일찍 시몬의 아파트에 벨 소리가 울리더니 네 명의 경관이 들어왔다. 그들이 시몬의 어머니에게 시몬을 만나러 왔다고 하자, 그녀는 시몬을 깨우면서 경찰이 왔다고 미소를 띠며 침착하게 말했다. 그들은 시몬에게 그녀가 쓴 가입서를 내보이고는 다른 사람들의 사진 몇 장을 보이면서 그들을 알고 있느냐고 물었다. 그들 중 한 사람은 아는 사람이었으나 시몬은 아무도 모르겠다고 대답했다. 그들은 시몬을 그 조직에 넣은 사람이 누구인지를 물었다. 그러자 시몬은 버스를 기다리는 동안 우연히 몇 마디 주고받다가 알게 된 사람이기 때문에 도저히 누구인지 알 길이 없다고 대답했다. 그 사람의 인상을 물었을 때도 시몬이 아무렇게나 꾸며서 모호하게 설명을 하자 한 경관이 웃으면서 "결국 아무 특징이 없단 말씀이군요!"라고 단념하듯이 말했다. 그들은 시몬의 방을 수색했는데 수북이 쌓인 원고 더미를 일일이 조사하느라고 오전 한나절은 소비했다. 수색을 끝내고 가면서 그들은 시몬의 어머니에게 말했다. "당신 남편께 걱정하지 말라고 전하십시오. 별로 혐의를 받을 만한 것이 없으니까요."

시몬은 "사회적인 압제와 자유의 원인에 관한 고찰"이라는 글에서 몇 가지를 발췌하여 "마르크스주의 비판"이라는 제목을 붙여두었는데 이것을 본 한 경관이 직접 서명하여 복사를 한 장 해달라고 하자 시몬의 어머니가 손수 타이핑을 했다. 나중에 시몬은 어머니에게 그들이 자기의 필적을 갖기 위해 서명을 해달라고 한 것 같지 않느냐고 물었다. 그러나 시몬의 어머니는 "네 방에 가득 찬 원고가 다 너의 필적이 아니냐?"라고 반문했다. 경관들은 레이히 제독에게 쓴 편지의 사본도 번역해달라고 했다. 시몬은 이 요구에도 기꺼이 응했다. 그후 얼마되지 않아 시몬은 경찰로부터 출두 명령을 받았다. 시몬은 체포될지도 모른다고 생각하여 옷가지 몇 벌과 『일리아스』의 사본 등을 챙겨 간단한 짐을 꾸렸다. 그녀의 부모도 같이 갔는데 그들은 시몬이 신문을 받는 동안 경찰서 건너편 카페에서 기다리고 있었다.

시몬을 신문한 사람은 군사 담당 수사관이었는데 그는 시몬을 보자마자 대뜸 "당신은 영국을 어떻게 생각하오?" 하고 물었다. 시몬은 웃음을 터뜨리며 자기는 영국에 대해 호감과 일종의 향수를 느낀다고 말했다. 시몬의 솔직한 대답을 듣고 그는 그녀를 놀라게 할 수는 없다는 것을 깨닫고는 좀 당황해하면서, "물론 우리는 당신이 영국을 좋아했다는 것을 알고 있습니다. 그러나 전쟁이 일어난 후에는 어떠냐는 말입니다" 하고 다시 물었다. 시몬은 자신의 태도가 조금도 바뀌지 않았으며 프랑스는 영국을 지원하지 않으면 안 된다고 생각한다고 말했다. 그러나 영국을 지지하는 선전책자를 갖고 있느냐는 질문에는 강력히 부인했다. 그는 또 가입서의 계획에 나타난 간호부대 파견 계획에 관해 물었다. 그는 그것은 전략상 좋은 아이디어라고 말하면서 "당신은 참모 학교에 다닌 적이 있느냐?"고 물었다. 시몬은 "지금 전쟁을 겪고 있는 다른 모든 사람들처럼 나도 거기에 다닌 일은 없습니다"고 말했다.

놀랍게도 그들은 시몬을 체포하지 않았다. 시몬의 부모는 시몬이 경찰에 둘러싸여 나왔으나 시몬을 남겨놓고 곧 경찰들이 다른 건물로 들어가는 것을 보고는 일단 안심을 했다. 시몬은 그후에도 계속 신문을 받았다. 경찰서에 갈 때마다 시몬은 가방을 챙겨 들고는 "이번에는 틀림없이 체포될 거예요"라고 말했으며 시몬의 부모도 예의 그 카페에서 지켜보고 있었다. 경찰은 시몬을 기진맥진하게 만들어서 실토시킬 참이었다. 몇 시간씩 구석에 앉혀놓고는 "실토를 하면 당신에게는 아무런 해도 없지만 계속 입을 다물고 있으면 문제가 달라집니다!"라고 위협하면서 그런 실례들을 들었다. 시몬은 더 이상 설명할 것이 없다고 계속해서 버텼다. 경찰은 시몬을 아는 사람과 대질시키곤 했는데 그들은 서로 모르는 체하느라고 세심한 주의를 기울였다. 그때마다 시몬은 알랭이 한 말을 기억했다. 그의 말로는 식민지에 있는 원주민 하인들은 한번 진실을 실토하고 나면 다시는 그것을 부정할 길이 없게 되므로 미리 주의를 해서 거짓말을 한다는 것이었다. 마침내 화가 치밀어 오른 경관들이 "당신은 정말 할 수 없는 사람이군! 우리가 감옥에 처넣을 수 있다는 걸 당신도 잘 알 텐데. 계속 이렇게 나오면 창녀들과 함께 집어넣어버리겠소"라고 협박을 했다. 그러나 시몬은 "나도 늘 그들의 처지를 알고 싶었는데 마침 잘되었군요. 그들을 잘 알려면 같이 잡혀 있는 것보다 더 좋은 방법은 없을 거예요"라고 했을 뿐 끝까지 실토하지 않았다. 그들은 마지막에는 시몬의 동정심을 자극하느라고 카페에서 그녀를 기다리고 있는 시몬의 부모들을 가리키면서 "저 가엾은 당신 부모들을 보아도 아무 느낌이 없소?"라고 대들었다. 그래도 반응이 없자 지쳐버린 그들은 마침내 시몬을 놓아주고 말았다.

5월 21일에 앙드레에게 보내는 편지에서 시몬은 이 취조 이야기를 했는데 "오스카(그들은 경찰을 오스카라고 불렀다)와의 대화"라고 하면서 오히려 재미있다는 듯이 썼다. 그러나 시몬은 경찰이 그녀를 거칠게 대한 것을 비난하지는 않았다. 시몬은 도리어 그들이 업무에 충실하지 못하다고 했다. 자신이 체포될 것이라고 생각했을 때에도 시몬은 전혀 동요하지 않았다. 그러나 시몬의 부모는 사뭇 공포 속에서 지냈으며, 시몬의 영웅적인 사상과 과격한 희생정신으로 인해 그녀가 결정적인 위험 속에 빠지게 될까 봐 매우 두려워했다. 시몬의 어머니는 토르텔 씨에게 한숨을 쉬면서 "당신도 딸이 있다면 제발 성자가 되지 않도록 신에게 기도하세요!"라고 말했다. 물론 시몬도 부모의 걱정에 대해 염려하지 않은 것은 아니었지만, 그렇다고 해서 자신이 가야 할 길을 포기하지는 않겠다고 결심했다.

시몬은 친구들이 미국으로 건너갈 때마다 앙드레에게 "간호부대 파견에 대한 계획서"를 전해달라고 부탁했다. 또 자기가 미국에 간다면 그 계획을 꼭 성취시킬 수 있을 것이라고 말했으며 이 계획을 위해 몇 가지 정보를 자기에게 보내줄 것을 당부했다. 5월 21일에 앙드레에게 보낸 편지에서 시몬은 그의 친구 부인인 라프킨 부인이 곧 미국에 갈 것이라고 알렸다. 그리고 그 부인에게 시몬은, "내 계획의 달성을 위해서라면 기꺼이 미국에 가겠지만 다른 이유에서라면 여기 있는 편이 훨씬 낫습니다. 만일 미국에 가서도 그 일이 불가능하게 된다면 나는 절망한 나머지 죽을 것입니다"라고 말했다.

어느 때인가 한동안 시몬은 농부들의 생활을 알기 위해서 직접 농사일을 해봐야겠다고 생각했다. 공장에 들어가서 직접 일했을 때에야 비로소 노동자들의 고통을 절감할 수 있었던 자신의 경험을 다시 상기한 것이다. 농사일이란 공장일보다도 더 많은 육체노동이 요구되는 것이므로 그녀는 건강이 다소 나아질 때까지 기다려야 했다. 1941년 봄에 시몬은 더 이상 기다릴 시간적 여유가 없는 게 아닐까 조바심을 느끼며 페랭 신부를 잘 알고 있는 엘렌과 의논했다. 페랭 신부는 마르세유에 피난해온 사람에게 많은 도움을 주고 있었기 때문에 엘렌은 그가 시몬에게 그 지역에서 농사일을 하도록 주선해줄 수 있으리라고 생각했다.

그때 여행 중이었던 페랭 신부는 6월 초순에 돌아와서야 시몬과 처음 만나게 되었다. 아마 6월 7일이었던 것 같다. 그는 나중에 『신을 기다리며_Attente de Dieu_』라는 책의 서문에서 시몬과 처음 만났을 때의 이야기를 썼다.

"만나자마자 시몬은 불행한 사람들에 대한 사랑을 얘기했고 또 그들과 그 불행을 함께하고 싶다는 뜻을 진지하게 말했다. 그녀는 그러기 위해서는 직접 그들과 함께 살아야 한다고 하면서 이번에는 공장이 아니라 농사일을 하는 프롤레타리아들과 고락을 나누겠다고 말했다. 이 이야기를 듣고 나는 시몬을 티봉 씨에게 소개했다."

한편 시몬은 신부를 만났을 때 그에게 깊은 감동을 느꼈다. 그는 고행의 삶 때문에 조금 여위었으며, 매우 자상하고 부드러운 말씨로 이야기했다. 시몬은 곧 그에게 신뢰와 우정을 느끼게 되었으며, 일자리를 얻으려는 이유에서뿐만이 아니라 그 당시 시몬의 가장 큰 문제였던 종교 문제들을 토론하려고 자주 만났다. 나중에 시몬과의 만남에 대해 페랭 신부는 "시몬은 우리 집에 자주 찾아와 내가 시간이 날 때까지 기다리곤 했어요. 어느 때는 다른 사람이 자기보다 먼저 나를 만나도록 한 후에 서로 시간이 허락하는 데까지 오랫동안 이야기한 적도 많았습니다. 처음에는 침례교 이야기나 교회에 나가는 이야기는 구체적으로 하지 않았습니다. 내가 보기에 시몬은 그리스도에 대한 사랑으로 충만해 있었습니다. 얼마 후 침례교는 토론의 중심 문제가 되었습니다"라고 말했다. 어느 날 시몬이 페랭 신부에게 보낸 짤막한 편지에는 "만일 신부님을 만나지 않았다면 나는 침례교를 전혀 문제 삼지 않았을 것입니다"라고 쓰여 있었다.

시몬은 페랭 신부와 만났을 때 처음부터 자신이 오로지 기독교에만 전념할 수 있게 내버려두지 않았던 많은 어려움들에 관해 이야기했으며, 자신은 기독교 이외의 다른 종교들의 전통에도 큰 경외심을 품고 있다고 말했다. 신부는 시간이 지남에 따라 그런 문제들은 쉽게 해결되리라고 말했지만 시몬에게는 오히려 점점 더 어려워졌다.

이 무렵에 안토니오는 베르네 수용소에서 알제리의 젤파 수용소로 이송되었다. 6월 5일에 시몬이 안토니오에게 보낸 편지에는 "당신이 알제리로 가게 되었다니 매우 괴롭습니다. 그동안 나는 무척 바빴어요. 철학 논문을 몇 편 썼고 희곡도 한 편 썼고요. 그곳의 기후가 아주 견디기 힘든 것이 아닌지 염려되네요. 밤에 춥지는 않습니까? 만일 두꺼운 옷이 필요하다면 보내드릴 테니 곧 알려주세요. 음식이나 잠자리는 불편하지 않습니까? 그곳의 경치가 당신의 고국 스페인의 피레네 산맥보다 덜 아름답지나 않을까 걱정이 되기도 합니다. 제가 이 편지를 쓰면서 내다보는 지중해의 황혼은 표현할 수 없을 만큼 아름답군요. 당신의 주변에서 아름다운 모습들이 사라지지 않기를 바랍니다. 하늘은 어디에서 보나 아름답다는 것을 기억하시기 바랍니다.……그곳에서 아랍인들과 좀 접촉해보았습니까? 내가 생각하기엔 스페인과 아랍은 공통점이 많은 것 같습니다. 나도 알제리에 가기를 원했으나 통행권이 나오지 않는군요."

6월 30일에 질베르 칸에게 보낸 편지를 보면, 시몬은 그레고리안 성가를 듣기 위해 카르카손에 가려고 했으나 갑자기 다른 데에 돈을 쓸 일이 생겨서 가지 못했다고 한다. 그 돈이 어디에 쓰였는지는 쉽게 상상할 수 있다. 프란츨에게 보냈거나, 그런 종류의 다른 일로 썼을 것이다.

페랭 신부의 주선으로 시몬은 가톨릭 작가이며 아르데슈에 농장을 갖고 있는 귀스타브 티봉의 농장에서 일자리를 얻을 수 있게 되었다. 페랭 신부는 그런 종류의 경험에는 도움이 필요할 것이라고 생각하여 티봉에게 소개 편지를 써서 보냈으나 그 답장은 오지 않았다. 그즈음 칸에게 쓴 편지에서 시몬은 농장에서 일하게 된 이야기를 하면서 이것은 자신의 인생에서 아주 새로운 전환점이 될 것이라고 기쁨에 차서 말했다.

"나는 크리슈나 신과 더욱 가까워질 거예요. 그는 우유 짜는 여자들의 사랑을 받았으니까요. 당신도 휴가 중에 농장일을 하게 되기를 바랍니다. 될 수 있는 대로 아주 험한 일을 해보세요. 나는 그런 일이 마음에 드니까요."

안토니오는 알제리의 경치는 피레네 산지보다 훨씬 아름답지 못하다고 시몬에게 편지를 보내왔다. 시몬은 그에게 보낸 답장에 "내겐 아주 맑은 밤에 하늘을 쳐다보는 기쁨보다 더 큰 기쁨은 없답니다. 그때마다 모든 생각들이 사라지고 별들이 내 영혼 속으로 들어오는 것을 느낍니다"라고 썼다. 무엇보다도 시몬이 사랑한 것은 침묵의 무한성과 광활한 공간, 무한히 먼 별들이 비추는 신기한 빛이었다. 시몬은 또 그러한 기쁨에 대해, "아주 기이한 빛으로 반짝이는 별들은 감히 잡을 수 없는 대상이며 지평선처럼 멀리서 나를 매료시킵니다. 우리는 별들을 만져볼 수도 변화시킬 수도 없지만, 별들은 다가와서 우리를 경이에 떨게 합니다. 별들은 가장 먼 곳에 있으며 또 가장 가까운 곳에 있습니다……"라고 말했다. 안토니오도 프란츨처럼 시를 썼으며, 시몬에게 자작시를 몇 편 보내주었다.

5월부터 응우옌 반 단은 마르세유에 와 있었다. 본국으로 송환될 인도차이나 군인들의 문제와 민간 노동자들이 수용되어 있는 수용소의 문제로 온 것이었다. 그는 이미 몇 차례에 걸쳐 인도차이나 노동자들을 모두 본국으로 송환할 뜻을 공식적으로 발표했다. 그는 본국 송환이 불가능하면 알제리로 보내든지, 프랑스에 그대로 있게 하려면 그들을 공장이나 농장에 개인적으로 고용시켜 임금이라도 더 많이 받을 수 있게 해주어야 한다고 주장했다. 비시에서 그를 도왔던 시몬은 마르세유에서도 역시 그를 도우려 했다. 그들은 같이 일본 영사관에 찾아가기도 하고 일본 영사에게 편지를 보내어, 일본이 독일과 협상하여 인도차이나 포로들을 석방시키거나, 아니면 처우 개선을 하게 해줄 것을 요청했다. 시몬은 단을 페랭 신부에게 소개했는데, 페랭 신부는 단에게 한번 비시의 교황 사절에게 편지를 보내보라고 제안했다.

마르세유에서 단은 시몬이 마자르그 수용소에 식량이나 옷이나 뭐든 도움이 될 만한 것들을 보내주고 시몬 자신이나 부모에게 배당된 배급표까지도 모두 거두어서 갖다주는 것을 보았다. 그는 이런 시몬의 도움은 바다에 떨어지는 한 방울의 물과 같은 것이라고 하면서 좀 자제하는 편이 오히려 효과적이라고 충고했다. 본국 송환을 하는 데는 배를 확보하는 것이 큰 문제였다. 단은 마침내 8월 초순에 2,500명의 베트남 노동자들을 데리고 사이공을 향해 떠날 수 있었다. 출항하기 한 시간 전에 그는 요리된 닭 한마리를 갖고 시몬을 찾아왔다. 시몬에게 고맙다고 하면서 그 닭을 주자 시몬은 비싼 음식은 먹지 않기로 스스로와 약속했다고 하면서 굳이 거절했다. 그녀의 부모도 또한 받지 않았으므로 단은 할 수 없이 혼자서 그것을 다 먹어야 했다. 시몬은 배를 타는 곳까지 그를 배웅해주었다.

시몬은 그 배를 타고 같이 떠나길 원했던 것 같다. 그 배는 영국을 우회할 예정이므로 영국에 갈 수 있다고 생각했던 것이었다. 그러나 단은 그것은 불가능하다고 하며 그녀가 인도차이나에 가겠다는 계획에 대해서는 본국에 가서 형편을 살펴보고 그 실현 가능성을 알려줄 테니 그때 가서 결정하라고 했다.

그러나 그 배는 아프리카로 돌아갔고 모든 항구마다 정박해야 했기 때문에 거의 석 달 뒤에야 사이공에 도착했으며 그때는 일본이 전쟁에 들어간 때라 통신이 완전히 두절되었다.

시몬은 단에게 비시와 마르세유에서 그녀가 쓴 시와 사회, 종교 문제에 대해서 쓴 글들을 몇 편 주었다. 그러나 1945년에 전쟁의 소용돌이 속에서 단의 집은 불타버렸고 그때 시몬의 원고들도 없어졌다고 한다.

베르셰 박사는 대서양 횡단 여객선의 전속 의사였으므로 마르세유에 가끔 들르곤 했다. 1941년 7월에 그는 마르세유에 와서 시몬과 바닷가를 산책하며 여러 이야기를 나누었다. 그들은 종교에 관해서도 이야기했다. 시몬이 가장 문제 삼은 것은 가톨릭 교리대로 교회를 다니지 않아도 구원을 받을 수 있는지 하는 것이었다. 베르셰 박사는 물론 그렇다고 하면서 수도원에 있는 누이와 몇몇 신부들의 말을 들어봐도 역시 그렇다고 말했다. 시몬이 "당신 누이에게 다시 한번 그 문제를 물어봐주시겠어요?"라고 부탁하자, 마음으로는 그렇게 해주고 싶지만 그런 하찮은 질문을 위해서 이탈리아까지 갈 수는 없다고 했다. 그러나 마르세유에 거주하는 기간 동안 시몬에게 가장 중요하고도 큰 관심사는 종교적인 문제였으며, 교회에 나가지 않는 사람도 구원을 받을 수 있는가 하는 문제였다.

시몬이 지니고 있던 몇 가지 편견 중에서 베르셰가 특히 유심히 본 것은 시몬이 먹는 것에 대해 강박관념을 갖고 있다는 것이었다. 이것은 의사로서 또 그녀의 친구로서 느낀 것이었는데 그는 시몬이 사람의 먹는 기능을 아주 천박하고 동물적인 것으로 생각한다고 느꼈다. 그리고 시몬이 혹시 신체적으로뿐만 아니라 심리적으로도 병든 것이 아닐까 염려했다. 식사 거부는 일종의 심리적 증상으로 볼 수 있기 때문이었다. 그러나 시몬은 특정한 때뿐만 아니라 항상 조금씩 먹었기 때문에 마침내 베르셰는 시몬이 처한 시대적 상황이 그 첫째 이유가 되며 그녀의 꿋꿋한 의지와 박애심이 그 둘째의 이유가 된다고 판단했다.

그때까지도 시몬은 티봉으로부터 확실한 승낙의 편지를 받지 못하고 있었다. 몇 통의 서신이 오가는 동안 티봉은 우선 자기 집에 와서 머물면서 농장일에 대해 예비 지식을 가지고 그다음에 일을 하는 것이 어떠냐는 제안을 했다. 시몬은 이미 그런 준비는 다 되었다고 하면서 자기는 가장 힘들고 어려운 일을 하고 싶다고 했다.

티봉은 드디어 시몬을 고용하기로 했다. 그들은 8월 7일에 아비뇽에 있는 티봉의 농장에서 만나게 되었다. 떠나기 전에 시몬은 안토니오와 질베르 칸에게 이제 자기는 농장의 하녀가 되었다고 하면서 노동의 순수함을 경험하고 그 기쁨을 맛보고 싶다고 흥분에 찬 편지를 띄웠다.

마르세유 II
1941-1942

8월 7일에 시몬은 티봉을 만나기 위해 마르세유를 떠났다. 아비뇽에서 그를 만나 생-마르셀까지 동행하기로 했다. 시몬은 아비뇽에서 잠깐 쉬는 틈을 타서 아비뇽 교황궁의 벽화를 보았다.

시몬의 첫 인상에 대해 티봉은 "그녀는 못생기지는 않았지만, 오랜 금욕과 병 때문에 몸이 구부정하고 퍽 늙어 보였다. 그러나 두 눈만은 난파선과도 같은 그녀의 얼굴에서 거의 영웅적으로 빛나고 있었다. 그녀를 처음 만났을 때 내 마음속에서는 반감은 아니었지만 고통이 일기 시작했다. 나와 사고방식이나 인생관은 전혀 다르지만, 그러면서도 인생의 의미와 멋을 깨닫고 전혀 새로운 삶을 살고 있는 사람과 맞부딪치게 되었다는 것을 알 수 있었다"라고 말했다.

시몬과 티봉은 처음부터 수월하게 의견이 일치하지는 않았다. 티봉은 "우리는 곧 친밀해지기는 했으나 세부적인 의견이 모두 일치한 것은 아니었다. 시몬은 단조로운 음성으로 지칠 줄 모르면서 논쟁을 하곤 했는데, 그때마다 항상 내가 먼저 지쳐버리곤 했다"라고 말했다.

어쨌든 처음부터 그는 시몬에게 일종의 존경심을 느꼈다. 언젠가 티봉이 손님을 맞으러 잠깐 나갔다가 돌아와보니 시몬이 집 앞의 나무 그루터기에 앉아서 아름다운 론 계곡을 바라보며 사색에 잠겨 있었다. 그가 가까이 다가갔을 때 그녀의 시선은 새로운 세계로부터 다시 이 현실을 바라보기 위해 천천히 되돌아오고 있었다. 그때 그녀의 긴장과 순수함으로 가득 찬 시선은 그녀의 발 아래 펼쳐진 장대한 경치와 그녀의 내면을 동시에 바라보는 깊은 성찰의 시선이었으며, 그녀의 영혼이 가진 아름다움이 눈앞에 전개되는 장대하고도 섬세한 경치와 상응하고 있음을 보여주는 것이었다.

티봉과 시몬이 타협하기 어려웠던 일 가운데 하나는 그녀의 숙소 문제였다. 시몬은 티봉이 제공한 방은 너무 편하고 안락하다고 하면서 자기도 다른 일꾼들처럼 문 밖에서 자겠다고 말했다. 티봉이 화를 내는 바람에 그날은 그대로 넘겼지만 다음 날 그는 할 수 없이 론 강 강둑에 있는 그의 장인 소유의 반쯤 헐린 낡은 집을 숙소로 마련해주었다. 시몬의 이런 점에 대해 티봉은, 시몬은 현실에 초연했으나 자신에 대해서는 초연하지 못했다고 말했다.

"그녀는 자신의 개인적인 기쁨이나 요구를 위해 누가 조금이라도 희생하도록 내버려두지 않았으며, 자기에 대한 찬사는 물론이고 심지어는 그런 자신이 남에게 괴로움을 끼친다는 사실까지 의식하지 못했다." "시몬은 자신을 잊고 싶어했으며, 바로 자기 망각 속에서 자신과 대면하곤 했다. 그녀는 이웃을 진심으로 사랑했으며, 그녀의 희생적인 태도 때문에 때로는 다른 사람들의 욕망이나 욕구도 무시하곤 했다. 항상 하느님의 뜻에 순응하기를 원하는 시몬의 영혼은 자기 희생의 길을 지켜가는 데에 조금이라도 어긋날 때에는 그것을 완강히 거부했다.……그리고 그녀가 그렇게 스스로 경계하면서 초연함을 지키고자 했던 것은 그녀가 아직도 스스로에게 몰두하고 있다는 증거였다.……그녀에게 '자아'라는 말은 마침내 없애버릴 수 있는 말이었겠지만 아직은 밑줄이 그어져 있는 말이었다."

시몬이 그녀 자신 속에 있는 보다 더 숭고한 자아에 대해 큰 관심을 갖고 있었던 것은 사실이다. 만일 그녀가 자연적인 자아를 소멸시키고자 노력했다면, 그것은 저 "장막의 맞은편"에 숨겨진 초월적인 자아가 있으며 그녀는 이 또 하나의 자아를 공경했다는 말이 된다. 물론 티봉이 주장하듯이 시몬에게는 "외적인 현실에 자신을 열어놓지 못하는" 점이 있기는 했다. 시몬은 사람들을 이해하려고 온갖 노력을 다했지만 항상 그들을 이해할 수 있었던 것은 아니었다. 그러나 나는 시몬이 자신의 불행을 극복하기 위해 아무리 사소한 일일지라도 남을 희생시키는 것을 한번도 본 적이 없다. 그렇다면 시몬은 자기 희생을 위해 남을 괴롭힌 적이 있는가? 사람들이 그녀를 사랑하는 만큼, 그렇기 때문에 그녀가 괴로워하거나 위험에 노출되는 것을 보고 그들이 괴로워하지 않을 수 없을 만큼만 그랬을 것이다. 그녀는 그녀의 가족에게, 특히 그녀의 부모에게 이런 괴로움을 주지 않을 수 없었다. 티봉이 말했던 것처럼 시몬은 그녀의 영웅적인 어리석음과 터무니없는 생각으로 그들을 괴롭혔다. 그러나 그녀 자신이 이것을 생각하지 않았다고 할 수는 없다. 시몬도 항상 이 때문에 깊이 괴로워했으며 될 수 있는 대로 부모의 고통을 덜어주려고 노력했다.

티봉이 새로 마련해준, 다른 집들에서 좀 떨어져 있으며 반쯤은 부서진 그 집을 시몬은 "동화에 나오는 집"이라고 불렀다. 그러나 나중에는 그곳에서의 생활이 너무 행복하다고 생각하여 심한 가책을 느꼈다. 8월 20일에 부모에게 보내는 편지에서 자기가 기거하는 집이 몹시 마음에 든다고 말했다. "이곳에서 바라보는 경치는 참으로 아름답습니다. 지금 편지를 쓰고 있는 이 방은 크고 천장이 낮으며 바닥에는 흙과 자갈이 나와 있습니다. 이 집은 숲 가에 있는데 방 안에는 커다란 벽난로도 하나 있습니다. 저는 직접 산에서 나무를 해다가 불을 지피곤 합니다. 차도 끓여 먹을 수 있어서 더욱 좋습니다. 사람들 말에 의하면 이 집엔 여러 해 동안 사람이 드나들지 않아서 쥐가 득실거린다고 하는데 제가 오자마자 쥐들은 모두 딴 데로 이사를 간 것 같습니다. 아직도 발자국은 남아 있지만요. 어제는 하루 종일 그 자국을 지우고 두 방의 먼지를 털며 거미줄을 치웠습니다. 밤에는 솔잎을 넣은 침대 위의 슬리핑백 속에 들어가 잡니다.……이 방에서는 아름다운 론 계곡이 내다보이고 근처에 있는 로마네스크 양식의 교회도 보입니다.……"

또 8월 25일의 편지에는 이렇게 썼다.

"……여기에서 저는 장작으로 불을 때서 감자를 삶아 먹기도 하고, 티봉이 양파, 토마토, 과일, 달걀 등 있는 것은 죄다 날라다주어 그것을 먹기도 합니다. 때로는 티봉의 가족들과 함께 먹기도 하는데 정말 참 잘 먹더군요. 내일은 마늘이 들어간 마요네즈를 먹을 예정이랍니다!……

감각적인 즐거움뿐만 아니라 아름다운 경치, 맑은 공기, 휴식, 여가, 고독, 신선한 과일과 채소, 샘물, 장작불 등 모든 것이 다 있습니다. 악몽을 꾸게 할 만한 것은 아무것도 없습니다. 그저 제가 이런 감각적인 즐거움에 너무 탐닉하지 않을까 그것이 걱정입니다."

농장에 온 후 얼마 안 있어 시몬은 자기가 노동자나 견습공이 아니라 티봉의 친구로서 여겨진다는 것을 깨달았다. 티봉은 그녀가 하루에 두 시간씩만 일을 하도록 했고 아침에는 그녀와 그리스어를 공부했다.

시몬은 가까스로 자기에게 일거리를 주도록 해서 흙일을 맡았으며 지칠 줄 모르는 힘으로 그 일을 해냈다. 솜씨는 서툴렀지만 강인한 의지로 그것을 극복해냈다. 그밖에도 시몬은 농장에서 가정부 일도 했다. 밭일보다는 덜 서툴렀지만 너무 조심스럽게 접시를 닦는 바람에 그것을 본 티봉은 웃음이 터질 지경이었다. 아침이면 티봉의 집에 와서 일을 시켜달라고 했으며, 티봉이 그녀에게 같이 식사를 하자고 했을 때에도 농장 일꾼들이 먹는 음식이 아니면 거절했다.

저녁 때는 샘터에 앉아서 티봉과 함께 그리스어 교본들과 플라톤을 읽었다. 티봉은 시몬이 그리스어를 가르치는 것을 보곤 그녀의 탁월한 교사로서의 자질에 감탄했다.

"시몬은 어떤 학생에게 어떤 것을 가르치든지 그 수준을 아주 잘 조정해나갔다. 나는 그녀가 대학 교수의 일뿐만 아니라 초등학교 교사로서의 일도 잘 해낼 수 있으리라고 생각했다."

티봉과 시몬은 얼마 지나지 않아 다정한 친구가 되었다. 티봉은 시몬이 처음에는 못마땅한 느낌을 주지만, 알면 알수록 무한한 깊이를 가진 여자라고 말했다. 티봉이 시몬에 대해 쓴 글은 존경과 감탄으로 가득 차 있다.

"나는 그녀의 생활에 나타나는 모든 면을 보게 된 뒤에 그녀의 영적인 소명감에 대해 일말의 의심도 갖지 않게 되었다. 그녀의 신념과 초탈한 듯한 태도는 때로는 실제적인 일에 무관심하면서도 끝없이 관대한 그녀의 행동에 직접 나타났다." 티봉은 시몬을 알게 된 뒤에야 처음으로 "초월적"이라는 말을 이해했다고 한다. 그러나 그들의 의견이 늘 일치한 것은 아니었다. 특히 정치문제와 종교 문제의 어떤 점에서 그들은 의견을 달리했다. 그러나 이 때문에 우정에 금이 가지는 않았으며 시몬은 자신의 의견이 받아들여지지 않아도 화를 내지 않았다.

8월 23일에 안토니오에게 보낸 편지에게 시몬은 이곳에서의 자신의 생활을 열광적인 말투로 이야기했다.

"나는 샘에서 물을 떠먹고 방금 흙에서 뽑아온 채소를 먹습니다. 장작불로 음식을 만들고 햇빛이 계곡을 비추는 모습을 바라보며, 밤이면 별들이 반짝이는 무한천공을 바라봅니다. 자연과 이보다 더 가까워질 수는 없겠지요. 자연과의 접촉을 통해 사람은 기쁨과 빛과 아름다움을 발견하게 됩니다."

시몬이 생-마르셀로 떠난 지 며칠 후에 시몬의 부모는 포에로 갈 예정이었다. 거기서 잠시 생-마르셀에 가서 시몬을 만날 계획을 세웠으나, 잠시 이 계획을 연기했다. 8월 24일에 그들에게 쓴 편지에서 시몬은 이렇게 말했다.

"두 분이 이곳에 오시지 않아서 다행입니다. 무엇보다도 티봉의

아버지가 병환이 나셔서 그렇습니다.……또 여행이 취소된다고 해
도 지금 여기에 정착하는 것은 그리 좋은 생각이 아닌 것 같습니다.
제가 마이얀에서 반년이나 일 년쯤 일해서 좀 익숙해지면 여기로 오
셔서 모두 함께 살 수 있을 것입니다. 생활비도 별로 들지 않을 거
고요.……빠르면 이번 겨울쯤에 여기로 이사 오셔도 괜찮을 것 같
습니다. 그때쯤 저는 마이얀에 있겠지만 내년 봄이나 여름이면 합
칠 수 있을 것입니다. 우리가 다 함께 살게 되면 티봉의 도움으로
땅을 좀 얻어서 채소도 심을 수 있을 거예요. 저는 여기서 이웃들을
도울 수도 있고요. 아주 건강하고도 바람직한 생활이 되겠지만 좀
더 신중하게 생각하기 위해 시골을 여기저기 보아두시는 것도 좋을
것입니다.”

그때 시몬의 부모는 일이 잘 안 될 경우 미국으로 갈 생각을 했던
것 같다. 시몬이 여행이라고 한 것도 바로 이 미국 여행을 말하는
것이었다.

9월 10일경부터 시몬은 마이얀에서 일할 예정이었으므로 포에에
갔다오는 것을 주저했다. 그래서 엽서를 통해 부모에게, “9월 10일
부터 마이얀에서 시작되는 추수를 하려면 9월 3일까지는 여기로 돌
아와야 하므로 2-3일밖에 여유가 없습니다. 그동안에 포에까지 갔
다오는 것은 너무 피곤하지 않을까요? 잘 생각해보시고 의견을 말
해주세요”라고 말했다.

시몬의 부모는 시몬이 이 여행으로 피곤만 느끼게 될 것 같았으므
로 9월 2일에 생-마르셀로 와서, 9월 10일쯤까지 거기에서 머물렀
다. 시몬은 읍 가까이에 있는 호텔을 소개해서 거기에 머무르도록

해드렸다. 그들은 시몬이 거처하는 집을 보고는 무척 놀랐다. 가끔 불량배들이 나온다는 숲 가의 외딴집에 혼자 사는 것이 염려되었기 때문이다. 그러나 시몬은 거처를 옮기라는 그들의 말을 들으려 하지 않았다. 한 아낙네가 그들에게 "티봉 씨는 바로 곁에 정부를 두고 산답니다. 거기 오두막집에 사는 미친 여자이지요"라고 말했을 때는 더욱 놀랐다.

시몬은 티봉에게 안토니오 이야기를 하면서 비시 행정관들에게 접근해서 그를 좀 도와줄 것을 부탁했다. 그러면서도 만일 자기가 감옥에 들어가게 되면 절대로 구호의 손길을 펼치지 않겠다고 약속을 하게 했다.

포도 수확은 생-마르셀 부근의 생-쥘리앵에서 예정보다 며칠 늦게 시작되었다. 시몬은 생-쥘리앵으로 떠나기 전에 포에로 돌아가는 부모와 동행하여 그곳에서 며칠간 쉬었다 오기로 했다.

시몬은 6월 초에 내게 안부 편지를 보내왔다.

"무엇을 하며 지내니? 공부를 하고 있니? 전에 생각했던 주제를 살려서 논문을 쓰는 게 좋을 것 같아. 속히 완성해서 출판도 했으면 좋겠어. 이곳에 G. 베르제라는 훌륭한 철학자가 있는데 그의 논문이 최근에 파리에서 출판되었어. 네가 여행을 할 수 있다면 올여름에 만났으면 좋겠구나. 여기는 모두 잘 지내고 있어. 무슨 책을 보는지, 무엇을 생각하는지 소식을 전해주기 바란다."

그후 시몬이 다시 편지를 보내온 것은 8월 7일이었다. 그때 시몬은 생-마르셀의 주소를 적어보냈으며 그녀의 부모가 포에로 갈 것이라는 것을 알려주었다.

"크리슈나 신이 나를 굽어보고 있다면 올가을에 나는 정말 한번 농장의 일꾼이 될 것 같아. 8월 내내 나는 이 변화를 위해 준비해왔단다."

그 당시 나는 건강이 계속 좋지 않아서 여름마다 한 달씩 산간 지대에서 요양을 하곤 했었다. 그해에도 나는 주치의로부터 얼마간 고지대에서 지내는 것이 좋겠다는 충고와 함께 중립 지대인 알프스 지역을 소개받았다. 그 덕분에 나치 비점령 지대인 이제르 지방의 위에Huez로 갈 수 있었다. 그곳에서 나는 시몬에게 편지를 띄워 그녀가 농장의 일꾼이 되었다니 마치 비슈누 신과 같다고 하면서, 과연 그 일을 꼭 할 필요가 있는지 또 그 일이 그녀에게 적합할지 나로서는 의심스럽다고 했다. 또 농장일 이외에도 얼마든지 그녀가 할 수 있는 일이 있을 것이라고 덧붙였다. 나는 내 자신이 너무 많이 가지고 있는 이기심을 시몬은 거의 가지고 있지 않다는 사실이 한탄스럽기까지 했다. 이기심 없이는 이 시대의 위기를 견뎌나갈 재간이 없기 때문이었다.

그후 9월 7일에 시몬은 장문의 답장을 보냈다. 그러나 유감스럽게도 위에서 파리로 돌아오는 기차 안에서 그 편지 중 한 장을 찢어버렸기 때문에 나에게 하나밖에 없는 그녀의 장문의 편지를 간직하지 못했다. 그때 나는 기차가 국경 지점에 닿았을 때 사람들이 편지 따위를 찢어서 차창 밖으로 버리는 것을 보았다. 독일군이 가방이며 짐꾸러미를 뒤졌을 때 서류나 편지 같은 것이 나오면 고초를 당했기 때문이었다. 독일군은 우리들이 비점령 지대의 사람들과 비밀 서신을 주고받을까 봐 빈틈없이 수색하곤 했었다. 그때 시몬의 편지에는 내게 심부름을 부탁한 두 사람의 주소와 이름이 쓰여 있었다. 별로 우려할 만한 것도 아니었으나 시몬이 레지스탕스 운동에 협력한다는 혐의를 받을까 봐 생각해볼 겨를도 없이 얼른 그 편지를 찢어버렸다. 나중에 나는 이 일을 무척 후회했다. 더욱이 독일군의 검문도 없었다. 어쨌든 나머지 한 장은 그대로 가지고 있다.

"나를 비슈누 신에 비유한 것은 재미있는 착상이구나. 크리슈나 신으로 태어난 그는 목동이었으니까 말이야. 산스크리트어 원전에 보면 '우유 짜는 여자들은 그를 연인이라고 불렀고, 할머니들은 아기라고 불렀으며, 신들은 그를 최고의 신이라고 불렀다'고 해.

그렇다면 나는 농장에서 일하고 있으니까 그를 연인이라고 불러도 좋겠지? 그렇게 생각하니까 몹시 기분이 좋아지는구나.……

나의 위치라고? 어떻게 규정해야 좋을까? 표면만을 본다면 정부는 내가 지적인 활동에서나 학생들을 가르치는 일에서나 나쁜 영향을 주고 있다고 판단하여 나를 생산적인 일터로 보낸 것이라고 볼수 있지.……그러나 내 안에서 보면 내게는 이 일을 해야만 하는 필요성이 있어. 그것은 지금 내가 예견하고 있는, 비록 빗나갈지도 모르지만, 고난과 기근과 국가적인 위기 속에서 무엇인가를 해야 할 힘을 키울 수 있는 곳은 여기밖에 없다고 생각하기 때문이야.

사실상 내적인 필연적인 요구가 나를 몰아넣을 때를 제외하고는 내게는 고통을 이겨낼 아무런 힘도 없어. 이런 내적인 요구에 외적인 요구가 더해진다면 무슨 힘인들 얻을 수 없겠니? 이러한 결심이 순간적인 불행을 견디는 데에 내게 얼마나 도움이 되는지 너는 잘 모를 거야. 이런 일을 하면 내 육신과 영혼의 피곤은 가난하고 배고 픈 자의 양식이 될 수 있는 거란다.……공장 생활을 하면서 나는 날마다 힘을 키워가는 것에 만족했기 때문에 공장에 들어간 것을 결코 후회하지 않았어. 이번에도 역시 나는 그때와 같은 절박감을 느끼고 있지.……물론 내가 할 수 있는 다른 일이 있을 수도 있겠지. 그러나 나는 우선 이 일을 해야 한다고 생각한단다. 공장에 들어갈 때도 그랬어. 그리고 그건 옳았어. 만일 지금 내 눈앞에 있는 일에서 물러설 정도로 나약하다면 다른 일도 할 수 없을 거야.……물론 농장에서는 곧 해고당할지도 몰라. 그건 내게 대단한 타격이 될 거야. 너는 잘 이해할 수 없겠지.

네가 철학 공부를 계속하기를 진심으로 바란다. 박사학위 장학금을 신청해서 학교를 우선 떠나 있으면서 연구에 정진하면 좋겠구나. 네가 말한 이기주의란 모든 창조적인 일에는 없을 수 없는 내적인 고독을 말하는 것이고, 그런 뜻에서 네가 이미 일할 준비가 되어 있음을 뜻한다고 생각해. 더욱이 너는 이미 이 시대의 공포를 깊이 느끼는 이상 절대로 이기주의자가 아니야. 그러나 너는 이 공포에 져서는 안 돼. 공포는 정말로 지옥에서부터 솟아올라오는 지옥과 같은 감정이기 때문이야. 일단 이 공포에 빠지게 되면, 언젠가는 반드시 여기에서 벗어나야 해. 크나큰 파괴의 힘이 무서우면 무서울수록 일을 해야 한다는 필요성도 커지며, 그 일을 완수해야 한다는 생각이 강해질수록 사랑에 눈을 뜨게 되겠지. 순간순간이 죽음으로 가득 차 있는 이런 때에 해야 할 일이 있다는 것은, 적어도 그 준비라도 할 수 있다는 것은 얼마나 복된 일일까! 그렇지 않으면 죽는 수밖에 없어. 그러나 죽는 것도 결코 마음대로는 안 되는가 봐.

시몬, 우리가 살고 있는 이 아름다운 조국을 사랑하도록 하자. 우리의 조국은 지금 일어나고 있는 이 무서운 일에 아무 죄도 없다. 나로서는, 하늘을 사랑하려고 노력한다.……"

이 편지에서 시몬이 "일"이라고 한 것은 전선에 보낼 간호부대 조직에 관한 것이었다.

이 편지를 보낸 뒤에 시몬은 부모와 함께 포에로 가서 열이틀을 지냈다. 포에를 떠나기 전날, 그녀는 타르드에게 편지를 내서 생-마르셀의 새로운 생활과 더불어 자신의 내부에서 일어나고 있는 새로운 변화에 대해 이야기했다. 또 농촌 환경에 대한 자신의 진실한 심정을 토로했다.

"……전에도 저는 몇 번인가 농촌 생활에 접해본 적이 있습니다. 그때마다 강한 공감을 느꼈습니다. 하지만 이번에는 좀더 진지하게 그들의 생활에 접하고 싶습니다.

전 세계를 뒤덮고 있는 재난에 대한 공포는 없지만, 현재의 상황은 개인적으로는 저에게 잘 맞습니다. 프랑스 정부는 제가 지적인 직업 분야에서 활동하는 것을 금지시킴으로써 오히려 감사한 일을 맡게 해주었습니다. 어렸을 때부터 저는 성 프란치스코가 스스로 가난을 택한 것을 동경해왔습니다. 하지만 저는 가난을 스스로 택하려 해서는 안 된다고 느꼈습니다. 언젠가는 어쩔 수 없이 가난한 생활을 하지 않으면 안 될 때가 오리라고 생각했으니까요. 그리고 그 편이 훨씬 더 나은 일입니다.……"

그해 9월 중순경에 나는 시몬과 2-3일 같이 지내기 위해 포에로 갔다. 그 이틀이 내가 시몬과 함께 지낸 마지막 기간이었으며, 어두운 시대의 와중에서 번개처럼 스치고 지나간 행복하고도 짧은 순간으로 영원히 기억될 것이다. 시간은 별로 많지 않은데 할 이야기는 많았으므로 우리는 될 수 있는 대로 빠르게 말하곤 했다. 시몬은 훗날 내게 보낸 편지에서 사람이 아직 그런 순간을 맛볼 수 있다는 것은 놀랍고도 멋진 일이라고 했다.

포에에서 우리들이 만났을 때, 시몬은 좀 피곤해 보였지만 아직도 그녀의 유머를 잃지 않고 있었다. 우리는 웃고 또 웃었다. 그러나 몇 번인가 나는 그녀의 즐거움 밑에 깔려 있는 어떤 슬픔 같은 것을 느낄 수 있었으며 자신의 피로와 쇠약에 대해 농담을 할 때면 그것을 더욱 강하게 느낄 수 있었다. 그러나 눈에 띄게 달라진 것도 있었는데 그것은 전에는 그녀에게서 좀처럼 느낄 수 없었던 부드러움과 평온함이었다. 아직도 불안해하는 면은 있었으나 전에 비하면 훨씬 안정되어 있음을 느낄 수 있었다. 그것은 주위의 아름다운 산과 잔잔한 가을 날씨 덕분인 것 같기도 했다.

그녀는 역시 전처럼 전쟁이나 당시에 계속 일어나고 있던 사건들의 의미를 잘 파악하고 있었다. 시몬은 서양 문화의 미래에 대해서 대단히 비관적이었는데, 그것은 이미 오래 전부터 몰락의 시대가 시작되어 앞으로도 오랫동안 계속될 것이라고 예견했다. 시몬은 "사람들이 동굴 속으로 되돌아갈 때까지는 아무런 희망이 없다"고 말했다.

그러나 자기는 아직도 현대 과학을 이해하고자 늘 노력하고 있다고 말했다. 또 마이컬슨과 몰리의 광속에 대한 실험으로 현대 과학의 모순이 밝혀지면서 현대 과학 자체가 위기에 처했으나, 아직도 그 위기가 극복되지 못했다고 보았다. 시몬은 아인슈타인이 과연 이 모순을 정말로 해결한 것인지 아니면 그저 슬쩍 덮어버린 것인지 모르겠다고 했다. 그녀는 후자를 믿는 것 같았다.

우리는 철학에 관해서도 이야기했다. 나는 헤겔의 변증법에 대해 아무런 확신도 가질 수 없다고 말했다. 내가 "그럼에도 사람들은 어떤 문제에 대해 자꾸 변증법을 세우려 한다. 가령 자유의 문제에서 양측의 모순되는 주장이 모두 옳고 또 그대로 유지되어야 한다고 생각하면서 한편으로는 양측의 주장이 사실인지 아닌지를 가려내려고 한다"고 말하자 시몬은 자기도 바로 그렇게 생각하고 있었다고 말했다.

건강에 대한 이야기가 나오면 시몬은 그저 농담으로 흘려버렸지만 간혹 슬픈 표정을 엿볼 수 있었다. 마치 자기도 모르게 슬픔이 새어나오는 것 같았다. 그러나 행동으로는 전혀 그런 기미를 보이지 않았으며, 오히려 자신을 가혹하게 대하고 있었다. 그녀가 마룻바닥에서 잔다는 말을 듣고 나는 무척 놀랐다. 나는 시몬에게 왜 자신을 그토록 학대하는지 물었으나, 그녀는 아무 이유도 대려고 하지 않았다.

우리는 함께 감자 농사일을 도왔다. 우리와 같이 일한 사람들 중에는 한 젊은 목동이 있었는데 그는 우리에게 매우 친절하게 일을 가르쳐주었다. 내가 그곳에 도착하던 날 밤에는 이웃의 한 아낙네가 파이를 선물로 만들어주기도 했다. 그러나 그날 나는 너무 많이 걸었기 때문에 파이가 다 되기도 전에 그만 잠들어버리고 말았다.

잠시 후에 시몬이 나를 깨웠다. "빨리 일어나, 할 일이 있어." 우리는 같이 파이를 먹으러 식당으로 갔다. 그러나 시몬은 거의 한 조각도 먹지 않았다.

포에에 있는 동안 시몬은 앙드레에게 편지를 띄웠다. 앙드레는 시몬과 부모가 미국에 오도록 수속을 하고 있었으나, 시몬은 유럽을 떠나는 것을 주저했다. 앙드레는 시몬에게 일단 프랑스를 떠나면 다시 유럽이나 참전할 수 있는 다른 곳으로 가기는 불가능할 것이라고 말했다. 앙드레에게 보낸 편지에서 시몬은 자기가 정말로 하고 싶은 일과 선뜻 떠날 수 없는 이유들을 상세히 적었다. 또 자기가 꼭 영국에 가고 싶다는 사실과 어떤 일이 있어도 간호부대 파견 계획을 실현시키고 싶다는 이야기를 했다.

"……미국 여행 계획에 대해서 나는 아직 확신하지 못하겠어. 내가 자리를 부탁한 것에 대해 오빠가 아무 대답도 하지 않았기 때문에 좀 이상한 기분이 들어.

지금과 같은 상황에서는 채소나 가꾸고 있는 편이 훨씬 좋은 일이라 여겨져. 최근 몇 주일 동안 나는 점점 더 그렇게 생각하고 있어.

부모님은 이 근방 마을에 정착하실 계획인 것 같아. 아버지는 의사 일을 해서 마을 사람들을 많이 돕고 계셔. 프랑스에 계속 있게된다면, 내 생각엔 이 마을에서 간단한 채소 농사를 짓고 아버지가 일을 지금처럼 하시면 비교적 안정된 생활을 할 수 있을 것 같아."

시몬은 포에에 있는 동안 그리스어 성서를 외울 계획이었다. 그녀는 티봉에게도 여러 번 읽어주면서 함께 외울 것을 약속했다. 몇 주일 후에 내게 보낸 편지에서 시몬은 "복음서를 읽는 동안 나는 하느님의 부드러운 음성에 감동하여 하루 종일 읽고 외우지 않을 수가 없었다"고 말했다. 이때가 아마 포도 수확을 하기 일주일 전인 9월 15일경이었던 것 같다. 시몬은 이때 생전 처음으로 기도를 했다고 했다. 그후 시몬은 매일 아침 주기도문을 외웠다. 외는 동안 주의력이 분산되거나 하면 새로운 마음가짐으로 몇 번이고 다시 시작하곤 했다. 때로는 기도를 한다는 순수한 기쁨 때문에 일부러 하기도 했지만 대부분은 마음에서 우러나올 때 했다고 한다. 이 새로운 습관은 점차 시몬에게 심오하고도 신비로운 세계와의 만남을 이룰 수 있게 해주었다.

"때때로 기도를 시작하자마자 나의 사념들은 육체의 막을 뚫고 나와 무념무상의 넓은 공간으로 날아간다. 이때 사고의 범위는 무한히 확대되어 드디어는 침묵에 도달한다. 이 침묵이란 소리가 없는 세계를 뜻하는 것이 아니라, 우리가 감지할 수 있는 최종적인 대상, 소리의 세계보다 훨씬 더 풍요로운 대상이다.……이런 순간은 물론이고, 또다른 순간에도 나는 그리스도가 한 인간으로서 내게로 다가와 나와 함께 있음을 분명히 보곤 한다. 그때의 그리스도는 처음 만났을 때보다도 더욱 뚜렷하게 임재한다."

9월 19일에 시몬은 포에를 떠나, 다음 날 생-마르셀로 갔다. 그날은 티봉의 가족들과 함께 지내고 다음 날 아침 그들과 같이 생-줄리앙으로 갔다. 그곳에 있는 포도 농장에서 포도 수확을 하기 위해서였는데, 이것도 티봉이 소개해준 덕분이었다. 그 농장 주인은 시몬을 다른 일꾼들과는 다르게 대했으며 식사도 같이했지만, 시몬은 일하는 시간에만큼은 조금도 특별대우를 받으려 하지 않았다. 농장에 도착하던 날 오후부터 매일 여덟 시간씩 일을 했는데 그다음 주에는 다행히도 비가 사흘 동안 내내 내리는 바람에 좀 쉴 수 있었다. 시몬은 그 틈을 이용해서 안토니오에게 소식을 띄웠다. 그곳의 자연이 대단히 아름답고 사람들이 선량하다는 이야기와 육신의 피곤함은 오히려 영혼을 건강하게 하고 그런 생활을 통해 자연과 더욱 가까워질 수 있으며 인생의 진정한 기쁨도 발견하게 된다는 이야기였다.

또 안토니오를 프랑스로 오도록 하기 위해 노력하고 있다고 말했는데 여기에는 아마도 티봉의 도움이 컸던 것 같다. 시몬은 그에게 "지금 내가 당신을 돕기 위해 하고 있는 일은 실패할 수도 있으니까 너무 큰 기대는 갖지 마세요. 그러나 당신의 편지에서 300명의 스페인 사람들이 본국으로 돌아갔다는 말을 듣고 당신도 내 계획을 알아두는 편이 좋다고 생각되어 알려드립니다. 당분간 다른 생각은 하지 말고 거기에 그대로 있는 것이 좋을 것 같습니다"라고 말했다.

그밖에도 시몬은 오노라에게도 편지를 썼다. 시몬은 왜 그런 일을 해야 하느냐는 그의 물음에도 역시 이유는 없다고 말했다.

"그것은 자기가 해야 할 것이라고 생각하는 것, 바로 그것이 이유입니다. 시도 포도 수확도 마찬가지이죠." 시몬은 일도 잘 해나가고 건강도 좋다는 소식을 부모에게 보냈다. 그들은 생-줄리앙에 집을 하나 세를 들어 거처를 옮기려는 생각을 하고 있다고 했으나 시몬은 여기에 찬성하지 않았다. 시몬은 두 사람의 이름과 주소를 적어 보내면서 그들에게 빵을 좀 보내주라고 부탁했는데, 한 사람은 베르네 수용소에 있었고 또 한 사람은 마르세유에 있는 사람이었다.

시몬은 일이 즐겁다고 했으며 그곳 포에서 일어났던 일을 모두 알려달라고 했으며 샌들도 50프랑을 주고 한 켤레 샀다고 했다. 티봉에 의하면 그 샌들은 작아서 뒤꿈치가 다 벗겨지고 피가 흘렀으나 시몬은 포도 농장 일이 다 끝날 때까지 계속 신고 다녔다고 한다. 그러나 10월 5일에 질베르 칸에게 보낸 편지에서는 부모에게는 전혀 말하지 않았던, 일이 무척 고되다는 이야기를 했다. 그 정도의 노동 시간이면 상당히 많은 지적인 활동을 할 수 있다고도 했다. "그러나 농장 주인은 대단히 훌륭하고 사려 깊은 사람이랍니다. 내게 '당신은 책임량을 잘 해나가고 있습니다'라고 말해주곤 하지요. 사실, 나는 전력을 다해서 일하는 덕분에 다른 사람들에게 과히 뒤떨어지지는 않습니다. 그러나 가끔 피로에 지쳐 일어날 수조차 없게 되는 때도 있습니다. 그러나 그럴 때일수록 오히려 나는 순수해지는 느낌이 든답니다. 다른 어떤 것도 베풀어줄 수 없는 기쁨을 느끼게 되기 때문입니다."

이 편지를 쓴 지 며칠 후에 시몬은 티봉에게, "일을 하다가 어느 날 갑자기 쓰러져 죽어서 나는 지옥인 줄도 모르고 지옥에 떨어지는 것이 아닐까, 그리고 그 지옥이란 영원히 포도를 따야 하는 곳은 아닐까 하는 생각이 들었습니다"라고 고백했다.

그러나 포도원의 주인 리외는 시몬의 끈기와 힘과 용기에 정말 놀랐다고 말했으며, 처음 시몬을 만났을 때에는 그녀가 얼마나 버틸 수 있을지 염려스러웠는데 다른 일꾼들과 거의 맞먹을 만큼 잘 해나갔다고 했다.

거기서도 시몬은 독방을 쓰기를 거절했다. 리외는 그녀를 겨우 설득해서 부엌 한구석에 보료를 깔고 자도록 해주었지만, 시몬에게 그것이 소용되는 때는 일이 끝난 후 오랫동안 앉아서 편지를 쓸 때였다. 그는 시몬이 거의 아무것도 먹으려 하지 않았으므로 감시를 하면서까지 먹도록 했다. 시몬은 영양분이라곤 거의 없는 양파나 익지도 않은 토마토를 조금 먹었을 뿐이고, 건강이 아주 나빠져서 가끔 지독한 두통에 시달리곤 했다. 시몬은 지쳐서 기진할 때도 다른 일꾼들과 같이 일을 계속하려고 했으며, 포도를 따다가 지치면 가끔 덩굴 위에 누워 있기도 했다고 한다. 그러면서도 시몬은 일이 끝나거나 쉴 때면 두세 명의 젊은 일꾼들에게 글을 가르쳐주기도 했고 나이가 든 일꾼들에게는 그들이 맡은 일에 따라 적절한 조언을 해주기도 했다.

시몬은 농장에서 하는 일이면 무엇에든지 흥미를 가졌다. 아침 일찍 우유를 짜는 일부터 저녁 때의 설거지나 채소를 씻는 일까지 모두 다 하려고 했으며 비가 오거나 시간이 날 때면 어린아이들과 함께 놀기도 했다.

농장의 일꾼들은 시몬의 종교적인 관심까지도 잘 알고 있었다. 시몬은 그들에게 미사 때 필요한 기도문 책을 한 권 달라고 하면서 아이들이 매일 아침저녁에 기도문을 외우느냐고 물어보았다.

시몬은 달마다 첫 일요일에는 미사에 나갔으며, 그밖의 일요일에는 농장의 잔손이 필요한 곳을 찾아다니며 일을 했다. 그리고 저녁 식사 후에는 망토를 입고 벤치에 앉아 담배를 피우면서 오랫동안 별을 쳐다보곤 했다.

농장 사람들은 "우리는 그녀가 아주 신비롭다고 생각했습니다.

시몬 베유가 유대인 문제 담당관에게 보낸 편지(1941년)

그러나 전혀 이해하지 못했으므로 언제나 수수께끼 같은 사람이라고 생각했지요. 그러나 그녀의 철석 같은 의지와 무한한 박애심을 깊이 존경했답니다"라고 말했다.

시몬은 페랭 신부에게 "제가 이 땅을 알게 해주셔서 감사합니다"라고 편지를 보냈다. 페랭 신부는 답장에 "언제쯤 당신에게 하늘나라도 알게 해줄 수 있을까요? 어쨌든 사람은 신의 뜻만을 따라야 합니다"라고 썼다.

포도 수확기가 거의 끝나가는 10월 18일에 시몬은 유대인 문제

담당관에게 감사의 편지를 보냈다. 그 편지는 아주 진지하고도 냉소에 찬 글이었는데 대체로 다음과 같은 내용이었다.

"유대인이 법적으로 무엇인지 저는 아직도 잘 이해하지 못합니다. 신청했던 교직 승인장이 아직 나오지 않는 데는 제 조상에 유대인이 있다는 이유가 크게 작용하고 있겠지요. 그러나 프랑스의 재정적인 위기에 대한 책임을 지지 않게 되어 저로서는 오히려 만족스럽습니다. 그러나 지금 제가 무슨 일을 하고 있는지 말하지 않을 수 없군요. 제 부모님들은 유대교를 믿지 않으며 유대의 전통에는 아무런 관심도 없지만, 정부가 유대인은 생산에 기여해야 한다고 주장한 까닭에 저는 지금 시골 농장에 와서 일하고 있습니다. 저는 4주일 동안 매일 8시간씩 포도 따는 일을 하고 있으며 다른 농부들과 똑같이 생활하고 있습니다. 저는 유대인에 관한 규정이 대체로 부당하고 어리석다고 생각합니다. 대학에서 수학을 전공한 한 사람이 수학을 배우려는 어떤 어린 학생에게 그의 조부모님 중 세 사람이 유대 교회에 다녔다는 이유로 함부로 대할 수 있는지 대단히 의심스럽기 때문입니다. 아무튼 저로 하여금 지식인의 사회적인 울타리를 벗어나 시골로 오게 해준 데에 감사합니다. 매일매일 노동으로 피곤해진 다리의 통증을 느껴본 사람만이 땅과 자연을 알 수 있기 때문입니다. 그들이야말로 이 땅의 소유자라고 할 수 있습니다. 당신과 프랑스 정부는 자신으로서는 소유하고 있지 못한 가난이라는 귀한 선물을 제게 주었습니다."

포도 수확기는 10월 23일로 끝났다. 다음 날 농장 주인은 시몬에게 9월 22일부터 10월 23일까지 고용되었으며, 대단히 만족스럽게 일했다는 증명서를 주었다. 그후 시몬은 티봉과 함께 며칠을 더 지냈다. 시몬은 포도 따기로 번 돈을 티봉 앞에서 세어 보였다. 티봉은 그 돈이 어디에 쓰일지 자기는 잘 알고 있다고 말했다.

티봉의 충고로 시몬은 그해 겨울에도 농장에서 계속 일하겠다는 결심을 바꾸게 되었다. 시몬은 부모와 함께 마르세유로 돌아왔다. 그녀의 생활은 언제나 풍부했지만, 마르세유로 돌아온 후 6개월은 그 어느 때보다도 많은 일을 한 풍요한 기간이었다. 그때 시몬은 『마르세유의 노트_Cahiers de Marseille_』를 썼으며 포도 수확기의 일들을 4권과 5권의 전반부에 기록했다. 그러니까 노트 3권부터 11권까지는 1941년 겨울부터 1942년 봄에 걸쳐서 쓴 것이다.

이 동안에 시몬은 여러 편의 논문과 논평들도 썼다. 「남부의 노트」지의 논평들과 『오크의 수호신_Le Génie d'Oc_』, 『신을 기다리며』 등은 모두 이때 쓴 것들이다. 이때 쓴 글들은 나중에 『기독교 이전의 직관_Intuitions Pré-Chrétiennes_』과 『신의 사랑에 관한 무질서한 생각들_Pensées sans Ordre Concernant l'Amour de Dieu_』로 엮어낼 계획이었다.

이밖에도 시몬은 토론회와 집회에 나가 발표를 하기도 했다. 페랭 신부도 그 자리에 몇 번 참석했는데 시몬은 그녀가 항상 가장 아름답고 계시적이라고 생각해온 그리스 사상을 이야기했다고 한다. 집회는 대부분 도미니코 수녀원의 지하 예배실에서 열렸다. 「플라톤의 신」은 이때의 발표를 위해 쓰인 것이며 『그리스의 원천』과 『기독교 이전의 직관』은 이때 강연한 논문들을 수록한 것이다. 이때 시몬은 신에 대한 사랑을 다룬, 매우 아름답고도 비기독교적인 글들을 책으로 낼 계획도 하고 있었다.

시몬은 일요일마다 미사에 참석했다. 친구들은 주로 그곳에서 만났으며, 특히 엘렌과 자주 만났다. 가끔 시몬은 혼자서 기도하기 위해 새벽 미사에 나가기도 했다. 엘렌은 시몬을 여러 신부들에게 소개했고 가톨릭의 여러 집회에 나가도록 소개해주었다. 시몬은 지칠 줄 모르고 그들과 이야기를 했다. 가톨릭의 교리에 나타난 믿음이 무엇인지 알고 싶었기 때문이지만 그들과 이야기를 해도 정확하게 파악하기는 힘들었다. 한 신부에게는 굳건한 믿음인 것이 다른 신부에게는 정반대로 받아들여지는 경우도 많았다.

시몬은 엘렌의 가족들과는 친하게 지내게 되었다. 오노라 부인은 같이 식사할 때면 시몬에게 늘 좀더 먹으라고 권유하기에 바빴지만 시몬은 거의 먹는 것이 없었다. 어떤 때는 야간 통행 금지 때문에 그 집에서 자고 가기도 했는데 시몬은 침대는 놓아두고 마루바닥에 담요 한 장만을 깔고 잤다. 다행히 오노라 부인도 마루에서 잘 때가 많았으므로 쉽게 허락받을 수 있었다.

이때 "기독교인의 증언"이라는 레지스탕스 조직에 시몬이 가담했었는지는 자세히 알 수 없지만, 어느 날 시몬이 이 조직의 집회 팸플릿을 가득 넣은 가방을 들고 전차에서 내리다가 가방이 열리는 바람에 그 팸플릿들이 길바닥에 모두 쏟아진 일이 있었다.

11월 15일에 안토니오에게 보낸 편지에는 그녀가 티봉의 도움을 받아 그를 구하려고 했던 계획에 아직 별다른 진척이 없다고 쓰여 있었다.

12월 초순께 티봉은 마르세유로 와서 시몬과 페랭 신부를 만났다.

그들은 침례교 교리에 대해 많은 이야기를 나누었다.

시몬이 농장에서 일하는 동안 내게 보낸 엽서는 그녀가 보낸 지 한참 후에야 받게 되었다. 그때 시몬은 여러 가지 계획들을 이야기 하면서도 그래도 역시 자기는 너무 게으르다고 자탄했다. 시몬이 게 으르다니, 그것은 상상도 할 수 없는 일이었다. 오히려 한때 겨울 동 안 어떻게 그 많은 글들을 쓸 수 있었는지 의심스러울 지경이었다.

「남부의 노트」지에 과학 논평을 쓴 것도 이때였다. 시몬은 "과학 의 미래"라는 논문에서 다니엘-롭스가 제시한 미래상과 과학이 철 학에 기여했다는 루이 드 브로이의 생각을 반박했다. 우선 그녀는 다니엘의 재능과 명확성을 칭찬하고 난 다음에 과학의 발전으로 사 람들이 거의 할 일이 없게 되리라는 그의 예견은 마르크스주의자나 새로운 질서 그룹의 주장처럼 신빙성이 없다고 말했다.

"강제적으로 단시간에 대가 없이 일하게 되면, 다른 효과적인 자 극이 없는 한, 사람들은 가혹한 형벌이나 압력이 없이는 일하려 들 지 않을 것이다.……또한 장기간의 여가가 쌓이게 되면, 일부에서 는 사람이 사람을 지배하게 되는 스포츠에 탐닉하게 될 것임을 잊 어서는 안 된다. 더욱이 이런 종류의 스포츠는 끝없는 무장을 요구 하기 때문에 강제 노동은 평생토록 연장될 것이다.……"

시몬의 현대 과학에 관한 여러 편의 논평은 급증하는 과학의 전 문화가 더욱더 어려워져만 가는 여러 과학 이론을 제한한다는 주장 으로 공통되어 있다. 과학의 전문화로 과학자들은 결국 다른 전문 적인 과학자들과 함께 "한 작은 마을"에 갇히게 될 것이므로, 이것 을 끊임없이 비판해야 된다는 것이다. 이 마을에서는 더 이상 서로 모르는 사람이 없게 되겠지만, 이것이 전 세계로 확장된다고 해도 결국은 잡담과 정실에 지배되는 소규모의 집단이 될 것이므로 매우 위험하다는 것이다. 시몬은 일단 눈부신 발전을 한 뒤에 오랫동안 사장되어버린 그리스 과학을 예로 들었다. 그리고 과학의 전문화라는 현상이 오히려 과학 발전에는 한계가 있다는 것을 나타낸다고 주장했다.

1944년에야 「남부의 노트」에 발표된 "문학과 도덕"이 이 무렵에 쓰였는지는 확실치 않다. 이 글은 "문학의 책임에 대해 「남부의 노트」에 보내는 서한"과 비슷한 내용을 다루고 있으나 같은 시기에 쓰인 것 같지는 않다. 여기에서 시몬은 가치의 문제는 더 이상 언급하지 않고 선善만큼 아름답고 놀라운 것은 없으며, 악만큼 두렵고도 지루한 것은 없다고 주장했다. 그러나 이것은 진짜 선과 악의 경우이고 문학적인 허구에서는 이것이 반대로 나타나 오히려 선이 지루하고 악은 흥미롭고도 매혹적인 것으로 나타나므로 허구를 통해 현실에 있는 그대로를 나타낼 수 있는 사람은 천재밖에는 없다고 시몬은 생각했다. 그러나 무엇보다도 시정되어야 할 것은 "작가들이 정신적인 지도자로서의 역할을 맡지 않으려 한다"는 것이다. 사실상 작가들에게는 이런 역할을 맡을 능력이 없고, 이것은 오로지 이 세상에서 가장 뛰어난 작가인 성자에 의해서만이 성취될 수 있는데, 오늘날의 사제들은 그들의 직업 때문에 그저 성자의 흉내를 내고 있을 뿐이라고 했다. 더욱이 18세기의 계몽주의 이래로 민중의 정신적인 지도자 역할을 사제 대신에 작가나 과학자가 맡게 되었으니 더욱 불합리한 일이라는 것이다. 농장에서 일하는 동안 시몬은

1941년 7월 말 자작시 "필요"를 내게 보내주었다. "문"과 "바다"라는 시도 그때 쓰인 듯하며, 그해 12월에 쓴 "전체"라는 시도 내게 보내주었다. 시몬은 안토니오에게도 그 시를 보내면서 스토아 학파의 정신에 대해 이야기했다. "소위 금욕주의자라고 불리는 그리스의 철인들은 운명을 사랑해야 한다고 말합니다. 운명이 불행을 이끌고 올 때도 그것을 사랑해야 한다고 하지요. 어렸을 때부터 나는 이것만이 가장 아름답고 진실한 미덕이라고 믿어왔습니다.……제가 보기에 당신은 이러한 미덕을 많이 지니고 있기 때문에 늘 당신을 존경해왔답니다. 나는 당신의 고통이 끝나기를, 차라리 당신과 나의 위치가 바뀌기를 오랫동안 진심으로 바라왔습니다.……아마 나는 당신만큼 고통을 잘 참아내지는 못할 것입니다. 나는 당신의 그 숭고한 영혼을 지니지 못했으니까요. 지금도 운명이 당신에게 허락해주지 않고 있지만, 바다의 경치와 자유와 모든 아름다운 자연은 저보다는 당신에게 주어져야 마땅할 것입니다. 그러나 제게는 당신을 대신할 힘이 없군요."

1월 9일 시몬은 페랭 신부에게 침례교에 대해 편지를 써 보냈다. 이것은 나중에 『신을 기다리며』라는 제목으로 출간된 서간집에 나오는 첫 번째 편지이다. 이 편지는 그녀 자신의 세례에 대한 자신의 태도를 쓴 것이었다. 그녀는 페랭 신부가 그녀에게 세례를 주고 싶어 하는 것을 알고 그것이 자신에게 기쁨을 줄 것 같지는 않다고 했다.

시몬은 하느님의 뜻에 대해 깊이 생각하고 있으며 하느님의 뜻을 따를 수 있는 실제적인 방법을 찾고 있다고 말했다. 그 뜻은 세 가지 징표로 구별되는데 첫째는 외부적인 필연성이며, 둘째는 의무이고, 셋째는 하느님이 인간에게 보내주는 영감이라고 했다. "하느님은 사랑과 정성으로 하느님을 받드는 사람에게는 보답을 주시며, 그 보답은 강제적인 의무를 통해 주어진다. 우리는 그 강제력을 지닌 의무에 복종하기 위해 우리의 자아를 버려야 하며, 그것이 선을 향한 쪽일지라도 하느님이 명하신 지점에서 한 발짝도 더 앞으로 나가서는 안 된다."

시몬은 영적인 수도가 어느 정도 이루어진 사람만이 이러한 하느님의 뜻에 참여할 수 있다고 보았으며 자신은 아직도 상당히 부족하다고 생각했다. 또 하느님의 의지에 따른다면 "지금으로서는" 교회에 나가지 말아야 한다고 생각했다. 시몬은 페랭 신부가 그녀의 사상은 교회에 소속되어 있는 사람들의 생각과 다를 바가 없다고 했을 때 매우 기뻐했다. 그러나 이 물질적인 시대 속에서 과연 하느님은 "자신을 하느님과 그리스도에게 모두 바치면서도 교회 밖에 머물러 있는 사람들이 있기"를 바라시는지 알고 싶어했다. "교회에 나가야 한다는 구체적인 행동을 생각할 때마다 나를 괴롭히는 것은 이 사회 속에 있는 많은 불행한 비신자들과 내가 분리되어 서로 다른 세계에 있다는 생각이었습니다.……나는 교회에 나감으로써 비신도들과 갈라지리라는 생각 때문에 교회에 나가려는 결심을 아직 못 하고 있습니다."

시몬은 이 마지막 구절이 페랭 신부의 마음을 상하게 할까 봐 곧 이렇게 덧붙였다. "어떤 사람들은 애초에 날 때부터 순수한 영혼을 지니고 있기 때문에 이미 평범한 사람들과는 구분되므로 이런 점이 구태여 문제가 되지 않을 수도 있습니다. 그러나 저로 말하면 모든 죄악의 가능성을 다 지니고 있습니다.……

한 가지만은 확실합니다. 언젠가 제가 세례의 은총을 받을 수 있을 만큼 충분히 하느님을 사랑하게 된다면, 곧 주저 없이 하느님의 뜻에 따라 어떤 형식으로든지 세례를 받겠습니다.……"

며칠 후에 다시 띄운 편지에서 시몬은 교회의 문턱을 넘지 못하게 방해하는 이성의 장벽을 완전히 극복했다고 하면서 다른 하나의 의구심이 있다면 교회가 그 사회구조 속에서 차지하는 위치라고 했다.

"……나는 가톨릭 집단에 만연해 있는 기독교적 애국주의가 걱정됩니다.……십자군이나 종교재판소를 지지하는 성직자들도 있는데 저는 그들이 완전히 그릇되었다고 생각합니다. 저는 양심을 거역할 수는 없습니다. 저는 종교적인 신념은 그들보다 미약하지만, 판단은 더 정확하게 할 수 있습니다. 이 문제에서 그들은 어떤 강력한 것으로 인해 눈이 어두워졌습니다. 그것은 곧 사회구조로 본 종교 문제였습니다.……"

시몬은 교회를 하나의 사회구조로 보는 것은 불가피하다고 생각했으나, 교회가 사회의 구조인 이상, 악의 지배 밑에 있는 세속 권력에 종속될 것이라고 우려했다.

그해 2월 초에 시몬은 안토니오에게 일자리를 구해줌으로써 그를 석방시키려는 계획을 세우고 있다고 편지로 알렸다. 시몬은 자기가 도움을 청한 사람은 도미니코회 신부로, 참다운 기독교인이며 안토니오는 종교를 갖고 있지는 않지만 그의 금욕주의적인 신념으로 보면 그 신부의 신념과 크게 다른 것이 없다고 했다. 또한 그 신부 역시 순수한 우정으로 그를 도와주려는 것이니 기꺼이 받아들이기를 바란다고 덧붙였다.

시몬은 농장에서 떠나온 후에도 티봉에게 자주 편지를 보냈다. 자신이 신청한 여권이 나오지 않아 프랑스에 계속 있어야 할 경우 다시 일자리를 얻어줄 것을 부탁하면서, 그때는 지난번처럼 페랭 신부의 말을 듣고 쉬운 일만 시킬 생각은 아예 하지도 말라고 당부해두었다. 시몬은 발라르가 준비해온 「남부의 노트」 특집호인 "오크Oc(프랑스 남쪽 지방을 가리키는데 이곳은 그리스의 영향을 받았다고 함/옮긴이)의 수호신과 지중해인"에 기고하기 위해 두 개의 논문을 썼다. 그 하나는 "알비 교파Albigensians에 대항하는 십자군의 노래"라는 서사시를 주제로 해서 쓴 "서사시를 통해서 본 한 문명의 수단"인데, 시몬은 이 글에서 십자군에 의해 파괴된 문화의 가치를 증명하려 했다. "영적인 가치는 힘에 의해 파괴될 수 없다는 상투적인 주장만큼 과거에 대해서 잔인한 것은 없다. 이러한 생각을 믿은 탓으로 힘에 의해 파괴된 문화는 문화라는 이름까지 빼앗기게 된다.……이렇게 해서 이미 멸망된 것을 다시 한번 죽이게 된다."

다른 한 편의 논문은 진보설에 대한 비평으로서 "노트 8권"에서 주장한 바와 흡사하다. 즉 진보 사상은 우리를 미래로 향해 나아가도록 만들지만, 현재보다 나은 세계를 반드시 미래 속에서 찾아낼 수 있는 것은 아니라는 것이다. "미래는 텅 비어 있으며 우리의 상상력으로 가득 차 있다. 우리의 상상력은 우리 자신의 잣대로 완전한 것을 그릴 뿐이다.……" 그러므로 좀더 나은 것을 보여주고 우리를 고양시키는 것은 미래가 아니라 과거이다. 영혼만이 시간을 이겨낼 수 있으며 과거 속에서 살아 남은 것은 현재나 미래보다 비교적 더 오랜 영혼성을 내포하고 있다. 그러므로 우리 유럽인들이 정신문화의 근원을 찾으려면 고대 그리스로 눈을 돌려야 한다.

그리스 정신을 고찰하려면 로마네스크 문화에 의해 이루어진 것을 보아야 한다. 11세기, 12세기의 르네상스야말로 참된 르네상스였다. "그리스 사상은 기독교의 형태로 다시 태어났으며 기독교는 그리스 정신의 참된 모습이다."

휴머니즘이야말로 그릇된 르네상스이다. 그때 사람들은 "기독교 사상에서 탈출해서 그리스 정신 속으로 되돌아갈 수 있다고 생각했다. 그러나 기독교와 그리스는 같은 정신에서 출발한 것이다. 이 두 르네상스 사이에서 연출된 가장 큰 죄상은 우리가 지금 살고 있는 오크의 땅에서 오크어語를 죽여버린 것이다."

그해 겨울이 끝날 무렵 그리고 이듬해 초봄에 시몬은 안토니오에게 편지를 썼다. 시몬은 그녀의 마음과는 달리 그때까지도 그가 석방되도록 하지 못한 것이 매우 미안하다고 했다.

"지금 당신이 얻고 계신 위안의 근원은 고통을 이겨내는 데서 얻어지는 기쁨입니다. 이 기쁨이야말로 가장 아름다운 것이며 당신이 찾아낸 기쁨은 동서고금의 모든 성자들이 도달한 기쁨과 같은 것입니다. 성자들은 대부분의 사람들이 깨닫지 못한 저 기쁨과 고통이 하나로 융화된 세계 속으로 자신의 영혼을 승화시켰습니다. 이것은 참된 시인의 출발점이기도 하답니다. 참된 시는 바로 여기에서 나옵니다. 당신은 바로 그러한 모든 사람들과 형제입니다. 그러나 나는 당신이 순수한 기쁨, 고통 없는 기쁨을 갖게 되기를 기원합니다. 그러기 위해서는 당신이 그 아름다운 시골에 자유롭게 풀려나게 되는 것으로 충분할 것입니다. 그것은 아주 작은 일인데 어째서 그것조차 얻기가 그렇게 힘들까요?"

3월 말경, 시몬은 두르뉴로 가기 전에 내게 편지를 보내왔다. 그해 부활절 주일은 4월 5일부터 시작되었다. 시몬은 그 이전 해의 부활절 때 못 한 일을 꼭 하고 싶어했다. 두르뉴에 있는 베네딕토 성당에서 열리는 그레고리안 성가 연주를 듣는 것이었다.

그곳에 가기 전에 우선 카르카손에 들러서 조에 부스케를 만날 예정이었다. 그는 제1차 세계대전 때 입은 부상으로 나중에는 전신이 마비되었기 때문에 말할 수 없는 불편을 겪고 있었다. 그밖에도 몇몇 동창생들을 만나고 싶기도 했으나 카르카손에 가는 가장 중요한 이유는 종교적인 관심사였다. 시몬은 자신의 종교관이 교회에 나가는 사람들의 생각과 일치하는지 다른지 확인하고 싶어서 카르카손 수도원장인 비달 수사를 만나려고 했다.

시몬은 발라르와 함께 카르카손으로 가서 부스케를 만나고 그다음 날 비달 수사를 만났다. 시몬은 부스케에게 간호부대 파견에 대한 계획을 이야기했으며 이 계획의 추진을 도와줄 것을 부탁했다.

시몬은 계속해서 3일 동안 아침마다 비달 수사를 만나러 갔다. 무엇보다도 시몬은 비달 수사가 자신이 세례를 받을 준비가 되어 있다고 생각하는지 묻고 싶었다. 그밖에도 가톨릭의 교회에 대해서 여러 가지 질문을 했다.

비달 수사는 나중에 이렇게 말했다. "나는 시몬에게 우리의 정신이 같이 뿌리 박고 있으며 아무리 알려고 해도 완벽하게 파악될 수는 없지만 탐구와 기도로써 꼭 알아내야 하는 기독교의 신비에 관해 간단하게 이야기했습니다.……시몬이 가장 어렵게 생각하는 것은『구약 성서』의 히브리인들과 욥이었습니다. 그녀는 내게「욥기」의 구절을 인용하면서 욥은 유대인이 아니라는 사실을 강조했습니다. 그리고 '그리스도가 만일 인도에서 태어났더라도 인도인들은 그리스도를 신봉했을 것'이라고 말했습니다." 그의 말에 의하면 시몬은 사제처럼 사랑과 박애심이 매우 지극했지만 한편 그녀의 영혼 속에는 매우 엄격하면서도 냉정한 면이 있었으며, 그녀는 유대인을 비난할 때마다 그들의 비타협적인 면을 지적했다고 한다. 시몬은 비달 수사에게 자기가 세례를 받는다고 해도 교직과 저작은 계속하면서 그리스도가 오기 전에 이미 육화된 말씀을 쓰고 싶다고 말했다. 그러고는 오시리스와 크리슈나를 열거했다. 비달 수사는 시몬에게 그녀가 세례를 받기에는 아직 준비가 덜 되었다는 것을 말해주면서 더욱 열심히 기도하고 명상할 것을 당부했다.

시몬이 가톨릭에 전적으로 귀의하지 못한 이유는 그녀가 교만했기 때문은 아니었다. 시몬은 한번도 자신의 지식을 자랑해본 일이 없었다. 다만 가톨릭의 교리를 전부 긍정하고 받아들일 만한 충분한 이유를 꼭 찾아내야 한다고 생각했던 것이다. 이것을 위해 그녀의 모든 지식과 사상을 단순화시키기까지는 시간이 필요했다.

시몬이 두르뉴에 도착한 날은 세족洗足 목요일(흔히 부활절 전 목요일에 행하는 가톨릭의 의식/옮긴이)이었다. 시몬은 아침에 예배에 참석한 후 오후에는 베네딕토 성당의 클레망 신부와 종교에 관해 토론했다. 그때 시몬과 함께 다녔던 엘렌의 말을 들어보면 이때가 시몬에게는 중요한 전환기였다고 한다. 특히 자신의 내부에서 일고 있는 많은 저항의 물결에도 불구하고 교회에 나가려고 했던 점에서 그렇다. 시몬은 그날부터 일요일까지 열리는 모든 예배에 참석했다. 예수 수난일에는 수녀원의 기숙사에 갔다가 거기에서 수녀들이 채소와 생선을 먹는 것을 보고는 "성 금요일에 무엇을 먹다니!" 하면서 분격해했다. 더구나 교회에 갔다온 뒤에는 "사람들이 종교를 진지하게 생각하지 않는 것 같다"고 하면서 예배가 끝나고 나올 때 사람들이 사사로운 잡담을 하더라며 놀라움을 금치 못했다.

시몬은 부활주일이 끝난 후 마르세유로 돌아왔다. 마르세유에 있던 마지막 몇 달 동안에 그녀가 쓴 글의 분량은 그 이후의 런던 시절을 제외하면 그 어느 때보다도 많았다. 시몬은 마치 죽음을 앞에 놓고 모든 것을 다 말해야겠다고 생각한 사람처럼 시간이 가는 줄 모르고 쓰고 또 썼다. 이즈음 그녀의 사상과 문장은 더욱 순수하고 심오해졌으며 그녀는 완숙기에 들어 있었다. 티봉은 이때의 시몬을 가리켜서 "나무가 열매를 맺듯이 그녀의 입에선 끝없이 사상이 흘러나왔다"고 했다. "하느님에 대한 사랑의 관점에서 본 올바른 학교 교육", "노아의 세 아들과 지중해의 문화", "기독교와 광야에서의 예수의 생활", "이스라엘과 이교도들", "비예속화된 노동의 조건" 등은 모두 이때 쓴 것들이다.

페랭 신부는 몽펠리에에서 설교를 한 뒤에 마르세유를 떠났다. 4월 16일에 그에게 보낸 시몬의 편지에는 4월 말에는 자기도 프랑스를 떠나겠다는 이야기가 쓰여 있다. 이 편지와 카사블랑카에서 타르드에게 보낸 편지와 뉴욕에서 쓴 편지들 속에서 알 수 있듯이 그녀가 프랑스를 떠나려는 이유는 전쟁에 도움이 될 만한 일을 꼭 하려는 것과 간호부대 파견 계획을 실현시키려는 데에 있었다. 시몬은 페랭 신부에게 그렇지만 않다면 자신은 조금도 떠나고 싶지 않다고 했으며, 정부에 그토록 간절히 요구하고 그 이유를 명확하게 설명했음에도 불구하고 도움을 받지 못한 것에 분노마저 느낀다고 말했다.

시몬이 떠나기를 주저한 이유는 프랑스의 정세가 더욱 나빠져서, 자신이 떠난 후에 프랑스에 더욱 큰 불행과 위험이 닥친다면, 그 위험을 피해왔다는 가책을 견디지 못하리라는 생각 때문이었다.

시몬은 티봉이 떠나기 전 어느 날 밤, 그와 마지막으로 거의 밤을 새워 이야기했다. 티봉은 "그때 나는 시몬의 영혼이 티 하나 없이 투명하다는 인상을 받았습니다. 그 영혼은 원초의 빛 속으로 빨려들고 있었지요. 그녀가 내가 묵고 있는 호텔까지 나를 배웅해주던 날 아침에 마르세유의 황량한 거리에 울리던 그녀의 목소리를 나는 아직도 듣고 있는 듯합니다. 그때 그녀는 복음서 이야기를 했는데 마치 나무가 열매를 맺듯이 사상이 그녀의 입에서 흘러나왔습니다"라고 그때를 회상했다.

그러나 시몬은 쉽게 떠나지 못했다. 아마 열흘 정도 더 마르세유에 그대로 있었을 것이다. 그 사이 페랭 신부에게 보낸 편지에는 시몬의 영혼의 자서전과 같은 기록이 있으며 그것들은 『신을 기다리며』에 잘 수록되어 있다. 시몬의 종교적인 고민과 편력이 결론에 도달하기까지의 과정과 죽을 때를 제외하고는 그녀가 항상 교회 밖에 머물러야 했던 이유들을 잘 알 수 있는 기록이다. 시몬은 단 한 번도 하느님이 교회 안에서 자신을 찾고 있다는 생각을 해본 일이 없었으며 기독교는 당연히 가톨릭이어야 하는데 실상은 그렇지 않다는 것을 알고 있었다. 떠나기 이틀 전에 시몬은 "하느님의 사랑과 고통"이라는 자신의 논문을 페랭 신부에게 보냈다.

5월 14일에 시몬은 마르세유를 출발했다. 조에 부스케와 티봉, 르네 넬리에게 자기 대신 짐을 부쳐줄 것을 부탁하고 엘렌 가족들의 전송을 받으며 배를 탔다. 그들은 시몬에게 살아서든지 저승에서든지 꼭 다시 만나자며 작별 인사를 했다. 시몬은 멀리 바다를 바라보면서 엘렌에게 "꼭 살아서 만날 거예요. 죽으면 아무것도 볼 수 없을 테니까요"라고 웃으면서 말했다. 엘렌은 시몬이 세례를 받지 않고 떠나는 것을 못내 아쉬워했다. "우리가 같이 세례를 받았다면 얼마나 아름다운 세례식이었을까!"라고 엘렌은 말했다.

뉴욕

1942

마르세유를 떠나던 날 밤, 거의 잠을 자지 못한 시몬은 배 위에서 휴식을 취했다. 그동안 편지도 몇 장 썼다. 배를 타기 전에 티봉에게 쓰기 시작한 편지를 마치면서 시몬은 이렇게 썼다.

"제가 떠날 것은 이제 확실합니다. 그러면 우리 사이에는 거리가 생기겠지요. 그러나 우정으로 결속된 이 거리를 사랑하도록 합시다. 사랑하지 않는 사람들은 서로 헤어질 수도 없는 것이니까요. 당신은 과거에도 그랬고 현재에도 그렇지만 미래에도 언제나 제게는 큰 존재일 것입니다.

저에 대한 당신의 우정만큼 제가 당신에게서 감탄한 것은 없습니다. 이 말이 다소 무례하게 들릴지도 모르지만 당신은 제 마음을 아실 것입니다.

우리의 이별은 이제 돌이킬 수가 없군요. 이 아름다운 바다를 여행하는 중에도 저는 그 괴로움을 씻을 수가 없습니다.……"

시몬은 안토니오에게도 편지를 썼다.

"당신에게 슬픈 소식을 전하지 않을 수가 없군요. 그걸 생각하면 가슴이 찢어지는 것 같습니다. 지난 편지에 제가 부모님과 함께 미국으로 가게 될 것 같다고 말했지요. 그렇게 되지 않도록 애썼지만, 별 수가 없었지요. 마침 미국으로 가는 배가 있어 타게 되었습니다.

당신이 그렇게 아름답다고 하던 바다를 지금 제가 여행하고 있습니다. 그러나 옆에 놓인 기막힌 바다의 모습이 제 마음을 채우는 동안 저는 당신 생각을 했습니다.……

그런데 멕시코 영사에게 편지를 보내셨는지요? 그렇지 않다면 지금이라도 빨리 보내세요. 영사관에서 중요한 직책에 있는 사람에게 당신 이야기를 해두었습니다.

그 일이 잘되면 우리는 다시 만날 수 있을 것입니다.

저는 당신에게 기쁨이 있게 해달라고 저 푸른 하늘, 별, 달, 태양, 바람, 새, 빛, 그리고 이 막막한 공간에게 빌었습니다.

당신에게 아무것도 드리지 못한 채 이렇게 멀리 떠나가는 것을 용서하세요.……

제 우정을 믿어주십시오.

추신 : 베르셰 부인에게 당신 앞으로 돈을 조금 남겨놓았습니다. 앞으로도 그렇게 할 수 있기를 바랍니다.……"

오랑에서는 배가 정박하는 동안에도 육지로 내려가지 못한 채 편지만을 부칠 수 있었다. 시몬 일행은 5월 20일에 카사블랑카에 도착했다. 배에 탄 900명의 승객은 카사블랑카의 교외에 수용되었다. 그들은 17일 동안 두 개의 큰 방에 나뉘어 시멘트 바닥 위에서 그들이 가져온 담요를 걸친 채 잠을 잤다. 식사가 형편없었으므로 많은 승객들이 병이 났다. 시몬 일행 역시 병이 들었다.

시몬은 이 피난민들에게 전혀 호감을 느낄 수가 없었다. 엘렌 오노라에게 쓴 편지에서 그녀는 페랭 신부도 이들을 보았으면 몹시 괴로워했을 것이라고 하면서 "프랑스를 떠났다는 생각 때문에 줄곧 괴롭다"고 말했다.

승객들은 수용소 밖으로 나갈 수도 있었으나 그러기 위해서는 공식적인 허가를 얻어야 했으므로 시몬은 거의 밖에 나가지 않았다. 꼭 한 번 이 배에 소속된 주치 의사인 베르셰 박사의 부인을 만나러 나간 적이 있었다. 그 틈에 이슬람교 사원에 들어가보려 했으나 성공하지 못했다.

시몬은 수용소 안에 몇 개밖에 없는 의자 하나를 차지하고 아침부터 밤까지 줄곧 글을 써댔다. 그녀가 자리에서 일어날 때는 그녀의 어머니와 아버지가 번갈아 의자를 지키고 있었다. 그래서 아침이면 남보다 일찍 일어났고 밤에는 훨씬 늦게 잠을 잤다. 이것을 본 사람들은 이상하게 여기며 시몬의 부모에게 이렇게 물었다. "당신 딸은 무얼 그렇게 쓰고 있나요? 혹시 언론인이 아닌가요?" 사실 시몬은 이때 페랭 신부에게 보내기 위해 피타고라스의 텍스트에 대한 논평을 쓰고 있었다.

시몬이 마르세유를 떠나기 바로 전에 페랭 신부는 편지에서 성 바울의 은총에 관한 성서를 인용하면서 누구보다도 시몬이야말로 구원의 기쁨을 누릴 것이라고 말했다. 또 "당신이 세례를 받지 않아도 그리스도와 하나가 될 것이라고 믿어 의심치 않지만, 그래도 당신이 세례를 받게 된다면 그날은 내게 큰 기쁨의 날이 될 것입니다"라고 말했다. 여기에 대해 시몬은 자기가 하느님의 은총을 이해하지 못하고 있다는 인상을 주고 싶지 않다고 답장을 했다. 사실 시몬은 은총을 피부로 경험하고 있었으며, 은총은 기쁨뿐만 아니라 괴로움 속에도 있다고 믿고 있었다. "만일 제가 아무런 죄도 없이 지옥의 밑바닥에 떨어진다 해도, 저는 이 지상의 생활에 대한 하느님의 무한한 자비를 찬양할 것입니다. 왜냐하면 이미 우리는 이 세상에서 하느님을 사랑할 능력을 부여받았으며, 영원하고 완전하고 실제적인 무한한 기쁨으로서의 하느님을 발견하고 있기 때문입니다.…… 더 이상 무엇을 바랄 수 있겠습니까?"

시몬은 오랜 고통을 겪은 뒤에도 자신의 구원 가능성을 믿을 수 없었다. 그러나 구원을 받기 위해 그녀에게 부족한 것은 아무것도 없었다. 그녀는 항상 하느님에 대한 확신을 갖고 있었다.

"그러나 꼭 한 번 이 확신을 가질 수 없었던 적이 있었습니다. 그것은 제가 다른 사람들의 고통을 피부로 느꼈을 때였습니다. 아득한 과거에서부터 오늘날까지 심지어는 저를 모르고 저와 무관한 사람들의 고통까지도 저는 견딜 수가 없었습니다. 그때 저는 얼마 동안 하느님을 사랑할 수 없었습니다. 그러나 그리스도가 예루살렘의 파멸을 내다보고 눈물을 흘리셨다는 것을 생각하며 확신을 얻었습니다. 하느님은 저를 용서해주시겠지요." 이렇게 말하면서 그녀는 다시 페랭 신부에게 무한한 감사를 드렸다.

"당신만을 빼놓고는 오히려 제 우정 때문에 사람들은 저에게 쉽사리 상처를 입혔고, 의식적으로든지 무의식적으로든지, 제 마음을 아프게 하며 그들 자신은 즐거워했습니다. 그것이 의식적이라는 생각이 들면 저는 서슴없이 칼을 들어 제 우정을 잘라버렸습니다. 그들도 악의으로 그랬던 것이 아니겠지요. 아마도 그것은 상처를 입은 암탉이 다른 암탉들을 쫓아다니며 쪼아대는 것과 비슷한 현상이었을 것입니다. 그러나 당신에게 저는 거지나 다름없습니다. 일 년에 몇 번씩 부자에게 찾아가서 훌륭한 음식을 대접받으면서도 굴욕감을 느끼지 않을 수 있었던 거지 말입니다."

그러나 시몬은 페랭 신부에게 깊은 감사를 드리면서도 한편으로는 다소 마음을 상하게 할 만한 이야기도 했다. 어떤 경우에도 진실을 은폐해서는 안 된다고 생각했기 때문이었다. 시몬은 그의 태도에 편견이 있다고 생각했다. 그녀가 불행을 우주의 한 질서로서 받아들일 수 있는 비신도들에 관해 이야기했을 때, 페랭 신부는 그것을 기독교인들의 경우만큼 진지하게 생각하지 않았다. 더욱이 그것을 "비정통적"이라는 뜻으로 "거짓"이라고 말하자 시몬은 울컥하여 "그 두 가지는 똑같은 것입니다"라고 말했다. 그러면서도 시몬은 페랭 신부의 이런 결함은 "아름다운 곡조에 들어 있는 불협화음"에 불과하다고 생각했다.

시몬은 페랭 신부가 바로 이런 결함 때문에 지상의 교회에 집착하는 것이라고 생각했다. 그래서 이렇게 덧붙였다. "하느님의 자녀들은 우주 이외에는 지상의 다른 어떤 나라도 받아들여서는 안 됩니다. 우리의 사랑은 온 공간에 고르게 펼쳐져야 합니다." 사실 우리 시대에는 그 어느 때보다도 이런 범우주적인 태도가 필요하다. 그러기 위해서는 이제까지 없었던 새로운 거룩함이 요구된다. 하느님을 믿는 사람들도 이 새로운 거룩함을 낳기 위해서는 천재적인 재능을 함께 갖추고 있어야 한다. "마치 병이 만연한 도시에 의사가 필요한 것처럼 이 세상에는 천재적인 재능을 갖춘 성자가 필요합니다. 그리고 필요가 있는 곳에는 의무가 있습니다."

시몬은 자기 자신이 망가진 기계에 지나지 않는다고 생각했다.

"저는 지쳤습니다. 하느님이 제 본성을 고치는 것을 허용해주신다고 해도, 제가 감히 그것을 요구할 수가 없습니다.……그런 짓은 하느님의 무한한 사랑에 대한 모독이라고 여겨집니다."

또 시몬은 그녀가 지니고 있는 사상에 비해 그녀 자신은 너무나 가치가 없다고 생각했다. 그래서 자신이 그 사상을 계속 지니고 있기보다는 페랭 신부가 대신해서 맡아 보살펴주기를 원했다.

시몬은 이 편지 이외에도 카사블랑카에서 쓴 피타고라스의 텍스트에 관한 논평과, 엘렉트라와 오레스테스의 대화의 번역, 민속에 관한 노트, 이집트 종교와 기독교 경전의 발췌, 기독교와 비非히브리 종교 사이의 원시적인 관계에 대한 노트를 페랭 신부에게 보냈다. 페랭 신부는 이것을 나중에 국립 도서관에 기증했다.

"피타고라스의 텍스트에 관한 논평을 쓰면서 저는 제 직업 때문에 교회 밖에 머물러 있어야 하며, 기독교 교리에 자신을 얽매어서는 안 된다고 다시 한번 느꼈습니다. 그것은 하느님과 신앙에 대해 지적인 면에서 봉사하기 위한 것입니다. 지적인 정직성을 위해 저는 예외 없이 모든 사고를 공정하게 대해야 합니다.……

그러므로 제가 교회 밖에 있는 것은 진리이신 그리스도에게 봉사하기 위함입니다. 그리스도께서 그렇게 하신 것이며, 저는 이제까지 한 번도 다른 선택의 여지가 있다고 생각한 적이 없습니다.……"

7월 7일 시몬은 부모와 함께 포르투갈 배를 타고 미국으로 출발했다. 거의 한 달 뒤에 그들은 버뮤다에 정박했다. 항해하는 동안 시몬은 다른 승객들과 거의 이야기를 하지 않았다. 장기간의 불안에서 벗어나자 사람들은 그동안 억눌렀던 욕망을 마음껏 채웠다. 시몬은 이 배를 "떠다니는 사창굴"이라고 불렀다. 시몬에게는 차라리 항해하는 편이 나았다. 특히 밤에는 견딜 수 없을 정도여서 그녀는 아예 갑판에 나와서 잠을 잤다.

시몬과 이야기를 나눈 몇 명의 승객 중에는 라틴어 교수 레옹 에르만이 있었다. 그는 기독교 교리가 고대 로마에도 알려져 있었으나 그리스도가 십자가에 못 박힌 뒤에도 추종자는 거의 없었다고 말했다. 페랭 신부에게 보낸 노트에서 시몬은 이 이야기를 했다.

시몬은 대학을 졸업한 지 얼마 안 된 자크 카플랭과도 이야기를 나누었다. 그는 스카우트 단원으로 배 위에서 가난한 피난민의 아이들을 돌보고 있었다. 그는 나중에 시몬에 대해서 이렇게 말했다.

"그녀는 매우 유쾌하고 신랄했다. 특히 충격적이었던 것은 정상적인 사람들 — 아니 평범한 사람들 — 과 그녀와의 너무나도 뚜렷한 대조였다. 그녀는 선실에 있는 승객들을 참을 수 없어했다. 정박해 있을 때면 항해 중에 하지 못했던 일들을 거침없이 즐겼기 때문이었다. 그녀는 내가 피난민의 아이들을 자청해서 돌보았기 때문에 나에게 흥미를 느낀 것 같았다."

시몬은 그와 연락을 계속하여 뉴욕에서도 편지를 나누었다. 그밖에도 뉴욕에 있는 동안 한 젊은 정신병 환자와도 친하게 지냈다. 시몬 일행은 7월 6일에 뉴욕에 도착했다. 그들은 처음에는 호텔에 들어갔으나 나중에는 리버사이드 가 549번지의 아파트에 들어 갔다. 아파트에서는 허드슨 강이 내다보여 경치가 좋았으나 창문이 달린 방은 하나밖에 없었다. 시몬의 부모는 그녀가 조용히 일을 할 수 있 도록 이 방을 그녀에게 주었다.

뉴욕에 도착한 뒤 얼마 되지 않아 앙드레는 시몬에게 영국에 가 는 것이 거의 불가능하다고 말했다. 이것은 시몬에게 큰 충격이었 다. 또 영국에서는 입국이 철저하게 통제되어 있다는 말을 다른 사 람들에게서도 듣고 너무나 실망한 나머지 그녀는 출국 수속조차도 밟지 않았다.

시몬은 자크 마리텡에게 전방의 간호원으로 가려는 자기의 계획 을 편지로 보냈다. 그는 이 계획이 실현될 수 있을지는 모르겠으나 매우 고상한 계획이라고 말하면서 곧 런던으로 떠나게 될 철학 교 수 알렉상드르 쿠아레를 만나보라는 답장을 보냈다. 그가 시몬의 계획을 프랑스 해방운동의 지도자들에게 말해줄 수 있으리라는 것 이었다.

마리텡의 답장을 기다리는 동안, 시몬은 1942년에 프랑스에서 미 국으로 건너와 루스벨트 대통령의 특별 보좌관이 된 레이히 제독에 게도 편지를 보내어 자신의 계획을 알렸다. 시몬은 곧 미국 해군 참 모의 서명이 적힌 답장을 받았다. 이 편지에는 레이히 제독이 그녀 의 계획을 관련된 봉사 단체에 알렸다고만 쓰여 있었다.

7월 29일 시몬은 며칠 전에 미국 방송을 통해 프랑스에 매우 우호 적인 태도를 보였던 영국인 함장에게 편지를 보냈다. 그녀는 우선 그의 발언에 감사를 표한 다음 이렇게 말했다.

"위기에 처한 조국을 떠나는 것은 매우 어려운 일입니다. 저의 부모님이 반유대인파를 피해 프랑스를 떠나자고 상당한 압력을 가하기는 했지만, 만일 미국에 와서 조국의 위험과 고난에 참여할 수 있으리라는 희망이 없었다면 저는 결코 여기에 오지 않았을 것입니다.

저는 마르세유에 있을 때에도 주요한 지하 언론 단체에서 일했지만 그것만으로는 충분치 않았습니다. 저는 미국에 와서 더 많은 활동을 하고 싶었습니다. 그러나 오히려 제 일신은 안전해지고 동포들의 위험과 굶주림에서 멀리 떨어져 있게 되니 버림받은 느낌을 금할 수가 없습니다. 더 이상은 도저히 참을 수가 없습니다. 만일 이런 상태가 오랫동안 계속된다면 제 가슴은 갈가리 찢어지고 말 것입니다.……

저는 여기에 뚜렷한 계획이 있어서 왔습니다. 그 계획서를 동봉하오니 상세히 읽어봐주십시오.……

만일 이 계획이 실현될 수 없다면 지하 운동을 할 수 있도록 저를 다시 프랑스로 돌려보내주십시오.……기밀 임무를 맡게 되면 프랑스에 합법적으로 돌아갈 수 있을 것 같습니다.

필요한 일을 할 수만 있다면 어떤 위험이라도 저는 상관치 않습니다. 파리가 독일의 수중에 있게 되는 한 제 생명은 아무 가치도 없습니다. 저는 제 고향을 다른 사람들의 피만으로 해방시키고 싶지 않습니다.……"

이 편지를 받은 함장은 곧 자기가 묵고 있는 호텔로 그녀를 초대했다. 그러나 점심인지 저녁인지 확실히 쓰여 있지 않아서 시몬이 점심에 그를 찾아갔으나 그는 저녁 7시에나 돌아온다는 것이었다.

저녁에 그를 만났을 때, 그가 무슨 말을 했는지는 확실하지 않지만 시몬에게 별 도움이 되지는 못했던 것 같다.

시몬은 그밖에도 런던의 프랑스 해방운동 단체에 있는 몇 명의 동기생과, 고등사범학교에서 약간 면식이 있었을 뿐인 자크 수스텔과, 앙리 4세 고등중학교의 동기생인 모리스 슈만에게 편지를 썼다. 모두 런던으로 가게 도와달라는 내용이거나 비밀 지령을 받은 특사로 프랑스에 돌아가게 해달라는 내용이었다.

그러는 동안 마리텡의 답장을 받자 그녀는 곧 쿠아레를 찾아갔다. 쿠아레는 런던에서 드 골과 함께 일하고 있는 사람들을 알고 있었으므로 그들에게 시몬이 영국에 갈 수 있도록 부탁하는 편지를 써주었다.

그 답장을 기다리는 동안에도 시몬은 안절부절하지 못했다. 7월 14일 신문에는 마르세유에서 애국자들의 데모가 일어났으나 경찰에 의해 제지되는 바람에 두 명이 죽고 여러 명이 부상당했으며 많은 사람들이 체포되었다는 기사가 실렸다. 시몬은 이것을 읽고 이틀 동안 밥을 먹지 않았다. 그녀가 이제까지 걱정해온 것처럼 마르세유의 상황은 그곳을 떠나기 전보다 훨씬 더 악화되었다. 만나는 사람마다 "미국에 오게 되다니 얼마나 다행이우!"라고 말했고, 시몬은 이런 말들에 화가 치밀어올라 견딜 수가 없었다.

그녀는 어머니에게 "난 이렇게 살아갈 수는 없어요. 만일 이 상태가 계속된다면 흑인들과 함께 남부로 가서 일하겠어요. 거기서 확실히 난 죽을 거예요. 이런 생활은 견딜 수 없어요"라고 말했다.

시몬은 자기를 영국으로 보내줄 수 있다고 생각되는 사람은 죄다

찾아다니며 괴롭혔다. 프랑스 해방운동 사무실과 프랑스 영사관에
도 자주 찾아갔다. 프랑스 영사관에서 그녀는 마르세유에서 보았던
프랑스인을 만났다. 그녀 역시 영국으로 가고 싶어했다. 그들은 서
로 목적이 같음을 알고 그후로도 자주 만났다. 그들은 응급 치료 교
육 과정을 이수하기로 했다. 자격증을 얻으면 영국으로 가는 것이
한결 쉬워지리라고 생각했기 때문이었다. 그래서 할렘 지역에서 과
정을 밟았는데 그들을 제외하고는 모두가 흑인이었다.

이밖에도 시몬은 공공 도서관에 가서 민속을 연구했으며 "신학의
은폐된 부분을 파헤치려고" 노력했다.

시몬은 영어로도 몇 편의 논문을 썼다. 프랑스 식민지 문제를 다
룬 "프랑스 제국의 문제점에 관하여"와, 독일에서 억압받고 있는 흑
인 포로에 대한 문제를 다룬 "프랑스 군대에 입대한 흑인 전쟁 포로
의 취급 문제"였다.

시몬은 우연히 각종 잡지에 논문을 소개해주는 리브스라는 사람
을 알게 되었는데, 뉴욕을 떠날 때 영어로 된 이 논문들을 그에게
주었다. 그러면서 이 논문들이 발간될 경우 자신에 대한 소개를 하
지 말아달라고 부탁했다. 그러나 이 논문들은 하나도 발표되지 않
았다.

시몬은 집 근처에 있는 가톨릭 교회와 할렘 가에 있는 침례교 교
회에도 자주 나갔다. 때로는 이 두 곳에 다 나가고 오후에는 흑인
유대교 집회에도 나갔다.

가톨릭 성당에 처음 갔다오던 날, 시몬은 어머니에게 "대체 이런
일을 본 적이 있으세요? 성당에 들어가는 데 돈을 내야 된대요!"라

고 놀라서 말했다.

그녀는 베르셰에게 보낸 편지에서 침례교 교회에 갔다온 일을 이렇게 썼다. "매주 일요일에 저는 할렘 가에 있는 침례교 교회에 나갑니다. 백인은 저 하나뿐이지요. 한두 시간쯤 예배를 드리고 분위기가 잡히면 목사와 신도들이 함께 춤을 추며 소리를 지르고 흑인 영가를 부릅니다. 참으로 볼 만한 광경이더군요. 그것은 진실되고 감동적인 신앙의 표현이었습니다."

베르셰는 시몬이 계속 미국에 있게 된다면 틀림없이 반은 흑인이 될 것이라고 말했다. 그녀는 항상 사회의 밑바닥에 있는 사람들에게 공감을 느꼈으므로 기꺼이 흑인들과 생활을 같이했을 것이다.

시몬은 자기 생각이 교회에 속해 있는 사람들의 생각과 조화를 이룰 수 있는지 알고 싶어했다. 그래서 많은 신학자들과 만났다. 그중에서도 특히 페랭 신부가 소개해준 철학 교수 디트리히 폰 힐데브란트와 여러 번 만났다. 시몬이 기독교 정신은 『구약 성서』보다는 그리스 정신에 더 가깝다고 주장하는 것을 보고 그는 혹시나 시몬이 나치들이 선전하는 반유대인주의에 물든 것이 아닌가 하고 생각했다. 그러나 나중에는 그녀가 『구약 성서』에 반대하는 이유가 그노시스 교도들과 같은 이유에서라는 것을 알고 오해를 풀었다. 또다른 신부와는 불꽃을 튀기는 논쟁을 벌였는데, 그 신부는 시몬이 기독교 신비의 본질이 『신약 성서』보다는 그리스 철학자들에 의해 더 잘 표현되어 있다고 생각한다는 인상을 시몬에게서 받았던 것이다. 물론 이것은 사실이 아니었다.

시몬은 펜실베이니아 대학교에서 강의를 맡고 있는 오빠 앙드레에게 편지를 썼다. "가톨릭에서는 신부들에게까지도 어떤 고정된 경계선을 긋지 않는다는 것을 알게 되었어. 가톨릭은 엄격하면서도 태도가 까다롭지 않아. 분명히 엄격한 신앙의 한계선이 있기는 한데 그것이 무엇인지에 관해서는 신부들의 의견도 모두 달라.……

만일 신부가 나에게 세례를 준다면, 그것이 신성 모독인지 아닌지를 아직도 확실히 알 수 없어."

시몬의 올케 에블린이 아기를 낳자 시몬은 부모에게 이 아기의 세례 문제에 관해 오빠에게 충고를 하겠다고 한 편지에서 말했다.

"만일 에블린이 괜찮다고 말한다면 제가 앙드레에게 편지를 쓰겠습니다. 대체 무엇 때문에 앙드레는 세례에 반대할까요? 그는 무신론을 종교로 삼을 사람은 아닐 텐데요.……나중에 그 아기가 커서 자기가 유아 세례를 받은 것을 후회할 까닭이 있을까요? 세례는 오히려 도움이 될지언정 해가 되지는 않을 것입니다.

저로서는 세례를 받지 않은 것을 후회하지는 않습니다. 만일 세례를 받았더라면 세상에서의 제 임무 중에 한 가지를 성취하지 못했을 것입니다. 즉 자기 반성을 통해 죄를 정화하는 것 말입니다."

시몬은 점점 영국으로 떠날 희망을 잃게 되었으나, 다시 루스벨트 대통령에게 간호병으로 참전하고 싶다는 내용의 편지를 썼다. 백악관에서는 최근에 새로운 수혈 방법이 발견되어 이미 부상병들의 치료가 많이 개선되었다는 답장을 보내왔다.

시몬은 마리텡의 소개로 학식이 매우 풍부한 쿠튀리에 신부를 만났다. 그후 9월 15일에 그에게 편지를 썼는데 나중에 이 편지는 그녀의 『사제와의 서간집Lettre à un Religieux』에 첫 번째로 수록되었다. 이 편지에서 그녀는 에블린이 아들 알랭에게 종교 교육을 시키는 것을 도와달라고 부탁하면서 자신의 문제를 상의하고 싶다고 말했다. 그리고 자신이 생각하는 "이단론"을 15가지로 나누어 목록을 작성해서 보냈다.

"……이것은 결코 장난이 아닙니다. 이것은 제가 어렸을 때부터 가톨릭에 대해 생각해왔던 것입니다. 특히 요즘 몇 년간 가톨릭에 대해 깊은 애정을 가지고 정리한 것인데, 저의 부족함 때문에 훌륭하지는 못해도 꾸준히 발전되어온 것이기는 합니다. 이와 함께 교회 밖에 머물러 있으려는 제 결심도 더 굳어졌습니다. 교회가 현재의 입장을 바꾸지 않는 한, 제가 성찬식을 받으리라는 희망은 거의 없습니다. 앞으로 언젠가는 성찬식을 받게 되기를 바라지만, 제가 살아 있는 동안에는 그렇게 될 것 같지 않군요.……"

9월 중순경에 시몬은 다시 영국으로 떠날 희망을 가지게 되었다. 그것은 모리스 슈만에게서 온 편지를 보고 난 다음부터였다. 슈만이 프랑스 해방운동의 고위층인 앙드레 필리프에게 시몬의 이야기를 하자, 필리프는 시몬이 간호병으로 출전하는 것은 거의 불가능하지만 영국에서 다른 일을 할 수는 있을 것이라고 말했던 것이다. 시몬은 곧 모리스 슈만에게 답장을 했다.

"당신의 편지는 참다운 투쟁과 고통에서 멀리 떨어져 있다는 좌절감으로 시달리는 저에게 말할 수 없는 용기를 주셨습니다. 그동안 저는 정말 견딜 수 없었답니다.

앙드레 필리프에게 제 이야기를 해주신 것에 대해 무어라고 감사를 드려야 좋을지요. 그분이 저에게 호의를 베푸려 한다니 말할 수 없이 기쁩니다.

전 세계를 휩쓸고 있는 고통에 대한 강박관념에 짓눌려 저는 아무 일도 할 수 없었습니다. 이런 강박관념에서 벗어나는 길은 전 세계의 고난과 위험을 함께 나누는 길밖에 없습니다. 제발 제가 아무런 결실도 없는 괴로움으로 더 이상 시간을 낭비하지 않도록 도와주십시오. 제가 다시 일을 할 수 있기 위해서는 꼭 그렇게 되어야 합니다.

언론이든지 선전이든지 어떤 임시적인 일도 저는 기꺼이 받아들일 수 있습니다. 그러나 고도의 위험과 고난이 수반되지 않는다면 저는 잠정적으로만 그것을 받아들일 수 있을 뿐 영국에서도 마찬가지로 괴로워할 것입니다. 이것은 제 성격의 문제가 아니라 사명의 문제입니다."

또한 시몬은 종교 문제에 대해 자신이 세례를 받지는 않았지만 가톨릭이라고 말해도 거짓은 아니라고 말했다.

"저는 기독교의 신비를 완전히 믿고 있습니다. 이것은 확신이 아니라 사랑입니다. 분명히 저는 그리스도에게 속해 있으며, 또 그렇게 바랄 뿐만 아니라 믿고 있습니다. 하지만 철학적인 문제 때문에 교회 밖에 머물 수밖에 없습니다. 앞으로도 그럴 것 같군요. 이 철학적인 문제는 기독교의 신비에 관련된 것이 아니라 몇 세기를 지나는 동안 교회에 끼어들게 된 사상들에 관련된 것입니다."

며칠 뒤 시몬은 앙드레 필리프와 수스텔에게서도 편지를 받았는데 모두 슈만의 말을 확인해주는 것이었다. 9월 말경에 시몬이 베르나르 박사에게 보낸 편지를 보면 이미 그녀의 계획이 성공한 것처럼 보인다. 그 무렵 오노라에게 보낸 편지에서도 시몬은 이렇게 말했다.

"당신의 편지를 받고 무척 반가웠습니다. 특히 제가 프랑스에서 멀리 떠나와 사랑하는 사람들의 운명을 알 길이 없고 더 이상 그들과 고통을 함께 나눌 수 없으며, 제 계획이 성공하리라는 가능성이 거의 없다는 생각에 괴로워하고 있는 지금 당신의 편지는 큰 위안이 되었습니다.

그러나 지금으로서는 다소 만족할 만한 희망을 얻게 되었답니다. 저는 대략 한 달 후에 뉴욕을 떠날 수 있을 것 같습니다. 그렇게 되면 제 부모님이 대신해서 저에 관한 소식을 전해드릴 수 있을 것입니다. 언제나처럼 부모님은 저와 함께 가고 싶어하시지만 그럴 가능성은 없는 것 같군요."

시몬은 또 뉴욕에 대해서 이렇게 말했다.

"프랑스의 형편이 지금과 같지만 않다면 뉴욕에 있는 것도 꽤나 즐겁고 흥미로울 것입니다. 대도시에 오면 언제나 저는 마음이 편하거든요. 높은 데서 내려다보면 고층 빌딩들이 무질서하게 서 있는 모습들이 마치 암벽이나 울퉁불퉁한 바위를 보는 것같이 진지하고 아름답습니다. 길거리에서 보면 모두가 다 추악해 보이는데도 말입니다. 다만 록펠러 빌딩만은 길거리에서 보아도 완벽합니다. 그러나 아름답든지 추하든지 뉴욕 거리는 항상 매혹적입니다. 할렘가도 참 흥미로운 곳이더군요."

마지막으로 시몬은 페랭 신부에게 보낸 그녀의 편지가 혹시 분실되지 않았는지 물어보았다.

9월 23일에 시몬은 응급 치료 과정의 시험을 쳤다. 그리고는 앙드레의 집에 가서 며칠 동안 머물렀다. 거기서 새로 태어난 조카 실비를 보고는 너무 예쁘다고 탄성을 올리고 기뻐하면서 직접 우유를 먹이기도 했다.

시몬은 앙드레에게 기독교에 관하여 이야기하면서 만일 자신이 교회 밖에서 일을 해야 하지 않았더라면 틀림없이 세례를 받았을 것이라고 말했다. 그러자 앙드레는 그런 태도는 힌두교나 불교나 도교에 대해서도 마찬가지일 것이라고 했다. 시몬 역시 그 말을 수긍하는 것 같았다. 그러나 시몬은 몇 편의 논문에서 유럽인들이 고수해야 할 전통은 그 순수성이 재발견된 상태의 기독교 전통, 즉 그리스 전통과 연결되어 있는 상태의 기독교 전통뿐이라고 말한 바 있다. 또한 만일 다른 전통들을 기독교 전통과 같은 수준에 놓는다고 해도 유럽인들이 아무 종교나 마구 선택하게 될 것 같지는 않다고 말했다. 시몬이 크리슈나 신을 좋아한 것은 사실이지만 기독교만큼 감동을 받지는 못했다. 그녀의 글에도 크리슈나는 그리스도만큼 자주 언급되지는 않았다.

그러므로 시몬이 앙드레의 말에 동의한 것처럼 보인 것은 교회가 비기독교적인 종교의 가치를 충분히 인정하지 않고 있다는 뜻에서였을 것이다. 이것은 시몬이 교회 밖에 머무르려는 이유 중 하나였다. 그렇지만 그녀가 다른 종교를 무조건 긍정한 것은 아니다.

사나흘 뒤에 시몬은 앙드레의 집을 떠났다. 떠나던 날 에블린이 그녀에게 "다시 만날 수 있겠지요?"라고 말하자, 그녀는 늘 하던 버릇대로 입술을 오므리고 미소를 띠면서 "아니오" 하고 대답했다. 시몬은 자신이 다시 돌아올 수 없으리라는 것을 알고 있었다.

앙드레의 집에 머무는 동안 시몬은 부모와 함께 조카 실비에 대한 이야기를 많이 나누었다. 그것은 자기가 떠난 뒤에 실비가 그들에게 큰 위안이 될 것이라고 생각했기 때문이었다.

또 시몬은 알랭의 종교 교육에 대해서도 잊지 않았다. 그녀는 기독교의 교리를 가르치는 것이 아이들에게 절대로 해롭지 않다는 것을 확인하기 위해 영세식에 관해 연구하여 오빠에게 편지를 보냈다. 이 편지에서 그녀는 아이들에게 주로 문제가 되는 것은 고해와 날마다 하는 기도인데 고해에 관해서는 미리 알랭에게 두려워할 필요가 없음을 충분히 납득시키면 될 것이고 기도는 하루에 한 번씩 정신을 집중하여 주기도문을 외게 하면 될 것이라고 했다.

시몬은 자기 생각이 옳은지를 확인하기 위해 쿠튀리에 신부에게 다시 편지를 보냈다. 쿠튀리에 신부는 알랭의 종교 교육을 도와주겠다고 했다. 그리고 실제로 시몬이 떠난 뒤, 그해 크리스마스 휴가 동안 앙드레와 에블린에게 여러 가지 조언을 해주었다. 얼마 후에 실비는 뉴욕에서 세례를 받았다.

영국으로 떠날 희망이 생기자, 시몬은 다시 영감을 얻게 되어 글을 쓰기 시작했다. 시몬이 미국에서 쓴 노트는 대부분이 이 당시에 쓰인 것이다. 다섯 번째 노트에는 이런 무시무시한 기도문이 쓰여 있다.

"그리스도의 이름으로 제게 다음과 같은 것을 허락해주옵소서. 전신마비 환자처럼 일체의 육체적인 동작을 할 수 없으며 그런 시도조차도 하지 않도록 해주옵소서. 그리하여 어떠한 감각도 받아들일 수 없게 생각과 생각을 연결시킬 수조차도 없게 해주옵소서."

시몬은 하느님에게 자신의 모든 의지와 감각과 지능을 심지어는 사랑까지도 그것이 자기 자신에게 속해 있는 것이라면 빼앗아가달라고 기도했다.

"이 모든 것들이 벗겨져 제가 그리스도의 몸속으로 들어가서 육체와 정신이 굶주리고 헐벗은 사람들의 희생물이 되게 하시옵소서.

당신은 선이시고 저는 쓰레기이오니 이 몸과 영혼을 갈가리 찢어 당신을 위해 쓰시고 제게는 아무것도 남아 있지 않도록 해주옵소서."

앙드레 필리프는 10월에 미국에 도착했다. 시몬은 그와 상의를 한 끝에 그의 일행에 끼기로 했다. 그와 이야기하는 동안 시몬의 가슴은 그에 대한 존경심과 감탄으로 가득 찼다. 그가 시몬을 영국으로 갈 수 있게 해주었기 때문이다.

출발이 다가왔다. 시몬은 그녀의 부모가 몹시 상심해할 것을 알고 그들에게 그 어느 때보다도 따뜻한 애정으로 대했다. 그들에게 자주 포옹을 하기도 했다. 그들은 시몬을 따라 영국으로 가려고 했다. 그러나 시몬은 그들이 공식적인 절차를 밟게 될 경우 혹시 자신의 출발이 지연될까 봐 자기가 떠날 때까지 기다려달라고 부탁을 했다.

11월 4일에 시몬은 앙드레에게 부모님을 잘 돌보아달라는 부탁의 편지를 썼다. "아직은 어머니와 아버지가 젊어 보이지만 점차 늙어가고 또 피곤해지기 쉬우니 따뜻하게 보살펴드려야 합니다. 젊은 사람들은 한번 넘어졌다가도 곧 일어날 수 있지만 나이 든 분들은 그렇게 되면 마지막입니다. 제가 떠나게 된 것이 어머니와 아버지에게는 상당한 충격이 될 것입니다.……"

시몬은 쿠튀리에 신부와 장 발에게도 긴 편지를 썼다. 장 발은 독일 점령 지역을 빠져 나와 마르세유를 거쳐 미국에 왔다. 그러나 시몬과 만나지는 못하고 편지만을 보내왔다. 이 편지에서 그는 시몬이 비시 정부와 의견을 함께하고 있다는 소문이 나돌고 있다고 말했다.

"저에 관해 이상한 소문이 떠돌고 있다고요? 제가 비시에게 동조하고 있다는 말이지요? 다시 그런 말을 들으시면 아니라고 하십시오.……제가 미국으로 온 것은 단지 영국으로 갈 수 있다는 희망 때문이었습니다. 프랑스를 떠나기 전에 저는 비밀리에 출판된 책자를 배부하는 일에 가담했습니다. 이제 저는 앙드레 필리프 덕분에 영국으로 떠나게 되었습니다. 매우 고통스러운 내면의 갈등 끝에 저는 평화주의적인 입장에도 불구하고 히틀러를 무찌르기 위해 일하는 것이 제 임무라고 생각하게 되었습니다. 성공 여부에 관계 없이 그날 이후부터 제 결심은 흔들리지 않았습니다. 그날은 바로 히틀러가 진입한 날이었습니다.……

저에 관한 그런 소문이 떠돌게 된 것은 자기 자신은 안락한 위치에 있으면서 프랑스의 어려운 상황 속에 남아서 최선을 다하고 있는 사람들을 비겁자니 배반자니 하고 부르는 것을 못마땅한 때문일 것입니다. 그런 말을 할 자격이 있는 프랑스인은 단지 몇 명밖에 되지 않습니다.……소위 휴전이라는 명목 아래 집단적인 배반과 비겁한 일들이 날뛰고 있습니다. 폴 레노를 포함해서 프랑스인 전체에게 책임이 있습니다. 그가 사임을 해서는 안 되었습니다.……프랑스인은 안심하고 휴전에 대한 생각을 받아들이고 있습니다. 여기에는 저를 비롯한 모든 프랑스인들 자신이 책임을 져야 합니다.……배반자라는 말은 독일의 승리를 바라고 있고 또 거기에 가담하는 자들에게만 사용해야 합니다. 비시와 함께 일하는 사람들은 물론 심지어는 독일인들과 함께 일하는 사람들까지도 어느 특정한 상황에서는 정당화될 수 있는 동기를 가지고 있는지도 모릅니다. 나머지 사람들은 영웅이나 견딜 수 있을 극심한 긴장에 시달리고 있습니다. 여기에 앉아서 속 편하게 비판만 하고 있는 사람들은 자신이 영웅인지 아닌지 알아볼 기회조차도 가진 적이 없습니다.……"

시몬은 발에게 철학사와 종교사에 관한 자신의 생각의 개요를 보냈다.

"제 생각으로는 고대 신화에는 모두 한 가지 공통점이 있는 것 같습니다. 페레키데스, 탈레스, 아낙시만드로스, 헤라클레이토스, 피타고라스, 플라톤, 그리스 금욕주의와 위대한 그리스 시에는 모두 공통점이 있습니다. 그뿐만 아니라 중국의 도교와 불교의 경전, 이집트의 경전, 기독교 신앙에도 같은 점이 있습니다. 저는 이것이 사실이라고 생각합니다. 오늘날 이 생각은 서구에서 근대적인 방식으로 표현되어야 합니다. 무엇보다도 과학을 통해서 표현되어야 합니다. 그 기원이 과학에 있으니 과학을 통해 그 공통점을 밝히는 것이 한결 쉬울 것입니다.

제 생각으로는 「창세기」의 처음 열한 장章은 이집트의 경전을 일부 삭제하여 개편한 것 같습니다. 아벨, 에녹, 노아는 모두 신의 이름이며, 특히 노아는 오시리스, 디오니소스, 프로메테우스와 동일 신입니다. 또한 셈, 함, 야벳은 세 종족까지는 아니더라도 세 집안이나 세 문명을 나타내는 것입니다. 이 가운데에서 함족만이 노아의 도취한 모습을 보고 그의 신비적인 계시를 받아들인 것입니다.

함족의 사고의 물결은 유사 이전과 이후 언제나 전 세계를 통해 공통적으로 찾아볼 수 있습니다.……그러나 이것은 전 세계에서 그 지배욕, 자부심, 야뱃과 셈의 정신으로 인해 말살될 위협을 받았습니다. 실제로 그리스도가 태어날 당시에는 로마 제국 전 지역에서 거의 말살되기 직전이었습니다. 그리스도는 이 물결의 완전하고도 성스러운 표현입니다. 오늘날에는 히틀러가 전 세계에서 이 물결을 말살시키려 하고 있습니다."

시몬은 그녀의 부모에게 자기 대신 다른 사람들에게 작별 인사를 해달라고 부탁했다. 시몬은 11월 10일 스웨덴의 한 화물선에 탔다. 그녀의 부모는 갑판에 올라갈 수 없었으므로 부둣가에 있는 창고에서 작별 인사를 했다. 헤어질 때 시몬은 이렇게 말했다. "만일 저에게 몇 개의 생명이 있다면 그 하나는 어머니와 아버지에게 바칠 수 있을 텐데 유감스럽게도 하나밖에 없군요."

런던

1942—1943

뉴욕에서 리버풀까지 건너가는 데는 약 15일이 걸렸다. 리버풀에 도착하자 곧 시몬은 부모에게 편지를 썼다. "항해는 즐거웠습니다. 배는 많이 흔들렸지만, 뱃멀미를 한 사람은 없었습니다. 며칠간은 지독히 추웠으나 배 안에는 난방 장치가 되어 있어서 괜찮았습니다. 사고도 일어나지 않고, 분위기도 좋았습니다."

영국인 승객 커비에 의하면 바다는 계절에 비해 별로 험악하지 않았다고 한다. 승객은 모두 10명이었는데 시몬이 지도자의 역할을 했다. 저녁이 되면 시몬은 승객을 모아놓고 민속 이야기를 들려주었으며 그들에게도 아는 이야기가 있으면 해보라고 청했다. 시몬은 모두 갑판에 나가서 모임을 가질 수 있도록 달밤을 기다렸다. 하늘은 대부분 흐렸으나 하루는 달이 떴으므로 시몬은 승객들을 밖으로 끌어내어 민속 이야기를 했다.

커비와 시몬은 하느님과 인간의 불행에 관해 토론했다. 한번은 커비가 시몬에게 그녀가 너무 적게 먹는다고 말하자 그녀는 자기는 프랑스에 있는 동포보다 더 많이 먹을 권리가 없다고 대답했다. 시

410

몬은 마치 국민을 도울 특사의 임무라도 띤 것처럼 항상 프랑스로 돌아가야 한다는 강박 관념을 지니고 있었다.

11월 8일에 배는 남부 아프리카에 정박했다. 승객들은 빨리 전쟁이 끝났으면 좋겠다고 말했으나, 시몬은 전쟁이 끝난 후에도 수많은 문제와 괴로움이 있을 것이라고 했다.

11월 25일에 리버풀에 도착한 승객 전원은 런던 교외에서 며칠 동안 머물면서 신원을 확인받고 혹시 위험한 인물이 끼어들지 않았는가를 확인받았다.

확인하는 데 보통 6일 내지 10일이 걸렸으나 시몬은 18일이나 걸렸다. 그녀가 과거에 평화주의자로 활동했었다는 사실이 경찰에 알려져서였을까? 또는 전쟁이 일어났을 당시의 앙드레의 태도가 알려져서였을까? 나중에 밝혀진 바에 의하면 시몬이 부모에게 쓴 편지 가운데 "안티고네는 여전합니다!"라고 쓴 구절 때문이었다고 한다.

그러나 그동안 대우는 괜찮은 편이었다. 시몬은 배구를 배우기도 했고 다른 사람들을 웃기려고 장난을 하기도 했다. 하루는 밤에 모두 잠자리에 든 뒤에 유령처럼 변장을 하고 나타나 사람들을 놀라게 하기도 했다. 그러나 시간은 느리게 흘러갔다. 더욱이 편지를 쓰거나 전화를 하거나 전보를 치는 것도 금지되어 있었다. 마침내는 모리스 슈만이 시몬이 감금 상태에 있다는 것을 알고는 손을 써서 그녀를 빼냈다.

12월 14일에 시몬은 런던에서 자유가 되었다. 그녀는 잠시 프랑스 해방운동 자원자들의 숙소에 머물렀다. 그동안 슈만과 클로종을 만났으며 이들과 함께 로쟁 가족을 찾아갔다. 여기서 그녀는 부모에게 다시 편지를 썼다. 슈만과 클로종은 모두 친절했으나 시몬은 자신의 계획이 실현되기 어렵다는 것을 알았다. 시몬은 마르세유를 떠나온 것을 더욱더 후회했다. 프랑스에 남아 있던 자유 지역이 이제는 독일군에 점령되었으므로 그녀는 자기가 도망 왔다는 느낌을 억누를 수가 없었다.

시몬은 부모에게 그들이 영국에 오기는 어렵다는 것을 납득시키려고 애썼다. 그들은 시몬이 떠난 직후에 프랑스 해방 단체와 영국 영사관에 입국 허가 신청을 냈으나 모두 기각당했다. 앙드레 필리프도 그들을 위해 백방으로 손을 썼으나 모두 실패하고 말았다.

필리프는 시몬에게 군사 관계가 없는 부서에서 편집 일을 맡겨야되겠다고 생각하고 이 일을 프랑스에 관련된 일체의 활동을 담당한 클로종에게 맡겼다. 클로종은 처음에는 다소 당황했으나 곧 시몬이 할 일은 글을 쓰는 것이라고 생각했다. 시몬의 머릿속에는 생각이 부글부글 끓고 있었다. 클로종은 그녀가 글을 쓰는 데에 전념할 수 있도록 조그마한 사무실을 하나 내주었다.

프랑스의 레지스탕스 위원회에서는 전쟁이 끝난 뒤 프랑스를 재건할 계획을 짜고 있었다. 이 계획서가 런던에 오자 필리프는 시몬에게 이것을 검토하라고 내주었다.

시몬은 겨우 이런 일을 맡은 것에 실망을 금할 수 없었으나, 곧 일에 착수했다. 그러면서도 지극히 위험한 특사의 일을 맡을 희망을 버리지 않았다. 시몬은 계획서를 자세히 검토하고 자신의 생각을 첨가시켰다. 그녀가 런던에 머무는 몇 달 동안 써낸 글의 분량은 믿을 수 없을 정도였다. 그녀는 거의 잠을 자지 않고 밤낮으로 줄기차게 글을 써댔다. 사무실에서 문을 잠그고 밤을 새워 쓰기도 했다.

이렇게 해서 시몬이 써낸 방대한 양의 글의 일부는 나중에 그녀가 병원에 입원한 뒤에 완성되었다. 그녀의 담당 의사는 가족에게 쓰는 편지 이외에는 글을 쓰지 못하도록 엄격하게 제한했다. 하지만 시몬은 이 명령에 늘 복종하지는 않았다.

시몬은 마치 끊임없는 영감에 휩쓸린 것처럼 거의 고치지도 않고 써 내려갔다. 그러면서도 필체는 항상 규칙적이었으며 대담하고 패러독스에 가득 찬 그녀의 사상은 점차 안정되어갔다.

이 말기의 글 속에서 시몬은 자신의 철학적인 사고와 종교적인 사고를 명백하게 표현했으며 한 가지 신념을 중심으로 하여 광범위하게 윤곽을 잡았다.

『뿌리내림 : 인간에 대한 의무 선언의 서곡L'Enracinement : Prélude à une Déclaration des Devoirs envers l'Être Humain』의 서문인 "신앙 고백서"에서 시몬은 이 신념의 기초를 제시했다.

"이 세상에는 이 세계의 바깥에, 다시 말해 공간과 시간의 바깥에, 인간의 정신 세계 바깥에, 인간의 능력이 미칠 수 있는 모든 영역 바깥에 놓여 있는 현실이 있다. 이 현실의 부름에 답한다는 것은 절대적인 선을 갈망하는 것이다. 그것은 항상 우리 안에 존재하면서도 이 세상의 대상으로는 결코 만족될 수 없는 갈망이다."

시몬이 "이 세계의 바깥에 놓여 있는 현실"이라고 한 것은 분명히 하느님을 뜻한 것이었다. 이 "신앙 고백서"에는 하느님이라는 말은 나오지 않지만, "이 세상의 현실이 아닌 다른 진실", "다른 현실", "모든 인간 능력을 초월한 현실"과 같은 말로 항상 하느님이 언급되어 있다. 시몬이 하느님이라는 말을 쓰지 않은 이유는 "기독교를 모르는 사람들도 한자리에 모이게 하기 위해서는 새로운 용어가 필요하다"고 생각했기 때문이었다.

시몬은 사회에서 능력을 가진 사람들에게 신앙심을 불러일으키기 위해서 "신앙 고백서"를 썼다. 또한 기독교의 가장 심오한 본질을 파헤침으로써 하느님의 참모습을 밝히려 했다.

이것은 두 가지 점을 전제로 하고 있다. 즉 하느님은 선이며, 이 세상 바깥에 존재한다는 것이다. 그렇다면 이 세상 바깥에 존재하는 초월적인 하느님이란 한 개인만의 하느님일까? 그런 것 같지는 않다.

시몬이 말하는 이 세상 바깥에 있는 절대 선으로서의 하느님이란, 바꿔 말하면, 이 세상이 선의 바깥에 서 있다는 뜻이다. 이 세상을 지배하고 있는 것은 선이 아니라 필연성이며, 이렇게 필연성으로 짜여진 세상에는 조그만 틈이나 구멍도 없다. 그러므로 하느님은 이 세상에서 침묵하고 있으며, 이 세상에 개입하지 않는다. 하느님에게 주의와 사랑을 돌리는 사람들에게 말고는 하느님은 존재하지 않는다.

바로 이런 선과 필연성 사이의 균열, 하느님과 세상 사이의 균열이 시몬의 종교적인 사고의 특징이다. 그녀는 항상 하느님에 대한 순수한 사랑을 지키려 했다. 이 세상에 모습을 나타내지 않는 하느님을 사랑할 수 있는 사람은 하느님에 대해 참으로 순수한 사랑을 지닌 사람들뿐이다. 세속적인 권력을 지닌 하느님에 대한 사랑에는 항상 저속함이 끼어들기 마련이다.

하느님은 전능하시지만, 그 전능하신 힘을 이 세상에서 사용하지는 않는다. 오히려 하느님은 필연성에 밀려 이 세상에서 버림받고 있다. 인간의 육체와 영혼은 완전히 필연성에 묶여 있으므로 하느님은 인간의 영혼 속에서까지도 구걸하는 자이다. 그러나 인간이 하느님의 은밀한 부름에 응답하지 않아도 하느님은 그것을 인간에게 강요하지 않는다.

이처럼 인간의 영혼 속에 무한히 작은 선의 씨앗을 뿌리시고 인간의 가장 은밀한 마음속에만 나타나시는 하느님이야말로 시몬이 온몸을 다 바쳐 사랑한 하느님이다. 시몬은 설사 하느님이 실제로 존재하지 않는다 해도 그를 사랑하리라고 생각했다. 왜냐하면 하느님은 선이기 때문이다.

그렇다면 필연성은 전적으로 나쁜 것일까? 그렇지는 않다. 필연성은 인간이 개인적인 자아를 넘어서서 비개인적인 질서에 복종할 수 있게 해주는 것이며, 이런 점에서 선의 한 도구이다. 죄가 깃드는 곳은 자아이며 구원의 적도 바로 "나"라고 고집하는 자아이다. 인간의 성스러운 점은 이 자아를 넘어서서 비개인적인 진리와 선과 정의에 다다를 수 있는 능력에 있다. 이 때문에 인간이 인간에게 상처를 입혀서도 안 되며, 인간이 인간을 죽이거나 무시해서도 안 된다.

인간은 자살에 의해서가 아니라 선과 필연성을 받아들임으로써만이 자아를 깨뜨려버릴 수 있다. 이것이 참된 자유의 의미이다.

사회의 정의는 바로 이런 믿음 위에 서 있다. 만일 우리들이 참된 선은 이 세상 바깥에 있으며 우리의 능력으로는 거기에 미칠 수 없고, 다만 있는 힘을 다해 그것을 지향할 수 있을 뿐이라는 사실을 이해하지 못한다면 우리는 올바르게 행동할 수 없을 것이다. 모든 인간 존재에 대한 긍정 속에는 의식적이든지 무의식적이든지 이런 믿음이 들어 있으며, 정의는 종교와 떨어져서 생각할 수 없다.

시몬은 정치학의 영역에서 마주치는 어려움을 잘 알고 있었다. "가장 명석한 경우일지라도 인간 지성은 공공 생활의 큰 문제들을 해결하기에는 늘 부족하다." 그렇다고 해서 이 문제의 해결을 피할 수는 없다. 적어도 그 방향만은 제시되어야 한다.

시몬은 『뿌리내림』에서 이 문제를 취급하고 있다. 이것은 프랑스 해방운동의 임무와도 관련이 있었다. 드 골 장군이 설립한 한 위원 회에서는 1789년의 프랑스 인권 선언을 수정하여 새로운 인권 선언 을 공포하려 하고 있었다. 시몬은 이 정도의 수정으로는 큰 성과를 기대할 수 없다고 생각했다. 여기에는 정의와 의무에 대한 개념이 보충되어야 한다는 것이었다.

의무를 규정하기 위해서는 우선 육체와 세속적인 영혼을 충족시 킬 요구 조건들을 규정해야 한다. 시몬은 심오한 심리학의 지식과 통찰력을 통해 영혼에는 자유뿐만이 아니라 복종이, 평등뿐만이 아 니라 계급 제도가, 안전뿐만이 아니라 모험이, 명예뿐만이 아니라 형벌이 필요하다고 제시했다. 육체적인 건강에서와 마찬가지로 정 신적인 건강에서도 균형이 필요하며, 한 가지 필요에는 반드시 그 와 상반되는 필요가 따른다는 것이다.

시몬은 초기의 정치 활동 이후로 점차 애국심의 중요성을 깨닫게 되었다. 그러나 애국심은 다른 국가에 대한 경의, 그리고 국가가 인 간에게 결정적인 요소 중 하나에 불과하다(어떤 경우에는 국가에서 전적인 희생을 요구할 수도 있다)는 생각에 의해 제한되어야 한다고 생각했다. 시몬은 항상 국가는 보다 작은 것에 주의를 돌리고 국민은 국가보다 큰 것에 주의를 돌리기를 원했다. 또한 애국심이 개인을 지배하는 전체주의적인 "거대한 짐승"으로 변하지 않기 위해서는 인간을 다른 세계에 뿌리박게 해줄 신념과 영감이 필요하다고 생각했다. 과거의 유산을 보존하는 것도 그 하나가 될 것이다. 프랑스의 경우 1789년의 대혁명에 대한 소중한 기억이 있으며, 그밖에도 중세의 기독교 문화를 비롯해 로마 제국이나 그리스, 동양 문화와 연결된 기억들이 순수한 정신적인 유산으로 남아 있다.

시몬은 늘 노동자와 농민의 상황이 개혁되어야 한다는 생각을 버리지 않았다. "뿌리의 필요성"에는 불완전하게나마 노동이 정신의 중심이 될 수 있는 문명이 형성되어야 한다는 생각이 나타나 있다.

"마르크스주의자에게 신조라는 것이 있을까?"에서 시몬은 마르크스주의와 최후의 대결을 했다. 이 글에는 이제까지 시몬이 마르크스주의에 대해 제기해왔던 문제점들이 일목요연하게 나타나 있다. 즉 마르크스의 혁명 이론은 머지않아 인류를 해방시킬 혁명이 일어나리라는 그의 기대와 모순이 된다는 것, 마르크스가 열거한 사회구조를 침식하는 상황 속에는 전쟁이 빠져 있다는 것, 인간은 압제자이며 동시에 피압제자가 될 수 있음에도 불구하고 마르크스의 계급투쟁론은 너무나 단순하다는 것 등이다. 마르크스주의의 기저에는 이상주의와 유물론이 마구 뒤섞여 있다는 것을 시몬은 꿰뚫어보았다. 마르크스는 마치 물질 자체 속에 선을 낳고 선을 향해 지향하는 자동적인 원칙이 있다고 믿는 것처럼 보인다. 이것은 과학도 참된 종교도 아니며 저열한 형태의 종교이다.

유물론을 인간 역사에까지 확장시켰다는 점에서 마르크스주의는 과학과 종교에 기여한 바가 있다. 사실 유물론은 초자연적인 존재에 관한 문제만을 빼놓고는 모든 사실과 사고에 적용될 수 있다. 그러나 마르크스가 제시한 것은 진리의 단편일 뿐이지 하나의 신조가 되지는 못한다. 마르크스는 자신의 이론을 충분히 발전시키는 대신 나약하고 그릇된 이론들과 뒤범벅을 만들어버렸다. 그것은 마르크스가 가까운 장래에 인류를 해방시킬 혁명이 일어나리라는 희망을 도저히 버릴 수 없었기 때문이었다. 이와는 달리 시몬은 어느 경우에도 인생보다는 진실을 택해야 된다고 믿고 있었다.

이 당시에 시몬이 쓴 글들은 프랑스 해방운동 단체의 간부들에게 비현실적인 문제로 보였다. 필리프 역시 "대체 왜 시몬은 이런 일반론보다는 노조 운동과 같은 구체적인 문제를 중점적으로 다루지 않는가?"라고 말했다. "반란에 대한 고찰"만이 필리프가 드 골에게 천거할 수 있었던 글이었다. 이 글에서 반란을 위한 최고위원회를 조직해야 한다는 시몬의 주장은 1943년 5월 27일 프랑스에 전국 레지스탕스 위원회를 결성하는 데에 한 역할을 했다.

그러나 시몬이 제의한 위원회는 일국적인 것이 아니라 국제적인 것이었다. 더욱이 전국 레지스탕스 위원회는 시몬이 제시한 목적과는 아무런 공통점도 없었다. 그 당시 프랑스에는 정당이 다시 살아나기 시작하고 있었다. 1941년까지는 공산당만이 정당으로서 레지스탕스에 가담하고 있었으나, 1943년 초에는 사회당이 공식적으로 재조직되어 드 골에게 "1940년 6월 이후에 레지스탕스 운동에 가담한 모든 노동운동과 정당의 대표에게는 비밀 정치 활동에 참여할 수 있는 권리를 달라"고 요구했다. 이것은 이미 레지스탕스 내에 정당이 되살아나기 시작했다는 증거였다. 전국 레지스탕스 위원회는 사실상 노동운동가와 지하 운동 단체말고도 정당까지도 소집하기 위해 결성된 것이었다. "정당 폐지론"에서 시몬은 모든 정당을 폐지하기를 주장했다.

이 당시에 또 하나의 현실적인 문제가 발생했다. 전쟁이 끝난 후에 비시 정부를 정상적인 방법으로 교체시킬 것인가 아니면 완전히 타기시킬 것인가 하는 문제였다. 시몬은 이것과 관련하여 "임시 정부의 합법성"이라는 글을 썼다. 여기에서 시몬은 전쟁 후에 드 골 장군이 주도하는 정부가 헌법위원회가 형성되기까지 권력을 지니고 합법적이 되기 위해서는

1. 드 골 장군과 그 각료들은 헌법위원회가 지명한 법정의 명령(사형까지도 포함)에 완전히 복종해야 하며,

2. 국내에서 자신들을 지지하는 어떤 조직도 만들지 말아야 한다고 주장했다.

시몬은 드 골 장군을 존경하고 있었으나 드 골파가 생기는 것을 우려했다. 그녀는 일체의 정당을 경멸했을 뿐만 아니라 한 지도자를 중심으로 하여 당파가 생기는 것도 우려했다. 그것은 국수주의로 흐를 경향이 있기 때문이었다.

12월 16일에 시몬은 런던이 몹시 좋아졌다는 내용의 편지를 양친에게 보냈다. "저는 이 도시가 점점 더 좋아집니다. 런던뿐만 아니라 영국과 영국인들 모두가 좋아집니다. 모든 것이 다 제가 기대했던 대로이며 오히려 어떤 면에서는 기대 이상입니다. 로런스는 영

국의 특징을 '유머와 친절'이라고 말한 적이 있는데 과연 어디에서나 지극히 사소한 일상적인 일에서도 그런 특징을 발견할 수 있습니다.……특히 친절이 그렇습니다.……영국인들의 신경은 무척 긴장되어 있으나 자존심과 타인에 대한 관용으로 이것을 충분히 자제하고 있습니다. 어떻게 보면 전쟁 때문에 더욱 그런 것 같습니다." 또 1월 8일의 편지에서는 "저는 이 도시의 상흔까지도 사랑합니다.……무엇보다도 제게 감동적인 것은 영국인들은 현재의 상황에도 불구하고 유머를 잃지 않는다는 것인데, 그것도 억지로 그러는 것이 아니라 공동의 시련에 대한 일종의 동지애와 동포애에서 우러나오는 것이라는 점입니다"라고 말했다.

이때까지 시몬은 자신이 묵을 방을 구하지 못하고 있었으므로 그녀의 부모에게 자기 대신 로쟁 부인에게 편지를 써달라고 부탁했다. 시몬은 로쟁 부인을 매주 일요일마다 방문했지만 아직도 프랑스 해방운동 자원자들의 숙소에 묵고 있었다.

마침내 시몬은 런던의 빈민 지역에서 방을 구했다. 집주인 프랜시스 부인은 아이가 둘 있는 과부였다. 1월 22일 시몬은 집주인이 무척 좋은 사람이며 자기 방은 맨 위층인데 "창문을 열면 나뭇가지에 새들이 가득 앉아 있는 것이 보이고 밤에는 별을 볼 수 있다"고 적었다.

시몬은 처음에는 아래층에 세를 들었으나 프랜시스 부인이 시몬이 몹시 마르고 옷차림이 형편없는 것을 보고 값이 싼 2층에 방을 내주었다.

시몬과 프랜시스 부인은 무척 다정하게 지냈다. 둘은 서로 건강을 염려해주고 세심하게 신경을 썼다. 프랜시스 부인은 시몬이 위층에서 몹시 뒤척이는 소리를 들으면 그녀가 두통이 심하다는 것을 알았다. 또 밤을 새워가며 일을 한다는 것도 알게 되었다. 프랜시스 부인 역시 몹시 어려운 생활을 하고 있었다. 낮에는 밖에 나가서 일을 했고 저녁이면 집을 돌보아야 했다. 시몬이 밤늦게 돌아와보면 프랜시스 부인은 다림질을 하거나 다른 집안일로 정신이 없었다. 그래서 시몬이 "건강이 좋아 보이지 않으시네요" 하고 말하면, 프랜시스 부인은 "당신도 그렇잖아요. 당신이 쉬면 나도 쉴게요"라고 대답하곤 했다.

프랜시스 부인의 아들 데이비드는 열네 살이었고 존은 아홉 살이었다. 시몬은 바쁜 가운데서도 틈을 내어 그들의 공부를 돌보아주었다. 데이비드에게는 수학 문제를 내주고 존에게는 쓰기를 시켰다. 저녁이면 존은 시몬의 방문 앞에 살며시 공책을 갖다놓곤 했다. 시몬은 홍차를 좋아하지 않았으므로 프랜시스 부인은 가끔씩 시몬을 초대해서 커피를 대접했다. 어떤 때는 버터를 바른 빵을 권하기도 했다. 그럴 때면 시몬은 한참이나 소동을 부린 뒤에 겨우 한 조각 정도를 받아 먹었다. 그녀는 늘 마가린으로 만족했던 것이다. 아이들은 시몬을 무척 따랐다. 특히 존은 시몬이 자기를 칭찬해줄 때에는 자랑스러워서 어쩔 줄을 몰라했다. 그러고는 틈만 나면 시몬방 앞에서 "시몬 양"을 기다리고 있곤 했다.

시몬의 방에는 난로가 있었지만 그녀는 한 번도 불을 땐 적이 없었다. 방 안에는 쓴 글들이 흩어져 있었으며 프랜시스 부인이 청소를 할 때에도 거기에는 손을 대지 못하게 했다.

시몬은 때때로 산책을 했다. 일요일이면 하이드 파크에 가서 사람들이 연설을 듣는 것을 보며 지냈다. 또 노동자 구역에 있는 술집의 분위기를 몹시 좋아했다. 내셔널 갤러리 런던 국립 미술관에도 두 번이나 갔으며 시민들에게 수입품 대신 감자를 먹도록 권장하는 전시회에도 가보았다. 1월 말경에는 셰익스피어의 연극도 두 편이나 보았다.

또 "영국에서 가장 작은 집"을 구경하러 갔다. 이 집은 겨우 문 하나의 넓이밖에는 되지 않았다. 시몬은 로쟁 부인에게 이 집은 디오게네스가 살던 통을 연상시킨다면서 자기도 이런 곳에서 살고 싶다고 말했다. 한번은 친구들과 함께 런던의 교외로 캠핑을 갔다. 마침 비가 오기 시작해서 텐트 안으로 물이 스며들게 되었다. 그 부근에 있던 수녀들이 시몬 일행에게 잠자리를 마련해주었으나 시몬은 밤새도록 텐트 밑에서 이를 마주치며 떨고 있었다.

매주 일요일에 시몬은 로쟁 부인네로 가서 목욕을 했다. 그런 다음에는 그 집의 아이들에게 수학을 가르쳐주었다. 그러나 거기서 점심을 먹게 되어도 아주 조금밖에는 먹지 않았다. 시장에서 쉽게 구할 수 없는 음식이 식탁에 올라올 때는 아예 손도 대지 않았다. 또 어떤 음식은 먹기를 사양했다. 그 음식이 너무 훌륭한데다 프랑스 국민들은 굶주리고 있다는 생각 때문이었다.

로쟁 가족의 친구인 펠링 교수는 런던에서 시몬을 만나보고 그녀의 논쟁하는 태도가 몽타나에 있을 때보다 훨씬 누그러졌다는 것을 알았다. 시몬의 생각은 훨씬 더 조화를 이루었으며 전처럼 강요하는 듯한 태도도 보이지 않았다.

시몬은 루이 클로종과 그 아내와도 친교를 맺었다. 그들은 이따 금씩 다른 친구들과 함께 시몬을 저녁 식사에 초대하곤 했다. 슈만 역시 시몬에게 무척이나 친절했다.

그러나 시몬은 이처럼 런던을 사랑하고 있었음에도 조금도 행복 하지는 못했다. 사실 그녀는 몹시 불행했다. 시몬이 영국에 온 것은 자신의 계획을 수행하기 위해서였는데 처음부터 부딪쳤던 걸림돌 들이 조금도 줄어들지 않았기 때문이었다. 전방에 간호부대를 만들 려는 시몬의 계획이 드 골에게 알려지자 그는 "미친 짓이다"는 한마 디로 그것을 일축해버렸다고 한다. 시몬은 이 계획이 실현될 가망 이 없다는 것을 깨닫고 특사로서 조국에 가려는 계획에 희망을 걸 었다. 그러나 이것 역시 별 가망성은 없었다.

시몬은 필리프를 자주 만났으나 드 골과 이야기를 할 기회는 없 었다. 시몬은 클로종과 슈만에게 희망을 걸었다.

시몬은 클로종의 아파트에서 일하고 있었으므로 그와 이야기를 할 기회가 많았다. 그래서 그는 시몬의 목적을 잘 이해할 수 있었으 며, 무엇보다도 그 자신이 런던에서 안전하게 지내고 있는 것에 견 딜 수 없었다. 그러나 시몬이 프랑스로 간다는 생각만은 받아들일 수가 없었다. 가자마자 체포될 것이 뻔하며 다른 사람들까지 위험 하게 만들지도 모르기 때문이었다.

슈만은 그 당시 식량 병참부에서 일하고 있었으며 시몬과 자주 만났다. 그는 시몬에게 깊은 우정을 느꼈을 뿐만 아니라 그녀의 위 대함과 재능을 알아보았으며 그녀의 성자다움을 존경하고 있었다. 슈만은 시몬을 돕고 싶었으나 그에게는 그럴 만한 실권이 없었다.

더욱이 시몬의 계획에 따르는 큰 위험을 잘 알고 있었으므로 그 역시 그녀의 계획을 적극적으로 밀지는 않았다. 시몬은 자신이 체포되더라도 기밀을 누설하지 않겠다고 말했지만, 사람들이 우려한 것은 시몬이 자기도 모르게 무심코 정보가 새어나가게 할지도 모른다는 점이었다.

시몬은 자신에게 특수한 사명이 있다는 생각과 고난을 찾아갈 수 없다는 생각 사이에서 갈기갈기 찢겨져 있었다. 그녀는 참다운 고난이란 수동적으로 밖에서 주어지는 것이 아니라 필요에 의해 자기 자신이 적극적으로 견뎌내는 것이라고 믿고 있었다. 또한 그것은 자의적으로 선택되는 것이 아니라 그렇게 될 수밖에 없어야 한다고 믿고 있었다. 그래서 그녀는 고난을 바라고 있으면서도 동시에 그것이 필연적으로 오기를 원했다.

시몬이 고난을 원한 것은 정의에 대한 갈망에서였다. 이 세상에 고난이 있는 이상 그것을 함께 나누지 못한다면 참된 해결책을 구할 수 없으리라고 생각했기 때문이었다. 나중에는 고난을 모르고서는 존재의 진실성과 완전한 진리를 알 수 없다고까지 믿었다. 그녀는 슈만에게 쓴 편지에서 이렇게 말했다.

"다른 사람들을 위해 아무것도 할 수 없게 되고 나니 제게는 진리의 계시를 기대하는 것밖에는 아무런 인생의 의미도 없습니다.

저는 인간의 고난과 하느님의 완전성을 함께 생각할 수가 없기 때문에 끊임없는 고뇌를 느낍니다.

만일 여기에 대해 저에게 어떤 계시가 내릴 수 있다면, 그것은 제가 육체적인 고통을 당하거나 극도의 고뇌에 빠지게 될 때일 것이라고 확신합니다.

저는 진리의 바깥에 있고 어떤 인간적인 것도 저를 진리로 이끌 수 없습니다. 하느님도 고뇌 이외의 다른 방법으로 저를 진리에 이르게 할 수는 없으십니다.……"

시몬은 항공 기술 입문서를 구입하여 혼자서 공부했다. 낙하산병의 헬멧도 구했으며 운전도 배우려고 했다. 이 모두가 특사로 가게 될 경우를 대비해서였다. 더욱이 1943년 1월 14일에는 런던에 있는 프랑스 해방군의 주치의가 와서 시몬을 검진했다.

그러나 낙하산으로 프랑스에 잠입하게 된 것은 시몬이 아니라 그녀의 동료였다. 시몬은 이 때문에 매우 상심했다. 그녀는 자기가 그 일을 대신 맡겠다고 그 동료를 설득시키려고 애를 썼다. 마침내 이 계획 자체가 취소되자 시몬은 기뻐했다. 자신이 맡으려던 모험이 다른 사람에게 넘어가는 것에 대한 질투심을 참을 수 없었기 때문이었다.

주위에 있는 사람들이 시몬이 프랑스에 갈 경우 그녀의 부주의한 성격 때문에 다른 사람에게 위험을 끼칠지도 모른다는 말을 해주자 그녀는 말할 수 없이 상심했다. 그녀의 희망은 산산조각이 난 것처럼 보였다.

그러자 뉴욕에서 겪었던 고통들이 다시 그녀를 엄습해왔다. 1월에 잠시 가라앉았던 두통이 재발했으며 그 슬픔 때문에 시몬은 점점 더 먹지 않았다.

시몬은 미국에 있을 때부터 이미 병이 났던 것 같다. 뉴욕과 마르세유에서 엑스레이를 찍었으나 폐결핵은 원래 초기에 잘 나타나지 않는 법이다. 더욱이 출국 허가를 얻기 위해 시몬은 될 수 있는 대로 아픈 체하지 않았던 것이다. 그러나 일단 런던에 와서 충분히 먹지 못하고 과로에 시달린 데다가, 좌절감과 슬픔에 빠지자 병은 급속도로 악화되었다. 시몬은 자신의 병이 무엇인지 알지는 못했지만 너무나도 피곤함을 느끼고 자신에게 시간이 얼마 남지 않았음을 깨달았다.

그렇게 되자 시몬은 더욱더 자신에게 얼마 남아 있지 않은 힘을 자신의 죽음에 알맞는 행동을 위해 사용하고 싶어했다. "지금이라도 프랑스에 특사로 갈 수 있게 된다면 이런 피곤 같은 건 싹 없어지고 말 것 같아요. 출발이 너무 오래 지연되지만 않는다면요"라고 시몬은 슈만에게 말했다.

시몬은 완전히 지쳤고 그녀의 신경은 극도의 긴장으로 파멸할 지경이었다. 더욱이 그 어느 때보다도 스스로의 힘이나 능력을 확신할 수 없었다. 시몬은 자기 자신을 한 알의 밀알도 자라날 수 없는 돌에 비유했다. 이 돌에서 하느님의 말씀이 싹트게 하기 위해서는 그 위에 떨어지는 물을 한 방울도 흘리지 않고 모아서 집중시켜야 한다고 생각했다. 자신의 생명을 유지하는 일에조차도 그 물을 사용해서는 안 된다는 것이었다.

시몬은 매주 일요일에 미사에 참석했으며 평일에도 가끔씩 성당에 나갔다. 때로 모리스 슈만이 함께 가는 적도 있었으나 시몬은 그를 성당 입구에 남겨두고 혼자서 미사에 참석했다. 성례식에 참석하고 싶다는 그녀의 갈망은 날이 갈수록 더 강렬해졌다. 이로 인해 시몬은 성례식이 영혼에 미치는 영향에 관해 자주 생각하게 되었으며 그것을 주제로 "성례식론"을 썼다. 이것은 시몬이 병원에 입원하기 전에 마지막으로 쓴 글이었다. 여기에서는 주로 자신의 소망을 실재하는 것으로 만들려면 어떻게 해야 하는가 하는 문제를 다루었다. 시몬은 성례식을 통해서 비로소 선에 대한 소망이 현실과 접촉하며, 현실 그 자체가 된다고 생각했다.

성례식에 관한 시몬의 관심은 이 당시에 쓰인 "마지막 텍스트"에도 나타나 있다. 이 글은 일종의 신앙 고백으로 시몬은 이것을 사제들에게 보이기 전에 한 친구에게 보냈다. 이 글에는 교회에 대한 시몬의 태도가 명백히 나타나 있다.

"나는 하느님과 삼위일체와 육신과 갱생과 성령의 가르침을 믿는다. 나는 이 점들에 관해 교회에서 말하는 것을 내 것으로 삼지 않으며, 기하학의 정리를 확인하듯이 이것을 확인하지는 않는다. 그보다는 이 신비 속에 담긴 완전하고 파악할 수 없는 진리에 대한 사랑으로 이것들을 믿고 지킨다.……

나는 교회가, 인간이 지성과 사상에 대한 사랑으로 성취한 인간 계발을 제한할 권리를 가졌다고는 생각하지 않는다.

나는 교회가 성례식의 전당과 성서의 수호자로서 믿음을 가진 자들을 이끌기 위해 신앙의 기본적인 관점에 대해 공식적인 결정을 내릴 권리를 가지고 있다고 생각한다.

나는 교회에는 신앙의 신비를 지키기 위해 주석을 달 권리가 있다고 생각하지만……이 주석을 강요하기 위해 위협과 협박으로 성례식을 강요할 권리가 있다고 생각하지는 않는다."

시몬은 자신이 점점 더 교회에 갈망을 느끼게 된다고 고백했다.

그러나 사고의 자유를 지키려는 자신의 태도 때문에, 만일 교회에서 자기에게 영세를 허용한다면 그것은 17세기의 판례를 깨뜨리는 것이며 그런 경우 그것이 반드시 공식화되어야 한다고 말했다.

"만일 이 일이 정당하고 바람직하다면 그것은 한 사제가 나에게 남의 눈에 띄지 않도록 은밀하게 영세를 줄 것이 아니라 교회와 세상이 모두 알게 될 충격적인 방법으로 행해져야 한다.

이 때문에 나는 지금까지 한 사제에게 영세를 받게 해달라고 공식적인 요청을 한 적이 없다.

지금도 역시 그렇다.

그러나 만일 내가 영세를 요구한다면 과연 허용이 될지 내가 반드시 알아야 할 실제적인 필요가 있다."

시몬의 피로는 극도에 이르렀다. 4월 15일 한 친구가 시몬의 사무실로 찾아갔으나 그녀는 보이지 않았다. 그 전날에도 나오지 않았다는 것이었다. 집으로 가보았더니 시몬은 방바닥에 의식을 잃은 채 누워 있었다. 그 친구가 시몬이 정신을 차리게 한 뒤 의사를 부르려고 하자 시몬은 싫다고 하며 자기가 정신을 잃었다는 것을 아무에게도 말하지 말라고 우겨댔다. 그러나 마침내 병원으로 가야 된다는 것을 스스로도 깨닫게 되었다. 시몬은 슈만에게 울면서 전화를 걸었다. 병원에서 치료를 받아야 한다는 것을 깨닫자, 적어도 얼마 동안은 자신의 계획이 실현될 가망이 전혀 없어졌다고 생각했기 때문이었다. 슈만은 시몬을 위로하려고 애썼다. 이제 몸조리를 잘하면 곧 회복될 것이라고 하면서 그녀를 방문하겠다고 약속했다. 의

사는 시몬을 미들섹스 병원에 입원시키도록 했다.

처음에 시몬은 큰 일반 병실에 입원했으나 사흘 뒤에는 독실로 옮겼다. 일반 병실은 시끄러워서 쉽사리 피곤해졌지만, 시몬은 자기 병이 전염될 수 있다는 말을 들은 뒤에야 겨우 독실로 옮겼다. 시몬은 항상 어떤 특권도 받기를 거부했다.

이조드 베넷 박사는 시몬의 병이 과립상의 폐결핵이라는 진단을 내렸다. 양쪽 폐가 모두 감염되어 있었으며 특히 한쪽이 더 심했다. 그러나 회복될 가능성은 충분히 있었다.

그는 시몬에게 절대적인 안정을 명령했다. 또 시몬이 입원한 다음 날에 병원으로 찾아온 슈만과 클로종 부인에게 요양소는 만원이고 의사도 부족하므로 병원에서 치료를 시작해야 된다고 말했다. 더욱이 요양소에서는 병원에서만큼 완전한 치료를 받을 수 없으므로 한두 달쯤 지난 뒤에 어느 정도 회복되면 요양소로 옮기자고 했다.

며칠 쉬고 나자 시몬의 안색은 훨씬 나아졌다. 그러나 그후로는 조금도 병세가 나아지지 않았다. 시몬이 거의 먹지 않았기 때문이었다.

입원한 첫날부터 될 수 있는 대로 시몬을 안정시키기 위해 먹는 것도 옆에서 도와주었다. 시몬은 너무나 허약해서 숟가락조차 집을 수 없을 정도였다. 그러면서도 시몬은 남이 도와주는 것을 싫어했다. 그녀는 한 번도 식사를 제대로 끝내는 적이 없었으며 어떤 음식은 통 먹으려 들지 않았다. 보통 우유가 나왔는데 시몬은 우유는 아이들에게 주어야 된다고 생각하여 먹지 않으려고 했다. 그래서 모리스 슈만은 시몬에게 이렇게 말해야 했다. "지금은 전쟁 중이라서 음식은 모두 엄격하게 분배되고 있습니다. 당신에게 우유가 나오기 이전에 벌써 아이들에게는 모두 배급되었으니 걱정할 필요가 없어요." 그러나 시몬은 말을 듣고도 여전히 먹으려 하지 않았다.

면회는 매일 할 수 있었으나 10분밖에는 허용되지 않았다. 시몬을 찾아오는 사람마다 그녀의 부모에게 시몬이 아프다는 소식을 알리지 않겠다는 약속을 시켰다. 그들이 이 사실을 알게 되면 말할 수 없이 괴로워할 것이며 영국으로 올 수 없기 때문에 더욱더 괴로워할 것이라고 생각했기 때문이었다. 로쟁 부인 역시 시몬의 가족들에게 죄의식을 느꼈지만 이런 약속을 하지 않을 수 없었다.

시몬은 부모에게 편지를 쓸 때마다 자기가 병원에 있다는 것을 알리지 않기 위해 겉봉에 예전의 주소를 썼다. 그리고 죽을 때까지 매번 그렇게 했다.

그뿐만 아니라 자신이 병들었다는 것을 숨기기 위해 사무실에 계속해서 나가는 것처럼 이야기했으며 런던에서 일어나는 일과 친구들에 관해 열심히 썼다. 그녀의 편지는 다정한 말들로 가득 찬 하나의 긴 거짓말이었다. 그러나 병원에 입원하기 전에도 이런 식의 사소한 거짓말은 자주 있었다. 그녀의 부모 역시 항상 "매우 행복하다", "정말로 행복하다"고 전보를 치면서 그녀에게 거짓말을 하고 있었다.

숟가락 하나도 들 수 없을 만큼 허약했음에도 시몬은 부모에게 편지를 쓸 때는 그것을 눈치채지 못하게 주의해서 글씨를 썼다. 그녀의 필체가 마지막 편지에 이르기까지 얼마나 가지런했는지는 놀랄 만하다. 그것은 강인한 의지의 힘이었다. 시몬은 병원에 있으면서도 자신에게 세례가 허용될 수 있는지 알고 싶어했다. 그래서 프랑스 해방군의 목사가 시몬을 세 차례 방문했다. 그는 나중에 이렇게 술회했다.

"1. 내가 시몬을 처음 만났을 때, 그녀는 이미 지칠 대로 지쳐 있었고 무서울 정도로 말랐으며 열에 들떠 있었다. 나는 목사로서 그녀를 면회할 허가를 얻었는데 원칙적으로 면회 시간은 10분이었으나 보통 20-30분 동안 그녀 옆에 있었다. 그녀는 낮은 목소리로 재빨리 이야기했으며 도중에 자주 쉬었다. 그녀는 내 말을 별로 듣는 것 같지 않았다. 게다가 몸을 가눌 수 없을 정도로 지쳐 있었으므로 자신의 생각을 명확하게 표현하기 어려워 보였다. 2. 나는 증인으로서의 그녀의 삶과 그녀의 정직성과 희생정신에 감동되었지만, 그녀의 사고방식에는 다소 당황하지 않을 수 없었다.……그러나 그런 순간에 토론을 한다는 것은 소용없는 일이었다. 스스로 최소한의 성자다움도 갖추지 못한 채 훌륭한 목사가 되느니 보다는 차라리 아무 교양도 없는 농부가 되는 편이 나을 것이다. 그래서 나는 조용히 그녀의 말에 귀를 기울이며 듣고 있다가 기도를 했다.……

사실 그녀는 토론을 하고 싶어했다. 그러나 그녀가 가장 기다리고 있던 것은 떠나기 전에 내가 그녀에게 축복을 하는 순간이었다. 그런데 갑자기 논쟁을 하려던 태도가 바뀌었다. 그녀는 완전히 유순해졌다.……나는 찾아갈 때마다 그녀를 축복해주었다. 두 번째 방문부터는 그녀 자신이 아주 진지하고 열렬하게 그것을 요구했다."

곧이어 그는 자기가 2번에서 말한 것을 다소 수정했다.

"나는 2번에서 말했던 것을 다소 수정하고 싶다. 그녀는 항상 교회와 그리스도와 비신도들의 구원 문제를 생각했다.……그녀의 사고방식에 나는 약간 화가 났다. 그렇지만 그녀는 항상 진실 안에 있었으며, 그녀의 생각은 진리에 대한 열렬한 사랑에서 나온 것이었다. 그러므로 내가 2번에서 그녀에 대해 다소 비평적으로 말한 것을 수정하고 싶다. 만일 살아 계신 믿음의 하느님에 대한 우리의 접근 방법이 물리 과학의 증명 방법과 유사하다면, 모든 단계를 명확하게 정의하고 신비적인 영역과 함께 경험적인 영역도 포용하는 것이 옳을 것이다. 그러나 신앙은 인간에게 의존해 있는 것이 아니라 그리스도에게 의존해 있다.……시몬의 이야기는 한 문제에서 다른 문제로 비약하다가 갑자기 되돌아오곤 했지만 그것은 건강이 극도로 나빴기 때문이며 궁극적으로는 그녀는 인간의 이성을 비웃는 은총으로서의 진리에 대한 가장 확실하고도 겸허한 증인으로 남아 있었다. 나는 이 말을 아무런 두려움 없이 할 수 있다. 그녀의 태도는 너무나도 겸허했고 고결했으며 지식인들의 자만심과는 거리가 멀었기 때문이다.

그녀에 대한 나의 기억은 그녀와 함께 있을 때보다 훨씬 강하고 순수하다. 그녀의 영혼은 너무나도 순수하고 관대했으며, 오히려 그 영혼의 강인한 힘과 정직성 때문에 주님은 그녀에게 기쁨과 평화를 주시는 대신 괴로움으로 진리를 증명하도록 하셨다는 느낌이 들었다. 하느님이 사랑의 하느님이시라면 그 하느님은 분명히 숨어 계시고 우리는 한밤중에 그 하느님을 굳센 마음으로 찾아야 하는 것이리라.……"

어떤 사람은 시몬이 출생 직후에 세례를 받지 못한 아이가 천국에 들어가지 못하고 고성소에서 떠돈다는 종류의 이야기는 부정했다고 한다. 사실 시몬은 『사제와의 서간집』에서 "출생 직후에 죽은 두 아이 가운데에서 하나는 세례를 받고 또 하나는 세례를 받지 못했다고 해도, 두 아이의 운명은 같을 것이다"라고 말한 바 있다. 시몬은 조카인 실비 때문에 이 문제에 더 관심을 가졌던 것 같다. 그렇지 않더라도 그녀는 항상 아이들에 관한 모든 일에 흥미를 가졌다.

이 문제 역시 시몬이 교회에 들어가지 못하게 하는 걸림돌 중의 하나였으나, 무엇보다도 큰 이유는 그녀가 생각의 자유를 지키려 한 것이었다. 시몬은 교회에서 생각의 자유를 제한하는 한 교회에 들어갈 수 없다고 믿었다. 그러나 그녀가 페랭 신부에게 쓴 편지에는 "죽는 순간을 제외하고는"이라는 단서가 붙어 있었다. 사실 그녀가 교회 바깥에 머무는 주요한 이유가 생각의 자유를 지키기 위한 것이었다면, 죽은 뒤에 더 이상 생각을 할 수 없게 될 때에는 그것은 아무 문제도 되지 않을 것이다.

시몬은 런던에 있는 동안 줄곧 이 생각을 가지고 있었던 것 같다. 클로종 부인에 의하면 시몬은 "언젠가 내 의지가 완전히 박탈당하게 되면 교회에서 나에게 세례를 주어야 합니다"라고 말했다고 한다.

미들섹스 병원에서 시몬을 문병했던 한 사람의 말에 의하면 시몬은 세례 의식을 흉내내어 주전자로 머리에 물을 부었다고 한다. 그러나 이 말이 사실이라고 해도 시몬이 여기에 대단한 의미를 붙였을 것 같지는 않다. 더욱이 시몬은 애시퍼드의 요양소에 들어갈 때 신상 조사서의 종교란에는 아무것도 적지 않았다. 시몬은 자신이 항상 교회에 가까이 있지만 교회 바깥에 머물고 있다고 생각했다.

5월 말부터 시몬은 다시 산스크리트어로 된 『바가바드 기타』 경전을 읽기 시작했다. 앙드레의 친구인 브라암 부인이 6월 중순에 시몬을 찾아가보았더니 역시 산스크리트어를 공부하고 있었다. 그러나 항상 시몬을 자주 찾아오는 친구들은 클로종 부인과 로쟁 가족이었다. 로쟁 부인이 시몬에게 무슨 음식이 먹고 싶으냐고 묻자, 시몬은 체리라고 말했다.

로쟁 부인과 친구들이 찾아갔을 때마다 시몬은 항상 유쾌하고 만족스러워 보였으며 정신도 맑았다. 그녀는 최후의 순간까지 정신이 맑았다. 또 공기처럼 가볍고 투명해 보이고 무척 아름다웠으며 그녀에게서 모든 물질적인 부분들이 말끔히 씻겨나간 것처럼 보였다.

시몬이 런던에 있는 동안 슈만과 클로종은 자주 그녀를 찾아갔다. 그러나 클로종은 4월 말과 5월 말에 약 20일가량 런던에 없었으며 슈만도 5월 말부터 6월 말까지 다른 곳에 가 있었다.

슈만에 의하면 런던의 병원에 있는 동안 시몬은 "육체에서 완전히 해방된 영혼과도 같았으며 하느님의 말씀 그 자체처럼 보였다"고 한다. 시몬도 스스로 영감을 받은 것같이 느꼈다. 그녀는 논쟁을 하지 않고 마치 예언자처럼 이야기했다. 그녀에게서는 영혼의 숨결이 뿜어나오는 것 같았다. 하루는 슈만의 손을 잡고 마치 그에게 영감을 불어넣어주려는 듯이 그의 얼굴을 진지하게 바라보면서 "하늘에 계신 주님이……"라고 말했다.

프랜시스 부인도 몇 번 그녀를 찾아가 위로하기 위해 소책자를 주었다. 프랜시스 부인이 "어서 나아서 우리에게 되돌아와야지요"라고 말하자, 시몬은 "내 동포들이 고통을 당하고 있다고 생각하면 나는 먹을 수도 없고 행복해질 수도 없습니다"라고 말했다.

옛날 노동조합 시절의 친구 하나도 그녀를 찾아왔으며 프랑스 해방운동의 동지들도 몇 번 그녀를 찾아왔다.

시몬의 친구들은 번갈아가며 그녀를 찾아가서 늘 손님이 그치지 않도록 애썼다. 그러나 때로는 곁에 간호원밖에는 없어서 그녀는 외로워했다. 런던에서 쓴 시몬의 노트 가운데에는 페르시아의 시에서 뽑아낸 이런 구절이 있다. "내가 아플 때, 당신들은 아무도 나를 찾지 않는다. 당신들의 하인이 아플 때에도 나는 서둘러 그를 보러 가지 않았는가? 병보다도 더 괴로운 것은 무심함이어라." 이것은 시몬 자신의 심정이었는지도 모른다.

6월 중순경에 의사는 예상했던 것보다 시몬의 회복이 느리다는 것을 알았다. 사실 병세는 조금도 나아지지 않았다. 열도 떨어졌고 엑스레이의 결과도 만족스러웠으나 시몬의 식욕은 너무나도 형편 없었다. 그동안 겨우 혼자서 식사하는 것이 가능할 만큼 나아졌을 뿐이었다.

6월 말이 되자 시몬은 이제 요양소로 옮기고 싶다고 말하기 시작했다. 병실의 창밖으로는 돌밖에 보이지 않았으므로 숨이 막힐 것 같았기 때문이었다. 그녀는 클로종 부인에게 "이런 런던의 공기 속에서 어떻게 나아질 수 있겠어요? 병원 공기 때문에 몸이 더 나빠지는 것 같아요"라고 말하면서 요양소를 물색해봐달라고 부탁했다.

시몬이 너무 먹지 않아서 그 때문에 회복이 지연되었으므로 자연히 의사들과 다투게 되었다. 베넷 박사는 나중에 앙드레의 친구에게 시몬은 자기 생전에 가장 다루기 어려웠던 환자였다고 말했다.

또 시몬이 병원에 입원하기 전부터 거의 먹지를 않았다는 말을 듣고는 "그녀는 다락방 속에서 일부러 굶고 앉아 있었다"고 혀를 찼다.

시몬은 죽기를 원했을까? 시몬이 자신의 위험한 상태를 몰랐을 것 같지는 않다. 결국 시몬은 불명예스럽게 런던에서 편안히 살지 않기 위해서 자살하고 싶었는지도 모른다. 자신이 바라던 위험에 뛰어들 수 없게 되자 그녀는 더 위험한 방법으로 자신이 거기에서 도망친 것이 아니라는 것을 증명하고 싶었는지도 모른다.

그러나 로쟁 부인을 제외하고는 시몬을 병원에서 본 다른 사람들은 그녀가 자살하려 한 것 같지는 않았다고 한다. 조국에 특사로 갈 수 없게 되자 시몬이 몹시 분해하고 슬퍼하여 자신의 회복에는 완전히 무관심했던 것은 사실이다. 그러나 자살은 시몬의 종교적인 생각과는 너무나 거리가 멀다. 더욱이 병원에서 시몬은 수면제를 마음대로 복용할 수 있었으므로 자살하려면 그 편이 훨씬 더 간단했을지도 모른다. 또한 시몬은 프랑스가 해방되고 자기가 프랑스로 되돌아간 뒤의 일에 대해서도 자주 이야기했다고 한다. 시몬이 1943년 7월 26일에 루이 클로종에게 보낸 편지를 보면 자신이 몇 년은 더 살 것이라고 생각했던 것이 분명하다.

그렇다면 시몬이 먹기를 거부한 것은 무엇 때문이었을까? 두 가지로 해석할 수 있다. 첫째는 실제로 시몬이 음식을 거의 먹을 수 없는 상태였다는 것이다. 런던에서의 마지막 주와 애시퍼드에서의 8일간 시몬의 위는 음식을 받아들일 수가 없었다. 이것을 치료하는 것은 말할 수 없이 고통스러웠으므로 시몬은 무진 애를 쓴 뒤에야 그것도 겨우 조금밖에는 음식을 먹을 수가 없었다.

둘째는 시몬이 프랑스를 떠나올 때부터 프랑스인 대부분이 고통을 당하고 있는 한에는 가능한 한 음식을 먹지 않기로 이미 결심했다. 그래서 그녀는 병이 난 뒤에도 이 결심을 지키려 한 것 같다. 시몬이 일단 맹세를 하고 나면 아무도 그것을 깨뜨리게 할 수는 없었다. 더욱이 시몬은 선한 것에 자기 자신을 완전히 바치면 기적적인 결과가 일어날 것이라고 믿었다. "뿌리의 필요성"에서도 그녀는 기적의 가능성을 부정하지 않았다. 선이든 악이든 어느 한편에 자신의 영혼을 완전히 바치고 나면 육체적인 현상으로서 기적이 나타날 수도 있다는 것이었다. 또 성자들은 진리만으로 살아갈 수 있다고 말했다. 시몬은 스스로를 성자라고 생각하지는 않았으나, 이것은 성자가 아닌 경우에도 적용된다고 생각했다. 마르세유에 있을 때 시몬은 먹지 않고 살 수 있을지를 스스로에게 물은 적이 있었다. 그러한 확신 위에서 시몬은 프랑스에 있는 동포들과 운명을 같이하기로 결심했고, 살든지 죽든지 그 결과는 오로지 하느님의 섭리에 맡기기로 한 것 같다.

시몬은 확실히 죽음을 두려워하지는 않았다. 오히려 죽음을 통해 자신이 해방될 것을 기쁜 마음으로 기대했다. 언젠가 시몬은 요양소에 있는 한 사람에게 이렇게 말했다. "당신도 나와 같이 하느님으로부터 차단되어 있습니다. 그러나 나는 곧 다시 하느님과 만나 하나가 될 것입니다." 그러나 그녀에게 죽음이 슬픔이었거나 기쁨이었거나 간에 그녀는 하느님의 명령이 없이는 스스로 죽으려 하지 않았을 것이다.

5월 말에 드 골 장군이 알제리로 떠났다. 필리프와 슈만과 클로종도 그 뒤를 따라갔다. 시몬은 알제리에서 드 골과 지로가 적수가 되었다는 이야기를 듣고 마땅치 않게 생각했다. 프랑스 해방운동의 전투에 관한 소식 역시 그녀를 실망시켰다. 해방운동의 지도자들 사이에서 일어난 이야기를 전해 듣고 시몬은 "이런 해결할 수 없는 불합리한 일들"에 완전히 신물이 났다고 말했다.

6월 29일경에 런던으로 돌아온 클로종은 시몬을 찾아갔다. 시몬은 자기가 더 이상 그에게 동의할 수 없을 것을 우려했다. 막상 그를 대하자 생각보다는 덜했으나 시몬은 될 수 있는 대로 그와 개인적인 이야기만을 나누었다.

7월이 되자 시몬의 분노는 더 심해져서 그녀는 다른 수입원이 없음에도 자신의 공식적인 자리에서 사퇴했다. 7월 26일에 클로종에게 보낸 편지에서 그녀는 이것을 확인하고, 프랑스가 해방된 뒤에도 자신은 해방운동 단체나 정부의 각료들과 관계를 끊겠다고 말했다. 또 끝에다 자신의 건강에 대해 신랄한 태도로 썼다.

클로종 부인과 로쟁 부인은 시몬의 요양소를 물색하기 위해 여러 곳에 의뢰를 했다. 그리하여 켄트 주의 애시퍼드에 있는 그로스베너 요양소에 입원 신청을 했다. 시몬은 모든 일이 정리되기까지는 베넷 박사에게 이 일을 이야기하지 않으려 했다.

그러나 베넷 박사가 다른 전문의와 상의하여 시몬에게 즉시 기흉 치료를 시작하려 했으므로 시몬은 이 일을 이야기하고 치료를 거부했다. 베넷 박사 역시 더 이상 시몬을 병원에 두어도 소용없다고 판단하고 그로스베너 요양소에 연락하여 시몬을 받아달라고 부탁했다. 이즈음부터 시몬의 위장 통증이 나아졌으므로 건강도 좀 나아지는 것 같았다.

7월 말에 슈만이 알제리에서 돌아왔고 시몬은 예상했던 대로 그와 격렬한 논쟁을 벌였다. 드 골은 자신이 지휘하는 운동만이 프랑스를 대표할 수 있다고 말했는데, 슈만은 프랑스가 연합군 측과 협상을 할 경우 프랑스를 대표하는 힘은 하나가 되어야 한다고 생각하여 드 골을 지지했다. 그러나 시몬은 드 골파는 이미 하나의 정당이 되었으며 국수주의로 흐르게 될 우려가 있다고 생각했다. 더욱이 드 골과 지로의 대결은 개인적인 싸움이라고 생각했다. 또한 시몬은 슈만이 라디오 방송을 통해 독일 국민에게 무차별하게 악감정을 일으킬 만한 발언을 한 것을 비난했다. 또 러시아에 대한 발언역시 비난했다. 아무리 연합국이라도 진실은 밝혀야 한다는 것이다. 마침내 시몬은 그가 자기를 프랑스에 특사로 보내주지 못한 것에 항의했다. 시몬은 자신의 사명을 완수하지 못하게 한 것에 대해 슈만과 드 골파를 비난할 지경에 이르렀다. 끝내 시몬은 그에게 앞으로는 자신을 찾아오지 말라고 하면서 다시는 그와 이야기하지 않겠다고 선언했다. 실제로 그들이 마지막으로 만났을 때는 아무도 입을 떼지 않았다. 슈만은 그녀에게 베르코르의 『바다의 침묵*Le Silence de la Mer*』을 가져다주었으나, 시몬은 이것을 거들떠보지도 않은 채로 놓았다.

시몬은 간호사나 병원에서 일하는 다른 직원들과는 사이가 좋았다. 단지 의사들과 정치적인 책임이 있는 사람들에게만 까다로웠다. 또 부모에게 보낸 편지에는 여전히 "매우 젊고, 매우 친절한 영국 여자들"과 사귀고 있다고 썼다. 아마 이것은 병원에 있는 간호사와 직원들을 두고 한 말이었을 것이다.

몇 달 전에 그녀의 부모는 영국으로 갈 수 없게 되자 그 대신 알제리에라도 갈 수 있도록 출국 신청을 했다. 시몬도 이것을 알고 있는 힘을 다해 그들을 도우려 했다. 자신의 병이 나으면 알제리에서 함께 만날 수 있으리라고 생각했기 때문이었다. 시몬은 조카인 실비에 관한 이야기는 지치지 않고 읽고 또 읽었다. 실비의 "밝은 웃음"에 관해 줄곧 생각하면서 "그것이 저한테 어떤 의미인지 상상도 못하실 거예요"라고 편지에 썼다.

살아날 가능성이 급격하게 줄어들자 무엇보다도 시몬을 사로잡은 생각은 자신이 말한 진실에 사람들이 귀를 귀울이지 않는다는 것이었다. 시몬은 사람들이 자기가 약간 머리가 돌았다고 생각한다는 것을 알고 있었다. 그녀는 셰익스피어와 벨라스케스의 희곡에 나오는 바보나 미치광이들을 자주 생각했다. 그들은 진실을 알고 있었지만, 바보라고 생각되었기 때문에 아무도 그들에게 귀를 기울이지 않았던 것이다. 그것은 너무나도 비극적이었다.

그러나 시몬은 이 때문에 괴로워하지는 않았다. 그녀는 진리는 그 자체로서 존재하며 항상 누군가에게 계승된다고 믿고 있었다.

그러면서도 그녀는 사람들이 자신의 사상보다는 그녀 자신에게 관심을 기울이는 것을 통탄해했다. 마르세유를 떠날 때 페랭 신부에게 쓴 편지에서도 그녀는 사람들이 자기가 말한 내용보다는 자기의 지성을 칭찬하고 있다고 유감스러워하며 말했다. "그 여자가 한 말이 진실인가?" 하는 것이 바로 시몬이 받고 싶었던 질문이었다.

그로스베너 요양소의 로버츠 박사는 시몬이 들어오는 것에 반대했다. 이 요양소는 주로 노동자들을 위해 만든 것인데 교수가 들어오는 것은 적합치 않다는 것이었다. 그는 시몬이 노동자들과 생활을 함께 나누기 위해 전 생애를 바쳤다는 것을 모르고 있었다. 마침 미들섹스 병원에서 시몬을 보았던 존스 부인이 그를 설득하여 시몬이 입원 허가를 받도록 해주었다.

병원을 떠나기 전에 시몬은 자신의 책과 서류가 꾸려지는 것을 세심히 지켜보았다. 그녀는 요양소에서도 자기가 계속 일을 할 수 있으리라고 믿고 있었다. 그러나 그녀도 이미 자신이 회복되리라고 생각하지는 않았다. 그래서 부모에게 마지막 편지를 썼다. 그들이 자신의 죽음에 대한 소식을 듣게 되었을 때를 대비했던 것이다.

"사랑하는 두 분께,

이제 편지를 쓸 시간이 거의 없습니다. 앞으로 제 편지는 짧고 불규칙할 것이며 간격도 멀 것입니다. 하지만 다른 데서 위안을 받으실 수 있겠지요."

시몬은 그들이 알제리로 갈 수 있기를 원했다.

"이 편지를 받으실 즈음에는 오래 기다리시던 전보도 받으실 것입니다.……" 그녀는 클로종 부부가 자신에게 보여준 깊은 우정을 다시 한번 확인하고 이렇게 끝을 맺었다. "다시 만날 때까지, 무한한 사랑을 보냅니다."

8월 17일 시몬은 앰뷸런스에 실려 애시퍼드로 갔다. 클로종 부인의 걱정과는 달리 이 여행은 순조로웠다. 시몬은 이따금씩 그녀에게 웃음을 띠어 보였다. 요양소에 도착하자 시몬은 다시 시골 경치를 보게 되어 행복하다고 말했다. 시몬의 방에서는 숲과 나무들이 보였다. 그녀는 "아름다운 방에서 죽게 되었다"고 담담하게 말했다.

시몬은 무섭게 말랐으며 완전히 지쳐 있었다. 또 며칠 전만 해도 가라앉았던 열이 다시 올랐다. 진단서에는 "너무 약해서 검사할 수가 없음"이라고 쓰여 있었다.

시몬의 치료를 맡았던 헨리에타 브로더릭 박사는 그녀의 죽음에 대해 애시퍼드 신문에 이렇게 썼다.

"베유 교수가 우리 요양소에 왔을 때, 그녀는 자신이 치유될 수 없다는 것을 충분히 납득하고 있었다. 그녀는 폐결핵의 말기는 아니었으나 전혀 음식을 먹을 수가 없었다. 미들섹스 병원의 로버츠 박사에게서 온 편지에 의하면 베유 교수는 일부러 굶고 있으며, 자기의 음식은 프랑스의 전쟁 포로들에게 보내야 한다고 거듭거듭 말했다고 한다."

그러나 이 신문의 기사는 다소 왜곡되었던 것 같다. 요양소에서는 시몬뿐만 아니라 의사들까지도 시몬이 회복되리라고는 생각하지 않았다. 나중에 브로더릭 박사의 말에 의하면 시몬은 "완전히 맑은 정신"을 지니고 있었고 약간의 과일과 초콜릿을 먹었다고 한다.

그러나 미들섹스 병원에서의 마지막 며칠과 애시퍼드에 온 뒤로 줄곧, 사실상 시몬은 거의 음식을 먹을 수 없었다. 그녀는 조금이라도 딱딱한 음식은 통 견딜 수가 없다고 말했다. 요양소에 온 다음 날 클로종 부인이 찾아가자 의사는 환자에게 음식을 먹이기가 매우 곤란하다고 말했다. 액체로 된 음식조차 견뎌내지를 못한다는 것이었다. 클로종 부인을 보자 시몬은 자기 어머니가 만들어준 것 같은 프랑스식의 으깬 감자는 좀 먹을 수 있을 것 같다고 말했다. 그녀는 시몬에게 8일 후에 와서 그것을 만들어주겠다고 약속했다.

그다음 날인 일요일에는 시몬의 한 동료가 면회를 왔다. 월요일에는 날씨가 꽤 좋았다. 화요일 아침에는 시몬은 이야기도 몇 마디 할 정도였으며 꽤 생기가 있어 보였다. 그러나 오후 5시가 되자 의식을 잃었으며 그후로 다시는 의식을 회복하지 못했다. 밤 10시 반경에 시몬은 숨을 거두었다.

8시경에 의사가 돌아보러 왔을 때에는 잠들어 있었으며, 자는 도중에 심장마비로 평화롭게 숨을 거두었던 것이다.

브로더릭 박사에 의하면 요양소에 있는 동안 시몬은 육체적으로는 고통이 없었으나, 자신의 힘으로 아무것도 할 수 없었으므로 정신적으로 무척 괴로워했다고 한다. "그녀는 완전히 맑은 정신 상태 속에서 이야기도 자주 했다. 그녀의 눈빛은 총명했으며 읽기와 쓰기를 다 할 수 있었다. 그녀는 자기가 죽을 것이라는 것을 알고 완전히 초연한 것 같았다. 의사에게 자기는 철학자이며 인간성에 흥미가 있노라고 말했다."

서류에 적기 위해 간호사가 시몬에게 종교가 무엇이냐고 묻자, 그녀는 간호사 대신 의사에게 자기는 유대인이며 가톨릭 교도가 되고 싶으나 아직 결정을 내리지 못했다고 대답했다고 한다.

환자의 죽음이 완전한 자연사가 아니라는 의혹이 있었으므로 8월 27일 브로더릭 박사와 월크스 간호사를 검시관이 신문했다. 검시관은 시몬의 죽음이 자살이라는 판정을 내렸다. 그러나 서류상으로는 "기아와 폐결핵으로 인한 심장 근육의 마비"라고 쓰여 있었으며 "환자는 정신착란 증세를 보였으며 식사를 거부한 끝에 스스로 죽어갔다"고 덧붙여 있었다. 영국 법률에서는 자살이 금지되어 있기 때문이었다.

시몬은 8월 30일에 애시퍼드에 있는 가톨릭 교도들을 위해 마련된 묘지에 매장되었다. 장례식에는 아롱 부인과 클로종 부인, 펠링 교수, 프랜시스 부인, 로쟁 부인, 모리스 슈만과 프랑스 해방운동의 한 여성이 참석했다. 신부가 한 사람 오기로 되어 있었으나 기차를 놓쳤는지 참석하지 않았다. 그래서 슈만이 미사 전서를 읽고 나서 무릎을 꿇은 채 기도를 하고 클로종 부인이 답창을 했다. 프랜시스 부인은 프랑스의 국기와 같이 삼색의 리본을 묶은 꽃다발을 무덤 속에 던졌다. 장례식이 끝난 뒤 애시퍼드를 떠나기 전에 이들은 존스 부인의 집에 모였다.

클로종 부인이 앙드레에게 전보를 쳤고 에블린에게 편지를 보냈다. 앙드레는 즉시 뉴욕으로 출발했다. 떠나기 전에 그는 필라델피아에 있는 아버지에게 뉴욕에서 만나자고 전화를 했다. 부모를 만나자 그는 최근에 시몬의 소식을 들었느냐고 물었다. 그들은 전혀 아무것도 모르고 있었으므로 앙드레는 도무지 말할 용기가 나지 않았다. 다음 날 그는 루이 루지에를 시켜 그들에게 시몬이 몹시 아프다는 말이 사실이냐고 전화로 물어보게 했다. 이 전화에 당황한 그들은 전보를 쳐보기로 했다. 시몬의 아버지가 전보를 치려고 아래층으로 내려와 막 엘리베이터에서 나오자, 이번에는 베르셰 박사를 동반한 앙드레를 만났다. 그들은 시몬의 아버지에게 이 한없이 괴로운 소식을 말했고, 그들은 다시 시몬의 어머니에게 알리기 위해 위층으로 올라갔다.

─"이 몸과 영혼을 갈가리 찢어 당신을 위해 쓰시고 제게는 아무것도 남아 있지 않도록 해주옵소서"라고 기도했던 그 여자의 생애는 여기에서 끝났으며 또 바로 여기에서 새롭게 시작되었다.

번역을 끝내며

시몬 베유처럼 찬란하고 격렬한 불꽃의 삶을 산 여자는 다시 없을
것 같다. 그러나 너무 찬란하고 격렬했기 때문에, 또 오직 남을 위
하여 아낌없이 타올랐기 때문에 서른네 살의 젊은 나이로 스러져갔
다. 자본주의 프랑스 사회의 모순과의 투쟁, 수탈당하는 노동자에
대한 옹호, 1930년대 서구의 일반적인 정치, 사회의 분위기였던 파
시즘에 대한 저항, 그리고 신에 의한 구원의 모색―시몬의 생애는
이와 같이 집약될 수 있다. 그녀는 탁월한 통찰력과 의지, 행동력을
가지고 사회에 몸을 던졌으며 그녀의 지성과 행동 사이에는 어떠한
틈도 용납되지 않았다. 그리고 "그녀에게 부족한 것이 있었다면 바
로 이기심이었다"고 할 만큼 그녀의 생애는 철저히 남을 위한 것이
었다. 약자를 위해 자신의 삶을 바친다는 것이 대부분의 경우 실제
로는 자신의 개인적인 구원을 위한 것일 때가 많았으나 시몬의 모
든 행위에는 약자―특히 노동자―에 대한 순수한 관심밖에 없었
다. 그녀는 가슴 밑바닥에서부터 우러나오는 약자에 대한 연민과
사랑, 그리고 불합리한 사회제도에 대한 분노에 따라 행동했다. 이

446

러한 그녀의 이기심 없는 행적들이, 너무나 준열하고 가혹하기까지 한 삶의 방식이, 끊임없이 우리의 주의를 끌고 우리를 안이한 상태에 머물지 못하도록 괴롭힌다. 이 때문에 간혹 우리는 그녀를 잊고 싶어한다. 그러나 이 세상에 그녀의 투쟁 상대였던 불평등과 대립, 곧 약자와 강자, 빈자와 부자의 대립이 존속하는 한 결코 우리는 그녀를 잊어버릴 수가 없다. 결코 잊을 수 없다는 의미에서 우리들은 그녀의 스승 알랭의 말처럼 "시몬의 행동은 유용하기보다는" 오히려 "아름다운 것"이라고 생각하는지 모른다.

번역자로서의 변명—내가 번역의 대본으로 사용한 것은 시몬 베유의 가장 절친한 친구이자 고등사범학교 동기생인 시몬 페트르망이 쓴 *La Vie de Simone Weil*의 영역본 *Simone Weil, A Life*(레이먼드 로슨털 역, 판테온 출간)임을 밝힌다. 프랑스어판을 번역하는 것이 원칙이지만 그녀의 논문집이 아니라는 점을 앞세워 우선 그녀의 생애나마 두루 알려야겠다는 마음이 앞서서 욕심을 부려보았다. 그리고 그 분량이 워낙 방대해서(이 전기는 자료 중심이었다) 그 생애의 자취를 중심으로 하여 줄였음도 밝힌다. 그러나 그의 논문이나 편지는 그녀에 대한 이해에 필요한 경우에는 되도록이면 완역하여 살리려고 했으며(그러나 그것마저도 너무나 긴 것이 있기도 하여) 불가능할 때는 대의를 중심으로 하여 초역했다.

다만 부끄러울 뿐이다. 그러나 내가 그런 가운데서도 자위할 수 있는 것은 이 세계적 상황이 그녀의 소개를 요구한다는 점과 또 T. S. 엘리엇과 귀스타브 티봉이 말한 바처럼 시몬에 관한 한 시몬의

책의 서문을 쓰는 일조차 그녀와 같이 살아보지 않은 사람이 아니
라면 불가능하다는 뜻에서도, 가장 완벽한 이 전기를 번역할 기회
가 내게 주어져 번역할 수 있었다는 점이다.

사정과 기회가 허락한다면 꼭 다시 완역하겠다는 마음을 앞세워
모자라는 점이 있는 책이나마 펴내기로 결심했다.

강경화 씀